백만장자를 위한 공짜 음식 1

FREE FOOD FOR MILLIONAIRES

백만
장자를
위한
공짜음식

FREE FOOD *for*
MILLIONAIRES

1

이민진 **장편소설**

유소영 옮김

INFLUENTIAL
인플루엔셜

엄마, 아빠, 명 그리고 상에게

친애하는 한국 독자들에게

2001년 9월 11일, 우리 가족은 맨해튼 다운타운의 처치 스트리트와 브로드웨이 사이에 위치한 아파트에서 살고 있었다. 그날 아침 나는 당시 세 살이던 아들 샘과 같이 집에 있었다. 우리는 샘의 친구를 만나 놀기로 해서 외출할 준비를 하고 있었다. 샘이 먹을 주스와 치즈 크래커를 간식으로 챙기고 있는데, 남편 크리스가 전화를 걸어 텔레비전을 틀어보라고 했다. 비행기가 세계무역센터 1동을 들이받은 것이었다. 우리는 눈앞에서 2동이 무너지는 광경을 보았다.

먼지구름이 우리가 사는 거리를 가득 채웠고 곧 다운타운과 업타운 사이에 바리케이드가 세워졌다. 어마어마한 총을 든 미국 군인들이 거리를 순찰했다. 크리스와 샘, 나는 집을 비우고 뉴저지에 있는 부모님 댁으로 대피했다.

며칠 뒤 우리는 집으로 돌아왔다. 테러 공격으로 사망한 사람은 모두 2,996명, 그중 세계무역센터와 그 인근 지역, 즉 우리 동네에서 죽은 사람은 2,753명에 달했다.

무명 작가 시절, 나는 아내이자 어린 아들을 돌보는 전업주부였다. 샘과 나는 매일 공원을 걷고 장을 보러 마트에 다녔다. 무역센터 근처의 서점에도 자주 가서 아이가 볼 그림책을 골랐다.

그해 9월 내내 《뉴욕타임스》 지면에는 9.11이라는 명칭으로 불리게 된 그 사건으로 세상을 떠난 사람들의 부고가 끊임없이 실렸다. 너무나 잘 쓴 글들이었기 때문에 나는 부고를 읽었고, 내가 영원히 알지 못할 환한 얼굴들 앞에서 슬픔으로 가슴이 먹먹했다.

어느 날 《뉴욕타임스》에서 예쁜 아시아계 여성의 얼굴이 눈에 띄었는데, 한국인처럼 보였다. 이름은 케이시, 읽어보니 정말 한국계 미국인이었다. 발랄하고 꿈이 가득한 얼굴, 사무실에서 항상 밝게 인사를 건네는 직장 동료 같은 얼굴. 나와 마찬가지로 케이시는 세 자매 중 중간이었다. 나와 마찬가지로 케이시는 어머니와 돈독한 사이였다. 그녀는 세계무역센터 99층에서 일했다. 부고에는 여행과 쇼핑을 좋아했고 단편소설과 시를 썼다고 적혀 있었다. 케이시의 동생은 언니가 "한 치의 후회도 없이 살았다"고 했다.

2001년, 《백만장자를 위한 공짜 음식》 집필을 이미 시작한 상태였던 나는 주인공에게 케이시라는 이름을 붙여야겠다고 생각했다. 주인공이 너무 이른 나이에 세상을 떠난 이 젊은 여성과 닮아서가 아니라, 그보다는 내가 이제 더 살아갈 날이 없는 어느 한국계 미국인 여성을 위한 이야기를 상상하고 싶었기 때문이었다. 이

책은 9.11에 대한 이야기가 아니지만, 내게 케이시 한이라는 인물을 볼 수 있도록 영감을 준 한 젊은 여성의 얼굴을 그 안에 끌어안고 있다. 나는 9.11에서 단 한 사람의 목숨도 살리지 못했다. 하지만 나는 케이시라는 여성이 살아 있었다는 것을, 그 여성이 내면에 아름다운 생명력을 품고 있었다는 것을 목격할 수 있었고, 나만의 작은 방식으로 그녀와 뉴욕시에 터전을 두고 살아가는 다른 모든 한국인을 기리고 싶었다. 《백만장자를 위한 공짜 음식》은 2007년에 미국에서 출간되었다. 이 소설은 독립과 화려함, 로맨스를 갈망하는 젊은 몽상가가 뉴욕에서 살아간다는 것이 어떤 것인지, 그 여성이 거기서 무엇을 찾게 되는지 탐구한다. 주인공과 그 친구들은 실수를 저지르고 좋은 것들과 나쁜 것들을 욕망하며 부모님을 차츰 이해하기 시작한다. 그러니 당연히 내 첫 소설은 자기 자신과 가족들을 위해 더 많은 것을 갖기를 원했던 모든 이들에게 보내는 사랑의 편지다.

유소영 번역가의 아름답고 중요한 작업에 감사한다. 나와 여러분 사이에 가교를 놓는 그의 노력과 재능에 빚진 바가 크다.

2022년 11월
이민진

일러두기
본문의 주는 모두 옮긴이가 독자의 이해를 돕기 위해 붙인 것입니다.

1부

직업

왕관은 이미 우리의 것이며 그 대가도 치렀다.

이제 남은 일은 그 관을 각자 머리에 쓰는 것뿐이다.

— **제임스 볼드윈**

1

선택권

능력은 저주일 수 있다.

유능한 젊은 여성으로서 케이시 한은 번듯한 삶과 성공을 선택해야 한다는 강박관념을 가지고 있었다. 하지만 그녀가 갈망한 것은 화려함과 통찰이었다. 블루칼라 노동자들이 모여 사는 뉴욕 퀸스의 허름한 동네에서 자라난 한국인 이민자로서 그녀는 맨해튼에서 세탁소를 운영하는 부모님의 근면하고 힘겨운 삶을 넘어선, 눈부시고 화려한 인생을 꿈꾸었다.

키가 173센티미터에 가까운 케이시는 한국인치고 드물게 큰 편이었으며, 날씬했고 옷차림에 신경을 많이 썼다. 어깨까지 오는 검은 머리를 고수했으며, 코에는 꼼꼼하게 파우더를 발랐고 립스틱은 늘 변함없는 와인색이었다. 돈을 아끼려고 집에서는 안경을 썼지만, 외출할 때는 근시 교정용 콘택트렌즈를 착용했다. 자신이 예쁘다고 생각하지는 않았지만, 그래도 어딘가 특별한 점이, 상당히 효과적인 일종의 성적인 매력이 있다고 생각했다. 여성적인 단정함을 높이 샀고, 섹시해 보이려고 지나치게 노력하는 여자들을 무시했다. 스물두 살밖에 안 된 나이에 케이시 한은 이미 아름다움과 섹슈얼리티에 대해서 수많은 자기만의 철학을 갖고 있었지만, 그중 핵심은 은근히 감추는 것이 노골적으로 드러내는 것보다 낫다는 것이었다. 여성이라면 대리석 기둥처럼 옷을 걸치라는 재클린 케네디 오나시스의 조언을 읽은 뒤로, 케이시는 절대 잊지 않고 이 충고를 따랐다.

임대차보호 대상인 침실 두 개짜리 엘름허스트 부모님 집의 리놀륨이 깔린 널찍한 부엌은 흰 리넨 셔츠와 흰 면바지 차림의 케이시가 있을 곳이 아닌 것 같았다. 그녀는 마치 누가 은쟁반에 받쳐서 대령한 진토닉을 한잔하려는 듯한 분위기였다. 포마이카 식탁 옆자리에 앉은 아버지 조셉 한은 케이시의 할아버지라고 해도 어색하지 않아 보였다. 아버지는 유리잔에 얼음을 가득 채워 저녁에 마실 위스키 첫 잔을 준비했다. 세탁 체인점 10여 곳을 소유한 한국인 부자 강 사장 밑에서 서튼플레이스 본점을 운영하는 아버지는 토요일 세탁물 분류작업을 마치고 한 시간 전에 집에 돌아온 참이었다. 조셉과 딸 케이시는 서로 대화를 나누지 않았다. 아버지가 아끼는 쪽은 웨스팅하우스 과학경진대회 브롱크스 지역 결승전까지 올라간 과학 영재이자 MIT 대학생선교회 부회장으로, 예과 과정을 이수하고 있는 케이시의 여동생 티나였다. 티나는 어머니 리아의 젊은 시절을 빼닮은 고전적인 한국 미인이었다.

어머니는 찬송가를 흥얼거리며 몇 달 만에 가족이 처음 모이는 저녁식사 준비를 하느라 분주했고, 티나는 파를 썰고 있었다. 마흔이 채 되지 않은 나이였지만, 어머니의 매끄럽고 흰 이마에 드리운 머리카락에 벌써 새치가 드문드문했다. 리아는 열일곱 살 때 큰오빠의 절친한 친구였던 서른여섯 살의 조셉과 결혼했다. 결혼식 날 밤에 케이시가 생겼고, 2년 뒤 티나가 태어났다.

6월의 토요일 밤이었다. 일주일 전에 케이시의 대학 졸업식이 있었다. 프린스턴에서 4년간 지내며 그녀는 세련된 화법과 부러움을 사는 골프 실력, 부자 친구들, 인기 많은 백인 남자친구를 얻었고, 불가지론자이면서도 남몰래 성경책을 탐독하는 취미가 생겼으며, 경제학과를 준최우등 성적으로 졸업했다. 한데 취직도 하지 않고 좋지 않은 습관만 잔뜩 가지고 있었다.

심각한 표정의 아버지 옆에 앉아 있으려니, 4년간 같은 방을 썼던 버지니아 크래프트가 제발 그만두라고 잔소리를 했던 습관이 케이시를 괴롭혔다. 지금 담배 한 대만 피울 수 있다면 몸이라도 팔 수 있을 것 같았다. 저녁식사만 마치면 건물 옥상에 올라가서 담배에 불을 붙일 수 있다는 일념으로 지금 부엌에 앉아 있는 것이었다. 맨발로 초조하게 바닥을 두드렸다. 하지만 담배 한 대로 해결할 수 없는 다른 문제도 있었다. 케이시는 직장이 없었고 바로 그 이유로 이 밴클릭 스트리트의 방 두 개짜리 부모님 집으로 돌아와야 했던 것이다. 17년 전, 미국이 건국 200주년을 맞던 해에 케이시네 네 식구는 미국으로 이민을 왔다. 변화를 두려워하는 리아의 성격 탓에 가족은 줄곧 같은 아파트에 살고 있었다. 이 모든 것이 좀 한심해 보였다.

여러 요인 중에서도, 흡연은 자신이 정직한 인간이라는 케이시의 자아상을 무너뜨리는 데 일조하고 있었다. 솔직하다는 데 자부심을 가진 그녀였지만, 부모님의 등 뒤에서 해야 하는 일이 종종 있었다. 그중에서도 가장 큰 비밀은 백인 미국인 남자친구 제이 커리였다. 지난 일요일 밤, 아주 괜찮은 섹스를 나눈 뒤, 제이는 베개에 팔꿈치를 괴고 손으로 머리를 받친 자세로 누워 이렇게 제안했다. "나랑 같이 살자. 생각해봐, 미스 한. 원할 때 언제든지 섹스할 수 있다고." 부모님은 그녀가 처녀가 아니라는 것도, 열다섯 살 때부터 피임약을 먹었다는 것도 전혀 몰랐다. 부모님 집에 있으면 언제나 초조했고, 혹시 성냥이 있는지 주머니를 두드려보고 싶은 기분이 수시로 들었다. 그러다 보니 프린스턴이 그리웠다. 프린스턴의 사교 클럽인 차터에서 내놓던 탄수화물 과다 메뉴조차도. 하지만 향수에 젖은들 도움이 되지 않는다. 엘름허스트에서 탈출할 계획이 필요했다.

지난봄, 케이시는 제이의 충고를 무시한 채 투자은행 단 한 곳에만 지원서를 넣었다. 모든 서류를 작성한 뒤 알고 보니, 컨 데이비스는 1993년 졸업생 모두가 원하는 은행이었다. 하지만 그녀는 제이보다 학점이 좋았고 언변에도 자신이 있었다. 컨 데이비스 면접장에 노란 실크 정장 차림으로 나간 케이시는 여성 면접관 두 사람에게 인사한 뒤 페미니즘으로 화제가 생기지 않을까 기대하며 낸시 레이건 농담을 던졌다. 군청색과 짙은 회색 모직 옷을 입고 있던 면접관들은 15분 동안 건성으로 케이시의 말을 듣다가 나가는 문을 안내하더니 악수조차 나누지 않고 손만 흔들었다.

로스쿨에 갈 수도 있었다. 컬럼비아에 입학 허가도 받아놓았다. 하지만 친구들의 아버지들이 죄다 일에 찌든 변호사였고, 그들의 일상은 부럽지 않았다. 학기 중 주말마다 사빈의 백화점에서 일할 때 접했던 변호사 손님들은 이런 조언을 남겼다. "돈을 벌고 싶으면 경영대, 생명을 구하고 싶다면 의대." 법률, 경영, 의대라는 세속적인 삼위일체가 이 도시의 유일신인 것 같았다. 뉴욕 출신 이민자 여학생이 감히 자신의 진로를 선택하려 하다니 오만한, 어쩌면 경솔한 짓이었을 것이다. 하지만 케이시는 설령 모호한 꿈이라도 단지 안정된 직장을 가져야 한다는 이유로 포기하고 싶지 않았다. 그래서 아버지에게 말도 없이 입학을 1년 연기하겠다는 편지를 컬럼비아에 보냈다.

어머니는 도미 구이 위에 국자로 파 양념장을 얹으면서 멋진 목소리로 찬송가를 부르고 있었다. "잘 때나 깰 때 함께하소서." 한껏 목소리를 떨며 한 소절이 끝났고, 나직하게 숨을 들이쉬며 다음 소절이 이어졌다. "지혜의 주여 말씀으로써." 그녀는 장을 봐서 딸들이 좋아하는 음식을 만들어주려고 그날 일찌감치 가게에서 퇴근했다. 티나는 목요일 밤에 집에 왔고, 지금은 두 딸이 다 집에 있다. 그래서 마음이 든든했고, 남편도 기분이 좋기를 바랐다. 그녀는 대용량 듀어스 위스키가 얼마나 남았는지 흘끗 확인했다. 간밤과 많이 다르지 않았다. 22년 동안 결혼생활을 하면서, 리아는 남편이 아예 안 마시는 것보다는 저녁식사에 반주로 한

두 잔 하는 것이 낫다는 것을 터득했다. 남편은 술집에서 허튼짓을 하면서 노닥거리거나 월급봉투를 날리는 주정뱅이는 아니었다. 그는 성실하게 일하는 사람이었다. 하지만 위스키가 없으면 잠을 자지 못했다. 시누이 중 한 명이 남자를 만족시키는 비결을 귀띔해준 적이 있었다. "밥 잘 먹이고, 밤일 잘해주고, 잠만 잘 재우면 돼."

자주색 홈드레스 위에 파란 앞치마를 두른 어머니가 생선요리를 식탁으로 가져왔다. 케이시가 두 잔째 물을 따르는 것을 보더니, 어머니는 입을 꾹 다물고 부드러운 달걀형 얼굴에 엄한 표정을 지었다. 늙은 성가대 지휘자 전 선생은 리아가 독창을 시작하기 전이면 초조해서 이런 표정을 짓는 것을 알아차리고 외치곤 했다. "기쁜 감정을 활짝 드러내요! 하나님께 바치는 노래 아닙니까!"

물론 눈치가 빨라 놓치는 것이 없는 티나는 케이시가 자기 무덤을 파는 거라고 생각하고 있었다. 이따가 통화하기로 한 남자친구 철 생각에 들떠서 온통 정신이 그쪽에 팔려 있었지만, 그녀는 케이시가 안절부절못하고 있다는 것을 느낄 수 있었다. 어머니가 이 저녁상을 준비하느라 얼마나 수고했는지 알아주면 좋으련만.

물 마시는 버릇, 사실 별 대단한 것도 아니었다. 조셉은 아이들이 음식에 감사하고 음식을 준비한 수고에 감사하며 복스럽게 먹어야 한다고 생각했지만, 케이시는 밥을 깨작거리는 습관이 있었다. 아버지는 물을 너무 마셔서 그렇다고 했다. 케이시는 아니라고 했지만, 사실 아버지 말이 맞았다. 중학교 시절, 케이시는 패션 잡지에서 식전에 물 석 잔을 마시면 음식을 적게 먹게 된다는 글을 읽었다. 케이시는 체격이 컸기 때문에 옷 사이즈를 6 이하로 유지하려면 상당한 노력이 필요했다. 체중도 흡연량에 따라 2킬로그램 이상 왔다 갔다 했다. 어머니는 가만히 있지 못하는 사람이라 마른 체구였고, 아버지를 닮아 키가 작은 동생도 보통 체형이었다. 티나는 다이어트에 대해 부정적이었다. 탁월한 물리학도이자 철학도인 티나는 케이시가 다이어트 프로그램에 가입했을 때 나무란 적이 있었다. "세상에 먹고 싶어도 굶주리는 사람들이 얼마나 많은데 자진해서 굶겠다고?"

아버지는 케이시가 식탁에서 연거푸 물을 마시는 것을 눈여겨보고 있었다.

조셉은 키가 160센티미터에 다부진 체구였지만, 성량이 풍부한 목소리 때문에 실제보다 더 큰 느낌을 주었다. 뒤통수에 푸석거리는 잔머리가 조금 남아 있을 뿐 머리가 거의 다 빠졌지만, 조셉은 개의치 않았다. 다만 겨울에는 귓불이 큰 귀와 머리를 보호하려고 회색 펠트 페도라를 써야 했다. 아직 쉰다섯 살이지만 실제보다 더 늙어 보여서, 특히 아내 옆에 서 있으면 정정한 일흔 살 노인 같았다. 리아는 그의 두 번째 아내였다. 그가 깊이 사랑했던 동갑내기 아내는 자식을 남기지 못하고 결혼 1년 만에 결핵으로 세상을 떠났다. 첫 아내를 떠나보낸 상처 때문이었는지, 조셉은 두 번째 아내를 몹시 아꼈다. 그녀의 건강과 기독교인다운 유순한 성품을 감사히 여겼고, 억척스러운 생활력에 어울리지 않는 예쁜 얼굴과 하늘하늘한 몸매에 여전히 매력을 느꼈다. 부부는 매주 금요일 밤마다 사랑을 나누었다. 그녀는 딸 둘을 낳아주었다. 한데 첫째는 어머니를 닮은 데가 없었다.

케이시는 물잔을 비우고 탁자에 놓았다. 이어 주전자로 다시 손을 뻗었다.

"나는 록펠러 같은 부자가 아니다." 조셉이 말했다.

아버지는 케이시 쪽을 보지 않고 이렇게 말했지만, 분명 그녀에게 하는 말이었다. 부모에게 물려받을 신탁 자금 같은 건 없다는 사실을 명심해야 하는 사람은 이 자리에 케이시뿐이었다. 말이 떨어지자마자, 싱크대 앞에 서 있던 리아와 티나는 긴장된 분위기를 누그러뜨리기 위해 식탁으로 와서 자리에 앉았다. 리아는 뭐라 말하려고 입을 열려다가 망설였다.

케이시는 잔에 다시 물을 채웠다.

"내가 언제까지나 네 뒷바라지를 할 수는 없어. 네 아버지는 백만장자가 아니다."

그게 누구 잘못일까요. 케이시의 머리에 대뜸 떠오른 생각이었다.

티나는 자기가 끼어들 대화가 아니라는 것을 잘 알았다. 그녀는 얇은 종이 냅킨을 펼쳐 무릎을 덮었다. 그리고 머릿속으로 십계명의 조항을 하나씩 떠올렸다. 초조할 때의 습관이었다. 특히 불안할 때는 사도신경과 주기도문을 처음부터 끝까지 연달아 외었다.

"네 나이 때 나는 길거리에서 김밥 장사를 했다. 내가 파는 음식이었지만 단 한 입도." 조셉은 극적으로 목소리를 높였다. "한 입도 먹어볼 여유가 없었어." 그는 먼지투성이 부산 시장통에 서서 자기보다 더 배를 곯던 동네 거지 꼬마들을 쫓아내며 손님을 기다리던 일을 생각하며 추억에 잠겼다.

리아는 숟가락 두 개로 생선살을 발라내 조셉의 접시에 먼저 담아주었다. 케이시는 어머니가 아버지의 저런 구구절절한 옛날 이야기를 막지 않는 이유를 알 수가 없었다. 어릴 때부터 그녀는 아버지의 온갖 고생담을 귀에 못이 박이도록 들었다. 1950년 말, 남쪽으로 가는 길이 잠시 열린 틈을 타서 부유한 상인 가문의 아들이었던 열여섯 살의 조셉은 북한군에 징집되지 않으려고 피란 길에 올랐다. 한데 어린 조셉이 한반도 최남단의 부산에 도착하고 몇 주 뒤, 전쟁이 나라를 둘로 갈라놓았고, 그는 어머니와 여섯 명의 형들, 누이 둘, 평양 근처에 있던 고향 집을 다시 보지 못했다. 한때 응석받이였던 10대 소년은 전쟁 피란민으로 전락해서 쓰레기를 뒤져 먹고 추운 해안에서 잠을 청했으며 지저분한 수용소에서 지내며 이성도 도덕관념도 잃어버린 나이 많은 피란민들에게 이용당하기 일쑤였다. 그러다 전쟁이 끝나고 2년이 지난 1955년, 어린 아내가 결핵으로 세상을 떠났다. 돈 한 푼 없고 도움의 손길도 없어서, 그는 의사가 되고 싶다는 꿈을 포기해야 했다. 대학도 다니지 못했다. 삯을 받고 미군의 심부름을 했고, 밤에는 악몽에 시달리고 낮에는 음식 행상을 하는 틈틈이 사전을 통해 독학으로 영어를 익혔다. 아내와 어린 두 딸을 데리고 미국으로 이민하기 전까지 조셉은 20년 동안 서울 근교의 전구 공장에서 관리자로 일했다. 조셉이 남한에서 처음 사귄 친구였던 리아의 큰오빠 훈이 동생네가 뉴욕으로 건너올 때 보증을 서주고 미국식 이름도 지어주었다. 2년 뒤 훈은 췌장암으로 세상을 떠났다. 조셉 주위 사람들은 모두 다 죽는 것 같았다. 그는 일가의 마지막 남은 후손이었지만, 대를 이을 아들도 없었다.

케이시는 아버지가 겪은 고난에 대해 무심하지는 않았다. 하지만 이제 정말 더 이상 듣고 싶지 않았다. 아버지가 잃은 것은 그녀의 몫이 아니었고, 가슴에 응어리를 품고 싶지도 않았다. 여기는 퀸스, 지금은 1993년이다. 하지만 부모님의 식탁에만 앉으면 언제나 1953년, 한국전쟁이 도무지 끝날 기미가 보이지 않았다.

조셉은 케이시의 할머니가 남긴 마지막 물건인 흰 옥 장신구 이야기를 꺼낼 참이었다. 그는 첫 아내의 약값을 대느라 장신구를 팔았지만, 그런 보람도 없이 그녀는 세상을 떠났다. 네, 네, 알아요. 케이시는 이렇게 말하고 싶었다. 전쟁은 잔혹한 것, 빈곤은 잔인한 것, 다 아니까 이제 그만 좀 하세요. 그런 일을 내가 겪을 리 없잖아요. 그러려고 미국으로 건너오신 거 아닌가요?

케이시가 아버지의 말을 들으며 눈동자를 굴리는 것이 리아는 탐탁치 않았다. 그녀는 남편의 이런 이야기를 듣는 것이 정말 아무렇지도 않았다. 그녀는 조셉의 첫 아내를 병약했던 성녀로 상상하고 있었다. 사진은 남아 있지 않지만, 모든 로맨스의 여주인공이 그렇듯 예뻤을 것 같았다. 그렇게 젊은 나이에(고작 스무 살이었다) 세상을 떠난 여자라면 친절하고 착하고 아름다웠을 것이다. 조셉은 이렇게 이야기를 털어놓음으로서 소중한 추억을 잊지 않는 것이다. 그는 가족을 모두 잃었다. 리아는 남편이 밤마다 잠을 설치는 것을 보고 일제강점기와 전쟁이 아직도 그의 꿈자리를 찾아온다는 것을 알고 있었다. 어머니와 첫 아내는 젊은 시절 그가 가장 사랑했던 사람들이었다. 리아도 누군가를 잃는 비통한 심정을 알고 있었다. 그녀의 어머니도 여덟 살 때 돌아가셨던 것이다. 어머니의 살 냄새와 뺨에 닿던 거친 치맛자락의 촉감을 그리는 마음, 밤에 눈을 감으며 새벽에 눈뜰 때 어머니가 이부자리 옆에 앉아 계신다면 얼마나 좋을까 하는 생각이 얼마든지 들 수 있다. 리아의 어머니도 폐병으로 돌아가셨기 때문에, 상상 속에서 어머니와 남편의 전처는 마치 동일한 존재처럼 서로 얽혀 있었다.

조셉은 티나를 향해 쏠쏠하게 미소 지었다. "배를 타고 떠나기 전날 밤, 어머니는 내 외투 안감에 금반지 스무 개를 손수 꿰매 주셨다. 류머티즘 때문에 손이 퉁퉁 부어서 평소 바느질은 하녀들이 대신하곤 했는데……." 자기 손이 있는 자리에 어머니의 손이 대신 나타났으면 하는 마음인지, 아버지는 오른손을 들어 보였다. 그러고는 왼손으로 오른손을 감쌌다. "돌아다니다가 흔들려도 소리가 나지 말라고 반지를 일일이 이불솜에 싸주셨어." 반지 하나를 팔 때마다 두꺼운 바늘로 외투 안감에 누벼진 하얀 이불용 실을 뜯어내던 순간을 떠올리며, 조셉은 어머니의 배려에 새삼 감복했다. "이렇게 말씀하셨어. '준오야, 필요할 때 이걸 하나씩 꺼내 써라. 따뜻한 음식 든든하게 먹어야 해. 나중에 우리 아들 돌아오면 상다리가 부러지도록 차려줄게.'" 누런 기가 도는 조셉의 흰자위에 눈물이 가득 괴었다.

"어머니는 장신구도 저고리에서 풀어서 주셨어. 그때는 이해가 안 되더구나. 나는 며칠 있다가 집으로 돌아오겠거니 생각하고 있었거든. 길어야 사나흘." 아버지의 목소리는 차츰 잦아들었다. "어머니도 내가 그 장신구까지 팔 거라고 생각하지는 않으셨을 거야. 반지는 팔라고 주신 거지만, 그래도……."

케이시는 숨을 깊이 들이마셨다가 내쉬었다. 서른 번은 족히 들은 이야기였다. 케이시는 얼굴을 찡그렸다. "알아요. 장신구는 파는 물건이 아니었다는 거."

티나는 아연한 얼굴로 언니의 무릎을 자기 무릎으로 툭 건드렸다.

"지금 뭐라고 했냐?" 작고 우아한 조셉의 눈이 더욱 가늘어졌다. 서글픔에 잠겨 있던 표정이 싸늘해졌다.

"아니에요. 아무것도." 케이시는 말했다.

리아는 제발 말조심 좀 하라는 뜻으로 케이시에게 소리 없이 애원하는 눈길을 보냈다. 하지만 딸은 어머니의 눈길을 외면했다.

조셉은 잔을 들어 술을 한 모금 마셨다. 이대로 어머니의 추억 속에 머무르고 싶었다. 입으시던 연두색 비단 저고리, 희고 차갑던 장신구. 그는 몇 푼 안 되는 돈에 장신구를 팔고 보석상을 나서던 날을, 아내의 병을 낫게 해주지도 못했던 독한 나뭇가지와 약초를 사러 다급하게 약재상으로 걸음을 옮기던 기억을 영영 잊을 수 없을 것이다.

분위기를 바꿔보려고, 리아는 앞치마를 벗어서 일부러 유난스럽게 접었다. "티나, 식전 기도를 올려주겠니?"

티나는 케이시를 누그러뜨릴 수 있다면 무엇이든 할 수 있었다. 그녀는 숱 많은 검은 머리칼을 옆으로 넘기고 고개를 숙였다. "하늘에 계시는 우리 아버지, 오늘도 이렇게 일용할 양식을 주시어 감사드리옵니다. 저희가 누리는 이 많은 축복에 감사드리옵니다. 하나님 아버지, 당신을 섬기는 올바른 길로 저희를 인도하시옵소서. 당신의 뜻을 보여주시옵고, 저희의 마음과 정신이 그 뜻에 일치하도록 이끌어주시옵소서. 우리 주 예수 그리스도의 이름으로 기도드리옵니다. 아멘." 내심 티나는 철과 어떤 관계를 맺어야 할지 하나님이 길을 인도해주었으면 하는 소망이 있었다. 혼전에 성관계를 갖지 않고 철의 마음이 식지 않도록 하려면 어떻게 해야 하는지, 그가 정말 일생을 맡겨도 될 상대인지 알고 싶었다. 티나는 계시를 원했다. 지난 몇 달 동안 하나님에게 가르침을 내려달라고 기도했지만, 철에 대한 욕망만 끓어오를 뿐 아무 징표도 찾을 수가 없었다.

리아는 티나를 향해 미소 짓고 케이시를 돌아보았다. 속으로 그녀 역시 기도하고 있었다. 하나님 아버지, 모처럼 가족이 이렇게 모였으니 오늘만은 감사의 마음으로 함께할 수 있도록 도와주시옵소서.

미처 식사를 시작하기도 전에, 조셉이 말했다. "그래, 넌 이제 뭘 할 생각이냐?"

케이시는 밥그릇에서 모락모락 피어오르는 김을 응시했다. "올여름에 뭘 해야 할지 찾아볼 생각이었어요. 당장 사람을 뽑는 곳은 없지만, 월요일에 도서관에 가서 가을에 직원을 채용하는 회사에 보낼 이력서를 쓸 생각이에요. 사빈 말로는 자리가 나면 주중에 일을 더 할 수도 있을 거래요. 다른 매장에서 일하게 될 수도 있고요, 사빈이 소개를……."

"네가 선택할 수 있는 진로는 알고 있을 게다."

케이시는 고개를 끄덕였다.

"진짜 직장에 다니든가." 아버지는 말했다. "로스쿨에 가든가. 모자 파는 일은 진짜 직장이라고 할 수 없어. 시급 8달러를 벌려고 8만 달러짜리 대학에 다니다니, 그보다 한심한 소리는 내 들어본 적이 없다. 기껏 졸업해서 머리핀이나 팔 생각이었으면 프린스턴은 왜 다녔냐?"

케이시는 아랫입술을 깨물며 다시 고개를 끄덕였다. 얼굴에서 핏기가 사라지면서 창백해졌다.

리아는 조셉의 표정을 살폈다. 말해도 될까? 남편은 아내가 딸들 편을 드는 것을 싫어했다.

"졸업식이 고작 지난주였잖아요." 그녀는 용기를 내어 입을 열었다. "집에서 좀 쉬는 것도 괜찮죠. 책도 읽고 테레비도 보고요." 자신 없는 목소리였다. 그녀는 딸을 보며 미소 지었다. "그동안 그 많은 시험을 치느라 고생했는데." 리아는 목소리에 다시 힘을 주며 대학을 졸업하고 난 뒤에 진로를 모색하는 것이 너무도 지당한 일인 양 말하려고 애썼다. 케이시는 밥그릇만 쳐다볼 뿐 수저를 들지 않았다. "애 밥 좀 먹게 내버려둬요." 리아는 조심스럽게 말했다. "피곤할 텐데."

"피곤해? 컨트리클럽에서 뭘 하느라고?" 조셉은 말도 안 된다는 듯 코웃음을 쳤다.

리아는 입을 다물었다. 소용없다. 얼굴을 보니, 아무리 말해봤자 듣지 않을 것임을, 딸들 앞에서 리아가 남편을 이겨먹는 모습을 보여주려 하지도 않을 것임을 알 수 있었다. 티나가 한마디 해서 분위기를 누그러뜨리면 좋으련만. 한데 둘째는 정신이 다른 곳에 가 있는 사람처럼 입을 꾹 다물고 밥만 씹고 있었다. 어린 시절부터 티나는 밥을 잘 먹었다.

케이시는 흰 벽만 물끄러미 쳐다보았다. 토요일 밤마다 광택 페인트 벽을 판타스틱 클리너로 닦는 것이 엄마의 일상이었다.

"너는 왜 그렇게 피곤한 거냐고." 조셉은 케이시가 자신을 무시하자 화가 치밀어올라 물었다. "아버지 말 안 들리냐."

케이시는 아버지를 쏘아보았다. 더는 못 참아. "학교 공부도 일이에요. 난 언제나 열심히 공부했다고요. 아버지가 가게에서 일하시는 만큼 열심히 했어요. 어쩌면 더 열심히 했을 수도 있고요. 그런 학교에 다닌다는 게 어떤 건지 아세요? 엑서터나 하치키스 같은 명문 고등학교를 나온 아이들, 부모님이 컨트리클럽 회원이고 아버지가 전화 한 통만 하면 뭐든지 해결되는 그런 아이들에 둘러싸여 있는 게 어떤 건지 아세요? 학과에서 일등을 해도 저 애는 집안이 보잘것없으니까 별거 아니라고 생각하는 아이들과 친구로 지내는 것이 어떤 건지 아세요? 아버지가 세탁소를 한다고 했더니 제가 무슨 더러운 빨랫감이라도 되는 것처럼 물러서는 아이들도 있었어요. 말로는 동등하다는 사람들이 저를 마치 속에 지저분한 것을 가득 채운 유리 인형처럼 바라보는 것이 어떤 기분인지 아시겠어요? 짐작이나 가시냐고요." 케이시는 소리 지르고 있었다. 마치 아버지를 때리기라도 하려는 것처럼 오른손을 들어

올렸다가, 스스로 놀랐는지 손을 내렸다. 그녀는 왼쪽 가슴을 움켜잡았다. 주체할 수 없을 정도로 몸이 부들부들 떨렸다.

"대체 왜 그러세요? 저한테 뭘 바라세요?" 그녀는 마침내 물었다.

"너한테 뭘 바라느냐고?" 조셉은 혼란스러운 것 같았다. 그는 다시 되풀이했다. "너한테 뭘 바라느냐고?" 그는 리아를 돌아보았다. "이 애가 나한테 하는 말 들었소?" 그는 중얼거렸다. "그래, 지금 당장 너도 죽고 나도 죽자, 그게 낫지 않냐." 그는 무기라도 찾는 듯 식탁을 두리번거렸다. 그러다 소리쳤다. "내가 너한테서 뭘 바라느냐고?" 그는 저녁 식탁을 두 손으로 밀쳐냈다. 물잔이 접시에 부딪혀 쨍그랑거렸다. 국이 넘쳤다. 딸이 저렇게 건방진 소리를 하다니 믿을 수가 없었다.

"내가 너한테서 뭘 바라느냐고?"

"아이씨. 내 말은 그게 아니라고요." 케이시는 목소리가 떨리는 것을 억지로 참았다. 눈물이 쏟아지려는 것도 굳게 억눌렀다. 겁먹지 마. 그녀는 자신에게 말했다. 겁먹지 말라고.

리아는 한국말로 소리쳤다. "케이시, 입 다물어. 입 다물어라." 어쩌면 저렇게 어리석을까. 학교 성적이 좋으면 뭐 하나. 까다로운 사람을 언제, 어떻게 비위 맞춰가며 달래야 하는지 아무것도 모르는데. 큰딸은 마치 화난 짐승 같았다. 어째서 조셉의 이런 면을 닮지 않도록 키우지 못했을까. 남자는 화를 내도 괜찮지만, 여자는 곤란하다. 이렇게 멋대로 분을 터뜨려서는 안 된다. 세상 이치가 원래 그렇다. 저런 성격으로 대체 어떻게 살아가려고 그러나.

조셉은 일어섰다. "일어나." 그는 케이시에게 일어나라고 손짓했다.

리아는 그를 끌어당겨 앉히려고 했다. "여보……." 그녀는 사정했다. 바지 벨트 고리에 손가락을 넣고 잡아당겼지만, 그는 아내의 손을 뿌리치고 밀쳐 도로 의자에 앉혔다.

케이시는 얼굴을 가린 머리카락을 뒤로 넘기며 의자에서 일어섰다.

"너는 생각이 이렇게 짧아서 어떡하려고, 앉지 못해!" 리아는 그래도 케이시가 더 이성적이기를 바라며 소리쳤다. "여보." 그녀는 남편에게 애원했다. "저녁이……." 그녀는 흐느꼈다.

"이리 와봐." 남편의 목소리는 침착했다. "그래서." 그는 번들거리는 눈을 부릅뜬 채 입을 열었다. "네가 인생이 뭔지, 어떻게 살아야 하는지 아버지보다 더 많이 안다고 생각하냐?"

대학에서 공부한 자식들이 언젠가 아버지보다 잘났다고 생각할지도 모른다는 두려움을 오랫동안 품고 있었지만, 그렇다고 조셉은 높이 올라가고 싶어 하는 아이들의 발목을 잡을 생각은 추호도 없었다. 하지만 자식이 아버지를 이런 식으로 내려다보면서 제 인생 경험이나 그간 겪은 고통, 세상을 보는 시각이 부모에게 뒤지지 않는다고 생각하는 일이 이렇게 잔인할 줄은 미처 예상하지 못했다. 그는 한국식 억양 때문에 뭉개지는 자신의 영어 발음을 의식했고, 아이들에게 집에서 항상 영어를 쓰도록 한 것을 후회했다. 그렇게 한 것은 아이들을 위해서였다. 미국인들 앞에서 아버지처럼 멍청해 보이지 말라고. 너무나 많은 것들이 후회스러웠다.

케이시는 머리를 천천히 저었다. 아버지가 이렇게 한심하게 굴다니 믿을 수 없었다. 이건 너무나 부당했다.

티나는 섬세한 달걀형 얼굴을 두 손에 묻었다. 등 뒤에서 케이시의 긴 몸이 열기를 뿜으며 아버지 쪽으로 다가가는 것을 느낄 수 있었다. 고등학교에 다닐 때부터 케이시는 1년에 한두 번씩 조셉과 싸우곤 했다. 아버지에 대한 케이시의 분노는 매년 더 커지기만 했고 어느새 도저히 달랠 수 없을 정도로 단단하게 응어리졌다. 9학년 때 보스턴으로 일박 이 일 수학여행을 갔을 때, 티나는 박물관에서 진짜 포탄을 본 적이 있었다. 케이시의 속에, 손가락 같은 갈비뼈 사이에 그런 포탄 덩어리가 들어앉아 있는 게 아닐까 하는 생각이 들 때가 있었다. 하지만 그럼에도 티나는 언니를 아꼈다. 아버지와 마주 서서 고통스러운 비난을 기다리고 있는 지금 이 순간에도, 꼿꼿이 세운 케이시의 자세는 너무나 우아했다. 평생 티나는 케이시를 연구해왔고, 지금 역시 마찬가지였다. 그녀는 마치 붓을 들고 그림이라도 그리려는 것처럼 길고 날렵한 체구에 흰 리넨 셔츠를 헐렁하게 걸치고 소맷단을 접어 올린 채였다. 희고 가느다란 손목에는 고등학교 때부터 차고 다니던 굵은 은팔찌 한 쌍이 빛났다. 케이시의 상사 사빈에게 받은 값비싼 선물이었다.

티나는 속삭였다. "케이시, 그냥 앉아."

아버지는 이 말을 무시했다. 케이시도 마찬가지였다.

조셉은 목소리를 낮췄다. "잠잘 곳이 없다는 게 어떤 건지 네가 아냐? 배가 너무 고파서 훔쳐 먹는 것이 어떤 것인지 네가 알아?

넌 그 숙자 케네디네 가게에서 일한 거 말고는 제대로 된 직장에서 일해본 적도 없어!"

"그렇게 부르지 마세요. 그녀의 이름은 사빈 전 고츠먼이에요." 케이시는 상사의 이름을 한 글자 한 글자 못박듯 또박또박 내뱉었지만, '어쩌면 그렇게 고마운 줄도 모르세요?'라는 말이 튀어나오려는 것은 애써 참았다. 단지 한국에서 리아와 같은 초등학교에 다녔다는 이유만으로, 그 딸에게 시간 조절이 쉬운 일자리를 주고 보너스도 넉넉하게 줘서 책도 사고 옷도 살 수 있도록 도와준 사람인데. 그 시절 사빈과 리아는 친구도 아니었다. 그저 고향이 같고 같은 초등학교를 나온 두 여자가 지구 반대편에서, 다른 곳도 아니고 헤럴드 스퀘어에 있는 메이시스 백화점 엘리자베스 아덴 매장에서 우연히 만난 것뿐이었다. 리아의 딸에게 일자리를 주겠다고 제안한 것은 사빈이었다. 아이가 없는 사빈은 젊은 직원들을 아꼈고, 케이시 역시 내내 뒷바라지해주었다. 희귀하고 아름다운 물건도 사주었다. 지금 쓰고 있는 이탈리아산 뿔테 안경도 사빈의 선물이었다. 안과 처방을 받은 렌즈까지 포함해서 400달러나 지불한 물건이었다. 사빈만큼 케이시에게 잘해준 사람도 없었다. 케이시는 아버지가 그 점을 모른다는 것이 화가 났다.

"난 사빈의 가게에서 일해야 했어요. 그거라도 안 하면 저더러 어떡하라고요?"

조셉은 부엌 천장 타일을 쳐다보았다. 그는 자식의 버릇없는 말투에 말문이 막혀 숨을 푹 내쉬었다.

케이시는 불쑥 아버지한테 미안한 마음이 들었다. 기억에 남아 있는 아주 어린 시절부터 집에는 돈이 없었고 아버지는 늘 그것을 부끄럽게 여겼다. 친할아버지는 아주 부자였다지만 미처 어떤 분인지 아버지가 알게 될 제대로 된 기회도 없이 돌아가셨다. 조셉은 아버지에게서 돈을 어떻게 버는지 가르침을 받았다면 인생이 많이 달라졌을 거라고 믿었다. 사실 케이시는 더 잘살지 못한다는 이유로 부모님을 원망한 적이 없었다. 워낙 열심히 일하는 분들이기 때문이었다. 돈이란 있을 수도 있고, 없을 수도 있다. 따지고 보면 학교에서는 모든 일이 케이시에게 잘 풀렸다. 프린스턴에 있을 때는 학교에서 거의 모든 비용이 나왔다. 학교에서 요구하는 나머지 부분들은 부모님이 다 냈기 때문에 굳이 학자금 대출을 받을 필요도 없었다. 태어나서 처음으로 학교에서 의료보험을 제공받았고, 덕분에 피임약도 싸게 살 수 있었다. 책이나 옷, 용돈은 주말마다 기차로 시내에 나가 사빈의 매장에서 일해서 충당했다.

"난, 난……." 케이시는 내뱉은 말을 주워 담고 싶었지만, 아무 말도 생각나지 않았다.

조셉은 딸의 얼굴을 정면으로 응시하며 그 얼굴에 드러난 반항심을 뜯어보았다. "안경 벗어라."

케이시는 얼룩무늬 뿔테 안경을 벗었다. 그리고 눈을 찡그린 채 아버지를 쳐다보았다. 1미터도 채 안 되는 거리를 두고 서 있었기 때문에 여전히 얼굴을 분명히 알아볼 수 있었다. 누런 이마에 구불구불 새겨진 주름살, 검버섯이 생긴 커다랗고 잘생긴 귀, 그리고 케이시가 아버지에게서 유일하게 물려받은 단호한 입매. 케이시는 안경을 식탁에 내려놓았다. 이제 그녀의 안색은 표백한 양피지 같았다. 색깔이 남아 있는 유일한 부위는 립스틱을 바른 입술뿐이었다. 겁먹은 표정은 아니었다. 체념에 가까웠다.

조셉은 팔을 들어 손바닥으로 딸의 입가를 후려쳤다.

케이시도 예상하고 있었다. 막상 얻어맞으니 속이 후련했다. 이제 끝났어, 이런 기분이었다. 케이시는 왼손으로 뺨을 감싸고 어떻게 해야 할지 몰라 외면했다. 아버지한테 얻어맞은 뒤에는 항상 이렇게 어색했다. 아버지는 힘껏 때렸지만, 별로 아프지 않았다. 아니, 케이시는 자기 자신을 다른 사람처럼 바라보고 있었다. 자신을 지켜보고 있는 존재와 지금 그녀가 차지하고 있는 육신이 한 사람으로 합쳐져서 결정을 내릴 수 있다면 좋을 것 같았다. 이제 어떻게 하지? 그녀는 생각했다.

"성적 잘 받고 남는 시간에 모자 장사나 하는 게 진짜 일이라고 생각하냐? 사회에 나가서 네가 한 시간이라도 버틸 것 같아? 내가 널 대학에 보냈다. 네 엄마와 나는 너와 티나한테 용돈 몇 푼 더 쥐여주려고 집에서 도시락을 싸거나 델리에서 샌드위치 하나를 사서 나눠 먹는데, 기껏 학교에 보냈더니 배운 거라고는 건방진 버르장머리냐? 어디서 감히. 어디서 감히 아버지한테 그런 말버릇이냐?"

리아가 상황을 무마하려고 의자에서 일어섰지만, 조셉은 그녀를 다시 밀어 앉혔다.

이어 그는 다시 케이시의 뺨을 때렸다. 이번에는 상체가 약간 휘청했다. 귀에서 웅 하고 소리가 났다. 그녀는 이를 악물고 주먹을 꽉 쥐며 중심을 잡았다. 왜 이러는 걸까? 그래, 딸이 말대꾸하는 게 싫은 거지. 아버지로서 자식들이 자신을 존경하고 섬겨야 마땅하니까. 이 따위 유교 도덕률이 케이시에게도 뼛속까지 배어 있었다. 하지만 자식의 기를 꺾는 이 의식은 벌써 여러 번 되풀이되었고, 언제나 똑같았다. 아버지는 때리고, 그녀는 순순히 맞았다. 입을 다무는 것이 현명하지만 그럴 수가 없었다. 티나는 절대 말대답을 하지 않았고 맞은 적도 없었다. 문득, 마치 스위치가 켜진 것처럼, 케이시는 아버지의 입장을 더 이상 헤아리지 않겠다고 결심했다. 아버지의 의도가 무엇이건 상관없었다. 더는 이렇게 멍하니 서서 얻어맞을 수 없었다. 그녀는 스물두 살, 대학까지 졸업했다. 이건 말도 안 된다.

"죄송하다고 해." 리아는 숨을 죽인 채 말을 건네며 어서 그러라는 듯 고개를 끄덕였다. 아기에게 죽 한 입 더 먹으라고 어르는 투였다.

케이시는 입술을 더욱 굳게 다물었다. 어머니가 더 미웠다.

조셉은 점점 더 침착해졌다. 리아는 제발 상황이 끝나기만 빌었다.

"아버지에 대한 존경심이 전혀 없어." 그는 케이시의 붉게 물든 뺨을 뚫어지게 응시하며 리아에게 말했다. "애가 잘못 컸어."

"속으로 죄송할 거예요." 리아는 딸 대신 사과했다. "케이시는 좋은 아이예요. 진심으로 하는 말이 아니라고요. 학교 공부 때문에 지쳐서 그런 것뿐이에요." 리아는 케이시를 돌아보았다. "빨리 나가라. 네 방으로 가. 어서. 지금 당장 나가."

"당신이 아이들을 망치는 거야. 오냐오냐한다고. 그러니 애들이 아버지한테 말버릇이 이 모양이지."

티나는 의자에서 일어섰다. 그녀는 언니의 마른 어깨에 두 손을 가볍게 얹고 부엌에서 데리고 나가려고 했지만, 케이시는 따라가지 않았다. 어머니는 울고 있었다. 오후 내내 정성껏 만든 요리는 아무도 손대지 않은 채 식어가고 있었다. 티나는 시간을 거꾸로 돌려 다시 식탁에 앉아 식사를 시작했으면 좋겠다는 심정이 굴뚝 같았다.

티나는 나직하게 말을 건넸다. "언니, 언니 그러지 마…… 제발."

케이시는 아버지를 응시하고 있었다. "난 망가진 게 아니에요. 쟤도요." 케이시는 티나를 가리켰다. "잘못 큰 게 아닌데 자꾸 그런 소리를 들을 때마다 정말이지 넌더리가 나요. 아버지야말로 우리 같은 자식을 낳아서 복권 당첨된 줄 아셔야 해요. 왜 자꾸 우리가 잘못 컸다는 거예요? 도대체 왜 이 정도면 괜찮다고 할 때가 없는 거냐고요? 집어치우라고요. 닥치라고요." 그녀는 마지막 말을 조용히 내뱉었다.

조셉은 배 위에 팔짱을 긴 채 딸이 하는 말에 너무 충격을 받아 자신의 귀를 의심했다.

"지금은 왜 또 내가 잘못된 거예요? 난 아무 짓도 안 했는데." 케이시의 목소리가 갈라졌다. 이제 그녀도 흐느끼고 있었다. 아버지가 때렸기 때문이 아니라, 아버지가 자신을 부당하게 대접한다고 항상 느껴왔다는 것을 그제야 깨달았기 때문이었다. 노력을 안 한 것도 아닌데.

조셉은 숨을 들이쉬더니 케이시의 얼굴에 세게 주먹을 휘둘렀다. 그녀는 쓰러졌다. 탁자 위에 놓아둔 안경이 튀어 바닥에 떨어졌다. 티나는 허겁지겁 안경을 주워 들었다. 코받침이 부러졌고, 다리 한쪽이 덜렁거렸다. 케이시는 식탁을 짚고 중심을 잡았지만, 싸구려 철제 다리가 달린 포마이카 식탁이 넘어가는 바람에 그녀도 같이 미끄러졌다. 국그릇과 접시가 바닥에 와장창 쏟아졌다. 왼쪽 뺨에 난 손자국과 함께 케이시의 오른쪽 눈 주위까지 붉게 물들었다.

"일어나." 조셉은 말했다.

케이시는 활짝 편 손으로 음식이 튀지 않은 녹색 리놀륨 바닥을 짚고 힘들게 일어섰다. 어쩌다 보니 아버지가 이번에도 바로 앞에 서 있었다. 터진 입술 안쪽에서 피가 배어 나와서 혀에 쇠맛이 느껴졌다.

"또 때리시려고요?" 그녀는 혀로 이를 핥으며 물었다.

조셉은 고개를 저었다. "나가라. 짐 챙겨서 내 집에서 나가. 우린 이제 남남이다." 그는 사무적인 말투로 선언했다. 두 팔은 양옆으로 축 늘어뜨리고 있었다. 싸워봤자 소용없다. 그는 아버지로서 실패했고, 케이시는 그가 지켜야 할 사람이 더 이상 아니었다. 그는 하얀 도자기 물병 조각을 저벅저벅 밟으며 부엌을 나갔다. 거실에서 그는 다시 돌아섰지만 케이시에게 눈길을 보내지 않았다. "내가 널 학교에 보냈다. 할 수 있는 일은 전부 다 했어. 이제 손 뗀다. 내일 아침까지 나가라. 얼굴만 봐도 진절머리가 난다."

리아와 딸들은 침실로 들어가서 문을 닫는 아버지를 바라보았다. 케이시는 아버지가 앉아 있던 텅 빈 의자에 주저앉았다. 그리고 천장을 멍하니 올려다보며, 식사할 때 늘 그랬듯 무의식적으로 타일 개수를 세기 시작했다. 티나는 평정을 되찾기 위해 머리를 어루만지며 호흡을 진정하려고 애썼다. 리아는 두 손으로 치맛자락을 꽉 움켜쥔 채 꼼짝도 하지 않고 앉아 있었다. 남편이 자리를 뜨다니. 전에는 한 번도 없었던 일이다. 남편이 나가지 않고 케이시를 다시 때렸다면 더 나았을 것 같았다.

2

신용

케이시가 대학에 가기 전까지 티나와 같이 쓰던 어린 시절의 침실은 프린스턴의 매티 칼리지나 커일러 홀에서 사용했던 어느 기숙사 방보다도 훨씬 작았다. 긴 한쪽 벽에 붙여 세운 이층침대가 안쪽에서 닦아낼 수 없는 지저분한 유리창을 가로막고 있었다. 케이시가 쓰던 위층의 래미네이트 재질 헤드보드 위쪽에는 당당하게 허리에 손을 올린 원더우먼 린다 카터의 빛바랜 포스터가 걸려 있었다. 티나는 아래층 침대 안쪽에 초등학교 시절 버거킹에서 공짜로 받은 양키스 포스터를 테이프로 붙여놓았다. 침대에서 겨우 50센티미터 될까 말까 한 거리에 짝이 맞지 않는 합판 책상 두 개와 오어바크 체인점에서 산 흰 탁상용 스탠드 두 개가 놓여 있었다. 책상 위 벽에는 학생 시절 받은 온갖 상장들이 액자에 넣지도 않은 채 잔뜩 붙어 있었다. 수많은 상장 중에서 케이시가 받은 것은 사진, 음악, 사회 과목이었고, 티나는 기하학, 종교, 물리, 고급 미적분 과목이었다.

케이시는 누렇게 뜬 스카치테이프로 벽에 붙은 채 가장자리가 말려 올라간 상장들을 더 이상 의식하지 않았다. 방이 좁아 불편하다는 것도, 자연광이 들어오지 않아 어둑어둑하다는 것도 눈에 들어오지 않았다. 대학에 입학하고 처음 몇 해 동안 집에 돌아올 때마다 매티 칼리지 기숙사 스위트룸에서 활활 타오르는 벽난로와 목재로 마감된 강의실의 벽, 스테인드글라스 유리창을 엘름허스트 집의 침실에 깔린 파란 데이크론 합성섬유 카펫과 아파트 건물 로비의 방탄유리와 비교하다가, 케이시는 자신의 집이라는 공간을 너무 비평적인 눈으로 바라볼 입장이 아니라는 것을 깨달았다. 자존심이 상했기 때문이었다.

아버지와 싸우고 나서 방으로 향한 것은 오로지 말보로 담배를 꺼내기 위해서였다. 담배와 성냥갑을 챙기자마자, 그녀는 현관문을 나섰다.

그녀는 엘리베이터 대신 계단을 통해 세 개 층을 올라갔다. 타르가 칠해진 옥상으로 올라가는 유일한 길이었다. 그녀는 외우고 있던 비밀번호를 눌렀다. 4174. 건물 관리인의 외동딸 에텔다의 생일이었다. 케이시는 몇 년 동안 에텔다의 학교 공부를 도왔고, 나중에는 SAT 과외교사 노릇도 했다. 그 대가로 에텔다의 아버지 샌드로는 케이시에게 옥상을 마음대로 사용할 수 있게 해주었다. 에텔다가 전액장학금을 받고 베이츠 칼리지에 합격하자, 샌드로는 패러머스의 철물점에서 철제 카페 탁자와 짝이 맞는 의자

두 개를 자기 돈으로 사고, 옥상에 드나드는 유일한 손님을 위해 유리 재떨이까지 선물로 갖다놓았다.

하지만 지금 케이시는 카페 의자에 앉지 않았다. 그녀는 도로에 면한 건물 북쪽으로 다리를 늘어뜨리고 지붕 가장자리의 넓은 난간에 걸터앉았다. 건물 외벽의 갈색 벽돌에 흰 바지가 더러워지는 것도 아랑곳하지 않았다. 환기가 되지 않는 어머니의 부엌에서 느끼지 못했던 밤바람이 케이시의 얼얼한 얼굴을 스쳤다. 하늘에는 빛이 거의 보이지 않았다. 달도 찾을 수 없었다. 사실 케이시가 퀸스에서 별을 본 적은 한 번도 없었다. 그녀가 처음으로 검은 하늘에 하얀 구멍들이 무수히 뚫려 있는 광경을 본 것은 방학 때 룸메이트 버지니아의 할머니 집을 방문하러 뉴포트로 여행 갔을 때였다. 최초의 느낌은 호흡이 잠시 정지하는 기분이었다. 문자 그대로 숨이 멎는 광경이었다. 그녀는 고개를 죽 빼고 소용돌이치는 은하수를 바라보며 넋을 잃었다. 모기에게 발목을 뜯기면서도, 아무리 재촉해도 할머니의 대저택 안에 도무지 들어가려 하지 않았다. 뉴포트에 머무르는 동안, 나이 지긋한 크래프트 부인이 케이시를 '별처럼 초롱초롱한 눈망울을 지닌 아이'라고 부를 정도였다. 다음 날, 발목과 발가락에는 온통 모기에 물린 불그스름하고 통통 부은 자국이 나름대로 별자리를 이루었지만, 케이시는 조금도 후회하지 않았다. 열아홉 살이 되어서야 마침내 별을 본 것이다.

하늘 가장자리가 분홍색과 회색으로 길게 물들며 황혼이 저물어가고 있었다. 케이시는 컴컴한 강철 같은 도시의 하늘이 한 겹

벗겨지고 별들이 모습을 드러내는 광경을 보고 싶었다. 여기서는 별을 볼 길이 없었다. 할 수 없지, 그녀는 아쉬운 마음으로 단념했다. 지금 앉은 자리에서는 똑같이 생긴 아파트 창문이 무수히 빛나는 광경이 보였다. 하나같이 천장에 못으로 박은 사각 유리 전등이었다. 밴클릭 스트리트 양쪽을 따라 1960년대에 동일한 건설 업체가 세운 임대 아파트 건물들이 다닥다닥 붙어 있었다. 모두 동일한 구조에 월풀 냉장고, 작은 벽장을 갖춘 공간이었다. 그 집들 안에서 어서 들어오라는 듯이 전구가 깜빡이고 있었다. 공기와 소리, 빛으로 구획된 벽돌의 벌집. 케이시는 그 안에도 그저 단조로운 일상이 아니라 행복이 있을 수 있다고 믿고 싶었다.

케이시는 즐겨 하던 옥상 게임을 하기 시작했다. 별다른 규칙은 없고 단 하나의 목표만 있는 게임이었다. 창문을 하나 고른 뒤, 그 안에 보이는 물건들을 관찰하는 것이다. 케이시는 한 사람이 지닌 소지품이 그 사람을 말해준다고 생각했다. 덕트 테이프를 덕지덕지 붙인 격자무늬 안락의자는 거기 앉은 남자가 빈털터리라는 사실을 말해준다. 금칠한 거울 틀은 아직 바래지 않은 여자의 왕족 같은 영혼을 비춰준다. 부엌 싱크대 위에 놓인, 저가 브랜드 오트밀 포장지는 은퇴한 노인의 주머니에 돈이 넉넉하지 않다는 사실을 알려준다.

길 건너편 눈높이 정도의 창문 안에서 동남아시아계 소년과 소녀가 아담한 거실에서 텔레비전을 보는 광경이 눈에 들어왔다. 초등학교에 다닐 정도의 나이였다. 케이시는 투명인간이 되어 조용히, 숨죽인 채 그 옆에 앉아 있고 싶었다. 솔직하고 예쁜 얼굴들에

화면으로 전송된 영상을 보고 감탄하는 표정이 역력했기 때문이었다. 담뱃불이 동무 노릇을 해주었지만, 케이시는 차라리 전등불빛 아래에서 책을 읽거나 지금 기분 같아서는 〈메리 타일러 무어 쇼〉나 〈밥 뉴하트 쇼〉를 보고 싶었다. 케이시는 어렸을 때부터 독서를 좋아했고, 텔레비전 시청도 즐겼다. 다른 사람들처럼 텔레비전을 경멸한다는 건 있을 수 없는 일이었다. 〈앨리스〉, 〈제퍼슨 가족〉, 〈올 인 더 패밀리〉, 〈사랑의 유람선〉, 〈판타지 아일랜드〉, 〈소머즈〉, 〈브레이디 번치〉, 〈초원의 집〉, 그리고 당연히 〈원더우먼〉 같은 드라마들이 한 씨네 자매가 미국을 이해하는 데 길잡이 역할을 해주었기 때문이다. 엘름허스트 도서관에서 대출한 고전문학이 과거의 미국인과 유럽인에 대해 가르쳐주었다면, 현대인의 삶은 작은 화면 속에 펼쳐지는 장면을 통해 유추할 수 있었다. 조셉과 리아는 텔레비전 시청을 제한하지 않았다. 아이들의 성적도 흠잡을 데 없었던 데다, 텔레비전은 한 씨네 가족에게도 경제적인 부담을 지우지 않는 선물 같은 존재였다.

케이시는 티나가 나무 샌들을 달각거리며 다가오는 소리를 들었다.

"뛰어내리지 마." 티나는 짐짓 놀리듯 말했다.

"하." 케이시는 대꾸했다. "그게 그렇게 쉬운 줄 아냐." 그녀는 열 개 층 아래 콘크리트 보도를 내려다보았다. 붉은 소화전 맞은편, 케이시네에서 비스듬히 대각선 방향의 건물 계단에 동네 아이들이 모여 시칠리안 피자를 상자에서 꺼내 먹고 있었다. 아이들의 식욕이 부러웠다. 케이시는 아무것도 먹고 싶지 않았다.

티나는 젖은 손을 청바지에 닦았다. 부엌에 엎드려 스펀지로 바닥 청소를 하고 올라오는 길이었다. 어머니는 아직 설거지를 하고 있었다. 동생에게 언니가 어디 있는지 찾아보라고 이른 것은 리아였다.

"이제 어쩔 거야?" 티나는 물었다.

케이시는 대답 없이 어깨를 으쓱했다. 동그랗게 내뿜은 하늘하늘한 연기가 형태를 잃고 흩어졌다.

"난 다음 싸움은 8월쯤에 터질 거라고 생각했지. 집에 도착하자마자 첫 주에 이럴 줄 누가 알았나."

"오늘 너 진짜 웃긴다." 케이시는 두 개비째인 담배 연기만 계속 빨아들였다.

"언니, 제이 집으로 갈거야?"

케이시는 고개를 끄덕였다. "그래야겠지. 버지니아는 한 달 동안 뉴포트에 있다가 이탈리아로 떠날 거야. 돈을 쌓아놓고 살면 얼마나 좋을까. 빈둥빈둥 그 돈을 쓸 시간도 남아나고."

"이탈리아라니 좋겠다." 티나는 말했다. 둘 다 유럽에 가본 적이 없었다.

"지난주에 신용카드가 나왔어. 비행기표만 어떻게 사면, 버지니아가 같이 지내자고 할 텐데. 유럽에 가면 일을 구할 수가 없어서……." 케이시의 첫 신용카드는 한도가 5,000달러였다. 항공권은 얼마나 할까? 이탈리아에서 산다니 멋있고 흥미진진할 것 같았지만, 터무니없을 정도로 비현실적이라 상상조차 되지 않았다.

티나는 케이시의 시선이 향하는 쪽을 바라보며 어느 유리창을 보고 있는지 추측하려 해보았다. 그녀는 이 게임에 아무 흥미가 없었다. 그녀가 볼 때 어느 집 식탁의 둥근 모양이나 어느 여자가 집에서 입고 있는 짧은 데님 치마에는 별다른 정보가 없는 것 같았다. 반면 티나는 MIT 학생들의 취향이 겉보기와 확연히 다르다는 것을 깨닫고 놀라는 일의 연속이었지만, 케이시의 경우 사람 때문에 당황하는 일이 거의 없었다. 그런 면에서 티나의 남자친구 철은 케이시와 비슷했다. 그는 사람들의 선택에 대해 타고난 호기심을 지닌 것 같았다. 문득 티나는 철에게 전화하기로 했던 것을 떠올렸지만, 그가 여름 동안 머물고 있는 메릴랜드의 부모님 집에 전화를 걸기에는 너무 늦은 시각이었다.

"이탈리아에 가고 싶어?" 티나는 물었다.

"이런 식으로는 안 가." 케이시는 대답했다.

"그럼 제이네 집에?"

"그래야지."

티나는 아버지가 때린 일에 대해 뭐라고 말해야 할지 알 수 없었다. 이런 싸움을 치르고 나면, 케이시는 가족을 너무나 지긋지긋하게 여겼다. 언니 탓을 할 수는 없었다. 화가 난 아버지를 막을 수 있는 사람은 아무도 없었다. "내가 줄 수 있는 돈은 200달러 정도야. 그리고 25센트짜리 동전으로 20달러."

"예전에 너한테 빚진 것도 아직 못 갚았는데." 케이시가 말했다.

4년 전, 티나는 그동안 저축한 돈을 털어 케이시의 낙태 비용을 댔다. 제이를 만나기 전, 케이시는 이름과 전화번호조차 남기지 않은 상대와 하룻밤 불장난을 벌이고 덜컥 임신했다. 한데 그 뒤로 동생에게 갚을 돈이 생길 때마다 너무나 탐나는 스웨터나 모자, 부츠 같은 것들이 눈에 띄었다. 동생을 볼 면목이 없었다.

"그 돈은 괜찮아. 그걸 안 했다면." 티나는 턱을 꾹 다물었다. "그…… 시술을 안 했다면, 언니의 인생은 망가졌을 테니까."

케이시는 반쯤 피운 담배를 눌러 껐다. 흡연은 1달러 지폐를 태워 없애는 행위에 가까웠지만, 그녀는 그것이 낭비라는 사실 자체를 즐겼다. 곧장 한 대 더 불을 붙였다.

티나는 입을 열었다. "폐 사진을 봤는데……."

"오늘 밤에는 그만해. 제발, 숨 좀 쉬자."

"누구 때문에 오늘 숨을 못 쉬었는데 그래." 티나는 중얼거렸다. 문득 그녀는 자신이 정곡을 찔렀다는 것을 깨달았다. 케이시가 받아치지 말았으면.

"형편없이 군 건 아버지야, 티나."

"알아." 티나는 언니를 뚫어지게 바라보았다. "그래서 어쩌자고. 아버지에 대해 모르는 것도 아니잖아."

"너라면 다르게 대응했겠지. 아니, 탁월하게 대응했겠지, 한 박사. 누구 하나 기분 안 상하게 하는 데는 전문가 아니냐." 어릴 때부터 케이시는 동생을 이렇게 불렀다.

"아버지가 형편없이 굴지 않았다고 말하려는 게 아니야." 티나는 한쪽 편을 들라는 듯한 케이시의 집요한 요구가 지긋지긋했다.

"넌 내가 형편없이 굴지 않았다고 말은 안 했지만, 속으로는 그렇게 생각하잖아. 집어치워."

"참 나. 쓸데없이 언니 일에 신경을 쓰다니."

"그러게. 왜 신경 쓰냐?" 케이시는 미간을 찡그리며 대꾸했다. "나한테 잘해줄 필요 없어."

티나의 목소리가 낮아졌다. 가족 문제에 맞닥뜨리면, 항상 언니보다 자신이 더 어른처럼 느껴졌다. "그러지 마. 난 언니 동생이잖아."

케이시는 숨을 내쉬었다. 자신이 바보 같다는 기분, 외롭다는 기분이 들었다. 그녀는 검지로 오른쪽 관자놀이를 두드렸다. "자, 방금 규칙을 하나 만들었어. 들어볼래?"

"그래." 티나는 어린 동생 같은 미소를 지었다. '내가 배울 게 있다면 말해줘. 내가 다시 언니를 좋아하게 해줘.' 이렇게 말하는 듯한 표정이었다.

"싸움은 하룻밤에 딱 한 번만." 케이시는 극적으로 눈썹을 추켜올리며 활짝 웃었다. "난 벌써 한 번 싸웠어. 그러니까 너랑 싸우면 안 돼. 내일 두드려 패는 한이 있어도."

"그거 좋다, 나도 동의." 티나는 미소 지으며 대답했다.

그들은 입을 다물었다. 티나는 침을 삼킨 뒤 어둠 속에 반쯤 가려진 케이시의 얼굴을 향해 오른손을 뻗었다. "어디 보자."

"그러지 마." 케이시는 움찔하며 티나 쪽으로 담배 연기를 뿜었다.

"돈 가져가."

"내가 문제를 일으키고 있으니까, 내가 가는 게 맞겠지." 케이시는 기하학 해법이라도 외듯 냉정하게 말했다. 이어 중얼거렸다. "여기서는 도대체 되는 일이 없네."

"집에 계속 있다가는 살인날 것 같아." 티나는 말했다. "내가 준다는 돈은 가져가."

케이시는 넌더리 나는 기분을 억누르려고 애쓰며 고개를 끄덕였다. "내가 나중에 갚을게. 전부 다."

"돈은 됐어, 케이시." 어렸을 때, 티나는 케이시가 자신을 쳐다보기만 해도 기분이 좋았다.

"두 분이 주무실 때 떠날 거야." 케이시의 얼굴은 무표정했다. "내가 어디로 갔는지 말하지 마. 알겠지? 이 부탁만 들어줘."

티나는 굳이 반박하지 않았다. 케이시의 실수를 지켜본 덕분에, 지금껏 그녀는 똑같은 실수를 저지르는 것을 피할 수 있었다. 인생을 더 잘 살아야겠다는 의무감을 느꼈다면, 그것은 예고편을 미리 시청한 덕분이었다. 이런 기분을 뭐라고 불러야 할까? 원초적인 의리? 분명 고마움은 아니었다. 책임감? 어쨌든 티나는 이런 기분을 느끼고 싶지는 않았다.

저 아래 거리는 텅 비어 있었다. 쥐 두 마리가 도로 연석 근처에 놓인 쓰레기봉투 더미 사이에서 튀어나왔다.

오늘 저녁이 이런 식으로 끝나다니. 학교에서 기차를 타고 오는 동안, 티나는 케이시에게 묻고 싶은 것을 머릿속에 정리했다. 한 학기 동안 쌓인 걱정거리들이었다. 학교에 다니는 동안 자매는 대화할 기회가 거의 없었다. 장거리 전화는 비쌌고, 일정은 바쁘고 서로 어긋났다. 게다가 케이시는 힘든 길로만 가고 있었다. 그녀의 인생은 부산하고 목적이 없어 보였다. 정말 이해하기 힘든 존재였다.

저녁은 한층 어두워졌고, 달도 없고 가로등도 없었다. 언니의 얼굴 윤곽조차 거의 눈에 들어오지 않았다. 얇은 눈매, 아버지를 닮은 입, 튀어나온 광대뼈, 끝이 약간 뭉툭한 코, 언니의 피부색은 티나보다 약간 희었고, 검은 직모는 여름에 밤색으로 변했다. 티나의 검은 머리는 푸르스름한 빛이 감돌았고, 겨울에는 칠흑이었다. 둘이 같이 다니면 아무도 자매라고 생각하지 않았다. 하지만 티나는 우리가 자매라고 외치고 싶었다. 최고의 단짝은 아닐지언정, 영원히 서로에게 유일한 존재일 테니까.

티나는 숨을 들이쉬었다. 늘 시간이 별로 없었다.

"뭐 물어봐도 돼?"

"응?" 케이시는 티나가 물러가기를 바라고 있었기 때문에 목소리를 듣고 놀랐다.

"그건…… 어떤 거야?"

"뭐가?" 케이시는 어리둥절했다.

"섹스. 하면 어때?"

"섹스하려고?" 케이시는 놀란 듯 눈을 커다랗게 떴다가 이어 재미있다는 표정을 지었다. "내 동생한테 남자가 생겼나?"

"입 다물어."

"하!" 케이시는 짐짓 화난 척했다.

"생겼어." 티나는 인정했다. 자랑스러운 기색보다 근심이 더 많은 눈빛이었다.

"이름이 뭔데?" 케이시가 물었다.

"철."

"한국인?" 케이시는 입을 벌렸다.

"응."

"이야."

"알아." 티나는 말했다. 그것은 일종의 법률이었다. 둘 중 누구라도 집에 백인 남자친구를 데려왔다가는 집에서 쫓겨난다. 둘 다 한국인과 결혼해야 한다. 하지만 그럴 가능성은 없어 보였다. 한국인 남자들이 한 씨네 자매에게 데이트 신청을 한 적은 한 번도 없었다.

"말해봐." 케이시는 다그쳤다.

어둠 속에서 말하려니 쉬웠다. 철은 역시 예과 과정을 밟고 있는 MIT 한 학년 선배. 키가 크고 배구선수로 활동하고 있었다. 대학생선교회 회장 하비가 12월 아이스크림 모임에 그를 데려와서 티나와 처음 인사했다. 진지한 얼굴이었고, 학교에서 그녀에게 몰려드는 다른 남학생들보다 남자다웠다. 한국인 특유의 아름다운 눈매에, 훤한 이마, 남자다운 코를 갖고 있었다. 봄학기가 시작되고 그가 같이 영화 보러 가자고 청하자, 티나는 믿을 수가 없었다. 그는 흰 종이에 싼 살구색 장미 열두 송이를 들고 약속 시간에 맞춰 나타났다. 세 번의 데이트를 하고, 철의 파란색 혼다 어코드 안에서 서로를 애무했다. 티나가 처녀라고 고백하자, 그는 물러섰다. "감동했어." 그도 딱 한 번, 졸업무도회 날 밤의 어색한 경험뿐이었다. 그들은 기도하기로 마음을 모았다. 얼마 지나지 않아 그는 사랑한다고 했다. "네 마음 가는 대로 해, 티나." 브래지어가 풀리고, 처음에는 두렵기만 했던 남자의 발기한 성기를 대하고, 서로 쓰다듬으면서 이제 참기 힘든 지경까지 온 지난 다섯 달, 이제 티나는 자신의 믿음 때문에 철의 마음이 식지는 않았을까 걱정스러웠다. 사랑을 나누고 싶었지만, 그 행위가 두렵고, 그와 하나님이 두렵고, 모든 것이 회색으로 보였다. 구강성교도 죄일까? 윤리적 기준이 계속 흔들리고 있었다. 이제 마지막 단계만 빼고 모든 것을 다 거친 상황이었다. "나는…… 혼전 성관계가 옳지 않다고 생각해, 알겠지만. 성경에서는……."

"알아." 케이시는 짐짓 극적으로 고개를 끄덕였다. "하지만 낙태는 괜찮다는 거지." 그녀는 비아냥거리지 않고는 도저히 참을 수가 없었다. 사실 케이시 자신에게 하는 말이기도 했다.

"하룻밤에 한 번만 싸운다는 새 규칙은 어떻게 된 거야?" 티나가 눈을 흘겼다.

"아, 맞아. 잊어버렸네." 케이시는 웃었다.

"그래서?" 티나는 케이시에게 대답을 재촉했다.

"난 그게……." 케이시는 적당한 단어를 골랐다. "너의 진심에서 우러나는 거라고 생각해. 네 신앙 말이야. 어떻게 하고 있는지 모르겠지만……."

티나는 언니를 뚫어져라 보았다. 케이시는 섹스를 잘 알았고, 티나는 그 경험이 부러웠다.

"난 단지 섹스를 하지 않는다는 걸 상상할 수가 없어. 난 섹스가 좋아. 너도 좋아했으면 좋겠고. 그건 정말…… 사람을 압도하는 경험이거든. 난 압도당하는 걸 원해. 상상할 수 있어?" 케이시는 동생의 얼굴을 돌아보았지만, 표정을 잘 볼 수 없었다. 그녀는 동생이 자신의 욕망을 인정하기를, 고루한 관습에 얽매이지 않기를 바랐다. "이성을 날려버리는 것도 좋아. 자신을 잊어버리는 것. 누군가를 그저 애타게 갈망하는 것."

티나는 숨을 내쉬었다. 케이시의 대담한 면에는 놀라운 데가 있었다.

"난 섹스를 너무 좋아하는지도 몰라." 케이시는 불쑥 말했다. 자신의 믿음을 막상 입 밖에 내고 나니 부끄러웠다. 동생을 엇나간 길로 인도해서는 안 되는 거 아닐까. 요즘 믿음이란 것을 간직하고 사는 사람들이 어디 있나. "난 어쩌면 너한테 좋은 본보기가 아닐 거야." 케이시의 성생활을 여동생의 기준에 비추어보면, 아마 '걸레' 급에 속할 것이다. 그녀는 지금까지 여덟 명의 남자와 잤고, 모두 다 사귀는 사이조차 아니었으며, 그중 일곱 명과는 열아홉 살 이전에 잤다. 프린스턴에는 서른 명에서 마흔 명의 파트너를 경험한 여자도 있었고(그런 애들은 일기장에 적기도 하고 순위를 매기기도 했다), 단 한 명의 진정한 연인을 찾은 여자도 있었다. 물론 티나 같은 사람, 마지막까지 버티는 애들도 있다.

티나는 더 자세한 이야기나 단서, 조언을 듣고 싶었다. 학생 대부분이 남자인 MIT에서는 여자들 중 경험이 없는 사람은 거의 없었다. 남자들은 섹스만 할 수 있다면 앞다투어 덤벼들었다. 이제 티나도 남자친구가 생기자, 다른 여자애들이 늘 하던 이야기가 무슨 뜻이었는지 알 것 같았다. 여자가 좋아하는 사랑 노래를 카세트테이프에 녹음해주고, 서툴게 시를 써서 건네고, 케임브리지에서 저녁을 사주는 남자들이 알고 보면 죄다 여자 옷을 벗기려는 속셈이라고 하던 말들. 친구들은, 특히 매력적인 아이들은 더 그랬지만 심지어 평범한 수요 기도 모임 친구들조차 티나가 아직 처녀라는 말을 믿지 않았다.

"그게 왜 그렇게 압도적인 경험이라는 거야?" 그녀는 물었다.

"감각이 워낙 강렬하니까. 좋아하는 사람과 벌거벗고 같이 있다는 것은 너무나 좋은 기분이야. 따뜻한 피부를 맞대고, 상대의 숨결과 뼈를 느끼고, 가까이, 서로 아주 가까이 밀착하고, 상대가 다급히 나를 갈망하는 그 기분. 끝난 뒤에는 너무나 위안이 돼. 다른 모든 것은 부차적으로 느껴질 정도로. 게다가……." 케이시는 섹스를 다른 사람에게 묘사해본 적이 없었다. 아무도 물어보지 않았으니까. 온갖 장면들이 머릿속에 떠올랐다. 갑자기 정신이 초롱초롱해지고 살아 있는 기분이 들었다.

"좋아하는 사람이 나를 원하는 건 아주 신나는 일이야. 사랑하는 마음까지 있다면 더욱 강력해지지. 상대를 신뢰할 때 그 사람에게 굴복하는 것도 가능해지니까. 완전히. 네가 철을 사랑하고 그가 널 사랑한다면…… 음……." 케이시는 말을 끊었다. 무슨 혼전 성관계 옹호자가 된 기분이었다. 그렇게 굴고 싶지는 않았다.

"계속 이야기해줘."

"남자가 처음 키스하려는 순간 있지?"

티나가 고개를 끄덕였다.

"그런 짜릿한 느낌인데…… 마치 시간이 멈춘 듯, 길게 이어진다고나 할까. 완전한 합일의 경지."

케이시는 프린스턴의 블레어 아치 아래에서 처음 본 그 순간부터 제이 커리가 마음에 들었다. 그는 한 무리의 남자애들 한가운데에 서서 무슨 웃긴 이야기를 하다가 그녀가 자신을 바라보는 것을 알아차렸다. 커다란 청록색 눈동자가—반짝이는 회색과 검정색 점이 찍힌 송어 비늘 색깔이었다—그녀를 향해 빛나는 순간, 케이시는 퍼뜩 놀랐다. 며칠 뒤, 그는 1학년 회관에서 케이시의 옆자리에 앉았지만, 알고 보니 그는 3학년, 테라스 클럽 소속이었다. 나중에 그는 케이시를 수소문해서 만나려고 슬그머니 1학년 회관에 들어간 거라고 자백했다. 그녀는 데이트 신청을 수락했고, 〈해변의 폴린〉이 끝난 뒤(내용은 기억도 나지 않았다) 크레딧이 올라가는 동안 그는 슬그머니 다가와 그녀의 입술에 자기 입술을 갖다 댔다. 턱이 약간 까칠했다. 그의 머리카락은 곱슬거리는 벌꿀색이었다.

입술을 뗀 뒤, 그는 말했다. "넌 정말 부드럽구나." 마치 의외라는 듯한 말투였다.

그녀는 웃으며 "그래?"라고 대꾸하고, 행복해서 아랫입술을 깨물었다. 곧장 그는 다시 그녀에게 키스했다.

"제이가 크나큰 사랑이라고 생각해?" 티나는 물었다.

케이시는 그런 식으로 생각해본 적이 없어서 얼굴을 찡그렸다. "내 인생의 크나큰 사랑 말이냐?" 그녀는 히죽 웃었다. "그거 귀엽다."

"놀리지 말고. 내가 궁금했던 건…… 그러니까…… 논리를 들이대고 싶지는 않지만."

"실컷 논리적으로 설명해봐, 한 박사."

타나는 언니의 조롱을 무시했다. "들어봐. 철이 내 인생의 크나큰 사랑이고 내가 그와 영원히 함께하고 싶다면, 내가 언제까지나 그만을 원한다고 맹세할 수 있다면, 그렇다면……" 말을 입 밖에 내기가 힘들었다. 타나는 그렇다면 결혼 전에 잠자리를 해도 괜찮은 거 아니냐고 말하려는 것이었다.

"철은 네 대학 남자친구잖아. 마치 이런 소리 같아. 그러니까, 네가…… 세상에…… 고등학교 졸업 파티에 널 데려간 남자랑 결혼하겠다는 소리 같다고. 그냥 웃기잖아." 이렇게 무시하는 말투를 쓸 생각은 아니었지만, 타나의 논리라는 것이 너무 어처구니없었다. 무슨 망상, 혹은 더 고약한 표현이지만, 정통파 교리 같았다.

"서로 사랑하면 섹스도 더 좋다고 했으면서."

"그래, 당연하지. 하지만…… 사랑은 영원히 함께한다는 맹세가 아니야."

"하지만 내가 원하는 건 그거야. 누구나 그걸 원한다고 생각해. 적어도 처음 시작할 때는."

"그건 맞지. 하지만 난 숀 크롤리와 결혼하지 않은 게 좋아." 숀은 열다섯 살 때 케이시가 첫 경험을 한 상대였다.

"하지만 숀과 같이…… 잔 건 좋고?"

대답은 절대 아니올시다, 였지만, 케이시는 그 말을 하고 싶지 않았다. "내가 그 경험을 한 게 난 좋아." 그녀는 말했다. 내키지 않는 게 역력한 목소리였다.

언니에게 살짝 이긴 것이 흐뭇해서, 타나는 말을 이었다. "난 내가 뭘 원하는지 알고 있어. 앞으로도 나만을 원하겠다고 그에게 약속을 받고 싶어. 어떤 형태이든 약속이 있어야 해." 더 적절한 표현을 찾을 수가 없었다.

"성스러운 서약 같은 거?" 케이시는 그 말이 거의 혐오스럽기라도 한 듯 육체적으로 움찔했다. "아, 제발, 티나. 정신 차려. 넌 스무 살이야. 지금 결혼 같은 걸 할 수는 없잖아. 그가 침대에서 형편없으면 어쩔 거야? 정말 웃긴 짓이라고. 앞으로 50년 동안 부부로 살아야 할 수도 있는데. 아니지, 요즘 과학의 발전 속도를 감안할 때 70년이 될 수도 있어. 어쩔 거야?"

"하지만 사랑해야 한다면서. 서로 사랑하면 더 좋다고…… 언니가 그랬잖아…… 언니 논리대로라면 섹스가 어떻게 안 좋을 수가 있어? 내가 오랫동안 생각해봤는데……."

"그래, 그런 것 같다." 케이시는 웃었다.

"난 그를 원하는데 그가 날 영원히…… 영원히 원하지 않는다면, 마음이 너무나 아플 것 같아. 무슨 말인지 알겠어? 그 반대도 마찬가지고."

"그래, 마음은 아프겠지." 케이시는 두 손을 들어 보였다. "그래, 당연히 아플 거야. 하지만 휴, 티나, 사랑이란 건……." 그녀는 입을 다물었다. "그냥 벌거벗는 거야. 다칠 수도 있어. 하지만……." 케이시는 논리가 약해지는 것을 느꼈다. 스스로 자기 이론에 대한 믿음이 흔들리고 있기 때문이었다. 갑자기 얼굴에 통증이 느껴졌다. 부기도 심해지고 있었다. 그녀는 얼마나 심하게 다쳤는지 차마 확인하고 싶지 않은 기분으로 얼굴에 손을 댔다.

"괜찮아? 어디 봐, 내가 한번 볼게." 티나는 케이시의 이마에서 머리를 걷었다.

"괜찮아." 케이시는 어깨를 뒤로 물리며 내뱉었다. 티나의 속상한 표정이 눈에 들어왔다. "미안해. 내 말은, 사랑을 하려면, 잃어버릴 수 있다는 위험을 각오해야 한다는 거야."

티나는 케이시의 말이 잘못된 게 아니라고 생각하며 고개를 끄덕였다.

"신경 쓰지 마." 케이시는 말했다. "내가 하는 대로 하지 말고, 네가 옳다고 생각하는 대로 해. 하지만 어떤 결정을 내리든, 절대 상처받지 않도록 자신을 보호한다는 건 불가능해. 감정이라는 건 그런 식으로 움직이는 게 아닌 것 같아. 난 사랑을 원해, 티나. 내가 원한다고. 그래서 기꺼이 대가를 치르는 거야."

가로등 불빛이 켜지면서 케이시의 얼굴을 밝혔다. 티나는 멍이 심하게 든 것을 보고 흠칫 놀랐다. "얼굴이……." 티나는 눈을 감았다가 다시 떴다. 진한 연민이 밀려왔다.

"그렇게 심해, 한 박사?" 케이시는 동생의 걱정에도 아무렇지 않은 척 미소 지었다. 표정을 보니 상처가 심하다는 것을 알 수 있었다. 그녀는 왼쪽 입안을 깨물었다.

"일단 소독해야겠다." 티나는 울음을 억누르며 평정을 유지하려고 애쓰고 있었다. "일어나, 내려가자."

3
순이익

티나와 케이시가 집으로 내려와보니, 리아와 조셉은 문을 닫고 침실에 들어간 뒤였다. 식탁 위에는 종이 냅킨이 가득 꽂힌 플라스틱 홀더와 나무 이쑤시개가 꽂힌 작은 유리잔뿐, 휑했다. 표면이란 표면은 모두 깨끗하게 닦였고, 바닥에 쏟은 음식은 흔적도 남아 있지 않았다. 거리 반대쪽을 향해 있는 거실은 이따금 멀리 자동차 지나가는 소리만 들려올 뿐 고요했다. 욕실에서 물을 틀어놓은 채, 티나는 케이시의 얼굴을 닦아주었다. 아버지가 깰까 무서워서, 둘 다 말이 없었다. 얼굴을 다 씻은 뒤, 케이시는 콘택트렌즈를 꼈다. 지금 상태로는 안경을 쓸 수 없었다. 더플백과 손가방에 짐을 꾸렸다.

티나는 언니를 따라 나가 돈을 쥐여주고 이번 주 중으로 전화하겠다는 약속을 받아냈다. 미국인들에게는 너무나 쉬운 친근감의 표현일 포옹도 키스도 없이 자매는 헤어졌다. 페인트칠한 엘리베이터 문이 닫히고, 케이시는 로비로 내려갔다. 티나는 돌아서서 집으로 들어갔다.

케이시는 퀸스 대로를 향해 걸었다. 그랜드 애비뉴 역에서 N선이나 R선을 탈 생각이었다. 그녀는 챙 넓은 캔버스 여름모자와 사빈 백화점 분실물 보관소에서 챙겨 온 스키용 미러 선글라스를 썼다. 옷깃에 튄 핏방울은 눈에 띄지 않을 정도였기 때문에, 굳이 셔츠를 갈아입지 않았다. 너무 피곤해서 거기까지 신경 쓸 수가 없었다. 그저 제이의 침대에 쓰러지고 싶은 마음뿐이었다. 말을 하고 싶지도 않았다. 어차피 그는 사무실에 있을 것이다. 그는 토요일 밤과 일요일에 대체로 일했다.

케이시는 지하철 승강장 빈 의자 위에 짐을 놓았다. 여름옷과 신발을 가득 집어넣은 더플백은 소시지 껍질처럼 탱탱했다. 대각선으로 멘 손가방에는 책이 들어 있었다. 위안을 얻고 싶을 때마다 읽고 또 읽었던 《미들마치》와 《폭풍의 언덕》, 오래전 버지니아에게서 빌려놓고 아직 읽지 않은 프리쳇의 단편집, 매일 아침 혼자 있을 때 읽는 성경책과 오늘의 성경 구절을 베껴 쓰곤 하는 99센트짜리 연습장. 또 가방 안에는 사빈과 그녀의 남편 아이작이 졸업 선물로 준 릴리 다셰 전기 초판본도 면 스카프에 둘둘 감긴 채 들어 있었다. 릴리 다셰는 1940년대부터 1950년대까지 모자를 만들던 유명인사였는데, 사빈이 경력을 쌓을 때 본보기로 삼은 인물이었다. 책을 건네면서, 사빈은 500달러나 주고 샀다고 케이시에게 말했다. 장사를 업으로 삼다 보니, 물건 가격을 입에 올리지 않으면 못 견디는 사람이었다.

밀짚으로 짠 케이시의 손가방에는 화장품과 루이비통 지갑(역시 사빈이 준 선물이었다)이 들어 있고, 지갑에는 현금 272달러와 간밤에 부모님의 집에서 활성화한 첫 비자카드가 있었다. 손가방 밑바닥에는 25센트 동전 두 줄이 묵직하게 들어 있었다.

놀랍게도 승강장의 공중전화는 멀쩡했지만, 제이의 집 전화가 연결되어 신호음이 울리자마자 R선 지하철이 들어왔다. 케이시는 얼른 수화기를 내려놓고 뛰어들듯 탑승했다. 곧 그녀는 렉싱턴 애비뉴 역에 도착해서 6번으로 갈아탔다. 자정 전 케이시는 요크 애비뉴에 위치한 제이의 아파트 건물 앞에 도착했다.

그녀는 따로 가진 열쇠로 건물 출입문을 열고 비좁은 로비에 들어섰다. 벽은 스키아파렐리풍의 분홍색으로 칠해져 있었다. 엘리베이터 맞은편에는 천을 씌운 스툴이 놓여 있었고, 계단 뒤쪽에 놓인 여섯 개의 우편함 앞으로 단 한 사람이 지나갈 만한 통로가 로비 공간의 전부였다. 예상대로 제이의 우편함은 가득 차 있었고, 그의 모교인 로렌스빌 고등학교의 두꺼운 동창회지도 꽂혀 있었다. 케이시는 묵직한 우편물을 하나씩 넘겨보았다. 제이가 금액이 적혀 있지 않고 서명만 되어 있는 수표책을 주면 케이시가 각종 청구서를 지불하기로 역할 분담이 되어 있었다. 제이는 규칙적으로 잠을 자거나 돈을 쓸 여유조차 없었다. 그가 가장 크게 지출하는 항목은 겨울에는 스키, 여름에는 골프, 그리고 학자금 대출 상환이었다. 1월에 100퍼센트 보너스가 나왔고, 총 연봉은 16만 달러였다. 돈에 대한 그들의 시각은 동일했다. 더 버는 쪽이 더 많이 낸다는 것. 학교에 다닐 때는 주말에 고정적인 일자리가 있어서 여유가 더 많은 케이시가 생활비를 냈다. 지금은 그가 훨씬 더 벌기 때문에 각종 청구서도 그가 해결하고 있었다.

대신 케이시는 부모님에게는 버지니아의 집에서 자고 오는 척하면서 주말과 방학 동안 제이의 집에서 가정주부 노릇을 해주고 있었다―세탁소에 그의 셔츠를 맡기고, 아파트 청소를 하고, 욕조를 닦고, 냉장고에 오렌지 주스와 우유, 시리얼, 커피 등을 채우는 일이었다. 정장과 셔츠, 타이를 선택하는 일도 도와주었고―그는 브룩스 브라더스보다 폴 스튜어트를 좋아했다―매일 밤, 부모님이 잠들고 나서 통화할 때는 작별인사를 하기 전 비타민을 챙겨 먹으라는 말도 잊지 않았다. 요리도 더 많이 할 수 있었지만, 솔직히 집안일을 익히는 데 그리 흥미는 없었다. 라구 소스와 폴리오 치즈를 넣은 지티 파스타를 만들거나 립톤 양파 수프 믹스로 맛을 낸 미트로프 정도가 다였다. 그 정도로도 제이는 고마워했다. 그는 워낙 예의가 반듯해서 돌봐주는 것이 즐거운 남자였다. 이 점에 대해 케이시는 그의 어머니 메리 엘런에게 감사하는 마음을 갖고 있었다.

얼굴이 욱신거렸다. 집주인의 조카가 설치한 분홍색 유리 샹들리에의 어둑어둑한 불빛 아래에서, 케이시는 콤팩트를 열고 얼굴을 확인했다. 아버지가 얼굴에 남긴 흔적은 뚜렷한 손 모양이라기보다 간 모양에 가까웠다. 케이시는 거울을 치웠다. 제이는 아버지가 그녀를 때린다는 것을 모른다. 부모님이 까다롭다는 것은 그도 알고 있었다. 케이시가 백인 남자와 사귀면 안 된다는 것도 알고 있었다. 하지만 케이시는 아버지에게 맞는다는 이야기를 아무에게도 한 적이 없었다. 어렸을 때 어머니는, 미국에서는 부모가 체벌하는 것을 학교에서 알게 되면 아이들을 고아원에 보낸다고 그녀와 티나에게 단단히 당부했다. 그래서 자매는 아무에게도 그 일에 대해 입을 열지 않았다. 자라면서 그들은 열심히 일하는 부모님이 언제까지나 제자리에서 맴도는 모습을 지켜보아야 했다. 길거리에 나서면 리아는 늘 어딘가 겁먹은 표정이었고, 세탁소 손님들은 부모님을 바보 취급했다. 손님들은 열심히 일하는 부부가 다른 언어를 유창하게 구사하고 읽고 쓸 줄 안다는 사실을 굳이 알려 하지 않았다. 이런 어려움을 지켜봐온 케이시와 티나는 리아와 조셉의 행동이 자식을 위한 선의에서 비롯된 것이라고 믿었다. 부모님의 행동이 오해받을까 봐 두려웠다. 그 두려움을 입증하기라도 하듯, 제이는 케이시의 부모님이 편견을 갖고 있다고 단정했다. "나에 대해 네가 침묵하는 것 자체가 그분들의 인종주의에 공모하는 행위야."

케이시가 볼 때는 소수민족을 인종주의자라고 부르거나, 여자에게 성차별한다고 하거나, 가난한 사람에게 물질만능주의라고 한다거나, 성소수자에게 동성애 혐오 딱지를 붙이거나, 노인에게 노인을 차별한다고 비난하거나, 유대인에게 반유대주의자라고 하는 것은 뭔가 거꾸로 된 것 같았다. 학교에서는 이런 온갖 딱지들이 아무에게나 함부로 붙었다. 하지만 케이시는 혐오의 대상이 된 사람이 자신을 혐오하는 것도 가능하며 다른 사람을 더욱 쉽게 혐오할 수도 있다는 것을 알고 있었다. 혐오는 자체적인 공생의 논리를 지닌다. 아버지는 일본제 자동차를 절대 사지 않고 대신 올즈모빌 델타88을 모는 사람이었다. 어처구니없는 선택이었지만, 케이시는 일본군의 총에 맞아 세상을 떠난 형제도, 식민지배를 당한 경험도 없다. 그녀가 보기에 아버지의 그런 자세는 힘없는 한 인간이 미약하나마 존엄을 회복하려는 안간힘이었다. 케이시는 자신이 아버지의 왜소함을 넘어설 수 있다고 믿고 싶었다. 우스운 것은 아버지 역시 그녀와 마찬가지로 자기 자신을 너그럽고 공정하다고 여기고 있을 거라는 점이었다.

아버지의 집에서는 더 이상 환영받지 못한다. 넌 이제 내 딸이 아니다, 아버지는 이렇게 말했다. 모든 것을 잃는다는 것이 어떤 것인지 넌 모른다는 아버지의 말은 아마 옳을 것이다. 내가 모든 것을 잃어본 적이 있나? 인생은 너무나 어마어마하고 생각할 것이 많아서, 케이시는 도무지 어떻게 해야 할지 알 수 없었다. 제이에게 지금 이 상황을 어떻게 설명해야 할까? 얼굴에 든 멍을 보면 아버지를 괴물이라고 생각할 게 뻔했다. 제이의 아버지는 그가 세 살 때 집을 나갔다. 케이시는 제이가 집에 없기를 바랐다. 아침에, 푹 자고 커피를 마신 뒤에 이야기를 나눌 생각이었다. 마침내 엘리베이터가 도착했다.

아파트에 들어서니, 욕실 라디오 소리가 들려왔다. 제이는 라디오를 좀처럼 끄는 법이 없었지만, 뉴스 방송 같지는 않았다. 제이는 녹음된 뉴스가 반복적으로 흘러나오는 프로그램을 좋아했는데, 5분에 한 번씩 일기예보가 나오기도 했고 논설이 워낙 한심하기도 했기 때문이었다. 이런 뉴스를 듣다 보면 뉴욕은 온통 정신

병자와 살인극이 난무하는 아수라장이라고 생각할 수밖에 없다면서, 제이는 이 방송을 '라디오 빵빵'이라고 불렀다.

케이시는 가방을 제니퍼 컨버터블 침대 겸용 소파에 던져놓고 모자를 벗은 뒤 두 손으로 머리를 뒤로 쓸어 넘겼다. 그리고 제이의 할머니가 쓰던 안락의자에 털썩 앉았다. 이 집에서 단 하나밖에 없는 좋은 가구였다. 언제 날을 잡아 천을 갈아줄까 생각하는 중이었다. 얼마 전에 돌아가신 제이의 외할머니는 어린 시절 어머니가 트렌턴 도서관에서 일하느라 바쁠 때 그와 형을 돌봐주셨다. 그래서 할머니에 대한 제이의 애정은 한결같았다. 케이시는 의자에 몸을 묻었다. 마음이 평온했고, 제이의 집에 와 있다는 것이 한없이 기뻤다. 그때 서재로 사용하는 작은 침실에서 그의 목소리가 들려왔다. 통화를 하는 것 같았다. 회사 관리자들은 시간에 아랑곳없이 아무 때나 불쑥 전화를 걸곤 한다. 케이시는 벌떡 일어나서 그에게 달려갔다.

여자들이 먼저 눈에 들어왔다. 제이는 베이지색 모직 카펫 위에 벌거벗은 여자 둘과 같이 누워 있었다. 하나는 다리를 벌린 채 그의 골반 위에 걸터앉아 있었고, 다른 하나는 그의 얼굴 위에 쭈그리고 앉아 입에 자기 몸을 밀착시키고 있었다. 금빛 눈동자를 지닌 매력적인 빨간 머리였다. 다른 여자는 예쁜 금발이었다. 둘 다 케이시와 제이가 학교에서 알고 지내던 여자들일 수도 있겠지만, 프린스턴 여자들보다는 예뻤다. 케이시는 여자들을 샅샅이 뜯어보았다. 얼굴이 붉게 달아올라 행복해 보였다. 반쯤 빈 레드와인 병이 제이의 흰 이케아 책상에 놓여 있었다. 1년 전 제이는 어머니의 차를 빌려 케이시와 함께 엘리자베스에 가서 책상과 흰 책장 두 개를 샀다. 매장 내 식당에서 스웨덴식 미트볼도 먹었다. 그녀와 제이는 이 방에서 섹스한 적이 없었고, 바닥에서 한 것도 오래전이었다. 라디오 채널은 제이가 평소 듣지 않는 인기 팝송에 맞춰져 있었다. 라디오 빵빵이 아니어서 다행이라는 생각이 스쳤다. 그건 둘만의 농담이니까. 지금 흘러나오는 곡은 〈레이디 인 레드〉였다. 케이시는 감상적인 노랫말과 여닫이 유리창에 매달린 에어컨 덜덜거리는 소리에 주의를 집중했다. 그들은 아직 케이시를 보지 못했다.

뭐라 말하고 싶은 마음이 없어서—아니, 할 수 없었는지도 모른다—케이시는 그대로 서 있었다. 머릿속에서 그녀는 계속 되뇌었다. 세상에, 세상에, 세상에. 끼어들기가 미안할 지경이었다. 그들은 너무나 즐거운 시간을 보내고 있었다. 세 사람은 마치 신이 나서 게임에 몰두한 아이들 같았다. 다들 젊고 매력적이었고, 그들의 섹스는 다른 무엇보다 스포츠 훈련과 비슷했다. 제이는 한참 몰두하다 눈을 뜨고 고개를 뻗어 자기 어깨에 걸터앉은 금발 머리 여자의 몸을 얼굴로 건드렸다. 과연 두 여자를 한꺼번에 만족시킬 수 있을지 알 수 없었다. 그는 루이지애나 어딘가에 있을 여학생 기숙사에서 보잘것없었던 남자라는 평을 듣고 싶지 않았다. 오랫동안 꿈꾸어왔던 장면이었지만, 막상 닥치니 그리 만족스럽지는 않았다. 그럼에도 불구하고 다른 방식으로는 절대 얻을 수 없는 정보라는 점에서, 그는 자축하고 있었다. 어쨌거나 절대 사정하면 안 된다. 최대한 오랫동안 유지해야 한다, 그는 다

짐했다.

긴 다리로 제이의 목을 감은 여자는 흰 엉덩이를 그의 얼굴에 계속 밀어붙였다. 몽롱하던 시선이 잠시 잠에서 깨어나더니, 그녀는 그에게서 물러났다가 자세를 바꾸고 다시 몸을 밀어붙였다.

케이시는 꺼져가는 불길처럼 차츰 움츠러드는 느낌이었다. 불꽃은 사라지고, 타다 남은 잉걸도 검은 잿더미로 변해갔다. 이 순간에서 살아남을 수 있을까. 팔다리가 꼼짝도 하지 않았다. 화가 난다기보다 바보처럼 느껴졌고, 남자친구와 섹스하고 있는 이 예쁜 여자들 앞에서 태연해야 한다고 자존심이 당부하고 있었다. 그녀는 숨을 깊이 들이쉬고 발치를 내려다보았다. 부모님 집을 나설 때 검은 에스파드리유*를 신었는데, 신발을 신었다는 사실이 우스꽝스럽게 느껴졌다. 이 방에서 몸에 뭔가 걸치고 있는 사람은 그녀뿐이었다.

그런데도 케이시는 세 사람의 육체에서 눈을 뗄 수가 없었다. 그들의 희고 탄탄한 피부는 저전력 책상등 아래에서 은은하게 빛을 발하고 있었다. 보면 볼수록, 그들은 덜 인간적으로 보였다. 차라리 원시적인 생물 같았다.

제이가 목을 몇 도 돌렸다. "아, 이런, 케이시. 어떻게 된 거야? 네 얼굴 말이야. 괜찮아?" 그는 느닷없이 여자들을 밀쳐내며 말했다. "실례할게." 그는 발기한 성기 위에 콘돔을 끼운 그대로 파란 사각팬티를 걸쳤다. 그는 케이시의 얼굴 상태를 보고 너무 놀라서

---

* Espadrille, 밑창은 에스파르토 풀로 만든 끈으로 엮고 등 부분은 튼튼한 천으로 만든 가벼운 여름용 신발.

이 상황에 대해 설명할 생각조차 못 하고 있었다.

케이시는 한 번도 본 적 없는 낯선 사람을 보듯 그를 응시하다가 고개를 돌렸다. 그를 보고 있으니 마음이 아팠다. 여자들이 빨리 옷을 입어주었으면 하는 마음이었지만, 그들은 서두르지 않았다. 케이시가 자기들을 방해했다는 것만 알 뿐 누구인지 모르니 어쩌면 당연할 것이다. 뭐 하러 허둥지둥 옷을 주워 입어야 하나?

제이는 헝클어진 머리카락을 손가락으로 쓸어 넘겼다. "이쪽은 브렌다." 그는 빨간 머리를 보며 말했다. 금발은 실라였다. 그들은 이 아시아계 여자가 제이의 여자친구일 거라고는 생각하지 못하고 상냥하게 미소 지었다. 애인이 있느냐고 물었을 때, 제이는 없다고 했던 것이다.

그들은 학교 모임에서 여자 친구들끼리 뉴욕으로 송년여행을 온 루이지애나 주립대 3학년생이었다. 일행은 화려한 어퍼이스트사이드 술집에서 마가리타를 몇 잔씩 마신 뒤 '진실 혹은 도전'* 게임을 했다. 실라에게는 제이를 꼬시라는 주문이 떨어지고 브렌다에게도 하룻밤 상대를 찾으라는 도전이 주어지자, 두 여학생은 따로 헤어져서 모르는 사람과 하룻밤을 보내는 것보다 셋이서 즐기는 게 더 안전하겠다고 판단했다. 그들은 제이를 선택했다. 브렌다는 그의 예쁜 눈과 재킷, 타이 차림이 마음에 들었고, 실라는 그가 성병이 없을 것 같다고 생각했다.

실라는 브렌다의 손을 잡고 제이에게 다가가서 혹시 다른 도시

---

* Truth or dare, 질문에 사실대로 대답하거나, 어려운 주문을 수행해야 하는 게임.

에서 놀러 온 여자 둘과 같이 놀 생각 있느냐고 물었다. 처음에 제이는 무슨 뜻인지 이해하지 못했다. 그러자 여학생들은 혹시 넥샷을 해본 적 있느냐고 물었다. 쟁반에 얹은 데킬라가 도착했다. "잘 봐." 실라는 레몬을 제이의 목에 문지르고 그 위에 굵은 소금을 살짝 뿌렸다. 브렌다는 그 부위를 익숙하게 핥은 뒤 데킬라 한 잔을 비웠다.

"당신 차례야." 그들은 쌍둥이처럼 입을 모아 권했다. 실라는 브렌다의 목에 레몬과 소금을 바르고 제이에게 술잔을 건넸다. 장난을 마다하지 않는다고 자부하는 제이는 첫 시도에 넥샷을 완벽하게 해냈다.

"헤이, 제이, 어떻게 할래?" 실라는 자랑스럽게 운을 맞추며 물었다.

"지겨운 술 게임보다는 낫지." 그는 말했다.

계약 하나를 성사시킨 뒤 제이를 술집으로 끌고 온 동료들은 그의 행운을 보며 배가 아파 죽을 지경이었다. "나도 있다고!" 제이보다 나이 많은 동료 한 사람이 외쳤다.

브렌다는 그에게 윙크했다. "아니, 고맙지만 사양할게. 이쪽이면 되겠어."

다른 한 남자가 말했다. "커리, 시시하게 끝내면 안 돼. 이건 백만 달러 연봉보다 더 좋은 거라고. 절대로, 절대로 이런……." 그는 실라를 아래위로 훑어보며 숨을 가득 들이마셨다. "절대로……." 그는 고개를 저었다. "이런 기회는 다시 오지 않아. 카르페 디엠, 무슨 소린지 알지?"

제이는 한팔에 하나씩 여자를 긴 채 파도처럼 밀려오는 휘파람과 환호, 박수를 뒤로 하고 술집을 나섰다. 아파트에 들어선 실라는 라디오를 켰고, 브렌다는 살랑살랑 춤을 추며 옷을 벗었다. 그렇게 상황이 시작된 지 10분도 채 지나지 않아, 케이시가 들어온 것이다.

"안녕." 브렌다는 우호적인 목소리로 케이시에게 말을 건넸다. 제이의 룸메이트나 여자친구, 아니면 그냥 친구일지도 모른다는 생각이 들었던 것이다. 아니, 입양된 남매지간일 수도 있다. 무엇하나 확실하지 않았고, 술도 차츰 깨고 있었다. 브렌다의 가장 친한 친구의 사촌인 롤라에게는 중국계 입양아 동생이 있었는데, 키가 이렇게 크지는 않았지만 이 여자와 닮은 데가 있었다.

실라는 브래지어 고리를 채웠다. "안녕." 그녀는 밝게 인사했지만, 걱정이 약간 스치는 표정이었다. 갑자기 들어온 여자는 강도라도 당한 듯한 얼굴이었다. 말없이 그냥 서 있는 것도 약간 으스스했다.

케이시는 미소 지으려고 노력했지만, 얼굴을 움직이면 아팠다. 학교 친구나 제이의 직장 동료를 만나고 있다고 생각하려고 애썼지만, 도저히 견딜 수가 없었다. 그녀는 돌아서서 제이의 침실에 딸린 욕실로 달려 들어가 문을 잠갔다.

씁쓸한 담배 맛이 나는 액체가 목구멍으로 올라왔다. 그녀는 얼른 물로 입안을 헹구고 고개를 들었다. 삼면 거울에 얼굴이 비쳤다. 오른쪽은 온통 보라색이었고, 왼쪽 눈에는 비스듬히 찢어진 상처 주변으로 푸르딩딩한 멍이 길게 얼룩져 있었다. 제이가 노크를 했고, 케이시는 문을 연 뒤 그를 밀고 지나쳤다. 그가 뭐라고 말했지만, 귀에 들어오지 않았다. 자신이 뭐라 소리친 것 같기도 했지만 그것조차 확실하지 않았다. 마치 그는 물속에 있고, 자신은 물가에 서 있는 것처럼 느껴졌다. 케이시는 거실로 나가서 모자를 머리에 눌러쓰고 선글라스를 쓴 뒤 가방을 집어 들었다. 미친 듯이 뛰는 심장을 진정시키려고 숨을 몰아쉬며, 그녀는 서둘러 문을 나서서 계단을 뛰어 내려갔다.

4

적자

케이시는 매디슨 애비뉴를 향해 서쪽으로 걸었다. 거울처럼 반질거리는 매장 전면의 유리창과 멋진 것만 골라 진열한 상품들이 있어 케이시가 너무나 사랑하는 거리였다. 자정이 지난 시각이었지만, 매디슨 애비뉴만큼 안전한 곳도 별로 없었다. 매장 주인들은 값비싼 상품을 보호하기 위해 사방에 방범장치를 설치했고, 그 덕분에 케이시도 안전했다.

버지니아 크래프트는 매디슨 애비뉴 다음인 파크 애비뉴에 살지만, 올여름에는 집에 아무도 없을 것이다. 나이 지긋하신 버지니아의 부모님이 계신다 해도, 이런 시간에 불쑥 들이닥칠 수는 없다. 크래프트 부부는 친절한 사람들이고 케이시가 간다면 흔쾌히 묵으라고 권하겠지만, 이런 꼴을 보고 뭐라고 말할지 알 수 없었다. 아니, 그보다 차마 입 밖에 내지 못하고 속으로 무슨 생각을 할지 그 점이 더 문제였다. 겉으로 보기에 그들은 유일한 자식인 버지니아와 아무 갈등이 없었다. 버지니아는 열일곱 살 난 멕시코계 검은 머리 소녀에게서 입양한 아이였다. 미국인 놈팽이와 불장난을 저질렀는데, 남자가 결혼을 거부한 것이었다. 크래프트 부부는 직접 텍사스로 가서 태어난 지 이틀 된 아기를 데려왔다. 버지니아는 양부모에 대해 이렇게 말한 적이 있었다. "나는 제인과 프리치에 대해 중립적이거나 긍정적인 감정에 가까워. 날 빈곤과 변두리 인생에서 구해줬으니까. 하지만 내가 그분들을 실망시키지 않았나 하는 생각이 들기도 해." 키가 훤칠하고 동전에 새기면 어울릴 위엄 있는 외모를 지닌 버지니아의 부모님은 감정을 배제하는 화법을 지니고 있어서 자주 듣다 보면 말투를 따라하게 되곤 했다. 대화 태도도 상대로 하여금 표현을 절제하게 했다. 크래프트 부부가 볼 때, 케이시의 아버지는 범죄자일 것이다. 크래프트 부부의 집에서 다섯 블록도 떨어지지 않은 동네에 사는 케이시의 직장 상사 사빈은 조셉을 경찰에 신고할 것이다.

케이시는 칼라일 호텔 앞에 멈췄다. 회전문 앞에는 도어맨이 없었다. 버지니아의 할머니 유지니 비타 크래프트는 뉴욕을 찾을 때면 언제나 여기 머물렀다. 크래프트 할머니는 정말 재미있는 사람이었다. 짧게 친 흰머리는 열대 조류처럼 사방으로 비죽비죽 튀어나와 있었다. 평평한 허리와 납작한 엉덩이에는 스카프 여러 개를 두르고 다녔고, 어디에 가든 남자들의 시선을 끌었다. 알록달록한 돌이 박힌 베네치아풍 반지가 주근깨투성이 손가락에서 반짝였다. 그녀는 흥미진진한 사람이었지만, 그에 비하면 그녀의 외아들인 버지니아의 아버지는 실망스러웠다. 몇 년 동안 심리상담을 받은 뒤 버지니아는 이렇게 분석했다. "할머니의 억누를 수 없는 성격 때문에 프리치는 더 큰 인물이 되지 못한 것 같아. 자기가 세상에 날개를 펼 수 있는 공간이 없잖아. 불쌍한 사람이라고." 버지니아는 프리치가 자기 어머니와의 관계를 되풀이하지 않기 위해 제인을 아내로 맞았다고 생각했다. 책, 스포츠, 미술, 드라마, 패션, 섹스, 정치를 싫어하는 여자. 버지니아와 케이시가 버지니아의 부모님을 따분하게 여기고 할머니 쪽을 숭배하는 것도 어쩌면 당연한 일이었다.

케이시는 칼라일 호텔에 들어갔다. 그녀는 크래프트 할머니를 최대한 흉내 낸 목소리로 안내 직원을 불렀다. "오늘 뉴욕에 머무르게 됐어요. 혹시 조용한 방이 있나요?"

직원은 그녀의 얼굴을 빤히 쳐다보지 않으려고 눈길을 피했다. 그는 글래스고 출신이었는데 오래전 뉴욕에 처음 왔을 때 로어이스트사이드에서 이성애자 남성에게 집적거렸다가 흠씬 얻어맞은 적이 있었다. 우스꽝스러운 모자와 스키용 안경을 쓴 채 짐짓 상류층 흉내까지 내고 있으니 여자가 한층 더 불쌍해 보였다. 그는 혹시 치료가 필요한 건 아닌지 물어볼까 하다가 그냥 단체 할인가로 특실을 내주었다.

다음 날 아침, 케이시는 보송보송한 흰 이불을 뒤집어쓴 채 잠에서 깼다. 호텔방은 넓었고, 벽지는 예쁜 줄무늬였다. 녹색 모헤어 안락의자 옆에는 책을 읽고 싶어지는 독서등이 놓여 있었다.

로만셰이드가 걸린 창문 아래에는 여성용 책상이 있었고, 서랍에는 호텔 이름이 찍힌 필기도구가 들어 있었다. 케이시는 버지니아에게 편지를 휘갈겨 썼다. "부모님 집에서 쫓겨났음. 운명이 갈 길을 정해주기를 기다리며 칼라일 호텔에서 하룻밤을 보내는 유지니 부인 흉내를 내는 중. 자세한 설명은 차후에. 발신자 주소는 다음에 고지." 그녀는 나중에 우표가 보이면 편지를 부치기로 했다.

그러고 나니 거의 스물네 시간 동안 아무것도 먹지 않았다는 사실이 떠올랐다. 케이시는 룸서비스 메뉴판에서 아침식사를 주문했다. 아이리시 오트밀과 레몬 리코타 팬케이크, 베이컨, 갓 압착한 오렌지 주스와 블랙커피 한 주전자 가득. 음식이 도착하자, 그녀는 룸서비스 추가요금 전부와 팁까지 웨이터에게 건넸다. 비용은 생각하지 말자. 케이시는 자리에 앉아서 왕성한 식욕으로 먹기 시작했다. 음식 맛은 모두 훌륭했다.

욕실 거울을 들여다보니, 얼굴 곳곳이 더 부었고 멍도 한층 더 진해져 있었다. 간밤에 얼음찜질을 했다면 나았을 텐데. 지금은 어쩔 도리가 없다. 곧 낫겠지, 그녀는 자신을 다독였다. 그녀는 깊은 흰색 욕조에 몸을 담그고 배스젤과 샴푸, 컨디셔너를 모두 사용해보았다. 두툼한 목욕 수건도 아낌없이 넉 장 다 사용해서 몸을 닦고 로션도 바닥까지 써버렸다. 이런 곳에서 지내는 것은 처음이었는데 이제 이보다 못한 곳에서는 머무르고 싶지 않을 것 같았다. 하지만 머릿속에서는 택시 요금 미터기처럼 짤깍, 짤깍, 짤깍 요금이 빠르게 올라가고 있었다.

케이시는 빛바랜 리넨 바지와 낡은 흰색 폴로셔츠를 입고 맨발에 흰 테니스 스니커즈를 신었다. 여름 별장에 손님으로 초대받았을 때 입었던 옷차림이었다. 지난 몇 년간 케이시는 버지니아의 가족과 제이의 부유한 로렌스빌 고등학교 동창들, 사교클럽 친구들을 통해 뉴포트, 사우샘프턴, 낸터킷, 팜비치, 블록아일랜드, 바하버, 마서드비니어드, 케이프코드 같은 곳에 초대받아 가곤 했다. 이런 여행에서 그녀는 예의범절과 옷차림에 대해 많은 것을 배웠다.

케이시는 책상에 앉아 오늘의 성경 한 장을 읽었고, 성경 구절 하나를 수첩에 옮겨 적었다. 무신론자였다가 30대에 가톨릭으로 개종한 저명한 종교학자 윌리엄 버틀러 교수와 대학 1학년 때 면담한 이후 시작된 습관이었다. 그는 서인도 제도 세인트루시아 출신이었고 케임브리지에서 교육을 받았다. 교수는 칸트와 헉슬리에 대한 그녀의 시시한 보고서를 읽은 뒤 이 주제에 대한 학생의 경외감과 두려움을 감지하고 솔직하게 물었다. "케이시, 그들이 말하는 내용에 대해 솔직히 넌 어떤 생각을 갖고 있니?" 케이시는 침을 삼키고 불가지론에 이끌린다고 고백했다. 하나님의 존재를 증명하는 것도, 그 부재를 증명하는 것도 불가능합니다, 그녀는 더듬더듬 말했다. 즐거움이라고는 모르고 살아가는 부모님이 독실하게 믿는 장로교회 교리보다는 헉슬리와 타협하는 것이 더 쉬웠다.

윌리엄은 격려하듯 고개를 끄덕였다. "그럼 너는 적극적인 기회주의자로구나."

"네, 제가…… 그런가요?" 그녀는 대답했다.

윌리엄은 웃었고, 케이시도 따라 웃었다.

교수는 학생의 정직한 표정이 마음에 들었고, 자신의 믿음에 대해 솔직하게 털어놓은 용기를 높이 샀다. 케이시의 진지함은 자신이 대학생활을 처음 시작하던 시절을 연상시켰다. 무언가 주고 싶다는 마음이, 자신의 내적 갈등에 대해 조금 알려주어야 하지 않을까 하는 생각이 들었다. 그러나 교수가 학생에게 전도하려 한다는 인상은 주고 싶지 않았다. 그것이 가능하다고 생각하지 않았고, 자신의 위치에서 그렇게 하는 것은 잘못된 일이라고 생각했기 때문이었다. 그는 담배 끊은 사람을 싫어하는 만큼 목소리 큰 전도자들을 혐오했다. 하지만 암 치료제가 있는데 환자에게 주지 않을 수 있는가? "나는…… 승리할 수만 있다면…… 승리를 선언하기 전에 인간의 정신은 격투를 치러야 한다고 생각한다. 진짜 격투를. 무슨 말인지 알겠니?" 윌리엄은 찌푸린 표정을 풀지 않았다.

케이시는 무슨 말을 해야 할지 몰라 고개만 끄덕였다.

"그건 자신의 영혼을 위한 싸움이야."

케이시는 교수가 영혼에 대해 어떻게 생각하는지 알고 싶었다. 그는 영혼이란 것이 존재한다고 믿는 게 분명했다. 하지만 더 질문하면 곤란할 것 같았다. 문밖에서 다른 학생들도 기다리고 있었다. 이럴 때 케이시는 자신이 눈치 없는 촌뜨기 같다고 느꼈고, 교수의 친절함과 겸허함에 깊은 인상을 받았다. 그는 참고도서 목록을 손수 적어주었다. 그녀는 오후에 서점에 가서 키르케고르, 니체, 체스터턴, 루이스, 드 보부아르, 데일리의 책을 사야겠다고 생각했다. 사빈의 매장에서 주말에 일해 버는 주급 거의 전부를 털어야겠군. 일어나려고 가방을 챙기면서, 케이시는 묻지 않을 수 없었다. "교수님은 아직도 싸우시나요? 그…… 격투요."

"나는 매일 성경을 한 장씩 읽어."

케이시는 고개를 끄덕였다. 아버지와 어머니도 마찬가지였다.

"그리고 매일 그 안에서 내가 도저히 받아들이거나 화해할 수 없는 구절, 혹은 이해할 수 없는 구절을 발견한다. 나는 그 구절을 수첩에 적어." 윌리엄은 가죽 장정 다이어리를 펼치고 손으로 끼적인 필적을 보여주었다. 그날은 〈전도서〉를 읽은 날이었다. "나는 명료함을 위해 기도한다." 그는 기도할 때 무릎을 꿇고 두 손을 맞잡고 고개를 숙인다는 말은 하지 않았다.

케이시는 의자에서 일어나 교수와 악수를 나누었지만, 머릿속으로는 그가 들려준 사적인 경험담을 보석처럼 깊이 간직했다.

3학년 2학기 때, 버틀러 교수는 자동차 사고를 당해 열네 살 난 아들과 함께 세상을 떠났고, 케이시는 수백 명의 추모객이 모인 추모예배에 참석했다. 모르는 사람들 사이에 섞여 신도석 뒷자리에 앉은 그녀는 흐느낌을 멈출 수가 없었다. 문학상 수상에 빛나는 시인들이 그를 기리기 위해 세계 각지에서 날아왔다. 대학 총장과 버틀러 교수의 사무실을 청소했던 관리인이 추도사를 낭독했다. 케이시는 면담 이후 매일 아침 10분 동안 성경을 읽고 이어 1분 동안 오늘의 구절을 수첩에 적는다는 말을 교수에게 미처 하지 못한 것이 너무나 안타까웠다. 그것은 엄밀히 말해 격투라기보다는 격투장을 향해 다가가는 행위에 더 가까웠다. 그가 죽은 뒤,

케이시는 일요일마다 교회에 나가기 시작했다. 아무에게도 말하지는 않았다. 스스로를 기독교인으로 생각하는 사람들과 같이 있는 것이 아직은 편하지 않았다. 하지만 잠시나마 초조감이 잦아들고 마음이 안정된다는 예기치 못했던 소득이 있었고, 그 부분에 대해 케이시는 감사했다.

케이시는 〈여호수아〉에서 고른 오늘의 구절을 정자체로 또박또박 기록했다. "내가 노략한 물건 중에 바빌로니아의 아름다운 외투 한 벌과 은 200세겔과 그 무게가 50세겔 되는 금덩이 하나를 보고 탐내어 가졌나이다." 세겔은 요즘 기준으로 얼마나 될까? 케이시는 궁금했다. 그녀는 성경과 수첩을 덮어 손가방에 넣었다. 얼굴을 확인했다. 해변용 모자챙을 끌어내리고 선글라스를 쓰는 것 말고 도리가 없었다. 소용없을 것 같았지만 어쨌든 립스틱도 발랐다. 맨해튼 어퍼이스트사이드의 6월, 어쩌면 호텔 직원도 갓 코 성형수술을 했기 때문에 이런 꼴이라고 생각해줄지 모른다, 케이시는 애써 스스로를 속였다. 그녀는 쇼핑하러 가기로 결심했다.

옷은 마법이다. 케이시는 그렇게 믿었다. 여성학 수업을 같이 듣는 동급생들 앞에서는 절대 해서는 안 되는 말이었지만, 그녀에게는 옷 한 벌이 문자 그대로 마법의 주문을 걸어 사람을 변신시키는 것 같았다. 치마 한 벌, 블라우스, 목걸이, 수수한 신발 한 켤레가 저마다 말을 걸고 있었다. 어떤 것은 고래고래 소리치고 어떤 것은 속삭이며 유혹했지만, 상관없었다. 케이시는 물건 하나하나의 표현을 예리하게 경험했고, 이 세계를 사랑했다. 각각의 물건은 특정한 이미지와 삶, 어떤 종류의 여성을 상징했고, 케이시는 그것들에 이끌렸다. 일이 잘 풀리지 않을 때, 더 나빠지기도 힘들 때, 케이시는 몸에 걸칠 무언가를 사러 나갔다. 수중에 돈이 얼마 없더라도 검은 타이츠나 할인점 립스틱 하나만 사면 힘든 시기를 빠져나오는 데 도움이 되곤 했다.

케이시와 그녀의 대학 친구들은 쇼핑하는 것을 부끄러워했다. 책을 많이 읽는 똑똑한 여자들은 물질 중심적이어서는 안 된다고 (동료 경제학 전공자들은 소비자를 세뇌당한 바보 취급했고, 종교에 대해서도 인민의 아편이라는 마르크스의 경구를 인용했다) 생각했고, 여성 지식인들이 아무리 예술의 관능과 촉각성에 대해 정교한 논의를 펼쳐도 똑똑한 여자라면 옷을 취향에 따라 수집해서는 안 된다는 생각을 갖고 있었다. 하지만 옷을 사기도 하고 팔기도 해본 케이시는 책벌레 같은 여자들도 패션 매장에 가서 빨간 트위드 치마나 검은 클로슈 모자에 설레는 경험을 좋아한다는 것을 너무나 잘 알고 있었다. 아름다운 여자들이 똑똑해지고 싶어 하는 만큼, 똑똑한 여자들도 아름다워지고 싶어 한다는 것 역시 사실이었다. 사이즈 14짜리 뚱뚱한 책벌레도 하루 종일 쇼핑을 일삼는 사이즈 2의 날씬한 부잣집 딸 못지않게 옷을 좋아할 수 있다. 누구나 상품을 통해 형성되는 정체성을 탐하는 것이다.

주머니 사정으로는 창고형 할인매장 러키스에 가야 할 테지만, 그날 아침 케이시는 베이어드 톨에 갔다. 면접을 볼 때 입을 옷차림을 봐두고 싶었는데, 러키스의 옷걸이에 걸린 큼직하고 펑퍼짐한 옷들을 뒤져야 한다니 생각만 해도 우울했던 것이다. 다른 때

78

라면 지난 시즌 재고 중에서 괜찮은 보물을 힘들게 건지는 것이 즐거웠겠지만, 오늘은 사치를 누리고 싶었다. 다른 사람이 되고 싶었다.

베이어드 톨 3층에는 디자이너 매장이 즐비했다. 케이시는 효율적으로 쇼핑했다. 30분 만에, 그녀는 통이 날렵하고 가벼운 여름용 검은색 모직 바지, 양쪽에 세로로 주름이 잡힌 회색 치마, 큼직한 프렌치 커프스가 달린 흰 해도면 셔츠, 바지와 입을 수도 있고 치마와 같이 입을 수도 있는 가벼운 군청색 재킷을 골랐다. 업무용 복장, 그녀에게 말을 건 것은 이 옷들이었다.

모드라는 이름의 아담한 체구의 점원이 케이시가 팔에 건 옷가지를 받아 들었다. 점원은 케이시의 얼굴과 캔버스 모자, 미러 선글라스에 흘끗 눈길을 주더니 가볍게 목례했다. 케이시도 마주 보며 고개를 끄덕였다. 모드의 사무적인 태도는 훌륭했다. 동료 가게 점원으로서 케이시는 모드의 응대가 딱 적당하다는 것을 알아볼 수 있었다. 억지로 친한 척하지 않는 말투도 자연스러웠다. 나이는 50대 후반, 군더더기 없는 회색 스웨터, 날렵한 회색 바지 차림이었다. 희끗희끗한 곱슬머리에는 군데군데 완전히 센 부분도 있었다. 고전적인 대리석 기둥 스타일이었다. 끈에 매달아 목에 건 독서용 안경은 지적이고 권위 있는 분위기를 풍겼는데, 그것이 케이시에게는 너무나 매력적으로 보였다.

케이시는 보통 점원들을 피했다. 베이어드 같은 곳에서는 고객들이 두 부류로 나뉜다. 최고의 친구를 원하는 사람, 혹은 계산해주고 정확한 주소로 물건을 배달해주는 말없는 하인을 원하는 사람. 케이시는 돈이 없다는 것을 들킬까 봐 후자인 척하고 있었다. 그녀가 살 수 있는 물건은 고작해야 할인 중인 가터벨트 정도였다.

모드는 넓은 탈의실로 케이시를 안내하고 철제 옷걸이에 그녀가 고른 옷을 걸었다. 그리고 옷을 한번 훑어보았다.

"잘 고르셨습니다." 모드의 말투에는 아첨기가 없었고 신중했다. 자주 듣는 말이기는 했지만, 그녀의 칭찬은 케이시에게 의미가 있었다. 케이시는 젊은 나이치고 취향을 잘 갈고닦은 편이었지만(정확하고 약간은 신랄한 사빈의 표현이었다), 그렇다고 그것이 자신이 미인이 아니라는 사실을 보다 편히 받아들이도록 해주지는 않았다. 그녀는 제이와 여자 둘이 같이 있던 모습을 떠올리고, 자신이 더 예쁘다면, 허리가 더 가늘다면, 가슴이 더 풍만하다면, 피부가 더 곱다면 얼마나 좋을까 생각했다. 그런 생각이 드는 것이 스스로 민망했다.

모드는 새끼손가락을 아랫입술에 갖다 댔다. "한 가지 보여드릴게 있어요."

케이시는 점원이 보여주는 관심이 기분 좋아 고개를 끄덕였다. 모드는 곧장 독일 디자이너의 정장 한 벌을 갖고 왔다. 진한 초콜릿색, 재킷은 길었고 치마는 무릎 길이였다. 재질은 남자 정장에 사용되는 것과 비슷한 모직이었다. 재킷 앞섶은 비대칭 더블브레스트 스타일이었다. 가격은 천 달러가 넘었고, 사이즈는 36이었다.

"매장에서 못 본 옷 같은데요." 케이시가 말했다.

"내놓지 않았으니까요." 모드는 미소 지었다. "입어보세요."

복숭아색 드레싱룸을 밝히는 크리스털 전구 불빛은 사람을 돋보이게 하는 효과가 있었다. 케이시는 입고 온 옷을 벗고 흰 몸에 정장을 걸쳤다.

드레싱룸에는 옷과 같이 신어볼 수 있도록 사이즈가 큰 하이힐도 준비되어 있었다. 모자를 벗고 선글라스는 그대로 쓴 채, 케이시는 거울에 자신을 비추어 보았다. 무슨 일이 닥치더라도 흔들리지 않을 듯한, 어떤 충격에도 끄떡없는 젊은 여자의 모습이었다. 그녀는 원더우먼처럼 주먹을 불끈 쥔 채 은팔찌를 찬 팔이 엑스자 모양으로 엇갈리도록 가슴 앞에 들어보았다. 티나는 이 자세를 취하면 배를 잡고 웃음을 터뜨렸지만, 지금 케이시는 미소조차 짓고 싶은 심정이 아니었다.

다른 옷들도 완벽하게 잘 맞았다. 보통 옷을 입어보고 나면 반납할 무더기가 쌓이곤 했지만, 오늘 드레싱룸 바닥에는 아무것도 남지 않았다. 어떤 인생이건, 케이시가 앞으로 살아갈 새 인생에 있어 오늘 입어본 옷 하나하나가 없어서는 안 될 것 같았다. 그중 가장 저렴한 옷은 셔츠, 300달러였다.

케이시는 아주 조심조심 옷을 다시 옷걸이에 걸었다. 특히 갈색 정장을 정리하는 데 시간을 들이면서 머릿속에서 가격을 계산했다. 세금 제외하고 총 4,000달러였다. 케이시도 어엿한 백화점 점원이었지만, 그들 사이에서는 절대 일반 소매가로 물건을 사지 않는 것이 일종의 자존심이었다. 그건 손님들이나 하는 짓이다. 사빈의 백화점 점원들은 넙죽넙죽 돈을 잘도 낸다는 뜻에서 이런 손님들을 '현금인출기'라고 불렀다. 점원들은 현금인출기를 속으로 한심하게 여겼다. 최고의 조언을 해주고 수수료를 받고 있었지만, 내가 저 손님 입장이라면 절대 저런 바보짓은 안 하겠다는 심산이었다. 하지만 그런 점원들도 현금인출기가 고른 물건들을 갖고 싶지 않은 것은 아니었다.

케이시는 푹신한 오토만 의자에 앉았다. 이 아름다운 옷 없이 새로 인생을 시작한다는 것은 상상할 수 없었다. 이건 나를 위해 만들어진 옷이다. 지금까지 케이시는 옷을 찾아갈 생각도 없으면서 무조건 일단 팔지 말고 보류해달라고 했다. 그러고는 자신이 직업적으로 옷을 세탁하는 사람들의 딸이라는 것을 다시 상기하며 가게를 나서곤 했다. 베이어드와 케이시는 아무 인연이 없었다. 모드가 문을 조용히 두드렸다. 케이시는 얼른 모자를 썼다.

"이 물건들 좀 보류해주시겠어요?" 그녀는 물었다.

모드는 상황을 알면서도 표정 변화가 없었다. "성함과 전화번호를 알려주시겠어요?" 그녀는 정중하게 미소 지었다.

케이시는 이름을 말한 뒤 더듬거리며 덧붙였다. "칼라일…… 호텔요." 열쇠고리에 전화번호가 적혀 있을 것 같아 객실 열쇠를 찾아 핸드백을 뒤지는데 누가 케이시의 어깨를 두드렸다. 엘라 심이었다.

엘라는 부모님이 다니는 교회에서 알게 된 여자였다. 그녀와 케이시는 생일이 거의 1년 차이가 났지만, 같은 학년이었다. 엘라의 아버지 심 박사는 맨해튼 안과 · 이비인후과 병원의 안과의사였고 케이시의 부모님이 다니는 우드사이드 교회 창립 인사였다. 한 달에 한 번, 장로인 심 박사와 조셉 한, 집사인 리아는 신도회 봉사

활동으로 환우들의 집에 문병을 다녔다. 어머니를 여읜 엘라는 포리스트힐스 다트머스 애비뉴에 있는 웅장한 튜더풍 저택에서 아버지와 단둘이 살았다. 심 박사는 웨스트사이드 테니스 클럽에 최초로 가입한 한국인이었고, 토요일 아침마다 딸과 테니스를 쳤다. 엘라는 버지니아 크래프트와 같이 브리어리 고등학교에 다녔는데, 버지니아는 엘라가 그 미모에 비례해서 따분하다고 생각하고 있었다. 케이시는 별 이유 없이 엘라가 싫었고 어딜 가나 마주치는 것이 짜증스러웠다. 엘라는 백옥같이 흰 피부, 뚫지 않은 작은 귀, 누구나 갖고 싶어 하는 쌍꺼풀진 아시아계 눈매, 검은 속눈썹, 진홍빛 입술을 갖고 있었다. 왼쪽 뺨에는 매력적인 보조개가 있고, 어린애처럼 천진난만한 성격이었다. 오래전, 주일학교 수업을 들을 때면 케이시는 엘라의 길고 가느다란 손가락을 응시하곤 했다. 엘라의 머리는 흑단처럼 검었고 영화배우 공리와 닮았다는 소리를 자주 들었다.

교회 여성 교인들은 어머니가 출산 중에 세상을 떠났다며 엘라를 불쌍하게 여겼고, 아내가 죽은 후 재혼하지 않았다며 심 박사를 존경했다. 그들에게 박사는 이상적인 남성상이었다. 아들을 둔 교회 엄마들은 엘라가 웰즐리 대학을 졸업할 날만 손꼽아 기다리고 있었다. 예쁘고 얌전한 의사의 딸을 혹시 며느리로 들일 수 있지 않을까 하는 기대감에서였다. 하지만 아들들은 말수 적은 미인과 같이 있는 걸 불편해했다. 사실 엘라를 따라다니는 남자는 거의 없었다. 엘라의 미모는 왠지 사람을 밀어냈다. 정확히 말해 차갑다고 할 수는 없었지만, 따뜻하거나 편안한 성품도 아니었다. 그녀는 약간 서늘하게 외로운 분위기를 풍겼다.

"안녕." 케이시는 말했다.

"쇼핑해?" 엘라의 목소리가 갈라졌다. 케이시의 얼굴은 멀리서 볼 때보다 더 심했다.

"그렇다고 봐야지."

"그거 예쁘다." 엘라는 케이시가 내려놓은 옷가지 맨 위에 있던 정장을 가리켰다.

"그렇지?" 케이시는 얼른 숨을 들이마셨다. 술집이었다면 담배를 피워 물었을 텐데. "넌 어떻게 여기 왔어?" 그녀는 퉁명스럽게 물었다.

"나는······." 엘라는 망설였다. 교회에서 가장 친해지고 싶었던 여자아이한테 어떻게 말을 거는 게 좋을까? "난, 방금 웨딩드레스를 주문했어." 케이시가 어떻게 반응할지 알 수 없어서 엘라는 눈을 내리깔았다. 약혼자 테드는 엘라가 대학을 졸업하면 결혼하자고 했고, 엘라는 둘의 미래를 향한 그의 열정에 얼떨결에 휩쓸렸다. 그는 아주 설득력 있는 말솜씨를 지녔고, 엘라는 그를 사랑했다. 다른 사람은 사랑해본 적이 없었다. 아버지도 반대하지 않았지만, 테드가 자신의 야심이나 빈틈없이 짜놓은 앞으로의 계획에 대해 열변을 토할 때면 눈가에 약간 짜증스러운 기색이 스쳤다. 테드는 《뉴욕타임스》와 엑서터 고등학교, 하버드 대학 동창회지에 보낼 결혼기사까지 다 써놓고 있었다.

"너 결혼해?" 케이시는 한숨을 쉬었다. "누구하고 하는지 물어봐도 돼?" 그녀는 고객 대하듯 엘라를 향해 미소 지었다.

"테드 김." 엘라는 어깨를 으쓱했다. "넌 아마 그 사람 모를 거야. 알래스카 출신이거든."

"알래스카?" 케이시는 의외라는 듯 되물었다.

"응." 엘라는 고개를 끄덕였다.

"학교는 어디 나왔어?" 사생활을 캐묻는 천박한 질문이었지만 묻지 않을 수가 없었다.

"하버드." 엘라는 소심하게 답했다. "우리 나이 또래는 아니야. 몇 년 전 경영대학원을 졸업했어."

"어디?" 케이시는 물었다.

"하버드."

"그렇구나." 케이시는 고개를 끄덕였다. "그럼 몇 살쯤……?"

"서른."

"그래." 이건 예의가 아니다. 평소 케이시는 자신의 깍듯한 예의범절을 자랑스럽게 여겼다.

엘라는 자신의 샌들을 내려다보았다. "모두 다 초대했어. 네 부모님이랑 너, 그러니까 네가 올 수 있다면 말이지만. 식은 교회에서 해. 다른 결혼식들과 마찬가지로."

"맙소사. 교회에서 결혼하다니. 너도 참 대단하다, 엘라." 케이시는 초대받지 않은 하객들까지 500명쯤 모아놓고 치르는 전형적인 한국식 교회 결혼식은 죽어도 하고 싶지 않았다. 교회 지하에서 아줌마 봉사단이 한국 음식을 상다리 부러지게 뷔페식으로 차려 내는 피로연에 술이라고는 한 방울도 구경할 수 없는 그런 행사였다.

엘라는 케이시의 음성에서 경멸을 감지했지만 상한 감정을 드러내지 않았다. 에스컬레이터를 타고 내려온 그녀는 카키색 해변 모자 아래 멍든 얼굴을 보고 이것이 일종의 기회라고 생각했다. 케이시가 괜찮은지, 혹시 도울 일은 없는지 알아봐야겠다고 힘들게 용기를 냈던 것이다. 엘라는 케이시가 자신을 귀찮아한다는 것을 깨닫고 어떻게 자리를 떠야 할까 고민하며 아랫입술을 깨물었다.

케이시는 자신이 상대의 마음을 아프게 했다는 것을 알고 구질구질한 기분이 들었다. 그녀는 미소 지었다. "엘라, 내가 지금 기분이 진짜 더러워서. 너하고는 아무 관계 없는 일이야. 내 말투가 재수 없었다면 미안해. 결혼 축하해. 진심이야."

"아니, 아니. 내가 미안해. 난 괜찮아. 네가 잘못한 건 아무것도 없어." 엘라는 말했다.

"음……." 케이시는 잡화점에서 산 타이맥스 시계를 들여다보았다. "좋은 사람일 거라고 확신해. 테드라고 했지? 그 남자 복이 터졌네. 언제 같이 축하하자. 점심을 같이 먹든가. 뭐든 좋아." 자신의 입에서 흘러나오는 말이 역겨웠다. 그녀는 거짓말을 경멸했다.

모드는 두 아시아 여자 사이에서 오가는 이 묘한 대화를 지켜보며 참을성 있게 서서 기다렸다. 잠시 침묵이 흐르자, 그녀는 케이시에게 옷 예약증을 써야 하니 이름 철자를 불러달라고 했다.

"괜찮아요." 케이시는 말했다.

모드는 무슨 말인지 알아듣지 못했다.

"옷은 지금 바로 가져갈게요. 여기." 케이시는 지갑을 열고 모드에게 신용카드를 건넸다.

모드는 케이시가 고른 옷들의 제품번호를 입력하고 카드를 긁었다.

전부 4,300달러가 약간 넘었다. 호텔 숙박비는 400달러 정도 나올 것이다. 첫 신용카드를 발급받자마자 첫날에 한도까지 써버리다니. 모드는 영수증을 건넸고, 케이시는 서명했다. 이제 그녀도 현금인출기로 전락했다.

엘라는 케이시의 옆에서 떠날 기미가 없었다. 오랫동안 알고 지냈지만, 이렇게 둘만 있어본 적은 없었다. 그녀는 케이시의 멍한 표정을 살폈다.

"지금 시간 괜찮아?" 엘라는 물었다. "같이 점심 먹을까?"

케이시는 엘라의 얼굴을 흘끗 보았다. 이렇게 끈질기다니 믿을 수가 없었다.

케이시는 마지못해 까딱 고개를 끄덕여 보였고, 기다렸다는 듯 엘라는 근무시간 뒤에 진료실로 찾아가면 아버지가 늘 하던 질문을 케이시에게 던졌다. "말해봐, 뭐 먹고 싶어?"

크림 없은 시금치를 곁들인 스테이크가 곧바로 나왔고, 케이시와 엘라는 조용히 먹는 데 열중했다. 케이시는 배가 고프지 않았지만 어둑어둑한 스테이크하우스에 있는 것이 지금 상태에 적절한 것 같았다. 고맙게도 엘라는 얼굴에 대해 캐묻지 않았다. 그녀는 그저 계속 미소만 보였고, 케이시는 아까 그렇게 삐딱하게 군 것이 미안해졌다. 그녀는 엘라의 일에 대해 물어보았다.

엘라는 어퍼이스트사이드의 한 남자사립학교 개발팀 차장으로 일하고 있었고, 사는 곳도 어퍼이스트사이드였다. "난 교육의 힘을 믿어. 교육을 위한 모금 활동을 벌일 수 있는 것도 그래서야. 장학금이나 기부금 같은 것." 엘라는 젊은 상사인 데이비드 그린이 하던 말을 그대로 되풀이했다. "다른 방식으로는 교육받을 수 없는 아이들……." 엘라는 문득 멍청한 소리를 했구나 싶어 입을 다물었다. 케이시도 장학금을 받고 학교에 다녔을 텐데. 데이비드였다면 이런 말을 하지 않았을 것이다. 그는 여러 부류의 사람들을 응대하는 데 타고난 재능이 있었고 상대의 출신 배경에 대해 언제나 사려 깊게 배려했다. "어쨌든. 아주 보람 있는 일이야. 출근하는 게 즐거워. 상사도 정말 멋진 분이셔. 좋은 친구이기도 하고."

케이시는 엘라가 서둘러 화제를 마무리하는 것을 듣고 있었다. 부잣집 딸의 박애주의적인 말에 굳이 기분이 상하고 싶지는 않았다. 어쨌든 그녀 또한 프린스턴의 후원을 받은 처지였으니. 이런 고매한 이상을 지닌 누군가가 그녀를 위해 모금을 해주었을 것이다. 케이시와 제이는 입학을 허락했다는 사실 자체로 학교 측의 노블레스오블리주를 입증하는, 너그럽게 재미로 관용해야 할 소작농 비슷한 존재였다. 케이시는 엘라에게 결혼식에 대해 물었다. 스물한 살이라는 나이에 결혼한다는 것 자체가 바보짓으로 보였다.

"난 이해가 안 돼." 케이시는 말했다. "왜 지금?"

엘라는 테드가 자주 입에 담는 표현을 그대로 읊었다. "누군가를 사랑하면 그 사람에게 헌신하게 돼."

"영원히?" 케이시는 눈썹을 올렸다.

"응." 엘라는 대답했다.

테드는 더 물러설 수 없는 선 같은 것을 긋고 엘라를 은근히 밀어붙였다. 그의 요점은 이런 것이었다. "당신이 날 사랑한다면, 나와 결혼해야 하지 않느냐." 섹스에 대해서도 같은 전략을 구사했다. 그는 엘라에게 이렇게 말했다. "나는 당신을 사랑하고, 좀 더 당신과 가까워지고 싶어. 사랑을 나눈다면, 서로를 보다 더 잘 알수 있을 거야. 나는 당신을 속속들이 알고 싶어, 엘라. 당신도 그러고 싶지 않아? 날 더욱더 잘 알고 싶지 않아?" 어린 여자가 뭐라고 대답할 수 있었을까. 그는 원했고 엘라는 그가 원하는 것을주었다.

"그가 널 행복하게 해주나 봐." 케이시는 마치 그 사실이 좋은일이라고 생각하는 척 고개를 끄덕였다.

"응." 엘라는 케이시의 얼굴을 살피며 말했다. 케이시는 사랑에대해 왜 이렇게 냉소적일까.

케이시는 엘라의 얼굴에서 이 의문을 읽었다. "난 방금, 대학에서 사귄 남자친구가 여자 둘과 뒹구는 걸 봤어."

"뭐라고?" 엘라는 말했다.

입에 담는 것 자체가 충격적인 사건이라는 점이 굴욕감을 어느정도 보상해주는 것 같았다.

"정말 끝내주게 잘빠진 여자들이더라." 케이시는 인정했다. 사실이었다. 여자들이 얼마나 예뻤는지 머릿속에서 지워지지 않았다.

"신경 쓰지 마." 더 이상 가볍게 할 수 있는 이야기가 아니었다.

엘라는 아무것도 묻지 않고 고개만 끄덕였다. 그런 일이 일어날 수 있다는 것 자체가 그저 경악스러웠다.

"멍 보이지?" 케이시는 말했다.

"아프겠다."

"아버지와 싸웠어." 케이시는 웃었다. "우리 아버지 얼굴을 너도 봐야 했는데."

엘라는 힘들게 미소 지었다. 아버지가 자신을 때린다는 것은 생각조차 할 수 없었다. "정말 칼라일에서 지내고 있어?"

"놀랐어? 우리 부모님이 세탁소를 하니까?"

엘라는 고개를 저었다. "아니, 아니. 내 말은 그런 뜻이 아니야. 케이시, 그건 부당해."

"네 말이 맞아. 내가 오늘 정말 밥맛처럼 굴고 있다." 등심 스테이크 주위에 갈색 액체가 굳어 있었고, 접시 위에 흰 지방이 대리석 무늬로 엉겨 있었다.

"하필 이런 때 너랑 마주쳐서. 솔직히 말하지만, 다른 사람은 몰라도 네 앞에서만은 이렇게 한심한 꼴을 보이고 싶지 않았어."

"왜?" 엘라는 이 말에 놀랐다.

"왜냐하면. 아니, 아무것도 아냐." 케이시는 포크와 나이프를 들고 고기를 잘랐다. 타바스코 소스 생각이 났다.

"내가 볼 때 넌 경제적으로 여유가 있는 것 같고……." 엘라는 케이시가 지속적으로 적의를 드러내는 것이 답답했다.

"아니, 사실 돈 없어. 너 때문에 너무 열받아서 방금 신용카드를 한도까지 써버렸거든."

"나 때문에?"

"아니, 네가 아니라, 나 때문에." 케이시는 고쳐 말했다.

엘라는 혼란스러운 표정이었다.

"난 되는 일이 없어. 한데 넌 너무 잘나가잖아. 아이씨, 나 자신이 너무 싫어." 케이시는 울기 시작했다. "미안해. 보다시피 지금날 상대하려면 힘들 거야. 이만 가볼게." 그녀는 시계를 보고 소지품을 집었다. "점심 고마워."

"어디로? 어디로 가려고 그래? 집으로 돌아갈 수 없는 거 아니야. 만약……." 엘라는 어떻게 말해야 좋을지 알 수 없었다. 케이시가 집으로 갈 수 있는지 없는지도 몰랐다.

케이시는 한숨을 쉬고 녹청색으로 칠한 주석 천장을 올려다보았다. 어째서 내게 이런 일이 생기는 걸까? 문득 그녀는 깨달았다. 내가 만든 상황이다. 내 잘못으로 벌어진 일이다.

"어쨌든 돈이 없겠구나. 내가 돈을 좀 줄까? 머물 만한 다른 곳이 있어? 그러니까…… 누구한테 대신 연락해줄까? 혹시……."

"질문은 그만해. 내가 어떻게든 알아서 할게. 이건 네 문제가 아니잖아. 네 도움은 필요 없어."

"내가 너한테 뭐 잘못한 거라도 있니?" 엘라는 목소리를 높였다.

"없어. 넌 아무 잘못도 없어. 그저 내가 아주 보잘것없는 사람일 뿐이야." 케이시는 미소 지었다. "아주 큰 틀 속에 갇혀 있는, 아주 보잘것없는 사람."

"우리 집에 잠시 있어도 돼. 안 쓰는 침실이 하나 있거든. 상황이 정리될 때까지."

"안 쓰는 침실이 하나 있다고?"

"응, 그것 때문에 내가 더 얄밉겠지만." 엘라는 웃었다. "괜찮지?"

엘라는 농담을 하고 있다, 케이시는 생각했다. 엘라 심도 빈정 댈 줄 알다니, 누가 알았겠어. 케이시는 미소 지었다. 얼굴이 달 아오르고 눈시울이 찡했다. "제발 나한테 잘해주지 마. 이건 정 말……." 그녀는 숨을 깊이 들이마셨다.

"난 너한테 바라는 거 없어, 케이시. 그저 돕고 싶을 뿐이야." 엘 라는 자신의 마음을 설명할 수 있는 다른 표현을 찾으려고 애썼 지만 케이시는 아무도 믿지 않는 것 같았다. 테드도 비슷했다. 그 는 항상 모든 사람의 이면에 다른 동기가 있다고, 순수한 이타심 이란 있을 수 없다고 생각하는 사람이었다.

"내가 네 상황이었다면, 나 역시 너한테 도움을 청하지 않겠 니?" 엘라는 말했다. 케이시가 테드와 비슷한 유형이라면, 교환의 원칙에 입각한 논리가 설득력이 있을 것이다.

"네가 이런 상황에 처할 리가 없잖아, 엘라."

엘라는 케이시의 대답에 어리둥절해서 눈을 가늘게 떴다. "그렇 게 오만한 말이 어디 있어, 케이시. 누구든지 너와 같은 상황에 처 할 수 있지." 침착한 말투였다. "그 누구라도."

케이시는 엘라의 남달리 섬세한 얼굴을 가만히 바라보았다. 그 얼굴에는 케이시가 전에 미처 깨닫지 못했던 힘이 있었다. 마치 뒤통수에 눈이 달려서 스테이크하우스 반대편을 똑바로 처다보 고 있는 듯 고개를 꼿꼿이 세운 자세도 그랬다.

케이시는 엘라를 잘못 판단하고 있었다. 자신이 잘되기만을 바라는 선한 사람을 질투하고 있었다.

"점심 먹고 체크아웃하자. 잠시 우리 집에서 지내. 난 정말 그렇게 했으면 좋겠어." 엘라는 테드의 자신 있는 말투와 단호한 손짓을 잠시 빌렸다. 카리스마와 단순한 언어를 설득력 있게 사용하는 방식을.

케이시는 고개를 끄덕였다. 오늘이라면 점원 모드가 자기 집에서 있으라고 권했어도 따라갔을 것이다.

엘라가 계산서를 청했고, 지불도 했다.

5

채권

10여 년 동안 발레교습을 받은 덕분에 엘라 심은 이상적인 자세를 갖고 있었다. 그녀는 자기 집의 환한 거실에서 푹신한 소파에 앉은 채 양고기 요리법을 확인하고 있었다. 등은 막대기처럼 꼿꼿했고, 고개는 약간 앞으로 숙인 자세였다. 커피 탁자에는 양고기구이 요리법 페이지에 표시해놓은 요리책 네 권이 놓여 있고, 엘라의 무릎에도 두꺼운 책 한 권이 펼쳐져 있었다. 다음 주가 테드의 서른한 번째 생일이었다. 엘라는 테드가 불리 식당에서 아주 좋아했던 요리를 따라 해볼 참이었는데, 정확한 요리법을 찾을 수가 없었다.

엘라는 요리를 잘했다. 요리책과 음식 잡지를 읽는 것도 좋아했다. 고등학교 시절 엘라는 아버지를 위해 특별 메뉴를 계획하곤 했고, 아버지는 딸을 격려하는 뜻에서 모비엘 구리냄비를 사주고 수제 파스타를 걸어 말리도록 부엌 벽에 나무 막대를 설치해주었다. 교회 손님들이 포리스트힐스의 집에 찾아오면 엘라는 뻑뻑한 오렌지 맛 파운드케이크나 딘앤델루카에서 산 아이리시 버터로 만든 달콤한 루바브 스콘을 대접하거나 아버지가 제일 좋아하는 파테아슈 크림퍼프를 홍차와 함께 내놓았다. 웰즐리 대학 시절 엘라는 창문이 딸린 퀸스의 부엌을 그리워했다. 지금 사는 어퍼이스트사이드의 방 두 개짜리 아파트는 아버지가 대학 졸업 후 사준 집이었고, 결혼 후에 테드와 같이 살 계획이었다. 꽤 널찍한 부엌이 있었고, 파이 크러스트를 반죽하거나 김치를 담가도 될 정도로 조리공간도 넉넉했다.

지금 엘라는 테드와 같이 두에인 스트리트의 프랑스 식당에서 먹은 양고기 요리의 맛을 기억해내느라 잔뜩 집중하고 있었다. 비슷한 음식을 만들 수 있을 것도 같았다.

옆의 털실로 수놓은 팔걸이의자에 앉은 테드는 《타임스》에서 영화 시간표를 확인하고 있었다. 그는 엘라의 손님이 추천한 외국 영화를 보기로 한 것이 영 짜증스러웠다. 손님방 욕실에서 나는 물소리가 거실까지 들려왔다. 금요일 밤이었고, 케이시는 이탈리아로 떠나는 버지니아를 배웅하기 위해 프린스턴 클럽에서 친구들을 만나러 외출할 준비를 하고 있었다.

엘라는 둥글둥글한 소녀 같은 필체로 요리 재료 목록과 조리법을 적고 있었다. 그녀는 테드에게 케이시의 일자리를 구하도록 도와달라고 어떻게 말해야 할지 고민하고 있었다. 테드의 하버드 경영대학원 친구들은 항상 서로 부탁을 들어주곤 했다.

"테드, 케이시를 좀 도와줄 수 없어요?" 엘라는 오렌지색과 흰색 체크무늬가 들어간 요리책에서 고개를 들지 않은 채 물었다.

테드는 신문을 탁 하고 덮었다. 하지만 요리책을 내려다보는 예쁜 약혼녀의 모습을 보자 얼굴에 미소가 떠올랐다. 그는 그녀의 섬세한 미모에 푹 빠져 있었다.

"사랑하는 엘라," 그는 짐짓 엄한 표정을 지어 보였다. "당신 친구는……." 그는 말을 끊었다. 엘라는 케이시가 이 집에 들어오기 전에 그녀에 대해 이야기한 적이 없었다. 한데 친구랍시고 상당히 말이 많은 이 여자는 벌써 넉 주째 엘라의 집을 차지하고 있었다. "케이시는 금융 쪽에 관심이 전혀 없잖아." 테드는 말을 이었다. "빚과 자기자본의 차이도 모를 것 같은데."

"하지만 테드, 당신도 예전에는 그 차이를 몰랐잖아요." 엘라는 진심 어린 눈빛으로 그를 바라보았다. "배워야 알죠. 누가 가르쳐 줘야 아는 거잖아요. 안 그래요?"

"당신 친구는 봄에 이미 학교에서 컨 데이비스 투자은행의 면접을 봤다면서."

"그래서요?"

"그런데 떨어졌잖아." 테드는 눈동자를 굴렸다. "대체 무슨 생각을 한 거래? 딱 한 군데만 지원하다니. 그게 무슨 배짱이냐고."

그는 하버드를 졸업하던 해에 여덟 개 은행에 지원했고 일곱 군데에서 합격통지를 받았다. 초대형 투자은행 피어슨크로웰에서 4년 동안 투자분석가로 일하면서 대리급까지 승진한 뒤, 하버드 경영대학원에 들어가 베이커 장학생으로 선발되었다. 그런 뒤 그는 학부 시절 유일하게 그를 탈락시켰던 회사인 컨 데이비스를 선택했다. 4년 뒤 그는 상무이사에 올랐고, 오는 1월에 전무이사로 승진할 예정이었다. 처음 세운 계획보다 2년이나 빠른 성취였다.

엘라는 그를 보며 숨을 들이쉰 뒤 말했다. "당신이 왜 그녀를 싫어하는지 모르겠어요."

"싫어하지 않아. 단지 이성적으로 생각하는 것뿐이야, 엘라. 단한 군데만 지원한 걸 보면, 배짱이 좋고 스스로를 과대평가하고 있다는 걸 알 수 있어. 아이비리그 여자들이란." 그는 중얼거렸다. "진지한 면도 부족한 것 같고." 그는 신문을 세로로 접은 뒤 엘라를 내려다보며 가볍게 미소 지었다. 엘라가 고집을 부리다니 의외였다. 그녀는 쉽게 포기하는 편이었지만, 테드는 도전을 좋아했다.

"들어봐, 엘라……." 그는 목소리를 약간 낮추고 진지한 어조로 말을 이었다. "당신이 돕고 싶어 한다는 거 알아. 하지만 알잖아. 난 명성을 쌓기 위해 매우 열심히 노력했어. 잘 알지도 못하고 내눈에는 신기해 보일 정도로 끈질긴 면이 없는 사람을 보증했다가 평판을 깎아먹고 싶지는 않아."

엘라는 고개를 갸우뚱하며 작은 콧구멍으로 숨을 내쉬었다. 테드는 꼭 필요한 상황이 아니면 절대 남에게 베풀지 않았다. 2년전, 그는 미드타운 시티은행 근처 오봉팽에서 엘라를 처음 본 뒤집요하게 쫓아다녔다. 그의 동료와 하버드 경영대학원 친구들은 엘라를 탐나는 상품인 양 취급했고, 엘라는 그들과 말을 섞는 것이 두려웠다.

하지만 지금까지 엘라를 쫓아다니고 구애한 남자는 이전에도 있었다는 것을 테드는 몰랐다. 엘라가 테드를 사랑하는 것은 그가 알래스카에서 탈출한 초조하고 굶주린 소년이기 때문이었다. 그는 통조림 공장 이민노동자 부부의 아들이었고, 형은 앵커리지에서 우체부로 일하고 있었다. 전직 프로보디빌더인 누이는 에어로빅 강사 일을 하며 혼자 두 아들을 키우고 있었다. 테드에게 성공하고 싶다는 욕구만 있을 뿐 가진 것이 없다 해도 엘라는 그를 사랑했을 것이다. 그녀가 그에게 끌린 것은 그 냉철함과 무슨 일이 있어도 동요하지 않는 굳은 심지 때문이었다. 하지만 그런 겉모습 속에는 그녀에게도, 자기 자신에게도 인정하지 못하는, 자신에 대한 회의가 도사리고 있었다. 공포가 그를 추동하는 힘이었다. 엘라는 그 모든 것 역시 좋았다.

케이시가 샤워를 마치고 수도관 잠그는 소리가 들렸다. 엘라는 목소리를 낮췄다. 그녀는 다시 그에게 호소했다. 테드야말로 다른 누구보다 케이시의 상황을 잘 이해해야 하는 사람이었기 때문이었다.

"케이시가 한 달 내내 이력서를 보냈는데도 전혀 연락이 오지 않아요."

"경기가 안 좋잖아, 엘라. 당신이 친구를 안타깝게 생각하는 것은 알지만……."

"아버지가 그녀를 때렸어요. 집으로 돌아갈 수가 없다고요. 당신이 도와줘야 해요. 돈도 전혀 없는데, 나한테서는 받으려고 하질 않으니."

"돈까지 준다고 했어?" 테드는 이해할 수 없다는 듯 얼굴을 찡

그랬다. "도대체 당신은 어떻게 된 사람이야, 공주야? 돈이 나무에서 열리기라도 하나?"

"테드……." 엘라는 요리책을 덮었다.

"친구한테는 아무 일자리나 빨리 얻으라고 해."

"지금 그러고 있다잖아요."

"무슨 일이든 하라고. 립스틱이나 장갑 장사라도 하든가. 뭐든, 대학 때 했던 일을 하면 되잖아."

"정 힘들면 그럴 수도 있겠죠. 하지만 대학 시절 아르바이트로 점원 일을 하는 것과 졸업한 뒤 전업으로 그 일을 하는 건 다른 문제잖아요." 엘라는 입을 다물었다. "케이시의 부모님은 돈이 없고, 여동생은 내년에 의대에 진학할 준비를 하고 있어요. 그녀의 남자친구는 바람을 피웠고."

테드는 코웃음을 쳤다. "백인들과 사귀니 그런 꼴을 당하지."

엘라는 이 말을 무시했다. "하지만 가족들조차 도울 수가 없다잖아요. 힘이 생겨서 다른 사람을 도울 수 없다면 성공해봤자 다 무슨 소용이에요."

"나도 많은 사람들을 돕고 있어."

테드는 매달 부모님에게 돈을 보냈고, 작년에는 어마어마한 보너스를 받아서 형과 누이에게 앵커리지에 집을 한 채씩 사주었다.

"당신이 아무도 돕지 않는다는 말은 아니지만."

"케이시와 그녀의 가족은 내 문제가 아니야, 엘라. 당신 문제도 아니고. 동생은 의대 학자금 대출 못 받는대?" 그는 오른손으로 자기 심장을 가리켰다. 얼마 전 그는 대출받은 학자금을 완전히 갚고 이제 조카들의 학비를 따로 저축하고 있었다.

"모두가 당신 같은 건 아니에요."

엘라는 요리책을 알파벳 순서로 정리해서 책장에 도로 꽂았다. 양고기 요리를 만들고 싶은 마음이 사라졌다. 생일 축하는 그냥 식당에 가서 해야겠다.

몸에 붙는 검은 치마와 다림질한 흰 셔츠를 입은 케이시가 거실로 나왔다. 이제 멍은 눈에 띄지 않았다. 젖은 머리를 뒤로 빗질해 넘기고 입술에 빨간 립스틱을 얇게 펴 바르니 예뻐 보였다. 아직 신발은 신지 않았다. 테드는 그녀의 맨발을 흘끗 보았다. 마른 여자치고 케이시는 종아리와 발목이 약간 굵은 편이었다. 무다리네. 테드는 생각했다.

당연히 케이시도 그의 시선을 눈치채고 발목을 겹쳤다.

"안녕하세요." 그녀는 짐짓 쾌활하게 인사를 건넸다. 대화는 들을 만큼 들었지만, 못 들은 척할 생각이었다. 테드 김은 남을 돕는 부류가 아니다. 엘라 눈에는 왜 그게 보이지 않을까?

"안녕, 케이시." 테드는 상대가 들었든 말든 개의치 않았다. 그는 엘라를 돌아보며 이제 나가자고 손짓했다. "표는 극장에서 사면 될 거야. 뉴욕 사람들이 죄다 이 영화를 보러 달려가지는 않을 테니." 그는 《타임스》 구석, 눈에 잘 띄지 않는 자리에 실린 〈패왕별희〉 광고를 가리켰다.

"아주 좋은 영화예요, 테드." 케이시는 그에게 미소 지었다. 테드는 개천에서 난 잘난 용이었고 재수 없는 인간이었지만, 미남이었다. 키는 180센티미터에, 탄탄한 몸매, 긴 다리 때문에 육상선수처럼 보였다. 짧게 자른 검은 머리가 촉촉해 보이도록 꼭대기에 젤을 바르고 있었다. 드레스셔츠 맨 윗 단추가 열린 틈으로 목의 힘줄과 단단한 목젖이 보였다. 오만한 표정은 매력적이었다. 재수 없는 자식들과 데이트하는 취미가 있는 여자라면 이상적인 상대일 것이다.

"당신도 재미있게 볼 거예요. 당신처럼 똑똑한 남자라면 이따금 문화를 향유하는 것도 나쁘지 않을 텐데, 안 그래요? 자고로 훌륭한 여피족이라면 와인과 휴양지 말고도 아는 게 많아야 하는 법이죠. 그렇다고 예술이며 여가생활 부문에서 도움을 받으셔야 한다는 얘기는 아니고요." 케이시는 씩 웃었다. "아니, 그런 부문이 있을 리 있나요." 익살스럽게 선심 쓴다는 듯한 말투였다. 케이시는 입을 비죽 내민 채 다물고 테드가 응수하기를 기다렸다.

테드는 헛기침을 했고, 엘라는 웃었다.

"구직은 어떻게 되어가지, 케이시?" 그가 대꾸했다. 이제 그가 미소 지을 차례였다.

"사빈이 다음 달부터 일요일에 액세서리 매장에서 일하라고 했지만, 평일에는 빈자리가 없네요. 졸업할 때 그만두는 바람에 내 자리에 다른 사람이 들어왔거든요. 액세서리 쪽은 요즘 손님이 별로 없어요." 케이시는 말했다. "요즘 경기 아시잖아요."

테드는 미소 지으며 턱을 들었다.

"엘라 덕분에 여기 머물고 있지만, 언제까지나 있을 수는 없으니까요. 일자리를 구할 거예요. 빨리 구했으면 좋겠어요."

원한다면 언제까지나 있어도 된다고 엘라가 말하려는데, 테드가 말을 가로챘다. "좋아질 거야. 경기란 순환하는 법이지." 경제학 전공자라면 이해할 거라는 말투였다.

그는 신문을 집어 들다 말고 의자에 도로 던졌다. 그는 엘라 쪽을 보았고, 엘라는 눈치 빠르게 자리에서 일어나 손가방을 들었다. 그녀는 항상 테드에게 주의를 기울였다. 그가 그렇게 해주길 원했고, 그리 어려운 일도 아니었다.

그날 영화를 보고 저녁을 먹은 뒤, 테드와 엘라는 케이시에 대해 더 이야기하지 않았다. 하지만 월요일 아침 일찍, 테드는 친구인 월터 진에게서 보조직원을 찾고 있다고 들은 아시아 영업부에 전화를 걸었다. 월터는 테드가 친구를 소개할 자리가 아니라고 생각했다. "급여는 쥐꼬리만큼 주고, 미친 듯이 부려먹는 자리야." 월터가 말했다. 게다가 영업부장은 분노조절장애를 갖고 있었다.

테드는 말했다. "괜찮아. 가까운 친구도 아니야."

케이시의 면접일은 다음 주로 정해졌다. 테드는 그 자리에 그녀를 데려가기만 하기로 했다.

버지니아의 아버지는 술값을 계산하러 클럽에 들렀다. 그와 제인은 샴페인을 한 잔씩 마신 뒤 20명 남짓한 대학 졸업생들을 타이거 바에 남겨둔 채 어른들에게 어울리는 저녁식사 자리로 옮기기 위해 일어섰다.

"이제 자네들은 보호자가 필요 없어." 프리치는 라크로스선수이자 현재 스캐든 압스 로펌에서 기업 법률보조로 일하고 있는 척 레인스에게 말했다. 다시 젊은 시절로 돌아가고 싶다는 기분에, 그는 주먹으로 청년의 어깨를 다정하게 두드려주었다. 대학 시절에는 프리치도 딱 이런 청년들과 똑같은 모습이었다. 프리치는 아이비 사교클럽 회원이었고, 그가 열두 살 때 세상을 떠난 아버지 역시 아이비 클럽 출신이었지만, 다들 그가 아버지를 전혀 닮지 않았다고 입을 모았다. 델라웨어주 상원의원이었던 프리치의 아버지는 미남에 달변가였다. 프리치와 제인 크래프트는 딸 옆에 나란히 서 있었다. 프리치는 제이프레스 블레이저 안에 늘 구부정한 어깨를 숨기고 있었고, 남편보다 2.5센티미터 작은, 키가 180센티미터인 제인은 목깃이 높은 12사이즈 벨 프랑스 드레스 차림이었다. 작은 라벤더 꽃무늬가 찍힌 검은 드레스가 살집이 불어나는 허리를 잘 가려주었다. 제인은 남편보다 골격이 튼튼했다. 프리치는 어머니 유지니를 닮아 마른 편이었다. 26년째 결혼생활을 하고 있는 크래프트 부부는 머리색이나 피부색이 비슷했다. 부부의 연한 머리카락, 하늘색 눈동자, 우윳빛 피부, 쉽게 붉어지는 뺨은 버지니아의 검은 곱슬머리, 올리브색 피부와 대조를 이루었다. 버지니아의 얼굴에서 가장 먼저 눈에 띄는 특징은 스스로 멕시코계 속눈썹이라고 부르는 길고 검은 속눈썹이었다. 혼자 있으면 좀 이국적인 백인 미녀로 보일 법한 외모였지만, 부모님과 나란히 서 있으니 그냥 외국인 같았다. 그래서 스페인, 이탈리아, 프랑스, 포르투갈 등 갖가지 국적으로 오해받았으며, 런던에 있을 때는 아일랜드계 흑인 아니냐는 말을 듣기도 했다. 버지니아는 생물학적 부모님에게서 절반은 멕시코, 절반은 백인 피를 물려받았다고 대놓고 털어놓아서 그녀의 혈통을 추측한 상대를 민망하게 하는 것이 차라리 편하다는 사실을 오래전에 터득했다.

클럽을 나서기 전에 프리치는 버지니아의 정수리에 키스하며 바텐더에게 말했다. "술에 물을 넉넉히 타주게." 석 잔째 맥주를 마시던 척은 버지니아의 아빠를 향해 웃으며 잔을 들어 보였다. 청년들은 바를 중심으로 서너 군데 모여 앉아 술을 마시며 6월 이후 근황에 대해 이야기를 주고받았다. 벽에는 학년별 단체사진과 각종 프린스턴 기념품이 걸려 있었다. 크래프트 부인이 미리 주문한 버거와 치킨을 먹는 사람도 있었다. 모두 케이시가 아는 사람들이었고, 인사하러 들른 브리어리 고등학교 출신 여학생 두 명도 섞여 있었다. 둘 다 아이비리그 여학생들과 비슷했다. 세련되고 자연스러운 매너와 크림색 피부를 지닌, 가문의 연줄로 쉽게 입학한 유형. 고급 미용실에서 자른 유난스럽지 않은 헤어스타일. 칵테일 파티에서 오가는 잡담에 너무나 편하게 어울리는 여자들. 그들이 역시 브리어리 졸업생인 엘라와 어울리는 모습이 상상이 안 됐다.

크래프트 부부가 자리를 뜬 뒤, 버지니아와 케이시는 먼 옛날 대학 스포츠팀 사진 아래 따로 자리 잡은 테이블에 둘만 앉았다. 케이시는 오늘 밤 첫 보드카 칵테일을 주문했고 맛은 아주 훌륭했다.

"엘라 심과 같이 사는 건 어때?" 버지니아는 입꼬리를 왼쪽으로 삐딱하게 올렸다. 짜증이 날 때의 습관이었다.

"견딜 만해." 케이시는 약간 엘라를 배신하는 것 같은 기분이 들어 미간에 주름을 잡았다. "엘라는 착해."

"제이한테 연락 왔어?" 원래 제이를 좋아했기 때문에, 버지니아는 그가 더 이상 케이시의 남자친구로 남아 있을 수 없다는 사실을 받아들이고 싶지 않았다. 제이 커리는 한심한 짓을 했지만 그가 자신의 가장 친한 친구를 사랑한다는 것은 버지니아에게 움직일 수 없는 사실이었다. 두 사람이 다시 합친다 해도 버지니아는 놀라지 않을 것 같았다. "아니, 그보다 이렇게 묻는 게 낫겠지. 제이가 너한테 몇 번 연락했어?"

"티나에게 전화했대. 내가 어디서 지내는지 말하지 말라고 해 놨어. 너도 마찬가지야."

"알겠어." 버지니아는 아직도 케이시가 엘라와 함께 지내기로 한 것을 이해할 수가 없었다. "나랑 같이 지내도 괜찮았잖아. 뉴포트 집에서."

"너도 할머니 댁에 손님으로 가 있는 마당에……."

"유지니 할머니는 네가 온다면 당연히 환영하지."

"고맙다." 케이시는 버지니아에게 아버지와 싸웠다는 말은 했지만, 맞았다는 이야기는 하지 않았다.

"뉴욕 시내에 있고 싶다면, 우리 엄마 아빠하고 같이 있어도 되고. 두 분도 널 좋아하셔. 하지만 엘라 심이라니?" 버지니아는 브리어리에서 알고 지낸 6년 동안 엘라가 무슨 말을 입 밖에 내는 것을 한 번도 본 기억이 없었다. 말을 하기는 하나?

"그렇게 나쁜 애는 아니야." 고작 몇 시간 전 케이시의 일자리를 구해달라고 테드에게 사정하던 엘라의 음성이 머릿속에서 들리는 것 같았다. "우린 주일학교에서 아는 사이야. 마침 엘라의 집에

빈방이 있었고. 게다가, 내가 너희 부모님과 어떻게 같이 지내니."
케이시는 얼굴을 찡그려 보였다. "좋으신 분들이지만……."

"그래, 나도 부모님과 같이 못 살아." 버지니아는 말했다. 제인과 프리치는 워낙 독특한 사람들이었다. 둘 다 60대 초반, 젊은 부모도 아니었다. 정중함이 지나쳐서 무심해 보이거나, 심한 경우 사교성이 부족하다고 오해받는 일도 있었다. 결코 의도한 바는 아니었다. 친밀하게 대하거나 남들처럼 이야기하는 법을 잘 모르는 것뿐이었다. 자기들은 통 감정이란 것을 표현할 줄 모르면서 아이가 말을 배우자마자 정신과의사에게 보내서 온갖 감정을 표현하도록 길렀으니, 부모와 자식이 극과 극일 수밖에 없었다. "아주 좋은 분들이긴 한데." 버지니아는 부모에 대해 이렇게 말했다. "같이 살기는 힘들어. 내 생물학적 부모는 정신적인 문제가 많고 아주 감정적인 사람들이었을 거야. 말도 많고. 내 생물학적 어머니는 틀림없이 무슨 일만 생기면 소리부터 지르는 사람이었을 게 분명해." 버지니아는 은근히 만족스러운 미소를 지었다.

"음." 케이시는 얼음을 달각거리며 술잔을 흔들었다. 오래전부터 버지니아는 창녀와 수녀 사이의 갖가지 인물로 자신의 생물학적 어머니를 상상하곤 했다.

"넌 어때?" 버지니아는 물었다.

"좋아. 단지 직장이 없을 뿐." 케이시는 대꾸했다.

"곧 잡을 거야." 버지니아는 케이시의 단단한 머릿속에 무엇이 들어 있는지 알고 싶었다. 이렇게 자존심이 강한 사람은 만나본 적이 없었다. "내 말은, 엘라와 같이 사는 게 괜찮으냐고."

"엘라는 너와 달라." 케이시는 말했다. 여자 친구들 사이에는 항상 서열이 있다. "자금에 여유가 생기는 대로 빨리 나와야지. 맨해튼에 적당한 방을 얻으면 돼. 별일 아니야." 그냥 시간문제라는 듯 너무나 자신감 있는 말투였다.

"같이 이탈리아로 가자." 버지니아는 부추기듯 두 손을 들었다. "얼마나 신나겠어?"

"달에 갈 수도 있는데 나사에서 전화가 안 오네."

버지니아는 피식 웃었다. "나랑 같이 지내면 돼."

"난 그럴 생각이 없거든."

"왜? 내가 알아본 바로는 이탈리아는 한국인이 들어오는 것도 안 막는다는데."

"멕시코인도 받아준대?"

"하." 버지니아가 케이시에게서 가장 좋아하는 면이 이런 것이었다. 쿡 찌르면 곧장 반응이 돌아온다.

"어쨌든 너도 나 있는 동안 놀러 오라고. 오랫동안 가 있을 거니까. 학위 따는 데 2년 이상 걸릴 수도 있어. 부모님도 오실 거야. 내가 비행기 얼마나 싫어하는지 알지?"

"전화도 싫어하고 말야."

버지니아는 한숨을 쉬었다. "대신 편지는 자주 쓰잖아."

"그래, 편지는 자주 쓰지." 케이시는 친구의 편지를 좋아했다. 마치 천재의 일기장 몇 장을 받는 것 같기도 했고, 화려한 문체 때문에 다른 시대에 쓰인 글을 읽는 기분이 들었다. 버지니아는 정제되지 않은 솔직한 문장으로 자신의 시각과 욕망에 대해 썼고,

자신의 실패나 의혹도 굳이 감추지 않았다. 그녀의 글은 사건과 관념의 모퉁이를 돌고 돌아 미로를 빠져나오듯 사고의 흐름이 이어졌다. 케이시는 버지니아의 정신세계에 감탄했다. 편지를 받기 전까지는 자신의 친구가 얼마나 탁월한지 미처 몰랐다. 버지니아는 숨기는 것이 없었고, 이것이 케이시가 가장 높이 사는 면이었다.

동생과 비교할 때 케이시가 상대적으로 자유분방하고 다혈질로 비친다면, 생기와 호기심이 넘치는 버지니아와 함께 있을 때는 보다 침착하고 신중해졌다. 버지니아가 술에 취하거나, 너무 많은 남자와 잠자리를 하거나, 걸핏하면 집 열쇠를 잃어버릴 때조차, 케이시는 도무지 부끄러움이나 실패로 인해 움츠러들지 않는 친구에게 감탄하지 않을 수 없었다. 버지니아는 비판을 두려워하지 않았다. 케이시가 보기에 이것이야말로 흔치 않은 성격이었다.

"놀러 올 거지? 응?"

버지니아는 기분 좋게 미소 지었지만, 뒤에 남겨진다는 아픔이 케이시의 가슴을 찔렀다. 두 사람의 삶은 언제나 달랐지만, 졸업 후에는 마치 도개교가 성채를 봉쇄하듯 한층 깊은 간극이 그들 사이를 갈라놓았다. 케이시는 해자 건너편에서 혼자 힘으로 삶을 개척해야 했다.

"떠나는 사람은 너잖아. 왜 내가 널 찾아가야 해?" 케이시는 차갑게 말했다.

버지니아는 이 말에 상처받은 것 같았고, 케이시는 미안한 마음이 들었다. 그녀는 학창 시절 케이시의 가장 친한 친구였고, 대학 1학년 둘째 주부터 단짝이 된 사이였다. 그런 버지니아가 내일

이탈리아로 떠난다. 케이시가 친구의 슬픔을 모르는 것도 아니었다. 열한 살이 되면서부터 버지니아는 낳아준 어머니를 줄곧 찾아 헤맸지만 모든 노력은 수포로 돌아갔다. 학교에서는 논문으로 상을 받았고, 이탈리아어 회화와 작문 실력이 워낙 훌륭해서 볼로냐 대학에 석사학위를 받으러 가는 친구였다. 프랑스어는 원어민 수준이었다. 그런 그녀였지만 로망스어 중에서 유독 스페인어, 생물학적 어머니가 썼을 언어는 배울 수가 없었다. 스페인어 수업을 들으려고도 해보았지만, 그때마다 버지니아는 눈물을 터뜨리며 그만두고 말았다.

버지니아는 탁자 너머로 손을 뻗어 케이시의 손을 잡았다. "보고 싶을 거야."

"아, 그만해. 남자 쫓아다니느라 바빠서 펜 잡을 시간도 없을걸." 눈물이 나올 것 같았다.

"지금까지 내 행적에 비추어볼 때 그런 공격은 부당하지."

이 말에 케이시는 아무 대꾸도 할 수 없었다. 부모님 집에는 여름방학 때마다 버지니아가 보낸 편지 뭉치가 여덟 개, 아니, 아홉 개나 리본에 묶인 채 쌓여 있다.

"만나러 와, 케이시. 이탈리아에는 이탈리아 남자들이 있잖아."

케이시는 웃었다.

"그리고 젤라토도. 아, 마롱글라세 젤라토! 그런 맛이 세상에 있다니……." 버지니아는 황홀한 듯 얼굴을 환히 밝혔다. 척이 맥주를 갖고 왔다.

케이시는 그에게 손을 흔들며 자리를 권했다. 척과 버지니아는

2학년 때 한 학기 동안 사귄 사이였다. 버지니아는 1년에 한 번쯤 옷 벗기 포커 게임을 하고 이따금 영화를 같이 보는 좋은 친구 사이라고 했다. 게다가 오늘의 주인공을 독점하는 것은 옳지 못하다. 버지니아에게 아버지와 싸운 일에 대해 자세히 이야기하고, 얼굴에 든 멍 때문에 뉴포트에 가지 못했다고 털어놓고 싶은 마음이 굴뚝같았다. 하지만 그런다고 뭐가 달라질까? 설명한다고 해서 과거가 바뀌지는 않는다. "왜 나를 버렸나요?" 버지니아는 생물학적 어머니에게서 합리적인 이유를 듣고 싶어 했지만, 케이시는 그런들 무엇이 바뀌기라도 하는지 의문스러웠다. 그러면 만족할 수 있을까? 크래프트 부부는 완벽하고 훌륭한 부모 같았다. 케이시의 생물학적 부모는 문제가 많은 사람들이었다. 그 모든 것에 대해 이야기한다고 해서 뭐가 좋아지나? 마침 척 레인스가 와준 것이 다행이었다. 그는 각진 머리와 가느다란 목을 지니고 있었다. 아직 버지니아를 좋아했다.

"젤라토 먹어봤어, 척?" 버지니아가 물었다.

"그럼. 이탈리아 사람들은 아이스크림 진짜 맛있게 만들지. 나도 초대해줄 거지?"

"나튀렐망."*

버지니아는 아트 딜러로 일하는 어머니의 남동생과 결혼해 밀라노에 사는 파트리치아 외숙모처럼 눈을 감고 어깨를 으쓱했다.

케이시는 무언가를 즐긴 경험을 통해 교감하는 두 사람의 행복

---

* Naturellement, 당연하지.

110

한 모습을 보고 미소 지었다. 그녀는 마롱글라세 젤라토를 먹어 본 적이 없다. 마롱은 프랑스어로 밤이던가? 글라세는 글레이즈를 발랐다는 뜻이겠지? 케이시는 그 정도밖에 몰랐다. '밤'을 이탈리아어로 뭐라고 하지? 세계는 너무나 넓었고, 그녀가 모르는 것은 너무나 많았다.

6

대리인

엘라는 아름다운 보석류를 전시한 베이어드의 유리장과 뉴욕 최고의 향수 매장들을 지나쳐서 일렬로 늘어선 엘리베이터 쪽으로 향했다. 그녀는 반짝이는 광채와 매장의 향기를 전혀 의식하지 못하고 있었다. 드레스 때문에 연례기금회의에서 15분 일찍 일어서야겠다고 설명했을 때 데이비드 그린이 지었던 괴상한 표정이 머릿속을 떠나지 않았다. 평소 좀처럼 그녀에게 불만을 표한 적이 없는 사람이었다. 한데 엘라의 결혼식 이야기만 나오면 데이비드는 화제를 돌리거나 급히 마칠 일이 생각났다는 것이었다. 장난기와 호기심이 가득한 진한 파란색 눈동자는 엘라가 테드의 이야기를 할 때마다 진지한 빛을 띠며 어두워졌다.

당연히 테드는 어리바리한 백인 상사가 아시아 여자에 대해 페티시를 가진 거라고 엘라를 놀렸다. 데이비드는 그런 사람이 아니에요, 엘라는 최대한 데이비드를 변호했다. 그는 모든 사람을 존중해요. 특정인을 고정관념에 밀어넣지 않아요. 하지만 그녀가 데이비드를 변호하면 할수록 테드는 더 심해졌다. 그래서 엘라는 아침마다 동문회나 학부모회, 동창생 기금 현황 등에 대해 데이비드가 어떤 생각을 가지고 있는지 빨리 듣고 싶은 마음에 서둘러 회사로 향하게 된다는 말을 약혼자에게 하지 않았다. 금요일마다 그들은 날씨가 좋으면 공원에서, 날이 궂으면 사무실에서 같이 샌드위치를 먹었다. 데이비드는 자신이 주말마다 자원봉사로 작문을 가르치러 가는 남자 교도소에서 만난 재소자 이야기를 들려주곤 했다. 틀린 철자가 군데군데 있는 학생의 랩 가사를 가져와서 가장 좋아하는 시인 필립 라킨의 시라도 낭독하듯 진지하게, 유쾌하게 소리 내어 읽어주기도 했다. 2주 전에는 쑥스럽기도 하고 자랑스럽기도 한 태도로 《케니언 리뷰》에 실린 자신의 시 두 편을 보여주었다. 그중 한 편은 아버지 병원의 환자 대기실에서 참을성 있게 기다리는 소년에 대한 내용이었다. 아버지가 환자를 한 사람씩 진료하는 동안 시 속의 소년이 읽던, 묵직하게 쌓인 《내셔널 지오그래픽》에 대한 묘사가 며칠 동안 엘라의 머릿속을 떠나지 않았다. 누렇게 바래 귀퉁이가 말려 올라간 페이지, 머리에 오렌지색 두건을 두른 매부리코 여인들과 봉우리에 흰 눈을 이고 있는 일본의 산 사진들.

케이시는 약속한 대로, 베이어드 백화점 안쪽에 있는 넉 대의 엘리베이터 옆에서 기다리고 있었다. 엘리베이터에 오른 뒤, 그녀는 신부용품이 있는 6층을 눌렀다. 다른 승객은 없었다.

"자, 말해봐. 어떻게 생긴 드레스라고?"

엘라는 대답할 수 없었다. 그녀는 미간을 찌푸렸다.

"엘라?" 케이시는 또박또박 다시 물었다. "드레스 말야."

"길어." 엘라는 쑥스럽게 어깨부터 엉덩이까지 쓸어내리는 손짓을 해 보였다. "흰색 계통이고." 오늘 하루 동안 본 흰색을 다 구분할 수가 없었다. "그냥 보통 웨딩드레스야, 저기, 누구나 생각하는. 알잖아."

"웰즐리에서는 그런 식으로 말하라고 가르치냐? 저기? 알잖아?" 케이시는 짐짓 못마땅한 듯 시비를 걸었다.

엘라는 케이시가 놀리는 것이 반가웠다. 집에서는, 특히 테드가 같이 있으면, 요즘 케이시는 점점 더 정중한 예의범절로 넘어올 수 없는 벽을 치고 숨어버리는 일이 많았다. 하지만 이렇게 베이어드에서 만나니 그녀는 교회에서 알고 지내던 당돌한 소녀, 보고 듣는 모든 것에 관심을 갖고 재미를 느끼던 소녀로 되돌아간 것 같았다. 심지어 걸음걸이에도 흥과 활력이 돌아온 것 같았다.

케이시는 엘라가 자세하게 설명하지 않자 약간 짜증이 나서 눈썹을 올리고 대답을 기다렸다. 엘라가 무엇을 원하는지 알고 싶었다. 당연히, 엘라의 웨딩드레스니까.

문제는 엘라가 자신이 무엇을 골랐는지조차 기억하지 못한다는 점이었다. 기억할 요소들은 너무나 많았다. 레이스, 장식, 소매, 리본, 허리띠, 꽃, 이런 것들이 있었는지 없었는지. 아버지와 같이 베이어드에서 드레스를 고르기로 했을 때 예약을 잡아준 사람은 아버지의 비서 샬린이었다. 하지만 막상 아버지를 태워 가려고 진료실에 가보니, 심 박사는 수술 후 바이러스에 감염된 환자 때문에 병동에 가고 없었다. 분홍색 전화 메모 용지에 손으로 쓴 쪽지가 있었다. "돈은 아낌없이 써라." 안타깝게 여긴 샬린이 덧붙였다. "정말로 원하는 건 뭐든지 사라고 말씀하셨어요." 엘라는 자신이 이미 알고 있는 사실을 알려준 친절한 비서에게 억지로 미소 지은 뒤 혼자 터덜터덜 나섰지만, 흰 눈처럼 쌓인 드레스가 눈에 들어오지 않았다. 매장에 있는 가장 비싼 드레스를 산 뒤 에스컬레이터를 타고 내려오다가, 자기가 사려고 보류해놓은 옷더미 앞에 서 있는 케이시를 발견했던 거였다.

엘리베이터가 3층에서 멈췄다. 매력적인 여자 둘이 남편들이 직장에서 겪는 어려움에 대해 우울하게 이야기를 나누며 들어왔다.

케이시는 그들을 무시하고 엘라만 쳐다보며 소매에 대해 물었다. 엘라는 다시 손짓을 하여 스타일을 설명했다.

머릿속에서 케이시는, 오랫동안 백화점에서 일하면서, 여름마다 FIT에서 재봉 강의를 들으면서 배운 전문용어로 엘라가 빠트리는 빈자리를 채우고 있었다. 아이보리 새틴 실크, 고전적인 목선, 에이라인 보디스, 프린세스 솔기, 손목 쪽이 가늘어지는 소매, 뒤로 끌리는 드레스 자락은 없고, 옷단에는 알진주. 괜찮은 것 같네, 한데 너무 무난한가. 엘라의 말투가 케이시의 주의를 끌었다. 혹시 누가 잘못 선택했다고 할까 싶어 두려움이 일렁이는 목소리였다.

한 달 동안 같이 살다 보니, 케이시는 집주인의 안전한 옷장 구성을 속속들이 알게 되었다. 탤보츠, L.L.빈, 랜즈 엔드, 바스 위준. 엘라는 사립학교를 졸업한 아름다운 수녀님처럼 옷을 입었다. 피터팬 목깃 블라우스, 짙은 색 에이라인 치마나 앞주름이 잡힌 바지, 헤인스 살구색 스타킹, 품이 넉넉한 셰틀랜드 카디건, 술 달린 낮은 굽 펌프스. 하지만 패션 센스라고는 없는 엘라는 자신이 고른 웨딩드레스가 멋쟁이 테드의 마음에 들지 않을까 봐 두려운 나머지 용기를 내어 케이시에게 도움을 청했다. 화려한 파티가 있으면 테드가 옷을 사주곤 했다. 하지만 웨딩드레스까지 그가 도와주는 것은 둘 다 아니라고 느꼈던 것이다.

매력적인 여자들은 5층에서 내렸다. 케이시가 가장 좋아하는 향수 '오드 카미유'의 향이 살짝 스쳤다.

문득 좋은 생각이 떠올랐다. 쑥스러움이 많은 고객의 취향을 알아내는 방법은 다양하다. "너 향수 안 뿌리지?"

"응. 테드는 향수나 화장품을 좋아하지 않아."

"정말?" 케이시는 못 믿겠다는 듯 말했다. "넌 좋아하는데?"

엘라는 어깨를 으쓱했다.

"좋아. 네가 좋아하는 향을 생각해봐."

엘라는 눈살을 찌푸렸다. 케이시는 손을 뻗어 엘라의 이마에 작은 브이 자 모양으로 생긴 주름을 손끝으로 문질렀다. "그러지 마." 사빈이 주름살이 생기지 않도록 늘 의식하라고 가르쳐준 제스처였다.

엘라는 향수를 생각했다. "오렌지 향, 계피 향."

케이시는 미소 지었다. "음식, 색깔."

"무슨 뜻이야?"

"편안함, 기쁨, 따스함. 이런 것들이 떠오르지. 안 그래?" 케이시

는 참을성 있게 설명하려고 노력했다. "이건 과학이 아니야. 난 그
저 네가 선택한 것들에서 무엇이 연상되는지 생각해봤어. 그런 다
음 생각해봐. 타인이 널 그렇게 봐주기를 원하는 걸까? 아니면 너
자신을 그렇게 보고 있는 걸까? 그렇다면 입고 싶은 옷에는 그런
요소를 어떻게 적용시킬까? 이해하겠니?"

엘라에게는 잘 와닿지 않았지만, 흥미로웠다. "네가 하나 골라
주면 어떨까. 향수 말이야."

"우린 드레스를 찾고 있잖아."

케이시는 점원으로 고객을 상대할 때 짓는 깍듯하고 순진한 미
소를 지었다. 포기하고 싶었다. 자기 자신이 어떤 사람인지 제발
알려달라고 묻는 엘라의 음성이 머릿속에서 들리는 것 같았다.
어떻게 그럴 수가 있나? 내가 누군지 다른 사람이 어떻게 말해줄
수 있지? 엘리베이터가 6층에서 멈췄다.

"넌 어떤 향을 좋아해?" 엘라는 엘리베이터에서 내리며 물었다.

"투베로즈, 치자, 백합."

"그건 뭘 의미해?"

"네 취향을 찾아내려고 하는데 내 취향이 무슨 상관이야." 케이
시는 짜증을 숨기지 않고 대답했다. 신부용품 코너는 엘리베이터
에서 채 10미터도 떨어져 있지 않았다. 케이시는 엘라가 앞장서서
걷지 않도록 팔꿈치를 살짝 잡았다. 그리고 속옷 코너 맞은편에
놓인 빈 캐멀색 소파를 가리켰다.

"앉아봐." 그녀는 말했다. 엘라가 앉았다. "영수증을 보여줘."

엘라는 핸드백에서 영수증을 꺼내 건넸다. 그녀는 케이시가 어

떤 반응을 보일지 조마조마한 마음으로 거울처럼 반질거리는 엘리베이터 문만 바라보았다. 드레스는 8,000달러였다.

케이시는 무심하게 고개만 끄덕였다. 오랜 세월 돈 많은 사람들과 어울리면서 익숙해진 태도였다. 엘라의 예산을 알아야 하는 상황만 아니라면, 절대 가격을 묻지 않았을 것이다. 한데 예산에는 한도가 없는 것 같았다.

케이시는 영수증 뒷면도 꼼꼼히 읽었다. "내가 갖고 있어도 되지?" 그녀는 물어본 뒤 치마 주머니에 영수증을 넣었다. "자, 마지막으로." 그녀는 숨을 들이마셨다. "결혼식 때 어떤 모습으로 보이고 싶어?"

"저기, 알잖아. 별로 생각해보지 않았어."

"또, '저기, 알잖아'냐? 교육받은 여성이라는 자부심이 무색하지도 않아?"

엘라는 웃었다. "넌 어떤 드레스를 입고 싶어, 케이시?"

"결혼하는 건 내가 아니잖아."

"너도 결혼하고 싶어?"

케이시는 요점에 집중하지 않고 자꾸 엇나가는 대화가 짜증스러워 눈살을 찌푸렸다. 버지니아는 종종 케이시가 남자처럼 생각한다고 말하곤 했다. 여자들의 사고가 가지를 치며 뻗는다면 남자들은 나무둥치 같다는 것이 버지니아의 지론이었다. 엘라의 산만한 사고방식을 상대하고 있으려니 케이시는 자신이 한결 남자처럼 느껴졌다.

"아니, 난 결혼하고 싶지 않아. 겨우 스물두 살인걸."

"난 스물한 살이야." 엘라는 말했다.

케이시는 휘파람을 불었다. "알아."

엘라는 테드가 생일 선물로 사준 샤넬 핸드백의 금장 끈을 연신 꼬았다. 길고 흰 손가락이 퀼트 가죽 위에서 불안하게 왔다 갔다 하고 있었다. 마음의 안정이 필요한 것 같았다. 그것은 분명했다. 케이시는 뭐라고 해야 할지 고민했다. 엘라는 모든 것을 다 가졌다. 정말 모든 것을. 한데 그런 그녀가 자신이 결혼에 대해 올바른 결정을 내리고 있다는 확신을 케이시에게서 얻으려고 한다. 아낌없이 주는 너그러운 성격에도 불구하고, 한편으로는 거의 탐욕스럽다고 해야 할 정도로 인정을 원하는 것 같았다. 내가 패자라는 게 이렇게 분명한데, 이런 상황에서 내가 승자에게 그런 확신을 준다는 것이 가능하기나 한가?

"드레스 이야기나 하자."

"난 기억도 잘 안 나, 케이시. 너무 얼떨떨해서." 엘라의 날씬한 목이 묵직한 멍에라도 쓴 듯 축 늘어져 있었다.

문득 50달러짜리 방수 모자를 사려고 사빈의 매장에 여자 친구들을 끌고 오던 여자들이 떠올랐다. 엘라는 혼자 웨딩드레스를 골랐다. 케이시 본인이라면 같은 상황에서 혼자 고르는 것을 오히려 좋아했겠지만, 엘라에게는 선택의 여지가 없었다는 사실이 문득 떠올랐다. 엘라는 어머니도 없고 자매도 없다. 가장 가까운 사람은 아버지와 테드지만, 그들은 여자들이 당연한 듯 서로 해주는 수많은 일들에서 무용지물일 것이다. 케이시를 좋아하는 사람은 많지만 속을 털어놓는 사람은 별로 없었고 뭔가를 부탁하는 사람은 더 적었다. 겉으로 볼 때 케이시와 엘라는 극과 극이었지만, 인생에서 정말 친밀한 사람이 소수라는 면에서는 닮은꼴이었다.

"내가 결혼하기에 아직 어리다고 생각해?" 엘라가 물었다. 데이비드도 언젠가 조혼 풍습을 보는 것 같다고 농담한 적이 있었다.

"설마, 아니." 케이시는 예의상 적절한 대답을 했다. 몇 주 전 그녀 자신도 제이와 결혼할까 하는 상상을 한 적이 있지만, 지금 생각하면 얼마나 어리석은 짓이었는지.

엘라는 핸드백 끈을 계속 만지작거리고 잠금쇠를 열었다 닫았다 달각거리며 케이시의 눈을 피하고 있었다. 자신이 자신감 있는 사람이 아니라는 것을 알고 있었지만, 다가오는 결혼 생각만 하면 평소보다 한층 더 자신이 없어졌다. 평소 딸의 결정을 꺾는 법이 없고 지금껏 그럴 필요도 없었던 아버지조차 약혼 기간을 길게 두는 것이 어떠냐고 에둘러 말한 적이 있었다. 아버지가 굳이 하지 않던 말을 케이시가 입 밖에 낸다면 어떻게 해야 할까?

엘라의 검고 예쁜 눈에 깊은 근심이 어린 것을 케이시가 못 보고 넘어갈 리 없었다.

"테드는 좋은 남자야. 일등 신랑감이고. 아니, 심지어 한국 남자잖아. 도대체 한국 남자를 어디서 구했니?" 케이시는 마지막 말을 날카롭게 외치듯 뱉었다. 그 점이 그녀에게는 무엇보다 놀라웠기 때문이었다. 케이시가 아는 거의 대부분의 한국계 미국 여성은 백인과 사귀고 있었다. 문득 케이시는 동생도 얼마 전 한국인을 만나 사귀고 있다는 것을 떠올렸다. 티나가 지금쯤 그 남자랑 같이 잤을까?

"그 사람 마음에 드니?" 엘라가 약간 마음이 놓이는지 물었다.

"두 번이나 하버드에 갔지. 멍청한 사람은 아닐 거 아냐, 안 그래? 말도 안 되게 연봉이 센 직장에 다니고 있지. 잘생겼지." 케이시는 사랑을 입에 올리지 않았다. 사랑이니 뭐니 하는 말은 입에 발린 소리로 들릴 것이고, 따라서 그녀가 말하는 진실까지 오염시킬 것이다. 칭찬을 한마디 할 때마다 뭔가 소중한 것을 대가로 치르는 기분이었지만, 케이시는 꼭 해야 하는 보답이라고 느꼈다.

엘라는 미소 지었다. "이렇게 해줘서 정말 고마워."

"별거 아니야."

"오늘 같이 와준 거 말이야. 이런 곳은 내게 쉽지 않아. 점원들도 무섭고. 네가 와줘서." 엘라는 되풀이했다. "얼마나 많은 도움을……."

"그만 입 좀 닥쳐라, 엘라." 케이시는 농담처럼 던지려고 노력했다. "난 공짜로 네 집에 살고 있고, 심지어 구두도 빌려 신고 있잖아…… 사이즈가 같아서 얼마나 다행인지." 케이시는 수중에 현금이 거의 없었고, 카드 한도도 남아 있지 않았다. 그 영업보조 일자리를 얻지 못하면 이제 무엇을 해야 할지 알 수 없는 상황이었다. 드디어 얼굴이 다 나았기 때문에 사빈을 찾아가서 일자리 문제를 물어볼 수 있었다. 부모님 집을 나온 뒤 전화로만 연락하고 있었는데, 사빈은 직접 만나서 이야기할 때가 훨씬 나은 사람이었다. 하지만 부모님은 그녀가 계속 사빈에게 의지하는 것을 원치 않을 것이다. 학기 중에는 주말에 시간제로, 여름방학에는 전

일로 대학을 다니는 4년 동안 일했으니, 이제 부모님의 인내도 한계에 다다랐을 것이다. 한국인들에게는 매사가 그저 남들 보기에 창피하지 않아야 한다는 것이었다. 케이시의 인생은 여전히 탈선 상태였다. 게다가 항상 제이가 그리웠다. 아침마다 그에게 전화를 걸지 않으려고 자기 손을 묶고 싶을 정도였다. "고작 이 정도가 뭐라고."

엘라는 그녀의 말을 가로챘다. "저기, 난 항상 너와 친해지고 싶었어. 같이 교회 다니던 내내 네가 날 좋아해주면 좋겠다고 얼마나 생각했는지." 그녀는 어린아이처럼 미소 지었다. "내 마음을 너한테 알리려면 어떻게 해야 하는지 몰랐어." 엘라의 얼굴이 붉어졌다.

이 솔직한 말에 케이시는 어떻게 대답해야 할지 알 수 없었다. "고마워." 그녀는 소파에서 일어났고, 엘라도 뒤따라 일어났다.

빨간 머리 점원이 그들을 맞이하고 엘라가 주문한 드레스의 견본을 가져왔다. 신부가 드레스를 친구들에게 선보이는 것은 흔한 일이었다. "다시 뵙게 되어 반갑습니다, 엘라. 그리고 친구분도요." 점원은 케이시에게 싹싹하게 미소 지었다. 이름은 조운이었다. 성은 케나르, 두 번째 음절에 강세가 있었다. 기미가 낀 목에 구슬 크기의 진주를 두 줄로 엮은 케네스 진주 목걸이가 걸려 있었다.

곧 엘라가 견본 드레스를 입고 드레싱룸에서 나왔다. 케이시는 다리를 꼬고 등을 꼿꼿이 세운 채 신부 일행을 위해 마련된 흰 가죽소파에 앉아 있었다. 엘라는 친구를 보았다. 케이시는 생각이 다른 곳에 가 있는지 멍한 표정이었다. 엘라는 옷이 케이시의 마음에 들지 않는다는 것을 알 수 있었다. 케이시의 마음에 드는지 안 드는지가 중요한게 아니잖아. 엘라는 생각했다. 하지만 중요했다. 아주 많이. 아니, 사실 중요한 것은 그것뿐이었다. 순간 엘라는 깨달았다. 테드도 좋아하지 않을 거라는 사실을.

케이시가 말이 없었던 것은 재주 부리는 푸들을 칭찬하듯 엘라를 향해 손뼉을 치고 있는 조운을 어떻게 해야 물러가게 할 수 있을까 궁리하는 중이기 때문이었다. 드레스 자체에는 문제가 없었다. 단지 다른 사람 옷을 입고 있는 것 같다는 게 문제였다. 엘라를 한층 나이 들어 보이게 하고 활짝 핀 꽃봉오리 같은 생기를 빼앗는 스타일이었다. 독특한 데가 없고 전통적으로 우아한 드레스, 그레이스 켈리 같은 신부를 꿈꾸는 여자를 위한 값비싼 드레스였다. 그래, 나이가 더 많은 금발한테 더 잘 어울리겠군, 케이시는 생각했다. 그녀는 고개를 갸우뚱했다. 이런 생각을 해본 적은 별로 없었지만, 결혼식 날 여자는 자고로 희망 넘치고 앞날에 대한 축복으로 가득 차 있어야 하는 것 아닌가. 신부란 순수함 그 자체여야 한다. 성적으로 그렇지는 않더라도(목요일, 금요일, 토요일, 일요일마다 엘라의 침실에서는 테드의 신음이 들려왔다), 최소한 낭만적으로는. 엘라는 흰 장미 같은 얼굴을 지니고 있다. 그날만은 모든 여자들 중에서 단연 돋보여야 하는 동시에, 결혼식 날의 여느 신부들과 같아야 하는 것이다. 신부는 신랑에게 이상적인 존재여야 하고, 드레스는 그 의식에서 한 부분을 차지한다. 안 그런가? 하지만 케이시는 이런 말을 하지 않았다. 그녀는 눈을 감고 엘라가 입은 드레스의 모습이 머릿속에 떠오르기를 기다렸다. 사빈 매장에서 고객을 상대로 이따금 통했던 방법이었다. 드레스 한 벌이 곧 떠올랐지만, 지금 엘라가 입고 있는 것과 전혀 달랐다.

엘라는 케이시의 판결을 기다렸다.

케이시는 아니라는 뜻으로 고개를 저었다.

엘라는 조운에게 돌아섰다. "너무 늦었나요?"

점원은 고개를 끄덕였다. 그녀는 어깨를 펴고 약간 딱딱하게 미소 지었다. "취소하시기엔 너무 늦었습니다." 그녀는 케이시 쪽을 외면했다.

조운은 실수를 저질렀다. 케이시는 예리하게 관찰했다. 소매 판매업계의 금기 중에는 무슨 물건을 고를지 조언하기 위해 같이 와 있는 고객의 배우자와 친구들의 의견이나 감정을 절대 무시해서는 안 된다는 원칙이 있다. 거래가 끝났다고 생각하는 것은 조운의 오만이었다.

"한 달 전에 주문하셨잖아요." 조운은 확고한 권위를 내세우며 미소 지었다.

엘라는 대처할 방법이 없었다.

케이시는 고객을 지배하는 조운의 접객 수완에 거의 감탄할 지경이었다. 지극히 효과적으로 보였던 것이다. 흥미롭기도 하고 재미있기도 해서, 케이시는 한숨을 쉬었다. 그녀는 만만치 않은 싸움을 좋아했다. 그녀는 한마디 던졌다. "하지만 이건 곤란해요. 안 어울려."

"이 드레스를 입은 엘라 양은 정말로 아름다우신데요." 조운은 케이시의 단호한 말투에 놀라 대답했다. "누가 봐도 그렇죠." 의도

한 것보다 훨씬 심술궂은 말투가 튀어나왔다. 조운은 이 말을 입 밖에 내자마자 후회했다. 하지만 사실 지금 이 드레스를 취소하려면 조운이 사방에 굽실거리며 부탁해야 하는 상황이었고, 이 경우 굳이 신부 친구의 변덕으로 제작사를 열받게 할 필요는 없을 것 같았다. 질투심 때문에 저러는 것이 분명하다.

"엘라야 여기 있는 무슨 드레스를 입어도 다 아름답겠죠." 케이시는 실크 태피터와 산둥 실크, 양단으로 만든 드레스를 입고 서 있는 마네킹들 쪽으로 손짓했다. 얼굴에서 미소가 사라지지 않았다. 어디 한번 해보자는 거지, 아가씨. 케이시는 생각했다. 그녀의 시선은 흔들리지 않고 조운의 눈을 향하고 있었다.

조운은 진주 목걸이를 고쳐 걸었다. 라인스톤 잠금장치가 쇄골 쪽으로 늘어져 있었다.

"조운." 케이시는 모음을 길게 두 음절로 발음했다.

점원은 눈을 굴리다가 문득 정신을 차렸다. 그녀는 이런 사람이 자신의 의견을 반박하는 상황에 익숙하지 않았다. 엘라가 입어본 드레스 중 가장 비싼 것을 판 것이 실수였는지도 모른다. 하지만 지금 신부 쪽은 가격 때문에 후회하는 것이 아니었다.

"이건 엘라의 드레스가 아니에요." 케이시는 말했다.

"무슨 말씀이시죠?" 조운은 신경질적으로 대꾸했다.

"무슨 말인지 잘 알잖아요." 조운의 목소리가 날카로워질수록, 케이시의 목소리는 한결 더 부드러워졌다. "저 옷을 입으니 얼마나 불행해 보이냐고요."

신부는 자신의 어리석음 때문에 두 여자가 화를 낸다고 생각하고 드레싱룸 옆의 안락의자에 털썩 주저앉았다. 다 자신의 잘못이었다. 다음 순간, 창피스러운 기분을 자세로 숨길 수 있다는 듯, 엘라는 곧바로 허리를 세우고 손을 가지런히 모았다. 여기가 세인트크리스토퍼 학교의 내 사무실이라면 얼마나 좋을까.

조운은 입씨름을 해봤자 승산이 없다는 것을 깨달았다. 그녀는 희고 고른 이를 꾹 다문 입술 안에 숨긴 채 미소 지었다. 그리고 케이시를 아래위로 훑어보았다. 신부의 친구는 3층 매장에서 판매하는 다음 시즌 옷을 입고 있었다. 이름이 기억나지 않는 네덜란드 디자이너의 상품인 저 회색 치마만 700달러쯤 할 것이다. 때로 조운은 부자들이 미웠다. 모든 것을 다 갖고 있으면서 불평이 끊이지 않는다. 조운은 지옥의 존재를 믿었다. 정의라는 개념은 근면한 중간계급인 그녀에게 위안을 주었다.

그날 아침 케이시는 이런 식으로 평가받게 되리라는 것을 염두에 두고 옷을 갖춰 입었다. 엘라가 케이시에게 드레스를 같이 봐달라고 부탁한 순간, 이런 갈등이 있을 거라고 예상했던 것이다. 백화점 판매원들은 대체로 세상에서 제일가는 속물들이다. 버지니아는 케이시가 옷차림에 유난을 떤다고 놀리곤 했다. 하지만 그럴 때마다 케이시는 허리춤에 손을 얹은 채 반격했다. "그래서? 매장에 들어섰을 때 넌 일본인 관광객이나 유모, 우편 주문 신부, 손톱 미용사로 오해받지는 않잖아? 네가 뭘 안다고 그래?" 피부색이 진한 스웨덴 혼혈 미인처럼 보이는 버지니아는 다시는 그 문제를 입에 올리지 않았다.

케이시는 엘라의 낙심한 표정을 흘끗 확인하고, 고개를 젖혔다.

날 저렇게 못 믿나. 케이시는 조운에게 돌아섰다. "미안하지만, 직함을 미처 확인 못 했네요."

"판매부 대리입니다." 조운은 점점 더 초연해졌다. 더 이상 관심 없다는 표정이었다.

케이시는 고개를 끄덕이고 잠시 아무 말도 하지 않았다. 침묵은 사람들을 미치게 한다.

"매장 관리자와 이야기하시겠어요? 제가 불러드리겠습니다." 조운은 말했다. 이런 상황에서는 불이 더 커지기 전에 부엌을 빠져나가는 것이 좋다. 조운은 사실 신부의 친구가 두렵지 않았다.

"아뇨, 그럴 필요는 없고요. 아직은." 내가 조운에게 굴욕감을 안겨주고 싶을 정도로 화가 난 건 아니잖아? 상대가 물러서면, 케이시도 물러설 생각이었다.

문득 천장에 연결된 실이 머리를 팽팽하게 잡아당기기라도 하는 듯, 엘라가 고개를 세우더니 말없이 케이시를 응시했다. 자신의 잘못된 선택으로 인해 조운이 곤경에 처하는 것은 원치 않았다.

케이시는 주머니에서 영수증을 꺼내 얼른 뒷면을 확인했다. 뭐라고 적혀 있는지는 아주 잘 알고 있었다.

"베이어드에서 특별주문하는 상품이나 신부용품에 대해서는 환불불가 조항이 없어요. 오랫동안 여기서 일하셨으니 알고 계실 텐데요. 변덕이 심한 우리 여자들이 베이어드에서 웃돈을 줘가면서 쇼핑하는 이유는 어떤 경우든 구매를 취소할 수 있고, 마음을 바꿀 수 있고, 최종적으로 선택한 물건에 만족할 수 있기 때문이라고요. 고객의 미적인 감각이 한 달 만에 훌쩍 발전하는 모습을 볼 수 있다는 건 특권 아닌가요, 조운? 그런데 왜 돌에 새겨서 절대 물릴 수 없는 계약인 척하는 거냐고요. 비석도 힘을 주면 부서지는 마당에. 아예 주문을 취소하고 다른 곳으로 가는 방법도 있어요. 지금까지 정말 친절하게 응대해주셨는데, 그러기는 싫지만요." 케이시는 미소 지었다. 굳이 판매수수료를 입에 올릴 것도 없다. 이 정도로 말했다면 암묵적으로 표현한 것이나 마찬가지였다.

"4주 전이었습니다." 조운은 조용히 말했다. 이제 약간 감정이 상한 말투였다.

"조운. 상식적으로 생각해보세요. 결혼식 날 신부는 최고로 가슴 설레는 웨딩드레스를 입어야 하지 않겠어요? 아시잖아요." 케이시는 벽 쪽으로 시선을 돌리고 드레스를 하나씩 가리키기 시작했다. "엘라, 저기 저쪽에 있는 드레스 한번 입어봐." 케이시는 다리를 꼬고 다시 조운을 향해 말했다. "괜찮죠?" 그녀는 강조하듯 고개를 한번 끄덕였다.

조운은 경멸감을 코로 작게 내뿜으며 소리 없이 숨을 내쉬었다. 그녀는 친구가 고른 드레스 견본을 챙겨서 엘라의 드레싱룸에 걸었다.

7

파생상품

메리 엘런 커리가 그녀를 발견한 것은 우연이었다. 42번가의 대형 도서관에서 원고 작업을 하려고 휴가를 낸 하루였다. 메리 엘런은 12년 동안 평사서로, 9년 동안 수석 사서로 성실하게 근무한 트렌턴 도서관이나 자기 집에서는 글을 쓸 수가 없었다. 에밀리 디킨슨 생각에 골몰한 채 1시에 길 건너 5번 애비뉴에 위치한 샌드위치가게에 가보니, 거기 3년 동안 작은아들과 사귄 케이시가 의자에 앉아 구인광고를 읽고 있었다. 평소보다 더 핼쑥한 얼굴이었고, 어깨는 한층 말라 보였다.

"케이시! 이게 누구야, 안녕!" 메리 엘런은 외쳤다. 그녀는 팔을 들어 올리고 서둘러 케이시에게 다가갔다. "이게 도대체 몇 달만이야."

케이시는 고개를 들고 순순히 메리 엘런의 품에 안겼다.

"어디 있었니?" 그녀는 다시 케이시를 끌어안고 이마에 키스했다. "아니, 그건 됐다. 네 졸업식에 꼭 참석하고 싶었는데, 제이가 자기도 못 간다고 하더구나." 메리 엘런은 가볍게 웃었다. "그냥 아주 멀찍이 앉아서 손이나 흔들까 했는데." 메리 엘런은 뜻밖의 장소에서 케이시를 만난 것이 아주 기뻤다. 그녀는 케이시의 팔뚝을 꼭 잡은 채 다시 키스했다.

케이시는 울음을 터뜨렸다. 누군가의 손길이 몸에 닿은 것이 벌써 몇 주 만이었다. 사랑하는 사람의 접촉이 견디기 힘들 정도로 가슴에 사무쳤다.

"왜? 무슨 일이야? 아, 내가 이렇게 멍청하다니." 메리 엘런은 잊고 있었다는 듯 자기 이마를 철썩 때렸다. "너도 내가 와줬으면 했겠지. 네 잘못이 아니다. 이해해. 정말로, 이해한다. 졸업식의 주인공은 네 가족들이지." 메리는 축 처진 어깨에서 배낭을 추스렸다. 케이시의 턱을 들어 똑바로 자기 얼굴을 향하게 했다. 그녀는 아들들이 어릴 때 할 말이 있으면 늘 이렇게 하곤 했다. 지금은 아이들이 엄마가 이렇게 하도록 내버려두지 않는다.

케이시는 메리의 품에서 최대한 살그머니 빠져나왔다. 부드럽게 주름이 잡힌 뽀얀 얼굴, 창백하고 지적인 눈썹 밑의 다갈색 눈동자를 다시 보니 너무나 반가웠다. 이 얼굴은 제이와 처음 사귀기 시작할 때부터 따뜻하게 그녀를 맞아주었다. 제이와 헤어진 것이 더욱 고통스러웠던 것은 메리 엘런까지 잃었기 때문이었다.

메리 엘런은 점심을 먹으러 왔다가 흐느끼는 여자를 보고 힐끔거리는 샌드위치가게 손님들을 아랑곳하지 않고 케이시의 머리를 쓰다듬었다. 케이시의 등에 손을 올리니 손끝에 뼈가 만져질 정도로 여위어 있었다. 말라서 그런지 묘하게 키도 더 줄어든 것 같았다. 케이시는 작아 보였다. "괜찮아, 우리 아가. 괜찮아." 아들과 케이시 사이에 무슨 일이 있었다는 것은 눈치채고 있었지만, 그녀는 아직 정확한 사연을 모르고 있었다. 제이는 아주 좋은 아들이었다. 큰아들 이선과 달리, 학교 성적이 좋았고, 좋은 직장을 얻었으며, 온갖 성취를 통해 그녀를 자랑스럽게 해주었다는 뜻이었다. 어머니로서 치른 노력과 희생이 아깝지 않은 아들이었다. 하지만 제이는 통 속마음을 털어놓는 법이 없었다. 이선도 마찬가지였다. 메리 엘런은 딸을 둔 엄마들이 부러웠다. 딸들의 경우에는, 자식과 인생을 꾸준히 함께하는 것이 가능한 것 같았다. 아들들은 어릴 때도 오늘 학교 어땠느냐고 물으면 그냥 "좋았어요"라고 대꾸하기만 했다. 이 단순한 표현은 그녀에게 마음의 문을 닫는 것과 같았다. 제이가 케이시와 사귀면서 메리 엘런은 케이시의 이야기를 통해 자신의 아들을 더 잘 알게 되어 기뻤다. 성인 남자 둘의 어머니였지만, 그녀는 여전히 단서를 긁어모으고 있었다. 아들들이 학교를 졸업하고 소식이 점점 뜸해져 거의 없는 사람처럼 느껴지는 요즘, 메리 엘런은 학부모 교사 면담이나 성적표가 그리웠다.

"숨 들이쉬렴." 메리 엘런은 도서관에서 구연동화 시간에 아이들에게 나쁜 늑대 이야기를 읽어주듯이 극적인 동작으로 숨을 들이마셨다.

케이시는 메리 엘런의 말대로 가슴 깊이 숨을 들이쉬었다. 그리고 한 시간 내내 밀어두었던 잔에 남은 차가운 밀크커피를 모두 비웠다. 거기 있기 위해 지불한 약소한 자릿세였다.

"괜찮니? 지난주에 제이에게 네가 어떻게 지내는지 물었는데, 일 때문에 바쁘다고 전화를 끊더구나. 사실인지 아닌지는 모르지만. 그 뒤로는 연락한 적이 없어."

케이시는 고개를 끄덕였다. 제이가 대화를 피할 때 일을 핑계 삼는다는 것은 잘 알고 있었다. 사무실에는 급히 꺼야 할 불이 항상 있지 않았나? 제이의 회사 일은 진짜 경력직이어서, 폐장시간에 사빈의 매장을 나서면 다음 날까지 일을 잊어도 되는 그녀의 임시직 업무와 달랐다.

케이시는 매장을 둘러보았다. 이제 아무도 이쪽을 보지 않았다.

"올여름에는 부모님 집에서 지내니?"

그녀는 고개를 저었다.

"그럼 어디서 지내?"

"어퍼이스트사이드의 친구 집에서요."

"제이의 집에 있지 않고." 메리 엘런은 케이시의 얼굴을 가만히 살폈다. "둘이 싸웠니?"

케이시는 제이에 대해 말하고 싶지 않아 구인광고를 들어 보였다. "전 일자리를 찾고 있어요."

케이시의 옆자리에 있던 여자가 수프와 크래커를 다 먹고 일어섰다. 메리 엘런은 그 자리에 앉았다.

"그렇구나. 어떻게 되어가니?"

"내일 면접이 하나 있어요." 면접 볼 회사가 제이가 일하는 컨 데이비스라는 이야기는 하지 않았다. 자기소개서를 보낸 다른 회사에서는 아직 한 통도 연락이 오지 않았다. 지갑에는 8달러가 있었고, 남은 신용카드 한도도 없었다. 아침에는 돈을 좀 더 빌려달라고 동생에게 전화할까 하는 생각까지 들었다.

"조금 피곤해 보이는구나." 메리 엘런은 말했다. 그날 아침, 케이시는 컨실러를 바를 의욕조차 없었다. "괜찮니?"

케이시는 빈 잔을 내려다보았다. 종이컵 바닥의 이음새를 따라 가느다란 원형으로 커피 자국이 남아 있었다.

"아, 케이시, 내가 어떻게 해주면 좋겠니? 왜 너희는 나한테 말을 안 해줘?"

"우린 헤어졌어요. 그래서 드릴 말씀이 별로 없어요." 다시 눈물이 솟는 기분이었다.

"뭐?" 메리 엘런은 충격받은 것 같았다. "왜? 그 애는 널 정말 사랑하는데. 그건 확실해."

케이시는 우유 얼룩이 묻은 냅킨에 코를 풀었다.

메리 엘런은 얼굴을 찡그리다 문득 깨달았다. "그 애가 무슨 짓을 했니?"

케이시는 말이 없었다. 그녀가 아는 메리 엘런이라면, 책임감을 느낄 것이다. "말씀드릴 수 없어요."

"아직 서로 연락은 주고받는 거지, 그렇지?"

케이시는 고개를 저었다.

메리 엘런은 한숨을 쉬었다. 케이시의 이런 모습은 한 번도 본 적이 없었다. 희망을 완전히 잃은 모습이었다.

"팔다리가 잘려나간 기분이에요. 흉한 나무둥치처럼." 자기도 모르게 불쑥 이런 말이 입에서 튀어나왔고, 케이시는 곧장 기분이 나빠졌다. 제이의 어머니에게 할 소리는 아닌 것 같았다.

메리 엘런의 아랫입술이 아주 약간 떨렸다. 칼이 떠난 뒤 정확히 그녀가 느낀 기분이었던 것이다.

"하지만 우리는 여전히 친구야, 케이시." 메리 엘런은 그녀가 이해하고 있는지 확인하려고 케이시의 눈을 바라보았다. "넌 내게 딸보다 가까운 존재란다. 우린 언제나 서로의 인생에 의미 있는 존재로 남을 거야. 우리만의 유대감을 나누었잖니." 그녀는 배낭에서 수첩을 꺼냈다. "네가 어디서 지내는지 알려주겠니."

케이시는 부끄러웠다. 울음을 터뜨린 것이, 제이가 자기 어머니한테 말하기도 전에 먼저 헤어졌다고 털어놓은 것이, 두서없이 중얼거린 것이. 게다가 그날 밤의 기억이 되살아났다. 어떻게 막을 수 있었을까? 연인이 다른 사람을 원하지 못하도록 하는 방법이란 게 있기나 할까? 그럴듯한 대답은 많았지만, 그것이 질문 자체를 잊게 해주지는 않았다.

"네가 마음을 다쳤구나." 메리 엘런은 제이에게 화가 났다. 그 오랜 세월 동안 걱정이라고는 시킨 적이 없는 아들이었지만, 어리석은 의리 때문인지 예의 때문인지 몰라도 케이시가 그를 보호하려 한다는 것을 알 수 있었다. 잘못한 것이 자기 쪽이었다면 케이시는 그냥 털어놓았을 것이다. "너무 말랐어. 오늘 뭘 좀 먹었니? 또 다이어트하는 건 아니겠지."

"다이어트 안 해요." 이런 때 그 생각을 하니 웃음이 나왔다. 케이시는 눈물을 닦았다. "전 요즘 항상 배가 고픈걸요." 사실 먹은 것이 없었다.

"뭐 좀 먹을래?" 무언가를 먹고 싶은 마음은 없었지만 메리 엘런이 물었다.

"아뇨, 괜찮아요. 사실 식사는 했어요." 케이시는 더듬거리며 서툴게 거짓말했다. 메리 엘런이 샌드위치가게로 들어온 순간, 케이시는 로스트비프 샌드위치와 감자칩을 주문하는 데 남은 돈을 써버릴까 고민하던 참이었다. 쇼케이스 안에 진열된 음식들을 보자 입에 침이 고였다.

"가봐야겠어요." 케이시는 말했다. 그녀는 메모지에 엘라의 전화번호를 적었다. "제이에게 알려주지 않겠다고 약속하셔야 해요." 메리 엘런은 고개를 끄덕이고 케이시의 팔뚝에 가볍게 손을 얹었다.

케이시는 타일 바닥을 내려다보며 그대로 서 있었다.

"난 이해하고 싶을 뿐이야." 메리 엘런은 말했다. 걱정 탓에 51세라는 나이보다 한층 더 늙어 보였다. "네가 마땅히 화를 낼 만한 상황이라는 건 알겠다. 내가 널 위로해야 한다는 걸." 상황을 모르면서도 이런 말이 불쑥 튀어나왔다. 하지만 상황을 모른다는 사실 자체가 너무나 답답했다. 대체 무슨 일이기에 이렇게까지 해야 하는 걸까? 그녀는 생각했다. 사랑이 얼마나 귀한 것인지 제이와 케이시는 모른다. 그들 두 사람 사이 같은 유대감은 가볍게 여길 수 있는 것이 아니다. 메리 엘런은 아이들이 웃고, 대화하고, 서로에게 들려줄 이야기를 준비하고 기대하는 모습을 보며 놀란 적이 많았다. 화해할 수 없니? 그녀는 말하고 싶었다. 케이시가 괴로워하는 모습을 보며, 메리 엘런은 그들의 사랑이 진심이었기 때문에 상실감도 큰 것이라고 생각했다. 제이를 붙잡고 흔들고 싶었다. 케이시도. "난 우리 모두가 같이 성장하는 모습을 상상했단다. 알고 있니? 난 널 정말 많이 사랑해, 케이시."

케이시는 아무 말도 할 수 없어 침만 삼켰다. 그녀의 부모님은 평생 이런 말을 해준 적이 없었다. 어머니와 아버지 같은 한국인들은 사랑에 대해, 감정에 대해 이야기하지 않았다. 케이시와 티나는 자기들이 듣고 싶은 말들을 듣지 못하는 것이 그 때문이라고 생각했다.

"제이를 다시 받아주지 않겠니?" 메리 엘런은 물었다. 아직 감정이 많이 남아 있잖아, 그녀는 생각했다.

케이시는 메리 엘런의 어깨 너머를 바라보며, 출입구 근처 계산대에 놓인 우유 보온병의 라벨을 무심코 읽었다. 크림, 반반, 전유, 지방 2퍼센트, 탈지유. 왜 이렇게 여러 종류가 있을까? 그런다고 인생이 더 풍요로워지는 것도 아닌데, 그녀는 생각했다. 이 모든 것은 오히려 감사하는 마음을 빼앗을 뿐이다. 제이와 다시 이야기를 나누는 것은 상상조차 할 수 없었지만, 그러면서도 케이시가 원하는 것은 오로지 그의 곁에 있는 것, 그의 품에 안기는 것, 그의 심장 박동을 듣는 것뿐이었다. 이렇게까지 한심할 수 있다니. 그렇게 무심하게 나를 모욕한 사람의 품에 왜 안기고 싶은 걸까? 정말 말도 안 된다. 그녀는 예전으로 돌아가고 싶었다. 그런 인간을 무한한 신뢰로 다시 사랑하고 싶었다. 문득 그녀는 자신이 진심으로 그를 사랑했음을 깨달았다. 하지만 이렇게 끔찍한 기분이라니, 그녀는 다시는 그런 사랑을 하지 않겠다고 마음먹었다. 상대가 제이라 할지라도, 아니, 특히 절대로 그를 다시 사랑하지 않겠다고.

"그 애가 바람을 피웠니?" 메리 엘런은 물었다.

케이시는 자기도 모르게 고개를 끄덕이고 있었다.

메리 엘런도 서글프게 고개를 끄덕였다. 그녀가 칼에 대해, 자신의 결혼생활에 대해, 그가 떠나던 날에 대해 생각하지 않는 날은 하루도 없었다. 돈도 없고, 직장도 없고, 남은 것은 아무것도 모르는 두 아들. 인생이 끝난 것처럼 여겨졌던 그날의 기억. 하지만 어떤 면에서는 안도감도 느꼈다. 자신이 여성성이라고는 없는 사람처럼 느끼게 하는 남자와 산다는 것이 너무나 끔찍했던 것이다. "메리 엘런, 난 이제 당신을 원하지 않아." 결혼하고 5년이 지난 어느 날 밤, 칼은 말했다. "그럴 이유도 없잖아." 몇 주 뒤, 그는 차를 몰고 떠났다. 은행 잔고는 900달러. 칼의 부모님을 통해, 그녀는 그가 오리건주로 가서 어릴 때부터 사랑했던 남자 사촌과 같이 살고 있다는 소식을 전해 들었다.

가족을 버린 아버지로 인해, 큰아들 이선은 온갖 이유로 분노하고 반항하는 소년 시절을 보냈다. 제이는 달랐다. 그는 어머니를 포함한 모든 사람들을 기쁘게 해주려고 노력했으며, 메리 엘런은 작은아들이 그러도록 내버려두었다. 덕분에 자신의 인생이 한결 수월해졌기 때문이었다.

"정말 미안하다, 케이시." 메리 엘런의 흰 뺨이 축축하게 젖었다.

"알아요." 케이시는 말했다.

그들은 같이 샌드위치가게를 나섰다. 거리로 나온 메리 엘런은 담배를 피워 물었다. 손윗사람 앞에서 담배를 피우는 것은 예의에 어긋난다는 한국식 예절 때문에 메리 엘런 앞에서는 담배를 피운 적이 없지만, 케이시도 하나 달라고 청하지 않을 수 없었다. 메리 엘런은 담뱃갑을 건넸고, 케이시도 한 대 피워 물었다. 첫 모금은 황홀했다. 머릿속의 안개가 걷히고, 아주 오랜만에 머리가 맑아지는 것 같았다.

그들은 포옹으로 작별인사를 나누었다. 메리 엘런은 케이시가 업타운 쪽으로 걸어가는 모습을 한참 바라보다가 돌아서서 도서관으로 향했다. 대형 열람실 안의 긴 나무 탁자에 비워둔 자리에 앉아서 생각해보니, 점심을 먹는다는 것을 깜빡 잊고 있었다. 치마 주머니를 뒤지던 메리 엘런은 케이시가 담뱃갑을 가져가버렸다는 것을 깨달았다. 그녀는 8년 동안 작업해온 에밀리 디킨슨의 전기에 관련된 자료를 챙기기 시작했다. 하루 미룬다고 해서 큰일이 나지는 않는다. 그녀는 자기 자식들의 삶조차 이해하지 못하는 전기작가였다. 설령 직접 목격한다 해도, 삶이란 그저 추측일 뿐이다. 메리 엘런은 다시 담배를 찾다가 포기하고 펜 역으로 가는 길에 사야겠다고 마음먹었다. 그녀는 맨살이 드러난 팔을 배낭 어깨끈에 꿰고 도서관을 나섰다.

8

비용

7월의 마지막 주였지만 아침 기온은 선선했다. 케이시는 갈색 정장을 입고 엘라의 갈색 펌프스를 빌려 신었다. 그녀는 정장을 한 번 입을 때마다 그 가치를 분할해서 사용하고 있다는 논리로 자신의 소비를 정당화하고 있었다. 신용카드 최소상환액을 갚을 수 없다는 문제는 생각조차 하고 싶지 않았다. 제이와 마주칠 확률도 미리 계산해두었다. 50번가와 파크 애비뉴의 교차점에 위치한 컨 데이비스 건물에서 근무하는 직원은 모두 4,000명이다. 제이와 테드는 6층 투자금융 부서에서 일하고, 케이시가 면접을 보기로 한 곳은 영업 부서가 있는 2층이었다.

그녀는 로비에 있는 전화로 테드에게 전화를 걸었다. 테드의 비서가 6층으로 올라오라는 지시를 대신 전했다. 욱하는 기분으로 케이시는 빈 엘리베이터로 향했다. 다행히 혼자였기 때문에 배 속에서 나는 꾸르륵거리는 소리를 들을 사람은 없었다.

배가 고파 죽을 지경이었다. 그날 아침 엘라는 아침식사를 끝내지도 않고 서둘러 나가버렸고, 그래서 케이시는 그녀가 남긴 베이글 토스트 반쪽에 버터를 발라 해치웠다. 하지만 어설프게 먹은 빵 조각이 오히려 더욱 허기를 부채질했다. 부모님의 집을 나온 5주 동안, 케이시의 체중은 엘라의 욕실 체중계 기준으로 5킬로그램이나 줄었다. 허리에서 치마가 빙빙 돌았지만, 살이 빠지는 것이 기쁘지 않은 것은 평생 처음이었다. 늘 이렇게 굶주린다는 것은 인권침해로 느껴졌다. 이제 담배조차 살 돈이 없으니(그녀는 메리 엘런의 담뱃갑에서 이미 두 개비를 꺼내 피웠고, 나머지는 긴급 상황에 대비해 비축하는 중이었다) 배고픔은 견디기 힘들 지경이었다. 흡연량이 줄수록 식욕은 솟았고, 요즘처럼 음식이 맛있던 적이 없었다.

매일 그녀는 구인 검색을 하러 미드맨해튼 도서관에 갔고, 빵과 스파게티, 햄버거 생각이 머릿속에서 떠나지 않았다. 매일 밤, 엘라가 집에 돌아오기 전에 그녀는 저가상품점 오드잡에서 산 세 개에 1달러짜리 라면 한 봉지에 물을 최대한 많이 넣고(가끔 엘라의 냉장고에 있는 달걀을 슬쩍하기도 했다) 끓였다. 짭짤한 국물을 들이켜면 두어 시간 견딜 수 있었다. 배고플 때 잠드는 것은 어려웠다. 이따금 굳은 다짐을 깨뜨리고 엘라의 식료품 선반에 있는 음식을 꺼내 먹기도 했다. 어느 날 밤에는 본마망 딸기잼 한 병을 티스푼으로 모조리 비우기도 했다. 엘라가 중국음식을 주문할 때, 케이시는 아무것도 시키지 않고 서비스로 주는 춘권이나 뜨겁고 시큼한 육수, 엘라가 손대지 않는 종이용기의 볶음국수만 먹었다. 엘라가 테드를 위해 저녁을 준비할 때는 다른 약속이 있는 척했다. 하지만 뉴욕 시내에서 누군가를 만나려면 현금과 교통비가 필요했기 때문에—그냥 대학 친구를 만나 맥주 한 잔에 피자한 조각 먹는 데도 50달러가 든다—케이시는 갈 곳이 없었다. 메트로폴리탄 박물관이 늦게까지 문을 여는 밤에는 거기까지 걸어가서 원하는 만큼만 내고 입장하기도 했고, 아직 문을 닫지 않은 서점에서 시간을 때우기도 했다. 그러다 잠자리에 들 시간이 되면 엘라의 집까지 다시 걸었다.

엘리베이터의 날카로운 벨 소리가 고요한 6층에 울려 퍼졌다. 푹신한 청색 카펫, 짙은 색 목재로 된 창틀과 문틀이 곧장 눈에 들어왔다. 건물은 전체적으로 금융의 성전답게 대리석으로 꾸며져 있었지만, 6층의 투자금융 부서는 영국 신사들이 드나드는 회원제 클럽 같은 분위기였다—마호가니 벽, 은색 액자에 끼워진 뉴욕 최초의 마천루 흑백 사진, 단추가 박힌 가죽 팔걸이의자. 활달한 안내원이 테드의 사무실 쪽을 가리켰다. 제이가 아이비리그 졸업생 열아홉 명과 함께 책상 앞에 죽치고 앉아 초급 투자분석가로 일하고 있는 넓은 공동 사무실에서도 소리치면 훤히 들릴 만한 거리였다.

테드의 사무실 문은 활짝 열려 있었다. 그는 등을 보이고 헤드셋을 낀 채 통화 중이었다. 이야기하는 동안, 그의 손이 연신 검은 머리를 쓰다듬었다. 테드는 프렌치 커프스가 달린 연파랑 수국색 셔츠, 더 진한 파란색 실크 넥타이, 군청색 실크 멜빵, 엘라가 크리스마스 선물로 준 금제 하트 매듭 커프스단추 차림이었다.

테드는 케이시가 문간에 서 있다는 것을 알고 있었다. 긴 브루클린 다리를 새긴 판화 액자에 그녀의 모습이 비쳤기 때문이었다. 그는 돌아보지 않은 채 들어오라고 손짓했다. 이어 통화가 곧 끝난다는 뜻으로 검지로 자기 목을 가리켜 보였다.

케이시는 책상에서 정중하게 거리를 유지했다. 그가 빈 의자 두 개 중 하나를 눈짓으로 가리키는 것을 확인한 뒤, 그녀는 의자에 앉았다. 테드는 순종적인 태도를 좋아한다. 그에게서 이런 기쁨을 빼앗을 마음은 없었다.

테드는 버튼을 누르고 전화를 끊었다.

"자, 오셨군." 정장 차림의 케이시는 테드의 대학, 혹은 경영대학원 동창들과 비슷한 분위기였다. 멍은 이제 다 나았는지, 화장으로 가렸는지 멀쩡했다. 계피색과 진홍색 중간쯤 되는 립스틱도 바르고 있었다. 테드는 마음에 들었다. 통조림 공장 청년들이 자신과 결혼하지 않을 잘난 여자를 가리키는 표현이 있었다. "연습 삼아 떡칠 상대."

케이시는 아래위로 훑어보는 그의 눈길을 무시하고 얌전하게 물었다. "이제 갈까요?"

"커피는?" 그는 물었다.

"고맙습니다만, 면접에 가야 하는 걸로 알고 있는데요."

"사실 15분 남았어. 약속을 잘 지키는 사람인지 몰라서 10시에 오라고 한 거야. 당신 때문에 나까지 안 좋게 보이면 곤란하니까." 그는 미소 지었다. 치아는 고르고 가지런했지만, 니코틴 탓에 아랫니에 약간 누런색이 배어 있었다.

"고맙습니다, 정말로요."

"친구 만나보지 그래?"

케이시는 무슨 말인지 못 알아듣는 척했다.

테드는 왼손을 뻗었다. "그 친구 사무실은 바로 저쪽에 있어."

"음." 그녀는 고개를 끄덕였다. 엘라의 멋진 사진이 담긴 둥근 은색 액자가 놓여 있었다. 열아홉, 스무 살 정도밖에 안 되었을 무렵에 찍은 것인데도 그 얼굴에는 현명함과 모성이 가득했다. 그 옆에 놓인 검은 액자에는 '테디'라고 쓰인 흰 봉투가 들어 있었다. 어린아이가 굵은 연필로 쓴 것 같은 글씨였다. 자기 아버지에게서 받은 봉투를 바라보는 케이시를 보고, 그는 액자를 돌렸다.

"얼른 인사나 하고 와." 테드는 짐짓 무심한 척 왼손을 들었다. "다녀와. 난 괜찮으니까."

"그냥 여기 있는 게 좋겠어요." 그녀는 말했다.

"정말이야?" 테드는 물었다. "깜짝 놀래주는 것도 재미있을 텐데. 내가 전화를 해서 이 사무실로 잠시 부를 수도 있고. 그 정도는 해줄 수 있어."

"그러시겠죠."

"재수 없는 놈이라고 생각하는군."

"이따금. 맞아요."

테드는 웃음을 터뜨렸다. 그녀가 마음에 든 것은 처음이었다.

"제이 커리는 오늘 출근 안 했어. 인수합병 문제를 도우러 오스틴에 가 있지."

"제이와 일하진 않으신다고 알고 있는데요." 제이의 이름을 말하는 일은 마음 아팠다. 하지만 그가 없다는 말을 듣자, 한편으로는 마음이 놓이면서도 한편으로는 실망스러웠다.

"유감스럽게도 아직은. 하지만 어떤 친구인지 알아보기는 했지."

"관심 가져주셔서 고맙군요." 케이시는 평정하게 대답했다. "다 됐나요?"

"재미있더군. 그 친구가 내 눈에 띈 적은 한 번도 없었으니까. 저 사무실에 수십 번도 더 갔지만. 뭐, 놀랄 일도 아니지."

케이시는 콧구멍으로 숨을 뿜으며 테드의 다음 말을 기다렸다.

"아시아 여자를 사귀는 전형적인 백인 남자. 더없이 희고 평범하게 생긴. 개성이랄 것도 없고. 흠. 얼마 전에 여자 둘을 주물렀다고 그 방면에서 소문이 자자하더군." 테드는 혼자 재미있다는 듯 헛기침을 했다. "당신한테 약간 실망했어, 케이시. 당신은 알파*형 인간을 좋아할 거라고 생각했는데."

케이시는 시계를 보고 자리에서 일어섰다. "아뇨, 테드. 엘라가 A형 인간을 좋아하죠."

"A타입 성격유형** 말이지?"

"아뇨. 멍청이(Asshole)요."

테드는 기분 좋게 웃었다. 재미있었다.

"이제 다 됐나요?" 그녀는 물었다. 테드의 말이 그녀의 가슴을 찔렀지만, 이 정도 조롱은 일자리를 알아봐준 대가로 감수하기로

---

* Alpha, 지배적이고 자신감이 넘치며 공격적인 특성.
** Type A personality, 조바심, 공격성, 인정받고 싶은 욕구가 강한 성격.

했다. 그는 백인과 사귀는 한국 여자들에게 분노하는 부류의 한국 남성이었다. 케이시는 반박하고 싶었다. '아니, 당신이나 당신 친구들이 언제 나한테 사귀자고 말이나 했나요? 그냥 집에 들어앉아 있기는 곤란하잖아요.' 테드 같은 남자가 볼 때 그녀는 키가 너무 크고, 너무 평범하게 생겼고, 너무 말이 많을 것이다. 집안에 돈도 없다. 그는 방금 그녀에 대해 이러한 속내를 분명하게 드러냈다. 케이시가 지금 같은 상황에 처해도 싸다고 인식하고 있는 것이다.

테드는 케이시의 화난 얼굴을 보며 씩 웃었다. 저 여자가 저렇게 입을 비죽 내밀고 있을 때는 약간 섹시한 구석도 있었다. 안됐다는 마음이 들었다.

끝까지 정중하게 대하기로 작정하고 케이시는 그에게 미소 지었다.

"자, 이 정도면 난 만족했어." 테드가 말했다.

"만족을 드릴 수 있어서 기쁘네요."

"그럼 케이시, 가보지." 그는 여전히 장난스러운 목소리로 말하며 의자에서 일어났다. "오늘 커리 씨를 만나지 못해서 약간 맥이 풀리겠지만, 새 정장도 갖춰 입고 말쑥한 모습인데." 그는 정장 재킷을 유심히 보았다. "안 더워? 그건 뭐지? 모직? 더워 보이네."

"별로 안 덥습니다. 이 안은요."

그날 아침, 그녀는 옷을 입으며 제이를 생각했다. 우연히 마주칠지도 모른다 싶어 테드의 사무실에 올라오는 길에 화장도 꼼꼼히 살폈다. 전날 샌드위치가게에서 그의 어머니와 마주친 뒤로 제이에게 전화하고 싶은 마음이 간절했다. 나쁜 놈이다. 그건 분명했다. 하지만 그가 너무나 그리웠다. 그는 티나에게 전화번호를 알려달라고 부탁한 모양이지만, 케이시가 시킨 대로 티나는 그가 통사정을 해도 넘어가지 않았다. 그러니 제이는 그녀가 어디 있는지 전혀 모른다. 하지만 차라리 그의 상황이 케이시보다 나았다. 그녀는 제이가 어디 있는지 알고 있고 연락하지 않으려고 애써 참아야 하는 것도 그녀 쪽인데, 자제력이야말로 그녀의 약점이니 말이다.

테드가 사무실을 나섰고, 케이시가 뒤따랐다. 제이와 이야기를 나누고 싶었다. 그는 케이시가 영업보조 자리에—비서 급여를 받으면서 사무직 일을 해야 하는 자리였다—면접을 본다는 것을 재미있게 생각할 것이다. 그녀가 하기에는 너무나 엉뚱한 일이었다. 케이시도 아마 기분 좋게 그와 농담을 나누었을 것이다. 웃는 것이 그리웠고, 그들은 원래 자기들끼리 놀려대는 데 익숙한 사람들이었다.

케이시가 거래소에 온 것은 이번이 처음이었다. 온갖 움직임이 넘쳤다. 빳빳한 흰 셔츠 차림으로 넥타이를 펄럭이며 움직이는 남자들을 보고 있으니 묘하게 가슴이 두근거렸다. 그들에 비하면, 티파니 커프스단추와 과녁처럼 등에서 엑스 자로 교차된 실크 멜빵 차림의 테드는 우스꽝스러워 보였다. 줄줄이 놓인 컴퓨터 단말기를 마주한 채 이야기하고, 고함치고, 일어서고, 앉는 남자들. 그들의 얼굴은 강렬하고 역동적이었다.

거래소는 교실이나 도서관, 최고급 패션 매장, 심지어 세탁소 뒷

방, 케이시가 손바닥 보듯 이해하는 그 어떤 곳과도 달랐다. 조용히 사색하거나 계획하기 위한 공간은 없었다. 모든 표면에서 에너지가 반사되고 있었다. 화면에서 불빛이 깜빡이고, 전화기 버튼이나 컴퓨터 키보드 위에서 손가락이 내달렸다. 여기저기 여자도 눈에 띄었지만, 콘서트홀처럼 높은 천장에 풋볼 경기장 넓이의 공간을 채운 대다수는 남자였다. 백인, 아시아계, 그리고 흑인 몇몇. 모두 40대 이하로 보였고 외모도 준수했다. 수많은 사람들이 나란히 앉아 있는, 길고 평행한 대열. 에어론 의자가 딸린 화이트칼라 공장 생산라인이라고나 할까. 남성적인 힘이 소용돌이치는 이런 공간에서 덩달아 에너지를 얻지 않기는 힘들었다. 처음으로 케이시는 이 일을 원했다. 갑자기 위신도, 돈도, 목표의식도 없는 영업 보조라는 직책조차 상관없었다. 어차피 올해가 지나면 로스쿨에 진학할 가능성이 높다. 지금까지, 그녀는 이 자리를 얻는다 해도 다른 곳을 계속 알아보고 괜찮은 곳이 생기면 이 일을 그만둘 생각이었다(테드에게 신세를 지고 있다는 것, 그의 아랫사람이라는 것 자체가 불쾌했다). 하지만 지금은 다음 일자리를 굳이 알아보고 싶지 않았고, 다음 단계를 계획한다는 것 자체가 어처구니없게 느껴졌다. 1년 동안 여기 있다가 로스쿨로 가면 될 것이다.

테드는 엘리베이터 근처에서 케이시 옆에 선 채 하버드 경영대학원 시절 친구인 월터 진을 찾고 있었다. 그는 2층의 시끄러운 소리와 로커룸 같은 분위기가 싫어서 반사적으로 팔짱을 꼈다. 그는 꼭 필요한 경우가 아니면 이곳에 내려오는 일이 없었다. 냄새조차 싫었다. 길거리 노점에서 파는 지긋지긋한 커피 향과 트레이

더들에게서 풍기는 은은한 애프터셰이브 향. 그들의 말투는 통조림 공장 노동자들을 연상시켰다. 거래소의 남자들은 거의 재킷을 입지 않았다. 테드는 겉으로 빠져나온 셔츠 자락과 얼룩진 넥타이, 싸구려 헤어스타일을 경멸했다. 초급 투자분석가들은 샤워할 시간조차 거의 없기 때문에 후줄근한 차림으로 돌아다녀도 지적할 사람이 없었지만, 외모에 신경을 많이 쓰는 남자로서 테드는 회사의 최전방에 위치한 브로커나 트레이더 들은 훨씬 말쑥한 차림을 해야 한다고 생각하고 있었다.

테드는 꿈쩍도 않고 선 채 카펫에서 한 발짝도 움직이지 않았다. 케이시는 왜 그러는지 궁금했다. 그 역시 이곳의 풍경을 관찰하고 있었지만, 그의 얼굴에는 경이로움보다 경멸이 더 많이 드러났다. 2층의 분주함 속에서 그들의 존재를 신경 쓰는 사람은 없었다. 위로 치켜든 각진 턱, 너무나 깔끔하게 면도한 얼굴, 매일같이 자신의 두려움을 이겨내는 남자, 테드의 옆모습을 바라보고 있으니, 케이시는 그가 먼저 움직이기를 기다려야 한다는 것이 굴욕적으로 느껴졌다.

인생에서는 더 적게 말하고, 더 적게 먹고, 더 적게 자는 사람들이 대체로 승리하는 것 같았다. 케이시는 상어가 잠을 자지 않는다는 토막상식을 어디서 읽은 적이 있었다. 승리자는 욕구가 적은 사람일까, 아니면 패자보다 더 큰 욕망을 지닌 사람일까? 이 공간에서 테드가 드러내는 우월감과 편안함을 보니, 대학 시절 풋볼 경기를 보면서 들었던 이야기가 떠올랐다. 프린스턴 학생들은 자기들이 싸우기에는 너무 급이 높은 사람들이라고 생각하기 때문에 하버드가 항상 이긴다는 것이었다. 그 말을 듣고 케이시도 그런가 보다, 하버드가 이기고 있네, 하고 생각했다.

케이시는 이 직장이 필요했고, 그것을 테드보다 더 잘 이해하는 사람은 없었다. 좋은 학위를 가지고 있으니, 케이시가 지금까지 보낸 지원서라면 영업보조보다는 훨씬 나은 일자리를 얻을 수 있었을 것이다. 하지만 이력서 한 장으로 사람을 채용하려는 회사는 거의 없다. 이제 7월도 끝나가고, 신입사원 채용이 거의 이루어지지 않는 시기였다. 이 여자는 이제 현금 한 푼 없고 달리 대책도 없다. 이 여자의 가장 웃긴 점은 자기가 만들어둔 인맥이 있을 텐데도 자존심이 너무 강해서 사용할 생각조차 안 한다는 것이었다. 테드에게 이 오만함은 아연할 정도였다. 거의 존경스러울 지경이었다. 그녀는 자기가 백인보다 못할 게 없다고, 세상은 공평하다고 생각하는 한국 여자였고, 그런 그녀가 이런 지경에 처한 것을 보니 고소했다. 같은 이민자 동족에게 손바닥만 한 집 구석을 빌려 눈을 붙이고, 또 다른 동족에게 일자리 좀 얻어달라고 굽실거리는 상황이라니. 지금 당신 백인 친구들은 다 어디 계신가? 그는 묻고 싶었다. 그녀는 돈 많은 백인 여자처럼 굴고 있었고, 테드는 인생이 스스로를 그리 오래 속이도록 내버려두지 않는다는 것을 알고 있었다. 인정하지 않을 수 없지만, 그런 면에서 인생은 상당히 공평하다.

"흥분되나?" 테드는 그녀를 돌아보았다. "아니면 초조해?" 그는 씩 웃었다.

"한번 해보죠." 그녀는 대답했다. 테드 김은 그녀가 프린스턴에 다니기만 했을 뿐 프린스턴에 속하는 존재는 아니라는 사실을 가학적으로 일깨우고 있었다. 설마 그녀가 모를까 봐. 지금 케이시의 주머니 속에는 정확히 4달러가 있었고, 이 기죽는 면접을 끝내고 나면 남의 하이힐을 신은 채, 역시 내 집이 아닌 남의 아파트까지 서른 블록을 걸어가야 한다. 아이비리그 졸업장으로 지하철을 탈수는 없다. 그녀는 지금쯤 볼로냐에 있을, 미술사 석사학위를 따기 위해 한두 강좌 들으면서 오후에는 대학에서 걸어갈 수 있는 거리에 위치한 삼촌의 미술상에서 돈 많은 고객들과 시시덕거리고 있을 버지니아 생각을 하지 않으려고 애썼다.

테드는 케이시의 비죽거리는 표정에 신경을 쓰지 않았다. 엘리베이터에서 반 블록 정도 떨어진 자리에서 월터를 찾은 그는 케이시에게 잠시 기다리라고 지시했다. 케이시는 운동선수처럼 등을 꼿꼿이 세우고 어깨를 죽 폈다. 업무로 찾은 방문객이 아니라 귀한 손님인 척 굴던 다른 때와 다르지 않았다. "겁이 날수록 주인처럼 당당하게 걸어 다녀야 해." 제이는 프린스턴 출신이라기보다는 뉴저지주 트렌턴 출신다운 말투로 이렇게 조언한 적이 있다. 그는 텍사스에서 도대체 뭘 하는 걸까? 그가 자기 생각을 하고 있기나 한지 알고 싶었다. 자신이 어리석게 느껴졌고 화가 치밀었다. 외로웠다.

테드의 걸음걸이는 자신만만했고 태도는 여유로웠지만, 케이시는 그 역시 미래에 대한 각오와 불안감을 숨기고 있다는 것을 알 수 있었다. 그녀는 엘라보다 테드에 가까운 사람이었다. 그는 기를 쓰고 노력하는 사람이었고, 케이시 역시 그랬다. 두 사람의 차이는 그가 자신이 인생에서 원하는 것이 무엇인지—돈, 지위, 권력—이미 알아낸 반면, 그녀는 자존심과 통제력, 영향력을 손에 쥐고 싶다고 막연히 생각할 뿐 자신이 무엇을 원하는지 아직 확실히 모르고 있다는 점이었다. 하지만 두 사람이 추구하는 것들은 사촌지간처럼 서로 얽혀 있었다.

테드는 월터의 등을 두드렸고, 월터는 테드를 보고 반가운 표정을 지었다. 활짝 미소 짓자, 월터의 작은 눈이 거의 감길 지경이었다. 테드는 빈 책상에 등을 기댔고, 하버드 경영대학원 동문 둘은 화기애애하게 이야기를 나누었다. 그러다 몇 분 뒤, 월터는 영업부에 앉은 남자들에게 테드가 보조직원으로 면접 볼 사람을 데려왔다고 말했다. 그들이 대화하는 풍경은 거의 우스울 정도로 연극적이었고, 테드는 고개를 들어 여전히 아래위로 훑어보는 눈길로 그녀를 쳐다보았다. 그는 케이시 쪽을 가리켰고, 케이시는 기다렸다는 듯 그들을 향해 미소 지었다. 테드가 다른 지시를 내리지 않았기 때문에, 케이시는 움직이지 않았다. 그때 월터가 이쪽으로 오라고 손짓했고, 입 모양을 읽으니 "이리 와요"라고 말하고 있었다. 반가운 마음에, 케이시는 고개를 숙이고 시선을 피한 채 그쪽으로 다가갔다. 그때, 마치 축복처럼, 주인처럼 당당하게 걸어 다니라던 제이의 말이 떠올랐다. 그녀는 실제보다 더 중요한 사람처럼 보이려고 기를 쓰며 목을 꼿꼿하게 세우고 앞을 똑바로 쳐다보았다.

9

가치

늘 초조해 보이는 아시아자산영업부장 케빈 제닝스는 각진 얼굴에 전직 대학 농구선수다운 키와 체구였다. 브롱크스 출신 아이리시 가톨릭계, 조지타운을 졸업한 뒤 금발 마라톤 선수와 결혼했고, 지금은 코네티컷 뉴가나안의 자택에서 아마빛 머리카락의 아이 셋을 키우고 있었다.

그는 떠나는 테드 김에게 작별인사도 하지 않은 채 밝은 녹색 눈동자를 컴퓨터 모니터에 집중하고 있었다. 원칙적으로 그는 투자금융 전문가들을 싫어했다. 그가 아는 한 테드는 언제나 월터 진의 기생오라비 같은 하버드 경영대학원 출신 친구였다. 경영대학원은 재수가 없고, 그중에서도 하버드는 더 재수 없다, 이것이 케빈의 지론이었다. 케빈의 부서 소속인 중국계 미국인 월터는 좋은 친구였다. 경영대학원 출신 전반에 대한, 특히 하버드 출신에 대한 케빈의 법칙에서 예외적인 존재라고 할 수 있었다.

케이시는 케빈 제닝스와 월터 진 사이에 있는 빈 의자로 안내 받았다. 테드는 간단히 소개만 한 뒤 시내에서 회의가 있다면서 나가버렸다. 영업부장 케빈은 내내 테드를 무시했다. 케이시도 이를 눈치채고 테드를 싫어한다는 점에서 그에게 좋은 인상을 받았지만, 혹시 그 때문에 자기한테 불이익이 오지는 않을까 조금 걱정스러웠다. 테드가 떠난 뒤, 월터는 테드가 경영대학원 E반에서 단연 두각을 나타낸 학생이었다고 했다. 케이시는 테드의 일대기를 들으며 한편으로는 짜증스럽고 한편으로는 감탄스럽기도 한 기분으로 예의 바르게 고개를 끄덕였다. 그녀는 케빈이 파란 페이퍼메이트 펜 뚜껑을 딸각거리는 모습만 열심히 응시하고 있었다. 길고 뼈마디가 드러난 손가락의 흰 피부에 주근깨가 잔뜩 나 있었다. 부장은 모니터를 계속 지켜보고 있다가 갑자기 말을 시작했다.

"언제부터 일을 시작할 수 있지?" 그는 물었다.

"오늘 당장이라도 좋습니다." 그녀는 얼른 대답했다. 부장은 빨리 면담을 끝내고 싶은 기색이 역력했기 때문에, 케이시도 그의 말투에 보조를 맞췄다. 사빈의 매장에서 깐깐한 고객들을 상대하며 습득한 전술이었다. 경험상 그런 사람들에게는 아부나 회유가 통하지 않는다. 쉽게 화를 내는 사람에게 좋은 인상을 주려면 효율적이고 유능한 일 처리로 상대를 설득하는 수밖에 없다.

케빈은 그녀의 이력서 사본을 집더니 성적증명서를 보고 휘파람을 불었다. "음." 그는 별것 아니라는 투로 한마디 했다. "공부 열심히 했군."

케빈은 그녀의 서류를 스테이플러 옆에 던진 뒤 화면에 띄워 놓은 보고서 마지막 부분을 다시 읽기 시작했다. 그는 타이완 반도체 회사에 대해 매수를 추천한 투자분석가의 의견에 동의하지 않았다. 이어 그는 다시 이력서를 집어 들고 좀 더 자세히 읽기 시작했다.

영업부 보조직원치고는 옷을 너무 잘 차려입었다. 오냐오냐 자란 공주 과가 분명하다. 공주들은 이 일을 진지하게 하지 않을 것이다. 개인적인 통화도 많이 할 것이고, 결근도 잦겠지—지금까지 많이 보아온 유형이었다. 다들 보조직원 직책을 시시한 자리로 생각한다. 물론 야근수당을 빼면 급여가 쥐꼬리만 한 것은 사실이다. 하지만 서류상의 작은 실수 하나로 인해 많은 사람들이 낭패를 보고 거액을 잃을 수 있다. 작년만 해도, 그는 6개월 동안 세 사람을 해고했다. 그의 상사인 해외자산영업부장은 이 문제 때문에 케빈이 관리자로서 슬슬 문제가 있어 보인다고 말하기도 했다. "이 친구야." 마지막 직원을 해고한 뒤, 그는 케빈을 따로 불러 말했다. "다음 직원은 오래 데리고 있어야 해. 알겠나? 자네 팀도 꾸준히 보조인력이 필요하잖아."

하지만 사람을 채용한다는 것은 까다로운 일이었다. 작년에 부장으로 승진했을 때만 해도, 그는 이 직책에 얼마나 귀찮은 관리 업무가 따르는지 미처 몰랐다. 그저 브로커 중 하나였을 때는, 이진 부장인 오언이 무슨 일을 해왔는지 관심도 없었다. 그들은 오언이 자주 재택근무를 한다는 이유로 농담조로 '시간제 직원'이라고 불렀다(오언의 아름다운 아내는 쌍둥이 아들 건사는커녕 끓는 물에 티백 하나도 제 손으로 못 넣었다). 케빈이 승진했을 때 오언도 승진해서, 지금은 홍콩에서 가정부를 여럿 거느리고 살고 있다. 케빈은 탁월한 브로커였지만―미국 내 기관에 소속된 거래인 중에서는 최고 등급으로 꼽혔다―부장이 되자 자신의 가장 큰 계좌를 부하들에게 이관하고 끝없이 이어지는 경영진 회의에 참석해야 했다. 그가 볼 때 이런 회의는 회사에 전혀 도움이 되지 않았다. 그는 이윤을 창출해내던 구심점에서 막대한 비용 덩어리가 된 셈이었다. 고객들을 행복하게 하는 대신 그는 이제 예산과 이중장부에 몰두해야 했고, 백인으로 구성된 고위 경영진 앞에서 자기 보신에 급급한 신세가 되고 말았다.

"그래, 뭘 생각하고 여기 왔지, 정확히?" 녹색 눈동자는 온기 없이 번득였다. "정말 영업보조 업무를 하고 싶나?"

"여자도 먹고 살아야죠." 케이시는 눈썹을 올리고 슬쩍 미소를 보였다.

당돌한 대답인데. 케빈은 재미있다고 느꼈지만 내색하지 않았다. "그렇긴 하지만, 이 정도 성적과 졸업장이라면 다른 데에서도 얼마든지 일할 수 있을 텐데."

"하지만 전 여기서 일하고 싶습니다."

그는 그녀를 굽어보았다. 한마디도 하지 않았지만, 이유를 묻는 눈빛이었다.

"전 경제학을 전공했어요. 여기서 일하면 MBA에 진학하기 전에 좋은 경험이 될 것 같습니다." 부모님 집에서 쫓겨난 뒤로 거짓말이 한층 쉽게 나왔다. 자고로 고난은 상상력의 어머니이니까.

"MBA?" 케빈은 미간을 찡그리고 다시 컴퓨터 모니터를 흘끗 보았다.

못마땅한 기색을 눈치채고. 그녀는 대답했다. "아직 확실하지는 않지만요."

"거기가 뭐 가르치는 곳인지 알아?" 그는 월터더러 들으라는 듯이 큰 소리로 물었다. 미처 대답할 기회도 주지 않고, 그는 먼저 대답했다. "개뿔 가르치는 곳이지."

"아, 또 저 소리." 케빈 맞은편에 앉은 남자가 말했다. 마호가니 빛 머리카락의 남자였다.

영업부 선임 자산판매사 휴 언더힐은 같은 편이라는 듯 케이시에게 윙크를 해 보였다. 그녀는 놀라 눈을 깜빡였다. 클럽이나 식당이었다면 빤히 쳐다보았을 것이다. 어디서 많이 본 사람 같았다. 문득 그녀는 그의 머리색과 외모가 제이의 형 이선과 거의 비슷하다는 것을 깨달았다. 하지만 이 남자가 훨씬 미남이었다. 짜증스러울 정도였다. 케이시는 이런 남자를 마주칠 때마다 그 미모에 지나치게 관심을 주어서는 안 된다는 묘한 기분으로 그 사람을 무시하곤 했다.

월터는 케빈을 향해 미소 지었다. 둥근 보름달 같은 얼굴에 눈이 묻혔다. "부장님은 뭘 좀 먹어야 할 것 같아요. 배가 고프면 성질을 부린다니까. 오늘 엄마가 도시락 안 싸줬어요?"

그는 이어 케이시를 돌아보았다. "몇 분 안에 면접의 질과 경험이 확연히 향상될 겁니다. 장담해요."

케빈은 이 말에 피식 웃었다. 틀린 말은 아니었다. 그는 회의실 문을 확인했다. 아직 닫혀 있었다.

다시 케이시는 월터에게 고마운 마음이 들었다. 그는 너그럽고 사려 깊어 보였다. 경영대학원이나 하버드 경영대학원에 대해 주워들은 이야기나 테드를 알고 지내면서 생긴 선입견이 그에 비해 너무나 겸손하고 배려심 많은 월터로 인해 흔들리고 있었다. 그의 유머감각이 케빈을 완전히 누그러뜨렸다. 누군가에게서 옹호 받는 경험은 케이시에게 극히 드문 일이었기 때문에, 월터의 배려는 대단히 깊은 인상을 주었다.

그에게서 매력을 느낄 수 있다면 얼마나 좋을까, 케이시는 생각했다. 사랑이나 섹스에 대해 생각할 때면, 그녀는 운명의 상대를 만나는 순간 만화의 한 장면처럼 노란 번개가 쿠쿵 내리쳤으면 좋겠다는 소망을 갖고 있었다. 좋은 일인지 나쁜 일인지, 이런 일은 거의 벌어지지 않았다. 묘하게도, 지금까지 케이시가 데이트를 하거나 잠자리를 한 남자들은 대체로 이쪽보다 저쪽에서 원하는 마음이 더 컸고, 그들의 욕망으로 이쪽의 부족한 욕망을 보완하는 관계였다. 상대의 욕망이 충분하면 한동안 그녀도 그 관계에 빠져들 수 있었다. 제이의 경우에는 번개가 칠 듯 말 듯한 독특한 아슬아슬함이 있었다. 월터는 결혼반지를 끼고 있지 않았고(서른 살 정도, 결혼 적령기로 보였다), 책상에는 여자친구 사진도 없었다. 테드는 그가 중국계라고 했지만, 케이시는 외모만으로 중국인과 한국인을 구분할 수 없었다. 월터는 케빈만큼 키가 컸고―테드보다 더 컸다―항상 기분이 좋은 듯한 통통한 소년 같은 인상

157

이었다. 단추 두 개짜리 고급 회색 모직 정장은 보수적인 디자인이었고, 근처에 앉은 다른 사람들과 달리 재킷을 입었다. 소매에 단추가 세 개씩 달려 있고 옷깃에 작게 브이 자로 팬 무늬가 있는 셔츠는 맞춤 제작한 것 같았다.

"케이시." 월터는 오른쪽 눈썹을 올리며 강조했다. "몇 분만 있으면 사람들이 저 회의실로 앞다투어 몰려갈 거예요." 그는 케빈이 아까 시선을 보낸 방을 가리켰다. "공짜 점심이라면 사족을 못 쓰는 케빈 제닝스는 허겁지겁 접시를 채울 테고, 그러고 나면 보조직원 후보에 대한 인류애도 조금 되돌아올 거예요." 휴와 월터는 입을 모아 커다랗게 갈매기 소리를 내기 시작했다. 까악, 까악, 까악 소리가 울려퍼졌다. 휴가 갈매기처럼 날개를 퍼덕이며 먹이를 찾아 눈을 가늘게 뜨고 주위를 살피고 월터는 휴에게 빵 조각을 던지는 시늉을 했다. 그들은 케이시를 웃기려고 노력하고 있었고, 그녀는 웃음을 터뜨리지 않으려고 애썼다.

케빈은 그들을 보며 눈동자를 굴리더니 다시 화면을 바라보았지만, 월터의 말대로 호두색 문이 열리고 공짜 음식이 모습을 드러내기를 기다리고 있었다. 방에서 흘러나오는 인도 음식의 향기는 황홀했다. 그는 보고서를 읽으려고 애썼다. 전날 고객에게 이 타이완 반도체 회사는 잘해야 중립이라고 말했는데, 이 돌대가리 투자분석가가 마음이 바뀌어서 매수 의견이라니. 지금 케빈이 고객에게 다시 전화를 건다면 멍청이처럼 보일 것이다. 게다가 분석가가 제시한 근거도 설득력이 없었고, 빌어먹을 차트는 앞뒤가 안 맞았다. 젠장, 그는 생각했다.

케빈은 한숨을 쉬었고, 아무도 그에게 신경을 쓰지 않았다.

이 케이시 한이라는 여자는 오래 일할 것 같지 않았다. 테드하고 사귀나? 케빈은 생각했다. 그럴 수도 있지. 그러거나 말거나. 그는 여자를 빨리 내보내고 점심 먹기 전에 얼간이 투자분석가와 통화하고 싶었지만, 보조직원이 계속 바뀌는 이 사태를 빨리 마무리 짓지 않으면 윗사람들이 그를 죽이려 들 것이다. 이 여자가 월 스트리트와 맞지 않는다는 감은 있었다. 워낙 직감적인 판단이 오싹할 정도로 날카로웠기 때문에, 트레이더들은 그를 방탄조끼 케빈이라고 불렀다. 하지만 여자의 이력서는 흠잡을 데 없었다. 서류상으로는 하늘에서 점지하신 후보였다. 하지만 휴 언더힐이 그녀를 바라보는 눈길이 마음에 들지 않았다. 휴는 그가 아는 한 보조직원과 놀아난 적은 없지만, 이번 후보는 이 부서를 거쳐 간 사람들보다 더 예뻤다. 휴는 자기가 원하는 여자라면 누구든지 손에 넣는 남자였다. 괴짜 공주 과인 보조직원이 최고의 부하 브로커와 놀아난다? 케빈이 절대 원하지 않는 상황이었다. 게다가 하늘에서 점지하신 이 후보가 기대에 못 미치면 자르지 않을 수 없다. 이미 사람들은 그를 머피 브라운이라고 부르고 있었다. 비서가 도무지 붙어 있지 않는 텔레비전 캐릭터였다.

"경영대, 경영대." 케빈은 탈출구를 찾으며 혼자 중얼거렸다. "자네 친구 테드 김 같은 투자분석가가 되는 건 어때? 투자금융 부서 같은……." 그는 '개똥 같은 곳'이라고 말하려다 참았다. "그런 곳에서 일하는 거 말이야." 그가 투자금융을 입에 올리자, 브로커들은 뭔가 고약한 냄새를 맡은 양 일제히 얼굴을 찡그렸다.

"저는 장부나 만들고 싶지는 않습니다." 케이시는 제이의 친구들이 투자금융에 대해 불평할 때 주워들은 표현을 그대로 가져왔다. 영업부 트레이더 지망생처럼 보이려고 애쓰며, 그녀는 말했다. "실제 활동이 더 많은 곳이 좋습니다."

나란히 앉아 있던 남자들이 일제히 웃음을 터뜨렸다. 케이시는 이유를 알 수 없었다. 그때 아직 케빈이 소개하지 않은 휴가 말했다. "정확히 어떤 종류의 활동을 생각하는데요?" 케이시는 얼굴을 붉히며 눈을 감았다.

"그래, 테드의 친구분은 실제 활동을 좋아한다네." 케빈은 월터를 바라보며 눈썹을 올렸다.

휴는 우스운지 케이시를 흘끗 보았다. 그는 손을 내밀며 자기소개를 했다.

케이시는 차마 눈을 쳐다보지 못한 채 중얼거렸다. "안녕하세요."

"반갑습니다." 휴는 활짝 미소 지으며 말했다.

월터가 끼어들었다. "이 친구가 강아지처럼 달아올라서 헐떡거리고 있네요."

휴가 말했다. "무시하세요. 매력적인 여자와 대화는커녕 구경도 별로 못 해본 친구들입니다. 이유는 뻔하지."

케이시는 휴라는 남자가 병적인 바람둥이라는 것을 눈치채고 미소 지었다. 그는 그저 장난을 걸고 있을 뿐이었다. 진지하지 않았다. 케이시는 이런 부류를 잘 알았다. 누울 자리를 보고 다리를 뻗는 것이다. 외모와 매력 측면에서 그가 메이저리그 소속이라면, 케이시는 마이너리그 쪽이라고 할 수 있었다. 이미 오래전에 스스로 인정한 사실이었다. 이런 남자는 엘라 같은 여자들을 쫓아다닌다. 케이시는 그다지 아쉬운 마음도 없었다. 휴는 그녀가 좋아하는 유형도 아니었다. 손이 닿지 않는 열매를 보고 신 포도라고 투덜거리는 여우 꼴이 아니길 바랄 뿐이었다.

문득 발소리가 들렸다. 회의실 문이 열려 있었다. 브로커와 트레이더 들이 회사에서 공짜로 준비한 음식을 먹으러 우르르 몰려갔다. 월터도 바지를 끌어 올리며 일어났다. 최근 거의 10킬로그램 정도 살이 빠졌지만, 미처 정장 바지를 새로 살 여유가 없었다. 월터가 일어나자, 휴는 다시 갈매기 소리를 내며 일어섰다. 영업부 남자들은 셋 다 190센티미터가 넘는 아주 큰 키였다. 월터가 말했다. "따라오세요."

긴 탁자에 인도 음식이 가득 쌓인 쟁반이 줄줄이 놓여 있었다. 사람들은 삼삼오오 입맛을 다시며 모여들어 흰 일회용 접시에 음식을 쌓았다. 남자들은 서로 군살이 붙은 옆구리를 보며 손잡이니 타이어니 하고 놀려댔다. 여자들은 아무리 그런 생각이 들어도 절대 서로 하지 않을 말이었다. 월터는 두꺼운 종이접시를 케이시에게 건네고 자기도 하나 집었다. "원하는 대로 드세요. 하지만 우린 빨리 일하러 돌아가야 합니다. 알았죠?" 어린아이를 챙기듯 다정한 말투였다.

음식을 보니 입에 침이 고였다. 사람들은 저마다 접시에 음식을 가득 담고 따뜻한 난을 집어 들었다. 빵도 사방에 쌓여 있었다. 차츰 쟁반이 비어갔다. 사람들이 흩어졌다.

케빈과 휴는 이미 자기 자리로 돌아가 있었다. 케이시는 칵테일

크기의 사모사 하나와 비리야니 한 스푼을 담았지만, 면접 도중
이라 접시를 가득 채우기가 망설여졌다. 월터의 접시에는 온갖 음
식이 넘치도록 담겨 있었다.

"세상에. 여자들은 정말 조금 먹네요." 월터는 놀랍다는 듯 말
했다.

"갑작스러워서요." 그녀는 접시를 들지 않은 손을 옆으로 내렸다.

월터는 도적 떼 두목처럼 오른팔을 천장으로 들어 올렸다. "이
건 백만장자를 위한 공짜 음식이죠."

그녀는 그의 극적인 동작이 흥미로워서 이마에 주름을 잡았다.

"여기 해외자산 부서는, 그러니까 일본과 아시아와 유럽 영업을
담당하는, 당신이 면접을 보고 있는 이 부서 말입니다."

케이시는 알고 있다는 듯 고개를 끄덕였다.

"어느 팀이든 계약을 체결하면 부서 전 직원에게 점심을 사게 돼
있어요. 우리가 지난주에 계약 하나를 마무리했죠. 뭄바이 외곽의
대형 발전소. 그래서 오늘 우리가 인도 음식으로 한턱내는 겁니다.
알겠죠? 일본 담당 팀이 계약을 마무리하면 스시를 먹겠죠."

"그렇군요."

"웃긴 건 이 사무실에는 연봉이 무려 일곱 자리나 되는 사람들
도 있는데, 그런 백만장자들이 누구보다 앞장서서 접시를 채운다
는 거예요. 부자들은 공짜라면 사족을 못 쓰거든요." 월터는 어깨
를 으쓱했다. 말투에 비난하는 기색은 없었다. 아니, 그의 음성에
는 세상이 어떻게 돌아가는지 이제야 좀 알겠다는 듯한 씁쓸한
감탄이 어려 있었다.

"이게 게임의 규칙이에요, 케이시. 주어진 건 손에 쥐어야 해요."
월터는 멘토처럼 말했다.

"명심할게요." 케이시는 대답했다. 하지만 돈이나 공짜 물건에
대해서는 아직 어떻게 생각해야 할지 애매했다. 아버지는 이 세상
에 공짜 점심 같은 건 없다고 늘 말씀했다.

엘라의 선의를 받아들이는 것조차 그녀에게는 거의 불가능한
일에 가까웠다. 살 형편도 안 되는 아름다운 옷을 좋아하기는 했
지만, 아무리 물건을 더 살 수 있을지언정 돈만을 위해 일하는 삶
을 상상할 수는 없었다. 그래서는 오래 버티지 못할 거라는 기분
이 들었다. 좋은 성적을 받기 위해 열심히 공부하는 것은 문제가
없었다. 그녀는 배우는 것 그 자체를, 세상을 바라보는 새로운 관
점을 습득하고 새로운 사실을 알게 되는 것을 좋아했다. 하지만
좋은 성적은 그녀를 먹여살려주지 않았고, 학교는 그녀가 영원히
있을 곳이 아니었다.

케이시는 다시 접시를 바라보며 초등학교 급식실에 붙어 있던
포스터를 떠올렸다. "당신이 먹는 음식이 곧 당신이다." 그러니 한
사람이 먹는 양이 그 사람의 욕망의 양을 말해준다. 월터가 한 말
역시 음식을 얼마나 빨리 손에 넣는지를 보면 그 사람의 목표 달
성 가능성을 가늠할 수 있다는 뜻을 내포하고 있었다. 케이시는
사실 매우 배가 고팠지만 숙녀답게 구느라 안 그런 척 탁자에서
적절히 떨어져 있었고, 결과적으로 계속 배가 고팠다.

월터는 돌아서서 이쪽으로 걸어오는 여자에게 손을 흔들었다.
나이를 추측하기 어려운 여자였다. 케이시보다 열 살쯤 많아 보

였지만, 몸매는 스무 살처럼 완벽했고, 옷차림도 그랬다. 스타킹을 신지 않았다. 멋진 다리였다. 그녀가 접시에 담은 것은 대체로 채소였으며 커다란 빵도 한 조각 놓여 있었다.

"안녕." 그녀는 말했다. 그녀가 지나치자 남자들이 일제히 고개를 돌려 엉덩이를 확인했다.

"안녕, 델리아." 월터는 쾌활하게 말했다.

그녀는 월터와 이야기하려고 멈췄다. 델리아는 짧은 파란색 리넨 치마를 입었고, 더 연한 파란색 블라우스 목깃 자개단추 사이로 풍만한 젖가슴을 살짝 드러냈다. 민트사탕 같은 파란색 눈동자가 빨간 기가 도는 금발 곱슬머리 밑에서 반짝이고 있었다. 스태튼아일랜드 억양이 아주 약간 있었지만, 거의 드러나지 않았다. 이따금 "그래요" 할 때 티가 나는 정도였다. 표정은 기민했지만, 과감한 옷차림과 풍만한 몸매 탓에 영리한 눈빛을 미처 못 보고 넘어가기 쉬웠다. 피부에는 한껏 무르익은 풍성함이 감돌았다. 문학을 좋아하는 제이의 친구들이라면 여우 같은 여자라고 부르면서 찬가를 바칠 만한 다리라고 수군거렸을 것이다.

"이쪽은 델리아 섀넌. 유럽자산영업부의 탁월하고 재능 많은 보조직원이에요."

"월터, 여기서까지 브로커 노릇을 하는 거예요?" 델리아는 케이시에게 따뜻하게 미소 지었다.

"안녕하세요." 케이시는 그녀에게서 자매애 같은 것을 느꼈다.

"케이시 한은 우리 부서 영업보조로 면접을 보는 중이에요." 월터가 말했다.

델리아는 면접 보는 신참이 안됐다는 생각이 들었다. 케빈은 나쁜 사람은 아니었지만, 가끔 출근하기 전에 아내가 화끈하게 한번 해줬으면 좋겠다는 생각이 들 때가 있었다. 저렇게 뻣뻣한 남자들은 그런 처방이 필요하지, 델리아는 확신했다. 그녀는 케이시와 악수를 나누었다. "행운을 빌어요."

케이시는 델리아와 힘없고 약한 악수를 나누고 손을 놓았다. 눈을 마주치며 힘차게 손을 잡는 프린스턴식의 악수에 익숙한 터라, 델리아의 손길은 시대착오적이고 지나치게 여성적으로 느껴졌다.

"우린 케빈에게 케이시를 꼭 잡자고 말할 생각이에요. 두말할 것도 없어요." 월터가 말했다.

델리아는 의미심장하게 미소 지었다.

"케이시가 일하겠다고 하면 당신이 많이 도와주셔야 합니다."

"전 일하고 싶어요. 물론 일이 잘 풀려야겠지만요." 케이시가 말했다.

델리아는 자신의 작고 흰 손으로 케이시의 큰 손을 잡았다. "케빈의 새로운 희생양이라면 뭐든지 도와줘야죠. 뭐든지." 악의나 냉소는 전혀 없는 말투였다. 케이시는 그녀가 마음에 들었다.

월터는 입 다물라는 듯 자기 입술 위에 집게손가락을 짐짓 과장된 동작으로 갖다 댔다. 델리아는 그에게 윙크했다.

"케이시 걱정은 할 거 없어요. 테드 김에게서 정말 강인한 여자라고 들었거든요."

케이시는 놀란 내색을 하지 않으려고 애썼다.

"아, 테드의 친구인가요?" 델리아는 물었다.

월터는 고개를 끄덕였다. "음, 테드 약혼자의 친구라고 들었어요. 가족의 친구인 셈이죠."

케이시는 굳이 설명할 필요는 없다고 생각하고 고개를 끄덕였다. 델리아는 다시 윙크하고 자리를 떴다. 소포 때문에 우편실에 가봐야 한다고 했다. 근처의 남자들이 그녀가 나가는 모습을 쳐다보았다. 발을 내디딜 때마다 작은 파란색 하트처럼 생긴 델리아의 엉덩이가 실룩거렸다.

월터가 델리아는 정식 보조직원이라고 설명했다. 대학에 다니지 않았기 때문에, 그녀는 다른 사람들이 2, 3년 일하고 옮길 일자리만 얻게 되었다. 하지만 델리아는 불만이 없어 보였다.

월터가 넌지시 알려주는 태도를 보니 케이시는 합격할 가능성이 큰 것 같았다. 안 그러면 이런저런 정보를 다 털어놓을 이유가 없지 않은가? 자리로 돌아오자 케빈이 이쪽으로 오라고 손짓했고, 케이시는 가서 앉았다.

"최소 2년. 일 잘해야 해, 반드시. 호텔 예약하고, 항공권 구입하고, 회의 일정 잡고, 보고서 발송하고, 복사하고, 팩스와 소포 보내고, 이런저런 것들을 조정해야 해. 완벽하게. 모든 일에 주의를 기울여야 해. 알겠나? 최소한 2년. 안 그러면 국물도 없어. 2년을 못 채우면 추천서는 못 써줘. 알겠지?" 케빈은 그녀가 알아들었는지 확인하려고 뚫어지게 쳐다보았다.

휴는 케빈의 제안이 재미있다는 듯 포크를 내려놓았다. "한때 저분이 탁월한 브로커이자 영업사원이었다니 믿어져요? 대인기

166

술이 알아볼 수 없을 정도로 망가지셨네." 그는 손을 내밀었다. "케이시, 우리 부서에 온 걸 환영합니다."

케이시는 그와 악수를 나누면서도 케빈을 똑바로 쳐다보며 말했다. "알겠습니다."

"그리고 이 친구 믿지 마." 케빈이 눈을 크게 떴다. "자네를 채용하라고 열심히 노력해줬지만, 그래도."

휴가 태연자약하게 웃었다. "네, 나를 믿지 마세요. 난 한심한 사람입니다."

월터가 말했다. "그럼 내일부터 출근합니까?"

"네, 그럼요." 케이시는 말했다.

"2년이야." 케빈은 단호하게 말했다.

"그만하세요, 무서운 아저씨." 휴가 말했다. "수정헌법 13조에서 노예제 폐지한 거 모르십니까?"

"이야, 놀랍네." 월터가 말했다. "내가 노예제도 폐지론자와 같이 일하고 있었다니."

휴는 장난스럽게 주먹을 들고 불끈 쥐어 보였다. "어쨌든, 부장님이 부인에게 청혼하는 모습 상상할 수 있나?"

월터는 몸서리를 쳤다.

"나쁜 놈들. 어쨌거나 난 결혼은 했다고."

"여자분들의 친절과 선의를 절대 과소평가하면 안 되죠." 휴는 케이시를 향해 활짝 미소 지으며 말했다.

"이봐, 적당히 해." 월터는 휴에게 말했다. 휴는 양손의 엄지와 중지를 머리 위에서 맞대어 후광을 만들어 보였다.

케빈은 화면을 확인했다. 점심시간 뒤 반도체 회사는 0.01퍼센트 떨어져 있었다.

그는 모니터를 향해 펜을 던졌다. "그럴 줄 알았지."

케이시는 의자에서 벌떡 일어났다.

케빈은 면접을 끝내야 한다는 것을 기억하고 그녀를 돌아보았다. "내일 5시 45분에 출근해." 그는 수화기를 들고 투자분석가에게 전화를 걸었다. 말투가 완전히 변했다. 진중하게, 침착하게 묻는 투였다.

월터는 케이시의 어리둥절한 표정을 보았다. 그녀도 곧 알게 될 것이다. 변신술을 어느 정도 익히지 않으면 윗자리로 올라갈 수 없다는 것을. 케이시는 이제 가도 되는지 알 수 없어서 그대로 의자에 앉아 있었다. 그때 동시에 전화가 울렸고, 월터와 휴는 전화를 받았다. 월터는 델리아의 자리를 손짓으로 가리켰다. 그러고는 수화기를 손으로 막고 속삭였다. "델리아한테 가봐요. 인력관리팀으로 데려다달라고 하세요."

케이시는 그렇게 했고, 델리아가 케이시를 안내했다.

10

헌금

엘라는 긴 검은 머리를 핀으로 틀어 올리고 날씬한 종아리를 절반 정도 덮는 라일락색 리넨 드레스를 입고 있었다. 집이기 때문에, 신을 신지 않은 하얀 맨발 바람이었다. 엘라는 갸름한 얼굴을 갸우뚱한 채 파티를 앞두고 들뜬 소녀처럼 케이시의 얼굴을 들여다보았다.

"혹시 오늘 같이 안 갈래?"

케이시는 가방을 뒤졌다. 메리 엘런에게서 어쩌다 빼앗게 된 담뱃갑에 정확히 여섯 개비가 남아 있었다. 급여를 받으면 당장 말보로 라이트 한 보루부터 살 생각이었다.

"잊고 있었네." 예배가 9시라는 것은 잘 알고 있었지만, 케이시는 거짓말을 했다. "예배가 언제 시작한다고?" 이미 아침 8시다. 케이시는 거의 두 시간 전에 일어나서 샤워하고 옷을 입었다. 컨 데이비스에서 일을 시작하기 전에는 엘라보다 한참 전에 일어나서 커피를 준비하고 소파베드를 접고 구인광고를 읽고 자기소개서를 쓰는 것이 일과였다. 이제 일을 시작한 지 일주일, 이번 일요일에는 엘라와 테드가 교회에 갔다가 휘트니 미술관의 세라베스 식당에서 브런치를 먹는 동안 혼자 있고 싶었다.

엘라는 예배 시간을 알려준 뒤 다시 같이 가자고 했다. 그녀의 순진함과 연약함을 보고 있으면, 케이시는 자신이 매정하고 세파에 닳은 인간인 양 느꼈다. 엘라는 너무나 쉽게 상처받는 것 같았고, 그래서 케이시는 엘라와 같이 있으면 조심스러웠다.

"취직 축하도 아직 제대로 못 했잖아." 엘라는 다시 말했다.

"또 그 소리, 그럴 필요 없다니까. 정말이야." 케이시는 더 이상 엘라의 친절함과 너그러움을 원하지 않았다. 부탁한 적도 없는데도, 엘라는 급여가 나올 때까지 고비를 넘기라고 교통비와 점심 값을 내주었고, 스타킹을 사주었으며, 사무실에 신고 갈 구두도 빌려주었다. 지금까지 쌓인 빚만 해도 한 더미의 세탁물 같았다.

"그리고 너도 은우 오빠를 만났으면 좋겠어. 오늘 온다고 약속했는데."

케이시는 고개를 끄덕였다. 은우는 얼마 전 길 건너 집을 임차해 이사 온 엘라의 사촌이었다. 그는 영국계 차상위 투자금융회사 피어슨 크로웰의 전자 회사 투자분석가 출신이었다. 속내를 숨기는 법이 없는 엘라는 케이시와 은우가 서로 잘 되었으면 하는 바람을 숨기지 못했다. 은우는 27세, 댈러스 교외에서 성장했고 세인트막스 고등학교와 다트머스 대학교를 졸업했다. 사업가와 의사 사이의 네 자녀 중 막내아들이었다. 그는 피어슨 크로웰 서울 지부에서 4년간 일한 뒤, 전문 분야를 다루는 소규모 회사로 옮겨 뉴욕으로 돌아왔다. 한국에서 서둘러 결혼했다가 여자가 못되게 굴어서 서둘러 이혼한 지 얼마 되지 않았다.

케이시는 현관 옆 의자에 앉아 검은 에스파드리유를 신었다. 신문 부동산 면을 겨드랑이에 끼우고 담배 한 대 피우러 옥상으로 올라가려는 참이었다. 그녀는 보증금과 첫 달 월세가 마련되는 대로 엘라의 집에서 나갈 생각이었다. 엘라도 케이시가 나갈 것을 예상하고 있었기 때문에, 은우와 케이시가 사랑에 빠져서 매주 일요일마다 그녀와 테드와 다 같이 교회에서 만날 수 있다면 좋겠다는 꿈을 꾸고 있었다. 양쪽 다 부부가 되어서 부부가 하는 활동들을 같이할 수 있다면 좋겠다고. 케이시가 보기에 엘라의 희망은 아름다운 꿈이었지만 현실성이라곤 없었다. 엘라가 눈을 반짝이며 은우 이야기를 시작할 때면, 케이시는 정중하게 답하곤 했다. "네 사촌은 좋은 사람 같네."

케이시는 신발을 신고 집 열쇠를 집었다.

"넌 테드 안 좋아하잖아." 엘라가 말했다.

"뭐?"

"그래서 교회에 안 가는 거잖아." 엘라는 말했다. 케이시는 장보기든 세탁소 가기든 엘라가 하자면 거의 대부분의 일을 주말에 같이했지만, 테드가 함께한다고 하면 영화 보기나 저녁식사 같은 아무리 즐거운 일이라도 거절했다. 엘라는 교회 주일학교 시절을 잊지 않고 있었다. '주일학교나 다니기에 난 너무 잘났다'는 티를 내면서도 케이시는 신에 대한 별난 질문들을 꾸준히 던지던 학생이었다.

케이시는 엘라의 말을 못 들은 척 성냥갑을 흰 셔츠 주머니에 넣었다. 오른손으로 문손잡이를 잡았다.

"그는 편한 사람이 아니지, 나도 알아." 엘라가 말했다.

"무슨 말을 하는 거야?" 케이시가 물었다. 그에 대한 경멸감이 그렇게 티가 났나? "네 약혼자가 나한테 진짜 좋은 일자리를 소개해줬는데."

"재미있을 거야. 같이 가보자. 은우 오빠는 내가 제일 좋아하는 사람이야. 너도……."

그때 전화가 울렸다. 테드일 거라고 생각하고, 케이시는 문을 나섰다. "엘라, 난 아침에 담배 한 대 안 피우면 중요한 결정을 내릴 수가 없는 사람이야."

엘라의 아파트 건물 옥상에 대해 케이시에게 알려준 것은 동료 흡연자 테드였다. 엘라는 담배 연기 알레르기가 있었지만, 묘하게도 테드와 케이시는 미안한 마음이 없었다. 하지만 둘 다 엘라 앞에서는 절대 담배를 피우지 않았다.

부모님 집 옥상과 달리, 이 옥상은 모든 주민들이 이용할 수 있는 공간이었다. 흰 자갈이 깔린 옥상 위에 분홍색과 흰색 제라늄이 핀 토분, 진녹색 철제 파티오 가구가 환영하듯 놓여 있었다. 여름 주말에는 젊은 여자들이 비키니 끈을 풀고 햇볕을 쬐며 남자들은 야구모자와 운동용 바지 차림으로 집에서 가져온 미지근한 커피를 마시면서 느긋하게, 두툼하게 쌓인 여러 권의《타임스》를 넘기는 곳이었다.

불을 서로 빌린 적이 있는 주민들이 케이시를 보고 '안녕' 하고 인사를 건넸다. 흰 드레스셔츠에 칼날처럼 반듯하게 주름 잡힌 회색 치마를 입고 맨발에 끈으로 묶은 신발을 신고 있으니, 케이시는 잠이 덜 깬 눈에 부스스한 머리를 한 일요일 아침의 주민들 사이에서 단연 돋보였다. 환한 아침, 느긋하게 여가를 즐기는 젊은 독신들을 보니 따뜻한 햇살이 비치자마자 다들 수업을 빼먹고 녹음이 우거진 바깥으로 나가던 봄날의 학창 시절이 떠올랐다. 케이시도 여기 앉아 계속 담배나 피우면서 신문을 읽고 첫 급여가 나오면 어떻게 할지 계획이나 세우고 싶었다.

교회를 싫어하는 것은 아니다. 그녀는 감동적인 강연에 열광하는 만큼 좋은 설교도 좋아했다. 엘라의 지적은 예리했다. 테드의 농담은 공격적이고 야비하게 느껴졌다. 간밤에도 엘라가 우편물을 가지러 아래층에 내려간 사이, 그는 케이시에게 말했다. "제이한테 여자친구가 2층에서 일한다고 말해야 할까요." 좋아하는 여자아이의 브래지어 끈을 잡아당기는 초등학교 6학년 남자아이 같은 심리가 아닌가 생각해보기도 했지만, 이 가차 없고 잔인한 행동은 그런 멍청한 지분거림과는 종류가 달랐다. 게다가 엘라를 두고 그녀에게 집적거린다는 건 상상할 수 없는 일이었다. 케이시는 테드가 질투하는 거라고 생각했다. 엘라를 놓고 두 사람이 경쟁을 벌인다고 여기고, 따라서 케이시를 경쟁자로 보고 있는 것이다. 한 번도 남자와 싸워본 적 없는 케이시는 여자들의 공격과 판이하게 다른 그 노골적이고, 집요하고, 치명적인 공격에 놀랐다.
제아무리 엘라가 좋은 사람일지언정, 그녀를 놓고 이렇게까지 공
격할 이유가 없었다.

게다가 케이시는 엘라의 사촌을 만나고 싶지 않았다. 그녀는 아
직 제이에 대해 마음이 남아 있었다. 동생은 그가 여러 번 그녀에
게 연락하려 했다고 전했다. 지난 일주일 동안 케이시는 엘리베이
터나 구내식당에서 그와 마주치지 않았다. 2층과 6층은 마치 서
로 다른 건물처럼 생활권이 분리되어 있었다.

케이시는 원래 체계적인 사람이었기 때문에―기한을 잘 지키
고 자잘한 사항까지 챙기는―새로운 소프트웨어를 익히고 아침
과 점심을 남자들과 함께 책상에서 먹는 것만 제외하면, 영업보
조라는 업무 자체는 그리 어렵지 않았다. 하루 업무가 끝나면, 그
녀는 집까지 걸어가서《미들마치》를 다시 읽거나 동네 도서관에
서 빌린 앤서니 트롤럽의 소설을 펼치기도 했다. 1번 애비뉴에서
잡지와 오래된 교재를 판매하는 노숙자에게서 25센트를 주고 산
옛날 모자 패턴북을 연구하기도 했다. 남는 시간에는 대체로 돈
과 미래에 대해 걱정했다. 유동적인 보너스와 초과근무 수당(이
시점에서 얼마나 받을지 예상하기는 힘들었다. 델리아는 기본급
의 절반 정도는 될 거라고 했다)을 제외하면, 그녀의 급여는 세전
연봉 3만 5,000달러였다. 이 돈으로 신용카드 최소상환액을 맞춰
야 하고, 셋집 보증금을 모아야 하고(손바닥만 한 원룸이라 해도
두 달 치 월세가 1,500달러에 가깝다), 거기다 한 해 월세의 15퍼
센트 이상을 부동산중개비로 내야 할 것이고, 싸구려 물잔 하나

없는 신세이니 살림살이도 장만해야 할 것이다. 엘라는 급여가 나오는 대로 집세와 식비를 나누어 내겠다는 케이시의 말을 들은 체도 하지 않았다.

케이시는 옥상 가장자리로 발을 옮겼다. 아파트 조경위원회가 사각형 화분에 심어 정성 들여 가꾼 하얀 봉선화가 가장자리를 따라 놓여 있었다. 8월 첫 주였지만, 잔잔한 산들바람이 느껴졌다. 격자형으로 배열된 수많은 유리창 안의 풍경은 엘름허스트와 크게 다르지 않았다. 커튼을 치지 않은 창문 안의 작은 부엌과 반투명 유리창 때문에 안이 잘 보이지 않는 욕실, 엘 자형 거실, 어둑어둑한 침실의 흐트러진 침대가 눈에 들어왔다. 이렇게 허리 높이의 난간에 기댄 채 담배를 피우고 있으니 평화로웠다. 제이는 원더우먼의 유리 비행기를 착륙시킬 수 있기 때문에 케이시가 옥상을 좋아하는 거라고 농담하곤 했다. 케이시는 담배를 하나 더 피워 물었다. 불을 켜려고 했지만, 북쪽에서 바람이 불어왔다. 손을 오목하게 모아 성냥을 가리고 담뱃불을 붙인 뒤 고개를 들어 보니, 한 아시아계 남자가 어느 창가에서 그녀를 관찰하고 있었다.

그녀와 비슷한 키, 마른 몸매였고, 단추 두 개짜리 짙은 색 정장, 흰 셔츠, 보통 폭의 보라색 넥타이 차림이었다. 얼굴도 알아볼 수 있었다. 둥근 코, 높은 광대뼈, 양쪽 끝으로 갈수록 날카롭게 가늘어지는 검은 눈, 부드럽게 곡선을 그리는 눈썹. 케이시가 그를 마주 쳐다보자, 그는 그녀를 향해 미소 지었다. 문득 쑥스러워진 그녀는 돌아서서 담배를 한 모금 빨았다. 다시 고개를 들어보니, 그는 들어가고 없었다. 담배를 다 피운 뒤, 그녀는 불을 눌러

끄고 아래층으로 내려갔다.

케이시는 엘라에게 같이 교회에 가겠다고 말했다.

"정말이야?" 엘라는 어떻게 해야 할지 몰라 당혹스러워 물었다. 테드가 방금 전화를 걸었다. 지난밤, 테드가 진행 중인 계약에 제이 커리가 참여하게 되었는데, 서로 인사를 나누는 자리에서 테드가 케이시 한을 안다고 불쑥 말했다는 것이다. "케이시는 잘 지냅니까?" 제이는 초조하게 물었다. 결국 테드는 그녀가 어디서 지내고 있는지 알려줘버렸다고 했다. 그냥 그렇게. 엘라는 그를 나무랐다. "어떻게 그럴 수가 있어?" 하지만 그는 대답했다. "그래도 2층에서 일하고 있다는 말은 안 했다고." 그는 이렇게 말하고 커다랗게 웃었다. 아직도 낄낄거리는 그의 웃음소리가 들리는 것 같았다. 엘라는 전화를 끊어버리고 싶은 충동을 꾹 참아야 했다. 지금껏 한 번도 그래본 적이 없는 그녀인데도 지금만큼은 그게 오히려 적절할 것 같았다.

테드는 이제 교회에 같이 가려 이쪽으로 오는 중이었다. 허겁지겁 엘라는 신발을 신었다.

"아니야, 넌 이번 주에 출근을 시작했으니 피곤하기도 하겠지. 다음 일요일에 같이 가는 건 어때?" 엘라는 말했다.

"아니, 난 아무렇지도 않아." 케이시는 대답했다. "주님의 집에 찬양하러 가자." 그녀는 웃은 뒤 소리쳤다. "할렐루야!" 갑자기 활기가 솟는 것 같았다.

엘라는 이것이 다 자신의 잘못인 양 죄책감을 느끼며 의무적으로 미소 지었다.

"테드가 나한테도 비싼 브런치를 사줄까?" 케이시는 허리춤에 손을 얹으며 물었다.

"그럼." 엘라는 인형 머리처럼 고개를 끄덕였다. "네가 원하는 건 뭐든지 사주지."

도어맨이 초인종을 울렸다. 테드 김이 로비에 도착했다.

그들이 아래층으로 내려가자, 테드는 엘라의 뻣뻣한 뺨에 입을 맞추고 케이시와 의례적인 인사말을 나누었다. 그들은 다섯 블록도 채 떨어지지 않은 교회까지 걸어갔고, 엘라는 케이시에게 은우 이야기를 신나게 조잘거렸다. 교회 입구에서 테드는 엘라의 등에 손을 얹었지만, 그녀는 그 손에서 물러섰다.

주 예배당이 만원이었기 때문에, 안내원들은 위층 발코니석으로 그들을 안내했다. 교회는 늘어나는 신도를 감당할 수 없어서 대학 강당을 빌려 예배당으로 사용하고 있었다. 테드는 뉴욕 시내의 허름한 대학 건물이 못마땅한 표정이었다. 성가집도 성경도 없고, 예배 내용은 스테이플러로 찍어놓은 얇은 팸플릿에 인쇄되어 있었다. 그는 진짜 교회처럼 보이는 5번 애비뉴 장로교회를 더 좋아했지만, 엘라는 벤저민 박사를 존경했다. 앵커리지에서 주일학교를 싫어했던 테드조차 벤저민 박사의 지적인 설교에는 귀를 기울이게 되고 때로 깊이 사색하게 된다는 것을 인정하지 않을 수 없었다. 테드는 교회가 질서 있는 사회를 위한 좋은 장치라고 믿었고, 신을 믿지 않는 사람을 신뢰하지 않았다.

케이시가 교회에 따라나선 것을 보고 그는 놀랐다. 케이시가 교과서적인 무신론자라고 생각했던 것이다. 매일같이 오류라는 사실이 밝혀지는 과학이론에 따라 세상을 해석해야 한다는 맹목적인 신앙을 따르는 주제에 자기 능력이 모자라서 논리적으로 설명할 수 없는 것은 믿지 못하는, 잘난 척하는 만물박사 중 하나라고. 테드는 하나님이나 예수 그리스도에 대해 대단히 깊은 믿음을 지닌 것은 아니었지만 이 세상이 무작위적인 우연에 기반한다는 개념을 받아들일 수 없었고, 워낙 오만해서 물고기나 원숭이가 자신의 조상이라는 가설을 거부했다. 창조론이 터무니없게 느껴진다면, 진화론은 자신의 지적 능력을 모욕하는 것 같았다. 성실한 노동과 자기결정권의 존재를 믿는 만큼, 그는 인간을 인도하는 외적인 질서의 존재도 믿었다. 애덤 스미스의 '보이지 않는 손'과 유사한, 보이지 않는 운명의 손이라고 해야 할까. 하지만 대체로 그는 종교에 대한 토론을 피했다. 어쨌든 이길 방법이 없는데 그런 짓을 뭐 하러 하나. 어떤 입장을 취하든, "알고 있다"가 아니라 "믿는다"는 말로 결론을 내려야 할 텐데. 예수 그리스도가 가르치신 기도문을 암송하라고 목사가 말했을 때, 테드는 외우고 있던 기도문을 읊는 케이시의 목소리를 들었다. 감정이 담긴 목소리였다.

"우리가 우리에게 죄지은 자를 사하여준 것같이 우리 죄를 사하여주시옵고." 이 구절을 암송할 때 케이시는 진심이었다. 너무나 따르기 어려운 가르침이었기 때문이었고, 그녀는 이 구절을 암송함으로써 그렇게 살 수 있기를 소망했다.

테드처럼 케이시 역시 종교에 대해 자신이 지닌 양가적인 관점들을 굳이 토론하지 않았다. 그녀는 자신이 프라이버시라는 우산 아래 두려움을 감추고 있다는 사실을 솔직하게 인정했다. 위선자라는 사실을 들키지나 않을까 하는 두려움이었다. 케이시는 기독교인으로서 자신이 모자란 부분이 많다는 것을 예민하게 의식하고 있었다. 그녀는 발가락을 찧을 때 걸핏하면 '하나님 맙소사' 하고 중얼거렸다. 젊은 여자로서 사랑도 결혼할 마음도 없는 남자들과 잠자리를 가졌고, 낙태수술을 하고도 양심의 가책을 느끼지 않았다. 마약도 해보았고(어떤 약은 썩 마음에 들어서 혹시 자신이 중독에 취약한 성향이 아닐까 두려울 정도였고, 그녀가 더 이상 약을 하지 않는 것은 오로지 그 이유 때문이었다), 술 마시고 취하는 것, 열정에 따라 충동적으로 행동하는 것이 좋았다. 좋은 물건을 사들이는 것을 즐겼고, 그런 물건을 갖는다는 것이 그녀에게는 분명한 목표였다. 매일같이 다른 누군가의 삶을 부러워했고, 모든 형태의 가십을 사랑했고, 사빈의 매장에 있는 반납함에서 옷을 슬쩍하기도 했다. 많은 기독교인들을 좋아하지 않았고, 그들이 따분하고 편협하다고 생각했다. 그리고 거의 두 달 전, 그녀는 부모님에게 집어치우라고, 닥치라고 했다. 십계명도 줄기차게, 수없이 많이 어겼다. 주일 성경학교에서 수료 기념으로 주는 흰 가죽 커버의 성경책은 절대 받지 못할 것이다. 하나님의 현존, 일상의 성경 읽기, 성경 구절 끄적이기 같은 것은 그녀에게 아무 의미가 없었다. 그럼에도 케이시는 무신론에도 역시 귀의할 수가 없었다.

엘라에게는 이런 회의가 없었다. 그녀는 보란 듯이 가죽 가방을 뒤져 검은 가죽 지퍼 성경책과 천으로 제본한 무선 공책을 꺼냈다. 펜촉이 금으로 된 워터맨 만년필도 들었다. 그녀는 파란색과 검은색 글씨가 페이지마다 빼곡한 공책을 넘겨 깨끗한 면을 펼쳤다. 그리고 예배 프로그램을 참조하여 오늘 설교의 바탕이 되는 성경 구절을 곧장 찾아냈다. 그녀는 설교 제목 "무엇이 당신을 살아가게 하는가?" 아래에 화학실험 기록하는 학생처럼 정확한 필체로 성경 구절을 받아적었다. 엘라는 아주 열심히 집중하고 있었다.

그녀는 벤저민 박사를 숭배하는 눈빛으로 바라보았고, 케이시는 그 눈빛이 재미있었다. 목사는 중년이었지만 주름살 하나 없었다. 45세에서 55세 사이의 몇 살이라고 해도 믿을 수 있을 것 같았다. 짙은 곱슬머리는 짧게 깎아 단정했다. 다갈색 눈동자에 은테 안경을 쓰고 있었다. 회계사 같은 검소한 정장, 빳빳하게 다린 흰 셔츠, 중간 관리자급의 은행 직원이 선택할 듯한 빨간 넥타이 차림이었다. 검은 사제복은 입지 않았다. 냉철하다기보다 두뇌회전이 빠를 것 같은 인상이었다. 엘라는 전에 벤저민 박사는 예약이 다 차 있기 때문에 주례를 청할 수 없다고 말한 적이 있다. 뉴욕의 모든 것이 그렇지만, 좋은 목사의 집전을 받으려면 미리 예약하고 대기하는 과정이 필수였다. 그래서 엘라는 아버지가 다니는 퀸스 교회의 한국인 목사에게 주례를 부탁하기로 했다. 지옥에 대해 자주 소리 지르는 아주 좋은 분이었다.

벤저민 박사는 〈마태복음〉의 한 구절을 읽었다. "예수께서 대답하여 이르시되 기록되었으되 사람이 떡으로만 살 것이 아니요 하나님의 입으로부터 나오는 모든 말씀으로 살 것이라 하였느니라

하시니."

오랜 세월 성경을 읽고 주일학교에 다닌 터라, 재미있게도 케이시는 성경 내용이라면 손바닥 들여다보듯 훤히 알고 있었다. 오늘 설교 구절에서, 악마는 40일 동안의 단식으로 굶주린 예수에게 네가 정말 하나님의 아들이라면 돌에게 빵으로 변하도록 명해보라고 유혹한다. 예수는 〈신명기〉 8장 3절을 인용하여 답한다. "너를 낮추시며 너를 주리게 하시며 또 너도 알지 못하여 네 조상들도 알지 못하던 만나를 네게 먹이신 것은 사람은 떡으로만 사는 것이 아니요 여호와의 입에서 나오는 모든 말씀으로 사는 줄을 네게 알게 하려 하심이니라." 성경책에는 끝없이 성경 말씀이 인용되고 있는데, 대학에서 이 남다른—남다르다고 할 수밖에 없는 것이, 프린스턴에서 그녀가 알던 누구도 성경을 읽지 않았다—지식은 학술적으로 큰 도움이 되었다. 서구의 저술 대부분이 역시 성경을 인용하고 있기 때문이었다.

엘라는 벤저민 박사의 설교 한 마디 한 마디에 쉴 새 없이 고개를 끄덕이며 설교 내용을 꼼꼼하게 기록했다. 엘라의 열성이 케이시의 신경을 건드렸다. 설교가 끝나자, 안내원들이 헌금을 모았다. 안쪽 면에 회색 스펀지를 댄 바구니가 교인들 사이에서 돌아다녔다. 케이시가 지갑을 열어보니, 20달러 지폐 두 장이 들어 있었다. 급여가 나오는 금요일까지 용돈으로 쓰라고 엘라가 빌려준 돈이었다. 주일학교 선생님이었던 노박 부인은 이렇게 말하곤 했다. "신의 섭리를 시험해보렴. 헌금은 희생으로 드리는 것이란다." 그녀는 20달러 한 장을 바구니에 넣었다. 테드는 미리 준비한 50달러 수표를 넣었다. 엘라는 200달러 수표를 넣었다. 그녀의 주급 25퍼센트에 해당하는 돈이었다.

벤저민 박사는 축복 기도를 올리고 예배를 끝냈다. 엘라는 성경과 공책을 가방에 넣었다. 그런 뒤 발코니 난간에 기대어 사촌을 찾았다. 케이시도 아까부터 군중들을 둘러보고 있었고, 엘라는 자신 있게 말했다. "어쨌든 밖에서 만나기로 했어."

대학 건물 건너편 거리로 나온 뒤, 테드와 엘라는 브런치로 뭘먹을지 의논했다. 딤섬을 먹을까, 세라베스로 갈까. 듣는 둥 마는둥 하던 케이시는 누가 팔을 가볍게 잡는 것을 느꼈다. 테드의 얼굴에 놀란 표정이 떠올랐다. 관절에 난 짧은 금빛 털이 먼저 눈에들어왔고, 다음 순간 케이시는 제이를 알아보았다. 대뜸 그녀는오른 주먹을 휘둘렀다. 엘라는 두 손으로 입을 막아 비명을 억눌렀고, 테드는 웃음을 터뜨렸다. "오오!"

주위에서 이 광경을 보고 헉하고 숨을 들이켠 사람들 중에 은우 심이 있었다. 문득 그는 키 큰 백인 남자를 입술에서 피가 나도록 후려친 여자 옆에 서 있는 사람이 엘라라는 것을 깨달았다.

11

계약

"난 맞아도 싸." 제이는 윗입술의 피를 혀로 핥으며 말했다. 평생 그는 남에게 맞아본 적이 없었다. 남학교에 다니면서도 용케 주먹싸움에 휘말리지 않았고, 집에서도 성질이 불같은 형 이선과 다투는 것을 피했다. 한데 케이시가 그런 그에게 정통으로 한 방 먹인 것이다. 코 밑의 피부에서 피를 훔치면서도, 제이는 믿을 수가 없었다.

일말의 책임감을 느낀 테드는 다시 주먹질을 시작하면 떼어놓을 생각으로 케이시에게 다가갔다. 하지만 상상만 해도 재미있었다. 은우 심은 인파에서 떨어져 사촌 엘라에게 다가갔고, 엘라는 한마디 할 수 없을 정도로 놀라 넋이 나간 상태였다.

"엘라, 괜찮아?" 은우는 물었다. 3년 전 서울에서 있었던 결혼식 이후 처음 만나는 참이었다.

"은우······." 엘라가 어안이 벙벙한 표정으로 그를 응시했다. "안녕? 얼굴 보니 정말 반가워."

은우는 엘라의 어깨에 팔을 두르고 자기 아버지가 사람들에게 인사하던 것처럼 가볍게 등을 토닥였다.

엘라는 은우의 팔에 손가락을 가볍게 얹다가 자동적으로 화장품 가방에서 티슈를 꺼내 제이에게 건넸다.

케이시는 이런 모습들을 텔레비전의 한 장면을 보듯 쳐다보았다. 엘라는 왜 제이에게 휴지를 건네는 거지? 제이는 엘라에게서 휴지를 받으며 쑥스럽게 "고맙습니다" 하고 인사했다. 그는 휴지로 코를 막았다. 문득 케이시는 자신이 무슨 짓을 했는지 깨닫고 두 손을 등 뒤로 숨겼다. 제이의 얼굴에 피를 보게 한 사람은 바로 그녀 자신이었다. 마치 손이 그녀 대신 화가 나서 스스로 주먹을 부르쥔 뒤 참지 못하고 휘두른 것 같았다. 케이시는 때릴 의도가 없었다.

그녀는 구름 한 점 없는 하늘을 올려다보았다. 습기라곤 없는 완벽한 8월 아침이었다. 맑은 5월이라고 해도 이상할 것 없는 날이었다. 평생 케이시는 누군가를 때려본 적이 없고, 다시 이런 짓을 할 것 같지도 않았다. 자신이 맞아보았기 때문에 그것이 어떤 기분인지 잘 알고 있었던 것이다. 멍청하고 추하고 사랑받을 가치가 없는 것처럼 느껴진다. 제이를 때리고 나니 그는 그녀로 인해 작아져 있었다. 그녀 역시 마찬가지였다. 제이는 케이시에게 실제보다 더 큰 존재였고, 그 때문에 그녀는 그를 벌하지 않을 수 없었다. 온갖 감정에 휩싸여 몸이 부들부들 떨렸다. 교회를 나서는 사람들이 계속 이쪽을 보고 있었다.

"케이시, 이야기 좀 할 수 있을까?" 제이가 물었다. 휴지를 건네준 여자가 그의 턱을 두드리면서 고개를 뒤로 젖히라고 말했다. 테드의 약혼자 엘라일 것이다.

테드가 끼어들었다. "여, 이봐." 제이는 약하게 미소 지으며 고개를 끄덕였다. 테드 김은 최근 맡게 된 계약의 책임자였고, 제이가 받을 보너스 액수를 결정하는 사람이었다.

케이시는 이 말을 무시했다. 그녀는 제이를 보았다. "난 내 물건이 필요해." 매일 아침 엘라의 집에서 옷을 입을 때마다, 그의 아파트에 두고 온 물건들이 생각났다. 값비싼 마스카라와 스타킹, 좋아하던 레이스 브래지어, 심지어 마트 브랜드 데오도런트까지. 새로 살 여유가 없는 물건들이었다.

"너희 집에 내 물건들이 있어. 그걸 갖고 와야겠어." 케이시는 울기 시작했다.

엘라는 눈시울이 찡했다. 시선을 돌릴 수가 없었다.

정오의 햇빛 때문에 은우는 더웠다. 엘라 옆에 있는 남자는 검은 폴로셔츠와 치노 바지를 입고 있었다. 아마 테드일 것이다. 이제 격식을 차릴 필요가 없어서, 은우는 포도색 프린트 넥타이를 풀어 재킷 주머니에 쑤셔 넣었다. 그리고 정장 재킷도 벗었다.

"엘라, 괜찮아?" 은우가 물었다. 엘라는 고개를 끄덕였다. "아무래도 브런치는 때가 아닌 것 같아. 다음에 다시 연락할까?"

"아니, 아니. 가지 마." 엘라는 그의 팔을 잡았다. "정말 미안해. 이쪽은…… 이쪽은 테드야." 그녀는 테니스 경기를 관전하듯 오

른쪽과 왼쪽으로 차례로 고개를 돌렸다. 테드는 은우와 악수를
나누었다.

엘라는 케이시를 은우에게 소개해야 할지, 한다면 어떻게 해야
좋을지 알 수 없었다. 케이시는 흐느낌을 멈출 수 없는 것 같았다.
엘라는 분이 끓어올랐다. 테드가 이런 상황을 만든 것이다. 그녀
는 케이시에게 다가가 친구의 어깨를 날개로 덮어 보호하듯 감쌌
다. "괜찮아? 제이한테 가라고 할까?"

제이는 질문 자체보다 엘라라는 여자가 자기 이름을 안다는 것
에 놀라 쳐다보았다.

케이시는 코를 훌쩍이고 제이를 똑바로 쳐다보았다. 그들은 서
로 몇 발짝 떨어진 거리였다. "너한테 정말 실망했어." 그녀는 침
착하게 말했다.

제이는 대답할 말을 찾지 못해 숨만 내쉬었다. 그는 그녀의 손
을 잡으려고 팔을 뻗었다.

"만지지 마, 이 개새끼야." 이 말을 하는 순간, 케이시는 제이에
게 그녀가 어디 있는지 알려준 사람이 메리 엘런일 것이라는 데
에 생각이 미쳤다. "나쁜 놈."

케이시의 험한 말이 조용한 주먹처럼 날아들었고, 엘라는 자기
도 모르게 움찔했다.

테드는 은우에게 미소 지었지만 한편으로는 이런 수모를 당하
는 제이가 안됐다는 기분이 들었다. 테드는 엘라가 이런 말을 들
어서는 안 된다고 생각해 그녀의 손을 잡았다. 그리고 이제 자리
를 뜨자는 뜻으로 은우의 팔을 두드렸다. 은우도 불청객이 된 것

186

같은 기분에 고개를 끄덕였다. 엘라는 케이시의 옆에서 한 발짝도 움직이려 하지 않았다.

은우는 주위에서 구경하는 인파에게 시선을 보냈다. 한때 다트머스 대학교 동호회 회장을 지낸 사람답게 그는 흩어지라고 외쳤다. "자, 다들 가보세요. 더 볼 거 없습니다. 집에들 가요, 빨리. 가던 길 가시라고요." 그는 남부 사투리로 하면 험한 말도 부드럽게 들린다는 것을 알고 목소리에 텍사스 억양을 실었다.

그래, 엘라는 생각했다. 저게 친절한 거지. 그녀는 케이시에게 물었다. "우리도 이만 가볼까?"

엘라는 케이시의 대답을 기다렸다.

"난 괜찮아. 너희는 브런치 먹으러 가." 케이시는 다들 가버렸으면 좋겠다고 생각했다. 차라리 자기 자신이 사라졌으면, 증발해버렸으면 싶은 마음이었다.

"정말이야?"

"응."

이 말에 엘라는 테드와 은우에게 고개를 끄덕여 보였고, 세 사람은 멀어졌다. 몇 발짝 옮길 때마다 엘라는 뒤를 돌아보며 케이시를 확인했다. 두 블록쯤 멀어지니 친구는 더 이상 보이지 않았다.

모두 사라졌다. 사람 없는 보도에 케이시와 제이 둘만 남았다.

그날 밤 제이가 여자들과 뒹굴던 장면이 다시 떠올랐다. 이번에도 손발이 잘려나가는 기분이 들었다. 팔도 없고, 다리도 없이 몸통만 덩그러니 남은 기분. 아무리 숨을 몰아쉬어도 조용한 흐느낌이 멈추지 않았다.

제이는 엘라가 준 휴지를 코에 대고 있었다. 피에 젖은 종이가 긴 얼굴을 가리고 있었다. 끔찍한 기분이었다. 케이시 친구들의 힐난하는 표정을 보니, 돌이킬 수 없는 개자식이 된 기분이었다.

"정말 내가 가는 걸 원한다면, 갈게. 난 사과하러 왔어. 벌써 두 달 가까이 널 찾아 헤맸어. 네 동생도 네가 알려주지 말라고 했다면서 어디 있는지 알려주지 않고. 나는…… 많이 걱정했어. 그날 네가 나갈 때, 네 얼굴이 너무……." 제이는 말을 더듬었다. "난 널 사랑해, 케이시…… 알아. 내가 네 마음을 아프게 했다는 거. 정말 미안해."

어떻게 이런 말을 늘어놓을 수 있을까. 케이시는 의아해서 고개를 저었다. "난 네가 그런 짓을 할 수 있을 거라고는, 흥미가 있을 거라고는 정말 단 한 번도……."

"그렇지 않아." 그는 거의 고함지르듯 내뱉었다. "네가 생각하는 그런 게 아니라고. 난 널 사랑해, 케이시."

"네 어머니는 약속을 어겼어." 제이가 사랑을 입으로 담으니 차마 듣기 힘들었다. "너한테 말 안 한다고 약속하셨는데." 케이시는 그의 얼굴을 쳐다보았다. 코에 휴지를 쑤셔 넣은 모습을 보고, 그녀가 말했다. "제이, 너 정말 꼴이 웃겨."

그는 엄지와 검지로 콧등을 움켜잡았다. "부러진 것 같지는 않아." 그는 콧소리를 냈다. 둘 다 웃음을 터뜨렸다.

케이시가 어디 있는지 제이에게 알려준 것은 메리 엘런이 아니었다. 테드였다. 그날 아침, 제이가 미안하다는 마음을 적은 넉 장짜리 편지를 들고 엘라의 아파트에 갔을 때 도어맨이 미스 심과 친구 케이시는 교회에 갔다고 했다. 곧 돌아올 거라면서 길게 한 블록을 차지한 대학 건물을 가리켰다. 예배는 10분 뒤에 끝난다고 했다. 그래서 제이는 교회에 가서 그녀가 나올 때까지 기다린 것이다.

아파트에 도착하자 제이는 데드볼트 자물쇠를 열었고, 케이시는 그를 따라 들어갔다. 집까지 걸어가는 동안, 제이가 주로 말을 했고 케이시는 거의 아무 말도 하지 않았다. 그녀는 부엌으로 곧장 가서 자기가 산 쓰레기봉투를 주인처럼 집어 들었고, 제이가 계속 변명을 늘어놓는 동안 검은 유리 선반에서 소설책과 시디를 골라냈다. 그녀는 그가 풀어놓는 인생 이야기를 방해하지 않고 계속 들었다. 그는 영문학 전공, 그녀는 경제학 전공. 케이시는 언제나 그의 아름다운 어휘에 감탄했지만, 처음으로 그런 그가 융통성 없고 잘난 척한다는 생각이 들었다. 그가 말을 끝내자, 케이시가 말했다. "여대생들이 너랑 먼저 자고 싶어 했는지 어쨌는지, 난 상관 안 해. 솔직히. 그냥 아무 관심이 없다고. 나라고 원할 때 잘 남자가 없는 줄 알아? 집어치워. 난 끝났어. 너하고 끝났다고. 프린스턴으로 신분세탁한 트렌턴 종자 주제에, 꺼져."

제이는 한쪽 눈썹을 올렸다. 그가 생각했던 것보다 화해는 더 요원할 것 같았다.

케이시는 수건장으로 가서 자기 수건 두 개를 챙기고 욕실로 향했다. 약장 안에 두었던 그녀의 물건은 모두 그대로였다. 제이가 따라와 변기 뚜껑에 걸터앉은 채 그녀가 미백치약, 향수, 치실을 챙기는 모습을 바라보았다. 중간 유리 선반은 이제 텅 비었다.

욕실 벽거울을 통해, 제이는 자기 코를 살펴보았다. 이제 피는 나지 않았다.

그는 농담처럼 중얼거렸다. "기독교인들은 용서와 자비의 마음으로 가득한 줄 알았는데." 케이시의 싸늘한 얼굴을 보고, 그는 곧장 자기가 한 말을 후회했다. "아니, 넌 불가지론자잖아, 그래서…… 난 그냥 농담이었어."

케이시는 인간이 이렇게까지 화가 날 수 있을까 싶을 정도로 화가 솟았다. "무신론자들은 도대체 왜 끊임없이 기독교인의 위선을 들먹이는 거야? 당신들부터 당신 자신을 비판할 스스로의 믿음 체계를 만들어보는 게 순서 아니야? 난 내가 좋은 사람이라고 한 적도 없고, 좋은 기독교인이라고 한 적도 없어, 제이. 그런 척한 적이 없다고. 그냥 오늘 아침에 교회 한번 간 것뿐이야. 우리 모두 불완전한 인간이야, 개자식아. 하나님의 은혜로 구원받는다는 부조리한 말의 요점이 전부 그거라고. 난 내가 이 소리를 믿는지조차 모르겠어. 무슨 말인지 알겠어, 이 범생아?" 그 순간 제이는 세상에서 가장 멍청한 사람이었다.

"내가 널 언제 위선자라고……." 제이는 입을 다물었다. "난 정말 별 뜻 없이……."

"별 뜻 없이 뭐? 여자 둘과 뒹군 거? 나한테 예수 그리스도 흉내 내서 널 용서하라고 지분거린 거?" 케이시는 빠르게 침실로 나가서 자기 속옷과 옷가지를 넣어두었던 옷장 맨 위 서랍 두 개를 열었다. 손댄 흔적은 없었다. 케이시는 쓰레기봉투에 내용물을 쑤셔 넣었다. 그녀는 등을 꼿꼿이 세우고 둘둘 만 양말과 스타킹에 집중했다. 이 물건들이 얼마나 그리웠는지.

제이가 등 뒤로 다가와서 팔로 그녀를 감쌌다. 케이시는 턱이 쇄골에 닿도록 고개를 깊게 숙였다. 숨을 들이쉬었다. 파코라반, 그녀가 생일선물로 그에게 사준 애프터셰이브 향이 풍겼다. 제이를 때리게 될지, 집을 뛰쳐나가 다시는 그를 보지 않게 될지 자신도 알 수 없는 기분으로, 그녀는 뒤돌아섰다. 부드러운 그의 뺨, 검정과 금빛으로 반짝이는 바다색 눈동자, 약간 처진 아랫눈꺼풀. 나이 든 뒤의 그의 얼굴이 상상되었다. 이마는 차츰 넓어질 것이고, 눈 밑의 살은 점점 더 무겁게 늘어질 것이고, 금빛 털이 귀에서 튀어나올 것이다. 프린스턴의 역사 교수들을 닮은 모습이 될 것이다. 한때 그녀도 그의 그런 점을 사랑했다. 알고 지낸 세월 동안, 그의 얼굴은 그녀에게 너무나 익숙해졌다. 사랑스러운 그 모든 표정들, 그는 그녀의 연인이자 가족이었다. 오빠 같은, 젊은 삼촌 같은, 사촌 같은, 남편 같은.

그는 그녀의 입술에 키스했고, 그녀는 물러서지 않았다.

새벽 4시 30분, 그녀는 반쯤 찬 쓰레기봉투 세 개를 로비로 갖고 내려갔고, 도어맨이 택시를 불러주었다. 케이시는 도어맨에게 팁으로 1달러를 건네고, 택시비로 8달러를 지불했다. 엘라의 아파트에 도착해서 샤워하고 출근했다. 다시 월요일이었다.

12

손실

더글러스 심은 칭찬을 아끼는 사람이 아니었다. 그는 언제나 그녀의 노래에 감탄했다. 쑥스러움도 별로 없었다. 맨해튼 안과·이비인후과 병원의 외과과장인 심 박사는 장난기와 삐딱한 유머 감각, 음정도 맞지 않는 휘파람을 자기도 모르게 흥얼거리는 습관으로 유명했다. 하지만 그런 그도 리아 한에게는 어쩐지 접근하기 불편한 면이 있었다.

더글러스가 단장으로 있는 신도회 봉사단 활동에 리아와 그녀의 남편이 참여하지 않는 일요일이었다. 만일 리아의 독창이 봉사 일정과 겹쳤다면, 더글러스는 리아의 남편 앞에서 그녀의 노래를 칭찬했을 것이다. 매력적인 홀아비로서 유부녀에게 말을 건다는 것은 까다로웠다. 특히 장소가 교회라면, 특히 상대가 리아라면 더욱 그랬다.

크리스마스이브 예배가 막 끝났고, 신도들은 교회 지하에서 스티로폼 컵에 따른 커피를 마시며 엔턴만 빵집에서 구입한 전날 재고 도넛을 먹고 있었다. 리아는 옷을 갈아입으러 성가대실로 향했고, 더글러스는 손을 들었다. 그는 리아 한을 한국식으로, 결혼 전 성에 교회 직책을 붙여 조 집사라고 불렀다. 그녀는 걸음을 멈추고 그에게 약간 고개를 숙여 인사했다.

"조 집사님." 그는 미소 지었다. "〈주 하나님 지으신 모든 세계〉는 정말 아름다운 곡입니다." 더글러스는 교회에서만 모국어를 사용했다. 매주 일요일 몇 시간뿐이었지만 한국어를 사용하다 보면 허물없는 구어체 영어와 대조적으로 나이와 성별에 관련된 까다로운 격식을 차려야 한다는 점이 신경 쓰였다.

리아는 눈을 깜빡이며 의사에게 미소 지었다. 심 장로의 매부리코와 뾰족한 턱은 한국인이 좋아하는 얼굴은 아니었지만, 지적이고 다정한 태도가 각진 인상을 부드럽게 매만져주었다. 그녀의 남편은 심 장로보다 더 고전적인 미남이었지만, 리아는 의사가 평생 커피와 담배를 멀리한 덕분에 얻은 희고 고른 치열을 드러내며 편안하게 미소 짓는 모습을 좋아했다.

더글러스는 의사로서 진단을 내릴 때처럼 팔짱을 꼈다. "아버지께서 이 곡을 아주 좋아하셨어요." 그는 집사의 예쁜 얼굴을 빤히 쳐다보며 둘만 아는 이야기라는 듯 목소리를 낮췄다. "하지만 집사님이 부르신다면 노래 자체는 중요하지 않아요. 우리 교회에서 유일한 진짜 가수이시니까요."

리아는 그의 예리한 평가에 어쩐지 죄짓는 듯한 기쁨을 억누르며 놀라 웃음을 터뜨렸다. 얼굴이 달아올랐고, 관심의 대상이 되는 것이 좋으면서도 당혹스러웠다. 그녀는 성가대복의 풍성한 소매 안에 손과 팔을 깊이 찔러 넣어 흰 팔꿈치를 움켜잡았다. 길고 우아한 목덜미가 수그러졌고, 얼굴을 붉히니 한결 젊고 활기차게 보였다.

더글러스는 무슨 이야기든 더 해서 그녀를 조금이라도 오래 붙잡아두고 싶었다. 가까이서 그녀를 보고 있으니 좋았다. 수백 명의 신도들이 붐비고 있었지만, 더글러스는 그녀와 둘만 있는 이 순간을 좀 더 길게 끌고 싶었다. 교회 신도석에서 그는 종종 그녀의 손을 바라보았다. 손가락은 피아니스트처럼 날렵하고 튼튼했다. 초조한지 수줍게 망설이는 몸짓도 너무나 매력적이었다. 그녀는 조용했지만 남다른 감성을 지닌 사람이었다. 그녀의 노래를 들으면, 심 박사는 심장이 멎는 것 같았다. 소매에 검은 줄무늬가 있는 노란 성가대복을 입고 있는 그녀는 마치 날개만 퍼덕이며 날아오르지 않는 화려한 왕나비 같았다. 가까이에서 보니 그녀의 피부는 연한 크림색이었고, 얼굴에는 주름살 하나 없었다. 자태는 아직 소녀 같았다.

"케이시한테서 들으셨겠지만." 더글러스가 말했다. 엘라의 결혼식에 대해 리아와 이야기를 나눌 생각이었다. 안전한 대화 주제였다.

"네?" 리아는 무슨 말을 해야 할지 몰라 그를 쳐다보았다.

"결혼식 말입니다. 케이시한테서 못 들으신……."

리아는 아무 말 없이 천천히 고개를 저었다. 6개월 동안 딸과 한마디 하지 않았다는 이야길 어떻게 하나.

리아는 무슨 말인지 모르는 것이 분명했다. "저희가 댁으로 엘라의 청첩장을 보내드렸습니다. 엘라가 아마 목요일에 부쳤을 거예요, 아니, 월요일이던가." 그는 원래 날짜를 잘 기억하지 못했다. 일상의 자잘한 것들을 자세히 신경 쓸 필요 없이 그냥 가라는 곳에 가면 되도록 비서가 일정을 관리하고 있기 때문이었다.

리아는 마침내 말했다. "아, 전 몰랐어요. 엘라한테 좋은 일이 생겼네요. 장로님한테도요. 얼마나 기쁘세요. 축하드립니다."

더글러스는 손을 내저었다. "아닙니다. 따님이 엘라를 정말 많이 도와줬어요. 얼마나 자랑스러우십니까. 정말 훌륭한 따님을⋯⋯."

리아는 최대한 정중하게 칭찬을 거절하며 미간을 찡그렸다. 자식에 대해 다른 사람이 좋게 해주는 말에 곧이곧대로 고개를 끄덕이는 것은 예의가 아니다. 한데 왜 이런 말을 하는 거지?

"따님은 자기 일을 정말 사랑하는 것 같아요." 더글러스는 말했다.

"최근에 그 애를 만나셨나요?" 리아는 침착하게 말하려고 애썼다.

"그럼요." 더글러스는 놀랍다는 듯 말했다. "못 들으셨습니까?"

리아는 고개를 저었다. 케이시가 전하는 걸 잊어버렸다고 믿어줄까.

"일전에 케이시와 엘라와 저녁식사를 같이 했습니다. 화요일이던가요?" 더글러스는 날짜가 확실하지 않아 얼굴을 찡그렸다. "어쨌든, 결혼식장을 미리 방문하고 나서였어요. 테드는⋯⋯." 그는 말을 멈췄다. "제 예비 사위입니다."

리아는 그가 이야기를 계속하기를 바라며 고개를 열심히 끄덕였다.

"그 친구가 케이시와 같이 일해요. 컨 데이비스에서."

회사 이름은 들어본 적이 있었다.

"같은 부서에서 일하는 건 아니고, 같은 건물에서 일할 겁니다."

"어떻게요?" 리아는 물었다. 어떻게 일이 그렇게 됐을까?

"테드가 케이시에게 면접 자리를 주선했답니다. 케이시에게 말씀 못 들으셨어요?" 리아를 나무라는 목소리는 아니었다.

리아는 잊어버린 척 눈을 내리깔았다. 미처 말하지 않은 것이 자기 잘못처럼 보이게 하려는 것이다. 문제가 있을 때 잘못을 뒤집어쓰는 것이 원래 리아의 성격이었다. "따님에게 정말 고마웠어요. 따님이 나서주신 거 아닌가요? 케이시를 도와달라고 약혼자에게 부탁한 거요. 정말 감사했습니다. 제 딸을 도와주셔서 정말 고마워요." 이 의사를 알고 지낸 오랜 세월 동안 이렇게 길게 이야기를 나눈 것은 오늘이 처음이었다.

"저한테 고마워하실 건 없습니다. 제가 한 일은 아무것도 없어요. 테드도 제가 잘 알지만……." 더글러스는 사위가 될 사람에 대해 적절한 설명을 찾느라 잠시 뜸을 들였다. "케이시가 자격이 차고 넘치지 않았다면, 그 친구가 면접을 주선하지 않았을 겁니다."

심 박사는 사윗감을 마음에 들어하지 않는구나. 리아는 알 수 있었다.

"혹시 추우십니까?" 그는 리아에게 물었다. 조 집사는 손과 팔을 소매 안에 숨긴 채 자기 몸을 끌어안고 있었다.

리아는 자신이 어린애처럼 한심하다는 생각이 들어 손을 뺐다. 이 소식은 그저 어리둥절할 뿐이었다. 케이시는 몇 번 전화해서 잘 지낸다고 안부를 전한 모양이었다. 티나한테 전해 들은 내용이었다. 다그쳐 묻자, 티나는 원망 가득한 목소리로 말했다. "언니는 다 컸잖아요. 혼자 알아서 잘 살겠죠."

더글러스는 침묵을 지키는 조 집사를 진찰받으러 온 환자를 진단하듯 바라보았다. 환자의 앉은 자세나 시선에는 말보다 더 많은 정보가 담겨 있는 법이고, 그것을 관찰하는 것은 의료인의 기본이다. 이를 알아야 하는 것은 환자들이 거짓말하는 경우가 매우 흔하기 때문이다. 거짓말의 이유는 거의 항상 부끄러워서다. 의사는 환자의 얼굴과 눈빛을, 눈꺼풀이 떨리는지 떨리지 않는지 관찰해야 한다. 손과 입도 많은 것을 알려준다. 여기에 의사의 진단이 달려 있고, 따라서 환자의 건강도 좌지우지된다. 리아의 얼굴은 침착해 보였지만, 검은 눈에는 대단히 초조한 빛이 감돌았다. 리아는 자기 딸이 엘라의 신부 들러리라는 것도 모르고 있었다. 어떻게 그럴 수가 있지? 왜? 의사는 의아했다.

"케이시의 드레스를 보셨어요?" 더글러스는 리아를 주시하며 물었다.

리아는 고개를 저었다. 이유를 알 수 없었지만, 기분이 더욱 나빠졌다.

"아주 예쁩니다. 엘라가 드레스를 골랐고, 케이시가 색깔을 정했어요. 감 색깔이에요."

리아는 불꽃 같은 오렌지색 드레스를 입고 있는 케이시의 모습을 상상할 수 있었다.

리아의 미소에 신이 난 더글러스가 말했다. "아버지 댁 마당에 아주 늙은 감나무가 몇 그루 있었습니다. 열매가 많이 맺혔죠. 정말 맛있었어요. 아직 그 맛이 기억납니다." 그는 눈을 감았다. 입에 침이 고였다. "수확철이 끝나면, 말린 감을 넣은 음료를 만들어 먹었는데 그게……." 더글러스는 머리를 톡톡 두드리며 기억을 더듬었다. "계피가 들어갔고, 아주 시원한 음료였습니다. 어머니가 좋아하셨죠."

리아도 그가 말하는 음료를 알고 있었다. 그녀 역시 마신 것은 아주 오래전이었다.

"감 좋아하세요?"

"네. 작고 납작한 거요." 리아의 눈시울이 젖었다. 그녀는 눈을 깜빡여 눈물을 억눌렀다.

더글러스는 리아가 고향의 추억 때문에 마음이 뭉클한 거라고 생각하고 고개를 끄덕였다. 음식 생각을 하면 그럴 수 있지, 그는 생각했다. 둘 다 같은 과일을 좋아한다니, 마음이 푸근해졌다. 이게 대단한 의미가 있는 건 아니잖아, 그는 자신을 꾸짖었다. 이런 생각을 한다는 자체가 얼마나 어리석은지. 그녀를 만져보고 싶다는 강렬한 욕구가 일었다. 그녀가 환자라면, 얼굴에 손을 댈 수 있을 텐데.

"엘라는 어렸을 때부터 따님을 아주 좋아했답니다. 케이시가 신부 들러리를 맡아줘서 얼마나 행복해하는지 몰라요. 얼마나 좋아하는지 모르실 겁니다."

리아는 기쁜 표정을 지으려고 애썼다. 그녀는 언제나 심 장로를 좋아했고 함께 있으면 안전하다고 느꼈지만, 갑자기 도망치고 싶었다. 그의 잘못은 전혀 없었다. 그는 곧 결혼할 딸을 둔 아버지다. 당연히 행복할 권리가 있다.

"실례지만." 그녀는 고개 숙여 인사했다. "남편이 기다리고 있어서요." 그녀는 다시 인사했다.

"네, 네. 그러셔야죠. 가보세요." 더글러스는 바보가 된 기분이었다. 그녀는 유부녀다. 교회 집사. 그는 이런 몸짓으로 감정을 떨쳐낼 수 있다는 듯 단호하게 고개를 저었다. 미혼 여자들을 만나보라는 선 자리는 끊임없이 들어오는데, 그럴 때는 왜 이렇게 두근거리는 감정이 들지 않을까? 그는 머플러와 코트를 챙기러 휴대품 보관소로 성큼성큼 걸음을 옮겼다.

2주 뒤, 리아는 미용실을 예약했다고 남편에게 거짓말을 했다. 엘라의 청첩장을 받은 지 벌써 열흘이 지났지만, 이제야 이런 핑계를 댈 생각이 난 것이었다. 그녀는 엘라가 사는 곳일 거라고 짐작하고 청첩장에 찍혀 있던 반송주소로 걸어서 찾아갔다. 가는 길에 국화와 호랑가시나무 가지를 한데 묶은 커다란 꽃다발을 샀다.

제복을 갖춘 도어맨이 엘라가 사는 건물 앞에 서 있었고, 로비에는 정장과 넥타이 차림의 남자가 안내데스크를 지키고 있었다. 그는 리아에게 현대적인 디자인의 가죽 안락의자를 가리켰고, 리아는 유리 탁자에 놓인 잡지는 차마 건드리지도 못하고 자리에 앉았다. 근심으로 어깨가 움츠러들었다. 청첩장과 꽃다발은 무릎 위에 놓여 있었다. 그녀는 의자 사이에 가죽 핸드백을 내려놓았다. 핸드백은 남편이 그녀에게 사준 첫 선물이었다. 같이 한국의 명동 시장통을 걸어가고 있는데, 가방 장수가 그들을 불렀다. 조셉은 그녀에게 어떤 가방이 좋으냐고 물었다. 리아는 평생 무거운 끈과 방수포로 된 가방만 들고 다녔다. 그녀는 가판을 둘러본 뒤 가죽 가방 하나를 골랐다. 아무 장식이 없는 싸구려 사각형 가방이었다. 조셉은 가방을 살펴보더니 다시 고리에 걸었다. 너무 비싼 것을 골랐나 싶어 리아는 창피했다. 한데 놀랍게도 그는 상인에게 다른 가방을 보여달라고 했다. 스타일은 비슷했지만 거기 있는 것 중에 가장 비싼 물건이었다. 리아는 절대 받을 수 없다고 손을 저었다. 전에는 아무도 그녀에게 선물을 사준 적이 없었다. 집에 가방을 들고 오자, 오빠들은 가방을 땅에 내려놓지 않으려 하는 그녀를 보고 며칠 동안 놀려댔다. 20년도 넘은 지금도 그 가방은 멀쩡해서 버리고 싶어도 버릴 수가 없었고 새 가방을 살 수도 없었다. 성경책과 찬송가집은 물론 성가집과 조셉의 신문을 넣기에 적당한 크기였다. 하지만 미끈한 어퍼이스트사이드의 호화 아파트 로비에 들어서니, 가방은 숙녀용 핸드백이라기보다는 초라한 서류가방에 가까워 보였다. 리아는 오랜 세월 충성을 다해준 물건에 미안한 마음이 들어 가방을 다시 집어 들었다. 그리고 의자 위 몸 옆에 놓고 모직 스카프로 덮었다.

수위가 그녀를 불렀다. "부인, 미스 심이 올라오시라고 합니다.

12층입니다. 12층 G호."

엘리베이터 문이 열리자, 엘라가 자기 아파트 문 앞에 서 있었다. 엘라는 리아를 보자마자 집에서 아버지의 손님들을 맞이하던 때처럼 허리를 굽혀 꾸벅 인사했다. 그녀는 꽃을 받아들고 완벽한 한국말로 인사하며 조 집사를 안으로 모셨다.

리아는 고개를 숙이고 아파트 안에 들어서서 오토만 의자 가장자리에 걸터앉았다. 그리고 곧장 가방에서 성경을 꺼냈다. 그녀는 코트나 장갑을 벗지도 않은 채 고개를 숙이고 기도했다. 입술이 움직였지만, 소리는 나오지 않았다. 리아는 안전하게 도착하게 해주신 것에 하나님께 감사드리며 딸의 소식을 들을 수 있게 해달라고 간구했다.

케이시의 어머니는 아버지의 집에 찾아왔던 손님들이 하던 의식을 행하고 있었다. 한국계 기독교인들은 거실로 들어가면 자리에 앉아서 눈을 감고 감사 기도부터 올리는 것이 보통이었다. 엘라는 이런 신앙의 표현에 익숙했다. 집에 들어와 신발을 벗는다든가, 아버지의 인삼차에 꿀을 두 숟가락 넣은 뒤 잣 몇 알을 띄우는 것과 마찬가지로 자연스러운 일이었다. 파란색과 흰색이 섞인 소파에 앉은 채, 엘라는 조 집사님이 여기 온 이유를 말할 때까지 기다렸다.

리아는 눈을 떴다. 거실은 깨끗하고 환했다. 천을 댄 가구들은 깔끔해 보였고, 다양한 크기의 다육식물을 심은 도기 화분이 넓은 창틀에 놓여 있었다. 창문 건너편에는 널찍한 부엌이 있었다. 흰 대리석 조리대에는 리아가 메이시스 백화점 광고지에서 본 최신 가전제품들이 있었고, 갖가지 모양의 도마가 연한 다색(茶色) 타일을 배경으로 깔끔하게 쌓여 있었다. 히커리로 만든 칼꽂이에는 검은 손잡이가 달린 칼 세트가 꽂혀 있고, 벽의 선반에는 요리책이 한 줄로 꽂혀 있었다. 물건을 수집하는 취미가 없는 리아였지만 은근히 부러운 마음이 들었다. 그녀 자신이 갖고 싶어서는 아니었다. 그녀는 자식들에게 똑같은 것을 해줄 수 없을 것이다. 자기 딸들도 엘라 못지않게 이런 물건들을 가질 자격이 있는데도.

이 아이에게 엄마가 없다는 것이 떠올랐다. "방해하고 싶지는 않다만, 그 애가 여기에 있니?"

"아뇨."

리아는 두 손으로 얼굴을 가렸다.

"죄송합니다." 엘라는 입술을 깨물었다.

"그럼 내 딸이 어디 있는지 알려줄 수 있니? 여섯 달 동안 한 번도 못 만났어."

엘라는 다시 고개를 저었다. 케이시는 엘라가 엄마에게 알리는 것을 원치 않을 것이다. 동생에게도 절대 말하지 말라고 했다. 엘라는 스타킹을 신은 자기 발만 내려다보았다.

케이시의 아버지는 그녀를 때리고 집에서 내쫓았다. 그녀는 자세히 말하지는 않았다. 타당한 이유가 있을지도 모른다거나, 부모님이 후회하고 딸이 다시 들어오기를 원할 거라는 생각은 미처 해본 적이 없었다. 어머니 없이 자라서인지, 엘라는 케이시의 엄마인 리아, 조 집사의 존재를 잊고 있었다. 케이시는 통 자기 엄마 이야기를 하지 않았던 것이다. 그래서 엘라는 리아가 얼마나 마음이 아플지 생각해본 적이 없었다. 이제야 엘라는 자기한테는 이렇게 딸을 찾아다닐 어머니가 없다는 사실을 깨달았다. 이 결핍이, 절대 일어날 수 없는 이 상황이 가슴을 너무나 아프게 찔렀다.

햇살이 가득한 아파트는 고요했고 긴장감이 흘렀다. 두 여자는 침묵을 지키며 앉아 있었다. 딸이 어디 있는지 이 아이가 말해주려 하지 않는 것이 리아에게는 마치 하나님께 거부당하는 듯한 기분이었다. 어딘가 가까운 곳에, 딸은 그녀를 피해 숨어 있었다. 그녀가 아는 한 잘 지내고 있었지만, 왠지 그 사실이 더 괴로웠다. 자식이 어머니를 원하지 않다니. 케이시가 태어났을 때, 축축하고 빨간 얼굴을 바라보며 널 위해 죽을 수도 있어, 하고 생각했던 기억이 떠올랐다. 어머니가 된다는 것에 따르는 강렬한 애착이 두렵기도 했다. 남편에 대한 사랑은 자식에 대해 느끼는 감정과 결코 같지 않았다. 하지만 이 말도 안 되게 복 받은 소녀 엘라가 그런 식으로 누군가를 사랑한다는 것이 어떤 것인지 어떻게 알까? 엘라는 어머니가 없고, 아직 아이도 없다. 아무리 마음이 착하고 사려 깊어도 진짜 경험하는 것과는 다르지 않나? 리아는 나직한 흐느낌을 애써 억눌렀다. 인생의 위기 앞에서 침착하고 결연한 모습을 보여야 할 어머니가 이렇게 울고 있다는 것이 수치스러웠다. 하지만 리아에게 인생이란 버겁고 무서운 것이었다. 모퉁이마다 더 큰 위험이 도사리고 있었다. 계획을 세운다는 것이, 안전을 보장한다는 것이 불가능했다. 인생은 사람을 가만히 내버려두지 않는다.

국화 꽃다발은 커피 탁자 위에 그대로 놓여 있었지만, 아무도 일어나서 물에 꽂을 생각을 하지 않았다. 엘라는 휴지상자를 케이시의 어머니 쪽으로 밀어주었다.

"왜?" 리아는 코를 훌쩍였다. "왜 그 애는 나한테 전화를 안 한다니?"

엘라는 대답할 수가 없었다. "왜 너희는 나한테 도무지 말을 안하니? 내가 알아야 하는 게 더 있니? 난 그 애 엄마야. 알 권리가 있어." 리아는 울면서 소리쳤다. 굴욕감을 견딜 수가 없었다. "무슨 뜻인지 모르겠니? 난 그 애 엄마란 말이다."

어떻게 알겠는가. 엘라에게는 어머니조차 없는데. 어릴 때, 일요일마다 커피를 마시는 시간 동안 엘라는 케이시와 그녀의 어머니를 관찰하곤 했다. 테드는 마이어스 브릭스 유형 지표(MBTI)로 모든 사람을 분류할 수 있다고 했다. 케이시는 당연히 외향성, 리아는 내향성이었다. 케이시의 동생 티나는 어머니를 닮아 예뻤다. 두 사람은 이목구비가 비슷했다. 한데 케이시와 그녀의 어머니는 우는 방식이 비슷했다. 애끓는 비통함이라고나 할까.

돌아가신 어머니와 나의 공통점을 알아보는 사람이 있을까? 엘라는 문득 궁금했다. 아버지는 더 이상 어머니 이야기를 하지 않았다. 3학년 때 아테나의 탄생 설화를 배운 뒤, 엘라는 자신도 아버지의 머리에서 솟아났다고 믿고 싶었다. 그건 그저 어린아이의 공상 한 토막일 뿐이었지만, 케이시의 어머니와 같이 있으니 어머니를 잃었다는 상실감이 상상할 수 없을 정도로 뼛속 깊이 사무쳤다.

리아는 휴지를 들어 눈을 닦고 요란하게 코를 풀었다. 그녀는 엘라를 위해 꿋꿋하게 미소 지었다. 이 아이가 잘못한 것은 전혀 없다. 그녀는 그저 자기 친구에게 의리를 지키는 것뿐이었다. 어떤 면에서 볼 때 훌륭한 행동이었다.

"케이시에게 나 대신 뭘 좀 전해줄 수 있겠니?"

"그럼요." 엘라는 어떻게든 도움이 되고 싶었다.

리아는 성경을 펼치더니 책갈피 안에서 두툼한 흰 봉투를 꺼냈다. 세탁소 주소가 왼쪽 상단에 찍혀 있었다. 리아는 교회 여자 성가대원 열한 명과 함께 조직한 계에 매달 200달러씩 붓고 있었다. 매달 그중 한 사람이 돌아가며 곗돈을 탄다. 지난달에 마침내 리아의 차례가 돌아온 것이다. 리아는 2,400달러 전부를 케이시에게 주려고 봉투에 넣었다. 그녀는 엘라에게 봉투를 내밀었다. "여기. 이걸 케이시에게 전해주렴. 엄마가 전화하라고 그러더라고 전해줘. 할 수 있을 때⋯⋯." 리아의 목소리가 다시 갈라졌다.

엘라는 울지 않으려고 애썼다.

"네 아버지한테 결혼 소식 들었다⋯⋯. 테드라고 했지? 케이시가 취직할 수 있도록 도와준 좋은 남자더구나."

엘라는 테드의 친절한 행동에 자랑스러운 마음으로 고개를 끄덕였다. 다른 사람들이 흔히 오해하지만, 그녀는 그가 이기적이라고 생각한 적이 전혀 없었다.

"축복을 빈다. 테드와 같이, 평생 함께 복된 삶을 누리길 바란다." 리아는 미소 지었다. 정말 예쁜 아이구나. 교회에서 제일 예쁜 아이지. 정말 여자답고. 행동거지를 보면 좋은 집안의 자식이라는 걸 알 수 있었다. 걷는 모습, 말하는 방식, 상대를 보는 눈빛, 다 그랬다. 돈이 많다고 다 품위가 있는 건 아니야, 리아는 생각했다. 그 반대의 경우를 너무나 많이 보아왔다. 하지만 이따금 이렇게 가정교육을 잘 받았다는 것이 어떤 것인지 보여주는 사례도 있다. 어느 모로 보나 엘라는 양반댁 규수였다. 하지만 전부 제값을 주고 들인 값비싼 가구가 가득한 이 아름다운 아파트 안에서도, 이 아이가 얼마나 외로운지가 리아의 눈에 보였다. 안쓰러워서 마음이 아팠다.

리아는 미소 짓고, 표현하는 데 한계가 있긴 했지만 이번에는 영어로 말했다. "넌 네 아버지한테 참 좋은 딸이란다, 엘라야. 행복하게 살아야 한다. 이 온갖 행운이……." 리아는 말해놓고 고개를 저었다. 행운이 영어로는 한국어와 같은 뜻이 아니라는 것을 알고 있기 때문이었다. "넌 참 축복받은 아이야."

전에도 수없이 들어본 말이었기 때문에(케이시의 어머니가 한국어로 하려던 말은 '복'이었다. 행운과 축복이라는 의미가 한데 섞인 단어였다), 엘라는 미소 지었다. 이렇게 축하인사를 하는 사람한테 어머니가 살아 돌아올 수만 있다면 다 포기할 수 있을 거라고 대꾸할 생각은 없었다. 엘라에게도 부족한 것이 있을 수 있다고는 아무도 생각하지 않았다. 엘라가 집을 나간다 해도, 그녀를 찾아나설 어머니는 없는데.

엘라는 흰 봉투를 손가락으로 집어 자기도 모르게 휴지상자 옆으로 옮기고 있었다. "케이시는 미드타운에서 일해요. 그건 아시죠." 자신이 처음 알려주는 정보가 아니라는 것을 확인하려고, 그녀는 리아의 눈을 쳐다보았다.

"테드와 같이 일한다고 네 아버지한테서 들었어. 컨 데이비스에서. 우리 가게에서 멀지 않은 곳이더구나. 그 회사에 우리 손님도 있어." 리아는 그 회사에서 중요한 직책을 맡고 있는 퍼럴 씨를 떠올렸다. 손으로 다린 셔츠를 좋아했고, 배달하다 옷깃이 눌리면 화를 내는 사람이었다.

"사무실로 찾아가보시겠어요?" 엘라는 말해놓고 한심한 질문이라는 것을 깨달았다. 체구가 작고 머리가 희끗희끗한 한국 여자가 집에서 재봉한 우중충한 모직 코트 차림으로 투자은행의 널찍한 대리석 로비에서 서성거리는 모습을 상상하는 것은 불가능에 가까웠다. 심지어 이 거실에서조차 케이시의 어머니는 어울리지 않는 공간과 시간 속에 덩그러니 놓여 있는 것 같았다.

"일주일 동안 나는……." 리아는 더듬었다. "남편은 내가 여기 온 줄 몰라. 머리하러 나간다고 했어. 토요일 아침에는 내가 밖에서 일을 보는 동안 그 사람 혼자 잠시 세탁소에서 일한단다." 엘라 같은 젊은 미국 여자는 자신의 일상에 대해 잘 모를 거라는 생각에, 리아는 서둘러 한국말로 설명했다. 세탁할 셔츠 분류, 떨어진 단추 꿰매기, '미스'라고 존칭을 붙여 부르는 10대 손님들이 부탁한 디자이너 청바지 옷단 수선, 키푸드에서 특별 할인가 식료품 장보기, 토요일 밤마다 하는 화장실 청소, 정해진 시간에 남편 저녁상 차리기, 집 안에 늘 그가 마실 맥주와 위스키가 떨어지지 않도록 쟁여두기, 이렇게 바삐 지내다 보면 그녀 같은 사람과 인연이 없는 장소에 드나들 일은 거의 없었다.

리아는 길 잃은 사람처럼 보였다. 엘라는 그녀를 돕지 못한다는 것이 너무나 안타까웠다.

"케이시는 친구 집에서 지내고 있어요. 여기서 세 블록 떨어진 곳이에요." 엘라는 자기도 의식하지 못한 채 거의 기계처럼 의자에서 일어나서 전화 옆의 메모지와 연필을 가지러 갔다. 그녀는 주소를 적었다.

케이시는 이 시간에 집에 있을 것이다. 1월 첫 주 토요일, 겨우 아침 9시였다. 제이는 자고 있을 것이고, 케이시는 거실에서 말보로 라이트를 피우며 신문이나 소설을 읽고 있을 것이다. 두 잔째 블랙커피를 마시며. 케이시의 주말 일상이었다. 엘라는 잊지 않고 있었다.

리아는 이게 무슨 종류의 시험인지 반신반의하는 얼굴로 엘라를 응시했다. 말이 나오지 않았다. 그녀는 메모지와 봉투를 받아들고 성경 책갈피에 끼웠다.

리아가 아파트에서 나가고 나니, 그녀가 여기 왔다는 유일한 흔적은 아직 투명 셀로판지에 싸여 있는, 가느다란 꽃잎이 곱게 휘어진 흰 국화와 호랑가시나무 다발뿐이었다. 엘라는 일어서서 꽃병에 물을 담으러 갔다.

13

인증

케이시는 토요일 5시에 일어났다. 그것이 습관으로 굳어졌다. 그들은 이제 같이 살고 있었지만, 주말에만 같이 지내던 대학 시절과 아주 조금밖에 다르지 않았다. 그녀는 제이와 결혼하기로 약속 비슷한 것을 했고, 지금은 같이 사는 연습이라고 할 수 있었다. 제이가 자는 동안 케이시는 오늘의 성경 읽기와 구절 고르기 일과를 재빨리 마쳤고, 지금은 숙제로 받은 주름 베레모를 세 번째 집어 들어서 머리 부분을 마무리하고 있었다. 입술로 담배를 문 채, 그녀는 모자에 리본을 꿰맸다.

"젠장." 꿰매던 실이 다시 엉켰다. 이번에도 강사가 가르친 대로 침을 바르는 것을 잊었던 것이다. 요즘 제이는 통 집에 들어오지 않았고, 반면 케이시의 하루 일과는 6시에 끝나고 주말에는 쉬었다. 그래서 평생 처음으로 취미라는 사치를 누리고 있었다. 모자

만드는 법을 배우기 시작한 것이다. 2년 전 여름에 FIT에서 처음 수강했던 재봉 강좌는 그리 즐겁지 않았다. 프린스턴에서 들은 그 어떤 수업보다 많은 학습량을 요구했고, 나름대로 열심히 노력했지만 결과물은 신통치 않았다. 옷을 만든다는 건 어려운 일이었다. 게다가 동급생들의 수준은 훨씬 높았고 어렸을 때부터 재봉을 경험한 사람들이 많았다. 유능한 주부이자 재주 많은 재봉사였던 리아는 케이시와 티나에게 요리와 바느질, 청소 같은 것을 시키지 않았다. 읽기와 쓰기, 수학 우등생이라는 사실은 정확한 치마 패턴을 그려야 할 때 거의 아무 쓸모가 없었다. C학점을 두 번 받은 뒤, 케이시는 옷을 창조하기보다 그냥 돈을 주고 사겠다고 마음먹었다.

하지만 모자 제작은 달랐다. 모자를 짓는 일은 재봉1, 재봉2 수업 못지않게 어려웠다. 이번에도 FIT 모자 제작반 동급생 대부분은 기술적으로 월등했지만, 케이시는 자신이 모자에 대해 본능적인 심미안을 갖고 있다고 느꼈고 여자들이 왜 모자를 원하는지 알 것 같았다. 그녀는 네 강좌를 모두 이수하고 자격증을 딸 생각이었다. 야간반 일정이 편했고, 같은 조 학생들도 유쾌했다. 투자은행에서 몇 달 근무하면서, 케이시는 컨 데이비스의 남성적인 분위기에 가끔 진이 빠진다고 느낄 때가 있었다. 서로를 이겨먹으려고 혈안이 되어 있지 않은 여자들과 시간을 보내다 보면 긴장이 풀렸다.

모자 제작 과정 학생으로 케이시는 그리 변변치 않았다. 손바느질은 서툴렀고, 재봉틀 다루는 솜씨도 비뚤배뚤했으며, 처음 기계로 모자챙을 이어 붙인 솜씨는 한심했다. 지난주에는 모자 제작 재봉틀 밑에서 30달러짜리 비버해트 보디 두 개가 망가지고 말았다. 같은 조원인 폴리, 수전, 로니는 각각 경찰관, 회계사, 고급 치즈 판매원이었는데, 그들 사이에서는 이런 농담이 오갔다. "그래, 네가 프린스턴에서 뭘 공부했다고?" 그들은 프린스턴이라는 단어를 특히 고함지르듯 힘주어 발음했다. 셋 중 둘은 커뮤니티 칼리지를 졸업했고, 로니는 뉴욕주립대 빙엄턴 캠퍼스를 다녔다. 이 생기 넘치는 여자들과 같이 있으면, 케이시는 세상 살기가 외롭다는 느낌이 한결 덜해졌다. 버지니아는 매주 편지를 보내왔지만, 이탈리아에서 언제까지 머무르게 될지 알 수 없었다. 엘라와 테드는 점점 더 한 몸처럼 붙어 다녔고, 학교에 돌아간 티나는 철과 같이 자느라 넋이 빠져 있었다.

평평한 사각형 천 한 장이 야구모자가 되고, 펠트 자투리 천 하나가 장미 장식으로 피어나는 것을 볼 때면 케이시는 내심 신기했다. 모자 제작에 서툴다는 사실은—기말보고서를 작성하고, 시험을 치고, 헤어핀을 팔고, 영업부 브로커들의 호텔 예약을 잡고, 회의 일정을 잡는 업무에 비교할 때—자신의 초라함을 느끼게 했지만, 그것이 나쁘지는 않았다. 모자 제작 강사 프리다는 마지못해 이런 말을 건넸다. 제작실습 성적은 C⁺이지만, 디자인 성적은 B⁺라고. "그래도 진전이 있어." 프리다가 말했다. 이 평가에 힘을 얻은 케이시는 그날 밤 수업을 마친 뒤 친구들에게 술을 한 잔씩 샀다.

4년 동안 케이시가 사빈의 매장에서 판매한 모자는 50달러 가

격표가 붙은 것부터 1,200달러에 이르는 것까지 다양했다(엘리
자베스 테일러의 의상 담당자가 애스콧 경마장에 쓰고 갈 거라며
구입했다). 눈이 휘둥그레질 정도의 가격이었지만, 이제 데님 천으
로 소박한 주방장 모자를 만드느라 열두 시간씩 손바느질을 하면
서 비뚤배뚤한 바늘땀을 뜯고 새로 꿰매기를 되풀이하다 보니, 도
대체 모자를 만들어서 돈을 버는 사람이 있나 싶은 마음이 들 지
경이었다. 수업 첫날 프리다는 모자 제작반 수강생들에게 모자는
성장산업이 아니라는 경고부터 날렸다. 전성기가 오래전에 지난
산업이라는 것이었다. 미국에서는 괴짜들이나 신앙심이 깊은 여
자들만이 모자를 썼다.

　전화가 울렸다. 케이시는 제이를 깨우고 싶지 않아 얼른 수화기
를 들었다.

　엘라였다.

　"뭐라고? 도대체 왜?" 케이시는 소리쳤다. "빌어먹을." 엘라는 사
과하고 있었지만, 목소리가 귀에 들리지 않았다. "끊어." 케이시는
수화기를 내려놓았다

　그녀는 제이를 흔들어 깨웠다. 제이는 툴툴거리며 한 손으로 눈
을 비비고 다른 손으로 침대 머리맡의 안경을 더듬더듬 찾았다.
시계 겸용 라디오의 녹색 액정은 9시 15분을 가리키고 있었다. 제
이가 몇 달 만에 얻은 휴일이었다.

　"우리 어머니가 오고 계신대. 어머니가 가실 때까지 침실에서
나오지 말고 가만히 있어줄 수 있지?" 케이시는 눈을 커다랗게
뜨고 침대 가장자리에 걸터앉았다.

"자기." 제이는 퀼트 이불 아래에서 거북처럼 목을 죽 뺐다. "난 내 집에서 숨고 싶지 않아."

"좋을 대로 해." 케이시는 자기 입을 손으로 막았다. 외출하는 척 로비에서 기다리면, 거기서 어머니를 만날 수 있을 것이다. 2번 애비뉴의 커피숍에서 이야기를 나누면 된다. 하지만 당연히 어머니는 왜 집에 들이지 않는지 궁금할 것이다.

제이는 케이시의 고민스러운 표정을 관찰했다. 안쓰러운 마음이 들었다.

"날더러 어떻게 하라는 거야? 옷장에 숨을까? 비상계단에라도 나가 앉아 있어? 바깥은 강추위야." 그는 베개에 얼굴을 묻다가 뭔가 할 말이 생각났는지 다시 고개를 들었다. "젠장, 케이시, 이제 어른처럼 굴 때도 됐잖아. 넌 스물세 살이야. 아직도 어머니한테 나에 대해서 거짓말할 거야?"

하지만 케이시는 아무 말도 하지 않았다. 자신이 느끼는 고통을 표현할 수가 없었다. 그녀는 입술이 희게 질리도록 이를 악물었다. 딸을 여기서 발견한다는 것이 어머니에게 어떤 의미인지 그가 어떻게 이해할 수 있을까? 문득 제이가 미국인이라는 것이 싫었고, 그와 같이 있을 때 자신이 너무나 외국인처럼 느껴진다는 것이 싫었다. 개인주의와 자기결정권이라는 그의 이상이, 색깔만 채우면 되는 간편한 컬러링북처럼 인생은 자신이 만들어가기 나름이라는 공허한 관념이 싫었다. 세상에서 가장 이기적인 사람들이나 그런 식으로 살아갈 수 있을 것이다. 케이시는 이기적이었고, 스스로 그 사실을 알고 있었지만, 어느 누구에게도 고통을 주고 싶지는 않았다. 잘못된 선택으로 스스로 고통을 겪는 것쯤이야, 그 정도 도박은 기꺼이 감내할 수 있지만, 부모님을 계속해서 실망시킨다는 것은 생각하기도 힘들었다. 하지만 그녀의 선택은 언제나 부모님의 마음을 아프게 했다. 부모님은 그렇게 말했다. 그러나 케이시는 미국인이기도 했다. 행복하고 싶다, 누군가를 사랑하고 싶다는 강렬한 욕구를 지니고 있었다. 그녀는 그런 소망이 한국인의 것이라고 생각해본 적이 없었다.

그녀는 외투를 가지러 갔다. 제이는 베개에 머리를 묻었다. 문득 그는 벌떡 일어나더니 안락의자에 걸쳐 놓았던 흰 티셔츠와 실내용 바지를 집어 입었다. 그는 커피를 마시고 싶었다.

"10분이야. 10분 동안 거실에서 안 보이도록 부엌에 있을게. 다음에는 정식으로 인사드릴 거야." 제이는 덧붙였다. "널 사랑하기 때문에 이렇게 하는 거야."

"고마워." 케이시는 그의 제안을 감사하게 받아들였다. 초인종이 울렸고, 그녀는 인터폰으로 날아갔다. 어머니의 목소리가 아래층에서 올라왔다. 거리에서 휘몰아치는 바람에 부서지는 듯한 소리였다.

"엄마야." 리아는 말했다. 케이시는 출입구를 열어주었다.

현관문을 열었을 때, 케이시는 좁은 현관에 서 있는 사람이 자기 어머니라는 사실을 받아들이기가 어려웠다. 그녀는 지난겨울 케이시와 티나가 크리스마스 휴가를 맞아 집에 와 있을 때 만든 단추 세 개짜리 군청색 모직 코트를 입고 있었다. 이 보그 패턴을 찾았을 때 리아는 딸들에게 똑같은 코트를 만들어줄까 물었다.

늘 그렇듯 케이시는 싫다고 했고, 어머니는 튼튼한 검은 모직 옷감으로 티나의 코트만 만들었다.

리아는 황망하게 거실을 둘러보았다. 케이시는 어머니가 못마땅해하는 기색을 알아볼 수 있었다. 어머니에게 가죽 소파는 비닐로 보일 것이고, 벼룩시장에서 사 온 직접 칠한 탁자는 15달러짜리 그대로 싸구려로 보일 것이다. 집주인이 얼마 전에 새로 깐 회색 카펫은 보풀이 심했다. 케이시가 한 번도 신경 쓴 적 없던 것들이었다. 하지만 어머니는 이튼알렌의 고급 체리우드 가구와 청색과 크림색 소파 덮개가 있는 엘라의 집에서 오는 길이었다.

리아는 코트를 벗지 않은 채 추위에 발갛게 언 얼굴로 걱정스러운 듯 주먹을 움켜쥐고 있었다. 그녀는 딸에 대해 뭔가 정보를 찾으려는 듯 날카로운 눈빛으로 아파트를 둘러보고 있었다.

"앉으세요." 케이시는 정중하고 조심스러운 목소리로 어머니에게 권했다.

리아는 움직이지 않았다. "난 네가 어디 있는지 몰랐다."

어머니의 검은 눈에는 상처가 가득했다. 케이시의 기억에 남아 있는 아주 예전부터 어머니는 여행을, 새로운 공간에 들어서는 것을 두려워했다.

"얼마나 오래 여기서 지냈니?" 리아가 물었다. 아파트는 딸의 공간 같지 않았다. 사무실처럼 삭막했다. 부엌에서 커피가 끓고 있었다. 기계가 요란한 소리를 내며 증기를 뿜었다. 창가의 나무 탁자에는 파란 면 옷감과 바느질감이 있었다. 누가 재봉을 하는 걸까? "왜 집에 오지 않았니?"

"아빠가 나가라고 했잖아요." '아빠'라고 말하기에는 이제 너무 컸지만, 다른 호칭으로 부르기에는 늦었다.

"왜 그냥 죄송하다고 말씀드리지 않았니? 네 아버지가 얼마나 열심히 일하시는지 알아? 오로지 너희 둘을 위해서 그 고생을 하셨는데." 리아는 딸의 고집에 속이 터져서 고개를 설레설레 저었다.

부엌에서 제이의 규칙적인 숨소리가 들리는 것만 같았다.

리아는 신발 옆에 내려놓은 핸드백에 손을 뻗었다. 성경을 꺼내고 지퍼를 열더니 책갈피에서 흰 봉투를 꺼냈다. 당황해서 서두르느라, 그녀는 케이시의 아파트에 들어설 때 감사 기도를 올리는 것도 잊어버렸다. 그녀를 이곳으로 인도하신 주님을 찬양하는 것을 잊은 것이다. 남편에게 거짓말을 했다는 것도 마음이 불편했다. 얼른 일어나서 가게로 돌아가고 싶었다.

"이거 받아라." 리아는 몸이 닿지 않도록 접촉을 피하면서 케이시에게 얼른 봉투를 건넸다.

케이시는 두툼한 봉투를 응시했다. "아뇨, 전 괜찮아요. 이제 취직했어요. 잘 지내요."

리아는 집을 나서려고 돌아섰다. 케이시는 어머니를 붙잡고 싶었다. 만지고 싶었다. 그녀는 엄마의 손길을 놀라울 정도로 간절히 원하고 있었다. 이 욕구가 점점 커질수록, 케이시는 물러섰다. 손만 한번 닿아도 산 채로 타버릴 것 같은 위험이 느껴졌기 때문이었다. 어머니는 그녀에게 돈을 주러 왔다(이민자 부부가 악착같이 모은 20달러 지폐를 차곡차곡 챙긴 돈다발이 아니라면 저 봉투 안에 뭐가 들어 있겠는가). 티나도 학비가 필요할 것이고 아버지도 은퇴자금을 고민해야 하는 마당에.

"엄마는 이제 가보마. 아빠가……." 리아는 문득 말을 멈췄다.

케이시는 고개를 끄덕였다. 아버지는 어머니가 여기 왔다는 걸 모른다는 뜻이다. "잘 지내세요?"

리아는 고개를 끄덕였다. 아빠는 잘 계셔. 너 때문에 얼마나 마음이 아프셨는지 모른다. 아빠는 널 포기했으니, 이제 네가 싸워서 아버지 사랑을 되찾아야지. 아버지의 축복 없이 네가 잘 살 수 있을 줄 아니. 〈창세기〉에서 리브가는 둘째 아들 야곱에게 형 에서와 아버지 이삭을 속이라고 권한다. 자신이 편애하는 아들 야곱이 아버지의 축복을 받도록 하고 싶어서였다. 속임수를 쓴 것은 리브가의 잘못이지만, 그녀는 삶이 고달프다는 것을, 아버지의 축복과 가호가 반드시 필요하다는 것을 알고 있었다.

엄마 마음이 너한테 더 간다는 걸 모르겠니. 리아는 말하고 싶었다. 대신 그녀는 닳아빠진 가름끈이 밖으로 삐져나오지 않도록 성경책 지퍼를 조심스럽게 다시 올렸다. 그녀가 한국을 떠나던 날, 아버지는 이 성경책을 건네기 위해 먼 시골 마을에서 김포공항까지 버스를 타고 왔다. 북적거리는 터미널에서 두 사람은 양동이처럼 생긴 의자 위에 무릎을 마주 대고 나란히 앉았다. 아버지는 딸의 손을 꼭 잡았다. 그리고 그녀를 위해 기도했다. 비행기에 탑승해서 어린 딸들을 자리에 앉히고 긴 여행 동안 지루하지 않도록 사과 조각과 헝겊 인형을 쥐여준 뒤, 리아는 진청색 보자기에 싼 꾸러미 매듭을 풀었다. 성경책의 갈색 가죽 표지는 볕에 그은 아버지의 얼굴을 연상시켰다. 주름지고 검버섯이 박힌, 나무껍질 같은 얼굴. 그해 말에 아버지는 갑자기 돌아가셨고, 리아는 자식이 고향에서 너무 먼 곳에서 살아가는 일이 자연의 섭리를 거스른 것만 같았다.

부엌에서 그릇이 쨍그랑 소리를 냈다. "어머!" 리아가 놀라 소리쳤지만, 케이시는 놀라지 않았다. 잠시 후 회색 스웨트팬츠 차림의 젊은 미국인 남자가 미소 띤 얼굴로 부엌에서 나왔다. 헝클어진 머리, 잠이 덜 깬 부은 눈이었다. 그는 악수를 하려고 손을 내밀었고, 리아는 어떻게 반응해야 할지 알 수 없었다.

케이시가 먼저 데리러 갈 생각이었다. 하지만 그는 기다리지 못했다. 그가 나타나자 어머니는 어안이 벙벙했다.

리아는 딸이 자신의 놀란 가슴을 진정시켜주고 이 상황에 대해 뭐라고 설명해주기를 바라며 케이시를 돌아보았다. 하지만 케이시는 충격받았다기보다는 그냥 짜증이 난 표정이었다. 문득 리아는 딸이 이 미국인과 동거하고 있다는 것을 깨달았다. 그녀의 딸은 대학에 다니는 동안 돈이 없었으니 룸메이트가 필요했을 것이다. 여기는 엘라의 집처럼 좋은 아파트는 아니었지만 최소한 1,500달러, 어쩌면 그 이상을 월세로 내야 할 것이다. 세탁소 손님들은 늘 시내 임차료에 대해 투덜거렸다. 이 남자는 케이시를 무슨 창녀 정도로 생각하고 있을 것이다. 침실이 하나 이상 있을까? 리아는 코트 깃을 부여잡고 불편한 심기를 드러내지 않으려고 애썼다.

"이쪽은 제이예요. 제이 커리." 케이시가 소개했다. 어머니가 굳이 뭐라 말할 필요도 없었다. 케이시는 어머니의 생각을 투명하게 읽을 수 있었다. "내 약혼자예요. 우린 결혼할 생각이에요. 전……."

리아는 얼른 고개를 끄덕였다. 아직도 남자가 내민 손을 잡을 수가 없었다. 그녀는 가려고 돌아섰다. 어깨가 얼어붙은 것 같았다. 발을 향해 움직이라고 명령했지만 발은 말을 듣지 않았다.

"엄마, 앉아서 커피 한잔 드세요. 우리랑 같이요. 네?" 케이시는 어금니를 질끈 깨물었다.

리아는 케이시에게 등을 돌리고 문을 향했다.

케이시는 엄마의 코트 아래 긴 견갑골을 뚫어져라 응시했다.

"난 이해가 안 된다. 네 엄마가 아는 게 없어서 이러는지 모르겠다만, 어떻게 이럴 수가 있니. 내 딸이 이럴 줄은……."

"뭐가요? 백인이랑 잔다고요?"

"아니, 난 내 딸을 엄마에게 거짓말이나 하는 자식으로 키우지 않았어." 리아는 케이시를 돌아보았다. 머릿속이 아득했다.

제이는 왼손으로 목을 긁었다. 케이시의 어머니는 흰머리가 있었고, 예쁜 아이 같은 얼굴이었다. 그녀의 한국어는 부드럽고 품위 있게 들렸다. 비록 말을 알아들을 수는 없지만, 그녀가 기분이 좋지 않다는 것은 눈치챌 수 있었다. 그는 억지로 이런 상황을 만든 자신이 한심하게 느껴졌다. 하지만 케이시가 자기 어머니와 아버지에게 한사코 그를 소개하지 않는 것이 불쾌했다. 친구들의 부모님은 하나같이 그를 좋아했다. 제이 커리를 두고 가장 많이 사용되는 표현은 '귀엽다'였다. 그는 케이시를 사랑했다. 그녀도 그와 결혼하겠다고 했다. 케이시는 호기심이 많고, 대담하고, 똑똑했다. 사고방식이 독특했다. 아주 재미있을 때도 있었고, 때로는 아이처럼 심술을 부리기도 했다. 침대에서는 마술 같았다. 그가 편하게 사용하는 표현도 아니었고 함부로 떠들고 다닐 말도 아니었지만, 그들이 사랑을 나눌 때는 세상이 더 나은 곳으로 변하는 것 같았다. 섹스를 할 때는 그녀가 믿는 하나님의 존재를 그도 믿을 수 있었다. 섹스를 신성함의 발현으로 바라보는 것은 너무 유아적인 관점일까? 대학 시절이었다면 논문을 쓸 수도 있을 것 같았다. 어쨌든 일전의 그 여대생들은 여자와 그런 식으로 놀아나는 것이 얼마나 한심한 짓인지 알려주었다. 후회 없이 그런 짓을 할 수 있는 남자, 그런 상황을 꿈꾸는 남자도 있겠지만, 결국 제이는 구식인 모양이었다. 사랑. 그랬다. 그는 사랑하는 여자와 같이 자는 것을 좋아하는 남자였다.

그는 자신의 옷차림을 내려다보았다. 발가락 관절에 희끄무레한 털이 반짝일 뿐 맨발이었다. 어머니는 그를 장대처럼 껑충한 하얀 호빗이라고 부르곤 했다. 첫인상이 형편없었을 게 분명했다. 평생 제이는 쉽게 사람들의 호감을 사서 필요한 모든 표를 확보하고 유리한 입지를 모조리 차지해온 사람이었다. 전 나쁜 사람이 아닙니다, 제이는 케이시의 어머니에게 말하고 싶었다. 케이시를 행복하게 해주고 싶었다. 케이시의 어머니가 나를 좋아하게 하는 건 불가능할까?

제이는 헛기침을 했다. "잠시 앉아 계세요. 아침을 같이 드시는 게 어떨까요. 좋은 곳으로 모시겠습니다. 매디슨 애비뉴에 멋진 호텔이 있어요. 넥타이 매는 데 1분이면 됩니다."

리아는 아직도 눈앞에 펼쳐진 상황이 어리둥절한지 아무 말이 없었다. 딸이 이 남자와 같이 살고 있었다. 게다가 결혼하겠다고 한다.

침묵에는 무엇으로 대응하지? 케이시는 생각했다. 아버지에게 마주 고함지르는 것은 쉬웠다. 하지만 싸움을 거부하는 사람, 애당초 이기려는 마음이 없는 사람에게 이긴다는 것은 불가능했다. 그녀는 봉투를 돌려주려고 했지만, 어머니는 거절했다. 케이시는 계속 봉투를 들고 있었다.

제이는 어머니와 딸 사이에 닮은 점을 찾을 수가 없었다. 뭔가를 뚫어지게 응시하는 시선 정도가 비슷하다고 해야 할까. 때로 케이시가 뭔가를 바라볼 때면 너무 집중한 나머지 대상에 열을 가하는 것처럼 보일 때가 있었다.

"자리를 예약하겠습니다." 제이가 말했다. "마크 식당 브런치가 아주 좋아요."

리아는 그를 돌아보았다. 말투를 어느 정도 한참 들은 뒤에야, 그녀는 제이가 보기보다 젊다는 것을 깨달았다. 눈 밑이 보송보송했다. 기껏해야 스물다섯, 스물여섯 살 정도. 케이시가 대학에서 사귄 남자친구인 것 같았다.

"고맙습니다. 하지만 난 가게에 돌아가야 해요. 만나서 반가웠어요. 미스터······." 성이 기억나지 않아, 리아는 말을 맺지 못했다.

포기하고 그냥 돌아가기로 했다. 이 상황은 그녀에게 너무 버거웠다.

케이시는 회색으로 칠한 놋쇠 손잡이를 잡은 어머니의 작고 흰 손을 응시하며 그 따뜻한 손바닥의 감촉을 떠올리려고 애썼다. 손을 잡아본 것도 아주 오래전 일인 것 같았다. 그렇지 않나? 서울에 있을 때, 어머니는 아침마다 그녀와 함께 유치원까지 걸어갔다가 하루 일과가 끝나면 다시 데리러 오곤 했다. 티나는 그때 어디 있었지? 유치원생들은 모두 노란 베레모를 쓰고 어깨끈이 달린 노란 가방을 가지고 다녔다. 재미있게도 어떤 기억은 얼마나 또렷하게 각인되는지. 하지만 납작한 콘크리트 학교 건물의 모습은 기억에 희미했다. 유치원은 동네 약국 뒤에 있었는데, 약국을 운영하던 여자 약사는 어머니가 약을 사러 갈 때마다 케이시에게 사탕을 쥐여주곤 했다.

어머니는 케이시를 유치원에 데려다준 뒤 누가 따라오기라도 하는 양 다시 종종걸음으로 돌아갔다. 유치원 문간에 홀로 남은 케이시는 손바닥에 남은 엄마의 따뜻한 손 냄새를 킁킁거렸다. 그대로 있는 힘껏 달려서 엄마를 쫓아가고 싶었다.

리아는 문을 열고 나갔다. 제이는 소파에 앉았다. 아직 커피를 마시고 싶었지만, 너무 피곤해서 일어나고 싶은 마음이 나지 않았다. 케이시는 그에게 아무 말도 할 수가 없었다. 그녀는 그냥 샤워를 하러 욕실로 향했다.

14

보유

사빈 전 고츠먼에게는 자식이 없었다. 스물다섯 살 연상인 남편 아이작은 이전에 두 번 결혼해서 아이 넷을 두었다. 아이를 더 낳아서 사립학교 학비와 결혼식 비용을 대고 유산까지 물려줄 능력은 있었지만, 아이작은 사빈에게 사회생활이 가장 큰 창조행위라는 점을 인정하고 지성과 헌신적인 마음을 기준으로 세 번째 아내를 골랐다. 처음부터 아이를 갖지 않겠다는 것이 사빈의 원칙이었고, 아이작 역시 매달 첫째 주 토요일마다 셋째 딸과 가장 아끼는 사위 부부와 브런치를 먹으며 쌍둥이 손자들의 재롱을 보는 것이 더 좋았다. 아이작도 사빈도 아기들이 있는 자리에서는 별로 편안하지 않은 사람들이었다.

성인이 된 아이작의 자식들 — 결혼한 딸 셋과 사업을 물려받고 있는 아들 — 은 사빈을 좋아했다. 아이작은 나이 차이 때문에 자식들이 반발하지 않을까 생각했지만, 자식들은 사빈을 인정하고 말을 조심했다. 네 자식 모두 오랜 세월 이복 형제자매와의 불신에 지쳐 있었기 때문에 그저 비판에 민감하고 카리스마 있는 아버지의 관심을 잃지 않으려고 노력하고 있었다. 그들은 상속자가 더 늘어나지 않는다는 사실에 안도했고, 게다가 사빈 역시 재산을 꽤 가지고 있었다. 아버지의 세 번째 아내는 생일 선물로 에스프리나 에르메스를 보내주는 멋진 친척 아주머니 같은 대접을 받았다. 그리고 다들 친어머니 앞에서 사빈에 대한 이야기는 나누지 않았다.

젊은 사람들이 사빈을 잘 따랐듯, 사빈 역시 그들을 좋아했고 점원 일을 하며 힘들게 살아가는 직원들에게도 애착을 가졌다. 그들의 막연한 꿈과 희망에 귀를 기울이고, FIT나 파슨스, 스쿨오브비주얼아트에 보내주기도 하고, 그렇게 후원받은 점원들은 바이어나 매니저로 성장했다. 몇몇은 엘리자베스 스트리트에 자기 부티크를 차려 꽤 이름을 날리기도 했다. 오늘 밤에는 사빈이 특히 아끼는 한국계 미국인 케이시 한과 그녀의 약혼자 제이가 저녁식사를 하러 오기로 했다.

손님이 오기 전에 바를 점검하는 것이 아이작의 습관이었다. 바는 갤러리처럼 꾸민 거실 안쪽에 로즈우드 문을 달아 분리한 공간이었다. 아이작은 경영대학원에 다니던 시절 바텐더로 일한 경험이 있었기 때문에 직접 바를 관리하는 것을 좋아했다. 한번은 손님으로 집을 찾은 아름다운 발레 후원자가 아이작에게 키르 로열 칵테일을 청한 적이 있었다. 맨해튼에 알짜배기 부동산

을 수십 채 갖고 있고 콜럼비아 경영대학원과 뉴욕시립발레단 이
사로 활동 중인 매력적인 거물 아이작 고츠먼이 자기가 좋아하
는 칵테일을 유명 바인 오크룸의 바텐더 야니보다 더 잘 만든다
는 사실에 그녀는 놀라움을 금치 못했다. 아이작은 이런 일을 익
히는 것을 좋아하는 사람이었다. 아이들의 귀에서 동전을 꺼내는
마술을 부리기도 했고, 깨끗한 3점 슛을 쏠 줄도 알았다.

　샤워를 마친 사빈은 베티버 향을 진하게 풍기며 거실로 들어왔
다. 긴 네루 재킷과 그에 어울리는 날렵한 바지 차림이었다. 옷감
의 새우색이 촉촉한 피부를 한결 돋보이게 했다. 그녀는 막 면도
한 남편의 뺨에 키스하고 아무것도 타지 않은 위스키 한 잔을 청
했다. 매일 밤 그녀는 저녁식사 전에 술을 한 잔 마셨고, 식사 중
에는 레드와인 두 잔을 곁들였다. 사빈은 아주 좋은 기분으로 뉘
엿뉘엿 저물어가는 4월의 황혼을 감상하기 위해 술잔을 들고 온
실 옆 독서 의자로 향했다. 그녀는 위스키를 천천히 홀짝이며 자
코메티 커피 탁자에 놓아둔 디에고 리베라에 대한 책을 펼쳤다.
사빈을 만나기 전 아이작은 이런 커피 탁자에 놓인 예술서를 실
제로 읽는 사람을 본 적이 없었다.

　아내는 겨우 마흔두 살, 결혼생활을 하면서 그녀의 교양은 한
층 더 깊어졌다. 그들이 처음 만난 것은 12년 전, 사빈이 임대차
계약서를 쓰러 아이작의 사무실에 갔을 때였다. 그날 아침, 아이
작은 젊은 아시아계 여성이 특유의 억양 섞인 영어로 첼시에 있
는 건물—18번가에 위치한 13,000제곱미터에 달하는 공간이었
다—에 입주하기로 한 세입자라고 접수원에게 말하는 것을 들었

다. 당시 그녀의 목소리는 훨씬 컸고 말투는 한결 고집스러웠다. 훗날 사빈은 목소리 교정을 통해 이 같은 부정적인 부분들을 개선할 수 있었다. 호기심이 인 아이작은 계약서 쓰는 자리에 동석했고, 회사 출입문과 공식문서에 온통 이름이 박힌 거물 부동산 업자를 대행하는 브로커는 고츠먼 씨가 눈길을 떼지 못하는 이 세입자에게 당근을 내밀어야 할지 채찍을 휘둘러야 할지 적절한 전략을 못 찾고 당황해서 말을 더듬었다.

계약 자리에서 사빈은 브로커나 몸값 비싼 변호사보다 훨씬 똑똑했다. 전화번호부 크기의 계약서 사본 여섯 부에 서명을 하고 10년에 300만 달러짜리 트리플넷* 임대차 계약을 맺는 데 조금도 움츠러드는 기색이 없었다. 그날 아침 아이작은 사빈이 원한 모든 조건을 다 들어주었다. 즉석에서 청한 계약 축하 식사 자리에서 아이작은 그녀가 서른 살이라는 것을 알았고, 석 달 뒤 그녀는 그와 결혼하기로 약속했다. 그가 혼전계약서 이야기를 꺼내자, 사빈은 눈 한번 깜빡하지 않고 대답했다. "아이작, 난 당신이라는 사람을 발견했고, 당신을 절대 떠나지 않을 거야. 난 당신을 행복하게 해줄 작정이야. 그러니 절대, 절대, 다시는 돈 이야기로 날 모욕하지 말았으면 좋겠어." 결혼 문제를 담당하는 변호사의 충고를 무시하고, 아이작은 혼전계약서 없이 사빈과 결혼했다.

그는 처음부터 그녀의 강인함에 끌렸고, 다른 누구보다 그녀를 존중했다. 이탈리아계였던 그의 어머니는 불같은 성격이었고, 유

---

* Triple Net, 임차인이 세금, 화재보험료, 유지관리비까지 부담하는 계약 방식.

대계 아버지는 말투가 조용하고 두뇌회전이 빠르지 않았다. 중산층이라고 하기에도 아슬아슬한 집안이어서, 아이작과 그의 누이는 원하는 것을 가져본 적이 없었다. 부모님은 아이작이 첫 아내 케이트와 이혼할 무렵 돌아가셨다. 마음 넓은 앵글로색슨계 백인이었던 케이트는 좋게 말하면 섹스에 별 관심이 없었고, 두 번째 아내인 베네수엘라 출신의 심술궂은 미인 칼라는 아이작의 동업자와 바람이 났다. 이제 몇 년 뒤면 일흔이 되는 아이작은 전처들이 그의 세 번째 아내, 소매유통업계의 거물인 한국계 아내를 어떻게 생각할까, 궁금한 마음이 들었다.

스스로 장담한 대로 사빈은 아이작의 안녕에 없어서는 안 될 존재가 되었다. 그녀는 비타민을 챙겨주었다. 매일 아침 그녀는 햇빛 따뜻한 부엌 창틀에 놓은 길고 납작한 판에서 키우는 밀싹을 잘라냈다. 아이작은 우리가 파크 애비뉴의 농사꾼이라고 농담을 하기도 했다. 그녀는 잘라낸 밀싹을 갈아서 진한 녹즙을 만들어 아이작에게 먹였고, 그걸 먹으면 아침 내내 트림에서 풀 냄새가 올라왔다. 혈관외과 담당의는 기뻐했다. 아이작은 체중을 18킬로그램이나 감량했고, 혈압약도 더 이상 필요가 없었으며, 성욕도 넘쳐났다. 한데 정작 그는 어딘가 허전했다.

거의 은퇴한 상태인 아이작은 하루 네 시간밖에 일하지 않았기 때문에 생각할 시간이 많았다. 한가할 때 그는 사랑에 대해 생각했다. 젊을 때는 야망을 쫓느라 케이트를 등한시했고, 부자가 된 뒤에는 멋진 경주용 자동차 몰듯 보란 듯이 칼라를 데리고 다녔다. 한데 사빈과 사는 지금, 그는 그녀를 어떻게 사랑해야 할지 알 수 없었다. 사빈은 그에게 원하는 것이 없었다. 사빈은 이상적인 배우자였고 아이작은 그녀를 떠날 생각이 추호도 없었지만, 종종 다른 여자와 잠자리를 가졌다. 67세의 나이에 그가 무엇보다 원한 것은 낭만적인 로맨스였지만, 그것이 아내와는 불가능하다는 사실은 어리둥절할 정도로 의외였다. 사빈은 그가 원하는 방식대로 남편을 사랑하는 것이, 절박하게 매달리거나 허술함으로 보호 본능을 자극하는 것이 불가능한 사람이었다. 절대 무너지지 않을 단단한 사람이라는 이유로 결혼했지만, 지금 와서 생각해보니 아이작은 그저 한 여자를 보살펴주는 것을 원할 뿐이었고, 자립적인 성격의 사빈 앞에서 그런 그는 무용지물이었다.

케이시와 제이가 도착했다.

사빈은 케이시의 왼쪽 뺨과 오른쪽 뺨에 연달아 키스하고, 제이에게도 키스했다. "우리 귀염둥이들." 그녀는 지휘자처럼 팔을 활짝 벌리고 손가락도 쫙 폈다.

아이작은 케이시를 포옹했다. 포옹에서 풀려나자, 방 건너편에 놓인 청나라 시대 도자기에 거대한 흰 도그우드 나뭇가지가 꽂힌 광경이 눈에 띄었다.

사빈은 최근 디자이너에게 의뢰해서 아파트를 새로 꾸몄다. 흰색 계통의 모직물을 씌운 긴 소파를 배경으로, 진홍색 벨벳 안락의자가 소복이 쌓인 흰 눈 위에 떨어진 꽃잎처럼 방 안 곳곳에 놓여 있었다. 부부가 수집한 중국 고가구는 귀한 물건이었지만 편안했다. 차가운 팔라디오 스타일의 인테리어에 짙은 색의 목재가 따스함을 불어넣었다. 손님이 그들의 초대를 행운이라고 느끼게 되는 방이었고, 사빈이 의도한 것도 바로 그런 분위기였다.

"축하해." 아이작이 말했다.

"감사합니다." 제이는 얼른 대답했고, 케이시는 아이작을 향해 따뜻하게 미소 지었다.

"반지는 아직 없네?" 사빈은 케이시의 왼손을 보았다.

"좀 있다가요." 무례한 질문 아닌가, 케이시는 생각했다. 다음 주에 같이 가서 고를 계획이었다.

"곧 할 겁니다." 제이가 말했다.

아이작은 바로 가서 차가운 부브레 와인을 한 잔씩 따라주고 자신 몫으로 탄산수를 준비했다. 네 사람은 잔을 들었다. "사랑을 위하여." 아이작이 말했다.

"번영을 위하여." 사빈이 덧붙였다.

가정부가 식사를 내왔다. 콩 수프, 서양우엉을 곁들인 달고기, 치즈. 디저트는 구운 배와 생강 요거트였다. 식사 중 제이는 링컨 센터에서 공연 중인 〈리어 왕〉의 줄거리를 설명했고, 사빈은 그의 말에 열심히 귀를 기울였다.

"그래서 죽기 전에 모든 걸 줘버렸다고?" 그녀는 물었다. 사빈은 마음씨 넓은 사람인데도 그런 어리석음은 이해할 수 없었다.

제이는 눈을 크게 뜨고 동감이라는 듯 고개를 끄덕였다. 영문학 전공을 이렇게 유용하게 써먹을 수 있다는 것이 기뻤다. 그는 학교에 다닐 때 스무 편이 넘는 셰익스피어의 희곡과 대부분의 소네트를 열심히 읽었다. 졸업을 앞둔 해에는 오비디우스가 셰익스피어에게 끼친 영향에 대해 논문을 쓰기도 했다. 누가 청했다면,

커피를 마신 뒤 소네트를 암송했을 것이다. 아이작은 딸들을 통해 접하게 된 발레를 더 좋아했다. 그는 독서를 그리 즐기지 않았다. 하지만 연극에 대한 제이의 열성은 인상적이었다.

고급 빵집에서 산 작은 과자와 함께 커피가 나왔다. 아이작은 그제야 샴페인을 떠올리고 머리를 두드렸다. "바텐더가 형편없어서 미안하군."

그는 얼음통에 넣은 크루그 빈티지 샴페인 병과 기다란 플루트 잔 네 개를 가지고 왔다.

"한데 날짜는 정했나?" 그는 물었다.

"아뇨, 아직은." 제이는 케이시를 돌아보았다. "전 아직 경영대학원에서 답장을 기다리는 중입니다."

"우리 둘 다 앞으로 어디에 있게 될지, 일정이 어떻게 잡힐지 정확히 모르는 상태예요." 어떤 결혼식을 치르게 될지 케이시도 아무 생각이 없었다. 그녀의 부모님도, 제이의 부모님도 여윳돈이 없었다. 제이가 보너스를 받는다 해도 모두 주거비나 일을 그만둔 뒤 써야 하는 학자금 준비에 들어갈 것이다. 그러고도 대출을 받아야 할 것이다. 게다가 케이시의 부모님은 아마 참석하지 않을 것이다.

사빈은 제이를 돌아보았다. "케이시 말로는 컬럼비아 대학 대기명단에 올랐다면서."

제이는 미소 지었다. "네."

사빈은 아이작을 돌아보고 한쪽 눈썹을 올렸고, 그도 당연하다는 듯 고개를 끄덕였다. 전화 한 통만 걸면 된다. 재단 이사이니

면접 하나 주선하는 것은 어려운 일이 아닐 것이다. 사위 때도 전화를 걸어주었다. 그때는 약간 무리를 해야 했지만, 제이를 돕는 것은 더 쉬울 것이다.

그들은 잔을 들었다. 사빈의 잔이 금세 비었다. 사빈은 샴페인을 좋아했다. 그녀는 왼손으로 얼굴을 가린 머리카락을 걷어 올렸다. 유혹적인 몸짓이었다. "제이, 케이시의 부모님 만나봤니?"

사빈의 얼굴은 알콜 기운으로 발그스레했다. 활기찬 표정이었지만, 눈빛은 흔들리지 않았다. 제이는 전에 여러 번 아파트에 저녁 초대를 받아 사빈을 만난 적이 있었다. 작년까지 사빈은 케이시의 직장 상사였지만, 지금은 대학 재단 이사의 아내로 제이의 인생까지 좌지우지할 수 있는 위치였다.

"네, 어머니를 만났습니다." 그는 보일 듯 말 듯 미소 지었다.

"리아 한." 사빈은 회상에 잠기며 꿈꾸듯 말했다. "우린 학교를 같이 다녔지."

"네." 제이는 고개를 끄덕였다. "아주 젊어 보이시더군요."

"실제로 젊어." 사빈은 주먹으로 가볍게 식탁을 두드리며 고집했다. 리아는 그녀보다 세 살 어렸다. 그녀 역시 연상의 남자와 결혼했다. 하지만 리아는 한국인과 결혼했고, 사빈은 미국인과 결혼했다는 이유로 조셉이 자신을 경멸한다는 것을 눈치채고 있었다. "나도 그렇고." 그녀는 킥킥 웃었다.

"네, 그럼요. 하지만 케이시의 어머니는 머리가 희끗희끗하시더군요."

사빈은 커다랗게 웃음을 터뜨렸다가 입을 가리며 웃음을 참았다. 그녀의 손이 찰스 스트리트에 고급 매장이 있는 유명한 스타일리스트가 커트와 염색을 해준 새까만 머리카락을 쓰다듬었다.

"리아는 일찌감치 머리가 셌어." 사빈은 안됐다는 목소리로 말했다. "스트레스 때문이지."

케이시의 목덜미가 새빨개졌다. 제이는 케이시의 어머니를 비하하며 사빈을 칭찬하고 있었다. 며칠 전 케이시는 사빈의 매장에 들러 담배 한 대를 피웠다. 거기서 그녀는 약혼 소식을 알리고 제이가 컬럼비아 대학 대기자 명단에 있다고 이야기했다. 그날 사빈이 그녀와 제이를 저녁식사에 초대한 것이다. 문득 케이시는 제이가 미워졌다. 케이시의 부모님이 만나주지 않으니 그가 상처받는 것이야 당연하겠지만, 산호색 인테리어를 배경으로 묵직한 은식기가 반짝거리고 수정구에 흰 미나리아재비와 리시안셔스를 화려하게 장식한 고츠먼 부부의 식탁에서 그로 인한 원망을 표출하는 것은 정당하지 못했다. 무릎에 얹은 섬세한 리넨 냅킨이 손가락 끝을 스쳤다. 여왕의 식탁에 끼어든 농노가 된 기분이었다.

아이작은 케이시가 아랫입술을 깨무는 것을 보았다. 자식들이 어렸을 때 그가 출장을 간다고 하면 짓던 표정이었다. 실망스러운 표정이란 게 정확히 저런 거지, 그는 생각했다.

"네 부모님의 세탁소를 지나칠 때마다 어머님이 재봉틀 앞에서 일하시는 것을 본다. 나를 볼 때마다 손을 흔드시지." 그는 수줍은 동작을 흉내 내서 손을 흔들어 보였다. "아주 미인이시더구나."

케이시는 친절한 말에 감사한 마음으로 미소 지었다. "모두 그렇게 말씀하세요. 제 여동생이 어머니를 꼭 빼닮았어요. 티나를 만난 적이 없으시죠. 의사가 되려고 공부하고 있어요." 그녀는 마지막 말을 자랑스럽게 덧붙였다.

사빈은 손을 뻗어 케이시의 팔을 가만히 짚었다. 타원형으로 잘 손질된 손톱이 오늘 유난히 반짝거렸다.

"겨울이나 봄이면 여기서 결혼식을 올려도 될 거고, 더 일찌감치 여름 결혼식이 좋다면 낸터킷도 좋지. 정말 즐겁지 않겠어?"

"하지만." 케이시는 숨을 들이쉬었다. "이렇게까지 마음을 써주시다니요⋯⋯." 사빈은 원래 이런 사람이었다. 워낙 통 큰 선물로 유명했다. 아이작의 표현을 빌리자면 별 세 개 급 아니면 상대를 안 하는 사람이었지만, 케이시는 그런 빚을 진다는 것을 상상할 수가 없었다.

"난 딸이 없잖니, 케이시." 사빈은 예쁜 손가락으로 케이시의 팔을 잡은 채 말했다. 제이는 아이작을 돌아보았지만, 아내의 이 말에 남편은 전혀 아무렇지도 않은 것 같았다. 아무도 아이작의 자식들을 입에 올리지 않았다.

"젊은 나이에 결혼한다니 잘하는 거야. 난 아이작을 만나서 정말 운이 좋았다. 서른에 그를 발견했다는 게. 하지만 한국 사람들 말이 맞아. 여자들은 일찍 결혼하는 게 좋아. 젊을 때는 사고방식이 더 유연하니까." 그녀는 샴페인을 두 잔째 비우고 다시 잔을 채우려고 했지만, 술병이 비어 있었다.

아이작이 웃으며 말을 거들었다. "자네들 결혼식을 우리 집에서 하는 것도 좋을 것 같아. 우리한테도 즐거울 테고. 난 바쁜 일도 별로 없는 늙은이 아닌가. 자네들 웨딩플래너 노릇이나 하면 되지."

제이는 반색했지만, 케이시는 점잖게 미소 지었다.

"네 부모님만 괜찮으시다면 말이다." 아이작은 말했다. 사빈에게 케이시의 부모님이 참석하지 않을 거라는 이야기는 이미 들어 알고 있었지만, 케이시 앞에서 두 사람을 아예 투명인간 취급하고 싶지는 않았다.

제이는 이 제안을 믿을 수가 없었다. 그런 결혼식을 한다고 생각하니 신이 났다. 평생 아름다운 집에 초대된 적은 많았지만, 파크 애비뉴, 낸터킷, 아스펜에 자택을 둔 고츠먼 부부의 집은 그중에서도 최고였다. 케이시 말로는 파리 시내의 방돔 광장 근처에도 넓은 아파트가 있다고 했다.

"자네 어머님도 괜찮으실까? 여기나 낸터킷에서 결혼식을 올린다면?" 아이작은 제이에게 물었다.

"좋아하실 겁니다." 그는 자동적으로 대답했다. "정말, 진심이십니까?"

사빈과 아이작은 동시에 대답했다. "그럼."

"정말요?" 제이는 정말 원했던 선물을 받게 된 어린아이처럼 물었다.

"여긴 200명 정도 초대할 수 있어." 사빈은 이사진을 초대했던 최근 저녁식사 자리를 떠올리며 말했다. 새로 고용한 출장요리사는 아주 만족스러웠다. 겨울에 넓은 교회에서 결혼식을 올린다면, 케이시는 키가 크니 아주 길게 끌리는 베일을 쓸 수 있을 것이다. "그리고 넓은 방을 치워서 춤을 추는 거야. 클럽으로 옮겨 가도 되고." 젊은 사람들이 북적거리는 파티를 상상하니 신이 났다. 문득 사빈은 하품을 했다. 졸리기도 하고 행복하기도 한 기분이었다.

"여름에 결혼식을 올리면, 랍스터 요리를 낼 수 있겠네." 사빈은 왼쪽 팔꿈치를 식탁에 괴고 손으로 뺨을 받쳤다.

케이시가 고마움을 모르는 것은 아니었다. 사빈은 자기 자신이 누려본 적이 없는 것을 케이시에게 베풀고 있었다. 사빈과 아이작이 마우이에서 결혼했을 때 양가에서 아무도 참석하지 않았다. 사빈의 부모님은 한국인이 아닌 사람과 결혼했다는 이유로 그녀를 호적에서 파버렸다. 그들은 아이작이 두 여자에게 버림받았다고 해서 쓰레기라고 불렀다. 사빈의 어머니와 아버지는 사빈이 보내는 편지와 선물을 모조리 돌려보냈다. 그러다 어머니가 돌아가셨고, 1년도 채 지나지 않아 아버지마저 세상을 떠났다. 그들은 첼시에 있는 사빈의 멋진 백화점도, 아름다운 저택도 구경하지 못했다. 사빈은 케이시에게 말한 적이 있었다. "나는 그분들을 위해서 백화점을 세웠어. 어머니만큼 옷을 좋아한 사람도 없었을걸. 아버지는 영화배우처럼 미남이었지. 정말 멋진 넥타이를 매셨어."

사빈은 속눈썹을 깜빡였다. "이 집에 초대한 인원이 200명이었지, 안 그래요, 자기?" 아이작은 그녀를 향해 아버지처럼 인자하게 고개를 끄덕였다.

"제가 아는 사람은 200명도 채 안 되는 걸요." 케이시는 대답했고, 제이는 그녀를 향해 눈길을 보냈다.

케이시는 그를 무시하고 종잇장처럼 얇은 도자기 잔에 따라

진 커피를 마셨다. 사빈은 졸고 있었다. 매일 아침 4시 반에 일어나기 때문에, 저녁 10시면 이미 취침시간을 한 시간이나 넘긴 셈이었다.

"피곤하실 거예요." 케이시는 사빈의 부드럽고 고운 손을 자신의 커다랗고 남자 같은 손으로 덮었다.

"난 괜찮아." 사빈은 말했다. 하품을 참느라 입이 작고 둥글게 벌어졌다.

"아내를 재워야겠어." 아이작은 말했다. "자네들은 결혼식에 대해 생각해봐. 이 정도면 후한 제안이라고." 그는 말해놓고 거래를 협상하는 말투 같아 스스로 웃음을 터뜨렸다.

모두 현관에서 작별인사를 주고받았다. 사빈은 아이작에게 기대서 있었고, 그는 묵직한 팔을 아내의 작은 어깨에 두르고 있었다. 사빈은 그들이 일어서자 섭섭한 것 같았다. 아이작은 자기 집에서 결혼식을 해주면 좋겠다고 케이시에게 거듭 말했다. 일거리가 생기면 아내도 흥겨울 것이다. 사빈은 성대한 파티 열기를 좋아했다.

밤공기가 따뜻했기 때문에 옷장에서 코트를 꺼내 올 필요는 없었다. 케이시는 직접 만든 봄 모자를 썼다. 연분홍 실크 모란꽃을 달았지만, 아무도 아는 척해주는 사람이 없었다. 사빈은 서 있는 상태였지만, 조용히 코를 골고 있었다. 케이시와 제이는 저녁식사에 대해 감사 인사를 전했다. 결혼식 제안까지. 모든 것에. 그녀는 아이작의 양쪽 뺨에 키스했다. 집 안으로 곧장 연결되는 펜트하우스 엘리베이터 문이 바로 열렸고, 케이시와 제이는 안으로 들어섰다. 아이작은 잘 가라는 뜻으로 윙크했다. 케이시가 기억하던 것보다 한층 나이 들어 보이는 모습이었다. 그리고 누군가의 정정한 할아버지처럼 친절했다.

케이시와 제이는 둘만 남았고, 제이는 커다란 손을 그녀의 리넨 튜닉 아래 넣어 허리를 감쌌다. 그녀는 가만히 있었지만 그의 손길에서 따뜻함을 느낄 수가 없었다. "저분들이 우리를 위해 결혼식을 열어준다니, 믿어져? 이렇게 궁전 같은 곳에서?" 그의 목소리는 기쁨과 흥분으로 가득 차 있었다. "이야." 그는 중얼거렸다. "정말 좋은 분들이군."

"응, 정말 좋은 분들이지." 케이시도 말했다. "저렇게 마음을 써주시다니." 반들반들한 놋쇠문이 열리고 로비가 나타나자, 그녀는 제이에게서 몸을 뗐다.

"그리고 아이작이 내게 도움이 될 수도 있어." 제이가 말했다. 이번에도 기쁘고 운이 좋다는 목소리였다.

거리에서 그는 계속 말이 많았고, 케이시는 앞을 보며 고개만 끄덕였다. 그의 좋은 기분을 망치고 싶지 않았다. 하지만 저녁 내내 그녀의 머릿속에서는 한 가지 생각이 떠나지 않았다. 내게는 부모님이 계시다고.

15
부도

케이시와 엘라는 플러싱에 위치한 고급 한국식 예식장 '콜로세움'의 로코코풍 신부대기실에서 기다리고 있었다. 예식 전에 기념사진을 찍기 위해 고용한 사진사는 그들을 남겨두고 테드를 찾으러 나갔지만, 이혼녀인 메이크업 담당자는 결혼식과 피로연까지 같이 있어주기로 했다. 신부의 아버지가 아주 정중하게 부탁했기 때문이었다. 그녀는 작업복을 벗고 하객 복장으로 갈아입으려고 대기실에 딸린 화장실로 향했다. 엘라는 도금한 의자에 가만히 앉아 있었다. 베일을 쓴 달걀형 두상, 날씬한 다리를 덮은 풍성한 실크 치맛자락, 정교한 대리석 조각을 연상시키는 옆모습이었다. 케이시는 무릎을 꿇은 채 엘라의 드레스 뒤쪽을 정돈하고 있었다. 엘라의 신부 들러리는 케이시 혼자였다. 여고와 여대를 졸업한 여자가 어쩌면 그렇게 자기 결혼식에 관심이 없는지, 어째서 그렇게 중요한 날에 들러리로 세울 여자 친구가 한 명뿐인지 케이시는 다시 어리둥절해졌다. 엘라의 시간을 독점하려는 테드의 강렬한 소유욕과 본인의 완강한 수줍음이 결합하여 주변에 일종의 성채를 쌓은 것이 아닌가 추측할 뿐이었다.

30분 후 엘라는 테드와 결혼한다. 하지만 오늘 내내 케이시는 자신이 약혼했다는 사실도 종종 잊었다. 날짜는 아직 정해지지 않았다. 제이는 맨해튼에서 결혼식을 올리게 해주겠다는 고츠먼 부부의 제안을 곧장 받아들이려 했지만, 케이시는 확답을 하지 않고 있었다. 그는 모르고 있었지만, 케이시는 신호를 기다리고 있었다.

열두 살, 열세 살 무렵부터 케이시의 머릿속에 자리 잡은, 더 나은 표현을 찾을 수 없지만, 일종의 그림이 있었다. 그림은 매일 떠올랐다. 어떤 날 아침에는 슬라이드쇼처럼, 어떤 날에는 뭔가를 암시하듯 초점이 흐릿하게. 영화 예고편이라기보다는 숨은그림찾기의 단서에 가까웠다. 그것이 무엇을 의미하는지, 어떻게 해석해야 할지 케이시도 알 수 없었기 때문이었다. 예를 들어, 특목고 입학시험을 치르기 전해였다. 어떤 학교 건물의 내부 이미지가 선명하게 케이시의 머릿속에 떠올랐다. 스타이브슨 고등학교에 입학하고 이틀째가 되어서야, 그녀는 자신이 로어이스트사이드에 위치한 낡아빠진 건물의 전체 구조를 다 파악하고 있다는 것을 깨달았다. 머릿속에서 이미 모두 본 적이 있기 때문이었다. 미치광이 같고 으스스한 이야기처럼 들려서 케이시는 이런 말을 아무에게도 하지 않았다. 대학 시절 마약에 취한 상태에서 버지니아에게 털어놓을 뻔했지만, 결국 하지 않았다. 이 기묘한 '그림'과 관련된 경험은 일상의 사소한 측면에도 영향을 미쳤다. 진녹색 레이스 부츠 그림이 난데없이 머릿속에 떠오르고, 몇 달 뒤 가게에서 똑같은 신발을 보게 되는 식이었다. 내가 불러낸 걸까? 그녀는 이런 생각을 하지 않을 수 없었다. 그림이 현실로 나타나는 일이 종종 있었기 때문에 속으로 예상하고 있었으면서도, 그럴 때마다 답답하고 어리둥절한 기분으로 그저 손을 들 수밖에 없었다. 하지만 지금까지 로스쿨 그림은 떠오른 적이 없었다. 정의의 저울 같은 상징물이 떠올라주기를 바라는 것은 아니었다. 판례집 한 무더기 정도면 족하지 않나. 지금 엘라의 옷자락을 매만지면서도, 케이시는 흰 웨딩드레스를 입은 자신의 모습이나 예복 차림으로 옆에 서 있는 제이의 모습이 도무지 떠오르지 않았다. 불합리하다는 것은 알았지만, 그녀는 언젠가 이런 종류의 영상이 머릿속에 떠오르면 그때 날짜를 잡고 결혼식에 대해 사빈과 상의할 생각이었다. 아직 시간은 있었다. 고맙게도 오늘은 엘라의 날이었다.

엘라는 원래도 아름다운 여자였다. 누가 아니라고 할 수 있을까? 하지만 웨딩드레스를 입으니 심장이 멎을 듯한 자태였다. 길고 하늘하늘한 베일 아래 흰 피부는 자개처럼 윤기가 흘렀다. 아까 사진사도 도무지 셔터 누르는 것을 멈추지 못했다. 보통은 한 통을 찍지만, 그는 필름 세 통을 다 찍은 뒤에야 일을 마쳤다. 드레스 맵시도 환상적이었다. 소매는 없고, 목선은 현대적인 유 자 형태였으며, 길고 묵직한 아이보리색 실크 여섯 장을 손바느질해서 연결한 치맛단에는 장식물이나 레이스가 없었다. 짜증을 내던

240

베이어드의 점원조차 이 드레스가 잘 어울린다고 인정하지 않을 수 없었다. 케이시가 정교한 재단이 돋보이는 단순한 드레스를 선택한 것은 얼핏 수수한 이 같은 디자인이 엘라의 이상적인 얼굴과 몸매에서 시선을 분산시키지 않기 때문이었다. 스스로 보잘것없다고 느끼는 것과 별개로, 아름다움의 절정을 과시하는 여성을 볼 때마다 케이시는 엄연한 쾌락을 느꼈다. 그 지고함의 가치는 인정하지 않을 수 없었다.

노크 소리가 나더니, 심 박사의 목소리가 들렸다. "아빠 왔다."

"일찍 오셨네요." 케이시는 벽시계를 확인했다. 타이맥스 손목시계는 진홍색 들러리 드레스와 어울리지 않아서 아파트에 두고 왔던 것이다.

"들어오세요, 아빠." 엘라는 행복한 목소리로 노래하듯 외쳤다. 문이 천천히 열렸다. 더글러스는 딸의 모습을 보고 말문이 막혀 문간에 우뚝 섰다. 딸을 넘겨주는 것이 오늘 그가 할 일이다. 이렇게 착한 딸이 아깝지 않은 남자가 있을 수 있을까? 아내 소연이 죽은 뒤 그의 인생을 지탱해준 것은 오직 엘라였다. 아기에게 필요한 것들, 젖병을 데우고, 기저귀를 갈아주고, 밤에 재우고. 이 모든 일들이 매일 아침 그를 다시 일어나게 했다. 그리고 집에 있을 딸의 얼굴과 미소를 생각하면 매일 힘을 내서 일하러 나갈 수 있었다. 아름다웠던 아내의 모습은 더글러스의 가슴에서 지워지지 않았지만, 해마다 딸은 엄마보다 더 고운 여자로 자라났다. 그는 시선을 돌렸다.

"아, 아빠. 저 울게 하시면 안 돼요." 엘라의 눈에 걱정이 가득 찼다. 지금만큼 아빠에 대한 사랑을 깊이 느낀 적이 없었다. "방금 메이크업을 마쳤다고요." 그녀는 화장실을 가리켰다.

더글러스는 젖은 개가 털에서 물을 털어내듯 고개를 설레설레 저었다. 청승맞게 이러면 되겠나, 울적한 기분은 떨쳐내야지. 엘라는 자기가 사랑하는 남자와 결혼한다. 아버지로서 함께 기뻐하는 것이 도리다. 이건 딸을 잃는 게 아니야, 하고 그는 스스로를 꾸짖었다. 딸이 자기가 원하는 것을 얻는다고 생각해야지. 그는 이맛살을 찌푸리고 짐짓 엄한 표정을 지었다. 어렸을 때 엘라는 이런 얼굴만 보면 까르르 웃음을 터뜨렸다.

엘라는 눈을 가늘게 뜨고 혀를 비죽 내밀었다.

그들은 같이 웃음을 터뜨렸다. 더글러스는 턱이 다시 떨리는 것을 느끼고 눈을 감았다.

케이시는 엘라의 치맛단을 마지막으로 털어주고 일어섰다. 같이 있으니 두 사람은 너무나 편안해 보였다. 부녀가 오붓한 시간을 보낼 수 있도록 잠시 비켜주고 싶었지만, 케이시는 신부보다 먼저 입장해야 했기 때문에 대기실을 떠날 수 없었다. 게다가 케이시가 나가도록 엘라와 더글러스가 내버려두지도 않을 것이다.

더글러스는 엘라의 베일 가장자리를 살짝 만져보더니 손을 뗐다.

"지금……?" 케이시는 물었다.

"아니, 아직 시간이 남았어. 너희는 기분이 어떠니?"

가슴 아픈 기색이 역력한 친절한 의사를 향해 케이시와 엘라는 미소 지었다. 두 사람은 쌍둥이 자매처럼 맨살을 드러낸 어깨와 예쁜 팔을 무력하게 으쓱였다. 눈물이 나올 것 같아서 뭐라 말할 수 없었다.

잠시 평정을 되찾을 시간이 필요해서, 더글러스는 카펫을 내려다보았다. 엘라의 아버지라는 사실에 그저 감사해야지, 그는 애써 빙그레 웃었다. 그는 케이시를 돌아보았다.

"그래, 미스 케이시 한. 넌 미스코리아 같구나. 오늘 기분은 어떠냐?"

"끝내줘요. 정말이지 기분 좋아요, 심 박사님. 박사님은 어떠세요?" 케이시는 밝게 대답했다. "뭘 좀 가져다드릴까요? 마실 거나 먹을 거라도?" 그녀는 열 명분은 될 듯한 스시와 과일이 진열되어 있는 방 반대편을 가리켰다. 신부용 식탁에는 비슷한 분량의 탄산음료도 있었다.

박사는 고개를 저었다. 딸에게 뭔가 하고 싶은 말이 있는 기색이 역력했지만, 케이시는 자리를 피해줄 핑계를 찾을 수가 없었다. 메이크업 담당자는 계속 화장실에서 분주했다.

"어, 전 배가 고프네요." 케이시는 엘라와 심 박사를 뒤로하고 식탁으로 다가갔다.

더글러스는 엘라에게 다가갔다. "이야……." 그는 탄성을 질렀다.

"아빠, 말했잖아요. 저 눈물 난다고요."

"알았다." 그는 영어로 말했다. "정말 보기 좋구나." 그는 머리를 새로 하고 온 간호사를 칭찬하는 말투로 허리춤에 손을 짚고 말했다.

"고마워요." 엘라는 조용히 말했다.

케이시는 방 반대편에서 접시에 스시 몇 조각을 올리고 탄산수한 잔을 따랐다. 창틀에 누가 놓고 갔는지 영국《보그》잡지가 놓여 있었다. 케이시는 루이 14세 스타일의 소파에 앉아 잡지를 넘기기 시작했다.

"그와 결혼하지 않아도 돼." 더글러스는 불쑥 말했다. 이 말을할 생각은 아니었다. 자기도 모르게 튀어나온 말이었다.

"아빠!"

"얼마든지 마음을 바꿔도 된다. 시간을 좀 더 두든가. 여유를가져도 돼. 그가 널 사랑한다면……."

엘라는 아빠가 진심이라는 것을 깨달았다. "왜 그런 말을 하시는 거예요?"

케이시는 페이지를 넘겼다. 그녀는 고개를 들려다가 꾹 참았다. "아버지가 널 넘겨주기 싫으신가 봐."

"아, 아빠."

더글러스는 〈결혼행진곡〉을 휘파람으로 불었지만, 첫 소절부터음정이 전혀 맞지 않았다. 머릿속이 뒤죽박죽이었다. "결혼 직전에 불안감을 느껴야 할 사람은 너인데, 내가 이러고 있구나. 미안하다, 엘라."

"변하는 건 아무것도 없어요." 엘라는 두려운 것 같았다.

더글러스는 고개를 저어 그녀의 단호한 대답을 물리쳤다. "그를 사랑하지?"

엘라는 고개를 끄덕이고 케이시 쪽을 돌아보았다. 친구는 잡지를 읽으며 스시를 먹고 있었다. "모두 기다리고 있을 텐데요." 엘라는 조심스럽게 말했다.

"그건 괜찮아. 그래도 네가 원하면 얼마든지 마음을 바꿀 수 있단다." 하객이 무슨 말을 할지 걱정스러워서 딸이 주저하는 거라고 생각하고, 더글러스는 딸에게 물러설 핑계를 제시하고 싶었다. 남들이 뭐라고 말하든 더 이상 중요하지 않았다.

"제 말은 그게 아니에요, 아빠. 왜 지금 이런 말을 하세요? 왜요?"

더글러스는 얼굴을 찌푸렸다. 테드에게는 자기 딸이 아깝다는 것 말고 분명한 이유는 없었다. 그는 보다 착한 남자, 그보다 야심이 덜한 남자를 기대했었다. 엘라를 무엇보다 최우선으로 위해줄 남자를.

"아, 엘라. 난 그저 네가 행복하기만을 바란다. 테드가 널 반드시 행복하게 해준다는 보장을 얻으려면 어떻게 해야 할까. 그런 확신을 얻기 위해서라면 아빠는 못 할 게 없을 것 같구나." 더글러스는 폭력적인 남자가 아니었지만, 테드가 어떤 방식으로든 엘라를 고생시킨다면 그를 다치게 할 수도 있을 것 같았다.

"아, 아빠. 걱정하지 마세요. 테드는 좋은 사람이에요. 절 정말 사랑하고요. 전 그를 아주 존경해요. 제가 그를 만나고 나서 훨씬 자신감을 얻은 것 같지 않으세요?" 결혼해야 하는 이유로 어째서 이 점이 떠오르는지 알 수 없었다. 테드에게서 마음에 드는 점, 엘라가 사랑하는 점은 그 외에도 너무나 많았지만, 무엇보다 엘라는 역경을 이겨낸 사람이라는 점에서 그를 존경하고 있었다. 그녀도 그런 사람이 되고 싶었다. "그 사람 덕분에 저는 보다 대담한 사람이 될 수 있었어요. 그렇게 생각하지 않으세요?" 그녀는 눈가

245

에 주름을 잡으며 물었다. 자신이 하는 말을 확신할 수 없을 때의 버릇이었다.

더글러스는 엘라가 그토록 원하는 그것을 주고 싶다는 마음으로 고개를 끄덕였다. 용기. 어렸을 때부터 엘라는 용기를 얻고 싶어했고, 그래서 더글러스도 기회가 있을 때마다 딸에게 너는 용기 있고 착한 사람이라고 말하곤 했다. 테드는 그저 목소리를 내는 법을 엘라에게 가르쳤다. 그것은 한 가지 종류의 용기일 뿐이다. 엘라는 자신을 보다 자주 표현하는 법, 자신을 너무 비하하지 않는 법을 배웠다. 이제 케이시에게 우정을 청하는 법도 배워나가고 있었다. 하지만 이런 것들은 그냥 시간이 흐르면 자연스럽게 배우게 되는 것 아닌가? 더글러스는 알 수 없었다. 테드가 없었다면 배울 수 없었던 것일까? 엘라는 왜 자신이 성취한 것을 그의 공으로 돌리고 있나?

엘라는 아빠에게 손을 내밀었고, 더글러스는 딸의 손을 잡았다. "알았어, 알았다. 아빠가 널 떠나보내는 게 너무 슬픈가 보다. 넌 내 천사란다, 엘라. 넌 내 천사야."

"아, 아빠, 전 아무 데도 안 가요. 그냥 결혼하는 것뿐이라고요. 정말이에요, 아빠. 아무것도 변하지 않을 거예요. 전 언제까지나 아빠를 가장 많이 사랑할 거예요. 테드한테 말하지 마세요, 아시죠?" 그녀는 자유로운 손으로 뺨을 훔치며 웃었다.

더글러스는 팔을 활짝 벌려 딸을 끌어안았다. 이기적인 노인네가 된 기분이었다.

케이시는 소파에 앉은 채 탄산수를 한 모금 더 마셨다. 잔에 맺힌 이슬이 펼쳐진 잡지에 뚝 떨어졌다. 전자오르간 소리가 들려왔다. 누가 문을 노크했다. 시간이 된 것이다. 케이시는 아직 화장실에 있는 메이크업 담당자에게 알리려고 일어섰다. 더글러스는 딸을 두고 문으로 향했다.

결혼식 자체는 짧은 편이었다. 성경 낭독 두 번, 셰익스피어 소네트 낭송 한 번. 사진사가 마지막 단체사진을 찍자, 하객들은 피로연장으로 향했다. 칵테일 시간은 끝났지만, 많은 손님들이 해산물 바 근처에 진을 친 채 끝없이 나오는 대하를 입에 넣고 있었다. 예식장 매니저가 한참 고생한 뒤에야 하객들은 각자 자리를 찾아갔다. 마침내 모두가 자리에 앉자 매니저는 디제이에게 신호를 보냈다. 효과음 사운드트랙에서 드럼 소리가 흘러나왔다. 디제이는 뉴욕 닉스 경기를 진행하듯 마이크에 대고 외쳤다. "이제 테드 김 부부가 입장하겠습니다!"

매니저가 엘라와 테드를 피로연으로 밀어넣었다. 하객 400명이 열 명씩 원탁에 둘러앉아 첫 코스로 랍스터 튀김을 먹고 있었다. 누가 숟가락으로 샴페인 잔을 쨍쨍 두드리자 다른 사람들도 따랐다. 테드는 엘라의 입술에 키스했고, 그녀는 곧장 얼굴이 빨개졌다. 하객들은 즐거워서 환호했다. 사방에서 잔 부딪히는 소리가 울렸다. 테드는 엘라의 목덜미가 달아오르도록 한참 키스했다.

케이시는 댄스플로어 근처 테이블에 제이와 함께 앉아 있었다. 같은 테이블에 앉은 사람들은 대부분 테드의 하버드 경영대학원 친구들이었다. 하버드 경영대학원 사람들은 매력적인 알파 남성들이었고, 동행한 사람들 역시 미모의 아내이거나 남부럽지 않은 여자친구들이었다. 케이시는 이 여자들 중에도 하버드 경영대학원 출신이 있을까 궁금했다. 테드가 '너무 많이' 성공한 여자들을 어떻게 생각하는지 알고 있는지라, 여성 경영자들이 이 결혼식에 많이 초대받았을 것 같지 않았다. 나이 지긋한 한국인 참석자 중에도 케이시가 어릴 때 교회에서 알고 지낸 사람들이 많았지만, 주일학교 시절 만난 사람들은 의외로 거의 없었다. 케이시가 합격하도록 도와주었던 하버드 경영대학원 졸업생 월터 진은 다른 동문 테이블에 배치되어 있었다. 케이시와 월터는 칵테일 시간에 만나서 대화를 나누었지만, 월터는 오늘 동행한 멋진 여자에게 정신이 팔려 있었다. 아담한 체구의 필라델피아 출신 그리스계 변호사 페니는 이혼녀였고, 월터보다 최소한 열 살 연상이었으며, 10대 딸 둘의 양육권을 갖고 있었다. 그녀의 화려한 이력에 제이는 놀랐고 케이시도 감탄했다. 제이는 같은 테이블에 앉은 남자들과 대화하려고 노력했지만, 하버드 출신들은 나이가 더 많고 대학을 졸업한 지 몇 년 안 되는 신참 분석가와 이야기하는 데 별 관심이 없었다. 늘 그렇듯 제이도 잠이 모자란 상태여서 얼른 결혼식이 끝나기만 바라고 있었다. 여자들은 아이들과 학교에 대해 자기들끼리 이야기를 나누었다. 제이에게는 이보다 더 따분한 자리가 없었다.

댄스플로어 건너편에는 리아와 조셉이 심 박사와 같은 테이블에 앉아 있었다. 동석한 사람들도 모두 장로나 집사였다. 조셉은 자기가 왜 이렇게 영예로운 자리에 앉았는지 영문을 몰랐다. 아마

자기 딸이 신부 들러리인가 보다 추측할 뿐이었다. 케이시는 몇 테이블 건너편에 키 큰 백인 남자와 나란히 앉아 있었고, 백인 남자는 딸의 의자 등받이에 팔을 두르고 있었다. 조셉은 외면했다. 자리는 마음에 들었지만, 여기 앉아 있으니 자신이 가난한 처지라는 기분이 들었다. 다른 장로들은 모두 부자였다. 오른쪽에 앉은 고 장로는 펜 역 뒤쪽에 면적이 1,000제곱미터에 가까운 식료품점을 운영하면서 직원 여든다섯 명을 거느리고 있었다. 왼쪽에 앉은 공 장로는 브롱크스에 상업용 건물 일곱 채, 브루클린에 주차빌딩 한 채를 소유하고 있었다. 조셉에게 뉴저지주 에지워터의 3층짜리 벽돌 상가건물을 사라고 조언한 사람도 공 장로였다. 그의 조언에 따라 조셉은 은퇴자금을 동전 한 푼까지 탈탈 털어 건물을 샀다. 상가 1층에는 피자가게, 다른 두 층에는 각각 치과 병원과 회계사 사무소가 들어와 있었다. 임대료를 받아 봤자 어마어마한 은행 대출금을 겨우 충당할 정도였지만, 장로는 5년, 혹은 10년 뒤 은퇴 시점에는 자산가치가 올라갈 것이기 때문에 사회보장 연금을 충분히 보충해줄 거라고 했다. 미다스의 손이라고 불리는 공 장로는 친구들에게 사려 깊은 조언을 아끼지 않는 사람이었다. 그는 모든 한국인들이 이 낯선 땅에서 더욱 성공해서 국가 발전에 기여해야 한다고 생각했다. 심 박사의 자리는 비어 있었다. 그는 하객들을 맞이하느라 앉을 여유도 없었다.

더글러스는 케이시의 탁자에도 들렀다. 그는 그녀의 어깨를 가볍게 두드렸고, 그녀는 그를 보았다. 식탁의 다른 손님들이 신부의 아버지에게 축하 인사를 건넸다. 더글러스는 손을 내저으며 그들에게 가서 많이 먹고 춤도 추라고 권했다. "흥을 북돋워주세요." 그는 농담을 건넸다. "젊은 분들이 좀 즐겨주시면 저희 장로교인들에게는 큰 도움이 됩니다. 게다가 의사로서 하는 말이지만, 춤은 소화를 촉진하고 심혈관계 건강에도 좋아요."

더글러스는 술을 준비하지 않은 이유도 설명했다. "그랬다간 목사님이 제 목을 치려고 들 거예요." 교회 지하 피로연장은 전통적으로 술을 제공하지 않았다. 퀸스에서 찾아오는 가난한 한국인 하객은 맨해튼의 주차료가 부담스러웠지만, 테드는 원래 뉴욕 어슬레틱 클럽이나 유니언 클럽 같은 훨씬 성대한 장소를 원했다. 신부 측이 양보해서 결혼식만 전문 웨딩홀을 빌려서 치르고 있는 것이었다. 따라서 대부분 한국인 데다 보수적인 기독교인인 하객들에게 술을 접대하는 문제에 대해서는 신랑 측에서 입장을 내세울 수가 없었다. 신혼여행을 다녀온 뒤, 테드는 유니언 클럽에서 자기 손님만 불러놓고 조촐하게 따로 파티를 열 계획이었다. "그 점은 대단히 죄송합니다. 솔직하게 말하자면, 오늘은 누구보다 내가 술을 한잔하고 싶었습니다." 그는 윙크했다. "하지만 저기 거품 나는 사과주 정도는 있어요." 그는 샴페인 잔을 가리키며 웃음소리를 냈다.

헬무트라는 이름의 하버드 경영대학원 출신 독일계 투자은행가가 목소리를 높였다. "아, 여긴 알코올이 없단 말입니까?" 그는 짐짓 과장된 동작으로 냅킨을 내려놓고 일어서서 자리를 뜨는 척했다. 하객들은 이 광경을 보고 웃음을 터뜨렸고, 헬무트의 아내는 그를 끌어당겨 자리에 앉혔다.

더글러스는 헬무트와 하이파이브를 한 뒤 케이시의 등받이에 손을 짚었다. "그래, 이쪽이 제이라고?" 그는 눈썹을 올리며 물었다. 케이시 옆에 앉은 백인은 키가 컸고 어깨도 넓었으며 맑고 침착한 눈빛을 지니고 있었다. 청록색 홍채 밑에서 어른거리는 진한 색채가 시선을 끌었다. 이마는 희고 넓었다. 자신의 이름을 듣자 제이의 얼굴에 싹싹한 미소가 떠올랐다. 좋은 청년 같았다.

제이는 손을 내밀었고, 더글러스는 따뜻하게 악수를 나누었다. "처음 뵙겠습니다."

"곧 결혼하신다지?" 더글러스는 따뜻한 미국식 소탈함을 보이려고 노력했다. 그는 케이시를 좋아했고, 제이에게도 환영받는다는 인상을 주고 싶었다.

"네, 맞습니다." 제이는 대답했다.

케이시는 심 박사의 상냥한 말이 몹시 고마웠다.

"좋아, 좋아. 결혼이란…… 결혼이란 아름다운 걸세." 더글러스는 결혼에 대해 많은 생각을 해보았지만, 오늘은 그 어떤 것도 들어맞지 않았다. "케이시, 오늘 부모님께 인사드렸니?" 그는 물었다. "좋아 보이시더구나."

그녀의 입술에 딱딱한 미소가 스쳤다. "아직…… 곧 인사드리려고요."

"지금 가자. 난 랍스터 튀김을 좀 먹어야겠다. 테드가 고른 메뉴야." 더글러스는 하객들의 접시에 시선을 던졌다. 그는 자기 식탁 쪽으로 돌아섰다. "제이, 자네도 오지. 정말 좋은 분들 아닌가? 케이시 어머니의 노래는 들어봤어? 천사처럼 노래하시지." 그는 휘파람으로 〈주 하나님 지으신 모든 세계(How Great Thou Art)〉를 흥얼거렸다.

케이시는 입을 열어 뭐라 말리려 했지만, 제이가 먼저 일어나서 더글러스 옆에 섰다. 박사는 벌써 걸음을 옮기고 있었다. 제이는 케이시에게 잡으라는 뜻으로 손을 뒤로 내밀었고, 그녀는 그의 경쾌한 걸음을 따라 서둘러 일어섰다.

상석에 배치되어 느낀 즐거움도 잠시, 제이와 함께 다가오는 케이시를 보는 순간 조셉과 리아의 즐겁던 기분은 산산이 부서져버렸다. 리아는 무릎 위에서 두 손을 움켜쥐었다. 심 장로는 제이에게 뭐라 이야기하고 있었고, 제이는 미소 지으며 마주 고개를 끄덕였다. 케이시는 정색한 얼굴로 발밑만 보고 있었다.

하지만 더글러스가 젊은 사람들과 같이 나타나자 식탁 분위기가 밝아졌다. 매력적인 남자가 들어설 때 여자들이 흔히 그렇듯, 여성 집사들의 얼굴이 환해졌다. 평판 좋고 재산도 많고 사람 좋은 의사인 신부의 아버지가 이제 좀 앉아서 같이 이야기했으면 하고 기다리던 참이었다. 이런 분위기를 읽지 못했을 리 없는 남자들은 곧장 결혼식 비용 이야기를 꺼내며 더글러스를 놀렸다. 다들 한 마디씩 했다.

"그래, 두당 얼마지?" 고 장로가 물었다. 그는 네 딸을 둔 사업가였고, 이것은 핵심적인 정보였다.

"여보." 고 장로의 아내가 남편의 팔을 쳤다. "민망하게 돈 이야기는." 그녀는 영어로 말했고, 모두가 웃음을 터뜨렸다. 고 장로의 아름다운 한국계 미국인 아내 손 집사는 미국에서 태어났고 마운트 홀리오크 대학을 졸업했다. 돈 이야기는 입에 올려서는 안 되는 화제였다. 물론 그녀도 궁금하긴 했지만.

더글러스는 재미있다는 듯 이마에 주름을 잡았다. 결혼식장 매니저에게 가격을 물어보는 것이 가장 간단하겠지만, 손님들은 혼주를 조금 민망하게 골려주고 어마어마한 부담 때문에 등골이 휜다고 툴툴거리는 모습을 보고 싶은 거였다. 하지만 사실 더글러스는 이 정도 규모의 하객을 세인트레지스 호텔에 초대해서 결혼식을 치를 수도 있는 사람이었다.

"아, 조용히 해봐."고 장로는 아내의 입을 막았다. "그래, 얼마 들었어?" 농담조였지만, 진심으로 궁금하기도 했다. 주차장이 딸린 퀸스의 이 시설은 그가 아는 가장 좋은 한국식 예식장이었다. 여기에 하객 400명이라면……. 막딸이 이제 스무 살이다. 그도 머지않은 미래에 결혼식 비용을 대야 할 처지다. 상놈처럼 굴었다고 집에 돌아가서 아내한테 한소리 듣겠지만, 알아야 했다.

더글러스는 모두 주의를 집중할 때까지 팔짱을 끼고 침묵을 지켰다.

"두당 250." 그가 말하자 하객들이 요란하게 숨을 들이쉬었다.

"거기서 50 정도 왔다갔다 한다고 생각하면 돼. 술을 안 하는 덕분에 아주 많이 절약했어. 장로교인이라는 게 경제적으로도 도움이 될 때가 있군그래." 모두 웃음을 터뜨렸다. 이 정도 비용은 더글러스에게 아무것도 아니다. 부럽다기보다 그들은 그저 더글러스의 재력이 경외스러울 뿐이었다.

케이시의 부모님은 아직 이쪽을 돌아보지 않았다. 식탁에 도착하기 전에 그녀도 당연히 예상했던 상황이었다. 부모님은 아주 싸늘하게 무심한 태도를 취할 수 있는 사람들이었다. 제이는 두 분이 저러다 결국 그를 안아주려니 생각하는지 계속 미소만 짓고 있었다. 이런 때 그의 낙천적인 성격은 그저 망상에 불과했다.

더글러스는 헛기침을 했다. "제가 아름다운 신부 들러리와 그녀의 약혼자를 데리고 왔습니다. 모두 제이와 인사하셨나요?"

"와아아." 하객들은 이렇게 중요한 이야기를 아직껏 하지 않은 한씨 부부를 향해 미소 지으며 수런거렸다. 그들은 웃는 얼굴로 제이를 바라보며 사람을 평가하고 몇 살쯤 되었을지 가늠했다. 한국인들의 눈에 젊어 보이지는 않았지만, 성격이 순해 보이니 케이시의 속을 썩일 것 같지는 않았다.

"안녕하세요." 제이는 왕족처럼 손을 흔들며 인사를 건넸다. 식탁에는 아홉 명이 앉아 있었기 때문에, 일일이 악수할 수는 없었다. 그들은 고개를 약간 숙여 보였고, 제이도 그 동작을 따라 했다. 하지만 이것은 잘못이었다. 이쪽이 더 젊으니 허리부터 더 깊이 숙여서 절하는 것이 올바른 예의였다. 그의 잘못은 아니었다. 케이시는 그를 탓하지 않았다.

리아가 제이의 눈에 들어왔다. 그녀의 왼쪽에 앉은 키 작은 대머리 남자가 조셉이리라. 그와 케이시는 입매가 서로 닮았다.

나이 든 사람들은 일제히 한씨 부부를 축하했고, 조셉은 고개만 약간 까딱하며 인사했다. 그에게는 이 모든 상황이 너무나 갑작스러웠다. 적당히 변명해서 상황을 넘길 방법이 없었다.

손 집사는 자리에 앉은 채 손을 내밀어 케이시의 팔을 가만히 잡았다. 그녀는 힘을 주어 사람들을 붙잡는 습관이 있었다.

"정말 귀여운데." 다른 집사들보다 미국인을 상대하는 것을 더 편안하게 느끼는 그녀는 제이를 향해 윙크했다. "축하해요." 그녀는 제이에게 말했다. 그는 그녀의 작고 통통한 손을 잡았다.

그녀는 다시 케이시에게 윙크를 하더니 감탄했다. "드레스 정말 예쁘다."

"감사합니다." 케이시는 조용히 웃었다. 집사는 피로연에 대해 계속 이야기를 늘어놓았지만, 케이시는 그저 자리를 뜨고 싶을 뿐이었다. 제이는 케이시가 부모님을 소개해주기만을 기다리고 있었다. 식탁에 있는 누구도 조셉이 딸의 약혼자와 처음 만나는 상황인 것을 모르는 듯했다.

케이시는 침을 삼켰다. 그녀는 부모님을 향해 말했다. "안녕하세요."

하객들은 크게 주의를 기울이지 않았다. 남자들은 자기들끼리 하던 대화로 돌아갔다. 리아는 케이시를 향해 미소 지었지만 아무 말도 하지 않았다. 조셉은 이쪽을 바라보지 않았다.

그는 말없이 의자를 뒤로 밀고 일어섰다. 좌중은 그를 돌아보았다. 문득 사람들은 상황을 이해했다. 한 사람은 목에 뭐가 걸린 것처럼 헛기침을 했고, 다른 사람들은 그저 세븐업만 마셨다. 더글러스는 문득 케이시가 엘라의 신부 들러리를 맡았다고 했을 때 리아의 태도가 정말 이상했던 것을 떠올렸다. 이렇게 어색한 분위기를 만든 것은 그의 잘못이었지만, 그는 설마 일이 이렇게 되리라고는 상상조차 못 하고 있었다. 케이시와 제이를 이쪽으로 데려오면 좋을 거라는 생각만 했을 뿐. 제이에게 환영받는다는 기쁨을 주려고 한 일이었지만, 결과적으로 상황을 망치고 말았다. 조셉의 얼굴에는 격노한 기색이 역력했다.

더글러스는 조셉이 결혼식장을 떠나려 한다는 것을 깨닫고 제이 옆으로 다가갔다. 청년을 다른 곳으로 데려갈 생각이었다. 마실 것이라도 권해야겠다.

조셉은 정장 재킷 매무새를 바로잡았다. 그는 단추 두 개짜리 군청색 핀스트라이프 슈트, 흰 셔츠, 자주색 넥타이 차림이었다. 타이에는 장로가 되었을 때 리아가 선물한 십자가 모양의 핀이 꽂혀 있었다.

제이는 그에게 다가가서 바로 앞에 섰다.

"안녕하십니까, 한 선생님." 제이가 인사했다. "반갑습니다. 저는 제이 커리입니다. 만나뵙게 되어서 기쁩니다."

조셉은 그를 응시했다. 청년은 눈이 크고 키가 컸다. 특별한 점은 찾아볼 수 없었다. 남자치고는 너무 웃음이 헤펐다. 케이시가 인생을 제 마음대로 살고 싶다면, 그건 그 애가 알아서 할 일이다. 이 점에 대해 조셉의 생각은 확고했다.

"실례합니다." 조셉은 대답하고 자리를 뜨려고 했다.

제이는 계속 미소 지으며 그를 막아섰다. "어르신."

"실례합니다."

"아뇨. 제가 실례합니다." 제이는 비켜서지 않았다. 그는 더는 미소 짓지 않았다. "저는 따님의 약혼자입니다." 조셉에게 그가 당연히 해야 할 의무를 일깨우려는 듯 힐난하는 음성이었다. 그 순간 제이는 세상의 모든 아버지들이 미웠다.

하객들은 서로 얼굴만 마주 보았다.

"비켜주시오." 조셉은 말했다.

"어르신……."

조셉은 고개를 삐딱하게 세웠다. 놀란 듯한 표정이 그의 얼굴에 떠올랐다. 믿을 수가 없었다. 이 자식이 내 손에 죽고 싶나.

조셉의 표정을 보고, 더글러스는 제이에게 다가가 그의 팔꿈치를 잡고 뒤로 당겼다.

"어르신, 만나서 영광입니다!" 제이의 목소리가 한층 더 커졌다. 유쾌하던 기색은 완전히 사라졌다. 좌중은 충격받은 눈길로 청년을 응시했다. 한창 젊은 사람이 조셉 나이의 어른에게 저런 식으로 말하는 것은 온당치 못했다.

조셉은 콧구멍으로 숨을 들이쉬었다. 자신이 있는 장소가 어디인지 잊지 않으려고 애썼다. "실례하오."

제이는 꿈쩍도 않고 서 있었다.

조셉은 길게 숨을 들이쉬더니 오른손을 들었다. 그는 빠르게 청년의 왼쪽 어깨를 세게 밀쳤다. 제이는 뒤로 비틀거렸지만 넘어지지는 않았다. 하객들은 헉하고 숨을 들이마셨지만, 조셉은 이미 가고 없었다. 이 자리에 계속 있다간, 청년을 죽이고 말았을 것 같았다.

더글러스는 진정하라는 뜻으로 제이의 등을 두드렸다. 제이는 케이시를 돌아보았지만, 그녀는 눈을 감고 있었다. 어린아이처럼 이 방이 감쪽같이 사라졌으면 하는 마음이었다. 리아는 두 손으로 입을 막고 있었다. 조셉이 자신을 데리러 돌아올지 알 수 없었다. 하지만 남편은 차를 타지 않았다. 그는 이미 밖으로 나가서 퀸스 대로를 따라 세븐일레븐을 향해 걷고 있었다. 담배를 사러 가는 길이었다. 23년 만의 담배였다.

엘라는 이 광경을 보지 못했다. 한창 하객들에게 인사하고 있는데, 피로연 매니저가 신부가 아버지와 춤을 출 순서라고 알렸다. 엘라가 더글러스를 데리러 왔다. 아버지의 테이블에 와보니, 아무도 말이 없었다. 좌중에서 가장 먼저 눈에 띈 것은 리아였다. 그녀는 창백한 얼굴로 두 손으로 마스크처럼 코를 가리고 있었다. 디제이는 아직도 디스코 음악을 틀고 있었지만, 춤곡으로는 〈최고의 날은 아직 오지 않았어(The Best Is Yet to Come)〉를 선곡할 참이었다.

"아빠, 우리가 춤출 차례예요." 그녀는 케이시와 제이에게 시선을 주었다. 둘 다 충격으로 멍해진 상태였다. "케이시, 무슨 일이야?"

케이시는 아무 말 없이 고개만 저었다.

더글러스는 다시 제이의 등을 두드리고 돌아서서 엘라의 손을 잡았다.

두 사람은 댄스플로어로 향했다. 춤곡이 시작되자, 아버지는 아서 머레이 댄스 강사에게 배운 훌륭한 솜씨로 폭스트롯 스텝을 밟으며 딸을 이끌었다.

사과도, 설명도 할 겨를이 없었다. 케이시와 제이는 저녁을 먹지 않고 피로연을 떠났다.

집으로 돌아가는 택시 안에서 제이는 계속 "믿을 수 없어"라는 말만 되풀이했다. 케이시가 뭐라 말해주기를 바랐지만, 그녀는 입을 다물고 있었다. 가끔 고개만 끄덕일 뿐, 한번은 "미안해, 제이"라고 말하기도 했지만 더는 말이 없었다. 케이시가 슬플 때는 침묵에서 도무지 끌어낼 방법이 없었다. 보통 그녀가 맞장구를 칠 때까지 그 혼자 떠드는 편이었지만, 아주 심각한 상황일 때는 그냥 기다려야 했다. 차라리 화를 내는 편이 나았다. 적어도 말은 하니까, 소리치기라도 하니까. 하지만 이렇게 고요한 상태는 견디기가 힘들었다. 무슨 생각을 하는지 도무지 알 수가 없었다. 천성적으로 케이시는 충동적인 성격이었고, 전체적으로 재미있고 성격이 좋은 편이었다. 하지만 이제 제이는 케이시가 겉으로 뭐라고 말하고 어떻게 행동하든, 그 이면에는 항상 다른 생각들을 정리하고 있다는 것을 알고 있었다. 케이시는 복잡한 사람이었지만, 대체로 제이는 그 점이 좋았다. 하지만 미안하다니, 무슨 뜻에서 한 말일까?

집에 도착해서, 그들은 옷을 갈아입었다. 케이시는 화장을 지우고 머리에 꽂았던 핀도 뺐다. 뜨거운 물로 샤워를 하면서, 그녀는 엘라가 나중에 연락하면 뭐라고 해야 할지 생각해보았다. 그녀는 엘라가 테드의 어머니에게 폐백을 드리기 위해 한복 입은 모습이 보고 싶었다. 옷 갈아입는 것도 돕기로 했었다. 한데, 이런 일이 벌어지다니. 엘라와의 우정은 케이시에게 소중했다. 그녀의 상냥함 앞에서 어린 시절의 부러움 같은 건 아무것도 아니었다. 한데 그런 친구의 결혼식 피로연에서 그냥 나와버리다니. 그녀의 아버지는 건달처럼 행패를 부렸고, 제이는…… 아, 제이는 정말 우스꽝스러웠다. 뭔가 일이 잘못될 때마다 케이시가 가장 먼저 느끼는 감정은 수치심이었다. 하지만 오늘, 수치심은 표면 아래 가라앉아 있었다. 깊고 망망한 수치심이었다. 빠져나올 길이 없어. 그녀는 생각했다.

샤워를 마치고 나오니 제이는 침대에 누워 월러스 스티븐스를 읽고 있었다. 그는 기분이 좋지 않을 때 시를 즐겨 읽었다. 케이시는 둘 다 안됐다는 기분이 들어 그에게 미소 지었다. 그녀 역시 슬펐다. 택시 안에서 한 말은 케이시가 느낀 가장 진실한 감정이었다. 너무나 미안했다. 제이를 진작 부모님께 소개하지 않은 것이, 아버지가 그를 밀친 것이, 많은 사람들이 그가 거부당하는 장면을 보도록 한 것이, 그 모든 것이. 소중한 친구의 중요한 날, 가족 전체가 망신을 당한 것이. 수치심 위에는 언제나 회한이 있었다.

"난 위로 올라갈래. 담배 한 대 피우러." 그녀가 말했다.

"목욕 가운 차림이잖아." 그는 웃었다. "파자마도 입고 있고."

"그렇네!" 그녀는 놀란 척했다. 제이는 잠옷이라는 단어 대신 어린애처럼 파자마라고 했다. 그에게는 어딘가 소년 같은 데가 있었다. 남자답고 책임감 있게 굴 때도 그랬다. 이런 점 때문에 케이시는 그를 사랑했지만, 어머니에게도 똑같은 전략으로 실패했으면서 아버지에게 그런 식으로 접근해도 괜찮을 거라고 생각한 것은 바로 그 순진한 오기에서 비롯된 행동이었다. 제이는 좋은 의도를 가지고 기분 좋은 태도로 접근하면 아무도 자신을 거부할 수 없을 거라고 믿었다. 그의 믿음은 어떤 면에서는 사랑스러웠고, 어떤 면에서는 어리석었다.

케이시는 옥상으로 가려고 돌아섰다.

"그리고 너무 늦었잖아." 제이는 가지 말라고 말렸다.

"옥상에는 아무도 없을 거야." 그녀는 부드럽고 사려 깊은 목소리로 대답했다. "이 정도 가운이 뭐 어때. 토요일 밤인데. 옥상에는 아무도 없을 거야. 게다가 지금 옷을 걸치고 싶지는 않아." 옷차림에 대해 논하고 있다니. 이게 뭐가 중요한가.

"난 사랑받는다는 기분이 들지 않아." 제이가 말했다. 그는 그녀를 뚫어지게 바라보았다.

"뭐?" 그녀는 얼굴을 찡그렸다. "무슨 말을 하는 거야? 난 당연히 널 사랑해."

"그럼 여기 있어." 케이시는 그가 사랑을 나누고 싶어 한다는 것을 알았다. 하지만 내키지 않았다. 자신이 섹시한 존재로 느껴지지 않았고, 기분을 맞춰주고 싶은 마음도 들지 않았다. 그의 손이 몸에 닿는다는 생각만 해도 어색했다.

"몇 분만 있으면 돼, 제이. 난 정말 담배가 필요해."

"입에 물 수 있는 게 여기 있는데." 그는 희극 배우 그루초 막스처럼 눈썹을 꿈틀거리며 초조하게 웃었다. 지금 이런 암시는 모험이었다.

케이시는 예의상 같이 웃었다. 하지만 생각만 해도 거부감이 일었다. 평소 그녀는 펠라티오를 싫어하는 편이 아니었다. 때로 아주 에로틱하게 느껴지기도 했다.

"자기, 가끔 담배는 그저 담배일 뿐이야."

제이는 이 말에 웃었다. 모든 것이 잘 풀릴 것이다. "좋아, 그럼. 난 여기서 기다리지 뭐. 이 골초야."

옥상에는 아무도 없었다. 케이시는 저녁 이슬로 촉촉하게 젖은 의자에 앉았다. 그녀는 얼른 담배 한 개비를 다 피우고, 곧바로 새 담배에 불을 붙였다. 다시 한 개비 더. 긴 흰색 티셔츠 잠옷과 면 목욕 가운은 약간 촌스럽기는 했지만 부적절할 정도로 민망한 복장은 아니었다. 대체로 케이시는 잠자리에 들 때 예쁜 잠옷을 입었지만, 오늘 밤에는 가장 매력 없는 잠옷을 꺼냈다. 담배를 피우니 머리가 맑아졌다. 아침에 엘라에게 전화해서 사과하면 될 것이다. 연거푸 네 개비를 피운 뒤, 그녀는 다섯 개비째에 불을 붙였다. 문소리가 들렸다. 제이가 티셔츠와 사각팬티 위에 로렌스빌 스웨트셔츠를 걸치고 서 있었다.

"파자마 차림이라서 걱정됐어?"

"무슨 일이야, 케이시?" 그의 목소리는 심각했다.

케이시는 그의 목소리에 어리둥절했다.

"왜 내려오지 않았어? 기다렸는데."

그녀는 뻔한 설명 아니냐는 듯 담배를 들어 보였다.

"몇 대나 피웠어?"

"넷? 다섯? 모르겠어."

"자러 가자."

케이시는 그를 볼 수가 없었다. 아무 그림도 안 떠오르잖아, 그렇지?

"케이시, 난 피곤해. 빨리 가자." 그는 다가왔다.

"난 너랑 결혼할 수 없어."

"뭐?" 제이가 말했다. "무슨 소리야?"

케이시의 입은 벌어진 그대로였다. 그녀 자신도 자신이 한 말에 놀랐다. 그녀는 콧구멍으로 담배 연기를 뿜어냈다. "우리가 결혼하는 게 좋을 것 같지 않아."

"도대체 무슨 말을 하는 거야? 나랑 결혼하고 싶지 않다는 거야?"

케이시는 발끝에 슬리퍼를 대롱거리며 다리를 꼬았다. 발톱에 칠한 매니큐어가 벗겨진 것이 보기 흉했다.

"다시 말해봐, 케이시. 난 다시 들어야겠어."

자신의 입술이 차갑게 느껴졌다.

"말해보라니까, 젠장. 나랑 결혼하고 싶지 않다고 말해보라고." 그의 목소리가 떨렸다.

그녀는 그를 볼 수가 없었다.

"그림이 보이지 않아, 제이. 난 머릿속에서 그림을 보거든. 매일 아침마다 그림을 보는데, 우리 둘의 그림이 보이지 않는다고." 그녀는 울기 시작했다. 그제야 깨달았던 것이다. 확실히. 그림이 나타나지 않은 것은 일어나지 않을 일이기 때문이었다. 그녀가 로스쿨에 진학할 일이 없었던 것처럼. 지금껏 제이에게 그림에 대해 말한 적은 한 번도 없었다. 믿지 않을 게 분명했기 때문이었다. 말도 안 되는 소리다.

"무슨 말을 하는 거야? 난 널 사랑해. 너와 난 정말 잘 어울리는 한 쌍이야. 난 널 세상 누구보다 더 사랑해, 케이시 한. 넌 비록 미치광이 같은 여자지만, 난 너 없이 사는 건 상상할 수가 없어. 그때 그 일은…… 내가 얼마나 미안하게 생각하는지 너도……."

"그 일은 상관없어. 그것 때문에 이러는 건……." 다시 그 여자들 이야기를 하고 싶지는 않았다. 그리고 케이시는 그를 믿었다. 제이는 다시 그런 짓을 하지 않을 것이다. 그보다 더 마음에 걸리는 것은 그가 남의 비위를 맞추는 사람이라는 것, 그의 신념이 비현실적이라는 것, 케이시로 산다는 것이 어떤 것인지 그가 전혀 이해하지 못한다는 것이었다. 이런 피부색으로 산다는 것이 어떤 것인지 백인은 절대 이해할 수 없다고 생각하는 건 아니었지만, 굳건한 미국식 낙관주의로 무장한 제이는 케이시가 좋은 의도와 분명한 대화로 모든 상처를 덮을 수 없는 문화권에 속한 사람이라는 사실을 직시하지 않으려 하고 있었다. 어쨌든 그녀의 부모님에게는 그런 방식이 통하지 않았다. 그들은 한(恨) 많은 한국인이었다. 제이의 잘못은 아니지만, 그가 어떻게 그들의 고통을 이해할 수 있을까? 케이시에게 부모님의 슬픔은 너무나 오래된 것이었다. 하지만 방금 내뱉은 말을 돌이켜보니, 케이시는 제이와 함께하지 않는 미래가 두려웠다. 그가 너무나 그리울 것이다. 제이 없이 살아가는 것은 지옥이었다. 하지만 상실의 고통이 두렵다는 이유로 그를 붙잡아둔다는 것은 옳지 않은 일 같았다. 이런 식으로 생각한다는 것 자체가 나약하게 느껴졌다. 섹스나 자신의 목표, 윤리관에 대해서는 타협할 수 있었지만, 그녀는 사랑에 대해서 어딘가 타협하고 싶지 않은 선을 갖고 있었다. 하지만 너무 극단적인 것 아닐까? 충분한 이해가 없는 사랑보다 사랑하지 않는 것이 과연 더 나을까? 그날 저녁 제이가 아버지를 향해 성큼성큼 다가갔을 때, 케이시는 그가 마치 모르는 사람처럼 느껴졌다. 그가 그런 무익한 짓을 할 수 있는 사람이라는 건 충분히 예측할 수 있었는데도.

케이시는 허리를 굽혀 나중에 버리려고 모아둔 담배꽁초를 주웠다. 옥상에는 쓰레기통이 없고, 그녀는 쓰레기를 아무 데나 버리는 것이 싫었다. 꽁초는 모두 일곱 개였다. 모두 그녀가 버린 꽁초일 리는 없었다. 그녀는 의자에서 일어섰다. 제이를 돌아볼 수가 없었다.

"넌 실수하고 있는 거야. 이건 돌이킬 수 없어, 케이시. 난 널 다시 받아주지 않을 거야." 제이는 그녀의 검은 눈을 바라보았다. 그는 목소리를 높였다. "알아들어? 이런 식으로 그냥 날 떠나면 안 돼. 난 용서하지 않을 거야. 나를 떠나는 것을 용서하지 않을 거라고. 이건 절대로 용서 못 해."

"미안해." 그녀는 최대한 조용히 말했다. 하지만 그림이 보이지 않았다. 어째서인지 그의 이성적인 협박보다 자신의 비이성적인 망상이 케이시에게는 더 앞뒤가 맞았다.

2부

계획

1

나침반

다른 선택의 여지가 없었다. 케이시는 주말에 일자리를 얻어야 했고, 그냥 사빈의 매장으로 돌아가는 것이 제일 쉬웠다. 월요일부터 금요일까지, 그녀는 컨 데이비스에서 영업보조로 계속 일했다. 하지만 배터리파크 원룸의 늘어난 임차료와 어마어마한 옷값, 맨해튼의 사교생활을 유지하는 데 드는 굴욕적인 비용을 충당하기 위해 케이시는 목요일 야간, 그리고 토요일과 일요일 종일 매장에 나가 모자와 헤어 액세서리를 팔아야 했다. 다음 달인 1월이면 그녀는 스물다섯이 된다. 그런데도 열여덟 살 때 일하던 파트타임 일을 계속하고 있다. 그녀도 이 정체 상태를 의식하지 않을 수 없었다.

이번 달로 케이시가 컨 데이비스에서 일한 지도 2년 반이 되었다. 컨 데이비스를 그만둔다 해도, 의심 많은 상사 케빈 제닝스가 불평 한마디 할 수 없는 상황이었다. 약속한 의무 기간을 채웠으니까. 하지만 어디로 가지? 컬럼비아 대학교 로스쿨은 입학 연기 신청을 반려했다. 변호사가 자신에게 어울리는 길 같지도 않았다. 같은 부서의 휴와 월터는 브로커가 되라고 격려했지만, 그 길 역시 상상할 수 없기는 마찬가지였다. 가끔 경영대학원을 가볼까도 생각했다. 사빈도 그쪽을 적극 밀고 있었다. 부모님은 그녀를 포기한 것 같았고, 그녀가 부모님을 포기한 것 같기도 했다.

그럼에도 세상은 계속 돌아가고 있었다. 티나는 서던캘리포니아 대학교 의과대학 첫해를 시작하고 있었다. 버지니아는 산드로 보티첼리에 대한 석사 논문을 마무리하는 한편 시간 날 때마다 볼로냐의 검은 머리 화가들과 염문을 뿌리고 있었다. 임신 8개월인 엘라는 임신중독증으로 침대에 누워 쉬라는 진단을 받았다. 컨데이비스에서 케이시와 가장 가까운 여자 친구인 델리아는 9년 동안 영업보조로 일하다가 홍보부로 옮겼다. 그리고 제이. 18개월 전 케이시가 같이 살던 집에서 나간 뒤로, 두 사람은 한 번도 연락을 주고받은 적이 없었다.

그 이후 케이시는 맨해튼 남쪽 끝에 위치한 엘 자 모양의 원룸 아파트에 살면서 화요일마다 FIT에서 모자 제작 고급반을 수강했다. 신용카드 빚은 1만 2,000달러. 케이시는 투잡을 뛰었다. 봄에는 회사 비용으로 참석한 자선행사에서 옆자리에 앉았던 말 많은 포트폴리오 매니저와 잠시 사귀기도 했다. 하지만 몇 번 저녁 식사를 같이한 뒤, 케이시는 그가 제이 커리와 비슷한 족속임을 깨달았다. 자신감 있고 싹싹한 성격과 중도적인 견해. 자신에게 선호하는 유형이 있다고 생각하니 끝을 예측할 수 있을 것 같아 두려웠다. 이후 케이시는 그와 연락을 끊었고, 상대도 개의치 않는 것 같았다. 그는 젊고 매력적이고 돈이 많았다. 그의 바다에 물고기는 넘칠 것이다. 자신의 미래를 준비하기 위해 케이시가 유일하게 양보한 것은 경영대학원 예비시험인 GMAT를 치른 것이었다.

12월 첫 주, 매장에 다시 출근하기 시작한 지 세 번째 토요일이었다. 대부분의 동료들은 이미 다른 곳으로 옮기고 없었지만, 주말 액세서리 담당인 옛 상사 주디스 해스트는 아직 거기서 일하고 있었다.

사빈의 백화점은 면적이 3,000제곱미터 정도 되는 소형 백화점으로, 두 개 층은 여성복, 지하에는 화장품과 속옷 매장이 있었다. 최근 일본 건축가 모리 유카에게 인테리어를 맡겨 새로 단장했다. 광택 나는 백색 페인트를 칠한 벽에는 아무 장식이 없고, 바닥은 프랑스와 이탈리아에서 수입한 재활용 목재 마루였다. 매끈한 벽과 거칠거칠한 나무 바닥의 대조는 유명한 건축비평가들의 관심을 끌기도 했다. 판매 중인 의상은 메트로폴리탄 박물관의 의상연구소 전시회와 크게 다르지 않게 진열되어 있었다. 닳고 닳은 뉴욕 쇼핑객들조차 위압감을 느낄 만한 공간이었다.

사빈의 백화점이 패션에 민감한 뉴욕 여성들 사이에서 독보적인 지위를 차지하게 된 것은 사빈 전 고츠먼이 탁월한 디자이너를 발굴하고 육성하는 데 남다른 감각을 갖고 있었기 때문이었다. 이렇게 성장한 디자이너들은 나중에도 그녀에게 의리를 지켰다. 다른 백화점과 달리, 사빈의 매장에서는 돈을 제때 지급했기 때문이었다. 사빈은 패션지 에디터들과도 막역한 사이였고, 그들이 관심을 갖는 자선사업에 손 크게 후원하는 것으로도 유명했다.

오늘 매장은 연말을 맞아 서둘러 달려온 손님들로 바글거렸지만 모자를 찾는 사람은 없었다. 일반적으로 요즘 여성들은 장식적인 목적으로 모자를 찾지 않는다. 모자로 주목받으려는 사람도 없고, 모자에 대한 욕구가 있다 해도 자기 스타일로 소화할 수 없다는 이유로 굳이 사지 않는다. 일반적인 여성이 모자를 산다면 그것은 실용적인 용도에서이고(추위를 막거나 햇빛을 가리기 위한), 다른 이유로 산다 해도 남들에게 굳이 밝히지는 않는다. 모자와 액세서리를 판매하는 것은 쉬운 일이 아니었다. 신발이나 스포츠웨어 쪽에서 근무할 기회가 있었지만—그쪽이 매출 규모가 훨씬 크고 판매수수료도 두둑했다—케이시가 굳이 이 매장을 택한 것은 이쪽이 묘한 성취감을 주었기 때문이었다. 케이시에게는 남다른 타이밍 감각이 있었다. 모자를 써보는 여성 고객에게 언제 다가가는 것이 좋을지, 그러지 말아야 하는 때는 언제인지 직감하는 능력이었다. 또한 남자와 동행한 여자의 경우, 서로에 대한 신뢰가 탄탄한 관계에 있는 남편이나 남자친구만이 아내나 여자친구가 고르는 모자를 마음에 든다고 말해준다. 남자들은 모자를 쓴 여성에게 끌리지만, 자신의 파트너가 군중 속에서 유별나게 보일 때는 긴장하기 때문이다. 크리스마스를 앞둔 오늘 같은 날, 손님들이 자기가 쓸 모자를 살 일은 별로 없었다. 판매수수료를 챙기려면 프랑스제 헤어핀이나 값비싼 꽃 장신구를 팔아야 할 것이다.

주디스 해스트가 제안한 대로, 케이시는 전시대를 정리하다가 갈색 페도라를 집었다. 그녀는 쓰고 있던 모자를 벗고—녹색 그로그랭 밴드와 오렌지색 빈티지 깃털이 달리고 챙이 작은, 파리에서 만든 녹색 비버 펠트 페도라였다—갈색 페도라를 쓴 뒤 주디스를 향해 돌아섰다.

"울랄라!" 주디스가 감탄했다. 프랑스어 악센트가 훌륭했다.

"메르시." 케이시는 대답하고, 모자를 다시 전시대에 걸었다.

주디스는 봄 상품 목록 작성 업무로 돌아갔다. 그녀는 마흔일곱 살이고 상당한 부잣집 상속자였으며 이혼한 뒤 리젤이라는 이름의 10대 딸을 혼자 키우고 있었다. 그녀는 33퍼센트 직원 할인 혜택을 받으려고 일주일에 사흘 동안 사빈의 백화점에서 일했다. 컨트리클럽에 어울릴 법한 옷을 입고 웨스트하트퍼드에서 자랐고, 트리니티 칼리지 3학년 때 졸업반이던 잘생긴 남자를 만나 학교를 중퇴하고 결혼했지만, 남자는 주디스의 가장 친한 친구의 언니와 눈이 맞아 떠나버렸다. 이혼 후 주디스는 유산을 받아 갓난아이였던 딸을 데리고 뉴욕으로 이사했으며, 머리에 금발로 부분염색을 넣는 것을 그만두었다. 그녀는 리젤과 함께 어퍼웨스트사이드의 넓은 아파트에 살고 있었고, 이따금 케이시를 저녁식사에 초대했다.

"제가 이 모자 안 사게 말려주세요." 케이시는 자신에게 엄격한 척 주디스에게 말했다.

"안 사면, 계속 그 모자 생각만 하고 있을 것 같은데? 혹시 모르니 당신을 위해서 찜해놓을까?" 주디스는 케이시의 걱정스러운 표정을 가만히 바라보았다.

"아뇨, 고맙습니다." 케이시는 챙이 돋보이도록 진열대에 놓인 모자를 비스듬히 기울였다. 유혹에 굴복하라고 부추기는 행동이 주디스다웠다. 그녀는 마음이 넓었고, 무엇보다도 부유했다. 모자 하나에 300달러 정도 쓰는 것은 그녀에게 타격이 되지 않았다. 할인을 받거나 원가로 디자이너에게 받는다 해도(모자 디자이너들은 가끔 매장에 쓰고 오라고 이런저런 제품을 케이시에게 선물하기도 했다), 케이시는 그 모자를 살 형편이 못 되었다. 바로 그날 아침, 이번 주만 넘기도록 사빈에게 가불을 부탁할까도 생각해보았지만 또 설교를 들을 것이 뻔했기 때문에 그러지 않기로 했다. 게다가 케이시에게는 넓은 파란 리본을 두른 아름다운 갈색 페도라가 이미 있었다. 그녀가 가진 모자는 너끈히 쉰 개 정도였다. 스무 개는 직접 만든 것이었고, 단 한 번밖에 쓰지 않은 것도 많았다. 그녀의 소비 행태가 과도하다는 것을 부정할 사람은 아무도 없었다. 하지만 때로 케이시는 주디스 같은 사람은 모자를 200개쯤 갖고 있지 않느냐고 반박하고 싶었다. 주디스는 그럴 돈이 있고 케이시는 없지만, 그렇다고 해서 그렇게 하고 싶은 욕망이 더 적은 것은 아니지 않나. 그녀의 심장 역시 갖가지 유치하고 고상한 소원들로 가득 차 있었다.

최근 그녀는 빚 때문에 잠을 이루지 못했다. 집세 월 1,200달러, 공과금 150달러, 식비와 교통비 400달러, 문화생활(영화, 술, 친구와의 저녁식사, 밤에 택시 요금) 700달러, 거기다 신용카드 최소상환액을 맞추려면 월 400달러에서 1,000달러 정도 더 들었다. 제이와 헤어진 뒤, 케이시는 오로지 혼자 힘으로 살아가고 있었다. 적자가 생기지 않도록 예산을 꾸릴 줄도 몰랐고, 예쁜 신상 스커트를 안 사고 배기지도 못했다. 외식과 꽃배달, 프랑스 초콜릿 상자, 스포츠클럽 회원권, 미키모토 진주 귀걸이, 옷과 신발, 모자 강습 수강 등으로 나가는 돈이 1,200달러. 케이시의 빚에 대해 알고 있는 유일한 사람은 휴(무슨 이야기를 하든 그는 비판하지 않았다)와 꼬치꼬치 캐묻는 사빈뿐이었다. 하지만 그런 두 사람조차 상태가 정확히 얼마나 심각한지는 모르고 있었다. 인생에는 돈이 너무나 많이 들었다. 가장 한심한 것은 빚이 그렇게 두려우면서도, 더 많은 것을 누리고 싶은 욕망은 커지기만 한다는 점이었다. 《타임스》가 추천한 식당에서 식사도 하고 싶고, 저녁식사에 와인도 두 잔씩 주문하고 싶고, 값비싼 결혼선물과 출산선물을 건네고 싶고, 메트로폴리탄에서 〈니벨룽겐의 반지〉도 관람하고 싶고, 임신한 엘라를 위해 난초 화분도 선물하고 싶었다.

"점심은 언제 먹을 거야?" 주디스는 펜을 내려놓으며 물었다.

"몇 분 있다가요." 케이시는 대답했다. 주디스가 더 이상 질문하지 말아주었으면 하는 마음이었다.

"같이 먹을까? 보석 코너의 스테이시한테 대신 맡아달라고 하고. 오늘 그쪽은 직원이 너무 많아. 어쨌든 난 도시락을 가져왔어." 주디스는 종종 집에서 가정부가 만든 샐러드를 파란 밀폐용기에 푸짐하게 싸 오곤 했다. 설탕을 넣지 않고 만든 샬롯 드레싱과 쌀케이크도 곁들였다. 주디스는 유제품과 설탕, 육류를 먹지 않았다.

"고맙습니다만, 곤란할 것 같아요." 케이시는 간단하게 대답했다.

"사빈과 같이 먹으려고?" 주디스의 목소리가 약간 날카로워졌다.

케이시는 1,000달러짜리 티벳 모피 모자를 연한 색부터 진한 색까지 순서대로 진열하며 고개를 끄덕였다. 사빈은 거의 30년 전 처음 자기 가게를 차렸을 때부터 지금까지 토요일에도 일을 해왔다. 케이시가 다시 백화점에서 일하기 시작한 순간부터, 사빈은 자기가 사무실에 있는 날이면 언제든지 같이 식사를 하자고 했다. 매주 토요일 점심식사, 그리고 늦게까지 일하게 되면 목요일 저녁식사까지. 그럼에도 사빈은 두 가지에 유독 까다로웠다. 샌드위치값을 번갈아 내는 것, 자기가 아끼는 직원이라고 해서 점심시간이나 휴식시간을 길게 끌도록 하지 않는 것이었다. 특히 사빈 자신과 같이 식사를 할 때는 더욱 엄격했다. 이런 공정함의 문제를 챙기는 데 있어, 사빈은 병적으로 세심하고 완강했다. 오늘은 케이시가 샌드위치와 음료수를 사는 날이었지만, 현금이 한 푼도 없었다. 신용카드 회사에 전화를 걸어 점심값을 계산할 정도로 한도액이 남아 있는지 확인하고 싶었지만, 주디스에게 이런 사정을 들키고 싶지는 않았다.

"사빈은 정말 좋은 사람이야." 주디스는 실망감을 감추려고 애쓰며 말했다.

"네, 그렇죠." 케이시는 주디스가 소외감을 느낀다는 것을 알고 있었다. 여성들 사이의 우정에서 싫은 것이 이런 면이었다. 항상 누군가는 따돌림을 당한다고 느낀다.

주디스가 주말 매니저로 일해온 10년 동안, 사빈은 그녀에게 한 번도 자기 사무실에서 같이 식사하자고 청한 적이 없었다. 서로 완벽하게 좋은 동료 관계를 유지하고 있었지만, 그 이상 나아가지 않았던 것이다. 사빈은 좋아하는 직원 유형이 분명했다. 동작 빠르고, 영리하고, 맵시 좋고, 판매 수완이 좋은 사람. 젊은 사람. 반드시 젊어야 했다. 주디스는 추운지 팔을 손으로 문질렀다.

"내일 어때요? 내일 같이 먹을까요?" 케이시는 물었다. "저도 샐러드를 가져올게요." 그녀는 고개를 들며 집에 남은 채소가 있는지 기억을 더듬었다. "아니면 참치캔을 하나 들고 오든가요. 땅콩버터가 집에 있을 거예요. 옥수수 통조림도요. 전 그런 걸로 때우면 돼요." 그녀는 멋쩍게 웃었다.

"알았어, 데이지에게 당신 것까지 샐러드를 만들어달라고 할게." 주디스가 말했다. 그녀는 마음을 크게 쓰기로 했다. 누가 기분을 상하게 할 때마다 어머니가 늘 당부했던 말이었다. "마음을 크게 써라, 아가. 언제나 마음을 크게 써. 그러면 잘못될 염려가 없다."

케이시는 주디스를 점심식사에 끼워주지 못하는 것이 불편해 그녀를 흘끗 보았다. 상사의 사무실에서 허겁지겁 먹어야 하는 이런 식사에 대해 자신이 양면적인 감정을 갖고 있다는 것을 그녀가 알 리 없다. 최근 누가 직원 식당 화장실 칸막이에 이런 낙서를 써놓았다. "그런데 여왕님과 공주님은 그 사무실에서 둘만 뭐 하는 거래?" 낙서에 대해 전해 듣고, 사빈은 웃으며 물었다. "아, 내가 여왕 같은가?"

하지만 사빈의 사무실은 여러 면으로 볼 때 시끄러운 식당이나 휴일 쇼핑을 나선 손님들로 북적거리는 매장에서 탈출할 수 있는 쉼터이기도 했다. 사무실로 가려면, 할로겐 전등을 밝힌 삭막한 흰 복도를 지나 사빈의 비서 멜리사가 불편한 철제 의자에 걸터앉아 있는 대기실을 통과해야 했다. 여기서 양문형 단풍나무 출입문을 들어서면, 140제곱미터 넓이의 사무실이 나온다. 사무실 벽 역시 이음매가 눈에 띄지 않도록 목재로 정교하게 마감되어 있었다. 사빈의 아파트 거실과 마찬가지로, 사무실 역시 커다란 꽃 장식이 양쪽에서 마주 보도록 진열되어 있었다. 사빈은 이것을 필수 사치품이라고 부르곤 했다. 꽃 장식 옆 벽에는 어마어마하게 큰 붓을 휘둘러 그린 녹색과 노란색의 추상화 한 쌍이 걸려 있었다. 사무실의 가구는 크림색 울 모헤어 재질로 마감되어 있었다. 사빈은 가구에 씌운 직물값이 미터당 400달러라고 했다. 따라서 사빈의 사무실 안에서는 투명한 음료수만 마실 수 있었다. 사무실은 주인의 흠잡을 데 없는 미적 감각을 잘 보여주고 있었다. 손님은 그저 고개를 조아릴 수밖에 없었다. 칼 라거펠트가 이 사무실에 들어와서 날카로운 눈으로 둘러보더니 나지막한 소파에 허리를 꼿꼿이 세우고 앉아 이렇게 말했다는 일화가 있었다. "아주 좋군요."

사빈은 홍콩의 제조업체와 통화하는 중이었다. 그녀는 케이시에게 들어오라고 손짓하면서 상대방이 너무 말을 많이 한다는 뜻으로 엄지와 다른 손가락을 조용히 부딪혀 보였다. 케이시는 회의 탁자에 점심을 차렸다. 점심은 대체로 매번 똑같은 치킨 호밀

빵 샌드위치와 물이었다. 케이시가 단풍나무 벽면 패널을 하나 잡아당기자, 한쪽 벽면을 가득 채운 거울이 드러났다. 그녀는 모자를 바로잡고 긴 검은 머리를 귀 뒤로 넘겼다. 백화점에서의 옷차림은 사무실에서 일할 때와 달랐다. 우선 백화점에서는 모자를 썼다. 보수적이고 얼굴을 돋보이게 해주는 스타일(고객을 놀라게 할 수 있으므로 너무 특이한 스타일은 피한다), 하지만 색깔과 장식은 시각적으로 즐거울 수 있도록 약간 튀는 것을 골랐다. 주말 출퇴근길 전철 안에서, 케이시는 약간 눈에 띄었지만 상관하지 않았다. 월요일부터 금요일의 옷차림에서 해방되는 날이었기 때문이었다. 거울 한 귀퉁이에서 사빈이 케이시의 모습을 뜯어보고 있었다.

사빈은 전화를 끊자마자 담배를 다시 물었다. 그녀는 하루에 두 갑을 피웠고(케이시보다 한 갑 더 피웠다), 케이시가 사무실에 들를 때면 항상 같이 담배를 피웠다. 몇 년 전 둘이 같이 금연을 시도했을 때는, 주변의 모두가 고통받았다. 아이작은 저녁 칵테일을 두 잔쯤 마시고 담배를 문 아내가 더 사랑스럽다고 정당화하며 두 손을 들었다. 대단히 나쁜 짓도 아니잖아, 그는 어깨를 으쓱했다. 사빈의 프랑스인 디자이너 친구들은 그녀가 금연하려는 것을 보더니 미국식 청교도주의라고 평가하고 거기 저항해야 한다고 했다. 쾌락 없는 삶은 창조성을 가로막는다는 것이 그들의 주장이었다. 논점을 보다 확실히 하기 위해, 몇몇은 그녀에게 프랑스 담배를 몇 보루 보내주기도 했다.

"그거 새 모자니?" 사빈은 물었다.

"새거냐 아니냐는 상대적인 의미죠. 그렇지는 않아요." 케이시는 대답했다.

"그래?" 사빈은 담배 연기를 깊이 들이마셨다. "얼마나 됐는데?"

"여기서 산 건 아니에요."

"알아." 사빈은 말했다. 그녀는 모든 매장에서 상품을 매입할 때마다 기록을 일일이 점검했다. 처음 주문을 넣었던 매입 담당 직원들은 그녀가 재고목록을 완벽하게 파악하고 있는 것을 보고 경악하곤 했다.

"모자 마음에 안 드세요?" 케이시는 아이처럼 우거지상을 썼다.

"그런 말을 한 적은 없는데."

"그럼 마음에 드세요?"

"네가 돈 주고 그걸 살 수 있는 형편이라면 더 좋겠어."

케이시는 샌드위치를 내려다보았다. "생각 있으세요?" 그녀는 사빈에게 물었다.

"아니."

"그럼 됐어요." 케이시는 담배에 불을 붙였다. "저도 배가 안 고파요."

"지원서는 준비했니?" 사빈은 물었다. 그녀는 책상에서 일어나서 회의 탁자로 옮겨 와 앉았다. 목소리가 약간 부드러워졌다.

"네."

"그래서?"

"지금 제 생활은 그리 나쁘지 않아요." 가벼운 대화로 끝내고 싶었다. 케이시는 사빈을 좋아했다. 멋있었고, 케이시의 어머니보다 나이가 많았지만 오히려 더 젊게 느껴졌다. 어떤 면에서 그녀는 역할모델이자 조언자, 우러러볼 수 있는 존재였지만, 가끔 버겁게 느껴질 때가 있었다. 사빈이 내미는 것을 받아들이기가 까다로운 이유가 바로 그것이었다. 항상 달갑지 않은 대화가 따라온다.

"컨 데이비스에서 계속 영업보조로 일할 수는 없잖아. 주디스처럼 되고 싶은 것도 아닐 테고."

케이시는 어깨를 긴장하며 고개를 들었다. "주디스가 어때서요?"

"꼭 그런 뜻은 아니야."

"그럼 왜 그런 말을 하세요?" 주디스 편에서 뭔가 말해야 한다는 생각이 들었다.

"주디스는 좋은 사람이야. 훌륭한 주말 매니저지. 실패자고. 그녀가 물려받은 그 많은 돈을 생각해봐. 그 사람은 그 돈으로 뭘 하고 있어?"

"여기서 물건을 사서 대표님을 부자로 만들어주고 있잖아요." 케이시는 짜증스러워서 두 손을 들었다. "누구한테 해를 끼치는 것도 아니고."

"아니." 사빈은 담배를 눌러 껐다. "틀렸어. 틀렸어. 틀렸어."

케이시는 포장한 샌드위치를 들어 팬케이크처럼 뒤집었다. 작게 툭, 소리가 났다. 그녀는 다시 뒤집었다. 또다시. 케이시가 아파트에서 식탁으로 사용하고 있는 카드탁자 위에는 이미 각종 경영대학원 원서들이 잔뜩 쌓여 있었다. 엘라와 브런치를 먹을 때 테드와 잠시 경영대학원에 대해 이야기를 나누기도 했다. 그는 말을 돌리지도 않고 하버드나 스탠퍼드는 힘들다고 단정했다. "갈 만한 가치가 있는 대학은 거기뿐인데. 여성이라는 게 도움이 될지도 모르지. 아시아인이라는 건? 도움이 안 돼."

케이시의 GMAT 점수는 준수했지만, 경영대학원 입학처의 관점에서 볼 때, 그녀의 업무 경험은 흥미롭지도 도전적이지도 않았다. 제이는 초대형 투자은행에서 3년간 죽도록 경험을 쌓았지만 그런 그조차 테드가 높이 평가하는 학교에서 물을 먹었다. 결국 제이는 아이작의 전화 덕분에 대기 명단에 올라 있던 컬럼비아 대학에서 다시 면접 기회를 얻었고, 그런 뒤에야 그의 원서는 장애물을 넘어 합격선까지 도달할 수 있었다. 졸업 후 2년 반이 지났으니, 케이시의 미래에는 이미 어느 정도 한계가 정해졌다. 로스쿨은 지나간 이야기였다. 오래전에 받은 합격증은 이제 무의미했다. 최상급 경영대학원 두 군데도 거의 불가능했다. 하지만 대단한 비극이라고 할 수는 없었다. 그녀는 샌드위치를 점점 더 빨리 뒤집고 있었다.

"그만해."

"네?" 케이시는 문득 자신의 손짓을 의식하고 우뚝 멈췄다. "아, 죄송합니다."

"그래, 넌 가난한 게 좋은 거야?" 사빈은 담배를 옥 재떨이에 눌러 껐다.

"아주 좋죠." 케이시는 미소 지었다. "저한테 맞아요. 익숙하고, 편안해요." 그녀는 억지로 즐거운 척 눈가에 주름을 잡으며 모자를 다시 고쳐 썼다.

"하, 하." 사빈은 코웃음을 쳤다. 전화가 울렸고, 그녀는 전화를 받았다. 그녀는 잠시면 끝난다는 뜻으로 검지를 세웠다. 항상 업무가 먼저다.

케이시는 샌드위치를 밀어냈다. 쳐다보기도 싫었다. 지금껏 신용으로 구매한 다른 모든 물건들이 그랬듯, 소유하는 순간 케이시는 물건이 흉하고 보기 싫어졌다. 자신이 통제불능이고, 이기적이고, 파괴적이고, 탐욕스럽다는 사실을 상기시켰기 때문이었다. 사빈은 좋은 의도로 말했겠지만, 케이시는 어쩌면 그렇게 심술궂은 질문을 할 수 있느냐고 사빈에게 샌드위치를 던져버리고 싶었다. 가난한 게 좋으냐니? 당연히 싫지! 그녀는 소리 지르고 싶었다. 하지만 사람은 어떻게 부자가 되는 걸까? 그 방법이 그녀에게는 수수께끼였다.

더 이상 이렇게 돈 한 푼 없이, 길거리 벼룩시장이나 구세군에서 주워 온 이런저런 물건으로 아파트를 꾸미고 살 수는 없다. 이케아조차 너무 비쌌다. 그런데도 케이시는 지갑이나 은행 계좌에 현금이 없다는 이유로 모자 강습팀 동료들이나 학교 친구들을 만날 때 술 한 잔 안 살 수는 없었다. 빚 때문에 초조했지만, 한 가지 다른 생각이 행복의 큰 부분을 앗아가고 있었다. 부모님이나 동생이 혹시 경제적인 도움을 필요로 한다 해도, 자신이 그들에게 교통비 한 푼 줄 수 없다는 사실이었다. 집안에는 아들이 없다. 케이시가 맏이다. 현재 상태로 그녀는 가족에게 무용지물이었고, 그것은 다른 누구의 탓도 아닌 자기 자신 때문이었다. 볼로냐로 찾아오라는 버지니아의 제안도 워낙 쪼들려서 다시 거절하지 않을 수 없었다. 가족 중 이탈리아에 가본 사람은 없었다. 볼로냐가 없어지는 것도 아니잖아, 그녀는 생각했다.

버지니아는 외국에서 대학원을 다니면서 돈 한 푼 벌지 않는데도 상당히 여유롭게 살고 있었다. 사업가들이 그녀에게 저녁을 샀고, 화가들은 섹스를 제공했다. 여기저기 남자친구들이 옷을 사주고 여행에 데려갔다. 그녀는 아무 거리낌 없이 자신의 생활에 대해 이렇게 썼다. "마르코의 토리노 아파트는 너무 조용해서 같이 나왔어. 대신 코모 호숫가에 있는 그의 별장에서 일주일 지냈지." 마르코는 이달의 남자친구였다. 나중에 사빈에게 들어보니 코모 호숫가는 이탈리아에서도 가장 아름다운 별장지인 모양이었다. 숨 한번 들이쉴 때마다 1리라가 든다는 것이었다. 버지니아는 아이비리그와 브리어리 출신의 자기 친구들 이야기도 썼다. 그들 중 특히 매력적인 사람들에게 대학 졸업 후의 삶은 길고 화려한 모험 같았다. 케이시는 가족 중에서 처음 대학을 졸업한 사람이었다. 오래전 버지니아는 자기가 케이시와 비슷한 처지라고 강변한 적이 있었다. 자신의 생물학적 어머니도 아마 중학교를 채 마치지 못했을 것이고, 불한당 같은 생물학적 아버지야 말해 뭐하겠냐는 것이었다. 하지만 버지니아의 유전적 가계가 어떻든, 그들은 이제 같은 처지가 아니었다.

2년 반 동안 케이시는 고달픈 일상을 꾸려왔고, 이제 또다시 빌어먹을 갈림길에 서 있었다. 사빈과 휴, 월터, 부모님이 말하려는 것은 그녀 역시 본능적으로 이해하고 있었다. 이제 결정을 내리고, 행동에 옮길 때였다. 하지만 보장이 없잖나. 학교에 입학하고, 직장을 잡을 수 있다는 보장, 안전을 보장받을 수 있다는 보장. 게다가 사람들은 늘 해고당한다. 컨 데이비스와 사빈의 백화점에서, 케이시는 수많은 사람들을 내보내는 모습을 보았다. 나간다, 마치 바깥에 자유라도 있다는 듯이. 하지만 케이시는 친구의 아파트에서 지내는 것이 어떤 것인지, 39센트짜리 라면을 걸죽하게 불려 먹기 위해 달걀 하나를 훔치고 수치심에 치를 떠는 것이 어떤 것인지 잊지 않았다.

사빈은 전화를 끊었다. 표정은 차가웠다. 모든 것을 다 아는 눈빛, 얼음장 같은 침묵. 그녀는 백금 라이터를 켜서 다시 담배에 불을 붙였다. 답답해하는 기운이 역력했다. 그녀는 시계를 보았다.

"이제 갈 시간 됐나요?"

"아니." 사빈은 그녀에게 한쪽 눈을 깜박했다. 어떻게 해야 이 애를 도울 수 있을까, 그녀는 생각했다.

"아직 하실 말씀이 더 있으시군요."

"그래."

"그럼 하세요. 속 시원하게."

"경영대학원에 지원할 거니?"

"모르겠어요, 사빈. 정말 모르겠어요."

"난 네가 '모르겠다'라고 할 때가 싫어. 바보처럼 들린다고. 우울하게 들리기도 하고."

"당연히 그렇죠." 케이시는 생각해보았다. 그녀는 일주일에 이레를 일했다. 고등학교도 졸업하지 못하고 이민 온 부모님조차 일요일은 쉰다.

"그럼 서둘러야지. 이제 지원 접수 마감이 일주일밖에 안 남았잖아? 어서 원서를 보내야 할 거 아니야."

"케빈은 경영대학원이 인맥이나 쌓는 곳이래요. 인맥은 재능이 없는 사람한테나 필요한 거라고." 케이시는 마지막 말을 하면서 웃었다.

"넌 케빈이 아니잖아."

사빈은 케빈이 가난한 집안의 한국인 여자가 아니라는 뜻으로 한 말이었다. 미국인과 결혼했지만, 그녀는 '대부분의 미국인들은 아시아인을 곤충으로 생각해. 좋은 개미, 일벌, 죽지도 않는 바퀴벌레. 셋 중 하나지' 같은 소리를 틈날 때마다 했다. 하지만 그렇다고 해서 민족주의자도 아니었다. '무식한 한국인들, 디자이너 패션을 걸친 촌뜨기들.' 그녀는 한국이 여아 낙태 건수가 세상에서 가장 많은 나라라고 보도한 잡지 기사를 읽은 뒤 이렇게 중얼거렸다. 사빈은 미국에서 여러 요소가 뒤섞인 일종의 자연선택이 작용한다고 믿었다. 더욱 열심히 일하고, 독립적으로 사고하고, 경쟁자가 누구인지 알고, 올바른 길잡이와 필요한 지원을 얻을 수 있다면, 반드시 성공할 수 있다는 것이다. 어떤 면에서 그녀는 비이성적일 정도로 낙관적이었다. 그녀는 신 같은 건 헛소리라고 믿었다.

"이번 주 내로 보냈으면 좋겠어. 해봐, 케이시."

"제 모자가 얼마나 멋진지 이야기하면 안 될까요?" 영원한 어른 사빈과 같이 있으면, 케이시는 자신이 그녀와 대조적으로 어린아이처럼 느껴졌다. 컨 데이비스에서 케이시는 브로커들에게 비행기를 타라고 지시하고, 회의 일정을 잡고, 음식을 주문하고, 행실 똑바로 하라고 타월을 휘두르는 젊은 보이스카우트 지도자 같은 존재였다. 하지만 사빈의 사무실에 있으면 립글로스 색깔이 모자 장식과 안 맞으면 어쩌나 초조한 10대 소녀가 된 기분이었다.

사빈은 케이시를 향해 애써 미소 지었다. 너무 심하게 밀어붙였나? 하지만 좋은 말로 구슬려서 잘된 적이 있던가? 그녀는 녹색 유리 물병 뚜껑을 열고 다음 라운드를 준비하는 권투선수처럼 물을 들이마셨다.

그 모습에 케이시는 오싹했다. 그녀는 일어서서 라디오 전원을 켜고 볼륨을 낮췄다. 여자의 노랫소리가 흘러나왔다. "그래, 당신은 인간이지, 하지만 나도 인간이야." 제이가 여자들 문제가 있었을 때 내세웠던 변명이었다. 자기도 인간일 뿐이라고. 제이를 다시 받아들이고 심지어 결혼하기로 약속한 뒤, 케이시는 그가 자신을 사랑한다는 것을 알고 있었고 그저 실수했을 뿐이라는 것도 이해했다. 그런데도 그가 그 짓을 하는 장면을 머릿속에서 지울 수도, 잊어버릴 수도 없었다. 그 장면은 색이 조금도 바래지 않은 채 뇌세포에 각인되어 있었다. 사랑을 나눌 때마다, 그녀는 그가 아무 감정도 없는 여자들에게 한 짓을 자신에게 하고 있다는 생각이 들었다. 그녀 역시 제이를 만나기 전에 똑같은 짓을 했다. 몇 주 동안 태아를 배 속에 지니고 있기도 했다. 성조차 모르는 남자와 섹스한 결과였다. 그녀는 제이보다 나을 것이 없었다. 전혀. 그녀는 더 나은 인간이 아니었다. 사빈에게 등을 돌린 채, 케이시는 라디오를 끄고 다시 사빈을 향해 돌아섰다. 응석받이 어린아이가 된 기분이었다. 그 점 때문에 사빈이 고마웠다.

"변화는 생각보다 쉬워, 케이시."

"네." 그녀가 대답했다.

"네가 신용카드 빚도 처리했으면 좋겠구나." 사빈은 말했다.

샌드위치는 아직 포장된 그대로였다. 케이시는 빵과 고기 사이에서 끈끈하게 굳은 발사믹 마요네즈 소스를 응시했다. 그녀는 담뱃갑을 찾아 핸드백을 뒤졌다. 경쾌한 계피색 포장을 보니 기분이 좋았다. 초콜릿이라도 찾아낸 기분이었다.

"필터 없는 거 아니지?"

"그 이야기를 하고 계신 게 아니었는데요……."

"좋아." 사빈의 입매가 한층 단호해졌다. "옛날에 누가 내게 이런 말을 해줬다면 얼마나 좋았을까 늘 생각하지만……."

케이시는 또 인생과 인간에 대한 암울한 철학이 흘러나올 거라고 생각하고 고개를 끄덕였다.

"들어봐, 케이시." 사빈은 케이시의 집중력이 흐트러지는 것을 느끼고 한층 목소리를 높여 빠르게 말하기 시작했다. "1분 1초가 소중해. 텔레비전을 켜고, 극장에 가고, 필요하지도 않은 물건을 살 때마다, 한국 여자 머리는 예쁘다는 등 헛소리를 주절거리는 남자와 같이 술집에 앉아 있을 때마다, 잘못된 남자와 자고 그의 전화를 기다릴 때마다, 넌 그 모든 시간을 낭비하고 있는 거야. 네 인생을 낭비하고 있는 거야. 네 인생은 소중해, 케이시. 1분 1초가. 내 나이쯤 되면, 매일, 매 순간, 나는 선택을 하고 있었다는 걸 알게 돼. 내가 갖고 있었던 시간, 내게 주어졌던 시간을 낭비했다는 걸 깨닫게 되지. 그 순간은 사라졌어. 단 한순간도 다시 돌아오지 않아." 사빈은 근심 가득한 눈으로 고개를 기울였다. "아, 케이시. 무슨 말인지 알겠니?"

케이시는 고개를 들 수 없었다. 부모님과 동료, 사빈이 그녀의 능력에 비해 너무나 보잘것없다고 했던 일자리를 고른 자신의 선택에 대해 변명하고 싶었다. 빌어먹을, 로스쿨을 선택하지 않은 것은, 티나처럼 의대를 선택하지 않은 것은 그녀 자신의 결정이었다. 왜 천천히 내 길을 찾으면 안 되지? 왜 실패하면 안 되지? 미국에서는 그렇게 하라고들 하지 않나. 나 자신을 찾고, 내게 어울리는 색깔을 찾아야 하는 것 아닌가.

"내가 누굴 해치는 것도 아니잖아요." 케이시가 반박했다.

"아니. 틀렸어. 넌 너 자신을 해치고 있어. 내가 몇 번을 말했니."

사빈은 팔을 뻗어 케이시의 손을 감쌌다. "절대 실패하면 안 된다는 말이 아니야. 실수를 하더라도 목표를 향해 가는 동안에 해야 한다고 말하는 것뿐이야. 알겠지?"

따끔한 자극이 필요한 다른 판매사원들에게 사빈이 종종 하는 설교는 늘 이렇게 끝났다. 사빈이 가장 좋아하는 대사였다.

머리가 묵직하게 느껴졌다. 책상에서 잠시 낮잠을 자는 아이처럼 팔에 고개를 묻고 싶었다. 케이시는 모자를 벗고 손가락으로 머리카락을 빗었다.

"경영대학원 학비는 내가 대줄게." 오랫동안 숨어 있었던 것처럼, 모습을 드러낼 기회만 기다리고 있었던 것처럼, 사빈의 매끈한 이마에 가로로 주름살이 패었다.

케이시는 조금도 마음이 흔들리지 않았다. 마음 한구석이 한층

289

단단해졌다. 사빈의 제안은 한층 더 무거운 압박처럼 느껴졌다.

"왜요?"

"난 네게 이 백화점을 팔 수도 있어."

케이시는 웃었다. "말도 안 돼요. 전 이 샌드위치도 못 사는 걸요."

"난 평생 쇼핑객을 연구한 사람이야. 넌 지금 돈 많은 가정주부처럼 굴고 있어."

"그 말도 웃겨요. 점심시간에 작정하고 코미디를 하시네요."

"힘든 선택을 하고 그 선택에 따라 살려고 노력한다면, 넌 너자신에게 더 편안해질 수 있었을 거다. 이 모든 소비는 네가 진정원하는 것의 대용품이야. 이 모든 과소비는 단순히 중독에 불과해." 사빈의 음성에는 자신감이 흘러넘쳤다.

"정신과의사한테 야근이라도 시키세요?" 사빈이 터틀 박사에게서 상담을 받는다는 것은 비밀이 아니었다. 그녀가 아이작에게 싫증났을 때 결혼생활을 지켜준 것이 박사였다는 것이다. "그럼 대표님은 마약상이군요. 돈 많고 한심한 여자들에게, 궁극적으로영혼을 살찌워주지도 못하는 물건들을 파는." 케이시는 눈썹을올렸다. 이 우울한 점심식사 시간에 조금이나마 승리감을 맛보고싶었다.

"어떤 고객들에게는, 그렇지. 하지만 그렇다고 술집 문을 다 닫아야 할까?"

"그러면서 저한테는 대표님을 본받으라고 하시고요." 문득 입씨름이 즐거워졌다.

"네가 원한다면. 케이시, 넌 불행할 이유가 없어."

"그게 선택의 문제였던가요?"

사빈은 고개를 끄덕였다.

"네, 그럼 전 행복하기로 할게요." 케이시는 팔짱을 꼈다. 그녀는 모자를 다시 썼다. 자신이 불행한 사람이라고 생각하지는 않았다. 버지니아는 열한 살 때부터 항우울증제를 복용하고 있었고, 우울증과 섭식장애로 늘 정신과에 다녔다. 케이시의 기질이 평정하다고 말한 것도 버지니아였고, 그녀는 이 말을 찬사로 받아들였다. 사빈은 기복이 심한 성격이었고, 늘 고함을 질렀다. 정신과 상담을 받는 것도 무리는 아니었다. 불행한 쪽은 사빈과 버지니아였다. 그녀의 부모님은 즐거움을 모르는 삭막한 사람들이었고, 가난하고 금욕적이었다. 그들은 감정에 대해 이야기를 나누는 법이 없었다. 그에 비하면 케이시는 너무나 평온하고 유쾌한 성격이었다.

"제가 이 백화점을 어떻게 사요, 사빈. 이건 대표님의 자식이나 마찬가지인데요." 말을 하고 보니 멍청했다는 생각이 들었다. 사빈은 아이가 없다. "게다가 아직 은퇴하기에는 너무 젊으시고요."

"나도 미래에 대한 계획을 세워야지. 너도 생각해봐." 이런 저항에 익숙하지 않은 사빈은 조용히 말했다. 사실 오늘은 이런 말을 모두 털어놓을 의도가 아니었다. 한데 이야기를 시작하고 보니 자신이 후계자로 다른 누구보다 케이시를 가장 염두에 두고 있다는 것을 깨닫게 되었던 것이다. 좋은 우두머리는 든든한 후계 계획을 갖고 있어야 한다. 사빈은 겨우 마흔네 살, 아직 젊고 이따금 편두통을 앓는 것만 빼면 건강도 좋았다. 하지만 그녀는 자신이 물려

난 뒤에도 자신의 유산이 계속 융성하기를 바랐다. 후계자를 키울 시간이 필요했다. 지금껏 백화점을 사겠다는 제안은 있었지만, 페더레이티드나 기타 대기업이 이 백화점을 경영하는 것을 상상해보면 어딘가 옳지 않은 일 같았다. 《엘르》는 언젠가 이 백화점을 "사빈: 전복적이고 진실하다"라고 표현한 적이 있었다. 무슨 뜻인지 찾아봐야 하는 현학적인 단어였지만, 틀린 말은 아니었다. 그녀는 관습을 거스른다는 점에서 정확한 표현이라고 생각했고, 여성에게 좋은 일이라고 생각했다. 관습은 사빈이 아는 모든 여성을 망가뜨렸기 때문이었다. 평생 그녀는 남이 하라는 방식과 다르게 행동했고, 스스로의 소망과 직관에 따라 결실을 거둔 것이 한없이 기뻤다. 케이시는 아직 자신의 재능을 깨닫지 못하고 있었다. 물건을 팔고, 미국 여성들과 잘 지내고, 스타일이 무엇인지 체득하는 재능, 사빈은 이런 재능을 알아볼 수 있었지만, 말로 설명할 수는 없었다.

"널 돕고 싶어, 케이시."

뭐라고 할 수 있을까? 3주째 토요일마다 점심을 같이 먹고 있었지만, 그때마다 똑같은 설교였다. 케이시는 회피도 해보고, 반항도 해보고, 때로 직접적으로 반대하기도 했지만, 속으로는 사실 사빈이 하는 모든 말이 다 맞다는 것을 알고 있었다. 마음 한구석에서 케이시는 사빈이 이 싸움을 포기해버리면 어떻게 해야 할지 알 수 없을 것 같았다. 평생 케이시의 현실적인 문제에 대해 관심을 가져주었던 어른은 단 두 사람, 그들에게 케이시는 자신의 두려움을, 자기 자신을 어느 정도 열어 보여주었다. 제이의 어머니는 그렇지 않다고 하지만 사실 이제는 케이시와 인연이 없는 사람이었다. 사빈은 동화 속에 나오는 대모님이자 스승, 강력반 형사를한데 뭉쳐놓은 존재였다. 사빈은 케이시에게, 케이시와 벌이는 이 끈질긴 줄다리기에 지친 기색이 역력했고, 케이시는 충성으로 갚아야 할 빚이 어마어마하다는 것을 알고 있었다. 이렇게 중요하고 영리한 인물에게 선택받았다는 느낌, 인정받는다는 느낌은 평생 처음이었다. 이런 느낌을 버리고 떠난다는 것은 불가능했다. 사빈이 그녀를 사랑했기에 그녀 또한 사빈을 사랑했지만, 이런 사랑의 언어는 두 사람에게 불가해했다. 그들에게 말은 아무 가치가 없었다. 행동이야말로 모든 것이었다.

사빈은 손목시계를 보았다. "시간 됐네. 점심시간 끝났어."

케이시는 샌드위치와 물을 가방에 넣었다. "고맙습니다, 대표님." 그녀는 미소 지었다. "늘 저를 위해 최선을 바라신다는 거 알아요."

"맞아." 사빈은 자신 있는 모습으로 고개를 끄덕였다. 케이시는 매장으로 돌아갔다.

2

쌍안경

"여보, 됐어!" 테드는 들뜬 목소리로 외쳤다. "낙찰됐다고! 믿어져?"

엘라는 고개를 끄덕였다. 그가 그녀를 볼 수 있는 것은 아니었다. 그는 사무실에서 전화를 건 참이었다. 웬일로 바쁜 목소리도 아니었다.

"듣고 있어?" 그는 엘라의 반응이 늦어서 짜증이 났지만, 그 어떤 것도 이 순간을 망칠 수는 없었다. 그의 전화는 늘 그렇듯 크리스마스 전구처럼 반짝이고 있었지만, 테드는 비서가 연결한 다른 통화들을 그냥 내버려두었다.

"여보세요?" 테드는 숨을 천천히 들이마셨다. 더 급하게 보채면, 그녀는 소녀 같은 말투로 "테드, 생각 중이었어요"라고 대답할 것이다. 대체로 그는 아내가 과묵하고 말수 적은 것이 좋았다. 처음 연애를 시작하던 시절에는 그것도 일종의 화술이고 미덕이라고 높이 평가했다. 그녀는 남의 뒷이야기나 험담을 할 줄 몰랐다. 말을 잘하는 사람이 영리하다고 생각하는 미국인들의 관점과 반대로, 그녀의 과묵함은 지능과 비례하지 않았다. 머리 나쁜 여자였다면 테드가 결혼하지도 않았을 것이다. 머리 나쁜 여자와 결혼하는 남자는 머리 나쁜 자식들을 낳을 뿐이다. 누구나 알고 있다. 말할 때 엘라는 설득력 있고 통찰력이 넘쳤다. 테드가 그녀의 정확한 논리에 동의하지 않는 경우는 거의 없었다. 하지만 때로 그 빌어먹을 지능이 다른 사람들, 특히 그 앞에서 모습을 나타내기를 기다리느라 인내심이 다하는 것을 느낄 때가 있었다. 의사가 침대에서 쉬라는 처방을 내리기 일주일 전, 그들은 엘라가 선택한 영화를 보고 저녁을 먹으러 식당으로 갔다. 그는 영화를 어떻게 생각하는지 엘라에게 물었고, 그녀가 생각을 정리하는 동안 이렇게 내뱉었다. "그냥 툭 까놓고 이야기하라고, 엘라. 그렇게 대단한 의견을 기대하는 게 아니야. 입 밖으로 뱉으라고." 그녀는 단골 식당 로사 멕시카노에서 울음을 터뜨렸다. 뾰로통한 아이처럼 생선 타코를 입에도 대지 않았다. 부부를 아는 웨이터들은 임신해서 배가 불룩한 아내에게 남편이 고함을 지르는 장면을 못 본 척해야 했다. 테드는 너무나 화가 나서 잠시 밖에 나가 담배를 피우고 돌아왔다. 하지만 돌아온 뒤 그는 사과하고 의사의 권고보다 훨씬 체중이 불어 있는 엘라에게 디저트로 캐러멜 플랑을 권했다.

그러나 테드의 조바심은 엘라를 더욱 초조하게 할 뿐이었다. 오히려 엘라는 더욱 말수가 줄었다. 이제 무슨 말을 해야 할지 몰라서, 그녀는 프룬 주스를 한 모금 마시고 커피 탁자에 잔을 놓았다. 혈압이 너무 높아서 의사는 침대에서 쉬라고 권했다. 엘라는 제발 변비가 해소되기를 기도하며 거실 소파에 누워 있었다. 지난번 병원에 갔을 때 한 임상간호사가 그녀에게 치핵이 있으니 섬유질을 많이 섭취하라고 했다. 임신은 일종의 육체적인 굴욕이었다. 엘라는 생각에 잠겨 배를 문질렀다. 어쨌거나 아이는 건강하니까. 그녀는 아기를 사랑했다. 딸이었다.

"엘라? ……엘라?" 테드의 전화는 다른 전화가 왔다는 알림으로 요란했다. 그는 다른 작전을 써보기로 했다. 그가 화를 내면 엘라는 더 말이 없어지거나 울었다. "아기, 우리 아기?" 테드는 아버지처럼 든든하게 목소리를 내리깔았다. "무슨 일이야? 당신도 좋지 않아?"

"잘됐어요, 테드." 그녀는 유쾌한 목소리를 내려고 노력했다. 누워만 있으니 허리가 아팠다.

남편은 경매에 참여했던 타운하우스를 낙찰받았다고 좋아하고 있었다. 이스트 70번가에 위치한 3층짜리 벽돌 건물이었는데, 대대적으로 수리를 해야 했다. 테드의 동료들은 그 집이 백만 달러 약간 넘는 가격에 나왔다니 운이 좋았다고 생각했다. 하지만 엘라는 지금 사는 아파트가 좋았다. 들어온 지 3년도 되지 않았다. 딸이 놀 공간도 충분했다. 엘라의 아버지가 마련해주신 아파트였고, 타운하우스를 사려면 이 집을 팔아야 하는데 수리하는 동안 가능하면 새 주인에게서 다시 렌트해야 했다. 그녀의 의지로 어떻게 할 수 없는 수많은 변수가 있었다. 몇 가지 지점을 짚어보려고 말을 꺼내보기는 했다. 작년에 테드가 집을 살 수 있을 정도로 워낙 돈을 많이 벌긴 했지만, 보너스가 얼마나 나올지 모른다는 문제도 있었다. 수리 비용은 50만 달러를 넘어설 것이다. 엘라에게는 어마어마한 액수였다. 엘라의 아버지는 이런저런 비용을 입에 올리는 성격이 아니었다. 테드가 도표와 차트, 그래프를 그리기 시작하면, 엘라는 어둑어둑한 먹구름 속에 들어서는 기분이었다. 그녀도 주의를 기울이려고 매우 애를 썼다. 테드는 그녀가 이해하기를 바랐다. 이런저런 요소들이 얽혀 있다는 것을 인지하고, 자신이 이 집안의 가장으로서 짊어진 짐들을 같이 나누기를 바랐다. 삶의 현실적인 요소들을 엘라도 이해해야 한다고 했다. 테드는 돈을 이렇게 불렀다. 없어서는 안 되는 삶의 현실. 보통은 테드의 말에 동의하는 것이 쉬웠지만, 엘라는 요즘 너무나 피곤했다. 틈만 나면 일어나서 소변을 봐야 했기 때문에 잠자는 것이 불가능했고, 낮에도 마음의 안정을 취하기가 어려웠다. 임신 36주째가 되자 체중이 36킬로그램이나 불었다. 임신중독증 때문에 물도 많이 마시긴 했지만, 엘라는 아이스크림을 매일 거의 1파인트씩 먹고 있었다. 차갑고 부드러운 커피맛 하겐다즈 말고는 그녀를 만족시킬 수 있는 것이 없는 것 같았다. 티스푼이 종이용기 바닥을 긁으면, 그녀는 테드가 증거물을 보지 못하도록 아파트 밖으로 나가서 복도 쓰레기 투입구에 빈 통을 버렸다. 그는 요즘 단것을 찾는 엘라를 탐탁하게 보지 않았다.

"좋아요, 테드. 아주 잘됐네요." 그녀는 말했다.

"좋아? 잘됐어?" 테드는 엘라가 이 일에 좀 더 신이 났으면 했다. 이건 아주 큰 거래였다. 작년에 컨 데이비스 사상 최연소로 전무이사가 된 것만큼 큰 일이었다. 어퍼이스트사이드에 저택을 갖게 되는 것이다. 그게 어떤 의미인지 모르나? 그는 엘라가 준 검은 워터맨 만년필을 지난 번 거래를 성사시킨 기념으로 받은 크리스털 기념패에 톡톡 두드렸다.

"왜 그러는데?" 그는 짜증을 억누르며 물었다.

"아기를 돌보면서 수리 과정을 어떻게 감당할지 모르겠어요. 당신은 사무실에서 일하느라 바쁘겠죠. 당신이 얼마나 바쁜지 나도 알아요. 게다가 여행도 다녀야 하잖아요. 아니, 일 때문에 출장 가는 거니까 이해한다고요. 당신이 나를 위해 집을 산 건 알아요. 아기를 위해서. 우리 가족을 위해서. 당신이 얼마나 열심히 일하는지 나도 알아요, 테드." 엘라는 자신의 배은망덕한 말투가 한심하게 느껴졌다. "난 이번이 첫아이고……." 그녀는 튀어나온 배를 내려다보았다. 배는 너무나 크고, 단단하고, 둥글었다. 피부로 감싼 이글루 같았다. 이 생각을 하니 몸속이 차게 느껴졌다. 엘라는 안에 있는 딸을 따뜻하게 감싸주려는 듯 두 손을 배에 얹었다.

"아이 보는 사람을 구하면 되지. 우리 회사 사람들은 다들 그렇게 해."

"그 사람들은 직장생활을 하죠. 난 이제 일을 안 하잖아요." 테드는 그녀가 아기와 같이 집에 있기를 원했고, 엘라는 그가 옳다고 생각했다. 하지만 직장을 그만둔 지난 한 달 동안, 그녀는 사무실이, 소년들이 복도를 달려가는 소리가, 데이비드와 함께 먹던 점심이 그리웠다. 아침에 침대에서 일어나고 싶지 않은 날도 있었다. 이런 감정도 아이가 태어나면 지나가겠지, 그녀는 생각했다.

"아이 보는 사람을 구하면 난 뭘 해요? 당신 회사 사람들은……."

"아내가 전업으로 집에서 아이만 키우는 그런 동료들도 아이 보는 사람을 고용해. 당신도 도움이 필요할 거야, 엘라. 혼자 다 할 수는 없어. 집수리도 감독해야 하고. 친구들과 가끔 나가서 점심도 먹어야지." 테드는 어깨를 으쓱했다. 말은 그렇게 했지만 어떤 친구일지는 알 수 없었다. "아니면 운동하러 나가든가. 우리 둘이서 저녁 외식도 하고. 항상 아이를 데리고 다닐 수는 없을 테니까……."

"아이 보는 사람을 들일 생각은 없었어요."

"음……." 테드는 엘라의 이도 저도 아닌 태도에 실망해서 고개를 저었다. 엘라에게는 열정이 없었다. 전에는 깨닫지 못했던, 아니, 의식적으로 생각해본 적이 없었던 점이었다. 침대에서는 수줍어하긴 했지만 겉보기에 즐기는 것 같았다. 그녀는 애무를 좋아했다. 하지만 요즘은 섹스는 물론 테드가 좋아하는 어떤 것에도 열의가 없는 것 같았다. 이해는 갔다. 몸이 집채만큼 커져 있는데 사랑 같은 걸 나누고 싶은 마음이 들겠는가? 편할 리가 없다.

"아니, 이따금 밤에 사람을 쓰는 건 괜찮겠지만요." 엘라는 말했다. 남편은 매일같이 파티나 저녁식사 약속을 잡는 것을 좋아했고, 엘라도 데려가고 싶어 했다. 그래야 보기 좋고 사교적으로 보인다. 테드는 자극이 필요한 사람이었다.

"그건 나중에 이야기해." 그는 말했다. 훨씬 긴 대화가 필요한 사안이었지만, 지금은 여유가 없었다. 내선 버튼들이 밝게 빛을 발하고 있었다.

그날 아침 일찍 브로커에게서 낙찰되었다는 전화를 받고, 테드는 곧장 엘라에게 전화했다. 원하는 것은 아내가 감탄해주는 것, 그저 하나뿐이었다. 남편이 아내에게 집을 사주는 순간인 것이다.

엘라는 말이 없었다. 그녀는 프룬 주스를 마셨다.

테드는 펜을 내려놓았다. "의사한테 갈 거지?"

"네."

이것은 테드의 신호였다. 이제 전화를 끊으려고 일정을 물어본 것이었다. 아내에게 관심을 가지고 있는 것처럼, 배려하는 것처럼 보이려는 의도였다. 그녀의 욕구에 대해 전혀 생각조차 하지 않으면서. 이 사람은 왜 이러지? 엘라는 의아했다. 왜 자기 속셈을 내가 모른다고 생각할까?

"좋아, 그럼. 난 바빠, 여보. 일이 밀렸어."

"그래요."

"그래, 그럼 집에서 봐." 테드는 그녀가 먼저 전화를 끊을 때까지 기다렸다. 가끔 작별인사로 "사랑해"라고 말할 때도 있었지만, "당신을 정말 사랑해"라고 진심으로 들리도록 단어 하나하나 또박또박 말해준다면 엘라는 더 바랄 것이 없을 것 같았다. 그렇게 결혼하자고 졸랐으니, 분명 사랑하는 것은 사실일 것이다. 하지만 엘라는 어떻게 이런 말을 꺼내야 테드가 화내지 않을지 알 수 없었다. 작별인사 방식을 바꿔달라고 부탁하면, 그는 화를 내거나, 아예 무시해버리고 버릇없는 아이 대하듯 필요 이상 늦게까지 야근하거나 출장을 오래 끄는 식으로 냉각기를 가질 것이다. 테드는 그녀를 벌할 의도가 없었지만, 그녀는 종종 그렇게 느꼈다. 그 자신도 어쩔 수가 없는 것이다.

엘라는 완벽한 지혜가 떠오르기를 기다리며 수화기를 계속 들고 있었다. 사랑하는 남편에게 말을 건네는 더 좋은 방법이 분명 있을 텐데. 그녀는 눈을 감았다.

하지만 기다림에 지친 테드는 먼저 전화를 끊었다.

그날 오후 진료실에서 산부인과의사는 헤르페스 진단을 내렸다. 통통한 몸매와 윤기 흐르는 갈색 머리를 지닌 리슨 박사는 헤르페스가 있어도 자각하지 못하는 경우도 있다고 했다. "사실상 모든 사람한테 다 있을 정도로 흔해요." 판유리처럼 사무적인 목소리였다. 어떤 사람에게는 거의 아무런 불편함이 없는 가벼운 상처 정도다. 어떤 사람은 초기 증상을 심하게 겪기도 하지만, 다른 사람들은 가볍게 감염되어서 바이러스도 검출되지 않는다. 엘라도 지금까지는 요로감염으로 생각하고 넘어갔을 것이다. 오랫동안 바이러스가 잠복한 상태로 지내다가 어느 순간 활동을 시작할 수도 있다. 몇 주 뒤 출산이니 지금 알게 된 것이 다행이라고 의사는 말했다. 분만 전에 주의 깊게 지켜보아야 한다. 분만 시점에 산모가 증상을 보인다면(엘라의 경우 아무 통증 없이 포진이 나타났다가 사라지는 식이었다), 자연분만 과정에서 태아에게 감염될 수도 있기 때문이었다. 리슨 박사는 최악의 경우 태아가 시력을 잃을 수도 있지만 그럴 확률은 극도로 희박하다고 했다. "미리 알고 대비하는 것이 최선의 방책입니다." 박사는 엘라가 제발 눈물을 그쳐주기를 바라며 말했다. 그녀는 엘라를 좋아했다. 싫어할 이유가 조금도 없었다. 하지만 돌봐야 하는 환자들이 많았다. "엘라, 성기에 헤르페스를 가진 여자들이 매일같이 완벽하게 건강한 아이를 분만하고 있어요. 그러니까 아무 걱정할 필요 없습니다." 그녀는 환자의 둥그스름한 어깨를 가볍게 두드렸다. 엘라는 진정하고 다리를 산부인과 의자 발걸이에서 내려놓은 뒤 일어나 앉았다. 그녀는 병원 가운 자락을 무릎 위로 끌어당겼다.

"어떻게? 제가 어떻게 걸렸을까요?" 엘라는 물었다. 거의 수사적인 질문이었다.

리슨 박사는 남편 말고 다른 사람과 잔 적이 있느냐고 묻지 않았다. 그녀는 엘라의 성경험에 대해 몰랐다. 엘라가 바람을 피웠을 것 같지는 않았지만, 이런 추측은 많은 환자의 경우 빗나가기도 한다. 사람들의 성생활은 종종 깜짝 놀랄 정도였다. 17년 동안 의사로 일하면서 이따금 충격을 받을 때도 있었지만, 리슨 박사는 인생이 복잡하다는 것을, 때로 침실은 서로를 이해하려는 남녀의 연구실이기도 하다는 것을 이해하려고 노력했다. 과학이 늘 그렇듯, 실패한 실험도 있기 마련이다.

엘라는 아름다운 갈색 속눈썹으로 둘러싸인 리슨 박사의 검은 눈을 바라보았다. "정확히 어떻게 해서 헤르페스에 걸리는 걸까요? 여쭤봐도 될까요?"

"피부에서 바이러스가 활동하고 있는 부위에 직접 접촉을 통해 감염됩니다. 보통은 성관계지요. 성기 대 성기, 구강 대 성기, 구강 대 구강." 그녀는 대용량 베타딘 용기와 붕대가 가득 담긴 쟁반 옆 보관함에 놓인 진청색 책자를 가리켰다. "책자에 자세한 설명이 있습니다. 파트너와 어떻게 상의해야 하는지도 적혀 있어요."

"테드 말인가요?" 엘라는 박사의 속뜻을 아직 완전히 이해하지 못했다. "저는 처녀였어요. 지금껏 남편하고만……."

리슨 박사는 고개를 끄덕였다. 부드러운 무심함 이외의 다른 표정을 보이고 싶지 않았다. 그녀는 겨드랑이 밑에 주먹을 집어넣고 팔짱을 꼈다.

"엘라, 알게 된 것이 행운이라고 생각하세요. 지금 이런 소식을 듣게 된 것이 힘드시리라고 생각합니다만, 사실 대부분의 미국인들이 어떤 형태이든 이 바이러스를 지니고 있습니다. 아무도 말하지 않을 뿐이에요. 완전히 치료한다는 것은 불가능하지만, 얼마든지 관리할 수 있거든요. 특히 당신 경우는 더욱 그렇습니다. 자주 포진이 생기는 경우, 증상을 완화하거나 거의 나타나지 않도록 처치하는 방법은 많아요. 환자분은 괜찮습니다."

매일 이런 설교를 하는 것은 지겨운 일이었지만, 이것 또한 직업의 일부였다. 이 진단을 아무렇지도 않게 받아들이는 사람은 아무도 없지만, 사실 헤르페스는 대단한 병이 아니다. 의사 자신도 갖고 있었다. 평생 애인이 여섯 명뿐이었지만, 어떻게, 누구에게 전염되었는지 확실히 알 방법은 없었다. 이제 기껏해야 2년에 한 번 포진이 생기기 때문에, 아예 잊고 있는 편이 더 쉬웠다. 그녀는 건강한 세 아이의 어머니이기도 했다. 역학 전공인 프랑스인 남편은 환자들의 히스테리에 대해 나름의 가설을 갖고 있었다. 미국인들은 섹스에 관계된 것이라면 무조건 수치스러워한다는 것이었다.

"내 걱정은 별로 안 돼요. 단지 아기가……." 엘라는 혹시 또 나쁜 소식이 있을까 봐 의사의 얼굴을 살폈다.

"아기는 괜찮을 거예요." 일반적으로 리슨 박사는 비과학적인 위안으로 안심을 얻고 싶어 하는 환자의 이런 요구에 넘어가지 않는 사람이었다.

엘라는 이제 진료가 끝났다는 것을 깨닫고 고개를 끄덕였다. 이제 다음 환자를 봐야겠지, 그녀는 자신에게 말했다.

"자, 집에 가서 푹 쉬시되, 혈압을 잴 필요가 있으면 언제든지 오세요. 간호사가 설명해줄 겁니다. 알았죠?" 리슨 박사는 엘라의 물기 어린 눈을 가만히 들여다보았다.

젊은 환자가 아무 말 없이 고개를 끄덕였고, 의사는 나갔다.

아파트에 들어선 테드는 엘라가 잠들지 않고 책을 읽고 있는 것을 보고 기뻤다. 11시라 엘라가 잠들어 있을 거라고 생각했던 것이다. 아내는 마닐라 폴더 안의 서류에 집중하고 있었다. 오후에 검토해보라고 팩스로 보내준 담보대출 관련 자료일 것이다. 엘라는 테드가 손에 쥔 열쇠 쨍그랑거리는 소리에 놀라 벌떡 일어났다. 테드는 아내에게 미소 짓고 돌아서서 옷이 가득 찬 복도 벽장에 외투를 걸었다. 그는 늘 엘라에게 정리 좀 하라고 잔소리를 하곤 했다. 엘라는 통 물건을 내버리지 못하는 성격이었다. 하지만 요즘 엘라는 피곤하고 계속 기분이 좋지 않았다. 고혈압도 그렇지만 임신에 따르는 수많은 어려움 때문이었다. 현기증, 속 쓰림, 편두통, 이명, 설사 아니면 변비, 심지어는 치질까지. 엘라는 불평하지 않았지만, 힘들어하는 기색이 역력했다. 엘라의 아버지는 매주 과일바구니를 들고 찾아와서 엘라는 원래 몸이 워낙 허약하다는 말을 빠뜨리지 않고 테드에게 했다. 그래도 엘라는 이제 겨우 스물네 살이고 건강했다. 분만하는 순간까지 아무 소리 없이 일하다가 거뜬히 아기를 낳고 6주 후 다시 출근하는 마흔 살 난 투자은행 전문가들과 비교하자면 이렇게 힘들어하는 것이 놀랍기도 했다. 엘라의 어머니는 두 번 유산한 뒤 분만 도중에 세상을 떠났다. 이 사실은 늘 그들의 뇌리를 떠나지 않았다. 하지만 산부인과 의사는 일시적인 증상들이 있긴 하지만 아주 잘해나가고 있다고 했다. 아기도 건강하다고 했다.

엘라는 고개를 들었지만, 테드에게 인사 한마디 하지 않은 채 다시 서류로 돌아갔다. 보통 그녀는 남편이 돌아오면 아주 기뻐했고, 밤이든 낮이든 시간을 가리지 않고 먹을 것이나 마실 것을 내올까 묻곤 했다. 냉장고에는 항상 맛있는 음식이 준비되어 있었다. 그녀는 고개를 숙인 채 소파에 다리를 죽 뻗고 앉아 있었다. 두 손으로 무릎에 놓인 서류를 움켜쥐고 있는 것이 테드의 눈에 띄었다. 엘라는 남편의 진홍색 던스터 하우스 티셔츠와 진청색 임산부 바지 차림이었다. 테드는 그녀에게 다가가서 허리를 굽혀 이마에 키스했다.

"잘 있었어?" 그는 엘라의 머리를 쓰다듬으며 물었다. 머리카락은 큰 핀을 꽂아 틀어 올린 상태였다. 시선을 아래로 향하고 서류를 읽고 있으니, 턱이 이중으로 접혔다.

"몇 번이나 했어요?" 그녀는 물었다.

테드는 엘라의 괴상한 질문 자체보다 화난 음성에 더 놀랐다.

그녀는 되풀이했다. "몇 번이나 했느냐고요, 테드."

"뭘? 뭘 해?" 아무도 그에게 이런 식으로 말하지 않았다. 특히 그의 아내는 더욱. 집을 샀다는 기쁜 소식이 있었을 뿐, 기진맥진한 하루였다. 오후 내내 멍청이 같은 변호사들과 소송 문제로 이야기가 오갔고, 건방진 분석가들이 일을 망치지 않도록 감시해야 했고, 기업 세무의 기본적인 원칙조차 이해하지 못하는 초조한 고객을 관리해야 했다. 호르몬의 변덕을 일일이 받아줄 시간은 없었다. 그럴 기력이 없었다. 저녁 먹을 시간조차 없었다.

"몇 번이나 했냐고요, 테드." 엘라는 그를 노려보았다.

"도대체 무슨 말을 하는 거야?"

"여자들이랑 자고 다니잖아요? 솔직히 말해요." 엘라는 찢어지는 듯한 목소리로 말했다. 물러서지도, 목소리를 누그러뜨리지도 않았다.

테드는 경악해서 얼어붙었다. 입이 멍하니 벌어져서 아랫니가 드러났다.

"내 성기에 헤르페스 바이러스가 있대요." 그녀는 그를 향해 서류를 던졌다. 종잇장이 허공에 흩어지며 테드의 검은 몽크 스트랩 구두 주위에 내려앉았다. 그는 아직 신발을 벗지 않았다. "임신하기 전에 감염된 게 분명해요. 나는 영문을 모르겠어요. 의사도 모른대요. 하지만 증상이 나타난 게 이번이 처음이 아닐 거라고 했어요. 나는……. 나는 이해가 안 돼요."

테드는 그녀를 쳐다보지 않았다. 그는 왼손으로 머리를 넘겼다. 불편하거나 거짓말을 꾸며낼 때 자주 하는 동작이었다. 엘라는 그의 버릇을 모조리 알고 있었다. 마실 것을 손에 들고 있었다면, 거짓말을 한 뒤 씻어내리려는 것처럼 홀짝 마셨을 것이다.

"어떻게 이런 일이 생길 수 있는지 날 위해서 차근차근 설명해 줘요. 난 당신 말고 다른 사람과 잔 적이 없어요. 당신도 알고 있을 거고."

첫 경험을 할 때, 엘라는 테드의 성기가 두려웠다. 이전에 한 번도 남자의 성기를 본 적이 없었다. 살아 있는 생물 같았고, 그녀가 생각했던 것보다 더 컸다. 그는 그 물건을 그녀의 몸에 집어넣고 싶어 했다. 이게 성행위잖아, 자연스러운 과정이지, 그녀는 자신에게 일깨워야 했다. 그냥 키스하고 젖가슴 애무하는 것만 계속하고 싶었다. 그는 계속 그녀의 손을 자기 물건 쪽으로 이끌었지만, 그가 원할 때마다 퍼뜩 놀라 손을 뒤로 빼지 않을 수 없었다. 첫 경험 장소는 그의 아파트였다. 테드는 피가 날 수도 있다며 그녀의 몸 아래 미리 노란 수건을 깔았다. 엘라도 처녀일 경우 처녀막이 찢어질 수 있다는 이야기를 언젠가 읽은 적이 있었지만 잊고 있었다. 아팠다. 다 끝난 뒤, 그는 함께 샤워하고 싶어 했다. 그는 욕실에 있던 헤드앤숄더 샴푸로 그녀의 머리를 부드럽게 감겨주었다. 윤기 나는 파란색 용기에 든 그 샴푸 향만 맡으면 그날 밤이 떠올랐다. 테드는 샤워를 마친 뒤 생리대를 사러 급히 델리로 달려갔고, 눈 깜짝할 사이 코텍스 한 팩과 바닐라 아이스크림 한 통을 사서 돌아왔다. 그는 어린이용 설압자처럼 생긴 나무 숟가락으로 아이스크림을 떠먹여주었다. 잠들기 전, 그는 그녀에게 아내가 되어달라고 말하면서 다른 누군가를 이런 식으로 사랑하지 않겠다고 약속했다. 그녀도 당연히 그만을 연인으로 사랑하고 싶었다. 그녀의 몸은 그의 것, 그에게 행복을 주기 위한 것이었다. 다음 날 아침에 그는 한 번 더 하려고 했고, 그때는 덜 아팠다.

엘라의 눈에 눈물이 글썽였지만, 너무 피곤해서 울 수도 없었다.

"아, 젠장, 젠장." 그는 주먹을 꽉 쥐며 내뱉었다. 뭔가 치고 싶었다. 테드는 거실 카펫의 청색과 녹색 다이아몬드 문양만 응시하며 호흡을 진정시켰다.

"역시 그랬군요." 엘라는 두 손으로 얼굴을 가렸다.

테드는 안락의자에 걸터앉아 두 손에 머리를 기댔다.

그는 부정하지 않았다. 엘라는 너무나 분명하게 알 수 있었다.

"이 개자식, 개새끼. 우리 아기에게 이런 짓을 하다니." 그녀는 이런 말들을 어떻게 쓰는지 몰랐다. 이런 종류의 언어는 귀에 거슬렸고, 이런 언어가 불쾌하지 않은 다른 모든 말의 흐름을 방해하는 것이 싫었다. 하지만 그녀는 테드의 말투를, 그가 집에서 전화로 일할 때 말하던 방식을 흉내 내고 있었다. 화날 때 어떻게 말해야 하는지 몰라서 그의 말투를 빌린 것이었다.

테드는 목을 움직일 수가 없었다. 단어들이 그를 거듭 두들겨 패고 있었다.

"내 아기가 당신 때문에 눈이 멀지도 모른데. 이 개새끼, 쌍놈의 새끼." 엘라는 어깨가 뻣뻣했다. 제대로 일어날 수가 없어서 엉덩이에 손을 받치고 간신히 몸을 가누었다. 소리를 지르니 기분이 더 나빠졌다. 이렇게 화를 내봤자 무슨 소용인가? 할 수 있는 일이 아무것도 없는데.

"눈이 멀어?" 테드는 시선을 들었다. 자신이 헤르페스를 갖고 있다는 것은 몰랐지만, 항상 원하는 것을 주는 여자와 잠을 잔 것은 사실이었다.

"눈이 멀 수도 있대요." 엘라가 말했다. 리슨 박사는 그럴 가능성은 극도로 희박하다고 했다. 그날 오후 엘라는 집에 비치해둔 여성 건강 관련 의료서적을 찾아보았다. 심지어 헤르페스 핫라인이라는 문의처가 있어서 전화도 걸어보았다. 실제로 그런 곳이 있었다. 의사의 딸이니 침착해야 해, 그녀는 자신을 다독였다. 두루 알아보자. 리슨 박사는 아기가 괜찮을 거라고 했다. "그럴 가능성도 있다고." 엘라는 테드의 반질거리는 검은 구두 주위에 흩어진 서류를 가리켰다. "당신이 읽어봐요. 전부 다 내가 찾은 거예요. 오후 내내. 밤새도록. 이제 논문을 쓸 수도 있을 것 같아요." 엘라는 클클 웃음소리를 냈다. 어딘가 쇳소리가 섞인 웃음이었다.

테드는 허리를 굽혀 서류를 모아 폴더에 정돈했다. 원했던 모든 것을 손에 쥐면서 시작된 하루였다. 그는 일등을, 대상을, 손에 넣을 가치가 있는 것이라면 뭐든지 최고를 원했다. 교육, 직장, 여자, 집. 점 두 개를 연결하면 선이 되고, 점 세 개를 연결하면 평면이 되며, 점 네 개를 연결하면 구조는 한층 안정되고 차원도 높아진다. 그날 아침까지만 해도 그는 모든 것을 다 가지고 있었다. 한데 하루도 채 지나지 않아 전부 다 손가락 사이로 빠져나가고 있었다. 교육과 직장은 그대로였지만, 고정시키기 힘들었던 뒤의 두

점이 아득히 사라져가고 있었다. 그날 아침, 그는 병석에 누운 아버지에게 전화해서 타운하우스 소식을 전했다. 그 소식이 기운을 북돋워줄 거라고 생각한 것이다. "엘라의 건강은 어떠냐?" 엘라가 규칙적으로 시부모에게 안부전화를 하기 때문에 일요일 밤에 그녀와 통화했는데도, 아버지는 인사를 하자마자 이렇게 물었다. 엘라가 이 사실을 장인어른에게도 알릴까? 그렇게까지 양심을 품지는 않았을 거야, 그는 자신에게 말했다. 하지만 이런 엘라를 본 적이 없었다. 이 정도의 분노는 생전 처음이었다. 테드는 두 손으로 폴더를 들고 안락의자에 다시 앉았다. 그의 행동은 돌이킬 수 없었다.

"여보, 제발 좀 쉬어. 아기 생각을 해야지. 의사 말로는……."

"입 닥쳐요, 테드. 이제 와서 내 앞에서 아기 걱정을 하는 척하지 말라고요."

테드는 턱을 단단히 앙다물었다. 어린 시절 이후 그에게 입 닥치라고 말한 사람은 아무도 없었다.

"누구예요?" 엘라는 물었다. "누구랑 잤어요?"

상황을 수습할 유일한 방법은 모두 털어놓는 것뿐이다, 테드는 생각했다.

"회사에서 같이 일하는 여자. 보조직원."

"케이시?"

"무슨 소리야!" 테드는 역겹다는 듯 엘라를 쳐다보았다. "내가 케이시하고 잘 리가 있어?"

"그럼 누구?"

"델리아라는 여자. 아주 오래전부터 근무한 사람이야. 안 자는 남자가 없을 정도야." 델리아는 왜 바이러스 이야기를 하지 않았을까? 그는 엘라에게 헤르페스를 옮겼다. 그가 아는 사람 중에 유일하게 진정으로 착한 사람에게. 진정으로 선한 사람에게. "맙소사, 엘라, 정말, 정말 미안해. 난…… 난 그럴 의도가……."

"그 여자를 사랑해요?"

"아니, 아니." 그는 고개를 설레설레 저었다. "난 델리아를 사랑하지 않아." 그는 머리에 손을 짚었다.

"케이시의 친구인데." 엘라는 이름이 기억나서 중얼거렸다. 케이시가 말한 적이 있었다.

"그래, 그럴 거야." 그는 어깨를 으쓱했다. "엘라, 우리 아기, 정말 미안해. 날 믿어줘."

"내가 당신을 왜 믿어야 하죠? 그거 알아요? 당신을 증오해요. 난 평생 누군가를 미워해본 적이 없어요. 하지만 지금 이 순간 내 감정은 그게 맞아요. 당신을 증오해요. 죽고 싶어. 하나님, 죽고 싶어."

엘라는 침실로 들어가서 문을 닫았다. 방 안에서 그녀가 고함치는 소리가 들렸다. "들어오지 마! 들어오면 창문에서 뛰어내릴 테니까!"

따라가야 했지만, 다리가 말을 듣지 않았다. 몇 년 동안 테드는 뉴욕 마라톤에 출전했고, 매년 기록을 경신했다. 단거리도 잘 뛰었다. 하지만 긴 다리가 두려울 정도로 굳어버렸다. 그 순간에는 발가락조차 까딱할 수 없을 것 같았다. 그는 카펫에서 서류 몇 장을 집었지만, 단어가 눈에 들어오지도 않았다. 문자가 눈앞에서 둥둥 떠다니기만 했다. 읽는 능력을 잃어버린 것 같았다. 테드는 머리를 의자 등받이에 기대고 악몽을 꾸는 기분으로 눈을 감았다. 엘라는 어떻게 하려는 걸까? 지금껏 그녀가 욕설을 입에 담는 것을 들어본 적이 없었다.

처음 델리아의 아파트에서 저녁을 먹었을 때, 그녀는 싱크대의 접시를 치우고 테드를 위해 냉장고에서 맥주 한 병을 더 꺼냈다. "나랑 안 하고 싶어, 테드?" 그는 대답했다. "하고 싶지, 당연히. 하루 종일 그 생각뿐이었는데." 델리아는 이 대답에 흡족해서 보상해주었다.

관계는 작년에 시작되었다. 작은 계약 하나가 성사됐고, 델리아와 친한 다른 직원이 차치스에서 열린 술자리에 그녀를 초대했다. 자리가 파한 뒤, 일행은 2번 애비뉴로 쏟아져 나왔고, 델리아는 테드를 돌아보며 조금 알딸딸하니 집에 데려다줄 수 있느냐고 물었다. 택시가 K바를 지날 때, 그녀는 운전사에게 세워달라고 했다. 그녀는 테드의 눈을 바라보며 재킷을 잡아당겨 바로 끌어들였다. 출입구를 지키는 남자는 델리아를 알아보고 입장료를 받지 않고 들어가라고 손짓했다. 식탁에 앉아 그녀는 메뉴판을 펼치지도 않고 레드와인 한 병을 주문했다. 웨이트리스가 와인을 가져왔고, 그들은 등받이가 높은 긴 소파에 둘만 남았다.

델리아는 멋진 빨간 머리를 가지고 있었다. 부드럽고 자연스러운 곱슬머리가 어깨까지 풍성하게 덮고 있었다. 업무용 복장은 직장인다웠지만, 주근깨가 연하게 난 젖가슴이 흰 셔츠 목깃 사이에서 흘러나올 것 같았다. 치마 밑에는 스타킹을 신지 않은 맨살이었다. 그녀는 회사의 여러 남자들과 잠자리를 했지만, 정해진 취향은 없었다. 저 사람이겠지 싶은 이사들은 그녀의 상대가 아니었다. 몇몇 높은 자리에 있는 사람들과 자기도 했지만, 우편실의 산토를 좋아해서 1년 동안 데이트를 했다는 소문도 있었다. 델리아와 같이 잤다고 주장하지만 사실 그렇지 않은 남자들도 있었다. 델리아가 몇 살이던가? 30대 중반? 주름살은 없었다. 테드는 짐작할 수 없었고, 어떻게 물어야 하는지 몰랐다. 테드가 아는 한 유부남 채권거래인은 그녀를 '재주 많은 여자'라고 불렀다. 델리아는 나름대로 까다로웠고, 관계한 모든 남자들에게 다행하게도 입이 무거웠다. 그녀는 자기가 원하는 남자하고만 잤다. 그 채권거래인은 이렇게 덧붙였다. "나랑 한 번만 다시 그 짓을 해준다면 내 보너스 10퍼센트도 줄 수 있는데. 딱 하룻밤만이라도." 하지만 슬프게도 그녀는 돈을 받지 않았다. 그에게는 딱 한 번 베풀었을 뿐이었다. 채권거래인은 어깨를 으쓱했지만, 치맛자락을 걷어 올린 채 자기 무릎에 앉아 있던 델리아의 멋진 엉덩이를 주무르던 생각을 하면 미소를 감출 수 없었다.

K바는 세인트레지스 호텔에서 한 블록 떨어진 사무실 건물 지하에 있었다. 어둑어둑한 내부는 빨간 가죽 의자와 빨간 트위드 천 가구로 꾸며져 있었다. 손님이 앉는 곳은 어두웠지만, 넓은 사각형 댄스플로어 쪽은 환했다. 춤추는 사람은 아무도 없었다. 손님들은 그리 젊지 않았고, 웨이트리스는 모델 일을 하려다 포기

한 예쁘장한 여자였다.

웨이트리스가 멀어지자, 델리아는 테드의 손을 잡아끌어 좁은 치맛자락 안으로 밀어넣었다. 곧바로 중요 부위가 만져졌고, 그녀는 쾌감을 주도록 그를 이끌었다. 테드는 엘라 이전에 세 명의 여자를 경험했지만, 모두 또래 여자들을 상대로 한 착실한 섹스였고, 그는 섹스에 대해 잘 아는 척해야 했다. 여자가 이끄는 경험은 놀랍고, 충격적이고, 짜릿했다. 황송할 지경이었다. 물러날 수가 없었다. 잠시 후 그녀는 밤이 깊을수록 한층 진해지는 듯한 파란 눈을 감고 절정에 올랐고, 그 느낌이 계속되도록 그의 손을 다시 밀어붙였다. 그녀는 작게 신음을 냈고, 테드는 흥분해서 정신이 나갈 지경이었다. 머릿속이 아주 또렷했고 동시에 뜨거웠다. 그녀는 눈을 뜨더니 그를 바라보았다. 그가 재미있고 만족스럽다는 표정이었다. 그녀는 가까이 다가앉더니 혀끝을 그의 귀에 집어넣었다. 테드는 자유로운 손으로 그녀에게 와인을 따라주었다. 그녀가 그만두지 못하도록 뭐든지 주고 싶었다. 델리아는 물러나 앉더니 한 모금 홀짝 마셨다. 그녀는 그의 정장 재킷을 가리켰고, 그는 재킷을 벗어 그녀에게 건넸다. 그녀는 익숙한 동작으로 어깨에 재킷을 걸치더니, 탁자 밑으로 미끄러져 내려가서 그의 물건을 빨기 시작했다. 일이 끝났을 때 그는 길게 숨을 들이마셨고, 그녀에게 칵테일 냅킨을 건넸다. 그녀는 자기 자리로 돌아와서 핸드백을 집어 들고 아무렇지도 않게 여자화장실로 향했다. 델리아가 돌아오자, 테드는 그녀의 큼직하고 깡마른 손을 잡았다. 그들은 택시에서 내린 뒤로 처음 이야기를 나누기 시작했다. 델리아는 스태튼 아일랜드에 사는 형제들에 대한 웃기는 이야기를 들려주었다. 둘은 경찰, 하나는 건축감리사라고 했다. 회사 직원들에 관한 우스운 이야기도 있었다. 험담은 아니었고, 그냥 아주 익살스러운 이야기들이었다. 델리아는 인생이 농담거리라고 생각하는 것 같았고, 그녀가 삶의 매 순간을 즐기는 사람이라는 것은 확실했다. 그녀와 함께 있으니 오랜만에 어깨에서 긴장이 풀리는 것을 느끼며, 테드는 커다랗게 웃었다. 집에 가고 싶지 않았다. 아직 자고 있지 않다면, 엘라는 멋진 일요일 브런치 메뉴를 고르느라 난리법석을 떨 것이고, 그가 집에 들어서면 곧장 달려와서 결혼사진 견본 같은 문제에 대해 의견을 물을 것이다. 자신이 델리아에 대해 느끼는 것이 혹시 사랑일까 하는 의문이 테드의 뇌리에 떠올랐다.

다음 날, 테드는 델리아에게 식당에서 커피 한잔을 샀고, 그녀는 퇴근 후 자기 아파트에 그를 초대했다. 그녀는 첼시에 있는 널찍한 침실 하나짜리 임대차보호 아파트에 살고 있었다. 포장해 가져온 중국 음식을 먹으며, 그는 그녀의 가족에 대해 더 물어보았다. 그녀는 네 명의 형제자매 중 유일한 딸이었고, 스태튼 아일랜드에서 나와 사는 사람도 그녀 혼자였다. "영업보조 직원이 화이트칼라 직종이라니 상상하기 힘들지, 안 그래, 테드?" 속삭이는 듯한 그녀의 목소리에는 색기가 넘쳤다. 달리 표현할 방법이 없었다.

"당신 칼라는 아주 멋져." 그는 델리아의 목을 응시하며 말했다.

그들은 침대에서 섹스를 했다. 테드는 포르노를 포함해서 벌거벗은 몸이 이렇게 예쁜 여자는 본 적이 없다고 생각했다. 자연스러운 움직임, 자신의 몸에 밀착해오는 그녀의 풍만한 몸, 그들이 하는 모든 것을 즐기는 그녀의 모습은 그저 경탄스러웠다. 델리아는 꺼리는 것이 없었다.

그들은 거의 한 달 동안 일주일에 두세 번씩 만났다. 어느 날 밤 테드는 퇴근한 뒤 그녀의 아파트에 갔다. 그녀에게 줄 깜짝 선물로 카르티에에서 금제 대나무 무늬 팔찌를 준비했고, 만나기로 한 날까지 도저히 기다릴 수가 없었다. 매장에서, 테드는 이 팔찌가 그녀의 몸을 장식하는 광경을 상상하고 아주 흡족했다. 델리아가 문을 열자, 우편실의 산토가 평소 테드가 앉던 의자에 앉아 있는 모습이 눈에 띄었다. 탁자에는 중국 음식 포장지가 놓여 있었다. 테드는 그대로 돌아섰고, 다시는 델리아에게 연락하지 않았다. 그녀는 아무것도 설명하지 않았고, 그도 굳이 그녀에게 설명할 이유가 없었다. 그는 팔찌를 매장에 돌려주고 대신 엘라에게 두 배 더 비싼 다이아몬드 귀걸이를 사주었다.

테드는 그녀에 대해 생각했다. 때로 엘리베이터에서 그녀의 향수 냄새가 나는 기분이 들기도 했다. 델리아의 향수는 프라카스, 검은 사각형 병이었다. 그녀가 10층의 홍보 부서로 옮겼을 때, 그는 안도했다. 거기 갈 이유가 없었던 것이다. 집에서 혼자 자위를 하거나 출장 중일 때 델리아의 빨간 머리를 생각하면 금세 흥분되었다. 엘라와 사랑을 나눌 때는 아내의 몸이 델리아와 조금 더 비슷하다면 얼마나 좋을까 하는 생각이 들었다. 여성적인 잘록한 허리, 항아리처럼 곡선을 그리는 엉덩이. 델리아와 사랑을 나누면 완전하다는 기분이 들었다. 행복했다. 유부남 채권거래인이 말하던 게 이런 기분이었을까? 정말로 물어볼까 하는 생각까지 들었다. 하지만 델리아는 싸구려다. 전화 키패드의 내선번호 네 자리를 누르고 싶을 때, 그는 이 생각으로 마음을 다잡았다. 예쁘장한 얼굴과 완벽한 엉덩이를 가진, 평범한 스태튼 아일랜드 출신 싸구려다. 창녀다. 그녀를 미워할 이유는 충분했지만 지금도 테드는 그럴 수가 없었다.

델리아는 두 여자를 동시에 원하는 것이 가능하다는 것을, 어쩌면 두 여자를 동시에 사랑하는 것도 가능할지 모른다는 사실을 가르쳐주었다. 이 깨달음은 그를 두렵게 했다. 그가 갖고 있던 사고방식을 뒤흔드는 사실이었기 때문이었다. 모든 것이 제 위치에 있을 때 인생을 살아가는 것이 편하다.

침실에서 엘라의 울음소리가 들려왔다. 그가 어떻게 하기를 바라는 걸까? 엘라가 지금 당장 나가서 다시 돌아오지 말라고 하면, 그렇게 해야 할 것이다. 그녀는 그럴 자격이 있었다. 테드는 교회와 하나님에 대해서, 30년 동안 똑같은 통조림 공장에서 일해온 소박한 부모님에게서 배운 모든 것에 대해서 생각했다. 거짓말하거나, 훔치거나, 가질 권리가 없는 것을 원하지 말아라, 세상에서 자신의 분수를 알고 과욕을 부리지 말아라. 두 분처럼 되고 싶지 않다는 마음에 그는 얼마나 많은 부모님의 교훈을 외면했던가. 하지만 지금 그는 생각하고 있었다. 실패했다는 것 외에 두 분이 나를 아프게 한 것은 없었지. 테드는 두 손으로 머리를 움켜쥐었다. 통조림 공장의 나이 든 노동자들은 그의 아버지 조니 김이 맞다고 하면 맞는 것이고 아니라고 하면 아닌 것이라고 늘 말하곤 했다. 테드는 자신의 명예에 오점을 남기고 있었다.

그는 다리를 뻗어 의자에서 일어났다. 그는 침실 문 앞에 가서 섰다.

"엘라, 엘라, 들어가게 해줘." 그가 말했다. "미안해, 여보. 정말 미안해. 그 여자는 1년 동안 한 번도 만난 적이 없어. 내가 끔찍한 실수를 했어. 돌이킬 수 없다는 건 알아. 제발 들어가게 해줘. 당신은 내게 최고의 친구야. 내 유일한 친구. 내겐 세상에 아무도 없어. 엘라……."

엘라는 베개에 얼굴을 닦고 일어났다. 뒤뚱거리는 걸음 때문에 천천히 문으로 향했다. 잠금장치를 열고, 다시 침대 자기 자리로 되돌아갔다. 뜨겁고 축축한 베개에 머리를 뉘었다. 테드를 차마 볼 수가 없어서, 반대편으로 돌아누웠다. 테드는 그녀의 등 뒤에 누웠다. 이쪽이 더 안전할 것 같았다. 그는 그녀의 헝클어진 머리를 쓰다듬어주었다. 엘라는 어떻게 해야 할지 몰라 그대로 내버려두었다. 테드는 그녀를 죽였다. 엘라의 어머니는 분만 중에 세상을 떠났다. 엘라의 탄생이 어머니의 목숨을 앗아간 것이다. 이제 테드가 그녀를 죽였다. 이 얼마나 공평한가, 엘라는 생각했다. 이 얼마나 정확한가. 생명이란 얼마나 대칭적인 것인지. 한 인간은 몇 번이나 죽음을 겪어야 하는지. 그녀는 어떻게든 나쁜 생각을 머릿속에서 몰아내고 행복했던 순간들을 떠올리려고 애썼다. 오늘 아침만 해도, 예약 시간에 콜택시를 타고 병원으로 가는 동안 속이 메슥거리면서도 행복했다. 엘라는 머릿속에서 딸에게 말을 걸고 있었다. '널 얼마나 느끼고 싶은지 모르겠구나. 언제까지나 널 지켜줄게.' 이런 일이 가능할까 싶지만, 엘라의 팔다리조차 희망에 넘쳐서 열심히 도와주는 것 같았다. 오늘 아침 그녀는 자신의 딸이 순수한 사랑에서 잉태된 아이라고 믿었다. 그녀는 무한한 사랑을 믿었다. 인생을 마치 영원한 것처럼 느끼게 해주는 끝없는 감정을 믿었다. 테드는 그녀의 첫사랑이었다. 예수 그리스도는 일곱 번뿐 아니라 일흔 번씩 일곱 번이라도 용서하라고 하지 않았나. 그녀도 진실로 그렇게 믿지 않았나?

엘라는 간음에 대한 이야기를, 배우자를 배신한 사람과 배신당한 사람의 이야기를 많이 읽었고, 배신한 사람과 배신당한 사람에 대해 연민을 느꼈다. 하지만 이제 그녀는 자신의 감정이 얼마나 잘못된 것이었는지 깨달았다. 그녀는 아무것도 모르고 있었던 것이다. 증오밖에 느껴지지 않았다. 이대로 그냥 세상에서 사라져버리고 싶었다.

"엘라…… 엘라…… 미안해. 진심이야. 정말 미안해." 그는 말했다. "미안하다고 했잖아, 부디 용서해줘. 내가 얼마나 미안한 마음인지 제발 믿어줘."

엘라는 최대한 조용히 호흡했다.

"엘라."

"테드, 난 이 아이를 원해요. 이 아이를 위해서 모든 것을 원해요. 부족한 것이 아무것도 없기를. 무슨 말인지 알겠어요?" 그녀의 목소리는 부드러웠다.

테드는 아내의 몸에 팔을 두르고 그녀의 뻣뻣한 어깨뼈 사이에 이마를 묻었다. 엘라는 아무 말도 할 수가 없었다.

3

짐

"내 생각과 같을 줄 알고 있었어." 사빈은 체셔 고양이처럼 환히 미소 지었다.

"너무나 감사해요. 진심이에요." 케이시는 윙크했다. 그녀는 사빈의 말에 개의치 않았다. 경영대학원 지원 접수를 끝내서 여러모로 기분이 좋았다. 결과야 어떻게 되든, 어쨌든 이제 손을 떠난 일이다. 그래서 그들은 레이 식당에서 주문한 송아지 파르메잔 샌드위치로 축하하기로 했다. 칼로리가 어마어마하겠지, 사빈은 나쁜 짓을 저지르는 공범처럼 의기양양하게 주문했다. "뭐, 어때, 호박치즈케이크도 보내주세요." 오늘 아침, 케이시의 결정을 정확히 예측한 사빈은 토요일 점심시간에 사무실에서 먹을 생각으로 샴페인을 집에서 가져왔지만, 술은 아직 시원하지 않았다. 사빈의 사무실 냉장고에는 공간이 충분하지 않았고, 아침에 너무 바빠서 얼음을 갖다달라고 식당에 주문할 여유도 미처 없었다. 따지 않은 병은 회의 탁자 위에 축제 장식품처럼 떡하니 놓여 있었다. 사빈은 다음 주에 마시자고 했지만, 케이시는 상관없었다. 샴페인을 마시면 머리가 아팠다. 하지만 날렵한 샴페인 잔을 들고 거품이 보글보글 올라오는 모습을 보면 아이처럼 즐거웠다.

둘 다 백화점의 미래나 케이시의 눈앞에 놓인 당장의 진로에 대해서는 말하지 않았다. 그녀는 컬럼비아, 워튼, 하버드, 뉴욕 대학, 네 군데 학교에 지원했다. 지원서는 그럭저럭 괜찮게 준비했지만 아주 훌륭하지는 않았다. 겸손을 떠는 게 아니었다. MBA 학위를 가진 컨 데이비스의 동료 대부분은 그녀의 이력서에 돋보이는 구석이 없다고 대놓고 지적했다. 그럼에도 사빈은 케이시가 지원했다는 것 자체를 기뻐했다. 누군가 자신의 조언을 따를 때, 그녀는 귀부인처럼 돌변해서 마음이 너그러워지곤 했다.

샌드위치를 다 먹은 뒤, 사빈은 발끝걸음으로 책상에 가서 서랍을 열었다. 그녀는 햄버거 포장 크기의 검은 가죽상자를 꺼냈다. 백화점을 상징하는 페리윙클 블루 포장지가 아니라 보라색 철사 리본으로 화려하게 묶여 있었다.

"선물이야." 사빈은 눈썹을 치켜올리고 미소를 억누르지 못하는 표정이었다. 그녀는 선물을 주는 것을 좋아했다.

"저한테요?" 케이시는 대답했다. "이러지 않으셔도 되는데요."

"도로 가져갈까?"

"아뇨. 절대 안 되죠. 그러기만 해보세요." 케이시는 둘이 늘 나누던 대사를 그대로 읊었다.

시계판이 사파이어로 된 스테인리스스틸 롤렉스 시계였다.

"세상에." 케이시는 입을 딱 벌렸다. "세상에, 사빈! 이건 말도 안 돼요! 왜 저한테 이런 선물을!"

"이유가 굳이 필요한가? 괜찮지?" 사빈은 너무나 벅차서 가슴이 터질 것 같았다. 케이시가 지원서를 접수했을 경우에 주려고 그날 아침 준비한 선물이었다. 일종의 보상이라고나 할까. 사빈은 예상치 못한 선물을 주는 것을 좋아했다. 10시 30분에 매장에서 까탈스러운 독일 유통업자를 만나기로 약속이 되어 있었기 때문에, 운전사가 시내 반대쪽의 시계 전문 매장인 터너에 서둘러 데려다주었다. 하지만 선물을 고르는 데는 몇 분밖에 걸리지 않았다. 작은 파란색 시계판이 달린 남성용 스테인리스스틸 팔찌는 케이시에게 딱 어울리는 시계였다. 롤렉스는 유선형이고, 단단하고, 중후한 스타일을 지니고 있었다. 내구성이 좋은 명품이었다. 당연히 손이 갈 수밖에 없었다.

"차봐, 차봐!" 사빈이 외쳤다. 케이시는 자신의 눈을 의심하며 시계를 차보았다.

케이시는 사빈이 앉아 있는 탁자 반대쪽으로 돌아갔다. 그리고 팔을 벌려 사빈을 포옹했다. "이건, 정말 믿을 수 없는 선물이에요!"

"그렇지?" 사빈은 미소 지었다. "멋지지?" 케이시는 마음에 든 것 같았다. 척 보면 알 수 있었다.

케이시는 사빈을 포옹했고, 사빈도 마주 케이시를 껴안았다.

"고마워요. 제가 이런 걸 받아도 되는지 모르겠어요…… 정말 뭐라고 말씀드려야 할지." 케이시는 탁자 위에 풀어놓은 타이맥스를 흘끗 돌아보았다. 새 시계는 은제 원더우먼 팔찌를 찬 왼쪽 손목에 완벽하게 맞았다.

그들은 포옹을 풀고 시계를 감상했다.

"혹시 머리 안 아파?" 사빈이 물었다.

"네?"

사빈은 짐짓 극적인 몸짓으로 왼쪽 팔을 이마에 갖다 댔다. "아, 어쩌지. 난 머리가 아프네."

"아. 아. 네. 저도 머리가 아프네요." 케이시는 팔 안쪽을 이마에 가볍게 갖다 댔다. 새 시계가 보란 듯이 머리 위에서 반짝였다.

하지만 그녀는 다시 손목을 내리고 시계를 감상했다. "팔찌하고도 잘 어울려요. 정말 마음에 드네요. 둘 다 대표님이 주신 거라서 그래요."

"당연하지." 사빈은 일부러 오만하게 대답했다. 거의 교태처럼 들릴 정도로 통통 튀는 말투였다. 남들에게 베풀 때 사빈은 밝아졌다. 그녀에게 자신이 지닌 모든 돈은 아끼는 사람들을 기쁘게 할 때, 그들의 꿈을 지원해줄 수 있을 때 의미가 있었다. 그녀는 퀸스에서 뛰쳐나온 이 가난한 소녀를 사랑했고, 자신이 가진 모든 것을 갖게 해주고 싶었다. 때로 물질적인 부가 아픈 가슴을 치료해주기도 한다. 사빈은 굳게 믿었다. 감정을 억제하는 것을 경멸하는 사빈은 케이시의 우스꽝스럽고 과한 충동, 때로 스스로에게 해가 되는 충동적인 성격도 이해할 수 있었다. 그 소녀 안에서 사빈은 번득이는 창조성을 보았고, 그 작은 조각 하나를 잘 키워주고 싶었다. 화려한 실패가 안전보다 낫다. 사빈은 개인이 각자의 가장 큰 야망을 소중하게 아끼기를 바랐다. 알고, 소유하고, 창조하고, 존경할 만한 가치가 있는 모든 고귀한 것들은 실용적이지 않은 원대한 꿈에서 비롯된다. 그녀는 옹졸함을 싫어했다. 두려움을 싫어했다. 케이시에게 자신의 욕망을 알 기회가 주어진다면, 사빈보다 더 멀리 나아갈 수 있을 것이다. 증명할 길은 없었지만, 사빈은 직감을 바탕으로 인생의 모든 결정을 내려온 사람이었다. 인간을 판단할 때 그녀의 눈은 틀리는 법이 없었다. 눈빛은 사람의 인격을 모두 드러낸다. 성공한 직물상이었던 사빈의 아버지는 얼굴을 넘어 그 속을 잘 들여다보아야 한다고, 그것이 가능하다고 가르쳤다. 누군가를 친구로 삼기 전에 아주 오랜 시간 지켜보아야 한다고 가르쳤다. 그녀의 아버지에게 친구로 삼을 만한 사람은 드물었다. 모든 사람이 친구가 될 수는 없다. 그는 인기 많은 사람을 보고 코웃음을 쳤다. "세상 사람들이 다 좋아하는 사람은 좋은 연인이 될 수 없는 법이지." 말은 중요하지 않다, 상황이 중요하다, 아버지는 말했다. 절박할 때 어떻게 행동하는지를 보아야 한다. 그것이 그 인간의 본질이다, 아버지는 경고했다. 사빈은 갑자기 아버지가 그리워서 가슴이 뭉클했다.

"매 순간이 중요하다고 했던 건 내 진심에서 우러난 말이야. 인생은 소중한 거야. 인생은, 네가 인생을 어떻게 사용하느냐는 너무나 중요한 문제란다."

"대표님은 제게 너무 친절하세요. 더 이상 잘해주실 수 없을 정도로요."

사빈은 울고 있었다. 높은 광대뼈를 타고 눈물이 흘러내렸다.

눈물을 흘리니 좋군, 그녀는 생각했다.

"전 대표님께 아무것도 해드린 게 없는데요."

"쓸데없는 소리." 사빈은 잠시 사이를 두었다. 그녀는 한국말로 말했다. "하지만 네가 나를 위해서 무슨 일을 하거나 편의를 봐주어서 내가 시계를 준 거라면, 그건 선물이 아니지 않겠니. 안 그래?" 그녀는 다시 영어로 돌아왔다. "그건 물물교환이지." 그녀는 정색을 하고 마지막 말을 했다. 논리적인 신념으로 충만한 목소리였다.

케이시는 잠시 그 점을 생각해보았다. 왠지 몰라도 사빈의 말을 한국말로 들으니 더욱 의미심장하고 살갑게 느껴졌다.

"네." 케이시는 훌쩍거리고 웃었다. "맞는 말씀이에요. 한데 대표님은 어디서 MBA를 따셨어요?"

사빈은 미소 지었다. "내가 학교에 다니기는 너무 늦었지. 하지만 넌 아직 늦지 않았어."

정말일까? 케이시는 생각했다. 하긴, 사빈에게 굳이 MBA 같은 건 필요 없지.

"정말 저한테 주시는 거 맞아요?" 사빈의 마음이 바뀔 것 같아 그녀는 시계를 가리켰다.

사빈은 케이시의 표정에서 진담이라는 것을 읽었다. "넌 내 딸과 같아, 케이시. 그냥 좋은 시계를 갖게 해주고 싶었어. 왜 그런 기쁨을 누리지 못하게 하니? 그냥 즐기면 안 되냐? 예쁘잖아. 그렇지?"

"네, 예쁘네요. 대표님이 주신 거고요. 고마워요, 사빈." 케이시는 고개를 끄덕이다가 얼른 문 쪽을 돌아보았다. 조심스럽게 노크하듯 똑똑 소리가 들렸다. 케이시는 얼굴을 닦았다. "사빈?" 꼭 해야 하는 말이 남아 있었다.

"왜 그래, 친구?"

"시간을 소중하게 생각할게요."

"당연히 그래야지."

다시 똑똑 소리가 들렸다.

"들어와." 사빈은 대표다운 목소리로 답했다. 자기 자신에게 흡족했다. 인생 전반이 만족스러웠다.

액세서리 매장 주말 매니저 주디스 해스트였다.

"점심시간에 방해해서 죄송합니다만." 주디스는 회의 탁자 위에 놓인 샴페인을 보았다. "파티가 있었나 봅니다." 그녀는 지나치게 높고 가벼운 목소리로 웃었다.

사빈은 이 말을 무시했다. "무슨 일이지, 주디스?" 그녀는 특유의 권위적인 미소를 보냈다.

"케이시를 만나러 온 사람이 있어요."

케이시는 종이 냅킨으로 눈가를 닦았다. "저를요?"

"아시아계 여자야."

"혹시 제 여동생인가요? 퇴근하고 여기 오기로 했는데요." 케이시는 시계를 확인하려다 늘 차던 타이맥스가 아닌 것을 보고 놀랐다. 주디스는 탁자 위의 상자와 보라색 리본을 보았다. 케이시는 새 시계를 차고 있었다.

"당신 여동생은 나도 한 번 만났지만, 아닌 것 같던데." 주디스는 말했다. "하지만 워낙 만삭이라 얼굴이 변했을지도……."

"네 여동생, 임신했어?" 사빈은 소리쳤다. "하지만 의대에 다닌다면서. 언제 그렇게 된 거야?"

"아뇨, 아뇨, 아뇨. 제 친구일 거예요. 가봐야겠어요." 케이시는 사빈의 뺨에 키스했다. "감사해요, 저 그……."

"그래, 알아. 휴식시간에 들러. 치즈케이크 먹자고."

케이시는 엘라가 왔는지 가보려고 주디스보다 먼저 뛰어나갔다. 의사의 처방에 따라 침대에서 안정을 취해야 할 텐데, 왜 여기 와 있을까.

엘라가 맞았다. 부풀어 오른 배 위에 허름한 남자 외투를 걸치고, 목에는 진홍색과 흰색 대학교 목도리를 두르고, 빈에서 산 목이 긴 초록색 부츠를 신고 있었다. 상태가 좋아 보이지 않았다. 임신 9개월째라 아무렇게나 주워 입은 옷차림 때문이 아니었다. 피부에는 기미가 앉았고, 예쁜 눈 주변은 푸르스름하고 거무튀튀했으며, 꼿꼿하던 자세는 망가져 있었다. 부어오른 발목이 부츠 밖으로 비어져 나왔다. 엘라는 머리 부분이 노란 새틴 실크로 되어 있는 티벳산 여우털 모자를 살아 있는 여우 돌보듯 살펴보고 있었다. 골똘하게 모자만 뜯어보느라 여념이 없는 모습이 꼭 제정신이 아닌 사람 같았다. 몸은 여기 와 있지만, 정신은 딴 곳에 있는 것 같았다.

그럼에도 케이시는 그녀를 보자 반가웠다. 이렇게 반가워하는 자신이 놀랍기도 했다. 크리스마스가 다가오고 있어서인지, 사빈과 이야기를 나누거나 이탈리아에 있는 버지니아와 편지를 주고

받을 때를 제외하면 과거도 없고 가족도 없는 사람처럼 혼자 뿌리 없이 살아가고 있다는 기분이 요즘 유난히 들었다. 모처럼 장거리 전화를 걸어온 티나가 오늘 밤 들르겠다고 약속한 참이었다. 케이시는 졸업 이후 휴일에 단 한 번도 집에 간 적이 없었다. 그것도 벌써 2년 반 전의 일이다. 부모님도, 티나도 크리스마스나 설날에 케이시에게 엘름허스트에 오라는 이야기를 꺼내지 않았다. 케이시는 초대받지 못한다고 생각했고, 부모님은 딸에게 거부당했다고 느꼈다.

"아니, 침대에 누워 있어야 하는 거 아니야?" 케이시는 걱정하는 기색을 내보이지 않으려고 노력하며 활기차게 말했다. 그녀는 팔을 뻗어 엘라를 포옹했다. "우리 꼬마 엄마, 잘 지냈어? 이렇게 만나니 정말 반……."

엘라의 눈시울이 붉어졌다.

"왜 그래? 괜찮아?"

엘라는 의미심장하게 고개를 끄덕였다.

"무슨 일이야? ……이봐, 엘라, 무슨 일이냐고."

엘라는 케이시의 일터에서 울음을 터뜨리지 않으려고 기를 쓰며 침을 삼켰다. "미안해." 그녀는 힘겹게 토해냈다.

주디스는 시선을 돌릴 수가 없었다. 케이시는 상사를 흘긋 보았고, 시선을 눈치챈 엘라도 주디스를 향했다. "감사합니다." 그녀는 다시 침을 삼켰다. "음…… 케이시를 데려와주셔서요. 저한테는……." 엘라는 숨을 몰아쉬었다. 귀에서 끊임없이 무슨 소리가 울렸다. 그녀의 심장 박동 소리를 따라 누군가 머릿속에서 계속,

계속, 계속 총을 쏘고 있는 것 같았다. 탕, 탕, 탕.

"주디스, 정말 고마워요. 너무나 고마워요." 케이시가 말했다. 이런 상태의 엘라를 보니 겁이 더럭 났다. 빨리 이야기를 나누고 택시에 태우는 것이 좋을 것 같았다. 심 박사는 임신중독증은 산모에게 심각한 위험이 될 수 있다고 했다.

"주디스, 괜찮으면 지금 휴식시간을 쓰고 싶은데요."

주디스는 곁눈질을 했다. "몇 시지?"

케이시는 롤렉스를 보았다. 사빈과 마찬가지로, 주디스도 점심시간과 휴식시간을 칼같이 지켰다. 본보기를 보이기 위해 주디스는 5분만 늦어도 정례적으로 시급을 제하곤 했다.

"방금 점심시간을 쓴 건 알지만, 중요한 일이라서요. 15분만 주세요, 네? 내일 그 시간만큼 보충하겠습니다. 죄송해요." 주디스의 대답을 기다리지 않고, 케이시는 카운터 뒤에서 서둘러 빠져나와 엘라의 팔짱을 단단히 끼고 백화점 안쪽 직원용 엘리베이터로 안내했다.

유리로 둘러싸인 직원식당 테라스는 얼어붙을 정도로 추웠지만, 엘라는 신경쓰지 않는 것 같았다. 그녀는 이제 숨을 헐떡이고 있었다.

"엘라, 그러지 마." 케이시는 점점 더 걱정스러웠다. "무슨 일이야?"

"테드가 델리아와 자서 나한테 헤르페스를 감염시켰어." 이 말을 다른 사람에게 내뱉고 나자 엘라는 호흡이 조금 진정되는 것 같았다.

"뭐?" 케이시는 믿을 수가 없었다. 믿을 수 있었지만, 믿기지 않왔다. "망할 자식."

"네 친구 아니니?" 엘라는 울음을 멈췄다. 눈길이 묘했다.

"누구? 델리아?"

"응." 엘라는 보다 집중하는 눈빛으로 고개를 끄덕였다. 머릿속의 총성은 한층 커졌지만, 정신은 또렷했다.

"세상에." 케이시는 잠시 시간을 벌었다. 엘라에게 델리아에 대해 말할 수는 없었다. 어떤 남자의 아내라도 그런 여자라면 펄펄 뛸 것이다. 그녀는 오른손을 들어 눈을 가렸다. "그러니까 테드가 델리아랑 잤단 말이지." 그녀는 주머니를 두드렸다. 담배는 아래층에 있었다. "도대체 그 자식은 뭐가 문제야?"

델리아가 부서를 바꾼 뒤에도, 케이시는 일주일에 한 번은 델리아와 같이 점심을 사러 나가곤 했다. 델리아가 테드 김이나 다른 남자에게 관심 있다는 이야기를 한 적은 없었다. 델리아는 남자이야기를 많이 하지 않았다. 그녀에게는 너무 단순한 화제 같기도했다. 이따금 같이 잤다는 이야기를 입 밖에 낸 유일한 남자는 그녀가 우편실의 훈남이라고 부르는 산토였다. 산토조차 이제 지나간 일이었다. 그는 가톨릭 신자였고, 고등학교 시절 사귀다가 결혼한 아내와 네 아이를 두고 있었다.

케이시는 델리아를 좋아했다. 델리아는 멋있었고, 함께 이야기하면 즐거웠다. 직장 밖에서 자주 어울리지는 않았지만, 델리아는 사무실에서 자기편으로 삼고 싶은 그런 사람이었다. 유부남과 섹스를 하고 다니기는 했지만, 델리아는 그런 자신이 친구들에게 절대적인 신의를 기대한다는 사실에 모순이나 위선이 있다고 생각하지 않는 사람이었고 호의를 받은 만큼 갚았다. 그녀가 비밀을 지키는 것은 아내들을 모욕하는 것을 피하고 싶다는 면이 컸다. 그녀는 말했다. "누군가의 아내를 한심한 사람으로 만들고 싶지는 않아. 그건 어리석은 짓이지." 케이시는 유부남과 놀아날 생각은 없었지만, 혹시 그렇게 된다면 유부남과의 장기적인 관계에 대한 델리아의 해석을 기억할 생각이었다. "내연녀는 진정 아내를 대신할 수 없어. 남편은 언제까지나 첫 부인의 허락을 필요로 할 거야. 내연녀가 그 남자와 결혼할 수도 있겠지만, 첫 부인은 항상 남편의 머릿속 어딘가에 남아 있어. 어머니처럼. 게다가 아이라도 있다면, 휴, 그건 정말 골칫거리지. 첫 부인이 침대까지 따라오는 거나 마찬가지고, 사사건건 부딪히는 것을 절대 피할 수가 없어. 멍청한 짓이야. 난 추천하지 않아. 그냥 잠만 자. 실컷."

"케이시?"

"응?" 케이시는 고개를 들었다. 엘라는 겁에 질린 얼굴이었다. "둘이 아직 만난대?"

"테드 말로는 1년 전에 끝났대." 엘라는 대답했다.

"놀랄 일은 아니네. 그러니까, 델리아와 잠을 잤다는 게 그렇다는 게 아니라, 끝났다는 게 놀랄 일은 아니라고."

"머리가 아파." 엘라가 말했다. "머릿속에서 자꾸 웅웅거리는 소리가 나서 미칠 것 같아. 누가 날 죽이려고 하는 기분이야, 계속. 끈질기게. 차라리 나도 죽고 싶어, 케이시. 오늘 아침에는 창밖으로 뛰어내릴까 하는 생각도 들었어. 하지만 그 대신 여기로 왔어. 네가 날 도와줄 수 있을 것 같아서."

"그럼, 당연하지. 뭐든지 다 해줄 수 있어. 정말 잘 생각했다. 잘했어. 정말 잘했어……." 케이시는 엘라의 등을 토닥였다. "정말 잘한 거야. 그래." 그녀는 이제 어떻게 할지 고민했다. "지금은 일단 집에 데려다줄게. 테드는 내일 죽여도 되잖아." 케이시는 유난히 어려 보이는 친구의 얼굴을 보며 미소 지었다. "오늘은 일단 네 몸부터 돌보는 게 순서인 것 같아. 자, 일어나, 엘라. 집에 가자. 의사도 침대에서 안정을……."

엘라는 순순히 케이시를 따라 테라스에서 나와서 엘리베이터를 탔다. 케이시가 다정한 위로의 말을 건넸지만, 아무 대답도 없었다. 그저 맥없이 고개만 끄덕일 뿐이었다.

엘라는 아기의 텅 빈 얼굴만 생각했다. 지난 몇 주 동안 그녀는 아기의 얼굴을 상상하려고 노력했지만, 통 떠오르지 않았다. 딸이라는 사실을 알게 된 뒤에는, 아기가 테드의 얼굴을 닮았을지, 그의 어머니 얼굴을 닮았을지 궁금했다. 무슨 이유에서인지 엘라는 아기가 자신을 닮지 않았을 것 같았다. 어쩌면 아빠를 닮았을지도 모른다. 그것도 좋을 것 같았다. 아니면 돌아가신 어머니를 닮든가.

케이시는 계속 뭐라 말하고 있었지만, 엘라는 주의를 기울일 수 없었다. 아기의 얼굴을 생각하니, 죽고 싶다는 생각이 들지 않았다. 아기의 이름을 지어주고 싶었다. 하지만 하나도 떠오르지 않았다.

4

정체 상태

엘라가 열쇠를 안 갖고 나와서 도어맨이 아파트 문을 열어주었다. 팁을 줘야 하는데 택시비를 낸 뒤라 지갑에 남은 돈이 20달러짜리 한 장밖에 없었다. 엘라에게 내라고 부탁하기도 쑥스러웠다. 나중에 티나가 오면 이 돈으로 피자를 주문해야 한다. "미안해요, 지금 현금이 별로 없네요." 케이시는 아파트를 나가는 도어맨에게 속삭였다.

그는 어깨를 으쓱했다. "괜찮아요, 아가씨." 자기도 그런 적이 있었다는 듯 '아가씨'라고 부르는 말투에 섞인 가벼운 장난기는 케이시가 어린 시절 동네에서 알고 지낸 어른들을 연상시켰다.

집 안에 들어온 뒤, 케이시는 엘라의 코트와 신발을 벗겨주었다. 엘라는 침대에 누웠지만 눈을 감지 않았다. 왼쪽으로 돌아눕자 엘라의 표정은 누그러졌고, 평소보다 눈을 더 많이 깜빡이는 것 같았다. 아무 말도 하지 않는 모습이 마치 슬프고 졸린 어린아이 같았다.

"좀 쉬어."

"그가 왜 그랬을까?" 엘라는 물었다. "나, 많이 뚱뚱해졌지?"

"넌 임신했잖아."

"그 여자 날씬해?"

"네가 임신하지 않았을 때는 그 여자보다 더 날씬했어. 그만해."

"그 여자 예뻐?"

"엘라! 너보다 더 예쁜 여자가 어디 있어. 그만하라니까."

"테드는 내가 너무 천천히 말한대. 재치도 있었으면 좋겠다고 하고. 나는 그 사람의 하버드 경영대학원 친구들하고 어떻게 대화해야 하는지 모르겠어. 상대가 날 예의상 대하는 건지, 진심으로 흥미가 있는 건지도 모르겠고. 책을 더 많이 읽고, 강연도 들으러 다녀야 할 것 같아."

"쉬." 케이시는 검지를 입술에 갖다 댔다. "넌 교양 그 자체야." 그녀는 잠시 입을 다물고 엘라가 자신에게 왜 이렇게 의미가 있는지 생각해보았다. 엘라에게 뭔가 주고 싶었다. 통찰도 일종의 선물이라고 할 수 있을 것이다. 하지만 케이시는 뭔가 좋은 말, 뭔가 진실된 말을 엘라에게 해주고 싶었다.

"넌 둘도 없이 좋은 사람이야. 내가 사랑받는다고 느끼게 해주는 사람. 내가 괜찮다고 느끼게 해주는 사람." 케이시는 숨을 들이쉬었다. "내가 용서받았다고 느끼게 해주는 사람." 이런 생각이 떠오른 것 자체가 케이시에게는 놀라웠다. "나한테 그렇게 해준 사

334

람은 아무도 없었어. 내가 한 번도 너한테 이런 말 안 했지. 진작 했어야 하는데."

엘라는 마치 아무 말도 못 들은 것처럼 표정 변화가 없었다.

"델리아는 정말 멋진 사람일 거야. 아주 재미있겠지. 테드는 재미있는 사람들을 좋아하니까. 난 농담 같은 걸 기억해뒀다가 써먹질 못해. 난 그냥 조용하고 책임감 있는 사람이지. 모르긴 해도 델리아는 섹시할 거야. 안 그러면 왜 그 모든 남자들이……." 엘라는 기억 한 편을 차단하려는 듯 눈을 질끈 감았다.

"이봐! 델리아가 어떤 사람이건 그건 중요한 게 아니야. 알겠어?"

"네 친구잖아. 모든 사람들이 어울리고 싶어 하는 사람."

"아니, 그러지 말고. 그런 생각은 그만해. 응?"

"하지만 너도 그 여자를 좋아하잖아. 아주 오래전에 델리아를 만나는 게 즐겁다고 나한테 말한 적이 있었어. 난 샘이 났지만 내색하진 않았어. 우린 같이 점심 먹을 일도 없고."

"델리아와 나는 같은 건물에서 일하잖아. 같이 앉아서 식사를 하는 게 아니야. 구내식당이나 델리까지, 먹을 걸 사러 같이 걸어갈 뿐이야. 기껏해야 왕복 20분. 우린 각자 책상에 앉아서 먹어." 지금 델리아와 같이 시간을 보내는 걸 정당화하고 있는 걸까? 케이시는 못해도 한 달에 한 번, 수요일 밤 FIT 모자 강습이 시작되기 전에 델리아와 잠깐 한잔한다는 이야기를 의도적으로 생략했다. 델리아와 바에 가면 남자들이 칵테일이나 명함을 건네기 때문에 신이 났다. 델리아는 바에서 상대를 보내버리는 데 있어 대가였다. 술자리가 파하면, 맥주 얼룩 가득한 바닥에 거절당한 신사들의 시체가 널브러져 있었다. 케이시는 프로가 솜씨를 발휘하는 광경을 보는 것이 흥미진진하다는 사실을 인정하지 않을 수 없었다.

"그 여자와 다시는 이야기하지 않을게. 네가 원하는 게 이거야?" 엘라가 원하는 것이 이것이 아니라는 것은 알았지만, 케이시는 진심이었다. 원하건 원치 않건, 엘라는 이 정도 배려를 받을 자격이 있었다.

"성격도 좋아? 독립적이고? 너처럼?" 엘라는 순수하게 궁금한 표정으로 케이시의 얼굴을 들여다보았다. 매력적인 부분이 많은 여자라면 테드가 한 짓도 용서가 된다는 듯이.

"넌 멋진 여자야, 엘라. 너 자신을 이런 식으로 괴롭히지 마. 델리아는 중요하지 않아. 이런 짓을 한 건 테드라고."

"난 그를 사랑해. 하지만 동시에 증오해."

"그래." 여대생 두 사람이 케이시의 뇌리를 스쳤다. "그럴 거야."

"테드 말고 다른 사람을 사랑해본 적은 없어."

"알아."

"그가 날 떠나는 건 원하지 않아. 나 혼자서 딸을 어떻게 키우지?" 엘라는 동그란 얼굴에 근심을 가득 띤 채 눈을 커다랗게 떴다. 호흡이 어지러웠다.

"엘라, 괜찮아?"

"응."

"혹시 의사를 불러야 할 것 같으면 말해. 혈압을……." 케이시는 최대한 침착한 태도로 말하려고 애썼다.

"알아, 알아." 엘라는 서글프게 말했다. 그녀는 아기의 완벽한 몸을, 다섯 손가락을 귀엽게 움츠렸다가 펴는 모습을 상상해보려고 애썼다. 가슴이 보다 고르게 오르락내리락했다.

케이시는 반사적으로 현관문을 돌아보았다. "근데 그 개자식은 어디 있어? 언제 집에 들어오니?"

"싱가포르에 출장 갔어. 몇 달 전부터 계획되어 있던 일정이야. 목요일 밤까지 돌아오지 않을 거야. 아빠가 나중에 오시기로 했어. 손님방에서 지내실 거야." 엘라는 눈을 깜빡였다. "혹시…… 그 여자랑 같이 있는 건 아닐까?"

이기적인 개자식. 케이시는 생각했다. 출산이 얼마 안 남았는데, 아내를 장인한테 이런 식으로 떠넘기고 가버리다니. 잘하는 짓이다.

"그는 가고 싶지 않다고 했는데. 특히 지금은…… 혹시 그 여자를 데려간 건 아닐까." 엘라는 중얼거렸다.

케이시는 개자식을 변호하고 싶은 마음이 추호도 없었지만, 혈압이 높은 임산부를 흥분시켜서 좋을 일이 없었다.

"엘라, 테드는 잊어버려. 네 몸이 가장 중요해. 아기가 가장 중요해." 케이시는 친구의 머리카락을 쓰다듬었다.

엘라는 검은 눈을 감았다. 귓속에서 계속해서 맥박이 쿵쿵 뛰는 것 같았다.

거실에서 케이시는 주디스에게 전화를 걸었다. 아까는 미처 전화할 겨를이 없었다. 응답이 없었다. 그녀는 사빈의 직통번호로 전화를 걸었다.

"그럴듯한 이유여야 할 거야." 사빈은 인사 대신 대뜸 말했다.

케이시가 상황을 설명하자, 사빈의 응답은 으스스할 정도로 차가웠다.

"네가 한 행동은 친절했지만, 궁극적으로 그건 엘라의 문제야." 그녀는 말했다. "게다가, 넌 그 문제를 해결할 수 없어. 너무 큰 문제야." 그녀는 문제들을 상대적으로 구분하곤 했다. 작은 언덕이냐, 에베레스트산이냐, 하는 식이었다. 눈앞에 놓인 산에 올라가는 데 걸리는 시간도 정량적으로 계산했다. "그리고 말해줘서 고마워. 주디스는 내가 직원을 편애한다고 생각하더군. 너는 주디스를 무시했어. 나로서는 그 점을 그냥 넘어갈 수가 없고." 사빈은 어떤 종류이건 위계질서를 어지럽히는 행동을 극히 싫어했다.

"죄송합니다, 대표님. 그렇게 나가지 말았어야 했는데, 엘라가 같이 있는 앞에서 주디스에게 제대로 설명할 수가 없었어요. 상사를 무시하려고 한 건 아닙니다. 저는 그런……."

"그 여자애 이야기는 이제까지 한 번도 한 적이 없잖니." 사빈은 완전히 다른 종류의 문제를 걸고넘어졌다. "아주 가까운 친구도 아닌 모양인데."

"아뇨, 그건 아닙니다. 아주 좋은 친구예요." 하지만 사빈이 그 사실을 알 리 없었다. 케이시는 자신의 주변에서 일어나는 일들을 사빈에게 거의 털어놓지 않았다. 힘든 일이 있을 때면, 혼자 속으로 끙끙 앓고 겉으로는 아무렇지 않은 척했다. 점심때는 케이시의 인생이 잘 풀리기를 간절히 바라는 사빈의 따뜻한 배려로 가슴이 뭉클했지만, 부드럽게 녹은 케이시의 가슴 한 부분이 다시 굳어버렸다. 보답을 기대하지 않고 아무것도 요구하지 않는 친절이나 선행은 있을 수 없다. 그녀는 시간을 확인했다. 손목에 채워진 새 시계가 원래 찼던 타이맥스보다 무겁게 느껴졌다. 겨우 3시였다.

"이 문제는 좀 더 생각해봐야겠다." 사빈은 말했다. 정신과의사는 충동적인 성향을 억제하기 위해서 매사에 결정을 내리는 것을 조금씩 미루어보라고 했다.

"네." 케이시는 중얼거렸다. "마음대로 하세요."

"나한테 건방지게 굴지 마." 사빈이 쏘아붙였다.

"죄송합니다." 케이시는 얼른 정신을 차리고 대답했다.

엘라는 잠에서 깨어 비틀비틀 거실로 나갔다. 얼마나 잤을까? 지난 스물네 시간 동안, 그녀는 테드를 떠나겠다고 생각했다. 하지만 그 행동의 결과를 감당할 수 있을까? 아버지를 보고 싶고 조언을 듣고 싶었지만, 어떻게 물어야 할지 알 수 없었다. 결혼식 직전에 아버지가 했던 말이 아직 그녀의 머릿속에 남아 있었다. 어쩌면 기다려야 했는지도 모른다. 아버지에게 지금 이 상황을 설명할 길이 없었다. 아버지는 테드를 미워할 것이다. 내가 너무 어린 나이에 결혼한 걸까? 내가 잠자리에서 뭔가 잘못하고 있나? 그날 아침, 그녀는 비디오나 책을 찾아볼 생각도 해보았다. 어떻게 해야 더 능숙해질 수 있을까? 어떻게 해야 남편의 관심을 붙잡아둘 수 있을까? 머리가 아팠다. 이명 때문에 편히 쉬는 것이 불가능했다.

엘라는 어떻게든 편안한 자세를 찾으려고 소파에서 몸을 길게 뻗었다. "누구야?"

케이시는 손에 든 무선전화를 흘끗 보았다. "아무도 아니야."

"테드였어?"

"아니."

"너도 헤르페스 있어?" 엘라는 물었다.

"이야, 웰즐리 모범생은 어디로 갔나?"

엘라는 두 손으로 베개를 끌어당겨 얼굴을 가렸다. 고통스러운 기색이 역력했다.

"아니, 난 헤르페스 없어." 엘라의 표정이 고통에서 실망으로 변했다. "미안해. 하지만 난 전에 한번 임질에 걸린 적이 있어. 이거면 네 기분이 나아질까? 내 룸메이트는 매독에 걸려서 성기에 지독한 사마귀가 생기는 바람에 지져 없애야 했지. 같은 기숙사에 살던 여학생 하나는 사면발이가 옮았어. 이런 일들은 항상 그 당시에는 실제보다 더 큰 일처럼 느껴지는 법이야. 우리 모두 수치심을 이겨야 해. 과학적으로는 감기나 열병에 더 가깝잖아?" 케이시는 진심으로 그렇게 생각했지만, 자신이 성병에 걸린 적이 있다고 털어놓은 적은 없었다.

"치료할 수 있잖아. 그런 병은……."

"그럼. 나는 낙태도 했어. 따지고 보면 임신도 치료할 수 있었던 셈이지." 케이시는 어깨를 으쓱했다. 그녀는 사람들이 문제를 서로 비교하는 것이 싫었다. 그래서는 인생에서 절대 이길 수 없다.

엘라는 자기만 재수 없는 사람이 아니라는 것을 확인하고 싶어서 내가 민망했던 경험들을 계속 늘어놓기를 원하는 걸까? 엘라가 원한다면, 케이시는 얼마든지 그럴 수 있었다. "또 뭘 알고 싶어?"

엘라는 생각에 잠겨 고개를 끄덕였다. 자기가 케이시의 신경을 거슬리게 했다는 것을 알았다. "난 테드를 떠날 수 없어. 서약했는 걸. 하나님은 이혼을 싫어하셔. 예수 그리스도께서 복음서에서 그렇게 말씀하셨어."

"좋아. 하지만 테드는 다른 여자와 같이 자고 너한테 이별 선물을 건넨 거 아니니. 성경에도 아마 탈출구가 몇 가지 있었던 것 같은데. 간음은 제법 크지." 확인해보고 싶은 충동이 일었지만, 결혼이라는 감옥에서 탈출할 수 있는 조건이 쓰여 있던 곳은 분명 〈마태복음〉이었던 것 같았다.

"하지만 거듭 용서하고 또 용서해야 하잖아. 그는 참회했어."

"아, 좋은 생각이구나. 다음에 내가 뭘 잘못하면 그 말 그대로 들려줄게."

엘라는 웃지 않았다. 그녀는 아주 열심히 생각하고 있는 것 같았다. "그를 떠나면 난 어디서 살아야 할까? 난 직장도 없는데."

"한동안 아버지 집에서 지내면 되잖아. 우리 집에서 같이 지내든가. 난 아이들을 좋아해. 그러다 보면, 네 힘으로 너 자신과 아이를 먹여 살릴 수 있을 거야. 잠깐, 네가 여기 있고 테드더러 나가라고 해도 되잖아. 왜 네가 나가려고 해?"

"남편의 집에서 아버지의 집으로 가다니. 내가 무슨 짓을 한 거지?" 엘라의 음성에는 공평하지 않다는 분노가 어려 있었다. "난 예술사를 전공하고, 결혼을 하고, 2년 동안 교육 분야에서 일했어. 18개월 만에 남편은 잠자리에서 내게 싫증을 냈고. 아니, 그보다 훨씬, 훨씬 더 일찍부터 그랬던 게 분명해. 다섯 달? 여섯 달? 아, 세상에. 컨 데이비스의 모든 남자와 같이 잔 여자하고 바람을 피우다니. 왜? 그리고 내게 헤르페스를 옮기다니. 아니, 난 한 남자하고만 잤단 말이야."

케이시는 엘라의 분개한 음성에 점점 짜증이 났다. "네가 50명하고 잤다 해도, 그렇다고 아파도 싼 건 아냐, 엘라. 성관계에 무슨 규율이 필요한 건 아니라고. 그런 사고방식은 받아들이기 힘들어. 내가 헤르페스에 감염됐다면 더 나았을까? 나는 한 명 이상의 남자와 섹스를 했고, 앞으로도 더 할 생각이야. 더 많은 남자랑. 그래서 내가 무슨 성병을 얻었다, 그건 뭘 증명하지? 난 모르겠어. 테드가 이런 짓을 저질러서 유감이야. 네가 헤르페스에 걸린 것도 정말 유감이고. 하지만 헤르페스는 어쨌든 사는 데 별다른 지장이 없는 만성질병으로 분류되어 있고, 그러니까……."

"내 말은 그게 아니야." 동조해주는 말을 기대했던 엘라는 답답했다. "그만두자." 그래도 이 상황은 너무나 부당한 취급 같았다. "난 그저 한심해. 이런 게 옳으려면 최소한 섹시하기라도 해야 할 거 아냐. 전적도 많이 쌓고. 내 인생은……." 엘라는 숨을 내쉬었다. "내가 잘못 살았든가, 경험이 부족한 거겠지. 모르겠어. 미안해."

"엘라! 넌 아직 스물다섯 살도 안 됐잖아. 인생이 끝난 게 아니라고. 내가 너라면 쉽게 포기하지 않을 거야." 케이시는 엘라가 자기 말에 귀 기울이기를 바라며 그녀의 얼굴을 뚫어지게 쳐다보았다.

건물 인터콤이 울렸다. 케이시는 벌떡 일어났다.

"네 아버지야. 올라오신대."

엘라의 아랫입술이 달싹거렸다.

"괜찮아?"

"아빠한테는 말씀 못 드리겠어." 엘라는 두 손으로 눈물을 닦았다.

"내가 같이 있을까? 잠시만이라도?"

"아니. 넌 돌아가야 하잖아. 고마워, 케이시." 엘라는 울지 않으려고 고개를 끄덕였다. "정말 고마워. 이 고마움을 다 어떻게……."

"됐어. 정말 괜찮은 거야?"

"괜찮을 거야." 엘라는 미소 지으려 애썼다.

"그래, 그래야지."

케이시는 전철을 타고 백화점으로 향했다. 모자 매장에 가보니, 주디스와 사빈이 친근하게 이야기를 나누고 있었다. 둘 다 기분이 나쁜 것 같지 않았다.

"아, 방탕한 딸이 돌아오셨군." 사빈은 농담기 없는 쌀쌀한 어조로 한마디 했다.

"정말 죄송합니다. 그렇게 나가버린 건." 케이시는 테드와 관계된 대략적인 상황과 엘라의 건강 상태, 엘라의 어머니가 출산 도중 세상을 떠났다는 것을 설명했다.

"아." 주디스는 대답했다. 뭐라고 더 말할 수 있을까?

"어쨌든 난 결정을 내렸어." 사빈은 이번 사건에서 손을 털고 싶은 듯 힘주어 말했다. 빨리 결말을 짓고 싶었다. 그녀는 주디스를 돌아보았다. "케이시가 근무한 시간표를 정리해. 자리를 비운 시간부터 근무시간에서 제하고, 휴식시간을 추가하도록 해. 누구와 어떻게 보내든 자유로운 것이 휴식시간이니까."

사빈은 허리를 펴고 떠날 준비를 했다. 아까 케이시는 사빈의 사무실에서 치즈케이크를 먹기로 약속했지만, 그것을 취소하는 연락도 미처 취하지 못했다. 보통 케이시의 휴식시간이 시작되는 2시 30분, 사빈은 주디스에게 전화해서 케이시가 어디 갔느냐고 물었다. 주디스는 케이시가 아무 설명 없이 친구와 함께 자리를 비웠다고 보고했다.

케이시는 고개를 젓지 않으려고 노력했다. 사빈이 근무시간을 가지고 깐깐하게 구는 것이 어처구니 없었다. 수천 달러짜리 시계를 선물했으면서, 고작 50달러에 못 미치는 급여로 시비를 걸다니. 이해가 되지 않았다.

"케이시는 지난주에도 휴식시간을 초과했습니다. 근무시간이 20분 정도 모자라요." 주디스는 은근히 만족스러운 목소리였다.

"고마워요, 주디스. 얼마나 든든한지 모르겠네요." 케이시는 말했다. 제이가 자주 쓰던 표현이었다. "언제나 저한테 도움이 되어주시고."

자리를 뜨려던 사빈은 이 말을 듣자마자 돌아섰다. "케이시, 건방지게 굴지 마. 나나 네 상사, 혹은 고객 앞에서 그런 식으로 행동하면 곤란해."

케이시는 고개를 갸우뚱했다. 카운터 근처에 손님은 없었다.

"무슨 말인지 알겠어? 주디스가 네 편을 들어주지 않았다고 삐딱하게 굴어선 안 돼. 그건 주디스의 업무가 아니야. 그런 일을 하라고 내가 급여를 지불하는 것이 아니란 말이야."

"저한테 소리 지르지 마세요." 케이시는 조용히 말했다.

"내가 봐서 필요할 때, 필요한 방식으로 직원의 잘못을 바로잡는 건 내가 당연히 해야 하는 일이야." 사빈은 말했다. '직원'이라는 말에 케이시의 턱이 단단하게 굳었다.

주디스는 케이시의 친구가 정말 이상해 보였다는 말을 할까 생각했지만, 지금 그 말을 어떻게 꺼내야 할지 알 수 없었다.

나이 지긋한 노부인 두 사람이 카운터 앞에 와서 서더니 장미 장식이 달린 밀짚모자를 보고 감탄했다. 쌍둥이 같았고, 80대 후반 아니면 90대 정도로 보였다. 하지만 아주 정정했고 메인보커 스타일 정장을 멋지게 차려입고 있었다.

주디스는 입을 열었지만, 사빈이 가로챘다. "주디스, 지난주 휴식시간도 케이시의 근무시간에서 제해. 직원이 휴식시간을 마음대로 초과해서 쓰는 걸 당신이 내버려뒀다는 말이 다시는 나오지 않도록. 케이시는 신용문제를 바로잡을 필요가 있어."

주디스는 예, 하고 대답하고, 자기 앞에 와 있는 노부인들을 향했다.

케이시의 목덜미가 빨개졌다.

"그리고 케이시……." 사빈은 케이시를 돌아보며 미소 지으려고 애썼다. 목소리가 부드러워졌다. "오늘 근무 끝나고 내 사무실로 오도록 해."

"죄송합니다만, 오늘은 곤란합니다. 퇴근하고 티나가 여기로 오기로 했거든요. 1년 넘게 한 번도 못 봤어요." 케이시는 동생의 MIT 졸업식에도 참석하지 못했다. 티나를 기다리게 할 수는 없었다. "하실 말씀이 있으시면 지금 해주세요." 오늘 오후 자신의 행동은 조금도 부끄럽지 않았다. 사빈이 그녀를 해고하고 경영대학원 학비를 대겠다는 제안을 철회한다 해도, 시계를 돌려줘야 한다 해도 케이시는 전혀 개의치 않을 것이다. 어차피 롤렉스 없이 살아왔다. 우정은 돈이나 선물로 협상할 수 있는 것이 아니다. 케이시는 눈이 마주치는 것을 피했다. 생각하면 할수록 더 화가 났다. "죄송하다고 말씀드렸잖아요, 사빈. 다급한 상황이 아니었다면 제가 절대 그런 식으로 자리를 비우지 않았을 거란 거, 알고 계시잖아요. 엘라는 정말 심각한 상태였어요."

사빈은 이 애송이의 배짱에 모욕감을 느껴야 할지 감탄해야 할지 알 수 없었다. "하지만 너는 직장이 있잖아, 케이시 한. 일을 우선으로 생각해야지." 그녀는 사업에서 핵심적인 교훈 한 가지를 케이시에게 가르쳐야 한다고 생각했다. "대체 불가능한 존재 같은 건 없어."

"좋습니다." 케이시는 어깨를 으쓱했다. '그럼 저를 다른 사람으로 대체하세요'라는 말이 목구멍까지 올라왔다.

사빈은 깊이 숨을 들이쉬고 케이시의 팔을 잡았다. 어떻게 해야 이 꼬맹이의 당돌한 눈빛 안으로 파고들 수 있을까?

"내일 나는 출근하지 않을 거야. 다음 주에 이야기하자. 그때가 되면 이 모든 상황이 별일 아닌 것처럼 느껴질 거야." 사빈은 다시 그녀를 향해 미소 지었다. "알겠지, 케이시? 다 괜찮지? 케이시?"

"네." 케이시는 상사를 향해 미소 지었다.

자리에서 멀어지며, 사빈은 한 번 돌아보았다. 케이시의 기다란 몸은 딱딱하게 굳어 있었다. 두 노부인에게 혹시 써보고 싶은 모자가 있는지 물어보는 목소리가 들려왔다.

폐장시간까지, 주디스와 케이시는 모자 매장은 즐겁다는 분위기를 풍기며 나란히 서서 일했다. 하지만 손님이 없을 때 두 사람은 한마디도 이야기를 나누지 않았다.

아인슈타인 의대의 여름 연구원 면접이 길어지는 바람에, 티나는 백화점으로 오지 않았다. 케이시는 집으로 퇴근했고, 티나는 만나기로 했던 시간을 한 시간 반이나 넘겨서 겨우 도착했다.

케이시가 문을 열어주었다. 티나는 이렇게 늦은 적이 없었지만, 그것조차 괜찮았다. 너무나 반가웠다. 자매는 서로 포옹했다. 마지막으로 이렇게 껴안은 것이 언제인지 둘 다 기억조차 나지 않았다.

"이건 무슨 소리야?" 티나는 집 안을 둘러보았다.

"아!" 케이시는 얼른 달려가서 재봉틀을 껐다. 차이나타운에서 75달러를 주고 산 산업용 중고 싱어 재봉틀은 완벽하게 작동했지만, 전원을 켜면 요란한 소음이 났다.

티나는 가까이 있는 접이식 의자에 코트와 핸드백을 내려놓았다. "이야." 그녀는 집 안을 유심히 둘러보았다. 꼭 필요한 가구만 들인 아파트는 상상했던 것보다 삭막했다.

엘 자 모양의 원룸 한구석에는 접이식 매트리스가 있고, 그 옆 바닥에 책이 세 개의 탑처럼 쌓여 있었다. 소니 드림머신 시계 겸 라디오가 《시스터 캐리》 위에 놓여 있었다. 바닥에 세우는 놋쇠 전등에서 전선이 길게 뻗어 있었다. 허드슨강과 저지시티를 약간 조망할 수 있는 창가에는 서로 다른 재봉틀 두 종류와 뭉툭한 나무 의자 하나가 놓여 있었는데, 케이시가 방금 그중 하나의 전원을 껐다. 주방 맞은편에는 흰 철제 카페용 탁자와 접이식 의자 두 개가 있었다. 한쪽 벽을 거의 끝에서 끝까지 차지한 벽장은 뉴욕 기준으로 큰 편이었다. 열린 셔터형 문 안에는 알록달록한 옷가지가 터질 듯이 가득 들어 있었다. 벽장 바닥에는 신발과 부츠 여러 켤레가 뒹굴고 있었다. 짝도 맞지 않았고, 서로 맞는 짝도 멀리 떨어져 있었다. 내용물을 찍은 폴라로이드 사진을 겉에 붙여놓은 모자상자 수십 개가 아파트를 거의 독점하고 있었다. 소파도, 커피 탁자도, 책장도, 깔개도 없었다.

"뭘 만드는 거야?" 티나는 궁금한 눈빛으로 찬찬히 살펴보며 물었다. 그녀는 재봉틀을 바라보았다.

"대회에 출품하려고." FIT에는 심사를 받는 액세서리 전시회가 있는데, 그녀와 치즈 판매원 로니가 한 팀으로 출전하기로 했다. 두 사람이 디자인한 것은 접을 수 있는 밀짚모자와, 모자를 넣는 특별한 공간이 마련된 핸드백 세트였다.

"대회?"

"나도 알아. 웃기지?"

티나는 눈썹과 어깨를 동시에 들어올렸다. 케이시에 관해서라면 이제 놀라운 것이 없었다.

"아, 배고프다."

"음식은 주문해놨어." 케이시는 티나가 역에서 전화하자마자 피자를 주문했다. 동생은 파란 크루넥 스웨터와 군청색 바지 차림이었다. 층을 내지 않은 머리는 가지런하게 찰랑거리고 있었다. 그녀는 부츠를 바닥에 벗어 던지고 다리를 죽 뻗은 채 낡은 검은 양말 속 발가락을 꼼지락거렸다. 아인슈타인 의대 면접은 잘 풀렸고, 티나는 일하자는 제안을 그 자리에서 수락했다고 했다.

"섹스 때문에 더 예뻐진 것 같은데?" 동생이 신은 양말의 발볼 부분이 닳은 것을 보며 케이시가 말했다.

"고마워." 웃음을 터뜨리는 티나의 검은 머릿결이 매끄럽게 찰랑거렸다. "취직도 하고 약혼도 했지롱!"

"뭐?" 케이시는 외쳤다. "정말이야?"

"둘 중에 뭐가?"

"뭔지 알잖아. 넌 스물두 살이고, 솔직히 그 남자랑 결혼하지 않는다 해도 네게 흠이 될 건 전혀 없어. 그냥 같이 살면 안 되는 거야?" 엘라는 첫 남자와 결혼했다. 철은 테드 같지는 않을 것이다. 맙소사, 제발 그렇게 되지 않도록 해주세요, 불가지론자인 케이시였지만 속으로 기도하고 있었다. 지금 엘라에 대해 이야기해주어야 할까. "내가 조언을 잘못 했니? 아무것도 안 가르쳐줬어? 섹스한 첫 남자와 결혼이라니!"

"어허, 섹스라니. 사랑을 나눈 첫 남자야."

"그래, 미안해. 내가 잘못했어." 케이시는 핸드백 패턴을 움켜쥐고 있었다. 테이프로 붙인 패턴지 모서리가 구겨지는 바람에, 그녀는 벽에 기대놓은 검은 포트폴리오 안에 종이를 다시 넣었다.

"언니도 좋아할 줄 알았는데." 티나는 풀 죽은 목소리였다. 여름 연구원 자리를 얻은 터라 오는 길에 워낙 들떠 있었던 것이다. 그녀는 두 팔로 무릎을 감쌌다.

"나도 기뻐. 정말이야." 케이시도 우여곡절이 많았던 하루를 보내고 티나가 오기만을 고대하고 있었다. 하지만 티나의 이 선언 역시 충격이었다.

"그럼 결혼식에 올 거지?"

"그럼. 당연히 가야지. 말이라고 해?" 케이시가 말했다. 티나는 여전히 졸업식 때문에 섭섭한 마음을 품고 있었다. 케이시는 부모님을 마주할 엄두가 나지 않아 티나의 졸업식에 가지 않고 회사 일정에 참석했다. 업무와 관계된 일이긴 했지만, 그래도 마음만 먹었다면 얼마든지 빠질 수 있는 자리였다.

티나는 더는 결혼식 이야기를 하고 싶지 않았다.

"자, 이제 나쁜 소식이 있어."

"그럼 아까 그건 좋은 소식이었니?" 케이시는 웃었다.

"하하……. 지난 일요일에 아빠 건물에 불이 났어." 티나는 침착하게 말했다. 그녀는 손 닿는 곳에 덩그러니 놓인 모자상자 뚜껑을 열었다. 분홍색 천 모란꽃이 둥글게 달려 있는 챙 넓은 밀짚모자를 보고 티나는 눈썹을 올리며 감탄했다. "예쁘다."

피자가 도착했지만, 케이시는 먹을 수가 없었다. 그녀는 티나가 첫 조각을 우걱우걱 먹으며 화재에 대해 이야기하고, 곧 보험금이

나올 거라고 이야기하는 것을 지켜보았다. 티나가 부모님이 읽지 못하는 서류를 전부 대신 처리했다고 했다. 건물을 송두리째 태운 화재의 원인은 전기 배선불량이었다. 다행히 일요일에 불이 났기 때문에 다친 사람은 없었다. 아무도 케이시에게 굳이 연락하지 않았다. 문득, 내가 놓친 일들이 이것 말고도 많겠구나, 세월이 흐르면 더 많은 일들을 놓치게 되겠구나, 하는 생각이 스쳤다. 소외당하는 기분이 들었지만 티나는 부모님을 두둔했다. 부모님 역시 케이시가 자기들의 인생에서 달아났다고 생각하고 상처받았다는 것이었다. "사무실로 연락하는 건 싫으시대. 언니한테 폐가 된다고." 티나는 아버지도 예전같지 않다고 덧붙였다.

3년 전 조셉이 에지워터의 건물을 샀을 때는 케이시가 계약하는 자리에 따라갔었다. 리아가 학교에 있던 그녀에게 전화했던 것이다. "아빠가 건물을 사신단다. 우리 은퇴자금 전부를 계약금으로 넣을 거야. 공 장로님이 좋은 투자라고 하셨어." 리아는 케이시에게 계약 장소를 알려주었다. 티나가 같이 갈 수도 있었고 아빠도 그쪽을 좋아했겠지만, 그녀는 보스턴에 있었기 때문에 케이시가 움직이는 것이 비용이 적게 들었다. 케이시가 큰딸이기도 했다. 그래서 그녀는 미시경제학 수업을 빼먹고 기차를 타고 시내로 가서 은행 변호사 사무실에서 아버지를 만났다. 아버지는 거의 모든 것을 이해하고 있었지만, 변호사는 주로 케이시를 상대로 이야기했고, 필요한 부분이 있을 때마다 그녀가 통역했다. 이쪽에서 수표를 지불하자, 매도인 측 변호사 아라우노 씨는 조셉에게 열쇠를 건넸다. 아라우노 씨는 조셉이 좋은 딸을 두었다고 칭찬했다.

계약이 끝난 뒤, 조셉은 케이시를 학교까지 차로 데려다주는 길에 그 건물에 들렀다.

"나도 그 건물 봤어. 계약 직후에." 케이시는 말했다.

"그래?" 티나는 두 번째 피자 조각에 갈릭파우더를 뿌렸다.

그날 오후 에지워터 힐리어드 애비뉴에 늘어선 수수한 점포들 위로 뙤약볕이 내리쬐고 있었다. 아버지의 건물은 3층짜리 벽돌 건물이었고 1층에 가게 두 개가 있었다. 하나는 피자가게, 하나는 작은 전자제품 상점이었다. 옆문으로 들어서면 카펫이 깔린 수수한 로비가 나왔고, 계단을 올라가면 2층과 3층의 사무실로 이어졌다. 둘이서 건물을 둘러보는 동안, 조셉은 별로 말이 없었다. 전자제품 매장으로 들어서자 점원이 무엇을 사러 왔느냐고 물었다. 아버지는 고개를 젓고 특가로 전시된 파나소닉 자동응답기를 집었다가 내려놓았다. 자기가 새로운 건물주라는 말은 하지 않았다. 케이시는 아버지를 따라 가게를 나왔다. 두 사람은 피자가게도 들여다보았다. 깨끗해 보였다. 1층의 가게 두 군데를 둘러보고 위층의 치과와 회계사 사무소도 확인한 뒤, 그들은 건물을 나섰다. 케이시는 10미터도 채 떨어지지 않은 곳에 주차된 아버지의 청색 델타88 자동차로 돌아갔다. 등 뒤에서 발소리가 들리지 않아서 돌아보니, 아버지는 건물 옆에 그대로 선 채 오른손으로 건물의 벽돌을 짚고 있었다. 그는 미소 짓고 있었다.

"아버지는 어떻게 지내셔?" 케이시는 물었다.

"안 좋지. 당연한 거 아냐?"

"새 건물을 사면 안 되나? 보험금이 나오면?"

"엄마 말로는, 아버지도 굳이 모험을 할 생각은 없으신 것 같아. 게다가 엄마가 어떤 사람인지 언니도 알잖아. 도박을 하는 사람은 아니지. 돈은 아마 은행에 그냥 넣어두실 것 같아."

그날 케이시가 아버지의 얼굴에서 본 것은 자부심이었다. 그리고 행복이었다.

"아버지는 훌쩍 늙으신 거 같아." 티나가 말했다.

"올해 연세가 어떻게 되시더라?"

"6월에 예순이 되셨지."

"내가 넥타이를 보냈는데." 케이시가 말했다. 컨 데이비스에서 직접 걸어가는 편이 훨씬 편했겠지만, 그녀는 100달러가 넘는 에르메스 넥타이를 사서 우편으로 세탁소에 보냈다.

"엄마한테 들었어."

케이시는 고개를 끄덕였다. 어머니와 마지막으로 연락을 주고받은 추수감사절 무렵, 케이시는 추가근무 수당을 벌기 위해 명절에도 일할 거라고 말했다. 그녀는 사빈이 특별히 좋아하는 사람들을 자기 집에 초대한 저녁식사 자리에서 칠면조 요리를 먹었다.

"예순이시면……."

"회갑인데 별다른 걸 못 해드렸지." 티나가 말했다.

"그렇지, 참." 케이시는 퍼뜩 놀라 커다랗게 말했다. "아, 이런. 이런." 그녀는 스스로 너무나 한심해서 중얼거렸다. 부모님은 다른 한국인들의 장성한 자식들이 부모님의 예순 번째 생일―육십갑자를 돈 것을 기념하는 날―을 축하하기 위해 연 성대한 생일파티에 자주 초대받곤 했다. 태어나서 예순 살까지 살면 인생을 온전히 한 바퀴 살았다는 뜻이었다.

"그게 네 졸업식 즈음이었지?"

"맞아." 티나는 조용히 말했다.

"그럼 6월 한 달 동안 나는 네 졸업식과 아버지의 회갑을 놓친 거네. 난 정말 일을 엉망으로 하는 데 천재적인 소질이 있나 봐. 나보다 더 뛰어난 사람도 없을 거야." 아버지의 생일에 뭘 해드렸는지 티나에게 묻기조차 두려웠다. 상관없었다. 그녀가 티나와 비교해서 이긴 적은 없었다.

"일흔 살 생일잔치도 성대하게 벌이잖아." 티나는 기대를 갖자는 투로 말했다.

"그래, 그때쯤 되면 백만 달러 정도는 벌어놔야 하는데. 난 서른 네 살이겠네. 플라자 호텔 피로연장을 미리 예약해놓을까?" 케이시는 수치심의 바다 속으로 서서히 가라앉고 있었다.

"그만해, 언니. 괜찮을 거야. 죄책감을 느끼라고 꺼낸 말이 아니야. 난 그냥 언니를 보고 싶었어." 티나는 미소 지으며 말했다.

티나는 철에 대해 이야기하기 시작했다. 철은 샌프란시스코 의대에서 심장외과를 전공할 것 같아, 그러면서 활짝 웃었다. 철의 아버지는 대학교수, 어머니는 방사선과의사, 누나 셋은 모두 변호사였다. 철은 집안의 막내였다. 조셉과 리아는 추수기념일이 지난 뒤 뉴욕에서 철의 부모님도 이미 만났다고 했다. 모든 게 잘됐어, 티나는 작게 어깨를 으쓱했다. 케이시는 평소의 고약한 버릇대로 티나의 말을 끊지 않으려고 애쓰며 귀를 기울였다. 철의 이야기를 할 때면 티나의 얼굴은 밝아졌다. 케이시는 진정한 사랑이 존재한다는 것을, 처음으로 사랑을 나눈 남자와 어린 나이에 결혼하면 신실한 결합을 맺을 수 있다는 것을 진심으로 믿고 싶었다. 그저 동생을 위해 진심으로 그렇게 소망했다. 엘라와 테드 일은 입 밖에 내지 않았다. 그런 이야기를 해봤자 무슨 도움이 되겠나.

티나는 퀸스까지 전철을 타고 가야 해서 10시에 일어났다. 두 사람은 헤어지기 전에 포옹했고, 이번에는 껴안는 것이 더 쉽게 느껴졌다. 왜 진작 이러지 않았을까?

케이시는 현관문을 닫았다. 아파트는 보잘것없는 공간이었지만, 깔끔했고 그녀의 공간이었다. 그녀는 맨해튼에 살고 있었다. 맨해튼. 스태튼 아일랜드나 브롱크스와 마찬가지로 뉴욕시 안의 하나의 자치구에 불과하지만, '시내'라고 불리는 곳. 프린스턴 첫해, 와이오밍주 잭슨홀 출신의 신입생이 그녀에게 어디서 왔는지 묻더니, 뉴욕에서 왔다고 답하자 뉴욕 어디? 하고 물었다. 케이시가 퀸스라고 대답하자 그는 거짓말이라는 듯 그녀를 빤히 쳐다보았다. 단 하나의 자치구만이 뉴욕이기에.

창밖의 밤하늘은 푸르고 검었다. 저 멀리 저지시티의 스카이라인이 드문드문 조각으로 깜빡이고 있었다. 재봉틀 옆에는 전시회에 출품할 모자가 미완성된 형태로, 모양틀에 걸려 있었다. 모양을 바로잡으려면 찻주전자에서 나오는 것보다 더 뜨거운 증기가 필요했다. 핸드백 천은 재단되지 않은 그대로 의자에 놓여 있었다. 10시가 넘은 것 같았다. 케이시는 잠자리에 들 준비를 하려고 이를 닦으러 갔다. 피곤하고 멍해서 열린 벽장 문에 발을 찧었다. 그녀는 허리를 굽혀 깨진 발톱을 살폈다. 발톱깎이는 수납용으로

사용하는 컨 데이비스 운동가방에 들어 있었다. 경영대학원 지원
서 복사본을 모아놓은 폴더도 그 안에 있었다.

티나에게 왜 경영대학원에 지원했다는 이야기를 하지 않았을
까? 엘라, 테드, 델리아, 아빠의 건물, 티나의 인턴 자리와 결혼. 인
생은 무너지거나, 융합되고 있었다. 그녀는 새로운 일에 도전하고
있었다. 지금 이 순간 이후 자신에게 어떤 인생이 펼쳐질지 상상
하기는 어려웠다. 케이시는 동생에게 또다시 새로운 일에 도전한
다고 말할 수 없었다. 또다시 실패할지도 모르니까.

5

전망

"당신은 인생을 낭비하고 있어." 휴 언더힐이 말했다. "당신은 진짜 재수 없고요." 케이시는 기분 좋게 답했다. 그녀는 짧은 속눈썹을 짐짓 우스꽝스럽게 깜빡거려 보였다.

휴는 매력적인 미소로 답했다. 오래전 같이 잤던 치위생사에게 1년에 네 번 스케일링을 받는 그의 치아는 너무나 희고 가지런했다. "아가씨, 난 더 좋은 별명이 많아요."

"더 나쁜 별명도 많으시겠죠."

"고맙습니다, 고양이 아가씨. 덕분에 솔직해지지 않을 수 없군."

"별말씀을." 케이시가 대꾸했다. "누군가 해야 하는 일이죠." 그녀는 옷걸이에 걸린, 브로넌 리조트 로고가 박힌 파스텔색 골프 셔츠를 하나씩 넘겨보고 있었다.

휴는 그녀와 그녀의 미래에 대해 잔소리를 하고 있었다. 케이시가 얼마나 쪼들리는지 아는 그는 돈을 더 버는 것이 해결책이라고 생각했다. 브로커로 올라오라고 들들 볶는 것이 나름대로 염려해주는 그의 방식이었다. 경영대학원 결과는 이달 중에 우편으로 날아올 것이고, 사무실에서 그녀가 지원했다는 것을 아는 사람은 케빈 제닝스밖에 없다. 직속상사인 케빈에게 추천서를 부탁해야 했기 때문에 알리지 않을 수가 없었다.

점원은 휴가 요청한 윈드브레이커 조끼를 가지러 아래층으로 내려갔기 때문에, 골프용품점에는 두 사람밖에 없었다. 벽면이 체리우드로 되어 있어서 마치 법원에 들어온 것 같았다. 늘 그렇지만, 케이시와 휴는 15분 일찍 도착했다. 두 사람이 공유하는 짜증스러운 습관이었다. 그들은 죽을 때조차 15분 일찍 저승에 도착할 거라고 으스스한 농담을 하곤 했다. 남몰래 그들은 서로의 이 점을 높이 사고 있었다. 하지만 오늘 함께하기로 한 네 사람 중 그들이 좋아하는 고객 시머스가 아주 늦을 예정이었다. 비행기를 놓쳐버린 것이다. 월터가 대타를 수소문하고 있었다. 대타가 구해지지 않으면, 휴와 케이시, 다른 고객인 브렛 마틴 세 사람이 게임을 해야 한다. 휴는 주머니에 늘 동전을 쩽그랑거리고 돌아다니며 이래라저래라 스윙에 대해 청하지도 않은 조언을 남발하는 브렛을 좋아하지 않았다. 브렛 마틴은 사람은 좋았지만 조금 맹했다.

컨 데이비스는 아시아 기술주 회의를 주최하고 있는데, 공식 일정은 내일 일요일 아침식사 이후 시작된다. 하지만 18홀을 돌고 싶은 고객들은 오늘 아침 일찍 도착했다. 티타임은 30분 뒤였다.

4월 마지막 두 주는 백화점 손님이 별로 없는 시기라 판매수당도 대단치 않을 것 같아서, 케이시는 주말 근무를 쉬고 골프장에 따라 나왔다. 케이시가 골프를 친다는 걸 몰랐던 다른 직원들은 지나가는 말로 그녀가 칠 줄 안다고 했을 때 왜 진작 말하지 않았느냐고 일제히 외쳤다. 솔직히 영업부에서 일한 3년 남짓한 기간 동안 브로커가 아닌 그녀가 골프여행에 따라간다는 생각은 해본 적이 없었다. 같이 가도 되는지도 몰랐고, 같이 가자고 청한 사람도 없었다. 제이가 컨 데이비스에서 처음 받은 월급으로 사준 핑 골프채를 들고 라과디아 공항에 나타나자, 휴는 진갈색 눈을 커다랗게 떴다.

"공짜 여행을 가려고 거짓말한 줄 알았는데."

"그런 걸 수도 있죠." 케이시는 대꾸했다.

골프용품점 유리창을 통해 펼쳐지는 탁 트인 전망은 눈이 부실 정도였다. 저 아래 땅에는 초록 잔디가 카펫처럼 깔려 있고, 지평선 위 하늘은 은색과 보라색으로 물들어 있었다. 여기서 바라보니, 4인조 두 팀이 골프를 치는 모습이 보였다. 티끌 하나 없는 하얀 카트가 손님들을 다음 홀로 데려가려고 대기하고 있었다. 돈 많은 집 후처처럼 깔끔하게 다듬고 단장한 넓디넓은 자연이 극소수 특권층의 즐거움을 위해 펼쳐져 있었다. 케이시는 제이와 제이의 사교클럽 친구들과 함께 친구들의 부모님이 회원으로 가입해 있는 고급 개인 전용 골프장에서 골프를 친 적이 있었다. 발투스롤, 윙드풋, 로커웨이 헌트, 웨스트체스터 같은 곳이었다. 버지니아는 테니스를 좋아했고 케이시도 그럭저럭 공을 받아넘길 수 있었지만, 골프를 칠 때처럼 귀신 같은 정확성과 집중력을 발휘하

359

지는 못했다. 버지니아는 지루한 자기 아버지조차 골프를 따분한 운동이라 생각한다고 했다. 그 반대라니까, 케이시는 말하고 싶었다. 골프는 시각적으로 느낄 수는 있어도 말로 설명하기는 힘든 일종의 기하학과 물리학이 작용하는 운동이었다. 케이시는 골프의 어려움, 그 심미적인 설계를 존중했다.

그녀는 주로 제이와 함께, 뉴저지 공공 골프장에서 골프를 익혔다. 처음 데이트를 시작할 때, 두 사람은 같이 놀기 위해 오후 수업을 빼먹을 정도였다. 골프와 섹스는 그들이 가장 좋아하던 놀이였다. 때로는 골프 먼저, 때로는 섹스 먼저. 왜 직장 동료들에게 골프에 대해 말한 적이 없었나 곰곰 생각하다가 케이시는 깨달았다. 그녀는 아직 그를 그리워하고 있었다. 골프는 제이가 기초부터 가르쳐준 운동이었다. 그는 아주 좋은 선생님이었다. 헤어진 뒤 골프채를 돌려줄까 하는 생각을 하긴 했다. 하지만 제이는 월 스트리트 첫 직장에서 번 돈으로 그녀에게 골프채를 사주면서 너무나 뿌듯한 나머지 얼굴을 기대감으로 환히 밝혔다. 그녀는 곧장 그에게 키스했다. 선물에 감동받았던 것이다. 행복한 제이의 얼굴을 보고 그녀는 두 번 더 키스했고, 그들은 침대에서 뒹구느라 친구들과의 저녁 약속에 늦었다. 사랑했던 사람을 기억한다는 것은 묘한 일이다. 망가지지 않은 과거를 떠올리면서 그런 추억을 통해 가슴속의 엄연한 어둠을 조금이나마 밝힐 수도 있지만, 때로는 상처의 기억이 오롯이 그림자를 드리우고 끈질기게 떠나지 않는 이런저런 질문들로 머릿속을 어지럽힌다.

점원이 돌아와서 라지 사이즈 조끼는 다 팔렸다고 말했다. "죄송합니다."

"괜찮습니다." 휴가 말했다. "애써줘서 고마워요."

그는 가게에 차곡차곡 걸린 여성용 폴로셔츠와 마드라스 바지를 보더니 얼굴을 찡그렸다. 휴는 여자들의 사립학교 모범생 스타일을 싫어했다. 각지고 가슴이 납작하고 덩치 작은 남자처럼 보인다는 것이었다. 여자들은 만지면 부드럽고, 허리와 엉덩이가 잘록하고, 좋은 향기가 풍겨야 한다. 마르고 골격이 가늘고 요트를 타서 햇빛에 그은 20대 금발은 그의 취향이 아니었다. 구식이라고 손가락질해도 상관없었다. 휴는 풍성한 드레스를 입고 목에 진주 목걸이를 건, 허리가 가느다란 여자를 좋아했다. 다리가 조금 보이면 더욱 훌륭하고, 야한 색깔의 브래지어와 팬티를 세트로 입었다면 끝장일 것이다. 케이시가 다른 곳을 보는 동안, 휴는 그녀의 차림새를 살폈다. 케이시의 옷차림은 지극히 여성적이지만 입담은 전혀 딴판이었다.

"여자들이 골프를 칠 때 제일 마음에 안 드는 게 옷차림이야." 휴가 말했다.

"그거 나한테 셔츠 사주기 싫다는 뜻인가요?"

"왜, 셔츠 필요해?" 그는 케이시가 자기 말에 동의하지 않을 줄 몰랐다는 듯 물었다.

"사준다고요?" 케이시가 한쪽 눈썹을 올렸다.

"그건 상황에 따라 다르지." 그는 의미심장하게 미소 지었다. 휴는 연금술사였다. 어떤 말도 섹스에 대한 뜻으로 둔갑시킬 수 있었다.

케이시는 그의 암시를 진지하게 받아들이는 법이 없었고, 언제나 눈 깜짝할 사이에 천연덕스럽게 받아치곤 했다.

"내 몸값이 이보다는 비쌌으면 좋겠네요." 그녀는 가격표를 확인했다. "57달러 50센트."

그가 뭐라 대꾸하기 전에, 월터가 부르는 소리가 들렸다.

"시머스가 늦게 비행기를 탔대." 그는 숨을 몰아쉬며 음성사서함에 남겨진 메시지를 그대로 되풀이했다. "그러니 아직 한 사람 모자라. 셋서 쳐도 되긴 할 텐데, 깅코트리 자산관리 회사의 은우 심을 방금 로비에서 봤어. 그가 오늘 여기 올 줄 몰랐지. 같이 치자고 할까? 심킨은 좋은 친구야. 대신 조금 늦을 수도 있어. 그 친구가 장비를 준비해야 하니까."

"도무지 시간 맞춰 오는 사람이 없네요." 케이시는 시계를 확인했다. 넉 달이나 지났지만, 아직도 롤렉스를 볼 때마다 퍼뜩 놀라곤 했다.

휴는 월터의 기분을 맞추려고 노력하며 고개를 끄덕였다. "좋아, 그럼 그렇게 하지. 나는 여기 이 아가씨와 시작점에 가 있을게."

케이시는 월터에게 미소 짓고 휴를 팔꿈치로 밀었다.

은우 심은 몇 분 늦지 않게 카트가 줄줄이 서 있는 긴 파티오 끝으로 나왔다. 180센티미터에서 약간 모자라는 키, 말랐다고 할 수 있는 날씬한 몸집이었다. 케이시와 달리 쌍꺼풀진 눈이었다. 미소 지을 때면 관자놀이 근처에 주름이 잡혔다. 나이는 서른 살가량. 일행들과 마찬가지로 카키색 바지 차림이었다. 빨간 셔츠는 마우이의 골프용품점에서 산 것이었고, 소맷단이 없는 셔츠 소매에 슬로건이 수놓여 있었다. 작지만 울퉁불퉁한 근육이 팔 전체에 잡혀 있었다. 마른 남자였지만 팔뚝은 뽀빠이 같았다. 골프 신발은 마지막으로 신고 세탁하지 않은 것 같았다. 신발끈에 진흙이 묻어 있었다.

파티오에는 사람이 다 찬 카트 일곱 대가 있고, 유일한 여성인 케이시는 카트 하나에 혼자 타고 있었다. 그녀는 운전석에 앉아 새로 도착한 사람을 기다리고 있었다. 은우 심이 다가오는 것을 보고, 그녀는 그가 가방을 넣을 공간을 내기 위해 돌아앉았다. 휴는 주머니에 동전을 짤랑거리는 브렛을 이미 자기 카트에 태우고 있었다. 은우는 고개를 숙이고 카트에 올라탔다.

"케이시, 맞죠?" 그는 말하며 손을 내밀었다.

"안녕하세요." 케이시는 그의 손을 잡았다. 적당한 힘, 손바닥은 축축했다. "그쪽이 운전하실래요?" 케이시는 정중하게 미소 지으며 물었다.

"아뇨, 됐습니다." 그는 케이시가 자신을 알아보지 못하는 것을 보고 의아했다. 케이시 한은 엘라의 친구였다. 그들은 두 번 만났지만, 두 번 다 이야기는 별로 나누지 못했고 특히 결혼식에서는 축배를 들기도 전에 케이시가 먼저 나가버렸다. 그게 거의 2년 전이던가? 그는 기억을 더듬었다. 아버지가 자기 남자친구와 작은 소란을 벌였던가. 그런 일이었지. 엘라가 말해주었다. 남자친구하고는 헤어졌다고 들었지만, 케이시는 남자를 소개받는 데에 전혀 관심이 없다고 들었다. 하지만 엘라는 오래전부터 침이 마르도록 케이시를 칭찬했다. 창의적이고, 매력적이고, 정말 영리하다고. 은우는 그녀가 한국 남자를 싫어하는 부류의 한국 여자려니 생각했다. 하지만 지금 보니 그런 것 같지도 않았다.

오늘 케이시는 대학 골프팀 소속 선수처럼 느긋하고 유쾌했다. 지난번 만났을 때보다 약간 볕에 그을려 건강해 보였다. 코와 뺨에 주근깨가 살짝 보였다. 흰 골프셔츠와 빨간 낸터킷 바지 차림이었다. 흰 골프 신발은 새것 같았다. 은우는 그 신발이 400달러나 한다는 것은 짐작하지 못했다. 그녀는 매니 모자공방에서 직접 모양을 낸 파나마 모자를 쓰고 있었다. 진청색 띠가 모자를 한 바퀴 둘렀고, 괜찮게 완성된 리본이 달려 있었다.

"좋은 모자네요." 그는 말했다.

케이시는 모자챙을 가볍게 건드리며 말했다. "제가 만든 거예요." 휴와 대화할 때의 장난기가 말투에 아직 약간 남아 있었다.

"그렇군요." 그는 웃으며 말했다. 케이시는 그가 기억하던 것보다 키가 컸다.

"저기, 정말 어디서 뵌 것 같아요." 그녀는 이렇게 말하고 똑바로 앞을 보았다. "아니, 평소에는 이런 말 안 하는데요." 작업을 걸려는 의도는 아니었다.

"난 엘라의 사촌이에요. 은우. 우린 만난 적이 있어요. 두 번이나." 은우는 쑥스럽게 말했다.

"아." 케이시의 유쾌하던 표정이 사라졌다.

"거의 2년 전이에요. 난 결혼식 신랑 들러리였어요. 당신은……."

"네, 네, 그랬군요. 죄송해요." 자리를 박차고 도망치고 싶은 심정이었다.

케이시는 말없이 시동을 걸고 카트를 출발시켰다. 그래, 그래, 그래. 그녀는 생각했다. 그의 정식 이름은 은영 심. 깅코트리 자산 관리 회사 직원. 고객 명단에 기록되어 있던 이름이었다. 여러 번 훑어보았지만, 그가 엘라의 사촌 은우일 거라고는 꿈에도 생각해보지 않았다. 회사에서 통화한 사람 중 심 씨는 세 명이었다. 그리고 월터는 가끔 그를 '심킨'이라고 불렀다. 그래, 그 사람이었구나. 케이시가 월터에게 전화를 돌리기 전에 안녕하세요, 하고 인사 정도는 나눠본 사이일 것이다. 이 남자는 교회 예배가 끝난 직후 그녀가 미치광이처럼 제이의 코에 주먹을 날리는 장면을 본 사람이다. 아빠가 제이를 밀치는 장면도 어쩌면 보았을 것이고, 케이시가 엘라의 결혼식장에서 신부 들러리로서 끝까지 책임을 다하지 않고 나가버린 일도 기억할 것이다. 케이시를 편협한 집안 출신의 폭력적인 여자, 인간적인 품위와 의리가 부족한 여자라고 생각한다 한들, 그를 탓할 수 있을까. 케이시는 운전대에 팔을 걸치고 그 위에 무거운 머리를 내려놓고 싶었다.

이것이 주디스와 사빈에게 주말에 쉬어야 한다고 거짓말하고 놀러 온 대가일까. 그녀는 아무 양심의 가책도 없이 친구가 이사하는 것을 도와야 한다고 둘러댔다. 아파트에 돌아가서 곁에서 흘러나오는 라디오 소리에 귀를 기울이며 재봉틀 앞에 앉아 무대의상 머리장식 수업에서 숙제로 받은 가죽 페즈 모자나 마무리할 수 있다면 얼마나 좋을까. 그럴 수만 있다면. 회의가 끝날 때까지 호텔방에 숨어 있는다면 케빈은 노발대발하겠지만, 이런 경험을 하고 또다시 상사에게 거짓말을 하고 싶지 않았다. 케이시는 플로리다의 이글거리는 햇살에서 자신을 보호하려는 듯 모자챙을 한껏 내렸다.

첫 네 홀은 금세 지나갔다. 묘하게도 오늘따라 케이시의 게임은 아주 잘 풀렸다. 창피스러우면 집중력이 올라가기도 한다. 버디 두 개, 보기 두 개였다.

"케이시 오늘 끝내주네!" 그녀가 다시 공을 홀에 넣자, 휴는 놀람 반 반가움 반으로 웃었다. 장타와 단타 둘 다 하나같이 잘 맞았다. 고객을 위해 일부러 실력 발휘를 자제하는 유형의 브로커가 아닌 휴는 이 놀라운 경기력에 호기심이 일었다. 게다가 같이 치는 고객 둘은 그의 고객도 아니었고, 케이시는 보조직원이었다. 브렛 역시 세 번째 홀이 끝난 뒤에는 케이시의 솜씨에 거의 정신이 나가 있었지만, 짤랑거리는 동전 소리는 은우가 이상하다는 눈빛으로 쳐다보는데도 한층 끈질기게 들려왔다. 은우도 골프 실력이 좋았다. 그는 휴와 나란히 케이시 다음이었다. 보기 하나, 파 둘, 마지막은 2오버파였다. 그는 케이시의 스윙을 연구하고 있었다.

궤적이 정말 훌륭하군, 은우는 생각했다. 휴식 자세는 골프채보다 더 꼿꼿했고, 표정은 굳어 있었다. 은우가 전에 어디서 만났는지 이야기한 뒤부터, 그녀는 어색한 대화를 피하고 싶어서인지 그에게 꼭 필요한 말을 제외한 어떤 말도 하지 않았다. 조용할 때면, 은우는 케이시의 표정에서 근심을 느낄 수 있었다. 무슨 일 때문인지 아주 슬픈 것 같았고, 상처받기 쉬운 사람, 언제든 다시 상처

받을 수 있는 사람 같았다.

전처인 은아 역시 그랬다. 어째서인지 슬픈 여자들은 은우의 마음에 쉽게 들어왔다. 피어슨크로웰의 주재원으로 서울에 도착한 직후 친척이 주선한 맞선 자리에서, 은아는 자신의 운명을 향해 똑바로 돌진하는 젊은 여자처럼 침착하고 단호해 보였다. 그는 은아의 그런 면이 마음에 들었다. 다른 여자들, 너무 키득거리는 여자, 예쁘지만 지나치게 수줍음이 많은 여자들과 달라 보였다. 두 사람은 약혼 후 다섯 달이 채 지나지 않아 결혼했고, 결혼하자마자 그녀의 인생에 대한 굳은 결의는 조용히 흩어졌다. 은아는 해야 하는 일을 다 했지만, 어딘가 연기하는 듯한 분위기가 있었다. 은우는 자신이 무엇을 하건 어떤 사람이 되건 아내가 즐거워하지 않는다는 느낌을 받기 시작했다. 그녀는 항상 그에게 감사했지만, 그것은 행복이라고 할 수 없었다. 그녀는 그와 함께 있을 때 기뻐하지 않았다. 은아는 그가 좋은 남자라고 생각했다. 때로 그는 아내를 너무나 웃게 해주고 싶은 나머지 광대 노릇을 하기도 했다. 값비싼 선물을 사주면 그녀는 감사했다. 아내는 수시로 후회했고 그것이 그들의 행복에 그늘을 드리웠지만, 은우는 직장 일이 너무 바빴기 때문에 원하는 만큼 아내 곁에 있어주지 못했다. 그는 항상 나중에 시간이 날 거라고 생각했다. 2년 전 그가 깅코트리 자산관리 회사에 특채되어 뉴욕에 일자리를 얻었을 때, 은아는 한국을 떠날 수 없다고 했다.

"난 미국인이 되기 싫어. 빵을 좋아하지 않아." 그녀는 한참을 망설이다가 이렇게 말했다. 미국에서 태어난 한국인과 결혼했으면서, 첫 데이트부터 그가 언젠가 미국으로 돌아갈 생각이라고 분명히 말했는데도 이렇게 말하는 것이 얼마나 이상하게 들리는지 그녀 자신도 알고 있었다.

"은아, 당신한테 밥을 포기하라고 부탁하는 게 아니잖아." 그는 그녀의 말에 웃으며 답했다.

은우는 포기하지 않았다. 그는 가이드북이며 〈애니홀〉 같은 뉴욕에 대한 영화를 구해 아내에게 가져다주었다. 그녀는 책을 읽고 영화를 보았다. 남편을 위해 열심히 노력했고, 미국에서 사는 문제에 대해 생각하려고 노력했다. 어느 날 밤 침대에서 그녀는 긴 몸을 뒤로 돌린 채 아직 대학 시절 남자친구를 사랑한다고 말했다. 전라도 출신이라는 이유로 부모님이 만나지 말라고 했다는 것이었다. 전라도는 한국의 가난한 지역이었고, 이 지역 출신은 사기꾼이라는 잔인한 고정관념이 있었다. 그녀는 은우가 미국에 가자고 했을 때 그 남자에게 전화를 걸었고, 그는 아직 그녀를 기다리고 있다고 말했다. 죽을 때까지 기다리겠다고.

은우는 아내를 보내주었다. 사랑하지 않아서가 아니라, 사랑했기 때문이었다. 아내가 떠나고 나니, 마음이 아프면서도 한편으로는 안도감이 찾아왔다. 그녀의 삶에 드리워 있었던 암울한 운명 같은 것이 자신의 잘못이 아니라는 것을 그제야 깨달았기 때문이었다. 이혼 후 은아는 전라도 출신인 대학 시절 남자친구와 결혼했고, 그들은 딸을 얻었다. 이제 텍사스 출신 한국계 미국인인 은우는 어퍼이스트사이드의 방 두 개짜리 아파트에 렌트한 가구를 채워 혼자 살고 있었고, 일요일마다 교회 예배를 마친 뒤 길 건너편에 사는 사촌 엘라의 초대로 브런치를 함께 먹었다. 금요일 밤마다 볼보 스테이션 왜건을 끌고 코네티컷의 인디언 카지노로 가서 눈을 뜰 수 없을 지경이 될 때까지 블랙잭을 한다는 이야기는 엘라에게 하지 않았다. 3월에는 8,000달러를 땄지만, 2월에는 5,000달러를 잃었다.

5번 홀을 막 마친 참이었다.

"한데 어디서 골프를 배운 거야?" 휴가 케이시에게 물었다.

"말했잖아요. 대학생 때 여기저기서 익혔다고." 케이시는 보일락 말락 미소 지었다. 그가 관심을 보이니 쑥스러웠다.

"그래?"

게임이 잘 풀려서 그녀 자신도 놀랄 지경이었다. "3년 정도 안 쳤어요. 진짜예요."

"흐음." 은우는 믿기지 않는다는 듯 말했다.

"맹세해요." 그녀는 고개를 주억거렸다. 사실이었으니까.

"게임에 흥미를 더해볼까요?" 휴가 끼어들었다. "한 타당 1달러."

"언제 내기 이야기가 나오나 했습니다." 은우가 대답했다.

일행은 모두 넷 중 가장 실력이 약한 브렛을 보았다.

브렛은 위축되지 않으려고, 압박감이 오히려 경기력을 향상시킬 거라고 진심으로 믿고 오히려 판돈을 올렸다. "2달러. 까짓거 해보자고."

지금까지는 핸디캡을 논할 필요가 없었지만, 이제 최종 점수를 매겨야 하기 때문에 정해야 했다. 케이시는 한창때 자신의 핸디캡을 알려주고 싶지 않았다. 일행은 아마 기절할 것이다. 평균적인 코스가 72파이고 이번 코스가 평균이라면—즉 아주 훌륭한 선수가 72타 만에 18홀 전부를 돌 수 있다는 뜻이다—그녀는 이런 코스를 보통 86타 만에 돌았으니 핸디캡은 14인 셈이었다. 제이와 한창 골프를 치던 시절에는 보통 85, 86타 정도를 기록했다. 이건 남자건 여자건 아주 좋은 기록에 속했다. 그녀는 아무짝에도 쓸모없는 이 골프라는 취미에 타고난 재능이 있었다. 클럽 회원권을 살 능력도 안 되고 골프를 즐길 시간도 없는 형편이라, 더욱 쓸모없고 얄궂었다. 그녀는 자동차가 없고, 골프를 좋아해서 그녀를 골프장에 데려가줄 친구도, 가족도 없었다. 제이가 이런 역할을 해준 유일한 사람이었다. 그는 골프를 좋아했고, 함께 치면 너무나 즐거웠기 때문이었다. 최근까지 케이시는 골프를 친다는 생각만 해도 가슴이 아팠다.

은우가 자신의 핸디캡을 가장 먼저 말했다. "저는 20입니다."

"무슨 말씀이세요." 휴가 말했다. "정말입니까?"

"네." 은우가 미소 지었다. "칠 만큼 칩니다."

브렛은 말했다. "35? 최고가 얼마죠?" 그를 제외한 나머지 일행은 실력이 아주 좋았고, 게다가 솔직히 보조직원의 골프 실력을 보고 그는 완전히 기가 죽어 있었다.

"20." 케이시가 말했다.

"말도 안 되는 소리." 휴가 말했다.

은우는 고개를 갸우뚱했다. "그보다는 잘 치시는 것 같던데요. 지금까지 보기 둘, 버디 둘, 파 하나를 기록했는데, 파도 거의 이

글에 가까운……."

"그래요." 브렛도 동의했다.

"대학 때는 얼마나 쳤지, 마술사 아가씨?" 휴는 재미있다는 듯 그녀를 보았다.

"14요." 그녀는 조용히 말했다.

"이야, 이건 뭐." 휴는 배를 잡고 웃음을 터뜨리다가 넘어지지 않으려고 골프 가방을 붙잡았다.

그들은 케이시에게 핸디캡 14를 주고 게임을 이어갔다.

내기를 거니 18홀은 더 빨리, 더 조용히 진행되었다. 케이시의 경기력은 꾸준했지만, 12번 홀에서 약간 골치가 아팠고 17번 홀에서는 공이 물에 빠져서 게임을 망쳤다. 최종적으로 그녀는 87타를 기록했다. 어느 모로 보나 준수한 성적이었지만, 은우의 핸디캡이 더 컸기 때문에 케이시는 은우와 휴 다음으로 3등을 기록했다. 그녀는 은우와 휴에게 40달러 정도를 빚지게 되었다. 모두 그 자리에서 돈을 냈지만, 케이시는 지갑을 가져오지 않아서 나중에 저녁식사 시간에 내기로 했다.

모두 샤워를 하러 방으로 돌아갔다. 몸을 씻은 뒤, 케이시는 가운 차림으로 빈둥거렸다. 17번 홀에 대해 생각하지 않으려고 애썼다. 집중력을 잃고 손목 각도를 유지하지 못한 것이 생각할수록 짜증스러웠다. 감정이 흔들렸다. 그럴 수 있다. 지난 일이다. 그녀는 은우와 함께 저녁식사를 할 때는 좀 더 대범해지자고 다짐하며 콧등에 파우더를 발랐다. 아니, 그를 상대할 필요가 없을지도 모른다. 그녀는 자신이 불편하지 않은 척할 수 있다고 믿고 싶었다.

케이시는 민소매 군청색 선드레스를 머리 위로 뒤집어쓰고 몸을 틀어 지퍼를 올렸다. 어깨끈이 넓고, 흰색 사각형 목선에 허리가 잘록한 스타일이었다. 집에서 가져온 고급 모조진주 목걸이를 쇄골 위에 오도록 걸고, 귀에도 큼직한 귀걸이를 달았다. 면으로 된 에스파드리유 끈을 발목에서 묶었다. 전부 1,100달러 정도의 비용을 들인 옷차림이었다. 매달 집으로 가져가는 급여의 절반 이상이었다. 케이시는 마음에 드는 차림을 갖추기 위해서 정가를 다 주고 카드를 긁어대는 '현금인출기'가 되어가고 있었다. 토트백 옆 지퍼에는 정확히 현금 67달러와 한도까지 써버린 신용카드가 잔뜩 든 지갑이 있었다. 휴와 은우에게 빚진 돈을 갚고 나면, 공항에서 집으로 돌아갈 택시비도 남지 않을 것이다. 탓할 사람은 자신뿐이었다. 이런 드레스와 신발을 사지 않을 수도 있었다. 5번 홀에서 내기를 하지 않겠다고 거절할 수도 있었다. 케이시는 그녀보다 열 배나 높은 연봉을 받는 여성 브로커들과 은행가들, 증권 분석가들이 입는 것보다 더 비싼 옷을 입고 있었다. 하지만 옷은 끊임없이 바뀌는 환경 속에서 그녀를 좀 더 번듯한 사람으로 느끼게 해주었다. 오늘 밤 이 드레스를 입으면, 스타이브슨 공립고교가 아니라 앤도버 사립학교 출신처럼, 퀸스 엘름허스트의 롤러스케이트장이 아니라 뉴욕 골드앤드실버 사교 파티에서 첫 경험을 했던 여자처럼 행세할 수 있었다. 그녀는 어디를 가든 항상 적절한 드레스로 자신의 정체성을 직조했다. 오늘 밤이라고 다를 이유가 있나? 그녀는 모자 하나를 완성할 때마다 그 모자에 이름을 붙였고, 그 이름을 통해 이런 모자를 가진 여자가 어떤 연인을 사궐지 상상하곤 했다. 그 여자는 수줍음이 많을까, 아니면 자기주장이 강할까? 연인의 손길을 전적으로 신뢰할까, 아니면 자신의 감정에 저항할까? 남자에게 열정적으로 몸을 맡기는 여자일까? 옷을 통해 케이시는 캐주얼하게도, 도회적으로도, 가난하게도, 부유하게도, 보헤미안 같게도, 프롤레타리아 같게도 보일 수 있었다. 가끔 케이시는 겉으로 보이고 싶은 모습이 전혀 없는 상태로, 있는 그대로의 모습으로 살아간다는 것은 어떤 기분일까 생각할 때가 있었다.

로비로 나가니, 휴와 다른 일행들이 먼저 나와 있었다. 겨우 5분 일찍 나온 탓이었다.

휴는 휘파람을 불었다. "멋진 진주 목걸이야."

그녀는 치맛단 한쪽을 가볍게 붙들고 무릎을 굽혀 인사했다. "감사합니다."

휴는 물었다. "한데 몇 살이시라고?"

"아시잖아요. 전 당신보다 아주, 아주, 아주 젊습니다." 그녀는 웃었다. 나이 차이는 열 살 남짓밖에 안 되었지만, 휴에 관한 한 그녀를 미성년자 취급하는 것이 사무실에서 통용되는 농담이었다.

다른 사람들은 두 사람에게 신경 쓰지 않았다. 케빈 제닝스는 옷차림이 괜찮다는 뜻을 전달하면서도 만나서 반갑다는 티는 전혀 내지 않는 태도로 가볍게 고개를 끄덕여 보였다. 그는 무뚝뚝한 사람이었지만, 이제 케이시도 그가 항상 상냥하게 굴려고 하지는 않을지언정 선량한 사람이라는 것을 잘 알고 있었다. 케빈과 월터는 마침내 도착한 시머스 도넬리와 이야기를 나누고 있었다.

그는 최고 등급의 고객, 아마도 가장 중요한 고객이었고, 따라서 극진한 대접을 받고 있었다. 게다가 시머스는 똑똑한 사람이었고 같이 대화하면 즐거웠다. 저녁식사 자리에서 모두 그의 옆에 앉으려고 했다. 투자성향은 강세장이든 약세장이든 어느 한쪽을 자주 예측하는 경향이 있다기보다 대세역행투자자에 가까웠고, 예측하기가 거의 불가능했다. 월터는 자기 경험상 적당한 돈 정도가 아니라 진짜 큰돈을 만질 잠재력이 있는 이들은 독립적인 사고를 하는 사람들이라고 했다. 시머스 도넬리는 이제 어마어마한 갑부였지만, 현재 58세인 그가 처음 투자한 펀드 두 개는 파산했고 잘 못된 판단을 너무 많이 하는 바람에 자식들을 모두 주립학교에 보내야 했다고 스스럼없이 털어놓기도 했다.

무슨 이야기 중인지 은우는 시머스의 의견에 동의하지 않았지만, 둘 다 대화에 만족하는 것 같았다. 베트남과 인도네시아의 제조공장과 관련된 이야기 같았다. 일행은 저녁식사로 스테이크가 준비된 식당으로 이동했다. 케이시는 행사 계획을 도왔기 때문에 메뉴를 암기할 수 있을 정도였다. 은우는 몇 발짝 앞서가고 있었다. 흰 골프셔츠와 드레스 면바지, 군청색 블레이저 차림이었고, 대학 동아리 그리스 문장이 박힌 자수 벨트를 매고 있었다. 비누향, 애프터셰이브 향, 다림질 스프레이 냄새가 풍겼다. 일행은 거의 남자들이었고, 모두 하루 종일 태양과 스포츠를 한껏 즐기고 샤워를 마친 뒤 저녁식사를 하기 위해 옷을 갖춰 입고 있었다. 따뜻한 4월 저녁, 공식적인 저녁식사 행사를 위해 친구들과 학생식당으로 가던 대학 시절로 돌아간 기분이었다.

은우는 다른 사람들에게 오늘의 주인공과 이야기할 기회를 주기 위해 시머스에게서 멀어졌다. 그는 잠시 서서 케이시를 기다렸다.

"안녕하세요." 케이시는 말했다. "골프 즐거웠어요. 제가 게임비를 빚졌죠. 뉴욕에 돌아가서 수표로 보내드리면 안 될까요? 리조트 근처에는 은행이 없는 것 같아요."

"난 그 돈 받을 마음도 없었는데, 휴가 벌써 당신 돈까지 냈습니다." 은우는 케이시가 스스럼없이 말을 걸어줘서 기뻤다. 이제 그녀는 기분이 나빠 보이지 않았다. 대학 골프팀 여학생의 재치와 활기가 되돌아온 것 같았다. 그녀는 예쁘게 눈가에 주름이 잡히는 자연스러운 미소를 지니고 있었다.

케이시는 휴가 어디 있나 주위를 둘러보았다. 시선이 마주치자, 그는 그루초 막스처럼 눈썹을 올렸다. "고마워요." 케이시는 입모양으로 말했다. 그는 손으로 오케이 모양을 만들어 보였다.

"휴가 대신 낼 필요는 없었는데요." 그녀는 말했다.

"셔츠 한 장을 빚졌다고 하던데요?"

케이시는 소리 내어 웃었다.

케이시가 휴와 사귀는 사이인가 하는 생각이 들었지만, 그런 것 같지는 않았다. 휴는 케이시의 상대로 너무 나이 들어 보였다. 예전 남자친구를 약간 닮은 데가 있기는 했다. 어쨌든 휴는 잘생긴 남자였다. 미혼이었고, 월터와 케빈의 말에 따르면 상당한 바람둥이인 모양이었다.

행사 주최 측에서 이름표를 원탁에 빙 둘러 놓아두었다. 케이시와 은우는 월터의 식탁에 앉게 되었다. 긴 뷔페식 테이블마다 브로커가 한 명씩 배치되어 있었다. 휴는 브렛의 일행과 자기 고객들과 같은 식탁에 앉았고, 케빈은 시머스 도넬리와 기타 중요한 고객들과 같이 앉았다.

은우는 처음부터 이럴 생각이었다는 듯 케이시 바로 옆에 털썩 주저앉았다. 그리고 곧장 빵바구니를 달라고 청했다. 그는 롤빵 두 개를 집어 자기 접시에 놓았다.

"배고파 죽겠네요. 안 그래요?" 그는 사워도우 롤을 죽 찢더니 버터를 두 번 듬뿍 발랐다. 월터는 긴 탁자 반대편에 앉아 포트폴리오 매니저 세 명과 편하게 이야기를 나누고 있었다. 그는 여러 사람을 하나의 대화에 끌어들이는 데 귀재였다. 은우와 케이시는 둘만 따로 떨어져서 잡담을 나누었다. 제삼자에게서 엘라와 테드의 이야기를 들으니 즐거웠다.

"진짜 고약한 인간이에요." 은우는 빵을 씹는 중간중간 테드에 대해 이야기했다. "하지만 살살 약을 올려서 판에 박힌 일장연설을 꺼내놓게 하는 것도 나름 재미있어요. 암송할 수도 있을 것 같습니다."

"하지 마세요."

"솔직히 말해 제 사촌 엘라가 아까운……."

"말이 나왔으니 말이지만……."

둘 다 고개를 끄덕이며 웃었다.

"팔찌 말인데요." 그는 케이시의 은팔찌를 가리켰다.

"네?"

"당신을 만나기 오래전부터 그 팔찌 이야기를 엘라에게서 들었어요."

케이시는 얼굴을 붉혔다. 그녀는 잘 때를 제외하고 이 팔찌를 푸는 법이 없었다. 차고 있다는 것을 잊을 정도였다.

"그 투명 비행기는 어디 있나요?" 은우는 원더우먼 복장을 한 케이시를 상상하며 킥킥 웃었다. 가슴은 린다 카터만큼 크지 않았지만, 짐작하건대 꽤 보기 좋을 것 같았다. 목이 깊이 팬 드레스였지만, 가슴골이 보이지는 않았다. 은우는 약간 몸이 달아오르는 것을 느꼈다. 여자에게 이끌리는 기분은 아주 오랜만이었다. "진실의 올가미는요?"

케이시는 다시 웃었다. 휴와 월터가 이쪽으로 눈길을 보냈다. 월요일에 출근하면 분명 놀려댈 것이다.

고객들은 자기들끼리 기분 좋게 대화하고 있었기 때문에, 휴는 냅킨을 내려놓고 의자에서 일어났다. 화장실에 갈 생각이었지만, 가는 길에 케이시의 식탁을 지나쳤다. 휴는 멈춰 서서 케이시의 의자와 은우의 의자 등받이에 긴 팔을 걸쳤다.

휴가 은우에게 윙크했다. "케이시는 아직도 17번 홀에 집착하고 있나요?" 그는 가볍게 주먹을 쥐고 엄지로 그녀를 가리켰다. "상당히 경쟁심이 강한 친구죠."

"분명 그런 것 같습니다." 은우가 말했다.

케이시는 그를 향해 냅킨을 펄럭였다.

"케이시는 제 사촌의 가장 가까운 친구입니다. 알고 계셨습니까?" 은우는 케이시에게서 시선을 떼지 않고 말했다.

케이시는 미소 지었다. 분명 엘라가 그렇게 말했을 것이다. 케이시가 가장 가까운 친구라고.

"그래요? 나한테 말 안 했잖아. 고양이 아가씨." 휴는 케이시를 보며 다시 매력적인 미소를 보냈다.

"안 물어보셨잖아요." 케이시는 고양이 아가씨라는 별명에 눈살을 찌푸렸다. "게다가 한국인들은 서로 다 아는 사이예요. 인구가 워낙 적으니까요."

휴는 손을 들었다. "백인들이 하는 인종에 대한 농담이 있는데."

"해보시죠." 케이시가 말했다.

"신은 왜 앵글로색슨계 백인을 창조했을까?"

"몰라요."

"제값 다 주고 물건 사는 호구가 필요하니까."

케이시는 그를 향해 와인 잔을 들어 보였다. "좋네요."

텍사스 출신 남자인 은우는 무슨 뜻인지 알아듣지 못했다.

"그건 그렇고 고마워요, 휴. 제 도박빚을 갚아주시다니." 케이시가 말했다.

"누가 제 도박빚도 갚아주면 좋겠는데요." 은우가 말했다.

일제히 웃었다. 휴는 화장실로 향했다.

케이시는 은우가 스테이크를 먹는 것을 바라보았다. 그는 흑후추를 고기에 잔뜩 뿌렸다.

"스테이크 오 프와브르?"* 케이시는 콧등에 주름을 잡았다.

---

* Steak au poivre, 후추스테이크.

"고추장이 필요해요." 그는 그녀가 무슨 대답을 할지 기다린다는 듯 도발적으로 던졌다.

일종의 시험이었지만, 그녀는 눈 하나 깜박하지 않고 답했다. "타바스코 정도면 괜찮을 거예요." 그녀는 스테이크에 고추장을 발라 먹는 한국인을 본 적이 없지만, 생각해보니 나쁘지 않을 것 같았다.

자신이 그에게 매력을 느끼고 있는지 확실히 알 수 없었다. 그는 전통적인 미남형인 테드와는 전혀 달랐다. 테드는 한국 드라마에 캐스팅되어도 이상하지 않은 외모였다. 여자들이 좋아하는, 은근히 야성적인 면도 있었다. 그에 비해 은우는 친절한 인상이었고, 케이시는 궁금하다는 마음으로 주위를 차단하는 그의 눈빛이 마음에 들었다. 한곳에 주의 깊게 집중하는 시선이었다. 은우는 케이시와의 대화에 온전히 몰입하고 있었다. 그와 가까이 있으니 자신이 예뻐진 기분이었고, 그의 얼굴을 바라보는 것이 좋았다. 아주 익숙하게 느껴지는 얼굴이었다. 특히 이마와 눈매는 엘라와 판에 박은 듯이 똑같았다. 그와 함께 있으니 이 공간에서 덜 외롭게 느껴졌다. 동지를 가진 기분이랄까. 단지 한국인이라서가 아니었다. 엘라와 테드와 같이 있을 때는, 테드가 고약하게 굴지 않더라도 혼자 소외된 기분이 들곤 했다. 그들만 누구에게나 짝이 있는, 더 나은 세상의 일원이고 그녀는 아닌 것 같은 기분.

아까 저녁식사 자리에 가려고 옷을 입으면서, 그녀는 은우의 얼굴을 기억해내려 했지만 생각이 나지 않았다. 얼굴이 넓적했는지 좁았는지, 콧날이 뭉툭했는지 날카로웠는지. 그가 자기 일에 대해 이야기하는 것을 들으면서, 그녀는 그의 얼굴을 기억해두려고 애썼다. 그는 이마에 머리카락이 흘러내리는 모습, 미소를 지으면 즐거워 보이는 인상. 갑자기 아무 거리낌 없이 미소를 지을 수 있는 그가 부러웠다. 눈썹은 숯처럼 검었다. 그녀는 자기 눈썹을 만져보았다. 그와 비교하니 숱이 너무 적었다. 한국 남자들은 항상 백인 남자보다(어디를 가나 백인 남자들이 훨씬 더 많다) 그녀를 더 거부한다는 느낌을 받게 했지만, 오늘 밤은 멋진 한국 남자가 그녀에게 말을 걸고 있었다. 집중할 수가 없을 지경이었다. 문득 인정하지 않을 수 없었다. 그는 매력적이었다. 케이시는 그에게 키스하고 싶었다.

그는 자신이 도박을 한다고 말했다. 아주 많이. 이 말을 털어놓으며 은우 자신도 놀랐다. 사람들이 뭐라고 할까 봐 거의 아무에게도 털어놓지 않은 이야기였지만, 케이시는 다른 여자들처럼 비판적이지 않았다. 바람직한 남성의 특징을 적은 목록을 들고 일일이 확인하며 남편감을 찾는 여자처럼 행동하지 않았다. 좋은 신랑감의 조건은 은우도 잘 알고 있었다. 교육 수준, 집안 배경, 직장, 미래 수입 등등. 하지만 이혼했다는 사실이 그를 굴레에서 벗어나게 해주었다. 은우는 다시 결혼할 마음이 없었다. 로맨스도, 영원히 함께한다는 꿈 같은 것도 지긋지긋했다. 금요일 밤의 도박벽에 대해 털어놓은 것은 어쩌면 케이시의 반응을 보고 싶어서인지도 몰랐다.

"난 진짜 도박장에서 도박을 해본 적이 없어요." 케이시의 대답은 이것이 전부였다.

케이시는 은우의 블랙잭 습관이 대단히 흥미롭지도, 그렇다고 아주 싫지도 않았다. 그게 왜 중요한가? 두 사람 사이에 로맨스가 가능하지 않을까 하는 생각은 오로지 자신의 머릿속 상상일 뿐이라는 것을 그녀도 잘 알고 있었다. 한국 남성이 그녀에게 데이트를 신청한 일은 단 한 번도 없다. 이제 와서 그런 일을 기대할 수는 없었다. 게다가 그는 고객인 데다 엘라의 사촌이었다. 그와 데이트한다고 상상하니 어딘가 근친상간을 연상시키는 꺼림칙한 데가 있었다. 하지만 케이시는 그가 자신을 좋아해주기를 바랐다. 친구로서. 케이시는 친구나 지인이 있었지만, 직장 두 군데를 다니고 모자 강좌까지 들으면서 얼마 안 되는 자투리 시간에 굳이 만나고 싶은 사람은 별로 없었다. 엘라 때문에 그녀는 델리아를 포기했다. 델리아도 이해했고, 이 점은 높이 사지 않을 수 없었다. 은우가 델리아의 자리를 대신해줄 수 있을지 모른다. 모자 강좌를 앞두고 이따금 한잔하는 사이. 제이를 대신한 사람은 아무도 없었다.

보다 많은 사람들과 더 친밀한 관계를 만드는 것도 좋긴 하지만, 성인 여성으로서 20대 후반에 접어드니 특별한 유대가 있는 친구를 만드는 것이 한층 어려워졌다. 아니, 어쩌면 예전 같은 순수한 마음가짐을 되찾는 게 어려워진 걸까. 하지만 그녀는 아직 자신에 대해 포기하지 않았다. 케이시는 마음만 먹으면 상대가 자신을 친구로 삼고 싶다는 마음을 품게 할 수 있다는 자신감을 갖고 있었다. 아무나 자신에게 끌리도록 할 수 있다기보다—아니, 정확히 말해 그건 아니었다—누가 그녀에게 조금만 시간을 준다면, 5분이든 한 시간이든, 흘끗 위아래로 훑어보는 정도 이상의 관심만 준다면, 케이시는 상대를 끌어당길 수 있다는 믿음이 있었다. 세상에서 가장 간단한 일이었다. 단 한 가지를 완벽하게 할 수 있었기 때문이었다. 그녀는 상대에게 관심을 주었다. 요즘 세상 어디에도 존재하지 않는 관심을. 그것이 케이시의 재능이었다. 서로에게 이런 관심을 주는 사람들은 거의 없다. 누군가에게 관심을 준다는 것은, 또한 주어진 시간에 최대한의 배려를 그 사람에게 보여준다는 것은, 그 어떤 물건보다 더 소중했다. 오래전 버지니아는 이렇게 말한 적이 있었다. "그거 알아, 케이시? 네가 너의 그 조명을 온전히 내게 집중시키는 것이 어떤 기분인지? 무시무시하고, 인정하고 싶지 않을 정도로 사람을 빨아들여. 내 정신과의사가 가끔 그런 기분을 주지만, 의사는 네가 날 사랑하는 것처럼 날 사랑하지 않잖아." 그리고 그녀는 울음을 터뜨렸고, 케이시는 자신이 사랑을 표현하기 위해 그렇게 해왔다는 것을 깨달았다. 제이는 그녀와 헤어질 때 자신이 그녀의 관심 없이 살아갈 수 있을 것 같지 않다고 했다. 하지만 남자에 한해서 케이시는 제이와 헤어진 후 가게 출입문 안내판을 '영업 끝'으로 돌려놓은 기분이었다. 지난 1년 반 동안 그 안내판을 다시 돌려놓을 이유를 느끼지 못했다.

"담배 피우고 싶어요?" 그는 물었다.

"어떻게 알았어요?" 케이시는 웃었다.

"17번 홀에서 담배 한 대 피우고 싶다고 중얼거렸거든요."

"제가요?"

"네." 은우는 웃었다. "혼자 끝내주게 멋진 욕설도 중얼거렸어요."

"아. 퀸스에서 도망 나올 수는 있지만, 내 안의 퀸스를 몰아낼 수는 없나 보네요." 케이시는 굳이 사과하지 않았다. 신경조차 쓰이지 않았다.

그들은 식탁에서 일어났지만, 브로커들만 눈썹을 약간 찡긋거릴 뿐 아무도 신경 쓰지 않는 것 같았다. 휴 말고는 아무도 안 본다 싶었을 때, 케이시는 그에게 가운뎃손가락을 들어 보였다.

바깥 테라스에 나오자, 매미 소리가 들려왔다. 은우는 창문에 달라붙어 있는 작고 불그스름한 녹색 도마뱀을 가리켰다. 케이시는 놀라 뒤로 물러섰다. 비둘기, 다람쥐, 쥐 정도는 알았지만, 그녀가 경험한 야생동물은 그 정도가 전부였다.

"이걸 봐요." 은우가 말했다. "겁내지 말고."

케이시는 무섭지 않은 척하려고 애썼다.

"당신을 해치지 않아요." 느릿한 텍사스 말투가 흘러나왔다.

케이시는 다가가서 좀 더 자세히 보았다. "예쁘네요. 재미있어요. 색깔이 정말, 정말 신기하네요. 이런 색은 오로지 자연에만 있을 거예요. 너무나 신비롭네요. 꽃에 대해서 저는 늘 그렇게 생각했어요. 어떻게 꽃에서는 그토록 완벽하던 색깔이 옷감이나 페인트에 들어가면 천해 보일 수 있을까? 무슨 말인지 아시죠?"

"난 당신한테 키스할 건데요." 은우의 얼굴에는 확신이 없는 기색이 아주 약간 있었다.

"네?"

"네." 은우는 고개를 끄덕였다. "당신이 날 좋아하는 것 같아요."

그녀는 고개를 저었다. "어, 그게." 뭐라고 해야 할지 알 수 없었다.

"제 이름은 그게 아닌데요." 그는 짐짓 불쾌하기도 하고 재미있기도 한 표정을 지어 보였다.

케이시는 웃음을 터뜨렸다.

은우는 고개를 숙여 그녀에게 키스했다. 키스가 끝나자, 케이시는 뒤로 물러서며 눈을 떴다. "이건 뭐죠?"

"뉴욕에서는 키스 안 하나요? 댈러스에서는 해요. 북부 양키들은 말만 많죠."

"그만해요." 그녀는 웃었다.

"뉴욕에 가서 연락해도 될까요? 저녁식사 같이 해요."

"네?" 그녀는 이 질문에, 그리고 질문이 단도직입적이라는 점에 놀랐다.

"들었잖아요." 그는 미간을 찌푸렸다. "싫으면 싫다고 해요. 내기라도 걸든가." 그는 초연한 표정으로 어깨를 으쓱했다. 초조했지만, 그런 티를 내기는 싫었다.

"안으로 돌아가요. 커피를 마셔야겠어요." 그녀는 기뻤지만, 혼란스럽기도 했다.

그는 그녀를 따라 들어갔고, 두 사람은 식탁에 앉았다. 그는 다시 묻지 않았다.

은우는 화장실로 갔고, 그가 없는 동안, 케이시는 메뉴판 귀퉁이를 찢어 자신의 전화번호를 적은 뒤 탁자 밑에서 작은 사각형으로 접었다.

식사가 끝난 뒤, 그들은 자리에서 일어났다. 은우는 케이시와 악수를 나누다가 손바닥으로 쪽지를 받아들었다. 그는 아무 말 하지 않고 미소만 지었다.

"잘 자요." 케이시가 인사했다.

"잘 자요, 예쁜 아가씨."

케이시는 자기 객실로 돌아와 소녀 같은 들뜬 기분으로 침대에 누웠다. 그때 전화가 울렸다. 수화기를 들자 전화는 딸깍하고 끊어졌다. 그녀는 다시 수화기를 내려놓았다. 그녀가 어디 있는지 확인하려는 휴의 전화였다고는 꿈에도 생각하지 못했다.

6

언어

마침내 전화를 걸었을 때, 엘라는 데이비드 그린이 뭐라고 할지 몰랐다. 하지만 너무나 반가워하는 데이비드의 목소리를 들으니, 자신이 왜 그렇게 오랫동안 망설였는지 알 수 없을 지경이었다. 게다가 첫 신호음이 울리자마자 학교 대표 교환원이 아니라 데이비드가 직접 전화를 받았다. 그녀에게 이것은 일종의 징조와 같았다. 첫 인사를 나눈 뒤, 그는 여섯 달배기 아기를 돌보느라 바쁘지 않느냐고 물었다. 엘라는 깔끔한 아파트를 둘러보았다. 육아도우미 로리는 아기에게 신선한 공기가 필요하다고 고집하며 아이린을 공원으로 데리고 나갔다. 로리는 똑똑하고 친절한 데다 흠잡을 데 없는 20년 경력을 가졌기 때문에, 엘라는 그녀에게 거의 모든 일을 일임하고 있었다. 같이 있지 않을 때 로리가 아이린에게 젖병을 물릴 수 있도록 이따금 엘라는 모유를 짜서 냉동실에 얼려두었다. 타운하우스 공사는 잘되고 있었고, 가정부는 일주일에 두 번씩 와서 세탁과 집안일을 했다. 솔직히 말해 엘라는 그리할 일이 없었다. 자신이 아무짝에도 쓸모없다는 기분이 들었다.

"전부 다 말해봐. 어떻게 지내고 있는지." 데이비드가 말했다.

"모두 다 좋아요." 엘라가 대답했다.

"당신 목소리를 들으니 정말 반갑군, 엘라." 그가 말했다. 귓불이 뜨끈했다.

그때 엘라는 놀라운 말을 했다. 혹시 할 만한 일이 없느냐고 자기도 모르게 불쑥 물었던 것이다. 어쩌면 9월쯤. 6월에는 사람을 안 뽑았을까? 어쨌든 그냥 한번 해보는 소리였다.

그녀가 돌아올 수도 있다고 생각하니 데이비드는 머리를 한 대 맞은 기분이었다. 가슴이 두려움과 기쁨으로 가득 찼다. 그는 아무 말 없이 평정을 유지하려고 애썼다.

하지만 그의 침묵에 엘라는 자신이 바보 같다는 생각이 들었다. 묻지 말았어야 했는데, 엘라는 생각했다. 남편이 그렇게 돈을 많이 버는데도 출퇴근하는 직장을 찾다니, 데이비드가 한심한 엄마라고 생각하지 않을까? 데이비드의 얼굴을 보고 싶었다. 미간이 넓은 눈매, 푸르스름하게 타오르는 석탄빛 같은 눈동자, 곰 같은 색깔의 곱슬머리, 작은 상아색 피아노 건반 같은 아랫니를 드러내지 않는 과묵한 미소. 데이비드가 자신을 좋지 않게 생각하는 것이 싫었다. 그가 아무 말도 하지 않고 있는 것이 엘라에게는 너무 힘들었다. 상관없잖아, 어차피 테드는 내가 직장에 돌아가는 걸 원하지 않는데. 그녀는 자신에게 말했다. 하지만 갑자기 그가

387

이렇게 보고 싶다니. 그의 사무실에 있는 사과색 가죽 소파에 앉아서 그의 얼굴을 보고 있다면, 무슨 생각을 하는지 훤히 알 수 있을 텐데. 엘라는 데이비드가 침묵을 지킬 때가 정말 싫었다. 그냥 학교에는 지금 일자리가 없다고, 한마디만 해주면 이 난감한 상황도 끝날 텐데. 그러면 희망도 갖지 않을 텐데. 그냥 전화를 끊고, 혼자 우울하게 앉아 있다가, 전업 육아도우미와 가정부, 집에서 거의 얼굴조차 볼 수 없는 남편을 둔 전업주부 생활에 적응하려고 애쓸 텐데. 그녀와 같은 상황에 처하지 않은, 엘라가 만나는 여자들은 아마 대부분 그녀를 잉여인생이라고 생각할 것이다. 지난번 하버드 경영대학원 동문 모임에 나갔을 때, 세 아이의 엄마이자 뉴저지의 통신사에서 재무최고책임자로 일하는 매력적인 여자 한 사람이 엘라에게 이렇게 물었다. "아, 일을 안 하시나요?" 짧게 자른 그녀의 검은 머리 위에 이런 말풍선이 떠 있는 것 같았다. '아, 별 볼 일 없는 사람이군.' 여자는 잠시도 더 엘라의 이야기를 듣고 싶지 않은 듯 서둘러 옆을 떠났다. 데이비드가 그녀에게 맡길 자리가 있다면, 엘라는 당장 수락하고 싶었다.

"어떤 종류의 일을 생각하고 있어, 엘라?" 데이비드가 너무나 진심 어린 목소리로 차근차근 물어서 엘라는 가능하다면 그의 목소리 속으로 숨어 들어가고 싶었다.

"음, 뭐든지 할 수 있을 것 같아요. 예전에 일하던 자리를 다시 기대할 수는 없겠죠. 난, 아시다시피, 녹슬었다고 해야 하니까. 그리고⋯⋯." 그녀는 잠시 말을 끊었다. 잠시 안부전화를 건 것뿐이었다. 한데 일자리 이야기가 툭 튀어나와버린 것이다. 데이비드가 나를 얼마나 멍청하다고 생각할까.

"음, 모르겠어요, 데이비드. 세인트크리스토퍼에서 안내데스크를 맡으라고 해도 기꺼이 일할 수 있어요." 엘라는 어깨를 으쓱했다. 명왕성에 친선대사로 가고 싶다는 말이 더 그럴듯하게 들릴 것 같았다. 학교 대표전화와 안내데스크를 29년 동안 담당한 마리 콜더는 은퇴할 때가 되면 상급반 학생들에게 실려 나가겠다고 농담한 적이 있었다. 마리를 생각하니, 아침마다 교복 차림으로 줄을 서서 크림색 로비를 행진하던 유치원생들의 반질반질한 구두가 검은색-흰색 대리석 바닥에 딸각거리던 소리가 들려오는 것 같았다. 아파트는 너무 조용했다. 너무나 조용했다.

"내일 사무실로 와서 좀 더 자세히 이야기할 수 있을까?" 데이비드가 물었다. 그녀가 혹시 안 된다고 할까 봐 조심스러운 목소리였다. "유감인데, 어머니를 찾아뵙기로 한 시간이 얼마 남지 않아서 지금은 통화를 길게 할 수가 없어."

"아, 그렇군요. 네. 어…… 미안해요. 그럼 끊을게요."

"아니, 아니. 그게 아니라. 서두를 건 없어. 그냥 요즘 어머니가 좀 우울하셔서."

"저런, 그랬군요. 어머님은…… 잘 지내세요?"

"마운트 사이나이 병원에서 화학치료를 받고 계셔."

"아."

"간암으로……." 데이비드는 이를 악물면서 고개를 끄덕였다.

"세상에, 너무 유감이에요. 제가 너무 이것저것 물었군요. 미안합니다. 몰랐어요."

"아니, 아니, 아니, 엘라. 그렇지 않아. 전화해줘서 기뻐. 내일 어때? 올 수 있나?"

"그럼요, 네, 당연히 가죠. 기꺼이."

"아침? 정오 이전이면 언제든지 좋아. 알겠지?" 데이비드는 자기도 모르게 전화통에 대고 빨리 오라는 듯 고개를 끄덕이고 있었다. 그녀와 다시 이야기를 나누고 싶은 마음이 너무나 컸다.

"네, 네. 그럼 이만 빨리 가보세요." 엘라는 그에게 작별인사를 하고 전화를 끊었다. 얼굴이 달아올랐고 동시에 겁이 났다. 그녀는 데이비드를 만나게 되었다는 생각에 자신이 기뻐하고 있다는 것을, 예전에도 그가 사무실에 있기 때문에 매일 아침 출근이 기다려졌다는 것을 깨달았다. 누군가를 만나는 것이 이런 식으로 기대된 것은 너무나 오랜만이었다.

엘라는 노크를 할까 말까 망설이며 입에 주먹을 댄 채 문 앞에 서 있었다. 그녀는 어깨를 좀 더 바르게 폈다. 출입문에 붙은 놋쇠 명판에는 '데이비드 J. 그린, 개발팀 팀장'이라고 적혀 있었다. 키크고 호리호리한 체구, 생각에 잠겨 수그린 고개, 안으로 굽은 어깨. 그는 머리에 착 달라붙은 잘생긴 귀는 물론 눈빛과 얼굴로 상대의 말을 듣는 사람이었고, 마음을 다해 상대의 입장을 생각하는 사람이었다. 데이비드는 서른다섯 살, 엘라보다 열 살 연상이었고, 저명한 뉴욕 소아과의사 아버지와 독실한 가톨릭 신자 어머니 사이의 외아들이었다. 그는 말할 때 일종의 빛을 발했다. 절대 남의 뒷소문을 주고받거나 욕설을 하는 법도 없었다. 웃을 때는 존재 전체로 웃었고, 그 모습을 보면 상대는 자신이 방 안에서 가장 재치 있는 사람처럼 느껴졌다. 엘라가 데이비드에게서 유일하게 여러 번 들은 부정적인 말은 돌아가신 아버지가 개발 분야가 썩 전망이 좋지 않다고 보았다는 이야기였다. "남자라면 기부를 해야지, 데이비드. 남들한테 달라고 청하는 게 아니라. 다 큰 어른이 자기가 다니던 초등학교에서 일하는 건 곤란해." 아버지는 문장에서 말줄임표를 사용하지 않는 분이었지, 데이비드는 말했다. 그뿐이었다.

데이비드는 아직 미혼이었고, 엘라가 아는 한 여자친구도 없었다. 교장 부인인 피츠시먼스 부인은 젊은 그린 선생이(모두가 피츠시먼스 부인에게는 젊은 사람이었다) 아름다운 한국인 부하직원에게 반했다고 놀려대곤 했지만, 엘라는 이 실없는 농담에 신경 쓰지 않으려고 애썼다.

하지만 그런 순간들이 있었다. 한번은 그의 사무실 소파에 나란히 앉아서 1972년 졸업동문에게 보내는 후원금 모집 편지를 소리 내어 읽고 있는데, 그가 엘라의 얼굴에 흘러내린 머리카락을 그녀가 미처 귀 뒤로 넘기기 전에 쓸어 올려주었다. 그쪽으로 고개를 드는 순간, 문득 그가 키스하려는 게 아닌가 하는 생각이 스쳤다. 혹시 정말 그럴까 봐 두려워서, 그가 그렇게 하면 자신이 어떻게 반응할지 뻔히 알고 있었기 때문에, 엘라는 편지를 카펫 위에 떨어뜨리고 허리를 굽혀 주워 들었다. 그 순간은 지나갔고, 엘라가 허리를 다시 펴자 데이비드는 이미 자세에서 긴장을 풀고 팔짱을 낀 채 그녀를 향해 따뜻하게 미소 지었다. 전부 내 상상이었을 뿐이야, 그녀는 나중에 자신에게 말했다. 하지만 데이비드에게 키스를 받는 기분은 어떨까 하는 생각이 들었다. 그는 멋진 입술을 갖고 있었다. 모든 남자가 그렇지는 않아, 엘라는 생각했다.

그녀가 경험한 남자는 테드뿐이었다. 케이시는 놀라운 사실이라고, 거의 불가능한 업적이라고 말했다. 테드 이전에 몇몇 남자아이들이 그녀에게 키스하고 몸을 조금 더듬은 적은 있었고, 엘라도 애정 표현이 싫지 않았지만, 남자를 진짜로 경험한 적이 없어서 비교 대상이 없었다. 케이시는 남자와의 관계에서 오르가슴을 느껴본 적이 없다면, 자기 기준으로는 처녀라고 말했다. 엘라는 한 번도 오르가슴을 느낀 적이 없었다. 테드는 여러 가지 방식을 시도했고 가끔 그녀도 뭔가 느껴진다고 생각할 때가 있었다. 하지만 테드가 실패했다고 느끼지 않도록 뭔가 느끼고 싶다는 기분도 종종 들었다. 케이시는 마리화나를 피우면 도움이 될지도 모른다고 했다. 하지만 그건 절대 할 수 없는 일이었다. 게다가 어디서 구하나? 그리고 요즘 테드는 사랑을 나누고 싶어 하지 않았고, 엘라가 먼저 하고 싶다고 말하는 것은 상상할 수도 없었다. 뭐라고 말해야 하지? 어떻게 하면 돼? 남편에게 사랑해달라고 어떻게 말하는 거야? 이런 모든 생각을 하면 그저 당황스러웠다. 테드는 요즘 회사 일이 바빴고, 그녀도 아주 오랫동안 로맨틱한 기분이 들지 않았다. 아기를 낳고 나면 당연한 거 아닌가? 얼마 전 엘라는 텔레비전 밤 프로그램에서 이런 농담을 들었다. 섹스를 그만두는 가장 좋은 방법은? 결혼해라. 하하.

데이비드는 그녀의 모습을 어떻게 생각할까? 엘라는 아직 임신중에 찐 살이 다 빠지지 않았다. 보통 때 체중보다 15킬로그램 정도 더 나가는 상태였다. 케이시는 예쁘다고 했지만, 아마 배려심에서 한 말일 것이다. '어머니날'에 테드는 값비싼 슈타이프 하마 장난감과 아파트에서 가까운 고급 체육관 회원권을 선물했다. "당신은 워낙 몸매가 좋잖아, 엘라. 그냥 원래대로 돌아가면 돼. 그래야 건강에도 좋지." 그는 말했다. 하지만 요즘 그는 그녀의 몸에 손을 대려 하지 않았다. 잘 자라고 키스할 때도 아이한테 하듯 순수한 느낌이었다. 게다가 엘라는 모유 수유를 하고 있었기 때문에 늘 배가 고프고 졸렸다. 입안이 말라서 물도 많이 마셨고, 초콜릿과 케이크가 늘 당겼다. 테드는 그녀가 단것을 많이 먹는 것을 좋아하지 않았기 때문에, 먹고 난 뒤 사탕 포장지며 치즈케이크상자를 부랴부랴 내다 버렸다. 로리도 엄마가 정제당을 그렇게 많이 먹는 것은 모유에 좋지 않다고 여겼다.

엘라는 머리를 쓸어내리며 놋쇠 명판을 응시했다. 이대로 집에 돌아가서 데이비드한테 약속을 못 지켰다고 사과하는 게 낫지 않을까. 그녀는 케이시가 골라준 검은 니트 재킷을 끌어내렸다. 이옷이 예쁘다고 생각하면서도 오른손으로 배 주위에 두껍게 쌓인 지방 덩어리를 만져보았다. 데이비드는 여기만 보겠지, 그녀는 확신했다. 어젯밤 케이시가 퇴근 후 집에 들러 옷을 전부 다 골라주었다. 작은 금단추가 달린 검은 세인트존 정장, 살색 스타킹, 윤기나는 하이힐, 아버지한테서 선물받은 큼직한 타이티 진주 귀걸이였다. 데이비드 그린에게 안부전화를 걸어보라고 한 것도 케이시의 생각이었다. 데이비드가 엘라에게 사무실로 들르라고 했다는 말을 듣자, 케이시는 단호하게 답했다. "당연하지, 가봐. 친구한테 인사하러 가는 거잖아, 엘라. 집 밖으로 나가야 해. 아기는 잘 돌보고 있잖아. 집 밖으로 나가. 테드는…… 테드고. 네게도 네 인생이 있어야 해." 케이시는 이 점에서 조금도 물러서지 않았다.

엘라는 발소리를 듣고 돌아섰다. 복도에는 아무도 없었다. 줄줄이 돌아다니던 파란 재킷 소년들은 여름방학이라 등교하지 않았다. 아이들은 그녀를 미스 심이라고, 결혼한 뒤에는 미시즈 김이라고 불렀다. 학교는 문을 닫았지만, 아직도 공기 중에 감도는 강렬한 물감 냄새와 식당 냄새를 맡으니 부산한 소년들의 학교에서 보냈던 모든 즐거운 시간들이 떠올랐다. 평생 엘라가 다니던 여학교와는 놀라울 정도로 달랐지만, 상대 성별을 의식할 필요가 없어 편안하다는 점은 서로 비슷했다. 세인트크리스토퍼 학교는 엘라의 첫 직장이었다. 다른 곳에서 일한다는 것은 상상할 수가 없었다.

미처 노크하기 전에 문이 열렸다. 발소리는 문 안에서 들려왔던 모양이었다. 아이린을 낳고 몇 주 지나자 이명이 사라졌지만, 아직 청력이 완전히 회복되지는 않았다.

"아, 엘라! 왔군! 못 들었어." 데이비드는 인사로 키스해야 할지 어떨지 몰라서 반사적으로 물러났다. 문득 그는 선뜻 고개를 숙여 그녀의 오른쪽 뺨에 키스했다. 까칠한 턱과 입술이 그녀의 피부에 스쳤다. 숨결에서는 윈터그린 라이프세이버 사탕 향이 풍겼고, 팔꿈치까지 걷어 올린 드레스 셔츠에서는 파스 냄새가 느껴졌다. 데이비드는 상체가 길어서 허리에 통증을 느끼곤 했고, 늘 인

체공학 의자에 허리쿠션을 대고 앉았다. 하루 일과가 끝나고 사무실에 가보면, 자전거를 타고 시내를 가로질러 어퍼웨스트사이드의 집으로 퇴근하기 전 사무실 바닥에서 스트레칭을 하는 모습이 눈에 띄곤 했다.

"들어와. 난 안 오려나 생각하던 중이었는데……." 데이비드는 미소 지었다. 그녀를 만난 것이 너무 반가운 나머지 혹시 사라지면 어쩌나 걱정스러울 정도였다.

엘라의 어깨가 굳었다. 그의 시선에 사로잡힌 기분이 들었다. 그냥 집에 가버리려던 참이었다. 한데 그가 먼저 문을 열었다. 문득 기억이 나서, 그녀는 검은 정장을 입었으니 좀 날씬해 보여야 할 텐데 생각하며 배에 힘을 주었다. 케이시가 섹시한 수녀처럼 보일 거라고 장담해서 킥킥 웃음을 터뜨렸던 옷이었다. 데이비드가 좋아할 스타일이라는 건 분명했다. 엘라는 그가 아직 자신을 예쁘다고 생각해주기를 간절히 바라고 있었다.

데이비드는 책상 맞은편의 윈저 체어를 가리키며 자기 책상 의자에 앉았다.

엘라는 그가 가리킨 의자에 앉았다. 함께 일할 때 늘 그랬듯, 녹색 체스터필드 소파에 나란히 앉지 않는 것이 실망스러웠다.

"정말 좋아 보이네, 엘라." 데이비드는 말했다. 그는 미소를 참을 수가 없었다.

눈물이 핑 돌았다. 어쩌면 늘 이렇게 친절할 수 있을까?

"아, 이런." 데이비드는 일어나서 휴지를 가져왔다. 그리고 그녀의 어깨에 손을 얹었다. "무슨 일이지? 괜찮아?"

"아, 죄송해요. 저도 제가 왜 우는지 모르겠어요. 그냥 당신을 오랜만에 만나서 너무 기쁜가 봐요. 우습죠?" 엘라는 숨을 가다듬었다. "좀 봐주세요. 엄마가 되니 감정 기복이 심해요."

"당신은 울 때도 아름다워." 데이비드는 엘라의 마음을 가볍게 해주고 싶어서 다시 미소 지었다. 가슴이 덜컹했다. 어제 통화한 뒤 가만히 생각해보니, 그녀가 일자리를 찾고 있다는 것이 점점 마음에 걸렸다. 엘라가 괜찮은지 걱정스러웠다. 집에 아무 문제도 없는지. 테드가 충분히 배려하지 않는 것이든가, 돈 문제가 있는 게 분명했다.

엘라는 훌쩍이며 크리넥스로 코를 닦았다.

"당신을 만나서 정말 반가워." 데이비드는 자기 의자를 향해 돌아서다가 마음을 바꿨다. "아니, 이럴 게 아니라 소파에 앉는 게 어떨까? 음? 예전처럼 말이야. 이리 와." 그는 손짓했다. 엘라는 일어나서 그의 옆에 앉았다.

"그래." 그는 엘라를 똑바로 바라보며 상체를 약간 기울였다. "이제 무슨 일인지 말해봐. 내가 전부 다 들어줄 테니까." 그는 귀 뒤에 손을 대고 앞으로 움직여 보였다. 학생이 상담하러 오면 늘 하는 손짓이었다. 그는 지금 그녀를 위해 코끼리 귀를 만들고 있었다.

엘라는 조용히 웃었다. "별로 털어놓을 건 없어요, 정말. 난 그냥 일자리를 찾아볼까 했어요. 집에는 메리 포핀스 같은 사람을 채용했거든요. 로리는 정말 훌륭하고 똑똑한 가정부예요. 정말 똑똑하죠. 나도 어딘가 쓸모 있는 사람이 되고 싶어요. 가을쯤에는.

그게 다예요. 집 밖으로 좀 나가려고요." 엘라는 케이시의 대사를 그대로 외고 있었다.

"그래, 그렇군. 당신이 일할 자리야 당연히 있지. 정말 일을 잘해줬잖아. 당신이 할 일을 찾아보자고. 필요하다면 내 자리를 비워줄까? 어쨌든 울면 안 돼. 있을 수 없는 일이야." 데이비드는 엘라의 눈물을 닦아줄 수 있다면 무엇이든 하고 싶었다. 대학교까지가톨릭 남학교만 다녔고 게다가 운동부 소속이었던 그에게 여자란 다른 존재, 수수께끼 같은 존재였다. 여자의 행동은 너무나 이질적이었다. 여자들에게 끌리기는 했지만, 그들의 행동은 알쏭달쏭했다. "당신이 우는 걸 보니 견딜 수가 없어서 그래. 이건 너무부당하다고." 그는 엄한 표정으로 말했다. "이제 내가 어떻게 해줘야 하는지 말해줘." 그는 다시 귀 뒤에 손을 갖다 댔다. "덤보한테말해달라고."

엘라는 웃었다. "아, 데이비드. 당신은 정말 착해요."

"일을 곧바로 시작해야 하나?" 그는 사이를 두었다. "괜찮아? 혹시 돈 문제라도." 데이비드는 여러 가지 면에서 조용한 사람이었지만, 돈을 노골적으로 입에 올리는 것을 꺼리는 점이야말로 개발 분야에서 성공할 수 있었던 비결이었다. 그는 절대 대놓고 돈을 요구하지 않았다. 그저 학교에 이런저런 쓰임새가 있다고 말한뒤—도서관에 컴퓨터가 필요하다든지, 어린 학생들을 위한 체육관이 필요하다든지, 성실한 교사들을 위해 장학금이나 급여 인상이 필요하다든지, 장학금이 필요한 가난한 학생들을 위해 보다큰 규모의 기금을 마련해야 한다든지—필요가 충족될 때까지 끈질기게 기다렸다. 그러다 보면 필요한 자금은 반드시 충족되기 마련이었다. 그는 어떤 도움에도 너무나 감사하고 행복하다는 표현을 아끼지 않았기 때문에, 기부자는 더 큰 액수의 수표를 쓰지 않을 수 없었다. 엘라는 데이비드가 돈 문제를 물어본 것이 그의 방식이 아니라는 것을, 쉬운 일이 아니었으리라는 것을 알고 있었다. "뭐든지 필요한 것이 있다면, 엘라…… 뭐든지……."

"아니, 아니에요, 데이비드." 그녀는 그의 제안에 감동했지만, 울음은 애써 참았다. 데이비드의 공감 능력이 어마어마하다는 것을, 그가 얼마나 빠르게 상대에게 큰 관심을 쏟을 수 있는 사람인지 잊고 있었던 것이다. "돈 문제가 아니에요. 전 일을 해야 할 것 같아요. 사회생활을 하면서 엄마 노릇도 하고 싶어요." 일주일에 60시간씩 아이린을 키우는 일은 로리가 더 잘한다는 말을 어떻게 할 수 있을까. 토요일마다 엘라가 아이린을 데리고 공원에 나가면, 다른 엄마들은 그녀에게 말을 걸지 않았다. 그녀와 아이린이 무시당한다는 기분은 견디기 힘들었다. 집에서 아기가 잠든 모습을 보고 있노라면, 한없는 슬픔이 밀려왔다. 그녀 자신도 이유를 알 수 없었다.

"그래, 그렇겠군. 직장을 갖는 게 좋지. 어머니 노릇은 힘들어. 우리 어머니도 그렇게 말씀하셨지. 내가 어렸을 때 배앓이를 심하게 했다는 거 알아? 그런 내가 당신더러 울지 말라니, 위선이군. 그렇지?" 그는 미소 지었다. "엄마 노릇이 힘들어서 눈물이 나는 사람을 누구보다 잘 이해해야 하는 입장인데 말이야. 원한다면 소리를 질러도 돼."

엘라의 뺨을 타고 눈물이 흘러내렸다. "아주 좋은 면접은 아니네요. 그렇죠?" 그녀는 웃었다.

"우린 친구야, 엘라. 면접을 할 시점은 지났지."

엘라는 미소 짓고 고개를 끄덕였다.

데이비드는 그녀의 손을 잡고 단단히 감쌌다. "드디어, 엘라표 미소!"

그가 기뻐하는 모습을 보는 것만으로도 웃음이 나왔다. "저 정말 한심해 보이죠?" 그녀는 쑥스러워서 말했다. 그는 고개를 저었다.

"그럴 리가." 데이비드는 책상으로 손을 뻗어 그녀에게 다시 휴지를 건네주었다. 문득 그의 책상 위에 전에 보지 못했던 액자가 눈에 띄었다. 사진 속에서 데이비드는 뉴잉글랜드에 흔한 빨간 페인트가 칠해진 헛간을 배경으로 갈색 머리 여자 옆에 서 있었다.

"예쁜 분이네요." 엘라는 말했다. 가슴이 찢어지는 것처럼 아팠다.

"콜린, 내 약혼자야." 데이비드는 미소 짓지 않았다. "마운트 사이나이에서 간호사로 일해."

"아, 저희 아버지 병원이 그 근처예요." 엘라는 멍한 기분으로 대답했다. "어, 축하해요, 데이비드. 전…… 약혼하셨다니 정말 기쁘네요. 당신은 행복할 자격이 있어요. 정말이에요." 이번에는 그녀가 고개를 숙여 그의 뺨에 키스했다. 눈물이 다시 글썽거렸고, 그녀는 그가 준 휴지로 눈가를 닦았다. "아니, 이건 기쁨의 눈물이에요. 당신을 위해서. 난 어른인데도 배앓이를 하거든요. 그래서요."

물어보고 싶은 게 너무나 많았지만, 물어볼 수가 없었다. 그녀에게는 그럴 권리가 없었다.

데이비드가 미소 지었다. 그는 그녀의 손을 놓지 않았다. "괜찮겠어? 아니, 일하는 거 말이야." 지금은 콜린 이야기를 할 수가 없었다.

엘라는 질투하는 것처럼 보이지 않으려고 얼굴을 약간 밝게 했다. 일 이야기를 해야지. 그래. 일하고 싶었잖아.

"워낙 단절된 생활을 한 것 같아요. 그냥 아기와 육아도우미, 나, 이렇게만. 테드는 집에서 얼굴 볼 시간이 없어요. 일이 바빠서. 매일 8시부터 4시까지 일한다면, 나도 뭐랄까. 한 인간으로서 좀 더 어엿한 기분이 들 것 같아요. 예전처럼 차장이 아니어도 돼요. 더 아래에서 일할 수도 있어요. 돈이나 직급 같은 건 필요없고……."

"협상 기술이 늘었군. 극적인 발전이야." 데이비드가 미소 지었다. "당신을 채용하면, 내년에 우리가 기금을 더 많이 모을 것 같아. 상어 같은 당신 솜씨 덕분에."

데이비드의 미소는 참 아름답지, 그녀는 생각했다. 사람을 한없이 포용하는, 너무나 진실한 미소. 이름이 콜린이라고 했지, 그녀는 생각했다. 콜린이라는 이름에는 '소녀'라는 뜻이 있지 않았던가? 이전에 콜린이라는 이름을 지닌 여자가 말해준 적이 있다. 같은 기숙사에 살던 갈색 머리. 하지만 그녀는 데이비드의 약혼자 콜린은 아니었다. 데이비드의 여자. 그녀는 아기 고양이가 실뭉치를 갖고 놀 듯 그 이름을 머릿속에서 계속 굴리고 있었다. 이 소식이 갖는 의미를 차마 감당할 수 없었던 것이다. 하지만 무슨 의미지? 나는 그에 대해 아무 권리도 주장할 수 없잖아, 그녀는 생각했다. 그저 풋내기 여학생의 짝사랑 같은 감정일 뿐. 데이비드는 그녀가 아는 가장 좋은 사람이었다.

"내가 아는 건 이 정도인데." 데이비드가 말했다. "교장선생님이 새 비서를 급히 찾고 있어. 당신한테는 아쉬운 일이겠지만, 한 1년 정도만 하면 될 거야. 현재 개발팀 차장 수전이 1997년 여름에 그만둘 예정이거든. 곧 결혼할 계획인데, 남자친구는 일리노이 주에서 대학원에 진학하게 돼. 그러니까 교장선생님 밑에서 1년 일하다가 우리 팀으로 돌아올 수도 있겠고. 당신이 교장선생님 밑에서 일하는 걸 더 좋아한다면 문제겠지만." 그는 질투심이 난다는 듯 뚱한 표정을 지었다. "교장선생님께는 이미 말해뒀는데, 매일 아침 당신 얼굴을 볼 수 있으면 그보다 더 좋은 일이 어디 있겠냐고 하시더군. 누가 안 그렇겠어?" 데이비드가 다시 미소 지었다. "아, 혹시 내가 당신에게 모욕적인 제안을 하는 건 아니겠지? 당신이 그런 일을 어떻게 생각할지 모르겠는데……."

"완벽해요." 엘라는 말했다. "정말 좋아요. 교장선생님이 원하시는 대로 언제든지 시작할 수 있어요."

"8월 후반, 개학에 맞추면 되지 않을까 하는데. 교장선생님이 편한 시간에 연락 달라고 하셨어."

"고마워요, 데이비드."

"쉿." 그의 긴 속눈썹이 진청색 눈동자에 그늘을 드리웠다. 창백한 얼굴에 생기를 불어넣어주는 눈빛이었다.

"당신은 진정한 친구예요."

"우린 친구 사이잖아. 그렇지?"

"고마워요."

"쉬, 쉬." 데이비드는 그녀의 손을 놓았다. "오늘 바깥 날씨 정말 좋군."

그는 엘라를 문까지 바래다주며 은행에 가야 한다고 그런 뒤 어머니가 유난히 먹고 싶다고 한 칠면조 클럽샌드위치와 프리토스를 포장해 점심으로 가져가야 한다고 별 생각 없이 말했다. 언제 다시 볼 수 있을까? 데이비드는 묻고 싶었지만, 물을 수 없었다. 어떻게 하면 허물없는 친구 사이가 될 수 있을까? 예전에는 금요일마다 업무와 무관하게 함께 점심을 먹었지만, 그때도 일 이야기를 많이 했다. 그녀가 교장선생님 밑에서 일한다면 상황이 달라질까? 그만두자, 그는 자신에게 다짐했다. 엘라는 유부녀잖아, 맙소사. 아이 엄마이기도 하고. 하지만 그녀와 같이 있을 때는 그 모든 것을 잊어버리는 것 같았다. 해답이 없었다. 게다가 이제는 콜린도 있다. 다정한 콜린, 착한 가톨릭 신자, 목요일 밤에 좋아하는 텔레비전 프로그램을 보고 토요일 오전마다 집 청소를 하는 마음씨 넓은 콜린.

엘라가 이제 어디로 갈 참인지 묻지 않은 것은 데이비드다웠다. 그는 캐묻는 것을 좋아하지 않았다. 백 년 동안 세인트크리스토퍼를 오간 소년들의 발길에 눌려 약간 안으로 기울어진 대리석 계단에 선 채, 엘라는 이제 무엇을 해야 할지 알 수 없었다. 그녀는 데이비드의 오른쪽 뺨에 작별 키스를 했다. 라이프세이버 사탕 냄새를 맡으며 좀 더 머무르고 싶다는 기분이 일어, 그녀는 당황한 마음으로 얼른 물러섰다. "몇 군데 전화할 데가 있어요. 아, 데이비드. 오늘은 정말……." 그녀는 반짝이는 자신의 구두를 내려다보았다. "고마워요……."

"그럴 것 없어." 그는 말했다. "가봐." 그는 먼저 돌아서고 싶지 않아 고개를 끄덕였다.

요즘 뒷모습이 어떻게 보일지 자신이 없어서, 엘라는 자신이 걸어가는 모습을 그가 보지 말았으면 하는 마음이었다. 이런 걱정을 하다니 우스꽝스러웠다. 그의 어머니는 암환자이고, 그는 사랑스러운 간호사와 약혼했다. 게다가 자신은 유부녀에 딸까지 있다. 15킬로그램이 무슨 상관인가? 그녀의 뒷모습이 흉한 것이 두 사람을 위해 나을 것이다. 하지만 그녀의 마음 한구석은 자신이 상상보다 훨씬 보기 흉한 게 아닐까 여전히 걱정하고 있었다. 지난번 샤워를 하고 나오는 그녀의 모습을 보고, 테드는 걱정스러운 듯 한참 쳐다보다가 외면해버렸다.

엘라는 매디슨 애비뉴와 이스트 94번가 교차로에 위치한 공중전화에 동전 하나를 넣었다.

휴 언더힐이 전화를 받았다. 아시아자산영업부는 고객을 기다리게 하지 않기 위해 모두 같은 회선을 사용하고 있었다.

"당신 친구는 샌드위치를 먹으러 나갔습니다." 그는 말했다. "전화하셨다고 전할까요?"

엘라는 고개를 젓다가 문득 말을 해야 한다는 것을 깨달았다.

그녀는 작별인사를 하고 서둘러 전화를 끊은 뒤 아버지의 병원으로 전화했다.

비서인 샬린은 아버지가 응급수술 중인데, 한두 시간 뒤에 나올 거라고 했다. "그냥 들르시죠." 그녀는 물었다. "놀래드리면 좋을 텐데요." 엘라는 노력해보겠다고 대답했다.

엘라는 거리를 걸었다. 아버지도 오늘 이 소식을 들으면 기뻐하실 거야, 그녀는 생각했다. 애초에 세인트크리스토퍼를 그만둘 이유가 없었다고 생각하셨으니까. 테드는 화를 내겠지. 하지만 그는 무슨 말을 할 자격이 없다. 집에도 통 들어오지 않으니까. 결혼할 때, 그는 아이를 다섯, 여섯 명쯤 갖고 싶다고 했다. 자기 닮은 아들 셋, 엘라를 닮은 딸 셋. 그건 농담이었다. 하지만 엘라는 이 남자의 아이를 더 이상 갖고 싶지 않았다. 아버지에 비하면, 테드는 못난 남자였다. 집에도 들어오지 않았고, 엘라는 일하고 있다는 그의 말을 더 이상 믿지 않았다. 내심 그가 집에 들어오지 않으면 마음이 놓였다.

헤르페스는 정말이지 별일이 아니었다. 진단을 받은 뒤로 한 번도 증상이 나타난 적이 없었다. 리슨 박사는 마지막 상담 시간에 그 말을 하니 "내가 그럴 거라고 했잖아요" 하는 듯한 눈빛을 보냈다. 아이린의 건강도 완벽했다. 그런데도 온갖 쓸데없는 걱정을 했으니. 하지만 엘라는 더 이상 테드를 믿지 않았다. 그녀가 볼 때 그는 아내를 안심시키고 잃어버린 신뢰를 되찾기 위해 별로 노력하지 않았다. 마치 아내에게 그럴 가치가 없다는 듯. 같이 있을 때 그들은 서로 정중한 태도를 취했다. 사실 테드는 그 어느 때보다 엘라에게 말할 때 신중했다. 목소리를 높이지 않았고, 울게 하지도 않았다. 그들은 엘라가 임신 6개월이던 때 이후로 한 번도 사랑을 나누지 않았다. 그러니 이제 9개월째군, 엘라는 머릿속으로 날짜를 꼽아보았다. 그리운 것도 아니었다. 하지만 결혼생활에 좋을 리 없었다. 케이시에게 이런 말을 하니, 그녀는 결혼상담소에 가 보라고 했다. 하지만 테드가 정신과의사를 만나겠다고 할 사람이 아니라는 것은 케이시도 잘 알았다. 테드에게 그런 곳은 미친 사람이나 가는 데니까.

엘라는 거리의 상점 유리창에 눈길을 주지 않고 빠르게 걸음을 옮겼다. 자기 자신이나 집을 꾸미기 위해 뭔가 사고 싶지 않았다. 테드가 로리에게 신용카드를 주었기 때문에, 아이린을 위해 필요한 물건들은 로리가 대부분 알아서 사고 있었다. 로리는 유아에게 화려한 옷을 입히는 것을 좋아하지 않았다. "돈 낭비예요. 엄마의 허영심만 충족시킬 뿐이지. 아이는 자기가 뭘 입고 있는지도 모르는데. 아이를 인형 취급하려는 어린애 같은 엄마들이죠. 그중 최악은 아이한테 옷만 잘 입혀서 죄책감을 내려놓으려는 일하는 엄마들이에요." 엘라가 지나가는 말로 옷을 사는 것을 별로 좋아하지 않는다고 말하자, 이런 의견이 고장 난 수도꼭지처럼 주저없이 흘러나왔다. 가끔 로리는 생물학적인 어머니 따위 다 필요 없다고 생각하는 게 아닐까 싶을 때가 있었다.

아버지의 병원에 거의 다 왔지만, 아버지가 수술을 마치려면 아직 한 시간 정도 기다려야 했다. 샬린은 그녀를 보면 반가워하겠지만, 두 사람 몫의 업무를 하느라 늘 바빴고 자기 일을 남에게 맡기지 않는 성격이었다. 읽을거리라도 있다면 오스트리아 빵집에 가서 앉아 있을 텐데. 어린 시절 토요일 아침마다 병원에 놀러 오면 아버지가 종종 데려가주던 곳이었다.

빵집에서 근사한 냄새가 풍겼다. 엘라가 아는 여자는 오늘 근무하지 않았다. 그녀가 지키고 있던 빵 전시대 뒷자리에는 눈 밑에 검은 그늘이 있는 키 크고 마른 여자가 서 있었다. 예쁜 갈색 눈동자를 지닌 사람이었다.

엘라는 페이스트리 한 상자를 주문하고 종류를 골랐다. 점원은 플라스틱 집게로 엘라가 가리킨 빵들을 기계적으로 집었다. 커스터드, 과일잼, 휘핑크림을 채운 화려한 페이스트리, 꽈배기, 직접 만든 젤리 도넛 등. 여자는 흰 종이상자를 막대사탕 포장지 같은 줄무늬 끈으로 묶어주었다. 엘라는 엘더베리 차를 주문하고 돈을 지불했다. 빵집에는 빈 의자 두 개와 탁자 하나가 있었지만, 먹는 모습을 남에게 보이고 싶지 않았다.

빵집에서 거리로 나오자, 가벼운 산들바람이 얼굴을 스쳤다. 카네기 힐은 언제나 깔끔하고 단정했다. 이스트 94번가와 매디슨 애비뉴 교차로에 서 있으니, 자신이 원한 것은 그저 앉아서 상자 안의 빵을 모조리 먹어치우고 달콤한 향이 풍기는 차를 꿀꺽꿀꺽 마실 수 있는 한적한 장소일 뿐이라는 것이 한심하게 느껴졌다. 하지만 어디로 가야 하지? 아파트로 돌아가면, 로리의 눈에 띌 것이다. 주위를 둘러보는데, 데이비드가 바로 이쪽으로 걸어오고 있었다.

"아, 엘라. 이런 데서 만나다니⋯⋯." 그가 말했다.

"안녕하세요. 아버지 드리려고 빵을 샀는데, 응급수술 때문에 바쁘셔서……."

"저런. 우린 정말 효자 효녀군!" 데이비드는 어머니를 위해 산 샌드위치와 프리토스를 들어 보였다.

엘라는 웃었다. 더 이상 페이스트리를 먹고 싶지 않았다. 그녀는 자신이 원했던 것은 데이비드였다는 것을 깨달았다. 그를 보고, 이야기를 나누고, 다시 그의 사무실 소파에 나란히 앉아 손을 잡는 것.

엘라는 자기 생각에 놀라 왼손으로 입을 가렸다. "제가 붙잡고 있었네요. 죄송해요. 이만 가보세요."

"혹시 시간 있나?" 데이비드는 갑자기 대담한 기분으로 물었다. "같이 우리 어머니 찾아뵙는 게 어때? 새로운 사람을 못 만나서 답답한 기분이실 거야. 재미없는 아들 하나만 기다리고 사는 건 쉽지 않은 노릇이겠지. 당신 우리 어머니 만나뵌 적 없지. 좋은 분이야. 정말로. 아주 생기 넘치고 톡톡 튀는 분이셔." 그는 반짝이는 바다처럼 푸른 눈동자와 숱 많은 흰 곱슬머리를 지닌 활기찬 어머니를 아주 자랑스러워했다. 아버지보다 엄한 분이었지만, 아들 데이비드가 하는 일이라면 무엇이든 다 옳다고 생각하는 사람이기도 했다.

데이비드는 그녀의 얼굴을 쳐다보며 엘라가 자신의 말에 귀 기울이면서 무슨 생각을 하는지 짐작해보려고 애썼다. 그는 그녀를 보는 것이 좋았다. 지금 이 순간 사진을 찍을 수 있으면 좋을 것 같았다. 아이를 가진 뒤로 얼굴은 살이 붙어 더 부드러워졌고, 턱선은 긴 목과 더 매끄럽게 이어지고 있었다. 젖가슴의 윤곽도 더 높아진 것 같았고, 그는 대신 쇄골 쪽에 시선을 두려고 노력하면서 그 오목하게 들어간 부분을 만져보고 싶다는 충동을 참으려고 애썼다. 그녀를 알게 된 것은 거의 3년 전이었고, 그는 곧장 사랑에 빠졌다. 처음 학교에 채용되었을 때 엘라는 이미 약혼한 상태였기 때문에 감히 범접할 수가 없었지만, 데이비드의 감정은 한층 간절해지기만 했다. 최악의 순간에 사랑이 찾아오다니 너무나 잔인한 일이었다. 그녀가 임신했다고 알렸을 때, 데이비드는 평생 그보다 불행한 순간이 없었다. 비록 자기 자신에게조차 인정할 수 없었지만, 언젠가 그녀와 함께할 수 있을 거라는 환상을 버리지 못하고 있었기 때문이었다. 아이가 생겼으니 그 환상은 점점 더 멀어지기만 했다. 엘라는 데이비드가 임신 소식을 듣고 다른 차장을 뽑아서 교육시키게 된 것이 귀찮아서 언짢은 거라고 생각했다. 몇 번 마음을 털어놓을까 생각한 적도 있었지만(그래야 속이 시원할 것 같다는 이기적인 이유에서라도), 자칫 이런 고백 때문에 업무적인 관계는 물론 우정까지도 깨져버릴 것 같았다. 게다가 엘라가 혹시 불쾌하게 생각하고 도망가면 어쩌나 두렵기도 했다. 그에게 엘라는 눈에 잘 띄지 않는 희귀한 새 같았다. 병석에 눕기 전에 열성적인 조류 애호가였던 어머니는 그림자라도 눈에 보이면 더없는 행운인, 그런 생명이 세상에 존재한다고 했다. 일평생 단 한 번만이라도.

오전에 엘라가 학교를 나선 뒤, 고작 30분 전에, 데이비드는 자신의 감정을 깨달았다. 행복이었다. 다시 같은 건물에서 일하게 된 것이다. 식당에서도 얼마든지 볼 수 있다. 엘라가 문 몇 개 건 너 교장선생님의 사무실에서 일하다니. 콜린은 거의 떠오르지도 않았다.

데이비드는 자연스럽게 톡 튀어나온, 엘라의 진분홍 입술을 뚫 어지게 바라보았다. 뭔가에 집중하고 있을 때 유난히 더 튀어나오 는 입술이었다.

"같이 갈까? 할 일이 많은 것 같긴 하지만." 환상 속에 성을 쌓는 자신이 어리석다는 생각이 다시 불쑥 일었다.

"아뇨. 지금 당장은 별로 할 일이 없어요. 같이 가면 좋겠네요. 저는 병원이 좋아요. 미국에서 병원에 가는 걸 좋아하는 유일한 여자 아닐까 싶네요."

"아, 아버지 때문에……." 데이비드는 심 박사를 몇 번 본 적이 있었다. 좋은 사람이었다.

"네, 그 때문이겠죠. 항상 좋은 일만 떠올라요. 어처구니없게 들 릴 거라는 건 알아요. 어린 시절 간호사, 조수 전부 다 저한테 잘 해주셔서……."

문득 데이비드는 엘라가 어머니 없이 자랐다는 것을 떠올리고 혹시 무심하게 초대한 게 아닌가 하는 생각이 들었다. 효자라고 으스대는 것처럼 보인 게 아닐까?

엘라는 그의 표정에서 그늘이 사라졌으면 하는 바람이었다. "괜 찮다면 같이 가고 싶어요. 그래도 될까요?"

데이비드는 열심히 고개를 끄덕였다. "그래준다면 얼마나 기쁠 지 모르겠어." 말상대가 되어주면 어머니가 기뻐하실 거라고 말하려고 했지만, 정작 입에서 나온 것은 다른 말이었다.

엘라는 그의 실수를 눈치채지 못하고 미소 지었다.

"이거 줘." 데이비드는 엘라가 들고 있는 꾸러미에 손을 뻗었고, 그녀도 그에게 넘겨주었다. 차는 그대로 들고 있었다.

"엘더베리 차 마셔봤어요?"

"아니." 그는 고개를 저었다.

"마셔봐요." 그녀는 뚜껑이 닫힌 종이컵을 그에게 건네다가, 문득 그가 두 손 다 짐을 들고 있다는 것을 깨달았다. "아." 그녀는 쑥스러운 기분으로 잠시 망설이다 잔을 그의 입에 갖다 대서 약간 기울여주었다.

데이비드는 잔에 입을 대고 한 모금 마셨다. "정말 맛있군."

"네." 그녀는 손을 거두었다. "너무 뜨겁지 않아요?"

"아니." 그는 미소 지었다. "아주 좋아. 음."

"그럼 더 드실래요?"

"그러지." 그는 대답했고, 엘라는 다시 잔을 그의 입술에 대어주었다.

엘라는 다시 손을 거두었다. 아까보다 더 쑥스러웠다. 그는 그녀의 기분을 눈치채고 연례 모금 행사에 대해 빠르게 말하기 시작했다. 그는 두 사람이 공통으로 알고 있는 기부자와 자원봉사자에 대해 재미있는 이야기들을 들려주었다. 엘라는 평생 그의 말을 듣고 있어도 좋을 것 같았다. 그들은 마운트 사이나이로 걸음을 옮겼고, 얼마 지나지 않아 병원에 도착해보니 어머니는 평소보다 일찍 진통제를 복용하고 잠들어 있었다. 데이비드는 어머니의 이마에 키스했다. 그녀는 아주 고요하게 코를 골고 있었고, 데이비드는 어머니가 편히 쉬고 있는 모습에 기뻤다. 모니터와 각종 장비들이 규칙적으로 삑삑 소리를 냈고, 그들은 병실을 나왔다. 그는 엘라를 데리고 구내식당으로 가서 함께 페이스트리를 먹었다. 둘 다 콜린 이야기, 그녀가 언제라도 나타날 수 있다는 이야기는 하지 않았다. 엘라는 마치 꿈꾸는 것 같아서 꽈배기를 다 먹지 못했다. 한 시간 뒤, 그녀는 다시 그를 바래다주러 학교까지 걸었고, 이어 파크 애비뉴에 있는 아버지의 병원까지 더 걸었다. 그렇게 걸으니 어떤 면에서 생각을 정리하는 데 도움이 되었다. 데이비드가 콜린과 결혼한다면 가슴이 너무 아파 산산조각 날지도 몰라, 엘라는 생각했다.

7

여정

이스트 72번가 178번지 아파트 도어맨이자 주말에 이따금 짐꾼
으로 일하는 조지 오티스는 평생 일해왔다. 열여섯 살부터 뱀장
어 가죽 지갑에 두툼한 20달러 현금 뭉치가 떨어진 날이 없었다.
놀랍게도 이제 그는 마흔세 살, 자신이 늙었다고 느꼈다. 조지의
아내는 영문학 석사학위를 지닌 서른세 살의 교사 캐슬린 리어리
였지만, 그는 아내 이전에 많은 여자들을 경험했다. 온갖 몸매와
키, 나이, 피부색의 여자들을 거친 뒤, 마침내 그는 스타인웨이 가
의 크래비츠 보석상에서 1캐럿 다이아몬드 반지를 현금으로 사서
내밀고 캐슬린 앞에 무릎을 꿇은 뒤 죽음이 우리를 갈라놓을 때
까지 이 한심한 고등학교 중퇴자를 거두어달라고 청혼했다. 어쨌
든 이스트 72번가 178번지 아파트 주민이자 그의 친구이기도 한
은우 심이 지난 두 달 동안 사귀고 있는 여자는 진짜 물건이었다.

옷차림은 무슨 잡지나 영화에 나올 것 같았다. 여동생을 연상시키는 센 여자 같은 걸음걸이도 마음에 들었지만, 모자는 약간 정신 나간 것 같았다.

오늘 그녀는 로렐과 하디 코미디 듀오가 쓸 법한 검은 모자를 쓰고 있었고, 긴소매 티셔츠로 목욕 가운을 만든 듯한, 몸에 달라붙는 검은 드레스 차림이었다. 가운은 허리와 엉덩이를 감쌌고, 같은 재질의 허리띠를 매고 있었다. 여자가 이런 드레스를 입고 있으면 남자의 머릿속에 드는 생각은 하나뿐이다. 저 매듭 하나만 풀면 벗길 수 있는데. 젠장. 하지만 조지 오티스는, 이 정도 말하면 알아듣겠지만, 살사깨나 춰본 유부남이었다. 노골적인 추파 같은 것은 진작 졸업했다. 연한 피부색, 곱슬거리는 검은 머리, 사슴 같은 순수한 눈동자를 지닌 푸에르토리코인으로서, 그는 고향 마을로 가면 "헤이, 호르헤! 안녕?"이라고 알은체하는 여자들이 많지만 이따금 "헤이, 마미!"라고 대꾸하는 것 말고는 신경 쓰지 않는다는 사실을 자랑스럽게 여기고 있었다. 조지는 절대 여자들에게 집적거리지 않았다. 날렵한 어깨와 잊을 수 없는 젖가슴을 지닌 아담한 체구의 갈색 머리 캐슬린 리어리는 그에게 이 세상 전부였으며, 그는 이 결혼생활을 절대 망가뜨리고 싶지 않았다.

케이시는 예뻤고 잘난 척하지도 않았다. 그런 그녀와 은우가 사귀는 것은 이상할 것이 없었지만, 우스운 것은 은우 심이 마치 이런 관계가 별게 아닌 것처럼 행동한다는 점이었다. 은우는 사랑 따위 이제 관심 없다고 말했다.

"이혼 때문에 진이 다 빠졌어요." 은우는 어느 날 밤 웨스트사이드 당구장에서 당구를 친 뒤 그에게 말했다. 맥주를 네 병인가 다섯 병인가 마시고 바에서 공짜로 나누어주는 사과 맛 나는 와인 칵테일을 한 잔 더 마신 뒤였다. "여자는 좋지만, 이제 구속당하고 싶지 않아요. 캐슬린을 무시하는 건 아닙니다. 천사 같은 분이죠. 이 세상 마지막 남은 천사. 내 친구 조지와 잘 어울리는." 은우는 조지의 등을 두드렸다. 툭, 툭. 그런 뒤 주먹을 두 번 아래위로 치고 하이파이브를 했다. 술기운으로 은우의 얼굴은 붉었고 눈시울이 축축했다. 어퍼이스트사이드 주민이자 월 스트리트에서 일하는 은우는 완벽한 팔뚝을 지닌 로커웨이 도어맨 조지와 어울릴 때면, 다트머스 시절의 흔적으로 남은 상류층 모범생의 언어와 전철에서 주워듣거나 뉴욕을 배경으로 한 텔레비전 연속극에서 배운 거리의 속어가 뒤섞인 말투를 사용했다. 조지는 은우가 이런 식으로 말하는 것이 시덥잖다고 생각했지만, 그가 자신을 놀리려는 것이 아니라 친해지기 위해 노력하고 있을 뿐이라는 것을 알고 있었다. 은우는 좋은 친구였다. 믿을 수 있는 사람이었다.

당연히 조지는 여자에 대해서 은우가 어떻게 생각하든 상관하지 않았다. 로커웨이에는 이런 규칙이 있었다. '남의 여자에 대해 안 좋은 말을 하지 말고, 남자에게 누구를 좋아해라, 좋아하지 말아라 간섭하지 마라.' 이런 것이 소위 둘 다 손해 보는 상황이다. 실수하도록 내버려두고(실수 안 하는 사람은 없으니), 무슨 일 생기면 맥주나 한잔하면서 들어주는 것이다. 그의 형은 술을 너무 오래, 너무 많이 마셔대는 마른 여자와 결혼했는데, 뭐, 그것도 형

팔자였다. 때로 남자는 고통받는 것을 즐긴다. 게다가 아일린의 소시지볶음은 동네에서 최고니까. 조지가 43년 살면서 배운 지혜가 또 하나 있었다. 누구에게나 좋은 점은 있다는 것. 어쨌든, 그는 사랑에 빠진 남자가 어떻게 변하는지 알고 있었다. 딱 지금 은우 같은 모습이었다.

조지는 케이시의 짐을 들어주러 나섰다. 그녀는 커다란 모자 상자와 토트백 두 개를 들고 있었다. 토트백 하나에는 회사 서류 더미, 다른 하나에는 모자 관련 재료가 잔뜩 들어차 있었다.

"들어드릴까요?" 그는 물었다.

"아뇨, 아뇨, 괜찮습니다." 그녀는 어깨에서 흘러내리는 천가방 손잡이를 바로잡으며 말했다. 엘리베이터까지는 대여섯 걸음밖에 되지 않았다. "고맙습니다. 늘 이렇게 신경을 써주시고. 버튼만 대신 좀 눌러주시겠어요?"

"그도 당신이 오는 걸 알고 있어요. 아파트 문이 열려 있을 겁니다. 그는 10분 전에 샤워하러 들어갔어요. 당신이 도착하면 올려 보내달라고 하더군요." 조지는 윙크했다. "당신을 맞을 준비를 하느라 열심히 씻는 모양이에요."

"음, 좋네요." 케이시는 웃었다. "비누는 좋죠. 우리 여자들은 깨끗한 걸 좋아하니까요."

"나도 할 말 많아요. 그만둡시다." 캐슬린은 저녁식사 전에 항상 작은 솔로 손톱을 닦으라고 했다.

케이시는 그를 향해 미소 지었다. 좋은 사람이었다.

조지는 그녀가 엘리베이터에 타는 것을 지켜보았다. 엉덩이가 좀 빈약하군, 그는 생각했다. 자고로 쿠션이 빵빵해야 맛인데.

케이시는 문을 밀어 열었다. 은우는 댈러스에서 네 형제 중 막내로 자랐다. 형 둘, 누나 하나였다. 세인트막스 학교에 다녔고, 다트머스 대학교 사교클럽 회장을 지냈다. 골프팀 소속이었고, 블랙잭 열성팬이기도 했다. 매수 부문 투자분석가 은우를 담당하는 월터와 휴는 그가 말도 못 하게 똑똑하다고 했지만, 시장 판단이 그리 유연한 편은 아니라고 했다. 케이시가 은우에게서 아직 알수 없는 점은 이혼이었다. 다른 부분들은 이해가 갔다. 그를 떠나 어린 시절의 남자친구에게로 간 전처에 대해 솔직히 궁금한 마음도 있었다. 은우는 전처와 연락하지는 않지만, 그녀에게 나쁜 감정을 갖고 있는 것 같지는 않았다.

은우는 젖은 머리를 빗어넘기고 빛바랜 카키색 바지와 깨끗한 흰 러닝셔츠 차림으로 침실에서 나왔다. 맨발이었고, 발가락에는 짧은 검은 털이 나 있었다.

"문을 열어놨더라고." 그녀는 말했다.

"가져가고 싶은 게 있으면 다 가져가." 그는 상품이 가득 쌓인 무대를 자랑하는 게임쇼 진행자처럼 팔을 벌렸다. 은우는 범죄나 절도에 대한 경계심이 없어서 귀중품을 남의 눈에 훤히 띄는 곳에 두거나 돈다발을 서랍에 넣고 잠그지 않는 일이 다반사였다.

케이시는 짐짓 훔칠 게 없나 탐색하는 눈빛으로 아파트를 둘러보았다. 그녀는 토트백을 가까운 의자에 내려놓고 허리춤에 손을 짚었다.

416

"안녕." 그는 말하고 다가와서 키스했다. "멋진 드레스야."

"고마워." 그녀는 중얼거렸다.

케이시는 그가 키스하는 방식이 좋았다. 그는 아랫입술이나 윗입술을 부드럽게 입술로 빨면서 왼손으로 목을 감싸면서 머리카락을 만지작거리곤 했다. 이렇게 할 때, 그는 눈을 감았다.

"음. 고마워." 그는 말했다. 은우는 모자를 벗기고 그녀를 가까이 끌어당겼다.

"뭐가?" 그녀는 웃었다.

"와줘서. 향수 뿌리고 와서. 오늘 당신 많이 기다렸어."

케이시는 미소 지었다. 그를 어떻게 생각해야 할까? 엄밀히 말해 남자친구는 아니었다. 그들은 서로를 그렇게 부르지 않았다. 그에게 자신이 무엇인지도 정확히 알 수 없었다. 그들은 사랑이나 관계에 대해 한 번도 말하지 않았지만, 그는 다시 결혼하고 싶지 않다는 생각을 확실히 했다. 스물다섯 살인 케이시는 가을에 경영대학원 과정을 시작할 것이고, 역시 결혼에 관심이 없었다. 하지만 그들 사이에 뭔가가 있는 것은 사실이었다. 선뜻 서로에게 명시적인 속박을 삼가고 거부하는 입장 때문에 둘의 만남에는 의도하지 않은 수수께끼 같은 분위기가 감돌았다. 어쩌면 로맨스라고 할 수 있을 것도 같았다. 이러다 어느 순간 누구 하나가 훌쩍 사라지기로 작정할 수도 있을 듯한 그런 느낌이랄까. 아무것도 기대하지 말고 실망하지 말자. 상처 주지 말고 친절하게 대하자. 순간을 즐기자. 이런 계명이 그들의 행동을 지배하고 있었다. 흥미로운 관계 유지 방식이었고, 둘 다 이런 방식에 익숙하지 않았다. 케이시는 이런 방식의 자유와 즉흥적인 면이 좋았지만, 가끔은 그냥 기묘했고 다른 사람에게 설명하기도 어려웠다(동료들은 종종 두 사람이 어떤 사이냐고 물었다). 게다가 그녀가 볼 때 진정한 감정으로 느껴지는 것들에 비해, 가끔은 케이시 자신도 그들 사이의 감정을 뭐라고 불러야 할지 알고 싶었다.

"반대쪽 손에는 뭐 들고 있어?"

"당신에게 줄 선물." 케이시는 모자상자를 묶은 끈을 들어 보였다.

"내 생일도, 크리스마스도 아닌데."

"반품할까?"

"아니." 그는 커다랗게 씩 웃으며 상자를 받아들었다.

케이시는 그가 모자상자를 여는 것을 바라보았다. 그녀는 선물을 주는 것을 좋아했다. 돈이 아주 많다면, 선물을 뿌리면서 살고 싶었다.

"멋진데." 은우는 회색 페도라를 머리에 썼다. 챙은 보수적이었고, 무연탄색이었으며, 리본 형태의 끈이 달려 있었다. 사이즈는 7과 1/2이었다.

"잘 맞아?" 케이시는 그의 옆모습을 확인하려고 눈길을 비스듬히 돌렸다. 그는 1940년대 중국영화 배우처럼 멋있었다.

"완벽해. 어떻게 알았어?"

"운이 좋았지." 사실은 아니었다. 케이시는 누군가의 머리를 눈대중으로 살펴보고 크기를 가늠하는 재주가 있었다. 옷도 마찬가지였다. 이것 역시 그녀가 가진, 기본적으로 인생에 도움이 안 되는 재능이었다.

"감사 인사를 하게 해줘." 은우는 말하고 다시 그녀에게 키스했다. 그의 혀가 누르는 힘에 밀려, 그녀의 입술이 약간 벌어졌다.

은우는 양손으로 그녀의 허리띠를 풀었다. 드레스가 아래로 미끄러져 내려갔다. "항상 이렇게 해보고 싶었어."

"드디어 소원 성취하셨네."

케이시는 얼굴 표정 하나 변하지 않고 속옷과 부츠 차림으로 서 있었다. 그는 그녀를 소파로 이끌었다.

케이시는 은우와 섹스하는 것을 즐겼다. 그는 날렵하고 민첩했다. 때로 부드럽지 않을 때도 있었고 아무 말도 오가지 않았지만, 움직임을 보면 그가 무엇을 좋아하는지 알 수 있었다. 그들은 서로의 반응을 이해했다. 그녀는 그를 만족시키고 싶었고, 그 역시 마찬가지였다.

그것은 사랑을 나누는 것이 아니었다. 제이와 그 두 여자의 일이 있은 뒤로 뭔가 달라졌다. 케이시는 지금 이 순간 같이 있는 남자에 대한 애정이 없어도 절정에 오를 수 있다는 것을 배웠다. 섹스를 항상 감정적인 경험이 아닌, 육체적인 감각으로 받아들이는 것, 이것은 남자들이 하는 행동이었다. 어느 순간부터 케이시는 자신도 그렇게 할 수 있다는 것을 깨달았다. 모든 여자들이 그럴까? 로맨틱한 감정이 개입된 섹스가 더 좋다는 것을 부정할 사람은 없겠지만, 감정 없이 행동만 즐기는 것도 그녀에게는 가능했다. 티나가 들으면 기절초풍할 것이다. 케이시는 자신이 은우를 사랑한다고 생각하지는 않았고, 그 역시 마찬가지였다. 사랑한다는 감정에 대해서도 그녀의 불신은 날로 커져가고 있었다.

그들은 그가 위에 올라간 자세로 섹스를 시작했다. 그러다가 그는 그녀를 위로 올렸고, 그녀는 그의 날렵한 골반 위에 걸터앉았다. 그 순간 은우가 사랑한다고 말한다 해도—순간의 열정 때문이든, 이유가 있어서이든—그녀는 같은 말을 그에게 해주지 않았을 것이다. 잔인해서가 아니라, 사랑이 진실되고 지속적인 감정인지 스스로 확신할 수 없어서였다. 혹시 앞으로 이 말을 하게 된다면, 지속적인 마음이라는 것을 확신할 수 있을 때 하고 싶었다. 그녀는 제이 커리가 그리웠지만, 헤어진 것을 후회하지는 않았다. 차츰 그에 대해 전보다 덜 생각하고 있었다. 특히 은우를 만난 뒤에는 더. 감정은 변덕스럽거나 건망증이 심한 것, 혹은 언제든지 배신할 가능성을 숨기고 있는 것 같았다. 그렇다면 사랑은 결단인가? 어쨌거나 사랑이라고 불리는 이 감정 대신, 섹스를 나누는 두 몸과 마음 사이의 존중, 친절, 쾌락 같은 것을 이상으로 삼는 것도 좋을 것이다. 그의 위에 걸터앉아 몸을 흔들면서, 케이시는 눈을 감고 더 생각하지 않으려고 애썼다.

은우는 케이시가 먼저 절정에 오르도록 노력했다. 상대가 만족했다는 것을 확인하는 것이 더 편하기도 했지만, 그녀를 바라보는 것이 좋기도 했기 때문이었다. 절정에 오르면 그녀의 상박은 꼼짝도 하지 않고 팔꿈치가 구부러져서 날카로운 브이 자를 그리고, 1, 2초 동안 손가락이 나비 날개처럼 파들거린다. 갸름한 얼굴에 떠오르는 표정은 처음에는 조용한 두려움이었다가, 나중에는 눈에 띄는 안도감일까? 눈은 2, 3초 더 질끈 감았다가 깊은 꿈에서 깨어나듯 가만히 뜬다. 그러다 그녀는 그를 만족시키기 위해 자세를 고친다.

섹스가 끝나면, 서로 몸을 떼어놓는 어색한 순간이 닥치고 터무니없는 쑥스러움이 따른다. 케이시는 샤워하고 싶었다. 그런 뒤 같이 하우스 오브 윙에 저녁을 먹으러 가곤 한다. 보통 저녁식사 전에 섹스를 하고, 늦은 저녁에 한 번 더 할 때도 있었다. 그러고 나면 케이시는 은우의 집에서 밤을 보내지 않고 떠났다. 두 달이 지나자, 토요일 밤마다 이렇게 만나는 것이 편안한 일상이 되었다.

그들이 좋아하는 식당이 있었다. 은우의 아파트에서 두 블록 떨어진 저렴한 중국 국숫집이었는데, 두 사람은 거기서 싸구려 식탁을 가득 채울 만큼 음식을 잔뜩 주문하곤 했다.

"오늘 백화점 일은 어땠어?" 은우는 물었다.

케이시는 어깨를 으쓱했다. 모자 여섯 개, 스카프 두 개, 머리 액세서리 일곱 개를 팔았다. 장갑 두 벌. 하지만 은우에게 선물로 줄 모자를 사느라 오늘 번 돈을 다 써버렸다.

"뉴욕대에 첫 등록금을 보냈어." 그녀는 말했다.

"그래?" 은우는 그녀가 별로 달갑지 않게 생각하는 것을 눈치채고 미소 지었다.

"사빈은…… 잘했대. 그녀의 표현을 빌리자면." 사빈은 뉴욕대학교 스턴 경영대학원을 탐탁치 않게 생각했다. 케이시는 컬럼비아 대학 대기자 명단에 올라갔다는 말을 굳이 하지 않았다. 오히려 뉴욕대에만 입학 허가가 난 것처럼 들리도록 말했다. 사실은

421

사실이니까.

"사빈이 간섭할 문제가 아니야, 케이시."

"난 그녀에게 거짓말을 했어."

"그녀의 문제가 아니라니까."

"컬럼비아에 대해 말할 수도 있었는데. 왜 말 안 했는지 나도 모르겠어."

"아니, 알면서." 은우는 그녀가 좋아하는 두부와 시금치 요리를 건네주었다. "신세 지고 싶지 않은 거잖아." 그는 '신세'라는 단어에 힘을 주었다. 그러니 의미가 한층 강하게 다가왔다.

"그런 것 같아." 케이시는 음식을 한입 먹었다. "그런 것 같아."

"넌 재미있는 인간이구나." 그가 말했다.

"왜?" 긴 플라스틱 젓가락을 만지작거리던 손이 우뚝 멈췄다.

"얼마든지 공짜표를 구할 수도 있었으니까. 아직도 그렇고. 사빈의 제안은 아직 유효하잖아."

"알아." 케이시는 입술을 깨물었다. "내가 정신이 나갔지. 돈도 없고, 멍청하고. 가난한 사람들이 계속 가난한 이유가 이건데. 알아? 자존심을 세우는 데 가진 돈을 모조리 다 쓴다니까."

"난 돈을 택했을 거야." 은우는 웃었다.

케이시는 식탁 밑에서 무릎으로 그의 무릎을 쳤다. "그럼 당신이 영리한 거고. 그래서 돈을 버는 거고. 난 보다시피 그냥 먹어치우고 있고." 그녀는 은우의 접시에 현미밥을 덜어주었다.

패배주의적인 표현을 듣자 은우는 서글펐다. 그는 그녀가 종종 자기 자신을 상대로 논쟁하고 있다는 것을 알았다.

"이봐, 케이시."

케이시는 고개를 들었다.

"네가 맞아. 난 그냥 놀리느라 한 소리야. 네 인생을 저당 잡힐 수는 없어. 그녀의 돈을 받는다면, 그녀는 네가 자기를 위해 뭔가 해주기를 기대하겠지. 그게 그 사람 방식이고. 난 네가 아주 용감하다고 생각해."

케이시는 그의 얼굴을 응시했다. 그는 친절한 사람이었다. 같이 지내는 동안, 그는 그녀에게 동의하지 않더라도 그녀의 관점을 이해하려고 노력하는 모습을 보였다. 그 노력 하나만으로도 그녀는 상당히 감사했다. 그들은 친구였다. 그 점에는 의심의 여지가 없었다.

계산서가 도착하자, 케이시는 지갑에 손을 뻗었다. 그녀는 오늘 수표를 현금으로 바꿨다.

"내가 낼 차례야." 은우가 말했다.

"지난번에 당신이 냈잖아. 그전에도 그랬고."

"난 당신보다 열 배는 더 벌잖아."

"좋아, 부자 아저씨." 케이시는 계산서를 가리켰다. "당신이 내."

"그 돈이 어디로 가는지 통 모르겠지만," 은우는 지갑을 꺼내며 자조적으로 웃었다. 그는 지난달 폭스우즈에서 돈을 땄지만, 플로리다에서 케이시를 만나기 전 빚이 만 달러에 달했다.

"저녁 고마워. 난 어쨌든 다시 빈털터리야."

"모자 돌려줘야 해?" 은우는 옆 의자에 놓아둔 모자를 아쉬운 듯 바라보았다.

"그래 봤자 달라질 것도 없어. 미안해. 이런 말을 하지 않는 건데."

은우는 플라스틱 쟁반에 20달러 석 장을 놓았다. 조용히 그는 팔짱을 끼고 포커 카드를 새로 돌릴 때처럼 무표정한 얼굴을 했다.

"같이 살지 않을래? 학기가 시작되면, 내 집에서 살면서 절약한 집세를 생활비로 쓰면 돼. 이따금 음식 준비도 하고……."

케이시는 입을 벌렸다. 그의 말에 놀랐다.

"네가 나를 위해 뭘 해주든 말든, 난 그런 건 상관없어. 네 숙제나 해. A학점 받고. 뭐든지. 난 아침에 잠에서 깬 네 모습을 보고 싶어. 네가 흡혈귀가 아닌가, 그래서 밤마다 도망치는 게 아닌가 하는 생각이 들던 참이거든. 하지만 마이애미에서는 분명 낮에 같이 있었으니까……."

"같이 살자고? 당신이랑?" 그녀는 불친절하게 들리지 않았으면 하는 마음이었다. "그게 무슨……."

"들었잖아." 은우의 얼굴은 한층 심각해졌지만, 억누른 미소가 입가에 떠올랐다.

"흠, 모르겠어." 그녀가 말했다. "모르겠어." 이번에는 한층 나직하게 되풀이했다.

"좋아." 은우가 말했다. 그는 웨이터에게 잔돈을 팁으로 주었다.

은우의 집까지는 걸어서 두 블록밖에 되지 않았다. 어쨌거나, 그녀는 돌아가서 토트백을 가져와야 했다. 그들은 가까이 붙어서, 하지만 몸이 닿지 않도록 나란히 걸었다. 케이시는 초조했지만, 그에 비하면 은우는 평정해 보였다.

케이시의 머릿속에서 수많은 질문이 오갔다. 그를 알고 지낸 지는 그리 오래되지 않았다. 그녀의 부모님은 어떻게 생각할까? 그게 애초에 문제가 될까? 그는 결혼할 마음이 없다고 했지만, 그녀도 마찬가지였다. 하지만 함께 산다는 것은 약속을 의미한다. 안 그런가? 게다가 그의 말이 맞았다. 집세를 내지 않아도 된다면, 거의 1년 치 신용카드 빚이 없어지는 셈이다.

"올라올래?" 그들은 아파트에 거의 다 와 있었다.

"내 물건을 가져와야지." 케이시는 걸음을 멈췄지만 그를 보지 않았다.

은우는 문득 묘한 기분이 들었다. 큰 모험을 했는데, 그 때문에 모든 것이 어색해진 기분이었다. 젠장, 그는 생각했다. 돌려 말할 거 없잖아. 남자 기숙사에서는 여자랑 자고 싶다는 남자에게 이런 조언을 건네곤 했다. 단도직입적으로 말하든가, 혼자 자든가, 둘 중 하나라고.

"바로 갈 거야?"

"내가 갔으면 좋겠어?" 케이시는 이제 그를 응시하고 있었다. 전에는 의견이 어긋난 적이 없었다.

"아니, 미쳤어? 난 너한테 같이 살자고 했다고."

"난 신용카드 빚이 2만 3,000달러나 돼." 케이시는 불쑥 말했다. 왜 이런 말을 했는지 알 수 없었다. 그가 그녀의 본모습을 알면 도망갈 거라는 생각이었는지도 모른다.

"이야."

"알아." 케이시는 눈을 굴렸다. "한심하지? 내가 봐도 심해. 방금 제안, 취소하는 게 좋을지도 몰라."

은우는 고개만 저었다. "젠장, 대체 뭘 샀기에 그래?"

"주식과 채권." 그녀는 대답했다. 갑자기 둘 다 웃음을 터뜨렸다. "혹시 내가 모르는 마약 문제라도 있어?"

케이시는 다시 웃기 시작했다. 그는 그녀가 한심하다고 생각하지 않았다. 그것 하나는 분명했다.

"이봐, 케이시. 나한테 은행에 5,000에서 6,000달러 정도 있고, 보너스가 얼마나 나올지 몰라. 내가 도박판에서 크게 잃지만 않는다면, 우린 괜찮을 거야. 생활비는 내가 댈 수 있어. 들어봐, 우리가, 음, 같이 살지 않더라도, 우린 친구야. 한동안 네 생활 정도는 내가 돌봐줄 수 있다고. 네가 백만장자가 되고 내가 형편이 쪼달리면, 네가 날 도와줘. 알겠지?"

"모르겠어." 그녀는 말했다. "왜 화내지 않아?"

"3월에 난 도박빚 1만 달러를 졌는데, 빚을 갚기 전까지 한동안 물주가 봐줬어. 폭스우즈에서 어제 돈을 따지 않았다면 아주 골치 아팠을 거야. 작년에 투자분석가로 20만 달러를 벌었는데, 은행 예금은 5,000에서 6,000달러 정도 있어. 차 외에는 재산이 아무것도 없는 셈이야. 가진 건 모조리 다 써버리고 재미로 도박을 해. 값비싼 옷을 산다고 널 한심하다고 생각할 처지가 아니지. 옷에 그렇게 많은 돈을 쓰는 사람을 처음 보는 것뿐이야." 은우는 눈썹을 추켜올리며 웃었다. "부추기면 안 되지만, 네 옷차림은 멋있어."

"옷에만 쓰는 게 아니야." 그녀는 맥없이 말했다. 그런데 대체 뭘 사더라? 사빈의 백화점에서 재고관리를 하는 재나는 평생 몸무게가 120킬로그램에 육박했지만, 어쩌다 이렇게 살이 쪘는지 모르겠다고 늘 한탄하곤 했다. 대부분의 날씬한 사람들보다 특별히 더 먹거나 덜 먹는 것도 아니었다. 케이시는 요즘 들어 그런 재나를 더 잘 이해하게 되었다. 소비하고 또 소비하다 보면, 어느 지점부터는 더 이상 보통 사람처럼 행동하려고 노력하는 것이 의미가 없다. 건강해지려면 어마어마한 변화가 필요하기 때문에.

케이시와 은우는 아직 그의 아파트에서 반 블록 떨어진 곳에 서 있었다.

케이시는 고개를 숙였고, 은우는 그녀의 몸을 감싸 안았다. "진정해. 우리 모두 잘못을 해. 더 잘난 사람들조차도. 고치면 되지."

"난 당신이 좋아." 그녀는 아주 낮은 목소리로 말했다.

"그래, 나도 당신이 좋아." 은우는 그녀의 손을 잡고 아파트로 향했다.

로비에 들어서자, 조지가 목례했다. "안녕하세요."

"안녕하세요." 은우는 말했고, 케이시도 미소 지었다.

"하우스 오브 윙 식당은 어땠습니까?" 조지가 물었다.

"맛있었어요." 케이시는 고개를 끄덕였다. "너무 많이 먹어버렸네요."

"오늘 밤에 늦게까지 일하세요?" 은우는 엘리베이터 버튼을 누르며 물었다.

"아뇨. 자정에 마칩니다." 조지는 시계를 보았다. "택시를 불러야 하면 지금 말씀하세요." 그는 케이시에게 말했다. "난 6분 있다 퇴근이니까."

"오늘은 자고 갈 거예요." 케이시가 말했다. "사실 곧 같이 살기로 했어요. 은우 씨한테 이야기 들으셨어요?"

조지는 반짝이는 검은 눈을 크게 떴다. "잘됐네요." 그는 은우에게 시원스레 미소 지었다.

은우는 마주 고개를 끄덕이고 미소 지었다. 엘리베이터가 도착했다.

"들어가세요, 조지. 천사분께 안부 전해주시고." 은우는 문이 닫히지 않도록 엘리베이터 버튼을 계속 누르고 있었다.

케이시가 먼저 들어갔고, 은우가 뒤따랐다.

"들어가세요." 조지는 이마에 주름을 잡았다. 그는 친구 은우가 행복하기를 바랐다. 엘 아모르 에스 콤플리카도,* 그의 할아버지는 종종 말했다. 조지도 동의하지 않을 수 없었다. 시, 아부엘로, 시.**

---

* El amor es complicado, 사랑이란 복잡한 거야.
** Si, abuelo, si, 네, 할아버지, 맞아요.

8
문

테드는 자기 사무실 문을 열고 고개를 밖으로 내밀었다. 방금 루이슨의 재수 없는 작자들과 화상회의를 막 마치는 참에, 평소 조용하던 복도에서 즐거운 소란이 들려왔던 것이다. 뭔가 신나는 일이면 좋겠는데. 투자분석가들끼리 간이 풋볼 경기라도 벌였나.

그때 눈에 익은 빨간 머리가 스쳤다. 델리아 섀넌이 와 있었다. 직원들은 책상에서 일어날 핑계를 찾아 슬그머니 회의 자리를 비우고 그녀를 보려고 휴식공간에서 어슬렁거리고 있었다. 여전히 델리아의 존재는 그런 효과를 발휘하고 있었다. 테드도 시선을 돌릴 수 없었다. 8월 말의 날씨 탓에 그렇게 속이 비치는 흰 블라우스를 입었는지는 몰라도, 레이스 브래지어가 훤히 들여다보이고 파란 치마 옆트임으로 날씬한 허벅지가 슬쩍 드러났다. 하지만 테드는 알고 있었다. 델리아의 아름다운 몸은 그녀의 힘이었다. 돈 많은 남자가 지갑을 집에 두고 다니지 않듯, 델리아는 잘 손질한 무기를 완벽하게 휘두르고 있었다. 테드의 남성 동료들은 그녀의 몸에 찬탄의 마음을 숨기지 않았다. 같은 층 여직원들은 질투심인지, 포기했는지 고개를 보일락 말락 젓고 있었다.

그녀는 존 헤이슨의 사무실에서 나오는 길이었다. 테드는 순간 질투심을 느꼈지만, 아무도 그 낙오자와 잘 리가 없다는 생각을 하니 질투심은 가셨다. 존은 인수합병 전문 이사였는데, 일거리가 별로 없었다. 다른 회사에서 넘어온 잉여였다. 컨 데이비스에서 CBR 자산운용을 합병한 뒤 조직에 계속 붙어 있게 된 것이 그로서는 천운이었다. 중요한 인맥이 많다고 늘 떠벌리는 사람이었지만, 테드가 볼 때는 빈대 붙는 신세와 다를 게 없었다.

델리아는 관심 어린 눈초리에 무심한 듯 엘리베이터로 향했다. 하지만 남자란 남자들이 죄다 그녀에게 추파를 던지는 광경을 보니 테드는 약간 돌아버릴 것 같았다. 그는 저 끝내주는 몸과 뒹군 적이 있었고, 잠시나마 그녀의 생각을 하지 않고 넘어가는 날이 하루도 없었다. 남자들이 멋진 여자와 자고 나면 꼭 자랑하는 이유를 알 것 같았다. 마치 로또에 당첨되는 기분인 것이다. 어떻게 으스대지 않을 수 있나? 테드는 얼른 머릿속으로 계산해보았다. 마지막으로 그녀와 섹스한 것은 19개월 전이었고, 엘라가 헤르페스 진단을 받은 것은 8개월 전이었다. 그는 헤르페스 문제로 델리아에게 연락하지 않았다. 어차피 더러운 년인걸, 테드는 생각했다. 델리아는 남자가 감히 이렇게 잘하는 여자가 있으리라고는 상상도 못할 정도로 섹스를 잘하는 더러운 년이었다. 그래, 그뿐이야.

이제 꼴도 보기 싫다, 그는 생각했다.

델리아가 아직 이쪽을 보지 못했기 때문에, 테드는 계속해서 그녀를 관찰할 수 있었다. 게다가 그녀는 그의 사무실이 어디인지 알지 못했다. 이 층에서는 만난 적이 없었던 것이다. 사실 테드는 컨 데이비스 내에서 그녀를 만나는 것을 의도적으로 피했다. 그녀 옆에 유부남이 서 있다가는 온갖 소문에 휘말리는 것을 각오해야 한다. 하지만 존의 사무실에서 나와서 엘리베이터까지 가려면 그의 사무실 앞을 지나야 했다. 테드에게는 두 가지 선택지가 있었다. 점점 커지는 물건을 숨기고 문 뒤에 멍청이처럼 서 있는가, 못 본 척 문을 닫고 책상으로 돌아가든가.

몇 걸음 떼어놓기 무섭게, 이사 둘이 벌써 델리아에게 인사를 건넸다. 존 헤이슨은 자기 사무실까지 델리아와 나란히 걸어온 뒤 헤어지고 나서도 계속 서서 그녀의 멀어지는 엉덩이를 쳐다보고 있었다. 자신만 누려야 할 권리를 누군가 침해한 것처럼, 테드는 분이 치밀었다. 그는 문틀에 손가락을 두드렸다. 문을 닫으려고 손잡이를 잡는데, 델리아가 이미 와서 서 있었다.

그녀는 그를 보았지만 아무 말도 하지 않았다.

"안녕하세요." 테드가 인사했다. 맙소사, 아찔할 정도로 매력적이군.

"안녕하세요." 델리아는 정중한 미소를 입가에 가볍게 띤 채 말했다.

그녀의 체취가 느껴졌다. 그녀를 만지고 싶었다. "잘 지냈어요?" 그는 물었다.

"네, 잘 지냈어요."

"무슨 일로 여기……."

"존이 내려오라고 해서요. 운송 관련 회의 때문에."

"그랬겠죠." 그러고 보니 헤이슨이 그 엉터리 같은 회의를 담당하고 있다는 것이 떠올랐다.

"그건 무슨 뜻인가요?" 델리아는 눈가에 주름을 잡으며 목소리를 낮췄다.

테드는 몇몇 사람들이 이쪽을 쳐다보는 것을 눈치챘다. 대화를 들을 수 있는 거리였다. "사무실로 잠시 들어올래요?"

"나랑 이야기하는 게 무섭지 않아요, 테드?" 델리아는 무표정한 표정으로 아무 비난하는 기색 없이 파란 눈을 커다랗게 뜨고 있었다. 짧은 관계를 유지하는 동안(물론 델리아에게 6주는 상당한 기간이었다) 테드의 다른 모든 점이 그녀를 흥분시켰으나, 그의 지나친 조심성 때문에 감정이 차츰 식어갔다. 그녀가 볼 때 테드는 늑대였지만, 정작 그 늑대는 자기 자신을 대단히 올바른 남자라 여기고 있었다. 그는 잠자리를 함께하는 유부남 중 최악의 유형이었다. 섹스하는 것 말고는 다른 어떤 일에서도 남자답지 못했던 것이다. 그가 볼 때 자신은 순진무구한 사람이었고, 델리아는 창녀였다. 어쨌거나. 테드가 정말 재수 없었던 것은 자기 자신이 올바른 가치관을 지닌 훌륭한 남자라는, 자신이 지어낸 거짓말을 그대로 믿고 있다는 점이었다. 그도 알고 보니 다른 남자들과 똑같이 거지 같았다. 델리아는 그에게 뭔가 본때를 보여주고 싶었다. 그녀는 그를 경멸했다.

"사람들이 환히 보는 앞에서 당신 사무실에 이렇게 단둘이 있는 건 당연히 싫어할 줄 알았는데. 뭐라고 둘러대려고 그래요, 테드? 무섭지······."

"무슨 소문이 난다고 그래요." 그는 거짓말이라는 것을 알면서 우겼다. "아무 일도 없는데." 말하고 나니 흡족했다. 사실이니까. 다시 그녀와 잘 생각은 없었다. "우리 사이에 있었던 일은 다 끝났어요." 그녀를 거부하고 싶었다. 그녀를 향한 욕망을 더 느끼지 않고 싶었다.

델리아는 사무실 문에서 걸음을 옮겼다. "난 가봐야 해요." 정말 저질스러운 작자다.

"잠깐, 델리아. 할 말이 있어요."

"그러시겠죠."

테드는 그녀에게 미소 지었다. 그녀는 너무나 영리했다. 그는 그녀의 목선을, 목에서 젖가슴으로 이어지는 삼각형의 살결을 쳐다보았다. 젖꼭지는 분홍색과 캐러멜색이었지, 그는 떠올렸다. 전혀 잊지 않았다.

"제발, 델리아. 5분만."

델리아는 엘리베이터 쪽을 흘끗 보고 시계를 확인했다. "2분. 테드, 2분만 드릴게요."

그는 빈 의자를 가리키고 사무실 문을 닫았다. 델리아 섀넌이 그의 문지방을 넘는 순간, 같은 층에서 일하는 모든 이들의 호기심 가득한 시선이 느껴졌다. 이건 미친 짓이야, 그는 자신에게 말했지만, 도저히 참을 수 없었다.

"내가 생각했던 것보다 작군요." 델리아는 말했다.

"남자들이 참 듣고 싶어 하는 말이군." 테드가 응수했다. 델리아가 미소 짓자, 그도 미소 지었다.

"당신 사무실 말야, 테드. 나는 당신 사무실 이야기를 하고 있었어."

"나도 그래."

델리아는 시계를 보았다. "1분 40초."

"그러지 마. 딱딱하게 굴지 말라고. 여자들이 딱딱하게 굴면 난 참……."

"여자를 딱딱하게 하는 건 남자들이지. 남자들의 거짓말은 정말 지긋지긋……."

"내가 언제 당신한테 거짓말을 했다고……."

"케이시한테 내가 헤르페스를 옮겼다고 했다면서. 난 헤르페스 같은 거 없어. 또 누구한테 그 소릴 했지? 당신 불감증 마누라 말고." 델리아의 얼굴은 이제 벌겋게 달아올라 있었다.

"나는…… 어……."

"거짓말하지 마, 테드. 당신 마누라한테 거짓말하고, 이제 나한테까지 거짓말을 하려고? 이제 관심 없어. 난 가봐야 해. 하지만 앞으로 나한테 헤르페스가 있다고 입만 벙긋했다가는 진짜 뜨거운 맛이 뭔지 보여주겠어."

"협박하는 거야?"

"아니, 개자식아. 선택의 여지를 주는 거야. 그래, 이렇게 말하면 알아들어야지."

델리아는 일어나서 문을 열었다. "보통 이런 말 안 하는데, 난 정말 당신이 싫어." 그녀는 방을 나섰고, 테드는 그녀가 문을 닫는 것을 지켜보았다.

일을 할 수가 없었다. 검토해야 할 장부와 연락해야 하는 곳이 쌓여 있었지만, 도무지 집중할 수가 없었다. 테드는 델리아의 내선 번호 네 자리를 눌렀다.

"나야."

"당신인 줄 알았어. 나한테 다시 전화하지 마."

"내게 헤르페스를 옮긴 게 당신이 아니란 건 몰랐어." 테드는 문이 닫혀 있는지 확인했다.

"내가 아니야."

"하지만 대부분의 사람들은 검사도 하기 어렵다고 들었어. 나는 당신 말고 같이 잔 사람이 없는데…… 그러니까 결혼 뒤에는……."

"난 혈액검사도 했고, 증상 한 번 없었어. 그래서 뭐? 지금 뭐하러 이런 소리까지 하고 있는 거지? 당신 마누라가 작게 구내염이라도 생겼을 때 입으로 한번 했나 보지. 그 정도로도 걸리려면 얼마든지 걸린다고."

테드는 입을 다물었다. 엘라는 입으로 하는 것을 좋아하지 않았지만, 그가 부탁하면 이따금 해주었다. 가끔 구내염에 걸린 것도 사실이었다. 피곤할 때 그도 마찬가지였다. 그런 식으로 전염될 수 있다는 건 몰랐다.

"내가 알고 싶은 건, 어떻게 알았지? 당신이 어떻게 알게 됐느냐고. 케이시가 뭐라고 말했어?"테드는 케이시 생각만 해도 화가 났다. 그 일자리를 구해준 게 자신이었다.

"내 친구 케이시 한이 크리스마스 즈음부터 나하고 말을 안 하려고 하더군. 이유를 물어보니, 당신 마누라가 헤르페스에 걸렸다고 난리를 쳤대. 당신한테 화가 났는데도 헤어지지는 않았다면서. 그 뒤로 마누라가 당신하고 안 자주지? 백만 달러라도 걸겠어. 상상만 해도 기분이 얼마나 좋은지 몰라."

"뭐?"

"내가 워낙 본 게 많거든. 유부남이랑 많이 자봤으니까 말이야. 뻐기려고 하는 소리가 아니야. 마누라한테 들키면 무슨 일이 생기는지 알아?"

테드는 자신의 경험 외에 짐작 가는 바가 없었다. 하지만 사실이었다. 엘라는 몸무게가 불었고, 크리스마스 이후로 네 번 중에서 세 번 정도 거절했다. 게다가 예전에 일하던 남학교에서 다시 일자리를 얻었다. 하지만 최근 그도 더 이상 생각이 나지 않았다. 그러니까, 아내와 섹스하고 싶다는 생각이. 이러다 지나가려니 하고 있을 뿐이었다. 그는 회사 일에 정신이 빠져 있었다.

"마누라한테 들키면 어떻게 되는데?"그의 목소리는 소심해졌다. 델리아는 분명 답을 알고 있을 것 같았다.

"떠날 수도 있는데, 월 스트리트의 멍청한 아내들은 거의 대부분 좋은 돈줄을 놓치고 싶지 않거든. 남편들이 워낙 많이 벌잖아. 게다가 당신 같은 지위의 남자를 쉽게 대체할 수 있는 것도 아니지. 그 마누라 외모가 이미 시들하면 더하고."

"엘라는 그렇지 않……."

"아, 아내를 두둔하는 거야?" 델리아는 웃었다. "들어봐, 아저씨. 난 가봐야 해. 진짜 업무가 기다리고 있거든."

"아니, 제발. 어떻게 되는지 말해봐."

"마누라는 계속 남자 옆에 붙어서 복수를 해."

이번에도 테드는 엘라가 그런 사람이 아니라고 말하고 싶었다. 그녀는 남자를 벌하려고 작정하는 그런 여자가 아니라고. 사실이었다. 엘라는 극도로 남을 용서하는 성품이었다. 워낙 천성이 온화했다. 그날 이후 엘라는 델리아의 이야기를 꺼낸 적도 없었고, 테드에게 친절했다. 집에 도착하면 항상 저녁식사가 차려져 있었고, 집안일과 아이린도 완벽하게 돌봤다. 테드의 생일에는 그가 가장 좋아하는 음식을 직접 요리해주었다. 그의 부모님은 며느리를 아꼈고, 엘라는 시부모에게 매주 전화를 드렸다. 그녀와 테드는 말다툼을 벌이지 않았다. 그는 엘라에 대해 존경하는 마음밖에 없었다. 그녀는 너무나 훌륭한 사람이었고, 좋은 어머니였으며, 기독교인 여성의 모범 같은 사람이었다. 하지만 그들은 더 이상 서로의 몸에 손을 대지 않았다. 잠자리에 드는 시간도 서로 달랐다. 이런 방식이 더 쉬웠다. 갈등도, 불편함도 없기 때문이었다.

테드 쪽에서는 한참 침묵이 흘렀고, 델리아는 자신의 예측이 사실이라는 것을 감지하고 기분이 안 좋았다. 그의 아내는 다시는 그를 믿지 않을 것이다. 물론 침실 문도 닫혀 있을 것이다. 남편이 다른 여자와 놀아났을 때 여자가 자신의 품위를 지키는 방법이 그것 말고 뭐가 있나. 맞바람을 피울 타입이 아니라면, 다른 무슨 짓을 해야 기분이 나아지겠는가. 상대가 잘못했다고 해서 이쪽도 똑같이 해야 잘못이 바로잡아지는 것은 아니지만, 어쨌든 한쪽이 잘못을 저질렀다면 제정신을 유지한다는 것은 불가능에 가깝다.

"엘라는 절대……." 테드는 입을 열었다.

"다시는 당신을 신뢰하지 않겠지. 그게 당연하고." 델리아는 그의 말을 끊었다. 갑자기 씁쓸함이 가득한 목소리였다. "당신은 나와 사랑에 빠지고 있었어. 내 눈에는 그게 환히 보였어. 당신에게는 그저 섹스가 아니었거든. 생각해봐, 앞으로 남은 평생 섹스 없는 결혼생활을 하게 될 거라니까." 그녀는 자신이 이렇게까지 심술궂게 굴고 있다는 것을 믿을 수가 없었지만, 그가 자기 아내를 두둔하는 말을 들어주고 싶지는 않았다. 델리아의 옷을 벗기려고 안달이 났을 때는 마누라가 얼마나 좋은 사람인지 입에 올린 적이 없었다. "그러니까 축하해, 테드 김. 부업으로 같이 잘 만한 다른 사람을 찾아봐. 행운을 빌고. 난 이만 끊을게."

악마와 이야기하고 있다는 기분이 들었지만, 테드는 산타클로스의 존재도 믿지 않았다.

"잠깐만." 그가 말했다.

"대체 원하는 게 뭐야?" 델리아의 목소리는 차츰 조용해졌다. 이렇게 잔인하다니 그녀답지 않았고, 그래서 곧 피곤해진 것이었다.

"나는 케이시에게 당신하고 절교하라는 말은 한 적이 없어."

"케이시? 케이시는 당신이 돈을 준다 해도 당신 말은 듣지 않을

438

사람이야. 당신이 너무 재수 없어서 못 견디는 사람인데. 케이시는 그냥 엘라에게 의리를 지키는 거야. 나도 이해해. 하지만 감히 당신이 어떻게 내 사무실에 전화해서……." 델리아는 갑자기 울기 시작했다. 화가 치밀어오른 와중에, 테드가 한 번도 해명한 적이 없었다는 것을 깨달았던 것이다. 그는 그녀의 집에 찾아갔을 때 산토와 마주친 일로 전화하지도 않았고, 그 일이 자신에게 어떤 의미였는지 말해준 적도 없었다. 그는 질투가 났던 것이다. 상대에게 마음이 있지 않다면 질투할 이유가 없다. 그들이 만났던 6주라는 시간은 델리아에게 의미가 있었다. 델리아는 그를 좋아했다. 월 스트리트에서 잘나간다는 작자들은 정말 아무 생각 없는 것처럼 행동했지만, 그래도 델리아는 그런 남자들도 얼마나 이야기하고 싶어 하는지, 어루만지고 싶어 하는지 알고 있었다. 심지어 그녀를 사랑한다고 말한 사람들도 있었다. 하지만 델리아는 남의 가정을 깨뜨리고 싶지 않았다. 그녀가 원하는 것은 그런 것이 아니었다. 그래서 그녀가 누군가에게 마음을 주는 것을 거부하면, 그들은 떠났다. 언젠가 그녀도 누군가를 만나 사랑에 빠지고 싶었다. 델리아는 누군가를 사랑한 적이 없었고, 사랑이란 무슨 마술에 걸려야 하는 것 같다고 생각하고 있었다. 그렇게 델리아를 쫓아다니던 유부남들도 결국은 자기 아내를 사랑한다고 말했다. 한데 아내를 사랑한다면서 동시에 그녀를 원하다니, 그건 대체 무슨 뜻이지? 그러니 델리아에게 진정한 사랑이란 존재하지 않았다. 정말 화가 나는 점은 그녀가 요구한 것이 없다는 점이었다. 그들에게 아무것도 바라지 않았다. 그녀가 원한 유일한 것은 아기였다. 그 이유 하나만으로 그녀는 테드와 관계할 때 콘돔을 사용하지 않았다. 그가 곁에 남아줄 거라는 기대는 하지 않았지만, 어쨌든 생식능력이 있을 것이고 정말 괜찮은 남자로 보였기 때문이었다. 영리한 남자, 하지만 다른 모든 남자와 마찬가지로 그녀가 피임약을 먹고 있을 거라고 생각하고 안심한 남자. 그녀의 아이에게 최소한 생물학적인 아버지가 되어줄 수 있는 남자.

"오늘 밤에 이야기 좀 할 수 있을까?" 비서가 문간에 와 있었다. 호출을 계속 무시하고 있었던 것이다.

"난 할 이야기 없어."

"어디 가서 저녁이나 먹지. 아무 데나 당신이 가고 싶은 곳으로."

"내가 당신한테 밥 사달라고 한 적 있어? 내가 그런 것에 신경을 쓴다고 생각해?"

테드는 고개를 저었다. 사실이었다. 델리아는 돈에 휘둘리지 않았다. "당신을 만나야겠어."

"아니, 테드. 그럴 필요 없어."

"미안해." 그는 자기도 모르게 사과하고 있었다. 그답지 않은 행동이었다.

"뭐가 미안해?" 이번에도 그녀의 목소리는 착 가라앉았다.

"그런 식으로 끝내서 미안해. 당신은 정말 좋은 여자야. 당신과 이야기를 나누던 게 그리워. 당신은 재미있는 이야기를 많이 들려줬는데." 그는 그녀가 항상 그를 미소 짓게 했다든지, 그녀와 함께 있을 때면 어깨와 목의 근육에서 긴장이 풀렸다든지 하는 이야기를 자세하게 하지는 않았다. 집에 가면 그런 기분이 들지 않았다. 그는 처음부터 엘라의 마음을 얻고 싶었고, 자신이 이기고 있다는 것을 엘라에게 끊임없이 증명해야 했다. 엘라가 그렇게 해달라고 한 것도 아니었지만, 그녀의 어딘가가 자신을 열등한 존재로 느끼게 했다. 델리아와 함께 있으면 달랐다. 그녀는 그의 성과에 관심이 없는 것 같았다.

"이봐, 델리아. 응?"

델리아의 사무실은 아직 비어 있었다. 직원들은 모두 메리어트 호텔의 음식시연회에 가 있었다. 문은 닫혀 있었고, 혼자 있다는 것이 기뻤다. 거래가 이루어지는 층과는 너무나 다른 분위기였다. 사실 그녀가 전화를 받은 것은 그의 목소리를 다시 듣고 싶어서였다.

"끊어야 해."

"델리아, 제발. 다시 만나줘."

델리아는 아랫입술을 깨물었다. 그의 목소리에 감정이 담겨 있는 것을 알 수 있었다. 남자들은 언제나 여자보다 훨씬 더 낭만적이다. 그녀는 머릿속에서 열까지 세었다.

"오늘 밤 8시에 와."

"당신 집?" 테드는 불쑥 걱정되는 마음에 숨을 들이쉬었다.

"착각 마. 퇴근 후 운동하러 다니기 때문에 그쪽이 더 편한 것뿐이니까. 내가 당신 집으로 가는 게 좋겠어?"

"아니, 아니. 괜찮아. 거기서 봐." 테드는 델리아가 끊는 소리를 듣고 전화를 끊었다.

델리아는 아직 운동복 차림으로 문을 열어주었다. 라이크라 조깅 바지, 스포츠 브라 위에 후드 달린 큼직한 스웨트셔츠를 걸친 차림이었다. 그녀는 한 시간 동안 러닝머신에서 달렸다. 겨우 세수는 했지만, 샤워할 여유는 없었다. 그녀는 게토레이 병을 그에게 흔들었다.

"아니, 고마워." 테드가 미소 지으며 말했다. 그는 소파에 앉았다. "당신이 보고 싶었어."

델리아는 침을 삼켰다. 그녀도 마찬가지였지만, 그렇게 말하고 싶지는 않았다.

"당신이 한 말을 생각해봤어."

그녀는 눈썹을 올렸다.

"섹스 없는 결혼생활을 할 거라는 말. 남은 평생 동안." 그는 정신이 번쩍 들도록 무섭다는 듯 눈을 커다랗게 떠 보였다.

"그런 말을 해서 미안해." 델리아는 후회하는 표정을 지었다. "가끔 난 정말 심술궂을 때가 있어. 사실 그런 상황이 어떻게 펼쳐지는지는 잘 몰라. 단지 일이 벌어진 직후에 이런저런 이야기를 전해 듣고 알 뿐이지. 그러니까. 내 말 너무 마음에 두지 마. 난 그저 케이시가 우리 일을 알고 있어서 화가 났어. 그건 사적인 일이잖아. 당신과 당신 아내는 문제를 잘 풀어갈 수 있을 거야. 내가 한 말은 잊어버려." 델리아는 자신이 한 말을 주워 담고 싶었다. 케이시는 엘라가 성자 같은 사람이라고 했다. 델리아는 자신이 성자는 아니라고 말하고 싶었다. 거리가 멀어도 한참 멀다고. 그녀는 평생 좋은 일을 한 적이 거의 없었다. "어쨌든, 행운을 빌어." 그와 그의 아내에 대해 더 말하고 싶지 않았다. 왜 테드를 집에 오라고 했는지조차 알 수 없었다. 하지만 테드 혼자 아내와 이런 곤란한 상황에 처하게 됐다고 생각하니 어쩐지 죄책감이 느껴진 것은 사실이었다.

"어떻게 지내?" 테드는 물었다. 그녀와 같이 있고 싶었다.

델리아는 어깨를 으쓱했다. 요즘 생각하는 문제는 도대체 왜 임신할 수 없는가였다. 그녀는 4년 동안이나 산토와 임신하려고 애썼다. 산토는 그녀가 자기 아이를 가지려고 노력하고 있다는 것을 모르고 있었지만. 테드 역시 몰랐다. 의사들은 델리아에게 아무 문제도 없다고 했다. 이제 서른네 살, 임신하지 못할 뚜렷한 이유는 전혀 없었다. 그녀 나이에 어머니는 이미 아이 셋을 낳았다.

"저녁 먹을까?" 그는 물었다. "내가 나가서 뭘 사 올 수도 있어."

델리아는 그를 가만히 쳐다보았다. 달리 뭐라고 할 말이 없었다. 그는 외로워 보였다. 아직도 그는 그녀와 같이 지내고 싶어 했다.

"열쇠를 가져가. 난 샤워를 할 테니까. 그런 뒤에 같이 저녁 먹자. 됐지?" 그녀는 말했다.

테드는 탁자 위에 놓인 열쇠를 집었다. "뭐 먹고 싶어? 배고파?"

"날 놀라게 해봐, 테드." 그녀는 그를 다시 믿고 싶었다.

델리아는 머리를 감으러 욕실로 향했다. 테드는 저녁을 사러 나갔다.

9

관세

유러피언 세탁소 1호점은 1번 애비뉴 57번가와 58번가 사이에 있었다. 지저분한 옷가지를 수거해서 브루클린의 공장에 보내 세탁한 뒤 고객의 집으로 배달하는 맨해튼의 드롭숍이었고, 유사한 업체들 중에서 규모가 컸다. 세탁소가 서튼플레이스에 100제곱미터 가까운 면적을 차지할 이유는 없었지만, 여기를 통과하는 세탁물을 생각하면 충분히 그럴 만도 한 넓이였다. 이 업소는 맨해튼과 브루클린 일대에 열여섯 개 지점을 거느린 체인점 본사였는데, 체인점은 모두 뉴저지주 앨파인의 조지아풍 벽돌 맨션에 거주하는 나이 많은 한인 이민자 강승호의 소유였다. 이 유러피언 세탁소 제국의 핵심이라고 할 수 있는 본점을 조셉 한과 리아 한 부부가 능숙하게 운영하고 있었다.

새까맣게 염색한 머리, 맥주통 같은 허리에 피에르가르뎅 허리띠를 두른 전쟁 피란민 강승호 사장은 오래전 조셉에게 자기 아들들은 모두 심성이 착하지만 머리가 안 돌아간다고 털어놓은 바 있었다. "음." 그는 말했다. "예쁜 얼굴, 예쁜 다리에 반해 결혼했더니, 글쎄 아들놈들이 멍청하네." 강 사장은 세계와 역사에 대해 유머감각을 지닌 사람이었다. "아, 어쩌겠나." 그는 하나님과 농담 따먹기라도 한 사람처럼 껄껄 웃었다. "자넨 복 받은 사람이야, 한 장로." 그는 조셉을 교회 직책으로 불렀다. 강 사장은 늦은 나이에 복음을 발견했지만 마음을 활짝 열고 하나님을 영접한 사람이었다. "자넨 부인도 미인인데, 두 딸도 영리해서 진짜 대학까지 나오지 않았나." 강 사장의 아들들은 겨우 한 놈만 커뮤니티 칼리지를 졸업했고, 나머지 셋은 고등학교를 졸업하고 곧장 아버지의 사업에 뛰어들었다. 강 사장은 필라델피아와 버겐 카운티에도 세차장과 코인세탁소를 갖고 있었다. 강 사장이 가장 좋아하는 격언은 "누구나 청결한 것을 좋아한다"와 "돈 있는 사람만 환영"이었다.

조셉은 강 사장을 좋아했고, 저쪽도 마찬가지였다. 조셉과 리아 한은 회사 내에서 친척 관계가 아닌 직원 중 가장 높은 급여를 받고 있었다. 조셉은 주급 1,000달러(납세 신고되는 정식 급여는 400달러였고, 나머지는 현금으로 처리했다), 리아는 현금출납원 겸 재봉사로 일했지만 주급 500달러(신고 급여는 250달러였다)였다. 강 사장은 절대 아내에게 남편과 동등한 급여를 주는 법이 없었다. 같은 일을 해도 사별한 여자들에게는 남편이 있는 여자보다 더 많은 급여를 지급했다. 대부분의 한국계 업체들이 그렇듯 유러피언 세탁소도 건강보험이나 유급휴가 혜택은 없었지만, 강 사장은 티나의 결혼선물로 조셉에게 5,000달러를 건넸다. 티나는 이 돈을 의대 학비로 쓰게 해달라고 부탁했다. 크리스마스 보너스로는 2주치 급여와 커다란 훈제 햄을 받았다. 강 사장이 이렇게 급여를 후하게 주고 가족들까지 배려하는 것은 행여 유능한 매니저들이 파업 같은 것을 꿈꾸지 않도록 하기 위해서였다. "배가 부르면 포기하기 힘들지." 이것 역시 그의 지론이었다.

금요일 저녁 6시, 폐장시간이었다. 배달부는 집에 가려고 이미 주차장에 밴을 세워놓았다. 작업실에서 세탁물을 분류하는 세인트루시아 출신 젊은 여자들도 퇴근했다. 조셉은 현금출납기를 닫고 현관문을 잠그러 갔다. 그는 옆트임이 있는 투버튼 회색 정장, 프렌치 커프스가 달린 흰 드레스셔츠, 빨강색과 파란색이 섞인 줄무늬 넥타이 차림이었다. 손님인 월튼 씨의 금 커프스단추도 빌렸다. 월튼 씨는 맞춤 셔츠를 세탁소에 보낼 때 커프스단추 떼는 것을 잊어버리는 습관이 있었다. 매주 조셉은 꼬박꼬박 커프스단추를 작은 비닐백에 넣어 영수증을 붙여 보냈고, 크리스마스마다 월튼 씨는 정직함에 대한 보답의 뜻으로 빳빳한 5달러 지폐를 크리스마스 카드에 동봉해 보냈다. 카드를 받을 때마다 조셉과 리아는 부자가 인심 쓴답시고 푼돈을 보내는 꼴을 보며 웃지 않을 수 없었다. 오늘 밤 가게 화장실에서 새 정장으로 갈아입으면서 커프스단추를 깜빡 잊어버린 것을 깨닫고, 조셉은 곧바로 월튼 씨의 것을 빌려 달았다.

리아는 그런 그를 보았지만 아무 말도 하지 않았고, 티나의 결혼식 손님 명단을 확인하느라 바빴다. 그녀는 검은 대리석 카운터 뒤에 앉아 작은 머리를 종이쪽지 위에 죽 내밀고 있었다. 등 뒤 바닥에는 철과 백 씨네 가족을 위해 마련한 쇼핑가방 두 개가 놓여 있었고, 안에는 신랑 예물로 2,000달러나 주고 산 스테인리스스틸 카르티에 시계도 들어 있었다. 원래대로라면 12월 초 약혼식에서 교환해야 했지만, 가족끼리 처음 만나는 자리였기 때문에 예물을 주고받기가 좀 어색했다. 약혼식과 결혼 리허설 사이에 한 번 더 만나 식사하는 자리가 있었는데, 그 약속은 철의 집안 쪽에서 연기했다. 결혼 당일 이전에 가족끼리 만나는 자리가 겨우 두 번이라는 것도 그렇고, 양가가 교환하는 결혼 예물이 리허설 날 오간다는 것도 리아가 아는 한 드문 일이었지만, 그녀 재량으로 어떻게 할 도리가 없었다. 리아는 철의 어머니와 세 번 통화했지만, 말투는 너무나 사근사근한데 중요한 문제에 대해서는 이야기를 애매하게 흐리는 것 같았다. 티나는 철의 어머니가 원래 그런 분이라고 했다. 상냥하지만 약속을 분명하게 하지 않는 사람. 철은 방사선과의사인 그의 어머니가 자식의 생일날 학교에 컵케이크를 갖고 오는 학부모는 아니었다고 말했다. 조셉은 은근히 무시당한 것을 알아차리고 이 문제에 대해 언급하지 않았지만, 결혼 리허설을 위해 32번가에 있는 고급 한국 백화점에서 새 이탈리아제 정장과 영국제 넥타이를 샀다.

리아는 직접 새 드레스를 만들었다. 가벼운 모직 칠부 소매 파란 시프트 원피스였다. 《보그》에 실린 도안에는 젊은 시절 엘리자베스 테일러를 닮은 짧은 갈색 머리 여자가 그려져 있었다. 1950년대

447

스타일, 단정한 젊은 여자를 위한 드레스였다. 사무실에서 타이프를 치는 직장 여성들이 중요한 자리에서 입을 만한 옷. 도안은 빨간 모직이었지만, 빨간색 옷을 입지 않는 리아는 수레국화색 파란 옷감을 샀다. 좀 더 나이 든 여자가 입을 만한 정장을 만들까 하는 생각도 들었지만—그녀는 이제 마흔두 살, 더 이상 젊지 않았다—스타인러 의상실에 비치된 도안상자 맨 뒤쪽에 외면당한 채 박혀 있던 예쁜 드레스 도안에 너무나 마음이 끌렸다. 2인치 굽인 검은 밴돌리노 펌프스 구두는 새것이었다. 리아가 정가를 다 주고 산 첫 구두였다. 거의 100달러 가까운 가격이었다.

가게는 조용했다. 조셉도 리아도 말수가 많은 사람들이 아니었다. 직장에서는 거의 말을 하지 않았다. 손님이 없을 때는 설교 테이프나 찬송가를 듣는 것이 더 좋았다. 조셉은 한가할 때면 눈에 띄는 한국 신문을 집어 읽었다. 그런데도 리아는 왠지 조셉의 건물에서 불이 난 뒤로 두 사람 사이에 뭔가 다른 종류의 침묵이 다림질 풀처럼 내려앉아 말라붙은 것 같았다. 조셉은 정말 이제 더 이상 말하고 싶은 것이 없는 것 같았다. 그의 인생의 다른 모든 것들과 마찬가지로 건물의 운명 또한 어차피 완전한 상실일 수밖에 없었다고 여기는 것 같기도 했다. 공 장로는 보험금을 타면 다른 작은 건물을 살 만한 보증금으로 충분할 거라고 했지만, 조셉은 다시 모험할 마음이 없는 것 같았다. 철은 좋은 청년이라고 말했지만, 티나의 결혼에도 그다지 기뻐하는 기색이 없었다. 때로 신문을 앞에 놓고 페이지를 넘기지 않은 채 멍하니 있기도 했다. 신문에 늘 빠지지 않는 사건 사고 소식을 읽으며 혀를 차던 소리가 그리울 지경이었다. 지난 수요일 성가대 연습을 마치고 집에 돌아와 보니, 남편은 좋아하는 WKBS 프로그램을 틀어놓은 채 잠들어 있었다. 잠든 조셉은 더 늙어 보였고, 리아는 그것이 두려웠다.

유리 두드리는 소리에 리아는 고개를 들었다. 티나가 문밖에 서 있었다. 조셉은 철제 의자에서 일어나 문을 열어주었다.

"저 왔어요." 티나는 수줍게 말했다. 신부화장을 전문으로 하는 41번가의 한국 미용실에서 오는 길이었다. 검은 머리는 정수리에서 원통 모양 세 개로 말아 올렸고, 머리가닥이 덩굴처럼 얼굴 옆으로 늘어져 있었다. 입고 있는 아이보리색 실크 정장은 케이시가 사빈의 백화점에서 골라준 것이었다. 사빈이 선물한 옷이기도 했다. 텔레비전 뉴스를 진행하는 예쁜 기자 같았다. 리아는 딸의 성장한 모습에 가슴이 뿌듯했다.

"와." 리아는 자랑스럽게 외쳤다. "티나, 너 무슨 텔레비전 스타 같구나!"

조셉은 미소 지으며 고개를 끄덕였다.

티나는 얼굴을 발갛게 붉혔다. 워낙 자신의 외모나 옷차림에 관심을 가져본 적이 없었다. 케이시가 그렇게 좋아하는 여성적인 취향들이 그녀에게는 늘 쓸데없는 시간 낭비로 보였다. 머리니 옷이니 호들갑을 떠는 것들. 앉을 곳이 보이지 않아서 티나는 가게 뒤쪽으로 가서 접이식 의자 두 개를 가져왔다. 케이시도 곧 올 예정이었다. 그러기로 약속했다. 케이시는 2년 넘게 부모님을 한 번도 만나지 않았다. 어머니는 가끔 티나에게 명절에도 오지 않다니 케이시는 어쩌면 이렇게 매정할 수 있느냐고 넌지시 말하곤 했다. 케이시는 한결같이 일 핑계를 댔지만, 추수감사절이나 크리스마스에도 얼굴을 보이지 않는 것은 말이 되지 않았다. 아버지는 더 이상 큰딸의 이름을 입에 올리지 않았다. 케이시를 집에서 내쫓기는 했지만, 언젠가 딸이 죄송하다고 빌며 돌아올 거라고 믿었던 것이다. 그러면 못 이기는 척 용서할 생각이었다. 케이시는 이달 첫 일요일 아버지가 화재 현장을 확인하러 에지워터에 가 있을 시간을 틈타 어머니에게 전화했다. 티나는 2주에 한 번씩 언니와 통화했다.

"잘 지내셨어요, 아빠?" 티나는 자신의 활기가 아버지의 불행을 조금이나마 몰아내주기를 바라며 밝게 물었다. 아버지는 사람들과 어울리는 것을 싫어했다. 혼자 있는 것을 좋아했지만, 딸의 결혼식이 있으니 숨을 곳이 없었다.

조셉은 딸을 위해 미소 지으려고 애쓰며 고개를 끄덕였다. 티나는 현명한 딸이었다.

당연히 그늘 한 점 없는 결혼식을 치를 자격이 있었다. 하지만 그는 오늘 저녁이 최대한 빨리 끝나기만 바라는 마음을 어쩔 수 없었다. 강 사장님이 항상 뭐라고 했지? A—SAP*. 그래, 썩 마음에 드는 뉴욕식 표현이었다. 손님들도 늘 그 표현을 썼다. "이 셔츠 ASAP로 해주세요." 손님들은 세탁물을 한아름 내려놓은 뒤 퉁명스럽게 한마디 던지곤 했다. 흔히 들리는 또 다른 표현도 있었다. "이건 어제 필요했는데."

---

* As soon as possible, 최대한 빨리.

30분 뒤, 그들은 챈 식당에서 모두 만나기로 했다. 하위 챈은 오랜 세탁소 단골이었는데, 57번가의 인기 있는 상하이 식당 주인이었다. 부유한 미국인들이 정작 진짜 중국인들은 손도 대지 않을 제너럴초스치킨이나 소고기브로콜리볶음 같은 음식을 비싼 값에 먹는 곳이었다. 하위는 조셉의 둘째 딸이 결혼한다는 소식을 듣자마자, 리허설 날 저녁식사로 최고급 12코스짜리 피로연을 열어주겠다고 흔쾌히 나섰다. 조셉과 동갑인 하위는 이미 세 딸을 모두 출가시켰다. "딸들은 돈이 진짜, 진짜 많이 들어." 하위는 한숨을 쉬었다. "그래도 딸들은 다시 집에 찾아오기라도 하지. 아들들은 결혼하면 얼굴을 볼 수가 없다고."

길 건너 말라비틀어진 느릅나무와 파란 우편함 두 개 뒤에 몸을 숨기듯이 선 채, 케이시는 부모님과 티나를 보았다. 가족들은 혁 소리가 날 정도로 보기 좋게 잘 차려입은 모습이었다. 옥상에 올라가서 건물 유리창 안에 어떤 사람들이 살고 있는지 알아맞히는 게임을 한다면, 이번 가족 앞에서는 오랫동안 고민할 것 같았다. 유복해 보이는 저 아름다운 가족은 무슨 이유로 한껏 좋은 옷을 차려입고 폐장 후 세탁소 접이식 철제 의자에 앉아 있을까?

그들은 그녀를 기다리고 있었다. 케이시가 마지막으로 가족들을 만난 것은 엘라의 결혼식이었다. 매달 1일과 명절, 생일에 어머니와 통화하고, 카드에 짧고 명랑한 인사말을 적어 선물과 함께 우편으로 보냈다. 일 때문에 못 간다는 핑계를 댔지만, 가족들이 그녀에게 얼굴 좀 보자고 한 적도 없었다. 가족을 만나기 위해 길

451

건너 서른 발 남짓 떼어놓기가 너무나 두려웠다.

하지만 티나의 결혼 리허설이나 결혼식은 절대 빠질 수가 없었다. 동생이 꼭 참석해야 한다고 부탁했고, 케이시도 아버지가 뭐라고 하든 참을 생각이었다. 게다가 이번에는 두 자리 모두 은우가 같이 가줄 것이다. 그는 자신이 모든 한국인 부모들과 잘 지낸다고 장담했다. "두고 보라니까." 그는 말했다.

케이시는 문을 두드렸고, 티나가 열어주었다. 리아는 퍼뜩 놀란 것 같았다. 조셉은 흘끗 케이시에게 눈길을 주더니 다시 신문을 펼쳤다.

리아는 케이시에게 미소 지었다. 케이시의 얼굴은 한결 말라 보였고, 살이 빠지니 작은 얼굴의 이목구비가 한층 오목조목 또렷해 보였다. 스물다섯 살이었지만, 그보다 더 나이 들어 보였다. 리아의 첫딸이 1월이면 스물여섯 살이 된다. 리아가 어렸을 때는 동생이 언니보다 먼저 시집간다는 것이 있을 수 없는 일이었지만, 교회 사람들 모두 미국은 다르다고 했다. 사실이었다.

"안녕하세요." 케이시는 짐짓 활달한 목소리를 냈다. 그녀는 티나에게 다가가서 그 옆에 섰다. 리아는 케이시를 향해 미소 띤 얼굴을 보이려고 애썼다. 뭔가 말하고 싶었지만, 무슨 말을 해야 할지 알 수 없었다.

"티나는 텔레비전에 나오는 연예인 같지 않니?" 리아가 물었다.

케이시는 동생의 미모에 감탄하며 고개를 끄덕였다. 미용사가 마스카라를 너무 많이 칠했지만, 정장은 완벽했다. 반지르르한 실크를 걸치니 티나의 얼굴에는 유복한 양반 가문 자제 같은 부티가 흘렀다. 그것이 동생의 옷과 신발 사이즈를 훤히 아는 케이시가 이 옷을 고른 의도이기도 했다. 사빈은 케이시가 생각하는 차림이 어떤 것인지 곧장 파악하고 신발 코너로 같이 가서 티나의 구두도 고르게 해주었다. 사빈의 부모님은 장사꾼이었기 때문에, 그녀 역시 돈을 만지는 사람들을 업신여기는 양반들의 태도가 어떤지 알고 있었다. 철의 아버지는 물리학 교수였고, 어머니는 의사였다. 누이 셋은 모두 변호사였고, 철도 의학 공부를 하고 있었다. 백씨 집안은 양반 가문이었고, 계속 그렇게 살아왔다. 조셉도 양반 출신이었지만 몰락했고, 리아는 가난한 집안에서 태어났다. 도회지 사람들이었다면 리아의 아버지를 쌍놈—시골 출신의 가난한 남자라는 뜻—이라고 불렀을 것이다.

조셉은 신문에 시선을 주고 있었지만, 리아가 딸들과 나누는 말을 듣고 있었다. 그녀는 딸들을 매우 보고 싶어 했다. 그리고 드디어 케이시도 찾아왔다. 조셉은 마음이 놓였다. 겨우 2년 사이에 딸은 훌쩍 나이 든 모습이었다. 혼자 독립하려다 보면 그런 거지, 그는 생각했다. 그 자신도 대부분의 또래 남자들보다 더 늙어 보였다. 자기 힘으로 먹고산다는 것은 모진 일이었다. 게다가 인생을 살다 보면 미처 대비하지 못한 실망들이 찾아오게 마련이다.

"영화배우보다 더 멋있어 보인다. 미스코리아 나가도 될 것 같아. 세상에서 제일 똑똑한 미스코리아 아니겠니." 리아는 외쳤다.

"아, 그만하세요." 티나는 고개를 저었다. 은근히 기분이 좋았지만, 다들 자신을 보는 상황이 불편하기도 했다.

"아니, 정말 멋있어, 티나. 정말 아름답다니까." 케이시도 말했다.

"쓸데없는 멍청한 소리 그만들 해. 겉으로 어떻게 보이든 그게 무슨 상관이라고." 조셉은 리아를 바라보며 말했다. "이제 외과의사가 될 사람 아니야. 외모니, 옷차림이니 그런 건 아무 의미 없어. 쓰레기라고. 외과의사라면 자고로……."

"아빠, 난 내분비학과를 전공할 거예요. 외과가 아니라." 티나는 차마 고개를 들지 못하고 조용히 말했다. 지금 이야기할 생각은 없었지만, 그냥 말이 나와버렸다.

조셉은 어안이 벙벙해서 입을 떡 벌렸다.

"지도교수님도 저한테 그 과가 제일 잘 맞는다고 하세요. 난 수술 같은 데는 재능이 없고, 임상보다 연구에 더 흥미가 있고……."

"네가 외과의사가 될 거라고 생각했다. 심장수술이나 뇌수술을 하는……."

"음, 저도 중학교 때 텔레비전 드라마를 보면서 그런 꿈을 꿨는데요. 그게 실제로 어떤 일인지는 몰랐……."

"내 딸은 외과의사가 될 거라고 했다. 난 사람들에게 그렇게 말하고 다녔어. 다들 그렇게 생각하고 있을 거다. 네가 그렇게 말하지 않았니." 조셉은 이 변화가 너무나 충격이었다. 내가 딸의 영어를 이해하지 못했나? 내분비학과가 뭐지? 딸이 자신에게 거짓말을 하고 있다는 기분이었다. "무슨 뜻이냐?" 목소리가 목에 걸려 나왔다.

"난…… 난, 아빠…… 난……." 티나는 아버지가 자신에게 이런 식으로 말하는 것을 본 적이 없었다.

케이시는 티나가 안쓰러웠다. 어머니는 벌써 두 손을 붙잡고 비틀고 있었다.

"이 이야기는 나중에 하죠." 케이시는 최대한 정중하게 말하려고 노력했다. 5분 뒤에 다 같이 식당에 가야 한다.

조셉은 충격에서 헤어나지 못한 상태로 케이시를 보았다. 그러다 곧 진저리가 나서 시선을 돌렸다. 케이시가 로스쿨에 가겠다던 마음이 바뀌지만 않았어도. 프린스턴을 졸업한 뒤 월 스트리트에서 멍청한 보조 일자리를 얻었다가 컬럼비아 대학교 로스쿨 합격증을 내던지고 뉴욕대 경영대학원에 가겠다고 저러고 있다니. 조셉은 고개를 연신 설레설레 저었다. 변호사가 될 수 있는 사람이 도대체 왜 경영대학원에 간단 말이야? 게다가 티나는 무슨 연구를 한다는 걸까? 환자를 돌보지 않고? 티나가 한 말이 그런 뜻인가? 오랫동안 그는 티나가 환자를 만나는 진료실을, 그녀가 수술실에서 일하는 모습을 꿈꾸어왔다. 사람의 목숨을 살리는 모습을. 그 꿈은 조셉의 가슴을 자부심과 행복으로 뿌듯하게 해주었다. 티나가 말했듯 텔레비전의 한 장면 같은 꿈이었지만, 대신 이번에는 그의 딸이 주연이었다. 한데 지금 무슨 소리를 하고 있단 말인가? 이건 그녀의 인생이다. 왜 자기 인생을 그렇게 함부로 살려고 드는지.

리아는 시계를 보았다. 이제 시간이 없었다. 그녀는 조용히 일어나서 쇼핑가방을 챙겼다. 케이시는 더 무거운 가방을 어머니의 손에서 빼앗아 들었다. 뭔가 하고 싶었다. 몸을 움직이고 싶었고, 빨리 어딘가로 가고 싶었다. 통유리창 바깥의 거리에는 부유한 서튼플레이스 주민들이 오가고 있었다. 보기 좋게 나이 든 희끗희끗한 머리의 여자들, 리본 같은 목줄을 찬 테리어 강아지에게 끌려다니는 폴로셔츠와 카키색 바지 차림의 남자들. 팔월 저녁은 아직 환했고, 케이시는 문을 박차고 나가 택시를 잡고 싶었다. 지갑에는 30달러가 있었다. 너무 늦지 않았다. 5분이면 아파트에 돌아가서 피자를 시킬 수 있다. 하지만 문득 기억났다. 은우가 챈 식당에서 기다리고 있을 것이다.

티나는 도망치지 못하도록 출구를 막으려는 듯 언니 옆으로 다가섰다.

리아는 기도하듯 눈을 감았다. 그녀는 다시 눈을 뜨고 이마에 흘러내린 머리 가닥을 훅 불어 넘겼다. "여보, 늦으면 안 돼요." 그녀는 갈라지는 목소리로 말했다.

조셉은 의자에서 일어나 문을 열었다. 밖으로 나오자, 그는 보도에서 거의 30센티미터는 뛰어올라 쇠로 된 셔터 손잡이를 오른손으로 잡더니 있는 힘을 다해 끌어내렸다. 쇠로 된 셔터가 덜컹거렸고, 유러피언 세탁소는 마침내 문을 닫았다. 한 씨네 가족은 챈 식당으로 걸어갔다.

"어서 오게, 조셉." 하위는 악수를 나눈 뒤 조셉의 등을 두드렸다. "리아, 어서 와요. 어서 와." 그는 두 손으로 리아의 손을 덥석 잡고 흔들었다. 홍콩계 중국인인 하위에게는 진한 영국 억양이 있었다. "이런, 이런, 이런, 이쪽이 딸들인가?" 그가 조셉의 딸을 보는 것은 처음이었다. "이렇게 예쁜 딸들이 있었군 그래." 그는 진심으로 그렇게 생각했다. 특히 둘째는 특출났다. "물론 어머니가 소문이 자자한 미인이시니 놀랄 일은 아니지." 그는 조셉에게 눈을 찡긋했다. "이런, 미안해. 내가 자네 부인께 수작을 걸었구면."

리아는 얼굴을 붉히고 외면했다. 식당에서 만난 하위는 이따금 세탁소에 들러 조셉과 몇 마디 나눌 때보다 더 극적인 말투였다. 그는 키가 크고 마른 체격이었으며 자세가 꼿꼿했다. 그가 영국제 맞춤 양복을 입은 모습은 리아에게는 처음이었다. 물론 세탁이나 다림질을 하러 가져왔을 때 옷을 본 적은 있었다. 셔츠에서 대롱 거리는 단추도 모두 리아가 다시 달아주곤 했다. 하위의 아내는 거의 샤넬이나 발렌티노만 입었고, 사이즈는 프랑스 36이었다. 리아는 하위의 아내를 만난 적이 없었지만, 조셉이 이따금 둘러서 하는 말로 미루어볼 때 첩도 있는 것 같았다.

하위는 모두와 인사를 나눈 뒤 손님들이 자리에 착석하기 전에 대기하는 공간으로 돌아섰다. "오늘 파티 손님이 벌써 여기 한 분 와 계셔."

은우가 앉아 있다가 미소 지었다. 인사를 방해하고 싶지 않아서 가만히 기다리고 있었던 것이다. 그는 갈색 벨벳 의자에 앉아 《뉴욕포스트》에 실린 오늘의 경마 소식을 읽고 있던 참이었다. 그는 의자에 신문을 내려놓고 일어났다.

"이쪽은 은우 심이에요." 케이시가 소개했다.

은우는 깊이 허리를 숙여 절하고 한국말로 인사했다. 미국 억양이 약간 있었지만, 한국어 발음과 어휘는 더할 나위 없었다.

조셉은 새로 교회에 나온 신도와 인사하듯 그와 악수를 나누고 정중하게 미소 지었다. 리아도 고개 숙여 인사했지만 악수는

457

하지 않았다. 그녀는 가족이 아닌 남자와 접촉하는 것은 적절하지 않다는 가르침을 받으며 자랐고, 하위와 손을 잡은 유일한 이유는 그가 한국인이 아니었기 때문이었다. 미국인들은 항상 신체적으로 접촉한다. 하위는 중국인이었지만, 웬만한 백인보다 더 서구적이었다.

리아는 청년을 향해 따뜻하게 미소 지었다. 그는 심 박사의 조카였다. 눈매가 엘라와 닮은 데가 있었다. 심 박사는 은우가 아주 좋은 청년이라고 했다. "이혼한 건 안됐지만, 그래도 애가 없어서 다행이지요."

티나는 케이시를 향해 눈썹을 치켜올렸다. 마음에 든다는 뜻이었다.

리아는 청년을 똑바로 보았다. 따뜻함이 흘러넘치는 준수한 외모였다. 넓고 보기 좋은 이마, 귓불이 두터운 잘생긴 귀. 게다가 한국어를 한다는 점이 매우 마음에 들었다.

"심 장로님 조카분이시군요. 엘라의 사촌." 리아는 말했다.

"네, 맞습니다. 더글러스 삼촌은 제가 제일 좋아하는 삼촌이죠. 엘라도 사촌 중에서 가장 친하고요."

리아는 고개를 끄덕였고, 조셉도 희미하게 미소를 띠었다. 그도 은우의 귓불을 보았다. 재복이 많다는 관상이었다.

주머니에서 튀어나온 신문 귀퉁이가 조셉의 눈에 띄었다.

은우는 경마 면이 보이지 않도록 태연히 밀어 넣었다.

"어디서 일하시지?" 조셉은 물었다.

은우는 자신이 자산운용 분석가로 일하고 있는 펀드 이름을 댔다.

"척 실보츠를 아시나?" 조셉이 물었다.

티나와 케이시는 놀라 아버지를 보았다.

"제 상사입니다." 은우는 말했다. "아니, 그분이 대표이니 모두의 상사이시죠." 조셉은 따로 설명하지 않고 고개를 끄덕이더니 하위 쪽을 돌아보았다. 하위는 웨이터에게 뭐라 말하고 있었다. 리아는 문득 실보츠가 누구인지 기억해냈다. 세탁소 손님이었다. 그는 뉴욕 일대의 유서 깊은 타운하우스를 사들여 당대의 가구와 실내장식으로 복원하는 취미를 지닌 꼼꼼한 미혼 남성이었다. 그는 월튼 씨의 타운하우스에서 한 블록 떨어진 집에 살았고, 나머지 세 채는 소유권만 갖고 있었다. 커튼 세탁비만 해도 수천 달러에 달했으며, 요구사항이 워낙 까다로웠기 때문에 혹시 잘못되는 부분이 없도록 전문가 로이와 브루클린 공장의 세탁감독 케니에게 연락을 취해야 했다. 실보츠 씨에게서 커튼을 세탁하겠다고 연락이 오면, 조셉이 직접 배달원 한 사람과 같이 가야 했다. 4미터가 넘는 커튼을 한 사람이 운반하는 것이 불가능했기 때문이었다. 그래서 조셉은 척 실보츠가 소유한 타운하우스를 전부 다 가보았다.

은우는 조셉이 대화가 끝났다는 신호를 주기를 기다리며 침묵을 지켰다. 케이시는 아버지의 입매를 닮았다. 그녀는 불편한 기색이 역력했다. 그는 그녀를 끌어안고 머리를 쓰다듬어주고 싶었지만, 지금 이 일행 앞에서는 꿈도 못 꿀 일이었다.

챈 식당 현관문이 벌컥 열리고 여러 사람이 우르르 들어섰다.

타나는 자기 식구들보다 머리 하나가 더 큰 젊은 청년을 보더니 미소 지었다. 철이었다.

모두가 현관에서 불편하게 절을 했다. 케이시와 리아는 아직 쇼핑가방을 들고 있었다. 챈 씨는 일행을 개별 연회실로 안내했다.

모두 자리에 앉아, 곧바로 웨이터들이 차가운 전채요리를 가져왔다. 철은 초조한 표정을 숨기지 못한 채 말없이 타나를 응시하고 있었다. 그는 그녀가 자신을 구해주기를 바라고 있었지만, 어쩔 줄 모르는 것은 타나도 마찬가지였다. 예비 신랑 신부는 탁자 양 끝에 떨어져 앉아 있었지만, 시선은 서로 똑바로 마주쳤다. 철이 타나를 바라보는 눈빛에는 경외심과 욕구가 가득했다. 그는 언제나 그녀와 사랑을 나누고 싶었다. 타나는 그의 욕망을 예민하게 느끼면서도 함께 있는 순간에 대해 생각하지 않으려고 애썼다.

철의 누이들은 시끄럽게 떠들고 있었다. 모두 똑똑해 보이네, 케이시는 사람들의 이름을 전부 기억하려고 애쓰며 생각했다. 식당 문간에서 소개를 받느라 너무 서둘렀던 것이다. 누나들은 하이디, 캐스린, 로즈, 그리고 그 셋의 남편은 각각 준희, 클라크, 딘이었다. 아이들의 이름은 정확히 기억나지 않았다. 맥스, 아니면 알렉스. 여하튼 엑스 자가 들어가는 이름이었다. 아이들은 제일 큰 누나의 아들이었다. 둘 다 버릇이 좋지 않았다.

"게임기는 조금만 있다가 할까?" 하이디가 아이를 달랬다.

타나는 어머니가 안쓰러웠다. 리아는 자꾸 자기 손을 잡으려고 하는 철의 어머니 애나에게 주눅 든 기색이었다.

"리아, 애나라고 부르세요. 편하게 애나라고 말을 놓으셔야 합니다. 부탁이에요." 철의 어머니는 영어를 고집했다. 그녀는 말을 할 때 상대에게 손을 대는 습관이 있었고, 리아는 지나치게 친근한 애나 백의 몸짓이 혼란스러웠다. 애나는 조셉과 이야기할 때도 그의 팔뚝을 잡은 채 넥타이를 칭찬했다. 조셉도 거북했다. 머릿속에 떠오른 단어는 '여우'였다.

"저도 리아라고 부를게요. 정말 예쁜 이름이네요." 애나는 말했다. 그녀는 리아의 어깨에 내려앉은 티끌을 털어주었다.

리아는 광대뼈가 튀어나온 잘생긴 여자를 향해 고개를 끄덕였다. 애나 백은 피부가 곱지 않았지만, 화장으로 잘 가리고 있었다. 리아도 연분홍색 립스틱을 바르고 나왔지만, 벌써 상당히 지워져 있었다.

모든 사람 앞에 음식이 다 나온 뒤, 조셉과 리아는 고개를 숙이고 기도했다. 티나와 철, 케이시도 고개를 숙였다. 은우도 따랐다. 철과 하이디를 제외하고, 백 씨네 가족들은 기독교인이 아니었다. 아멘 소리가 나자마자, 손님들은 열심히 먹기 시작했다.

철은 귀엽네, 케이시는 생각했다. 티나보다 30센티미터는 키가 컸고, 숱 많은 검은 머리, 갈색 눈동자, 활달한 미소를 지니고 있었다. 어머니의 외모에서 가장 좋은 부분만 물려받았지만, 인상은 훨씬 상냥했다. 자식을 너덧 명은 두고, 단순한 군청색 양복을 10년째 입고 다니며, 집중력과 침착한 성품을 잃는 법이 없을 것 같은 그런 인상이었다.

체조선수로 활동한 둘째 캐스린은 탄탄하고 땅딸막한 체구였고 머리는 어깨까지 내려왔으며 식구들의 우두머리처럼 굴었다. 현관에서 모두를 소개한 사람도 그녀였다.

"그래, 당신과 은우는 언제부터 만난 거예요?" 그녀는 케이시에게 물었다.

은우는 접시에서 시선을 들었다.

"얼마 안 됐어요." 케이시는 대답했다. 질문 자체보다 묻는 방식이 사뭇 공격적으로 느껴졌다. 케이시는 몸을 똑바로 폈다.

"얼마나요?" 하이디는 미소 지으며 물었다. 예의에 어긋나지 않는 질문이라고 생각했지만, 좌중이 일제히 이 질문에 대한 케이시의 대답을 기다리고 있으니 조금 머쓱한 기분이었다.

"천국에서 넉 달째 헤매고 있지요." 은우가 대꾸했다. 그는 케이시를 향해 활짝 웃었다. "정말 멋진 여자죠." 이렇게 솔직한 감정 표현은 한국인답지 않았지만, 백 씨네 가족이 미국식을 좋아한다는 것에는 의문의 여지가 없었다.

리아는 그를 향해 미소 지었다.

"그럼 곧 결혼할 건가요?" 캐스린이 물었다. 그녀도 남편 클라크를 만났을 때 그즈음 약혼했다.

아이들은 키들거리며 우스운 표정을 지었다. "철 삼촌처럼!" 큰 아이가 외쳤다.

놀랄 일은 아니었다. 한국인들은 정말 개인적인 질문을 불쑥 던질 때가 있기 때문이었다. 하지만 케이시는 비슷한 세대의 사람에게서 이런 질문을 받을 거라고는 미처 예상하지 못했다. 캐스린은 그녀보다 열 살 정도 연상으로 보였다.

462

티나는 케이시가 캐스린 때문에 불쾌하지 않았기를 바라며 언니에게 미소 지었다. 스스로 의식하지 못하고 공격적인 태도를 보이는 캐스린을 자기 부모님도 약간 무서워한다고 철이 말한 적이 있다. 몇 번 그들을 만난 티나 역시 변호사 누이 세 사람에게 무지막지한 질문 세례를 받아야 했다.

"다음 결혼식은 이쪽 차례가 될까? 응?" 캐스린은 재미있는 이야기라도 하는 듯 눈썹을 올리며 말했다.

이번에는 은우도 쳐다보지 않았다. 케이시는 결혼 문제에 대한 은우의 입장을 알고 있기 때문에 아무 말도 하지 않았다. 은우가 결혼할 생각이 없다는 것이나, 요즘 케이시가 사랑 자체를 믿지 않는다는 것을 이해할 만한 사람은 여기 아무도 없었다. 순진한 사람들이나 서둘러 결혼한다.

애나는 케이시의 얼굴과 은우의 침묵에서 답을 읽었다. 조셉은 은우에게 흘긋 눈길을 주더니 소리내어 숨을 내쉬었다.

"캐스린." 애나는 약간 나무라는 듯한 어조로 말했다. "그건 개인적인……."

철의 어머니가 역성을 들고 나선 것이 왠지 케이시의 감정을 더욱 건드렸다. 티나는 입술을 깨물었다.

조셉은 다시 은우를 보았다. 마음 착한 어린아이 같은 인상이었다. 이혼은 흠이었겠지만, 그도 은우가 케이시와 결혼할 생각이 조금이라도 있는지 알고 싶었다. 오만방자한 프린스턴 출신 미국 청년보다는 좋은 집안에서 자란 한국인 이혼남이 차라리 낫다. 은우와 케이시는 같이 살고 있으니 분명 침대도 같이 쓰고 있을 것이다. 여자의 몸을 가지면서 어떻게 그 여자를 돌보고 싶다고 생각하지 않을 수 있나. 사랑하는 여자를 보호하는 것은 남자의 의무다. 이것은 구식 사고방식일지 몰라도, 올바른 사고방식이었다. 케이시가 자기와 결혼하지 않을 남자와 사귀고 있다면, 그가 생각했던 것보다 더 정신이 나간 게 틀림없다는 생각이 들었다.

캐스린은 어머니의 말에도 아랑곳하지 않고 젓가락을 내려놓았다. 그녀는 신부의 언니를 계속 쳐다보고 있었지만, 케이시는 대답 없이 빨간 도자기 찻잔을 들고 한 모금 마셨다. 언론 화술 강의를 들은 버지니아가 언젠가 케이시에게 이렇게 말한 적이 있었다. "모든 질문에 대답할 필요는 없어."

"선물을 볼까요." 티나가 화제를 돌렸다. "이제 선물을 교환해야죠."

리아는 고개를 끄덕이고 의자 옆에 두었던 꾸러미를 꺼냈다. 자리에서 일어날 수 있게 된 것이 기뻐서, 케이시는 철의 모든 가족 앞에 포장한 선물을 하나씩 올려놓았다.

"아, 이럴 필요는 정말 없었는데요." 애나는 이렇게 말한 뒤 자기가 준비한 선물도 꺼내놓았다. 철이 선물을 이쪽에 나누어주었다. 각자 상자를 열었다.

애나는 금과 다이아몬드 목걸이 팔찌 세트를 받았고, 누이들은 각각 금과 다이아몬드 귀걸이를 받았다. 철의 아버지는 버버리 레인코트를, 철은 카르티에 시계를 받았다. 철의 매형들이 받은 선물은 스코틀랜드제 브이넥 캐시미어 스웨터와 목도리였다. 꼬마들은 250달러짜리 저축채권을 받았다. 리아는 선물을 준비하느라 6,000달러를 썼다. 조셉에게 영수증을 주었지만, 그는 비용에 대해 아무 말도 하지 않았다. 이 돈은 은퇴자금에서 꺼낸 것이었다. 선물이 보잘것없으면 자칫 약혼이 깨질 수도 있고, 며느리가 얻어맞거나 구박을 당하는 일도 있다고 했다. 리아는 그런 상황을 피하고 싶었던 것이다. 티나가 가족의 일원으로 환영받도록 가장 소중하고 고급스러운 물건을 철의 가족에게 보내려면 무엇이 좋을지, 몇 달 동안 고민한 끝에 고른 물건이었다.

철의 가족은 조셉에게 입생로랑 문양이 박힌 검은색-흰색 넥타이와 은도금 커프스단추를 선물했다. 리아는 빨간 울 머플러를 받았고, 케이시도 같은 선물을 받았다. 티나는 옥이 박힌 고전적인 금제 장신구를 받았다. 케이시는 머릿속에서 비용을 계산하지 않을 수 없었다. 500달러? 전부 메이시스 백화점에서 사 온 물건이었다.

"예쁘네요." 케이시는 탄성을 질렀다. 그녀는 긴 스카프를 반으로 접어 목에 걸친 뒤 사빈이 가르쳐준 조종사 매듭 방식으로 양쪽 끝을 고리에 넣었다.

"색깔이 정말 잘 어울리네요." 애나는 짐짓 들뜬 목소리로 말했다.

선물의 차이가 너무 심해서 무시할 수가 없을 정도였다. 한 씨네 가족이 지나쳤든가, 백 씨네 가족이 너무 적게 했든가 둘 중 하나였다. 너무 늦었다. 막내 누이 로즈는 반가운 마음을 표시하기 위해 진주 귀걸이를 풀고 리아가 신중하게 고른 층층나무 꽃 모양의 18K 금귀걸이를 달아보았다. 도매가로 700달러나 하는 귀걸이였다. 리아는 같은 계원인 보석상에게 귀걸이를 샀는데, 보석상은

티파니에 장신구를 납품하는 플로렌스의 공장에서 만든 물건이
라고 했다. 모조품이 아니라는 것이다. 티파니 로고나 파란 상자
가 없을 뿐, 똑같은 제품이라고 했다. 리아는 자기 딸에게도 이렇
게 비싼 선물을 한 적이 없었다.

로즈를 따라, 애나도 목걸이를 자기 목에 걸어보았다. 아름답게
잘 어울렸다.

"너무 과하셨어요." 그녀는 리아에게 말했다. 한꺼번에 두 가지
표정이 떠오른 얼굴이었다. 입은 미소 짓고 있었지만, 이마에는
주름이 패었다. "이렇게 고급스러운 물건을 받아도 될지. 너무, 너
무 과하신데요. 이렇게 값비싼 선물을 주시다니 이게 한국식입니
다만. 정말 아름답지만, 그래도……." 애나는 자기가 받은 목걸이
와 팔찌 세트가 자기 아들의 시계만큼 비쌀 거라고 짐작할 수 있
었다.

리아는 선물받은 스카프를 쓰다듬었다. 좋은 양모였다. "겨울
에 따뜻하니 든든하겠어요. 정말 감사합니다." 그녀는 말했다. 이
쪽이 낫다. 예수 그리스도는 주는 자가 받는 자보다 복되다고 하
셨다. 아버지는 타인의 고통을 끌어안고 남의 이익을 위해 자신을
온전히 바치라고, 모든 것을 내어주라고 가르치셨다. 하나님이 필
요한 모든 것을 주실 것이므로.

티나는 말이 나오지 않을 정도로 실망스럽고 부모님 때문에 마
음이 아파 그저 보일락 말락 미소만 지었다. 어머니는 며칠이나
상점을 돌아다니며 고른 선물을 백 씨네 가족이 좋아할까 노심초
사하셨는데. 어떤 면에서 어머니는 성공했다. 선물은 정말 아름다

웠으니까. 하지만 백씨 집안에서 그 정도의 노력을 기울이지 않을 거라고 부모님에게 왜 미리 귀띔하지 않았을까. 그들은 분명 이렇게 값비싼 물건으로 잘난 척하려 드는 한씨 집안을 쌍놈이라고 생각하며 자기들 입장을 정당화하고 있을 것이다. 이길 방법은 없었다. 후한 씀씀이는 언제나 의심받게 되어 있다. 티나는 젓가락을 집어 들고 피단 요리를 접시 반대쪽으로 옮겼다. 철은 자기 시계를 차고 누이들의 칭찬을 받아냈다. 그들은 어린아이 재롱 받아주듯 감탄사를 연발했다.

조셉은 철을 찬찬히 지켜보았다. 둥근 턱선을 빼고 자기 아버지와 닮은 데가 없는 외모였다. 오랫동안 저축한 돈에 여름 동안 번 돈을 합해서, 그는 티나에게 1캐럿짜리 다이아몬드 약혼반지를 사주었다. 티나는 반지를 좋아했다. 앞으로 그가 자기 딸을 잘 돌보지 않으면, 조셉은 원할 때 언제든지 집으로 돌아오라고 할 참이었다.

"넥타이 감사합니다. 아주 좋군요." 조셉은 상자를 닫으며 애나에게 말한 뒤 쇼핑가방에 밀어 넣었다. 이렇게 흉한 넥타이는 매고 싶은 마음도 없었다.

케이시는 그들이 베데스다의 저택과 르호보스 해변의 별장, 체비체이스 컨트리클럽 회원권을 갖고 있다고 들었다. 철의 누이들이 입은 세인트존 브랜드 옷값이 어느 정도인지도 훤히 알았다. 어머니는 아르마니를 입고 있었다. 철의 부모님은 케이시의 부모님보다 일고여덟 배는 더 벌었다. 평소 메이시스에서 쇼핑하는 사람들도 아니었고, 캐시미어보다 못한 목도리 따위는 자기 목에 두르지도 않을 사람들이었다. 주제 파악을 하라는 뜻에서 일부러 이런 짓을 한 것이다. 티나에게 무례했을 뿐만 아니라, 케이시가 보기에 철에게도 무례한 짓이었다.

하위가 샴페인 한 병을 들고 나타났다. 그는 분위기가 식은 것을 알아챘다.

"어떠십니까? 해파리 요리 어때요?"

조셉은 미소 지었다. "좋습니다. 좋아요."

"샴페인?" 철의 아버지는 상표를 확인했다. 모엣상동이었다. 필립 백은 술을 좋아했고, 와인 애호가였다.

하위는 샴페인 잔을 채웠다. "이건 제가 쏘겠습니다! 제 좋은 친구 조셉 한을 위해서라면, 게다가 어여쁜 따님의 결혼 축하를 위해서라면 뭐든 못 쏘겠습니까!" 그는 흥겹게 말했다. 은색 포장지가 식탁 한쪽에 쌓여 있는 것을 보고, 하위는 그쪽으로 턱짓했다. 직원이 종이를 치웠다.

"앞으로 자제분들께 샴페인으로 축하할 일이 수없이 생기기를!" 하위는 다시 흥을 돋우었지만, 미소 짓는 사람은 별로 없었다.

사람들의 잔을 다 채운 뒤, 하위는 아무도 축배를 들지 않으려 하는 기색을 눈치챘다. 사위들은 전채요리 접시를 비우느라 바빴다. 신랑 아버지는 소다를 섞은 버번을 비우고 곧장 샴페인을 마시려고 잔을 들었다. 손자들은 애나와 하이디에게 칭얼거리고 있었다. 조셉은 산만해 보였다.

식당을 경영하다 보면, 가끔 손님이 되어 파티에 끼어들어야 할 때가 생기게 마련이다. 웨이터가 잔을 하위에게 주었고, 그는 샴페인을 가득 따랐다.

하위는 잔을 들었다.

"티나의 결혼을 축하하며. 티나, 언젠가 내가 제일 좋아하는 외과의사가 될 조셉과 리아의 아름다운 따님을 위하여!" 하위 챈은 웃었다. "그리고 사랑을 위하여……." 그는 신랑 쪽으로, 이어 신부 쪽으로 잔을 들어 보였다. 그리고 목소리를 낮췄다. "나는 진실한 사랑을 믿습니다. 진심으로." 언젠가 하위는 23년간 그의 정부로 지낸 에밀리 로와 결혼할 계획이었다. 그녀야말로 진정한 영혼의 동반자였다.

모두 잔을 부딪혔다. 티나는 챈 씨에게 굳이 자신의 진로가 바뀌었다고 말하지 않았지만, 다시금 아버지 때문에 마음이 아팠다. 모두 샴페인을 홀짝거렸고, 티나는 식당 주인의 다정함이, 사람들을 행복하게 해주고 싶다는 진심이 너무나 고마웠다.

그들은 주로 음식이 맛있다는 이야기를 나누며 저녁식사를 마쳤다. 정말 맛있는 음식이기도 했다. 계산서를 두고 서로 내겠다고 싸우는 풍경은 없었다. 조셉이 지불했고, 하위는 음식값을 3분의 1만 받았다. 다음 날 다시 만날 두 가족은 작별인사를 나누었다. 티나는 부모님과 함께 퀸스로 돌아갔고, 철은 가족들과 함께 그들이 묵고 있는 미드타운 힐튼 호텔로 향했다. 케이시와 은우는 함께 식당을 나섰다. 그들은 집까지 걸어갈 생각이었다.

다음 날은 티나와 철의 결혼식이었다.

10

불가사의

케이시는 자리에 가만히 앉아 있지 못하는 버릇이 있었다. 허리가 길어서 편안하게 앉은 자세를 취하기가 쉽지 않았다. 이따금 극장이나 식당에 있을 때는 은우가 그녀의 어깨나 허벅지에 손을 올렸고, 그러면 조금 잠잠해지다가도 얼마 지나지 않아 다시 상체를 움직이곤 하는 것이었다. 그녀 뒤에 앉는 사람들이 정신 사납다고 불평한 일도 있었다. 티나의 결혼식에서, 케이시는 은우와 조셉, 리아와 함께 신부 측 맨 앞줄에 앉게 되었다. 은우의 정장 재킷에서 풍기는 담배 냄새를 맡자, 케이시도 담배 생각이 났다. 동생 결혼식 도중에 몰래 빠져나가 한 대 피우고 온다는 건 불가능한 일이었다. 부모님은 그녀가 은우와 같이 자는 사이라는 것은 알지만, 담배를 피운다는 것은 아직 몰랐다. 케이시는 다시 다리를 꼬았다.

티나와 철은 웨딩케이크에 꽂힌 장식물처럼 설교대 앞에 차려 자세로 서 있었다. 임 목사는 20분째 주례사 중이었는데, 아직 15분은 더 남아 있었다.

　　"또 천국은 마치 좋은 진주를 구하는 장사와 같으니 극히 값진 진주 하나를 발견하매 가서 자기의 소유를 다 팔아 그 진주를 사느니라." 목사는 왜소한 체구에 어울리지 않는 우레 같은 목소리로 성경 구절을 인용했다. 임 목사는 기껏해야 150센티미터 정도 되는 키였고, 몸은 검은 사제복에 푹 파묻혀 있었다. 검은 머리는 기름칠해 넘겼지만, 어린아이 같은 검지로 신랑 신부를 가리킬 때마다 머리도 같이 들썩거렸다. 어휘는 아주 좋았지만, 특유의 억양 때문에 이해하기가 어려웠다.

　　그럼에도 300명의 하객은 잔뜩 집중하고 있었다. 그러지 않을 수가 없었다. 그는 요점을 강조하기 위해 이따금 설교단을 주먹으로 치기도 했고, 걸핏하면 눈물을 글썽거렸다.

　　은우는 무릎으로 케이시의 무릎을 치더니 속삭였다. "저 사람 꽤 마음에 드는데. 상당히……."

　　"미쳤지." 그녀는 나직하게 대답했다.

　　"아니." 은우는 고개를 저었다. "열정적이야. 자기가 말하는 걸 진심으로 믿고 있어."

　　케이시에게는 이 관찰이 의외로 다가왔다. 그녀는 목사의 극적인 동작과 알아듣기 힘든 발음이 민망했고, 은우도 그럴 거라고 생각했던 것이다. 그녀는 몸을 살짝 돌려 보았다. 하객들은 목사의 설교에 열심히 귀를 기울이고 있었다.

갑자기 목사가 목소리를 낮췄다. "값진 진주는 무엇이지요?"

하객들은 목을 똑바로 세우며 고개를 들었다.

케이시는 짜증이 나기 시작했다. 예수? 그녀는 생각했다. 주일 학교에서는 무슨 질문이든 이렇게 답하면 대체로 안전했다.

목사는 느닷없이 그녀 쪽을 보았다. 그녀를 똑바로 쳐다보며 말했다. "당신이 값진 진주입니다." 케이시는 얼어붙었다.

목사는 말을 이었다. "내가 값진 진주입니다." 이어 그는 신도석 한가운데를 가리켰다. "저분이 값진 진주입니다." 목사는 엄숙하게 고개를 숙였다. "하나님, 거룩하신 우리 주 하나님은 당신을 사기 위해 모든 것을 팔았습니다. 외아들을 희생하셨고, 모든 것을, 가진 모든 것을 팔았습니다. 당신을 사랑하시기 때문에, 당신이야말로 값진 진주이기 때문입니다. 아시겠습니까, 사랑하는 형제자매 여러분? 하나님이 당신을 얼마나 사랑하는지 느끼십니까?" 임 목사는 두 손을 치켜들었다. 풍성한 소맷자락이 흘러내려 정장 소매가 드러났다. 이어 목사는 문장을 끊을 때마다 커다랗게 박수를 쳤다. 눈에는 눈물이 글썽거렸다. "지금 하나님은 당신을 사랑하십니다. 당신이야말로 하나님의 고귀한 보물인 것입니다." 임 목사는 성큼성큼 티나와 철을 향해 걸음을 옮겼다.

"자, 신랑과 신부는 서로를 깊이 사랑해야 합니다. 하나님이 당신에게서 보물을 보듯이, 서로가 서로에게 큰 보물이라는 사실을 알아야 합니다. 신랑과 신부는 서로가 하나님에게 더욱 가까이 나아갈 수 있도록 도와야 합니다. 그것이야말로 결혼의 참된 목적인 것입니다. 자신이 사랑하는 사람에게서 멀어진다고 느껴질 때마다, 내가 과연 배우자를 하나님에게 가까이 다가가도록 돕고 있는지 자문하세요. 하나님이야말로 당신의 가치를 진실로, 진실로 알아보십니다. 당신은 부자입니다. 재능과 사랑으로 충만하여 누구도 부럽지 않은 부자입니다. 당신은 하나님의 피조물입니다. 당신의 배우자는 또 다른 하나님의 피조물의 반쪽인 것입니다." 임 목사는 철의 손을 티나의 손에 얹었다.

"당신의 가치는 당신의 아름다움과, 일과, 돈에 따라 흔들리지 않습니다. 당신의 가치는 무한합니다. 명심하세요." 목사는 이제 아예 울고 있었고, 케이시는 짜증스럽기도 하고 민망하기도 해서 고개를 돌렸다. 티나를 보았는데 꽃다발을 들고 있지 않은 것이 눈에 띄었다. 케이시는 은우에게 속삭였다.

"티나 꽃다발."

"응?" 그는 무슨 말인지 이해하지 못했다.

"지하에 꽃다발을 두고 왔어."

"그게 중요해?" 은우는 물었다.

케이시는 어머니를 돌아보았다. "티나 꽃다발."

"맙소사." 리아는 놀라 한국말로 외쳤다. "네가 좀 가져올래? 분명히⋯⋯." 그녀는 한층 더 당황했다. "꽃을 들고 사진을 찍어야 해. 행진할 때. 케이시, 네가 가서 가져올 수 있겠니?"

케이시는 최대한 조용히 일어나서 예배당을 나섰다. 목사가 신랑 신부의 결혼 서약을 준비하는 소리를 뒤로 하고 성가대실로 향했다.

티나가 한 시간 전에 옷을 갈아입었던 성가대실에 들어서니, 테드가 이쪽으로 등을 보이고 있었다. 오른손은 유아차 손잡이를 쥐고, 왼손에는 휴대전화를 들고 있었다. 목소리는 부드러웠다. 처음에는 딸과 이야기하나 싶었지만, 아이린은 잠들어 있었다.

"알았어, 갈게, 자기. 11시쯤. 그때쯤 갈 수 있어. 알겠지? ······알겠지?" 사랑이 가득한 음성이었다.

케이시는 성가대실 문을 활짝 열어놓은 채 문틀에 기댔다. 대체 뭘 하는 거지? 음식 준비하는 사람들이 교회 주방에 음식을 차리느라 시끄러웠지만, 그 외에 하객들은 아무도 없었다.

"델리아, 사랑해. 곧 우린 같이 지내게 될 거야. 내 말 믿어······." 테드는 유아차 손잡이에서 오른손을 들어 손가락으로 머리카락을 쓸어넘겼다. "당신은 내 전부야. 다 잘될 거야."

케이시는 순전히 본능적으로 헛기침을 했다. 마치 몸이 더 이상 듣기 싫어서 무의식적으로 반응한 것 같았다. 테드는 약간 입을 벌린 채 돌아섰지만, 아무 말도 하지 않았다. 케이시는 그를 향해 고개를 설레설레 저었지만, 뭐라 할 말이 생각나지 않았다. 연녹색 잎으로 둘러싸인 백합 꽃다발은 아까 놓아둔 그대로 아직 거울 근처 의자에 놓여 있었다. 차마 테드 쪽을 볼 수가 없어서 외면한 채, 케이시는 평정하게 그쪽으로 다가갔다. 그녀는 부케를 집어 들고 서둘러 위층으로 돌아갔다.

예배당에 돌아가보니 식은 끝난 뒤였다. 결혼 서약을 나누고, 반지를 교환하고, 목사가 성혼을 선언했다. 티나와 철은 뒤로 돌아 교회를 나설 준비를 하고 있었다. 통로를 따라—아침에 플로리스트가 흰 천을 깔아놓았다—신랑신부 행진이 시작되는 순간, 케이시는 꽃다발을 동생의 손에 얼른 쥐여주었다. 꽃다발을 빠뜨렸다는 것을 미처 모르고 있었던 티나가 케이시에게 미소 지었다. 그녀는 철과 결혼했다. 티나에게는 단연 인생 최고의 날이었다. 철은 티나가 아는 가장 친절하고 사랑스러운 남자였다. 그녀는 그에게 깊은 매력을 느꼈고, 그의 모든 생각에 관심이 있었다. 그의 품에 안겨 있을 때면 모든 것이 좋다는 기분이 들었다. 아직 둘 다 젊은 것은 사실이었지만, 티나는 사랑을 발견한 것이다.

케이시는 동생의 행복한 얼굴을 보았고, 기뻤다. 하지만 엘라 역시 결혼식에서는 행복해 보였다. 케이시는 사랑에 냉소하고 싶은 마음이 없었다. 제이와 헤어지는 것은 힘들었지만, 어차피 그녀는 두 사람이 영원히 함께하지는 못할 거라고 생각했고, 덕분에 자신의 결단을 밀고 나갈 용기를 낼 수 있었다. 외로움을 견딜 용기를. 어쩌면 그 사실이야말로 케이시가 사랑이 다시 찾아올 거라는 희망을 품고 있다는 징표가 아닐까. 그녀는 결혼이 영원한 결합이기를 바랐기 때문이었다.

은우는 그녀의 팔꿈치를 건드렸다. "케이시, 이제 우리가 행진할 시간이야."

"방금 테드가 델리아에게 사랑한다고 말하는 걸 들었어. 11시에 만난대. 오늘 밤에." 자기도 모르게 말이 입에서 흘러나왔다.

은우는 돌아보았다. "개자식."

"내가 그 말을 해줬어야 하는 건데. 젠장." 케이시는 이를 악문 채 억지 미소를 지으며 소곤거렸다.

그들은 부모님 뒤에 서서 걷고 있었다. 조셉은 하객들에게 미소 지으려 노력하고 있었고, 리아는 수줍은 듯 바닥의 흰 천에 눈길을 주고 있었다.

케이시는 드레스 끈을 바로잡았고, 은우는 걸음을 늦췄다. 결혼식에 참석할 때마다 자기 자신의 결혼식을 떠올리지 않을 수 없었다. 전처도 아름다운 신부였고, 아주 행복해 보였다. 여자들은 감정을 꾸며내는 데 훨씬 능하다.

"결혼이란. 죄다 사기야." 은우는 중얼거렸다.

"결혼 제도에 대한 당신의 생각은 익히 알고 있어. 어쨌거나 난 어떻게 해야 하지?" 케이시는 은우의 말에 짜증스러워서 물었다.

"엘라에게 말해야지." 그는 어깨를 으쓱했다. "내가 누구 편인지 알잖아." 테드가 엘라를 두고 바람피울 수 있다는 것 자체가 믿기지 않았다. 엘라는 성녀였다. 아름답고, 친절하고, 좋은 사람이었다. 그런 사람에게 어떻게 그럴 수가 있지?

개자식. 개자식이라고 욕을 해주는 건데, 케이시는 생각했다. 뭐라고 말을 했어야 했다. 무슨 말이라도 하고, 핸드백을 집어던지고 왔어야 했다. 아마 아이린이 눈에 띄어서였을 것이다. 8개월 된 아기의 잠든 모습이 너무나 그 나이답게 완벽해서였을 것이다— 가볍게 주먹 쥔 오른손, 인형 옷 같은 체크무늬 드레스. 자기 정부에게 사랑한다고 말하는 테드의 목소리를 듣는 순간, 그 모습 때문에 말이 나오지 않은 것 같았다.

테드를 죽여버리고 싶었다. 그 자식 때문에 케이시는 델리아를 피해야 했다. 델리아는 1월에 전화를 걸어왔다. 결국 테드와의 관계에 대한 어색한 대화를 하게 되었을 때, 케이시는 엘라가 자신이 델리아와 친하게 지내는 것을 원치 않는다고 설명했다. 약간 성인물 분위기가 풍기는 중학생들 사이의 대화 같기도 했다. 하지만 케이시는 델리아가 그리웠다. 그녀는 진짜 친구였다. 델리아가 잘못을 저질렀다는 것은 알았지만, 케이시는 테드에게 훨씬 더 화가 났다. 유부남이었으니까. 무슨 이유에서인지, 케이시는 델리아가 유부남들과 잔다는 사실에 그리 개의치 않았다. 델리아가 그들에게서 원하는 것이 없는 것 같아서였는지도 모른다. 케이시에게 있어, 델리아는 유부남과 자고 돌아다닌다 해도 얼마든지 좋은 친구가 될 수 있었다. 거기에는 아무 모순이 없었다. 한데 이제 일이 한층 더 복잡해진 것 같았다. 델리아는 관계가 끝났다고 말했다. 하지만 그 대화는 1월에 있었다. 한데 오늘 통화를 들어보니 테드는 진짜 사랑에 빠진 것 같았다. 델리아도 사랑에 빠졌다면 어떻게 되는 거지? 엘라와 아이린은? 그들은 어쩌고? 케이시는 그들을 생각하니 더럭 겁이 났다.

케이시와 은우는 사진 촬영 장소가 가까워지자 걸음을 멈췄다. 두 사람은 팔짱을 끼고 있었다. 사진사는 셔터를 눌렀다.

"한 번 더." 사진사가 부탁했다.

케이시는 은우에게 시선을 보냈고, 두 사람은 정중하게 그를 향해 미소 지었다.

피로연은 대단하지 않았지만, 음식은 넉넉했고 교회 지하라 모두들 긴장을 푸는 것 같았다. 철이 섭외한 디제이는 최신 유행 음

477

악을 트는 사이사이 농담을 던졌다. 지하실은 추레했다. 결혼식을 장식한 백합꽃 향기도 살충제 냄새와 지난번 교회 급식으로 나온 김치찌개 냄새를 가려주지 못했다. 체육관으로도 사용되는 넓은 실내 양쪽 끝에는 농구 골대가 있었다. 철과 티나는 휘트니 휴스턴 노래에 맞춰 춤을 추었다. 조셉의 요청에 따라 신부와 신부 아버지의 춤은 생략되었지만, 철은 자기 어머니와 〈내 날개 아래 바람〉에 맞춰 춤추었다. 철의 부모님은 춤 솜씨가 좋았고, 세 누이들과 같이 계속 춤을 추었다.

케이시는 사빈과 아이작 부부, 엘라와 테드 부부, 그리고 은우와 같은 테이블에 앉아 있었다. 조셉과 리아와 같이 앉기로 되어 있던 심 박사도 은우와 이야기를 나누려고 이쪽 테이블로 와 있었다. 사빈의 편두통 때문에, 그녀와 아이작은 저녁식사만 마치고 곧 떠났다. 예상했던 대로 케이시는 저녁 내내 여러 한국인 신도들에게서 언제 결혼하느냐는 등 은우가 운 좋은 신랑이냐는 등 끊임없는 질문 세례를 받았다. 이런 질문에는 정중하게 답할 말이 없었기 때문에, 케이시는 티나가 화장실에 가야겠다고 말하자 안도감이 밀려왔다.

티나가 웨딩드레스 속 크리놀린 후프 속치마를 혼자 감당할 방법이 있을 리 없었다. 티나와 철은 신부 들러리나 신랑 들러리를 두지 않기로 했지만, 언니로서 케이시가 사빈의 아파트에서 결혼 축하 파티를 열어주었고, 클라인펠트에서 웨딩드레스를 골라주었으며, 오늘 드레스 입는 것도 도와주었다. 자매는 이제 언니가 신부 화장실 용무까지 시중들어야 할 판이라고 농담을 나누었다.

그들은 1층 예배당 뒤의 화장실로 향했다. 그쪽이 넓었고 개인 공간도 있었다. 티나는 너무나 행복한 나머지 구름 위에 뜬 것 같은 기분이었기 때문에, 케이시가 유난히 말이 없다는 것을 미처 눈치채지 못하고 있었다.

티나가 용무를 끝낸 뒤, 케이시는 웨딩드레스 자락을 들어 올려주었다. 세면대 근처에 물이 잔뜩 고여 있었기 때문이었다.

"아, 네가 결혼하다니."

"맞아! 이게 도대체 웬일이야?" 티나는 거울에 비친 자신의 모습에서 시선을 돌리다가 생각에 잠긴 언니의 얼굴을 그제야 보았다. "언니, 괜찮아?"

"난 괜찮아."

티나는 너무 들떴던 것이 민망해져 고개를 끄덕였다. 자기만 행복을 누리는 것이 부끄러웠다. 은우는 절대 다시 결혼하지 않겠다고 한 마당에, 결혼에 대해 질문을 퍼붓는 한국인들을 상대하느라 언니 혼자 힘들었을 것이다. 자신이 무심했다는 자책이 들었다. 하지만 케이시 없이 혼자 결혼식을 치른다는 것은 상상할 수가 없었다.

"아까 꽃다발 갖다줘서 고마워. 어떻게 그걸 잊었을까? 멍청하게!" 그녀는 과장된 몸짓으로 자기 머리를 때렸다.

"이따금 자잘한 건 잊어버리셔도 됩니다, 한 박사."

티나는 고개를 끄덕였다. 표정이 부드러워지면, 언니의 얼굴은 정말 아름다울 때가 있었다. "언니가 오늘 있어줘서 얼마나 고마운지 몰라. 나한테는 정말 큰 의미가 있어."

케이시는 동생을 보았다. "내가 네 결혼식에 참석하지 않을 리가 있어? 네가 기쁘면 나도 기뻐. 철은 아주 좋은 남자 같아."

"난 그를 정말 많이 사랑해. 좋은 사람이야."

"한데 그 어머니란 사람은……." 케이시는 눈동자를 굴렸다.

"아, 그렇게 나쁜 분은 아니야. 아빠는 여우라고 하시더라."

"그래, 그 표현이 딱이다." 케이시는 웃었다. "어제 그 너절한 선물들은 또 뭐니?" 그녀는 다시 웃었다. "아빠가 뭐라고 안 하셨어? 아마 아무 말씀 안 하셨겠지."

"아무 말도 안 하셨어." 티나는 대답했다. 그녀는 푹 숨을 내쉬었다. "나도 기분이 너무……."

"집어치워. 속물들, 구두쇠들이야. 그 엄마란 사람, 가슴 납작한 거 봤니? 거기 비하면 나는 아주 풍만한 여신이겠더라." 케이시는 34B 사이즈의 가슴을 내밀어 보였다.

"철은 그렇지 않아." 티나는 킥킥거렸다.

"철이 가슴이 많이 나왔다고?" 케이시는 윙크했다.

"아니." 티나는 동생답게 걱정스러운 표정을 지었다. "그 사람은 통이 커. 아직 그 문제에 대해서 철과 이야기는 안 해봤어. 그냥 말없이 넘어갈까 싶기도 하고. 하지만 선물 수준이 워낙 차이가 나니까 그도 기분이 안 좋았을 거야." 그녀는 두 손을 내려다보았다. 결혼반지와 약혼반지가 눈에 들어왔다.

"돈을 잘 안 쓰는 사람들인가 봐?" 케이시는 거울에 비친 자신의 모습을 확인하며 흘러내린 머리 가닥을 쓸어 올렸다.

"웃긴 건 그렇지도 않다는 거야." 티나는 당연한 결론을 입에 담지 않으려고 노력하고 있었다.

"그래, 우리가 가난하니까 무시한 거잖아. 굳이 신경 써서 선물을 준비할 필요가 없다고 생각하고······."

티나는 아무 말도 하지 않았다. 케이시는 자기 눈에 보이는 대로 말하는 사람이었지만, 모두가 그 말을 듣고 싶어 하는 것은 아니었다.

"부자가 되고 싶다는 마음이 들지, 안 그래?" 케이시가 콤팩트를 꺼내 티나의 콧등에 두드려주었다.

"아니." 티나는 곧장 대답했다. "그런 식으로 행동하지 않으니까 내가 부자인 것 같아."

케이시는 립글로스 뚜껑을 열다가 문득 손을 멈추고 티나를 똑바로 바라보았다. "넌 어떻게 맞는 말만 골라서 하냐?" 그녀는 동생을 향해 미소 지었다. "한 박사, 당신은 정말 놀라워."

"아, 그만둬." 티나는 피식 웃었다.

그들은 함께 화장실을 나섰다. 지하실 계단을 다 내려갔을 때, 그들은 불을 붙이지 않은 담배를 손에 쥐고 있는 테드와 마주쳤다. 그는 담배를 피우러 나가는 길이었다.

"안녕, 자매님들." 그는 아까 아무 일도 없었다는 듯 말했다. 테드다웠다. 무슨 일이 있어도 당황하지 않았다.

"안녕, 테드." 티나가 말했다. 철이 지하실 저쪽에서 이쪽으로 손을 흔들고 있었다. "남편이 부르네." 티나는 그쪽으로 향했다.

케이시는 어디로 가야 할지 망설이며 잠시 거기 서 있었다. 테드 옆을 지나치려 했지만, 그는 옆으로 한 걸음 옮겨 그녀를 막아섰다.

"들어봐." 그는 말했다.

"당신 말 듣고 싶지 않아요. 죄다 헛소리."

"그녀도 알고 있어."

"누가 알아요?"

"엘라가."

"그렇군요." 케이시는 그의 눈을 바라보았다. 진담이라는 것을
알 수 있었다.

"아내가 있으면서 다른 여자와 사랑에 빠지는 게 어떤 건지 당
신은 몰라."

"맞아요. 난 몰라요." 케이시는 그를 비판하고 싶지 않았다.

"난 엘라를 사랑해. 그리고 델리아와 사랑에 빠졌어. 델리아
는……."

"아니, 찬양의 노래를 부를 필요는 없고요. 난 두 사람 다 좋아
하니까. 그 두 사람 다 존중해요. 당신 같은 한심한 똥 덩어리한테
도대체 어떤 긍정적인 감정을 갖고 있는지는 몰라도……."

"케이시, 당신은 정말 모진 사람이야. 당신한테 날 심판할 권리
는 없어."

"상대주의가 어쩌고 하는 헛소리는 집어치우라고요. 귀에 들어
오지도 않으니까. 내가 당신을 심판하지 못할 이유가 뭐죠? 당신
은 엘라에게 상처를 줬어요. 엘라는 당신을 용서했는데……."

"당신은 이해 못 해." 테드는 델리아가 자신에게 맞는 상대라고
설명하고 싶었다. 엘라는 이상적인 여성이지만, 단지 그것뿐, 사랑

하고 싶은 상대는 아니라고. "당신은……."

"이해하고 싶지도 않아요. 대체 사람들은 사랑한다고 할 때 무슨 뜻으로 그런 말을 하는 거죠? 사랑이란 게 대체 무슨 뜻이냐고요?" 케이시는 그를 응시했다.

"델리아와 나는 결혼하기로……."

"당신은 결혼한 사람이잖아요!" 그녀는 소리쳤다. 마이클 잭슨 노래가 흘러나오고 있었고, 다들 일어나서 춤을 추고 있었다.

"엘라는 이혼을 원해. 내가 여기 참석한 건 엘라가 마지막으로 그렇게 해달라고 부탁했기 때문이고, 난 그러겠다고 했어." 테드는 몸에서 힘들게 토해내듯 속사포처럼 지껄였다. 어젯밤 엘라는 이렇게 말했다. "난 약속을 지켜야 해요. 우리 둘 다 참석하겠다고 했으니까."

"좋아요, 그럼." 케이시는 어처구니가 없었다. 고분고분 남편 노릇을 해줬으니 머리라도 쓰다듬어달라는 건가? 그의 특권의식과 자기중심적인 세계관은 도무지 무너뜨릴 방법이 없었다. "아니, 그건 내가 관여할 문제가 아니고……." 그녀는 난간에 손을 얹었다. 몸에서 힘이 빠져나가는 것 같았다. 분노가 물러가고 일종의 한기가 그 자리를 채우고 있었다. 더 이상 그와 이야기하고 싶지 않았다. "알았어요. 테드, 가봐요." 그녀는 말하고 돌아섰다.

테드는 그녀의 뒷모습을 지켜보았다. 자신의 결정을 케이시에게 이해시키고 싶은 마음이 얼마나 강한지, 스스로 생각해도 묘한 기분이었다. 그는 계단을 올라갔다.

케이시가 식탁으로 돌아가 보니, 은우는 심 박사와 이야기를 나누고 있었다. 엘라는 두 사람 옆에 앉아 있었다. 검은 눈에는 졸음이 가득했다. 그녀는 오른손으로 유아차를 꾸준히 흔들고 있었다. 아이린은 아직 잠들어 있었다. 요란한 디스코 음악이 울리는데도 잠에서 깨지 않았다. 케이크도 잘랐지만, 300명의 하객 중 절반 이상이 아직 남아 있었다. 다들 즐거운 시간을 보내고 있었다. 티나와 철도 춤추고 있었다. 케이시는 동생을 보고 미소 짓지 않을 수 없었다.

그녀는 엘라 옆 빈 의자에 앉았다. 엘라는 케이시가 온 것도 모르는 것 같았다.

"안녕." 케이시는 말했다.

엘라는 케이시를 보았다. "아, 안녕, 케이시." 그녀는 약간 넋 나간 듯한 표정으로 팔을 뻗어 케이시를 포옹했다. "어디 있었어?"

케이시는 숨을 들이쉬었다. "테드가……."

"나 이혼해, 케이시. 놀랐지?" 엘라는 키들키들 웃었다.

"너 이상해." 케이시는 말했다. "취했어?" 그녀는 엘라 앞의 와인 잔을 확인했다. 가득 찬 레드와인은 그대로였다.

"알아, 케이시? 난 새로 얻은 일자리가 너무 마음에 들어. 피츠시먼스 교장선생님은 정말 좋은 분이야!"

"엘라! 괜찮아?"

"테드는 어제 해고당했어. 난 그를 떠날 거야. 내가 그를 떠난다고. 그가 날 떠나는 게 아니라. 절대 아니지." 엘라는 유쾌하게 말했다.

케이시는 심 박사도 혹시 듣고 있나 싶어 그쪽을 쳐다보았지만,

엘라의 아버지는 은우와 이야기하고 있었고 음악 소리가 워낙 시끄러워서 그녀 자신도 엘라의 말이 잘 들리지 않을 지경이었다.

"무슨 말이야, 그가 해고당하다니?"

"뭐, 사임했지. 하지만 해고당한 거나 마찬가지야. 테드 김은 대단한 컨 데이비스에서 해고당했어. 거래소에서 델리아와 섹스했거든. 그녀도 '사임'해야 했어. 하! 보안팀이 그 장면을 테이프로 갖고 있대. 웃기지 않아?" 엘라는 부자연스럽게 웃음을 터뜨렸다.

"뭐야?" 케이시는 눈을 깜빡였다. 거래소에는 보안카메라가 사방에 달려 있었다. 그 층에서 근무하는 사람이라면 누구나 아는 사실이었다. 애당초 테드가 왜 거래소 층에 왔지? "잠깐, 뭐가 어떻게 된 건데?"

"둘이서 섹스를 했다니까, 케이시. 섹. 스. 난 테이프를 보진 못했어. 그럴 필요도 없잖아? 하지만 무슨 일이 있었는지는 짐작할수 있어. 테드가 뭘 좋아하는지 아니까. 그는 나를 자기 무릎에 앉히는 걸 좋아해. 우두머리 기질이 있는 남자들은 침대에서도 지배적이라고 《코스모폴리탄》에서 읽었어. 너 그거 알았어, 케이시? 하지만 난 침대에서 누굴 지배하고 싶지는 않아. 상상조차 할수가…… 하지만 델리아는 남자를 기쁘게 하는 법을 잘 아는 모양이지."

"엘라?" 케이시는 외쳤다. 엘라는 이제 울고 있었다. 지금 말하고 있는 이 사람은 도대체 누구지? 엘라 같지도 않았다. "엘라, 엘라? 어떻게 된 거야? 와인을 얼마나 마셨어?"

"안 마셨어. 타이레놀을 먹었을 때는 술 마시면 안 돼."

"타이레놀 먹었어?" 케이시는 엘라의 눈을 열심히 들여다보았지만, 뭐가 뭔지도 알 수 없었다. 약을 하면 동공이 확장되기 때문에 눈동자 색이 짙어진다. 하지만 약에 취한 엘라라니, 상상할 수 없었다. 타이레놀을 복용한다고 술 취한 사람처럼 혀가 꼬이지는 않는다. "엘라? 타이레놀 얼마나 먹었어?"

"먹었어!" 엘라는 눈을 감으며 대답하더니 갑자기 눈을 번쩍 떴다. "타이레놀 많이 먹었어!"

"엘라, 타이레놀을 얼마나 먹었어?" 케이시는 아주 천천히 말했다. 타이레놀을 먹는다고 죽지는 않아, 그녀는 자기 자신에게 말했다.

"기억이 안 나." 엘라는 아이처럼 미소 지으며 케이시에게 기댔다. "안녕, 케이시!" 표정이 점점 더 멍해졌다. 눈을 뜨고 있었지만, 더는 깨어 있는 것 같지도 않았다. 왼손이 인형 팔처럼 유아차 손잡이에서 툭 떨어졌다. 반사적으로 손은 다시 유아차로 돌아갔다. "테드는 다른 걸 얻을 거래. 곧 조용해질 거라고." 그녀는 그가 한 말을 앵무새처럼 되풀이하는 것 같았다.

"무슨 소리야?" 케이시는 심 박사를 불러와야 하나 생각하며 그쪽을 쳐다보았지만, 엘라의 기분을 거스르고 싶지는 않았다.

"일자리 말이야. 테드는 새 일자리를 얻을 거라고 했어." 엘라의 목소리는 차츰 노래하듯 변했다. "우린 은행에 돈이 아주 많대. 아니, 그가 은행에 돈이 아주 많은 거지. 내 계좌에는 돈이 하나도 없……" 엘라의 몸이 앞으로 무너지면서 손이 유아차를 홱 밀쳤다. 아이린이 소리를 지르며 잠에서 깨었다.

"심 박사님!" 케이시는 엘라에게 다가가며 외쳤다. "심 박사님!" 엘라의 머리가 케이시의 어깨에 무겁게 축 늘어졌다.

은우는 자기 앞으로 지나가는 유아차를 붙잡고 아이린을 들어 안았다. "괜찮아, 아이린, 아가. 괜찮아……." 아기는 곧 진정되어 은우의 어깨에 기대어 다시 잠들었다. 그는 엘라의 상황을 모른 채 아기의 작은 등을 토닥였다.

"엘라? ……엘라?" 심 박사는 침착하게 되풀이했다. 그는 엘라 의 눈꺼풀을 뒤집어보았다. "911에 전화해." 그는 말했다. "빨리. 누가 911에 전화해주세요. 지금 당장. 지금 당장!"

2권에서 계속

옮긴이 **유소영**

전문 번역가. 딘 쿤츠의 제인 호크 시리즈《사일런트 코너》, 앤 클리브스의 형사 베라 시리즈《하버 스트리트》, 존 르 카레의《나이트 매니저》, 제프리 디버의 링컨 라임 시리즈를 전담으로 번역하였으며, 퍼트리샤 콘웰의 법의학자 스카페타 시리즈《법의관》등을 우리말로 옮겼다. 그 밖의 역서로 비그디스 요르트의《의지와 증거》, 존 스칼지의《무너지는 제국》삼부작, 윌리엄 린지 그레섬의《나이트매어 앨리》, 리처드 모건의《얼터드 카본》, 존 딕슨 카의《벨벳의 악마》, 발 맥더미드의《인어의 노래》, 논픽션《어둠 속으로 사라진 골든 스테이트 킬러》등이 있다.

백만장자를 위한 공짜 음식 1

초판 1쇄 2022년 11월 25일
초판 2쇄 2022년 12월 2일

지은이 | 이민진
옮긴이 | 유소영

발행인 | 문태진
본부장 | 서금선
책임편집 | 이준환   편집 3팀 | 허문선 최지인 장서원

기획편집팀 | 한성수 임은선 임선아 이보람 송현경 이은지 유진영 원지연   저작권팀 | 정선주
마케팅팀 | 김동준 이재성 문무현 김윤희 김혜민 김은지 이선호 조용환   디자인팀 | 김현철 손성규
경영지원팀 | 노강희 윤현성 정헌준 조샘 조희연 김기현 이하늘
강연팀 | 장진항 조은빛 강유정 고한송 신유리 김수연

펴낸곳 | ㈜인플루엔셜
출판신고 | 2012년 5월 18일 제300-2012-1043호
주소 | (06619) 서울특별시 서초구 서초대로 398 BnK디지털타워 11층
전화 | 02)720-1034(기획편집) 02)720-1024(마케팅) 02)720-1042(강연섭외)
팩스 | 02)720-1043   전자우편 | books@influential.co.kr
홈페이지 | www.influential.co.kr

한국어판 출판권 ⓒ ㈜인플루엔셜, 2022

ISBN   979-11-6834-063-3 (04840)
          979-11-6834-062-6 (세트)